ok may be kept

FOURTEEN DAYS

WO CENTS will be charged
the book is kept ov

PLEASE

CIRO ALEGRIA

EL MUNDO ES
ANCHO Y AJENO

NOVELA

Primer premio en el Concurso de
Novelas Latinoamericanas de 1941.

PQ8497.A36   ST. JOSEPH'S UNIVERSITY   STX
El mundo es ancho y ajeno :
3 9353 00032 9290

42935

227

EDICIONES ERCILLA

SANTIAGO DE CHILE

1945

Es Propiedad

Registro N.º 8101

—————

COPYRIGHT by

ED. ERCILLA, S. A., 1941

PQ 8497
A 36

Primera *Edición*: Mayo de 1941
Segunda *Edición*: Junio de 1941
Tercera *Edición*: Noviembre de 1941
Cuarta *Edición*: Julio de 1942
Quinta *Edición*: Abril de 1943
Sexta *Edición*: Octubre de 1943
Séptima *Edición*: Agosto de 1944
Octava *Edición*: Mayo de 1945

FABRICACION CHILENA   PRINTED IN CHILE
—————————————————————————————
Tipografía Chilena - Agustinas 1627. Santiago

I

ROSENDO MAQUI Y LA COMUNIDAD

¡Desgracia! Una culebra ágil y oscura cruzó el camino dejando en el fino polvo removido por los viandantes la canaleta leve de su huella. Pasó muy rápidamente, como una negra flecha disparada por la fatalidad, sin dar tiempo para que el indio Rosendo Maqui empleara su machete. Cuando la hoja de acero fulguró en el aire, ya el largo y bruñido cuerpo de la serpiente ondulaba perdiéndose entre los arbustos de la vera.

¡Desgracia! Rosendo guardó el machete en la vaina de cuero sujeta a un delgado cincho que negreaba sobre la coloreada faja de lana y se quedó, de pronto, sin saber qué hacer. Quiso al fin proseguir su camino, pero los pies le pesaban. Se había asustado, pues. Entonces se fijó en que los arbustos formaban un matorral donde bien podía estar la culebra. Era necesario terminar con la alimaña y su siniestra agorería. Es la forma de conjurar el presunto daño en los casos de la sierpe y el buho. Después de quitarse el poncho para maniobrar con más desenvoltura en medio de las ramas, y las ojotas para no hacer bulla, dió un táctico rodeo y penetró blandamente, machete en mano, entre los arbustos. Si alguno de los comuneros lo hubiera visto en esa hora, en mangas de camisa y husmeando con un aire de can inquieto, quizá habría dicho: «¿Qué hace ahí el anciano alcalde? No será

que le falta el buen sentido». Los arbustos eran únicos de tallos retorcidos y hojas lustrosas, rodeando las cuales se arra-
cimaban — había llegado el tiempo — unas moras lilas. A
Rosendo Maqui le placían, pero esa vez no intentó probar-
las siquiera. Sus ojos de animal en acecho, brillantes de fiereza y deseo, recorrían todos los vericuetos alumbrando las
secretas zonas en donde la hormiga cercena y transporta su
brizna, el moscardón ronronea su amor, germina la semilla
que cayó en el fruto rendido de madurez o del vientre de un
pájaro, y el gorgojo labra inacabablemente su perfecto túnel.
Nada había fuera de esa existencia escondida. De súbito, un
gorrión echó a volar y Rosendo vió el nido, acomodado en un
horcón, donde dos polluelos mostraban sus picos triangula-
res y su desnudez friolenta. El reptil debía estar por allí, rondando en torno a esas inermes vidas. El gorrión fugitivo volvió con su pareja y ambos piaban saltando de rama en rama,
lo más cerca del nido que les permitía su miedo al hombre. Este hurgó con renovado celo, pero, en definitiva, no
pudo encontrar a la aviesa serpiente. Salió del matorral y después de guardarse de nuevo el machete, se colocó las prendas
momentáneamente abandonadas—los vivos colores del poncho
solían, otras veces, ponerlo contento—y continuó la marcha.

¡Desgracia!

Tenía la boca seca, las sienes ardientes y se sentía cansado. Esa búsqueda no era tarea de fatigar y considerándolo
tuvo miedo. Su corazón era el pesado, acaso. El presentía,
sabía y estaba agobiado de angustia. Encontró a poco un
muriente arroyo que arrastraba una diáfana agüita silenciosa
y, ahuecando la falda de su sombrero de junco, recogió la suficiente para hartarse a largos tragos. El frescor lo reanimó
y reanudó su viaje con alivianado paso. Bien mirado — se
decía —, la culebra oteó desde un punto elevado de la ladera
el nido de gorriones y entonces bajó con la intención de co-
mérselos. Dió la casualidad de que él pasaba por el camino
en el momento en que ella lo cruzaba. Nada más. O quizá,
previendo el encuentro, la muy ladina dijo: «Aprovecharé
para asustar a ese cristiano». Pero es verdad también que la
condición del hombre es esperanzarse. Acaso únicamente
la culebra sentenció: «Ahí va un cristiano desprevenido que
no quiere ver la desgracia próxima y voy a anunciársela».
Seguramente era esto lo cierto, ya que no la pudo encontrar.
La fatalidad es incontrastable.

¡Desgracia! ¡Desgracia!

Rosendo Maqui volvía de las alturas, a donde fué con el objeto de buscar algunas yerbas que la curandera había recetado a su vieja mujer. En realidad, subió también porque le gustaba probar la gozosa fuerza de sus músculos en la lucha con las escarpadas cumbres y luego, al dominarlas, llenarse los ojos de horizontes. Amaba los amplios espacios y la magnífica grandeza de los Andes. Gozaba viendo el nevado Urpillau, canoso y sabio como un antiguo amauta; el arisco y violento Huarca, guerrero en perenne lucha con la niebla y el viento; el aristado Huilloc, en el cual un indio dormía eternamente de cara al cielo; el agazapado Puma, justamente dispuesto como un león americano en trance de dar el salto; el rechoncho Suni, de hábitos pacíficos y un poco a disgusto entre sus vecinos; el eglógico Mamay, que prefería prodigarse en faldas coloreadas de múltiples sembríos y apenas hacía asomar una arista de piedra para atisbar las lejanías; y éste y ése, y aquél, y esotro... El indio Rosendo los animaba de todas las formas e intenciones imaginables y se dejaba estar mucho tiempo mirándolos. En el fondo de sí mismo, creía que los Andes conocían el emocionante secreto de la vida. El los contemplaba desde una de las lomas del Rumi, cerro rematado por una cima de roca azul que apuntaba al cielo con voluntad de lanza. No era tan alto como para coronarse de nieve ni tan bajo que se le pudiera escalar fácilmente. Rendido por el esfuerzo ascendente de su cúspide audaz, el Rumi hacía ondular a un lado y otro picos romos de más fácil acceso. Rumi quiere decir piedra y sus laderas altas estaban efectivamente sembradas de piedras azules, casi negras, que eran como lunares entre los amarillos pajonales silbantes. Y así como la adustez del picacho atrevido se ablandaba en las cumbres inferiores, la inclemencia mortal del pedrerío se anulaba en las faldas. Estas descendían vistiéndose más y más de arbustos, herbazales, árboles y tierras labrantías. Por uno de sus costados descendía una quebrada amorosa con toda la bella riqueza de su bosque colmado y sus caudalosas aguas claras. El cerro Rumi era a la vez arisco y manso, contumaz y auspicioso, lleno de gravedad y de bondad. El indio Rosendo Maqui creía entender sus secretos físicos y espirituales como los suyos propios. Quizá decir esto no es del todo justo. Digamos más bien que los conocía como a los de su propia mujer porque, dado el caso, debemos considerar a

amor como acicate del conocimiento y la posesión. Sólo que la
mujer se había puesto vieja y enferma y el Rumi continuaba
igual que siempre, nimbado por el prestigio de la eternidad.
Y Rosendo Maqui acaso pensaba o más bien sentía: «¿Es la
tierra mejor que la mujer?». Nunca se había explicado nada,
en definitiva, pero él quería y amaba mucho a la tierra.

Volviendo, pues, de esas cumbres, la culebra le salió
al paso con su mensaje de desdicha. El camino descendía
prodigándose en repetidas curvas, como otra culebra que no
terminara de bajar la cuesta. Rosendo Maqui, aguzando la
mirada, veía ya los techos de algunas casas. De pronto, el dulce
oleaje de un trigal en sazón murió frente a su pecho, y recomenzó de nuevo allá lejos, y vino hacia él otra vez con blando ritmo.

Invitaba a ser vista la lenta ondulación y el hombre sentóse sobre una inmensa piedra que, al caer de la altura, tuvo
el capricho de detenerse en una eminencia. El trigal estaba
amarilleando, pero todavía quedaban algunas zonas verdes.
Parecía uno de esos extraños lagos de las cumbres, tornaso-
lados por la refracción de la luz. Las grávidas espigas se mecían
pausadamente produciendo una tenue crepitación. Y, de repente, sintió Rosendo como que el peso que agobiaba su corazón desaparecía y todo era bueno y bello como el sembrío
de lento oleaje estimulante. Así tuvo serenidad y considera
el presagio como el, anticipo de un acontecimiento inelucta-
ble ante el cual sólo cabía la resignación. ¿Se trataba de la
muerte de su mujer? ¿O de la suya? Al fin y al cabo eran ambos muy viejos y debían morir. A cada uno, su tiempo. ¿Se
trataba de algún daño a la comunidad? Tal vez. En todo caso,
él había logrado ser siempre un buen alcalde.

Desde donde se encontraba en ese momento, podía ver
el caserío, sede modesta y fuerte de la comunidad de Rumi,
dueña de muchas tierras y ganados. El camino bajaba para
entrar, al fondo de una hoyada, entre dos hileras de pequeñas
casas que formaban lo que pomposamente se llamaba Calle
Real. En la mitad, la calle se abría por uno de sus lados dando
acceso a lo que, también pomposamente, se llamaba Plaza.
Al fondo del cuadrilátero sombreado por uno que otro árbol,
se alzaba una recia capilla. Las casitas, de techos rojos de
tejas o grises de paja, con paredes amarillas o violetas o
cárdenas, según el matiz de la tierra que las enlucía, daban
por su parte interior, a particulares sementeras — habas.

arvejas, hortalizas —, bordeadas de árboles frondosos, tunas jugosas y pencas azules. Era hermoso de ver el cromo jocundo del caserío y era más hermoso vivir en él. ¿Sabe algo la civilización? Ella, desde luego, puede afirmar o negar la excelencia de esa vida. Los seres que se habían dado a la tarea de existir allí, entendían, desde hacía siglos, que la felicidad nace de la justicia y que la justicia nace del bien de todos. Así lo había establecido el tiempo, la fuerza de la tradición, la voluntad de los hombres y el seguro don de la tierra. Los comuneros de Rumi estaban contentos de su vida.

Esto es lo que sentía también Rosendo en ese momento — decimos sentía y no pensaba, por mucho que estas cosas, en último término, formaron la sustancia de sus pensamientos — al ver complacidamente sus lares nativos. Trepando la falda, a un lado y otro del camino, ondulaba el trigo pródigo y denso. Hacia allá, pasando las filas de casas y sus sementeras variopintas, se erguía, por haberlo elegido esa tierra más abrigada, un maizal barbado y rumoroso. Se había sembrado mucho y la cosecha sería buena.

El indio Rosendo Maqui estaba encuclillado tal un viejo ídolo. Tenía el cuerpo nudoso y cetrino como el lloque — palo contorsionado y durísimo —, porque era un poco vegetal, un poco hombre, un poco piedra. Su nariz quebrada señalaba una boca de gruesos labios plegados con un gesto de serenidad y firmeza. Tras las duras colinas de los pómulos brillaban los ojos, oscuros lagos quietos. Las cejas eran una crestería. Podría afirmarse que el Adán americano fué plasmado según su geografía; que las fuerzas de la tierra, de tan enérgicas, eclosionaron en un hombre con rasgos de montañas. En sus sienes nevaba como en las del Urpillau. El también era un venerable patriarca. Desde hacía muchos años, tantos que ya no los podía contar precisamente, los comuneros lo mantenían en el cargo de alcalde o jefe de la comunidad, asesorado por cuatro regidores que tampoco cambiaban. Es que el pueblo de Rumi se decía: «El que ha dao güena razón hoy, debe dar güena razón mañana», y dejaba a los mejores en sus puestos. Rosendo Maqui había gobernado demostrando ser avisado y tranquilo, justiciero y prudente.

Le placía recordar la forma en que llegó a ser regidor y luego alcalde. Se había sembrado en tierra nueva y el trigo nació y creció impetuosamente, tanto que su verde oscuro llegaba a azulear de puro lozano. Entonces Rosendo fué donde el alcalde de ese tiempo. «Taita, el trigo crecerá mucho y se tenderá, pudriéndose la espiga y perdiéndose». La primera autoridad había sonreído y consultado el asunto con los regidores, que sonrieron a su vez. Rosendo insistió: «Taita, si dudas, déjame salvar la mitá». Tuvo que rogar mucho. Al fin el consejo de dirigentes aceptó la propuesta y fué segada la mitad de la gran chacra de trigo que había sembrado el esfuerzo de los comuneros. Ellos, curvados en la faena, más trigueños sobre la intensa verdura tierna del trigo, decían por lo bajo: «Estas son novedades del Rosendo». «Trabajo perdido», murmuraba algún indio gruñón. El tiempo habló en definitiva. La parte segada creció de nuevo y se mantuvo firme. La otra, ebria de energía, tomó demasiada altura, perdió el equilibrio y se tendió. Entonces los comuneros admitieron: «Sabe, habrá que hacer regidor al Rosendo». El, para sus adentros, recordaba haber visto un caso igual en la hacienda Sorave.

Hecho regidor, tuvo un buen desempeño. Era activo y le gustaba estar en todo, aunque guardando la discreción debida. Cierta vez se presentó un caso raro. Un indio llamado Abdón tuvo la extraña ocurrencia de comprar una vieja escopeta a un gitano. En realidad, la trocó por una carga de trigo y ocho soles en plata. Tan extravagante negocio, desde luego, no paró allí. Abdón se dedicó a cazar venados. Sus tiros retumbaban una y otra vez, cerros allá, cerros arriba, cerros adentro. En las tardes volvía con una o dos piezas. Algunos comuneros decían que estaba bien, y otros que no, porque Abdón mataba animalitos inofensivos e iba a despertar la cólera de los cerros. El alcalde, que era un viejo llamado Ananías Challaya y a quien el cazador obsequiaba siempre con el lomo de los venados, nada decía. Es probable que tal presente no influyera mucho en su mutismo, pues su método más socorrido de gobierno era, si hemos de ser precisos, el de guardar silencio. Entre tanto, Abdón seguía cazando y los comuneros murmurando. Los argumentos en contra de la cacería fueron en aumento hasta que un día un indio reclamador llamado Pillco, presentó, acompañado de otros, su protesta. «¿Cómo es posible — le dijo al alcalde — que el Abdón mate los venaos porque se le antoja? En todo caso, ya que los venaos comen el pasto de las tierras de la comunidá, que reparta la carne entre todos». El alcalde Ananías Challaya se quedó pensando y no sabía cómo aplicar con éxito aquella vez su

silenciosa‾ fórmula de gobierno. Entonces fué que el regidor
Rosendo Maqui pidió permiso para hablar y dijo: «Ya había
escuchao esas mormuraciones y es triste que los comuneros
pierdan su tiempo de ese modo. Si el Abdón se compró escopeta, jué su gusto, lo mesmo que si cualquiera va al pueblo
y se compra un espejo o un pañuelo. Es verdad que mata los
venaos, pero los venaos no son de nadie. ¿Quién puede asegurar que el venao ha comido siempre el pasto de la comunidá?
Puede haber comido el de una hacienda vecina y venido después a la comunidá. La justicia es la justicia. Los bienes co-
munes son los que produce la tierra mediante el trabajo de
todos. Aquí el único que caza es Abdón y es justo, pues, que
aproveche de su arte. Y yo quiero hacer ver a los comuneros
que los tiempos van cambiando y no debemos ser muy rigu-
rosos. Abdón, de no encontrarse a gusto con nosotros, se abu-
rriría y quién sabe si se iría. Es necesario, pues, que cada uno
se sienta bien aquí, respetando los intereses generales de la
comunidá.» El indio Pillco y sus acompañantes, no sabiendo
cómo responder a tal discurso, asintieron y se fueron diciendo:
«Piensa derecho y dice las cosas con güena palabra. Sería un
alcalde de provecho.» Referiremos de paso que los lomos de
venado cambiaron de destinatario y fueron a dar a manos de
Rosendo y que otros indios adquirieron también escopeta,
alentados por el éxito de Abdón.

Y llegó el tiempo en que el viejo Ananías Challaya fué
a guardar un silencio definitivo bajo la tierra y, como era de
esperarse, resultó elegido en su reemplazo el regidor Rosendo
Maqui. Desde entonces vió aumentar su fama de hombre
probo y justiciero y no dejó nunca de ser alcalde. En veinte
leguas a la redonda la indiada hablaba de su buen entendimiento y su rectitud y muchas veces llegaban campesinos de
otros sitios en demanda de su justicia. El más sonado fué
el fallo que dió en el litigio de dos colonos de la hacienda
Llacta. Cada uno poseía una yegua negra y dió la coincidencia
de que ambas tuvieron, casi al mismo tiempo, crías iguales.
Eran dos hermosos y retozones potrillos también negros. Y
ocurrió que uno de los potrillos murió súbitamente, acaso de
una coz propinada por un miembro impaciente de la yeguada,
y los dos dueños reclamaban al vivo como suyo. Uno acusaba
al otro de haber obtenido, con malas artes nocturnas, que el
potrillo se «pegara» a la que no era su madre. Fueron en demanda de justicia donde el sabio alcalde Rosendo Maqui.

El oyó a los dos sin hacer un gesto y sopesó las pruebas y contrapruebas. Al fin dijo, después de encerrar al potrillo en el corral de la comunidad: «Llévense sus yeguas y vuelvan mañana». Al día siguiente regresaron los litigantes sin las yeguas. El severo Rosendo Maqui masculló agriamente: «Traigan tamién las yeguas» y se quejó de que se le hiciera emplear más palabras de las que eran necesarias. Los litigantes tornaron con las yeguas, el juez las hizo colocar en puntos equidistantes de la puerta del corralón y personalmente la abrió para que saliera el potrillo. Al verlo, ambas yeguas relincharon al mismo tiempo, el potrillo detúvose un instante a mirar y, decidiéndose fácilmente, galopó lleno de gozo hacia una de las emocionadas madres. Y el alcalde Rosendo Maqui dijo solemnemente al favorecido: «El potrillo es tuyo», y al otro, explicándole: «El potrillo conoce desde la hora de nacer el relincho de su madre y lo ha obedecido». El perdedor era el acusado de malas artes, quien no se conformó y llevó el litigio ante el juez de la provincia. Este, después de oír, afirmó: «Es una sentencia salomónica». Rosendo lo supo y, como conocía quién era Salomón —digamos nosotros, por nuestro lado, que éste es el sabio más popular en el orbe—, se puso contento. Desde entonces han pasado muchos, muchos años...

Y he allí, pues, el alcalde Rosendo Maqui, que ha llegado a viejo a su turno. Ahora continúa sobre el pedrón, a la orilla del trigal, entregado a sus recuerdos. Su inmovilidad lo une a la roca y ambos parecen soldados en un monolito. Va cayendo la tarde y el sol toma un tinte dorado. Abajo, en el caserío, el vaquero Inocencio está encerrando los terneros, y las madres lamentan con inquietos bramidos la separación. Una india de pollera colorada va por el senderillo que cruza la plaza. Curvado bajo el peso de un gran haz avanza un leñador por media calle, y ante la puerta de la casa de Amaro Santos se ha detenido un jinete. El alcalde colige que debe ser el mismo Amaro Santos, quien le pidió un caballo para ir a verificar algunas diligencias en el pueblo cercano. Ya desmonta y entra a la casa con andar pausado. El es.

La vida continuaba igual, pues. Plácida y tranquila. Un día más va a pasar, mañana llegará otro que pasará a su vez y la comunidad de Rumi permanecerá siempre, decíase Rosendo. ¡Si no fuera por esa maldita culebra! Recordó que los cóndores se precipitan desde lo alto con rapidez y precisión de flecha para atrapar la culebra que han visto y que luego

levantan el vuelo con ella, que se retuerce desesperadamente,
a fin de ir a comérsela en los picachos donde anidan. Tenían
buenos ojos los cóndores. El, desgraciadamente, no era un cóndor. En su mocedad había hecho de cóndor en las bandas de
danzantes que animaban las ferias. Se ponía una piel de cóndor con cabeza y plumas y todo. La cabeza de pico ganchudo
y tiesa cresta renegrida quedaba sobre la suya propia y las
negras alas manchadas de blanco le descendían por los hombros hasta la punta de los dedos. Danzaba agitando las alas
y profiriendo roncos graznidos. Como tras una niebla veía
aún al viejo Chauqui. Este afirmaba que en tiempos antiguos
los indios de Rumi creían ser descendientes de los cóndores.

A todo esto, Rosendo Maqui cae en la cuenta de que él,
probablemente, es el único que conoce la aseveración de Chauqui y otras muchas cuestiones relacionadas con la comunidad.
¿Y si se muriera de repente? En verdad, al rescoldo del fogón
y de su declinante memoria, había relatado abundantes acontecimientos, pero nunca en orden. Lo haría pronto, durante
las noches en que mascaban coca junto a la lumbre. Su hijo
Abram tenía buen juicio y también le escucharían los regidores y Anselmo. ¡Recordar! Había visto y oído mucho. El tiempo borró los detalles superfluos y las cosas se le aparecían nítidamente, como esos estilizados dibujos que los artistas nativos suelen burilar en la piel lisa y áurea de las calabazas.
Empero algunos trazos habían envejecido demasiado y tendían
a esfumarse, roídos también por la vejez. Su primer recuerdo
— anotemos que Rosendo confunde un tanto las peripecias
personales con las colectivas — estaba formado por una mazorca de maíz. Era todavía niño cuando su taita se la alcanzó
durante la cosecha y él quedóse largo tiempo contemplando
emocionadamente las hileras de granos lustrosos. A su lado
dejaron una alforja atestada. La alforja lucía hermosas listas
rojas y azules. Quizá por ser éstos los colores que primero le
impresionaron, los amaba y se los hacía prodigar en los ponchos y frazadas. También le gustaba el amarillo, sin duda por
revelar la madurez del trigo y el maíz. Bien visto, el negro le
placía igualmente, acaso porque era así la inmensidad misteriosa de la noche. La cabeza centenaria de Rosendo trataba de buscar sus razones. Digamos nosotros que en su ancestro hubiera podido encontrar el rutilante amarillo del oro or-
namental del incario. En último análisis, haciéndolo muy estricto. advertía que le gustaban todos los colores del arco iris.

Sólo que el mismo arco iris, tan hermoso, era malo. Enferma-
ba a los comuneros cuando se les metía en el cuerpo. Entonces
la curandera Nasha Suro les daba un ovillo de lana de siete
colores que debían desenvolver y haciéndolo así se sanaban.
Justamente ahora su anciana mujer, Pascuala, estaba tejiendo
una alforja de muchos colores. Ella decía: «Colores claritos
pa poderlos ver; ya no veo; ya estoy vieja». A pesar de todo
hacía un trabajo parejo y hermoso. Se había puesto muy enferma en los últimos tiempos y decía a menudo que se iba a
morir. Envueltas en un pañuelo rojo — el pequeño atado cuelga junto al machete —, le lleva las yerbas recetadas por la en-
tendida: huarajo, cola de caballo, supiquegua, culén. La idea
de la muerte se le afirmó a Pascuala desde una noche en que
se soñó caminando tras de su padre, que ya era difunto. Ella
amaneció a decir al marido: «Me voy a morir: mi taita ha venido a llevarme anoche». Rosendo le había contestado: «No
digas esas cosas, ¿quién no sueña?», pero en el fondo de su corazón tuvo pena y miedo. Se guardaban un afecto tranquilo.
Ahora, es decir. No había sido así siempre. En su mocedad se
amaron de igual modo que ama al agua la tierra ávida. El la
buscaba, noche a noche, como a un dulce fruto de la sombra,
y ella, a veces, se le rendía bajo el sol y en medio campo, cual
una gacela. Habían tenido cuatro hijos y tres hijas. Abram,
el mayor, era un diestro jinete; el segundo, Pancho, amansaba
toros con mano firme; Nicasio, que le seguía, labraba bateas
y cucharas de aliso que eran un primor, y el último, Evaristo,
algo entendía de acerar barretas y rejas de arado. Estas resultaban, en verdad, sus habilidades adicionales. Todos eran
agricultores y su vida tenía que ver, en primer lugar, con la
tierra. Se habían casado y puesto casa aparte. En cuanto a las
hijas, Teresa, Otilia y Juanacha, ya estaban casadas también.
Como conviene a la mujer, sabían hilar, tejer y cocinar y,
desde luego, parir robustos niños. Rosendo no estaba muy
contento de Evaristo. Cuando le dió por la herrería, tuvo que
mandarlo al pueblo como aprendiz en el taller de don Jacinto
Prieto y allí, además de domar el metal, se acostumbró a beber más de lo debido. No sólo le gustaba la chicha sino también
el alcohol terciado, esa fiera toma de poblanos. Hasta ron de
quemar bebía en ocasiones el muy bruto. Tampoco estaba muy
contento de la Eulalia, mujer de su hijo mayor. Era una china
holgazana y ardilosa y asombraba considerar cómo Abram,
hombre de buen entendimiento, había errado el tiro cogiendo

chisco por paloma. El viejo alcalde se consolaba diciendo: «¡Son
cosas de la vida!» No contaba a los hijos muertos por la peste.
Pero consideraba todavía al cholo Benito Castro, a quien crió
como hijo y se había marchado hacía años. Pata de perro resultó el tal y se iba siempre para retornar a la casa, hasta que
una vez, mediando una desgracia, desapareció. Bien mirado,
estimaba también como hijo al arpista Anselmo, tullido a quien
hizo lugar en su vivienda desde que se quedó huérfano. Tocaba
muy dulcemente mientras anochecía. Algunas veces la vieja
Pascuala, oyéndolo, se ponía a llorar. ¡Quién sabe qué añoran-
zas despertaba la música en su corazón!

El sembrío seguía ondulando, maduro de sol crepuscular.
Una espiga se parece a otra y el conjunto es hermoso. Un hombre se parece a otro y el conjunto es también hermoso. La
historia de Rosendo Maqui y sus hijos se parecía, en cuanto
hombres, a la de todos y cada uno de los comuneros de Rumi.
Pero los hombres tienen cabeza y corazón, pensaba Rosendo,
y de allí las diferencias, en tanto que el trigal no vive sino por
sus raíces.

Abajo había, pues, un pueblo, y él era su alcalde y acaso
llamaba desde el porvenir un incierto destino. Mañana, ayer.
Las palabras estaban granadas de años, de siglos. El anciano
Chauqui contó un día algo que también le contaron. Antes
todo era comunidad. No había haciendas por un lado y comunidades acorraladas por otro. Pero llegaron unos foráneos
que anularon el régimen de comunidad y comenzaron a partir
la tierra en pedazos y a apropiarse de esos pedazos. Los indios
tenían que trabajar para los nuevos dueños. Entonces los pobres — porque así comenzó a haber pobres en este mundo —
preguntaban: «¿Qué de malo había en la comunidad?» Nadie
les contestaba o por toda respuesta les obligaban a trabajar
hasta reventarlos. Los pocos indios cuya tierra no había sido
arrebatada aún, acordaron continuar con su régimen de comunidad, porque el trabajo no debe ser para que nadie muera
ni padezca sino para dar el bienestar y la alegría. Ese era,
pues, el origen de las comunidades y, por lo tanto, el de la suya.
El viejo Chauqui había dicho además: «Cada día, pa pena del
indio, hay menos comunidades. Yo he visto desaparecer a
muchas arrebatadas por los gamonales. Se justifican con la
ley y el derecho. ¡La ley!; ¡el derecho! ¿Qué sabemos de eso?
Cuando un hacendao habla de derecho es que algo está torcido
y si existe ley es sólo la que sirve pa fregarnos. Ojalá que a

2

ninguno de los hacendaos que hay por los linderos de Rumi se
le ocurra sacar la ley. Comuneros, témanle más que a la peste!»
Chauqui era ya tierra y apenas recuerdo, pero sus dichos vivían en el tiempo. Si Rumi resistía y la ley le había propinado
solamente unos cuantos ramalazos, otras comunidades vecinas
desaparecieron. Cuando los comuneros caminaban por las alturas, los mayores solían confiar a los menores: «Ahí, por esas
laderas — señalaban un punto en la fragorosa inmensidad de
los Andes —, estuvo la comunidá tal y ahora es la hacienda
cual». Entonces blasfemaban un poco y amaban celosamente
su tierra.

Rosendo Maqui no lograba explicarse claramente la ley.
Se le antojaba una maniobra oscura y culpable. Un día, sin
saberse por qué ni cómo, había salido la ley de contribución
indígena, según la cual los indios, por el mero hecho de ser indios, tenían que pagar una suma anual. Ya la había supri-
mido un tal Castilla, junto con la esclavitud de unos pobres
hombres de piel negra a quienes nadie de Rumi había visto,
pero la sacaron otra vez después de la guerra. Los comuneros
y colonos decían: «¿Qué culpa tiene uno de ser indio? ¿Acaso
no es hombre?» Bien mirado, era un impuesto al hombre.
En Rumi, el indio Pillco juraba como un condenado: «¡Carajo,
habrá que teñirse de blanco!» Pero no hubo caso y todos tuvieron que pagar. Y otro día, sin saberse también por qué
ni cómo, la maldita ley desapareció. Unos dijeron en el pueblo
que la suprimieron porque se habían sublevado un tal Atusparia y un tal Uchcu Pedro, indios los dos, encabezando un
gran gentío, y a los que hablaron así los metieron presos.
¿Quién sabía de veras? Pero no habían faltado leyes. Saben
mucho los gobiernos. Ahí estaban los impuestos a la sal, a la
coca, a los fósforos, a la chicha, a la chancaca, que no signi-
ficaban nada para los ricos y sí mucho para los pobres. Ahí
estaban los estancos. La ley de servicio militar no se aplicaba
por parejo. Un batallón en marcha era un batallón de indios
en marcha. De cuando en cuando, a la cabeza de las columnas,
en el caballo de oficial y luciendo la relampagueante espada
de mando, pasaban algunos hombres de la clase de los patrones. A esos les pagaban. Así era la ley. Rosendo Maqui
despreciaba la ley. ¿Cuál era la que favorecía al indio? La
de instrucción primaria obligatoria no se cumplía. ¿Dónde
estaba la escuela de la comunidad de Rumi? ¿Dónde estaban
las de todas las haciendas vecinas? En el pueblo había una por

fórmula. ¡Vaya, no quería pensar en eso porque le quemaba
la sangre! Aunque sí, debía pensar y hablaría de ello en la primera oportunidad con objeto de continuar los trabajos. Maqui
fué autorizado por la comunidad para contratar un maestro
y, después de muchas búsquedas, consiguió que aceptara serlo
el hijo del escribano de la capital de la provincia por el sueldo
de treinta soles mensuales. El le dijo: «Hay necesidad de libros, pizarras, lápices y cuadernos». En las tiendas pudo encontrar únicamente lápices muy caros. Preguntando y tope-
teándose supo que el Inspector de Instrucción debía darle
todos los útiles. Lo encontró en una tienda tomando copas:
«Vuelve tal día», le dijo con desgano. Volvió Maqui el día señalado y el funcionario, después de oír su rara petición, arquean-
do las cejas, le informó que no tenía material por el momento:
habría que pedirlo a Lima, siendo probable que llegara para
el año próximo. El alcalde fué donde el hijo del escribano a
comunicárselo y él le dijo: «¿Así que era en serio lo de la escuela? Yo creí que bromeabas. No voy a lidiar con indiecitos
de cabeza cerrada por menos de cincuenta soles». Maqui quedó en contestarle, pues ya había informado de que cobraba
treinta soles. Pasó el tiempo. El material ofrecido no llegó el
año próximo. El Inspector de Instrucción afirmó, recién entonces, que había que presentar una solicitud escrita, consig-
nando el número de niños escolares y otras cosas. También
dijo, con igual retardo, que la comunidad debía construir una
casa especial. ¡No le vengan con recodos en el camino! El empecinado alcalde asintió en todo. Contó los niños, que resultaron más de cien, y después acudió donde un tinterillo para
que le escribiera la solicitud. La obtuvo mediante cinco soles
y por fin fué «elevada». Por su lado, consiguió autorización
para pagar los cincuenta soles mensuales al maestro y llamó
a algunos comuneros, entre ellos al más diestro en albañilería,
para que levantaran la casa especial. Comenzaron a pisar
el barro y hacer los adobes con mucha voluntad. En ese estado se encontraban las cosas. Quizá habría escuela. Ojalá
llegaran los útiles y el profesor no se echara atrás de nuevo.
Convenía que los muchachos supieran leer y escribir y también
lo que 'e habían dicho que eran las importantes cuatro reglas.
Rosendo — qué iba a hacer — contaba por pares, con los dedos si era poco y con piedras o granos de maíz si era mucho
y así todavía se le embrollaba la cabeza en algunas ocasiones
de resta y repartición. Bueno era saber. Una vez entró a una

tienda del pueblo en el momento en que estaban allí, parla y
parla, el subprefecto, el juez y otros señores. Compró un machete y ya se salía cuando se pusieron a hablar del indio y en ese
momento él hizo como que tenía malograda la correa de una
ojota. Simulando arreglársela tomó asiento en la pequeña
grada de la puerta. A su espalda sonaban las voces: «¿Ha visto
usted la tontería? Lo acabo de leer en la prensa recién llegada...
Estos indios...» «¿Qué hay, compadre?» «Que se discute en
el parlamento la abolición del trabajo gratuito y hasta se habla de salario mínimo». «Pamplinas de algún diputado que
quiere hacerse notar». «Es lo que creo, no pasará de proyecto».
«De todos modos, son avances, son avances... Estos — un
índice apuntó al distraído y atareado Maqui — se pueden poner levantiscos y reclamadores». «No crea, usted. Ya ve lo que
pasa con las comunidades indígenas por mucho que esté más
o menos aceptada su existencia»... «Una cosa es con guitarra y otra cosa es con violín, según decía mi abuelita»... Estallaron sonoras carcajadas. «De todos modos — volvió a
sonar la voz prudente —, son avances, son avances... Demos
gracias a que éstos — el indiferente volvió a ser señalado —
no saben leer ni se enteran de nada, si no, ya los vería usted...
ya los vería...». «En ese caso, la autoridad responde. Mis
amigos, mano enérgica». Hubo un cuchicheo seguido de un
silencio capcioso y después sonaron pasos tras Rosendo. Alguien le golpeó con un bastón en el hombro haciéndole volver la cara. Vió al subprefecto, que le dijo con tono autoritario: «¿Te estás haciendo el mosca muerta? Este no es sitio de
sentarse». Rosendo Maqui se colocó la recién arreglada ojota
y tomó calle arriba con paso cansino. Ahí había, pues, un pequeño ejemplo de lo que pasaba, y la indiada ignorante sin
saber nada. ¡Cabezas duras! A las mocitas de dedos tardos
para hacer girar el huso y extraer un hilo parejo del copo de lana, las madres les azotaban las manos con varillas espinudas
de ishguil hasta hacerles sangre. ¡Santo remedio de la plan-
tita maravillosa! Las volvía hilanderas finas. Rosendo sonrió
con toda la amplitud de sus belfos: así debía pasar con las cabezas. Darles un librazo y vamos leyendo, escribiendo y contando. Claro que no podría ser cuestión de un golpe solamente
sino de muchos. El guardaba un abultado legajo de papeles
en los que constaba la existencia legal de la comunidad. Los
arrollaría formando una especie de mazo. «Formar en fila,
comuneros, que ahora se trata de instruirse». Plac, ploc, plac,

ploc, y ya están hechos unos letrados. Rosendo Maqui dejó
de sonreír. El no tenía los papeles en su poder por el momento.
Don Alvaro Amenábar y Roldán — toda esa retahíla era el
nombre — se había presentado ante el juez de Primera Instancia de la provincia reclamando sobre linderos y exigiendo
que la comunidad de Rumi presentara sus títulos. Era propietario de Umay, una de las más grandes haciendas de esos lados. Rosendo Maqui había llevado, pues, los títulos y nombrado apoderado general y defensor de los derechos de la Comunidad de Rumi a un tinterillo que lucía el original nombre
de Bismarck Ruiz. Era un hombrecillo rechoncho, de nariz
colorada, que se hacía llamar «defensor jurídico», a quien
encontró sentado ante una mesa atiborrada de papeles en la
que había también un plato de carne guisada y una botella de
chicha. El dijo, después de examinar los títulos: «Los incorpo-
raré al alegato. Aquí hay para dejar sentado al tal Amenábar
— el tono de agresividad que empleó para nombrar al hacendado complació a Maqui — y si insiste, el juicio puede durar
un siglo, después de lo cual perderá teniendo que pagar
daños y perjuicios». Finalmente, Bismarck Ruiz le refirió que
había ganado muchos juicios, que el de la comunidad terminaría al comenzar, es decir, presentando los títulos, y le cobró
cuarenta soles. Parloteando como un torrente no se dió cuenta
de que había hecho lucir unos imprudentes cien años en el primer momento. Maqui pensó muchas veces en ello.

Ahora, envuelto por la bella y frágil luminosidad del atardecer y la emoción oscura del presagio, cierta pena imprecisa
tornó a burbujearle en el pecho. Empero, la madurez creciente
y rumorosa del trigo y el hálito poderoso de la tierra eran un
himno a la existencia. Tomado por un oleaje de dudas y de espigas, de colores fugaces y esencias penetrantes, Rosendo Maqui se afirmó en la verdad de la tierra y le fué fácil pensar que
nada malo sucedería. Si la ley es una peste, Rumi sabía resistir pestes. Lo hizo ya con las que tuvieron forma de enfermeda-
des. Verdad es que se llevaron a muchos comuneros, que el
trabajo de cavar tumbas fué tenaz, y desgarrado el llanto de
las mujeres, pero los que lograron levantarse de la barbacoa
o se mantuvieron en pie durante el azote, comenzaron a vivir
con nueva fuerza. Con los años, el recuerdo de la mortandad
fué el de una confusa pesadilla. Tristes y lejanos días. Tanto
como Maqui había visto, la viruela llegó, flageló y pasó tres
veces.

Quienes la sufrieron la primera se consolaban pensando
que ya no les daría más. ¡Ay, doctorcitos! Entre otros casos,
hubo el de una china, buenamoza por añadidura, que se enfermó de viruela las tres veces. Quedó con la cara tan picoteada
que perdió su nombre para ganar el apodo de Panal. Ella se
quejaba de la suerte y manifestaba que hubiera preferido morir. La suerte mandó el tifo. Asoló en dos ocasiones con más
fiera saña que la viruela. Los comuneros morían uno tras otro,
y los vivos, azotados por la consumidora candela de la fiebre,
apenas podían enterrarlos. Nadie pensaba en velorios. Haciendo
un gran esfuerzo, los muertos eran llevados al panteón lo
más pronto para evitar que propagaran la muerte. El indio
Pillco, de puro reclamador y gruñón que era, protestaba hasta
de lo que no pasaba todavía. «¿Quién va a enterrar a los que
mueran de último?», rezongaba. «Es cosa de morirse luego
para no quedar botao». Y murió, pues, pero sin duda no lo hizo
el destino para darle gusto sino porque ya estaba harto de un
deslenguado. También hubo casos extraños durante el tifo.
El más raro fué el de un muerto que resucitó. Un indio que
sufría la enfermedad durante muchos días, de repente comenzó
a boquear, perdió el habla y finó. Incluso se puso todo lo tieso
que puede estarlo un muerto verdadero. Su mujer, naturalmente, lloraba. Los enterradores acudieron y, después de envol-
verlo en sus propias cobijas y colocarlo en una parihuela llamada quirma, le condujeron al panteón. No habían ahonda-
do la fosa más de una vara cuando estalló una feroz tormenta. Entre relámpagos y chicotazos de agua, metieron el cadáver, le echaron unas cuantas paladas de tierra y se fueron
prometiéndose volver al día siguiente para terminar de cubrir-
lo. No lo hicieron. A eso de la media noche, la mujer del
difunto, que dormía acompañada de sus dos pequeños hijos,
oyó toques en la puerta. Después una voz cavernosa y
acongojada la llamó por su nombre: «Micaela, Micaela, ábreme». La pobre mujer, pese a todo, reconoció el acento y casi se desmaya. Creyó que el difunto estaba penando. Se puso
a rezar en voz alta y los niños se despertaron echándose a
llorar. La súplica angustiada continuó afuera: «Micaela, soy
yo, soy yo, ábreme». Claro que era el difunto: eso lo sabía.
Dos mujeres que velaban en la casa vecina cuidando un
enfermo, salieron al oír el alboroto. «¿Quién?», preguntó una
de ellas. «Soy yo», contestó el difunto. Llenas de pánico echaron a correr y no pararon hasta la casa de Rosendo Maqui.

a quien despertaron e informaron de que el difunto de esa
tarde estaba penando y había ido a buscar a su mujer para
llevársela. Ellas lo habían visto y oído. Ahí estaba, en camisa
y calzón, llamando a la pobre Micaela y empujando la puerta
de su casa. Maqui, que en la ocasión resultaba alcalde de vivos y muertos, se revistió de toda su autoridad y fué a ver
lo que ocurría. Las chinas caminaban detrás, a prudente distancia. ¿Iría a convencer al difunto de que se volviera al panteón y se contentara con morir solo? Mientras se acercaban
oían que el cadáver ambulante gritaba: «Micaela, ábreme»
y ella, que había dejado de rezar, clamaba: «Favor, favor».
Apenas vió al alcalde, el rechazado avanzó hacia él: «Rosendo,
taita Rosendo, convéncela a mi mujer; no estoy muerto:
estoy vivo». La voz traía, evidentemente, algo del otro mundo. Rosendo cogió al pobre comunero de los hombros y aun
en la oscuridad pudo apreciar el gesto trágico de una cara
congestionada de sufrimiento. Se calmó un poco y relató.
Había despertado y al sentir un frío intenso estiró los brazos.
Tocó barro y luego se dió cuenta de que en su cara también
había barro. Sobresaltado, tanteó a un lado y otro y mientras
lo hacía le llegó un olor a muerto, como si hubiera un cadáver junto a él. Estaba en una tumba. Se incorporó dando un
salto desesperado y salió de la sepultura. Lo rodeaban inclinadas cruces de palo, más lejos estaba la pared de piedra que
cercaba el panteón. Un alarido se le anudó en el cuello y huyó
a escape, pero apenas salió del cementerio las fuerzas diez-
madas por la enfermedad le fallaron del todo y cayó. Estando en el suelo vió el caserío con sus techos angulosos y sus árboles copudos surgiendo de un bloque de sombra, y luego el
cielo, uno de esos cielos despejados que siguen a las tormentas
donde palpitaban escasas pero grandes estrellas. En ese instante se convenció de que estaba vivo y, lo que es más, de que
iba a vivir. Hizo un gran esfuerzo para pararse y con paso
lento y temblequeante caminó hasta su casa. Eso era todo.
El alcalde lo cogió por la cintura y, coligiendo que la espanta-
da consorte se habría serenado ya, pues para eso dió tiempo,
lo condujo hasta la puerta. Desde ahí el mismo alcalde llamó
a la mujer, quien hizo luz y abrió blandamente la pesada
hoja de nogal. Micaela estaba muy pálida y la llama de una
vela de sebo le titilaba sobre la mano trémula. Los pequeños
miraban con ojos inmensos. El hombre entró y se tendió silenciosamente en una barbacoa de las dos que mostraba la pie-

za. Se le notaba un reprimido deseo. Acaso quería hablar o llorar. La mujer lo cubrió con unas mantas y el alcalde se sentó junto a la cabecera. Entre tanto las dos mujeres que avisaron habían ido a su casa y ya volvían trayendo una pócima a base de aguardiente. El postrado la bebió con avidez. Rosendo Maqui se puso a palmearle afectuosamente el hombro diciéndole: «Cálmate y duérmete. Así son los sufrimientos». La mujer le tendió su humilde ternura en una manta sobre los pies. Y el hombre apesarado se fué calmando y, poco a poco, se durmió blandamente. No murió. Sanó del tifo, pero quedó enfermo de tumba. Los nervios le temblaban en la oscuridad de la noche y temía al sueño como a la muerte. Mas cuando llegaron las cosechas y la existencia se le brindó colmada de frutos, curó también del sepulcro y volvió a vivir plenamente. Aunque sólo por días. Debido a la peste no eran muchos los recolectores y el esfuerzo resultaba muy grande. El animaba a sus compañeros: «Cosechemos, cosechemos, que hay que vivir». Y le brillaban los ojos de júbilo. Pero su corazón había quedado débil y se paró dejándolo caer aplastado por un gran saco de maíz. Entonces sí murió para siempre. Rosendo Maqui quería recordar el nombre, que se le fugaba como una pequeña luciérnaga en la noche. Recordaba, sí, que los dos hijos crecieron y ya eran dos mocetones de trabajo cuando llegaron los azules y se los llevaron. Esa fué otra plaga. Por mucho tiempo se habló de que había guerra con Chile. Diz que Chile ganó y se fué y nadie supo más de él. Los comuneros no vieron la guerra porque por esos lados nunca llegó. En una oportunidad se alcanzó a saber que pasaba cerca un general Cáceres, militarazo de mucha bala, con su gente. También se supo que se encontró con Chile en la pampa de Huamachuco y ahí hubo una pelea fiera en la que perdió Cáceres. Rosendo Maqui había logrado ver años atrás, en una mañana clara, a la distancia, semiperdido en el horizonte, un nevado que le dijeron ser el Huailillas. Por ahí estaba Huamachuco. Lejos, lejos. Los comuneros creyeron que Chile era un general hasta la llegada de los malditos azules. El jefe de éstos oyó un día que hablaban del general Chile y entonces regañó. «Sepan, ignorantes, que Chile es un país y los de allá son los chilenos, así como el Perú es otro país y nosotros somos los peruanos. ¡Ah, indios bestias!» Las bestias, y hambrientas, eran los montoneros. Llegando, llegando, el jefe de los azules dijo: «El cupo de la Comunidad de Rumi es una vaca o diez carneros diarios

para el rancho, además de los granos necesarios». ¡Condenados!
Unos eran los llamados azules por llevar una banda de tela
azul ceñida a la copa del sombrero o al brazo y otros eran los
colorados por llevar también una banda, pero colorada, en la
misma forma. Los azules luchaban por un tal Iglesias y los
colorados por el tal Cáceres. De repente, en un pueblo se formaba una partida de azules y en otro una de colorados. O en
el mismo pueblo las dos partidas y vamos a pelear. Andaban
acechándose, persiguiéndose, matándose. Caían en los pueblos
y comunidades como el granizo en sembrío naciente. ¡Viva
Cáceres! ¡Viva Iglesias! Estaba muy bueno para ellos. Grupos
de cincuenta, de cien, de doscientos hombres a quienes mandaba un jefe titulado mayor o comandante o coronel. También llegaron a Rumi, pues. El jefe era un blanquito de mala
traza y peor genio a quien le decían mayor Téllez. Pero de
mandar en primer término lo hubiera dejado muy atrás su
ayudante Silvino Castro, alias Bola de Coca. Era un cholo
fornido que siempre tenía una gran bola de coca abultándole
la mejilla. Pero se comprendía que el apodo calzaba mejor
sabiendo que su bola de coca le había salvado la vida. Durante unas elecciones, Castro era matón oficial y jefe de pandilla de cierto candidato y, al volver una esquina, se encontró
de improviso con el que ocupaba igual cargo en el bando contrario. Este sacó rápidamente su revólver y le hizo dos dis-
ros a boca de jarro, dejándolo por muerto al verlo caído y con
la cara sangrante. Pero el cholo Castro, para sorprensa de sí
mismo, pudo levantarse. Se tocó la cara dolorida y después
vió su mano llena de sangre. La sangre le llenaba también la
boca con su salina calidez y la escupió junto con la bola. Algo
extraño se desprendió de ésta y, al fijarse bien, distinguió que
era el plomo del disparo. La bala, después de perforar los tejidos de la mejilla, se quedó atascada en el apelmazado bollo
verde. El otro tiro se había perdido por los aires. Castro, para
dar mayor colorido al episodio, decía que por ese lado no tenía
muelas, de modo que el balazo le habría dado en el paladar
causándole la muerte. A esto replicaba el mayor Téllez diciendo que era falso lo de la falta de muelas, pues él, con todo el
peso de su autoridad, había hecho que Castro abriera la boca
y se las mostrara. Apenas tenía picada una y las demás estaban intactas. Después se armaban grandes discusiones respecto a la eficacia de los tiros de cerca. Había un montonero
que afirmaba que, aun sin la bola, el tiro apenas habría roto

las muelas no ocasionando mayor daño. Castro ratificaba que en ese carrillo no tenía muelas. Por último, invitaba a su oponente, si es que estaba seguro de su dicho, a dejarse meter un tiro a boca de jarro. Entonces el mayor Téllez decía que los tiros debían reservarlos para los colorados. Resultaba original pensar que un hombre pudiera ser salvado por una bola de coca y se aceptaba de primera intención la historia. Para desgracia de Castro, que estaba un poco orgulloso de tal evento, la tozuda cicatriz que marcaba su carrillo traía el recuerdo a menudo y luego las dudas y las disputas. Que la bola detuvo el plomo, que las muelas pudieron detenerlo también... En fin, éstos y parecidos problemas ocupaban las discusiones de los patrióticos azules que, desde luego, luchaban por Iglesias y la salvación nacional. Cada quien se creía con aptitudes para ministro o por lo menos para prefecto. Lo más malo de todo era que no tenían trazas de irse. ¿Acaso el gobierno estaba en Rumi? Silvino Castro se embriagaba a menudo y recorría el caserío echando tiros. Apuntaba a las gallinas diciendo que les daría en la cabeza. Si bien no conseguía hacerlo todas las veces, las mataba siempre. Las mocitas miraban a los montoneros con ojos medrosos. Un día Chabela, la chinita más linda de la comunidad, llegó donde su madre llorando a contarle que Bola de Coca la había forzado tras la cerca de un maizal. Las sombras nocturnas tremolaron después conmovidas por el alarido de otras vírgenes. Y el cielo amanecía siempre azul, como brindando a esos perros los retazos que se amarraban en los sombreros y en las mangas. Cierto día, Bola de Coca hizo formar a todos los jóvenes del pueblo y escogió a los más fuertes para darles el cargo de ordenanzas. Cuidarían los caballos de los jefes. Rosendo Maqui fué a interceder por ellos ante el mayor Tlélez y entonces intervino Bola de Coca: «Fuera de aquí, indio bruto, antes de que te mate por antipatriota. Ellos están sirviendo a la patria». Después le quiso pegar y el mayor Téllez no se atrevió o no quiso decir nada. Hasta que un día, feliz y al mismo tiempo desgraciado día, asomaron los colorados. Al galope, al galope, los que venían a caballo. Detrás, corre y corre, los que se acercaban a pie. «¡Viva Cáceres!» Traían sangre en las mangas y sombreros. Los azules se llamaron y encorajinaron dando gritos. «¡Hay que defender la plaza!», dijo el mayor Téllez. «¡Defendámosla!», bramó Bola de Coca. Rosendo Maqui se preguntaba: «¿Qué plaza?» y entre sí decía que ojalá se fueran

a la plaza para que los mataran a todos. Los colorados avanzaban regando humaredas y detonaciones. Un azul se puso
a tocar la campana de la capilla. Téllez y Bola de Coca repartieron a su gente. Unos subieron a los terrados y se asomaron a las claraboyas. Otros se parapetaron en las cercas de piedra. Pocos, los más valientes, treparon a los árboles. Todo esto
pasaba en el lado del caserío que daba al camino por donde
venían los colorados. «¡Viva Cáceres!», «¡Mueran los traidores!», «¡Viva Iglesias!», «¡Viva la patria!» ¿Por qué dirían
así? Ellos sabían sus asuntos. Nutrida racha de balas recibió
a los jinetes cuando estuvieron a tiro. Quienes se fueron de
bruces,¹ quienes desmontaron por sí mismos. Los segundos
corrieron a cubrirse tras las piedras o las lomas y se pusieron
a disparar repetidamente. Los infantes llegaban ya y, metiendo bala, comenzaron a avanzar por los flancos. Algunos azules
cayeron de los árboles, otros se aquietaron tras las pircas. Un
grupo de colorados llegó hasta la capilla y la tomó acuchi-
llando por la espalda a dos azules que disparaban mirando hacia el camino. Entonces Bola de Coca, que estaba encaramado
en un saúco, se dió cuenta de que los iban a rodear y dió la
orden de retirada. Para qué, era un valiente y se quedó al
último, con diez hombres, baleando a los que pretendían acercarse. Téllez y el grueso de azules, que ya no lo eran del todo,
pues algunos estaban también rojos de sangre, corrieron hasta
voltear una loma, tras la cual aguardaban los ordenanzas con
los caballos. Bola de Coca y su gente fugaron a su vez, y ya
era tiempo porque los colorados habían montado y avanzaban al galope, haciendo relucir sus largos sables. Más allá, el
camino entraba a una ladera escarpada y la persecución no
prosperó, retornando los jinetes con sólo dos infantes prisioneros.

Rosendo Maqui lo vió todo desde un lugar próximo al
que ocupaba en ese momento, pues cuando los colorados surgieron a lo lejos, se dijo: «¿Yo qué pito toco en esta danza?»
y trepó la cuesta hasta llegar a unas matas, entre las que se
ocultó para observar. Los otros comuneros, menos los ordenanzas, se escondieron en sus casas.

Cuando Maqui bajó, el caserío olía a sangre y a pólvora.
Micaela, la viuda del resucitado, gritaba: «¡Mis hijos, mis
hijos!, ¿dónde están mis hijos?», lo mismo que las madres de
los demás muchachos. En eso llegaron los jinetes conduciendo
los prisioneros, quienes contaron que el mayor Téllez, al ver

que sobraban caballos debido a los muertos, obligó a montar
a cuantos lo acompañaban, dejando solamente cinco para
Bola de Coca y su gente. Así fué como no hubo caballos para
todos los rezagados y los dos últimos cayeron presos. Las madres blasfemaban y lloraban pidiendo al jefe colorado, un comandante Portal, que fusilara a los prisioneros y también a
los heridos azules que llegaban en ese momento, conducidos
por indios y montoneros en sillas de manos y en la parihuela
de entierros. Los heridos sangraban sin quejarse y tanto ellos
como los presos miraban al jefe vencedor con ojos tristes y
brillantes. Las madres seguían clamando: «¡Afusílelos, afusílelos!» Los heridos habían sido puestos en el suelo y la sangre
de uno de ellos fluía empozándose en un hoyo. «¡Afusílelos,
afusílelos!» Portal prendió un cigarrillo. La indiada se le aglo-
meraba en torno formando una masa compacta. Micaela chillaba ante el comandante impasible y por último se abalanzó
sobre un herido, hecha una puma enfurecida, con el propósito
crispado en las uñas de desgarrarle el cuello. Fué detenida por
dos montoneros, pero sin embargo logró caer de bruces sobre
el hoyo donde se embalsaba la sangre y beberla jadeando.
Después volvióse con la cara roja, y profirió un espantoso alarido antes de sentarse y abandonarse a una laxitud de inconsciente. Sabe Dios qué impresión causó todo ello al comandante
Portal, famoso por ser implacable con los enemigos, pues en
lugar de fusilarlos ordenó: «Abran la capilla y metan ahí a
todos los heridos. En el equipaje hay algunos desinfectantes
y vendas. A los dos prisioneros, centinela de vista y nada más».
Luego pidió a su asistente: «Sírveme un buen trago de pisco».
Más tarde los comuneros reunieron a los muertos, que fueron
en total veinticinco, y los llevaron al panteón. Portal dispuso:
«Pónganlos juntos. Al fin y al cabo son peruanos y conviene
que se abracen alguna vez, aunque sea muertos». Los comuneros cavaron una larga y honda zanja. El comandante y Maqui fueron a ver el entierro y, mientras metían los cadáveres
de los colorados, el primero decía: «Ese cholito retaco era una
fiera. Entró a la montonera con un rejón y en la pelea ganó
un rifle». «Este largo era aficionado a las chinas». «Siento
mucho la muerte de aquél, apellidado Rosas, porque hacía
chistes muy buenos». Así comentaba sus habilidades. Al ver
los cadáveres de los azules, decía: «¡Qué tipo tan recio, bueno
para soldado!» O si no: «Ese es un rico tiro: en media frente.
¿Cuál de mis hombres lo haría para premiarlo?» Rosendo Ma-

qui, cortésmente, asentía moviendo la cabeza y pensaba que
era una suerte que los prisioneros y heridos azules vivieran
aún. De vuelta, hizo lavar las manchas de sangre que teñían
el suelo en diversos sitios, pues era sangre de cristianos, es
decir el signo de su vida, y no se la debía pisotear. En seguida
se dirigió a la capilla y vió que la fraternidad no alcanzaba
únicamente a los peruanos muertos sino también a los heridos.
Por lo menos, momentáneamente, habían olvidado que eran
azules y colorados. Sobre el suelo, envueltos en mantas listadas
y en la penumbra del recinto, estaban alineados en dos filas
y los menos graves conversaban pitando cigarrillos que se habían invitado recíprocamente. Los otros, inmóviles, algunos
con la cabeza albeante de vendas, miraban al techo o a la imagen colocada en el altar mayor. Alguien gemía con la boca
cerrada, sordamente. Frente al altar había un indio encendiendo
ceras que los heridos devotos mandaban colocar. La bendita imagen de San Isidro labrador, patrón de chacareros, estaba allí
en una hornacina. Usaba capa española y sombrero criollo de
paja blanca adornado con una cinta de los colores patrios. La
capa dejaba ver un pantalón bombacho que se abullonaba
entrando en unas botas lustrosas. La mano izquierda se recogía suavemente sobre el pecho en tanto que la otra, estirada,
empuñaba una pala. De perilla y bigote, piel sonrosada y ojos
muy abiertos, San Isidro tenía el aire satisfecho de un campesino próspero después de una buena cosecha. Entraron unos
cuantos montoneros a poner ceras también e inquirieron por
la imagen de San Jorge. La misma pregunta había sido for-
mulada ya por los heridos y al respondérseles igualmente que
no estaba allí, colocaron sus ceras ante la de San Isidro. En las
paredes laterales de la capilla, diurnas de cal, colgaban unos
cuadritos de colores que representaban las diversas fases de
la Pasión del Señor. Los montoneros habrían preferido a San
Jorge, flor y nata de guerreros. Otros santos que fueron hombres de armas combatieron con hombres, en tanto que San
Jorge se enfrentó a un feroz dragón, le dió batalla y le ocasionó
la muerte con su lanza. Uno de los montoneros sacó una estampa del santo de su devoción y reclinándola sobre la pun-
tera de las botas de San Isidro, la dejó allí para que recibiera
el homenaje de la luz. Se veía a un hermoso San Jorge de mirada fiera y gesto decidido, jinete en un gallardo corcel blanco,
enristrando un buído lanzón frente a una enorme bestia de cabeza de cocodrilo, garras de león, alas de murciélago y cola de

serpiente que echaba llamas por la boca. Para decir verdad,
a Rosendo Maqui no le agradó mucho la devoción, pues él no
encontraba nada mejor que un santo cultivara la tierra y por
otro lado ponía en duda la existencia de un animal tan horrible. A poco llegaron varias indias, entre ellas Chabela, que colocaron velas y se arrodillaron a orar con triste acento. Las
velas amarillas se consumían prodigando una llama rojiza y
humeante, de olor a sebo. San Isidro, aquella vez, parecía a
pesar de todo un poco triste. Al pie, más abajo de la estampa
de San Jorge, contorsionándose como gusanos entre la penumbra, los heridos se quejaban, charlaban o dormían un inquieto
sueño. Las oscuras siluetas de las rezadoras y los tendidos,
triunfaban de la oscuridad, que parecía brotar del suelo, gracias a sus vestidos y mantas de color y las vendas. Las velas
y las paredes calizas apenas conseguían aclarar con su resplandor el largo recinto sin ventanas. Cuando Maqui salió, supo
que Micaela no tenía cuándo volver en sí y parecía loca o
idiota. Hubo de contenerse para no llorar cuando la vió. Estaba con los ojos muy abiertos y gemía inacabablemente:
ennnn, ennnn, ennnn... Sentada, la mandíbula inferior col-
gante y los brazos abandonados a su laxitud, parecía un animal fatigado o muriente.

Así fueron los azares de aquellos días. Los colorados estuvieron en Rumi una semana, comiendo tantos carneros y vacas como los azules. Al marcharse dejaron cuatro heridos, de
los cuales tres se fueron una vez sanos y uno, de traza india,
se quedó en la comunidad al enredarse con una viuda. San
Isidro les supo perdonar sus desaires y los curó a todos. Sólo
la pobre Micaela quedó enferma, hecha una mera calamidad,
pues no daba razón de su ser. Aunque mejoró un poco y dejó
de quejarse, andaba tonteando por el caserío. Solía decir a
cuantos encontraba al paso: «Ya van a volver; de un día a
otro van a volver». Tal era su tema. Al fin murió y los comuneros decían: «Pobre demente, mejor es que haya muerto».
No sólo heridos, desgracias y malos recuerdos dejaron los montoneros en Rumi. También dejaron hijos. La feminidad de las
mocitas triunfó de su íntimo rechazo y, en el tiempo debido,
nacieron los niños de sangre extraña, a quienes se llamó Benito
Castro, Amaro Santos, Remigio Collantes y Serapio Vargas. Los padres, definitivamente ausentes, tal vez muertos
en las guerras civiles, no los verían jamás. Hubo un caso que
únicamente Rosendo Maqui conocía. Un indio que estuvo le-

jos de la comunidad durante la estada de los montoneros, al
regresar encontró a su mujer preñada. Maqui le dijo, cuando
fué a consultarle: «No ha sido a güenas y no debes repudiar
y ni siquiera avergonzar a tu pobre mujer. El niño debe llevar
tu nombre». Así pasó. Las complicaciones aumentaron por
el lado de las chinas solteras. Los mozos no querían tomarlas
para siempre y se casaban con otras. Maqui predicaba: «Ellas
no tienen la culpa y ese proceder es indebido». Al fin se fueron
casando, a intervalos largos. El padrastro de Benito no lo quería y andaba con malos modos y castigos injustos — así es el
oscuro corazón del hombre — hasta que Rosendo lo llevó a
vivir consigo. El y su mujer lo trataban como a sus propios
hijos y Benito creció con ellos diciendo taita, mama y hermanos. Pero su sangre mandaba. Siendo pequeño comenzó a distinguirse en el manejo de la honda. Desde dos cuadras de distancia lograba acertar a la campana de la capilla. El asunto era
para reírse. Maqui acostumbraba llamar a los regidores tocando la campana a fin de no perder tiempo. Tenía señalado a
cada uno cierto número de campanadas. De repente un guijarro golpeaba dando la señal: *lann* y se presentaba un regidor
que, después de las aclaraciones del caso, salía blandiendo su
garrote mientras Benito echaba a correr hacia el campo. En
las noches de luna los pequeños de la comunidad iban a la plaza y ahí se ponían a jugar. La luna avanzaba con su acostumbrada majestad por el cielo y ellos gritaban alegremente mirando el grande y maravilloso disco de luz:

> *Luna, Lunaaaaa,*
> *dame tunaaaaa...*
> *Luna, Lunaaaaa,*
> *dame fortunaaaaa...*

Creían que podía darles cosas. Los más crecidos demandaban a los chicos que se fijaran bien, pues en la redondela
había una burrita que conducía a una mujer. Algunos afirmaban que era la Virgen con el niño Jesús en brazos y otros que
tan solamente una hilandera.

> *Luna, Lunaaaaa,*
> *dame tunaaaaa...*

En lo mejor, Benito Castro, que estaba escondido en algún rincón, aparecía a toda carrera imitando los mugidos del toro o los rugidos del puma. Los chicuelos huían en todas direcciones, ponchos y polleras al viento, y él cogía a alguno para zarandearlo como si lo fuera a despedazar. Después se ponía a saltar gritando cómicamente:

> *Luna, Lunaaaaa,*
> *dame fortunaaaaa...*

Tales recuerdos enternecían a Rosendo Maqui. ¿Por dónde se encontraría Benito? ¿Viviría aún? Esperaba que viviera todavía, lo creía así con el fervor que depara el afecto. Su vieja mujer llegaba a asegurar que cualquier rato asomaría de regreso, alegre y fuerte como si no hubiera pasado nada. Ella rememoraba a su Benito frecuentemente diciendo que era el hijo que más lágrimas le había costado. Quizá por eso lo quería más intensamente, con esa ternura honda que produce en las madres el pequeño travieso y el mozo cerril en quien se advierte al hombre cuyo carácter hará de su existencia una dura batalla. Maqui no desea recordar la forma en que se desgració Benito, y menos cómo él, austero alcalde, había dejado de ser justo una vez. Nadie podía reprocharle nada, pero él mismo se reprochaba su falla o, para ser más exactos, se sentía incómodo al considerarla. Nosotros, que tenemos más amplios deberes que Maqui, aunque sin duda menos importantes, explicaremos lo necesario a su tiempo. Por el momento no consideramos oportuno puntualizar nada, sobre todo respecto al traspié de Maqui, a quien deseamos tratar comprensivamente dejando que viva en forma de todas maneras justa. Tampoco deseamos adelantar cosa alguna acerca del posible retorno de Benito Castro. Sería prematuro y ello violaría en cierto modo la propia fuerza de los acontecimientos. Ahora, a la verdad, lo reclama el afecto de los ancianos, pero, ¿quién no sabe cómo es el corazón de los padres que sufren la ausencia? El grito va y vuelve, torna y retorna al pecho del amoroso:

> *Luna, Lunaaaaa,*
> *dame tunaaaaa...*

Oscurece lentamente. El trigal se vuelve una convulsionada laguna de aguas prietas y en la hoyada el caserío ha des-

aparecido como tragado por un abismo. Pero ya brota una luz,
y otra, y otra... Los fogones de llama roja palpitan blanda
y cordialmente en la noche. Arriba, el cielo ha terminado por
endurecerse como una piedra oscura, en tanto que en las aristas
de los cerros muere lentamente el incendio crespuscular. Maqui sabe que no habrá luna esa noche y la presiente lejos, como dormida en un distante país de sombra, acabada para el
gusto de los hombres y el entusiasmo de los niños. ¡Vaya,
se está poniendo torpe! Ella aparecerá la semana próxima a
redimirlo de la sombra, de esa densa negrura que penetra por
su carne a teñirle hasta los huesos. Las casitas del poblacho
le hacen señas con sus fogones trémulos. También de la capilla
sale un tenue resplandor. Algún devoto habrá prendido ceras
en el ara. Muy milagroso es San Isidro labrador. La imagen
de Rumi tiene su historia, antigua historia enraizada en el
tiempo con la firmeza de la fe de los creyentes y, por si esto
fuera poco, de notorios acontecimientos. En tiempos remotos
se quiso fundar un pueblo en una región de las cercanías y los
presuntos vecinos se dividieron en dos grupos. Uno de ellos,
el más numeroso, quería levantar el poblado en un valle de
chirimoyos y el otro en un cerro de pastizales. Triunfó la mayoría y el pueblo comenzó a ser edificado en el valle. Pero San
Isidro, a quien habían elegido santo patrón, dispuso otra cosa.
Sin que nadie supiera cómo fué a dar allí, amaneció un día
en la punta del cerro por el cual votaba la minoría. Se había
trasladado, como quien dice, entre gallos y media noche. Los
empecinados vallinos hicieron regresar la imagen al lugar que
primeramente le señalaran. Pero San Isidro no era santo de
darse por vencido. De repente, helo allí de nuevo en la cumbre, de amanecida, recibiendo muy ufano los rayos del sol madrugador. Los tercos mayoritarios repitieron su maniobra. Y
San Isidro, por tercera vez, dió su nocturno y gigantesco salto.
Entonces todos consideraron que la cosa tomaba un carácter
que no era para llevarlo a broma y resolvieron edificar en el
cerro. El pueblecito recibió el nombre de San Isidro del Cerro y la accidentada topografía determinó que las casas estuvieran casi superpuestas, de modo que los habitantes tenían
que subir por las callejas a gatas o haciendo equilibrios. Les
cayó por eso el sobrenombre de *chivos*, en gracia al gusto por
las maromas que adorna a tales rumiantes. Las inmediaciones
abundaban en pastos y el ganado prosperó. Los *chivos* tenían
numerosas vacas, ovejas y caballos. Pasaban bien su vida y

no sentían los años. Pero sea porque no le hicieran una fiesta
adecuada o por cualquier otra causa de disgusto, San Isidro
mandó un terremoto que no dejó piedra sobre piedra ni adobe
sobre adobe del pueblo, salvo de la capilla, que se mantuvo
intacta. Casi todos los vecinos murieron y los sobrevivientes
discutieron mucho sobre los designios del santo. Unos decían
que se había enojado porque los pobladores se dedicaban más
a la ganadería, siendo San Isidro un agricultor de vocación.
Otros aludieron a la poca importancia de la fiesta anual y no
faltó quien deplorara el crecido número de amancebamientos
y el reducido de matrimonios. El más sabio opinó que lo dicho
no pasaba de una completa charlatanería, pues los hechos estaban a la vista. Al destruir todo el pueblo y dejar únicamente
la capilla, San Isidro expresaba el deseo de que los vecinos
desaparecieran de allí y lo dejaran solo. El intérprete agregó
que irse era lo más prudente, pues, como se había visto, la opinión de San Isidro no debía ser contradicha. En todo caso, ya
sabría hacer notar su verdadera intención si es que ellos se
equivocaban. El temor que a los cerreños deparaba un santo
patrón tan enérgico, hizo que se fueran realmente, establecién-
dose en el valle. Un montón de ruinas rodeó desde entonces
la capilla, donde solamente rezaba la voz del trueno en las
turbias noches de tormenta. Entonces los comuneros de Rumi
resolvieron rezarle ellos. Frailes misioneros y curas les habían
enseñado los beneficios de la oración y fueron en romería a
trasladar al santo a la comunidad. El les dejó hacer con benevolencia. Como recordaban las fugas nocturnas, no levantaron
capilla sino que lo dejaron durante quince días en observación.
San Isidro amaneció siempre en el mismo sitio — allí junto
a unos alisos, según aseguraba la tradición — demostrando su
deseo de quedarse. Entonces construyeron la recia capilla
donde se le rendía veneración. No tenía torres y la campana
colgaba de un grueso travesaño que iba de una a otra de las
desnudas paredes laterales que bordeaban los extremos de un
angosto corredor. En la pared que hacía de fachada, no menos
lisa que las otras, una gruesa y mal labrada puerta de sabe Dios
qué madera se quejaba sordamente de no haberse convertido en polvo todavía. La que mantenía una voz clara, llena de
potencia y frescura, era la campana. Se la oía a leguas y la coreaban los cerros. Tenía también su historia o más bien dicho
su leyenda, pues nadie, ni la audaz tradición, podía aseverarla
plenamente. Claro que se podía asegurar que la hizo un famoso

fundidor llamado Sancho Ximénez de la Cueva, en el año
1780, que así estaba grabado en el bronce, según decían los
leídos. Pero no se podía asegurar cómo la hizo. Contaba la
tradición que en su tiempo se murmuró que el fundidor empleaba malas artes para dar una sonoridad realmente única
a sus campanas. Descartada la hipótesis de que mezclara oro
a la aleación, pues no cobraba muy caro, se dijo que empleaba
sangre humana, secuestrando a sus víctimas y degollándolas
en el momento de hervir el bronce para añadirle la sangre
que perennizaba algo del canto del hombre en la definitiva
firmeza del metal. En Rumi se llamaba a los fieles agitando
matracas y golpeando redoblantes hasta que un gamonal,
que después de ejercer el cargo de diputado volvió de Lima
hereje, puso en venta la famosa campana perteneciente a la
iglesia de su hacienda. Los comuneros la adquirieron por cien
soles y desde esa fecha la voz alta y nítida, cargada de tiempo
y de misterio, formó parte de su orgullo. En toda la región
no había ninguna como ella. Cantaba y reía repicando en las
fiestas. Gemía dulcemente, doblando por la muerte de algún
comunero, con el acento del dolor piadoso y sincero. Cuando
la víspera de la fiesta se la echaba a vuelo, su son iba de cerro
en cerro y llegaba muy lejos convocando a los colonos de las
haciendas. Y el día de la fiesta, llamando a misa o acompañando la procesión, cantaba muy alto y muy hondo la gloria de
San Isidro, de tal modo que los cerros la admitían jubilosamente
y a los fiesteros se les volvía otra campana el corazón. San
Isidro estaba contento y derramaba sobre Rumi sus bendicio-
nes de igual manera que se esparce el trigo por la tierra de
siembra. ¡Si tenía esa campana, muchas ceras en el altar, buena
fiesta y el fervor de toda la comunidad! El día grande de la
fiesta salía la procesión. Las andas en que iba la imagen estaban
cargadas de frutos. San Isidro parecía el jefe de una balsa atestada que se balanceara en un río multicolor de fieles apre-
tujados, cuyo cauce era la calle del caserío. La comparación
habría sido exacta si no hubiera abierto el desfile una yunta
conducida por un San Isidro vivo y operante. Las astas de los
bueyes lucían flores y el mocetón que empuñaba el arado se
cubría con una capa y un sombrero iguales a los del santo. Este
gañán simbólico, diestro en menesteres de puya y mancera,
dejaba tras sí un surco que evidenciaba la eficacia del celestial
cultivador. Durante los demás días que duraba la feria, San
Isidro, desde el corredor de la capilla, veía el júbilo de su pue-

blo. Este comía, bebía y danzaba sin perdonar la noche. Las
bandas especiales de pallas, rutilantes de espejuelos, bailaban cantando versos alusivos:

> *San Isidro,*
> *labrador,*
> *saca champa*
> *con valor*
> *San Isidro,*
> *sembrador,*
> *vuelve fruto*
> *a toda flor.*

Era un gusto. Abundaban los tocadores de bombo y flauta
y, desde hacía años, jamás faltaba el arpista Anselmo que,
curvado sobre su instrumento, tocaba y tocaba realmente
borracho de agraria emoción y de trinos. A su tiempo contaremos la historia de Anselmo así como la de Nasha Suro, curandera con fama de bruja, y de otros muchos pobladores de
Rumi. La memoria de Rosendo Maqui, a la que seguimos,
está ahora a los pies del venerado santo. Ciertamente que alguna vez hubo sequía y una hambruna de dos años, pero todo
eso se hallaba perdido en el tiempo, noche creciente que no
tenía alba y sí tan sólo las estrellas vacilantes de los recuerdos.
El señor cura Gervasio Mestas hacía la fiesta y sabía rezar
a San Isidro en la forma debida. Y también los frailes de
verdad bendecían el ganado para que aumentara y diera
buena lana. No había que dejarse engañar por frailes falsos.
Porque en cierta ocasión pasaron por Rumi dos hombres
vestidos de frailes que iban por las cercanías pidiendo limos-
na para el convento de Cajamarca. Sus sirvientes arreaban
un gran rebaño de ovejas y vacas, producto de los regalos
de hacendados, colonos y comuneros. Bendecían el ganado
de los donantes con mucha compostura, palabritas raras y
abundantes cruces. Y sucedió que estando por el distrito de
Sartín, arreando una animalada que más parecía un rodeo,
acertó a llegar por esos lados un universitario que sabía de la-
tín y cosas divinas. Les dirigió la palabra y los frailes hechizos
se quedaron secos. La cosa no quedó allí sino que se amotinó
el pueblo y los impostores tuvieron que botarse las incómodas
sotanas para correr a todo lo que les daban las piernas por los
cerros. La noticia brincó de un lado a otro, pero a ciertos lu-

gares no llegó. Maqui estuvo por las tierras de Callarí, a vender papas, y se hospedó en casa de un chacarero que le contó
muy alegremente sus progresos. Estaba especialmente contento de la fecundidad de las ovejas y afirmó que ello se debía
a la bendición de dos frailecitos. No le pesaba haberles dado
cuatro animales. Un fraile era barbón y el otro peladito. El
chacarero abrió tamaños ojos y no quería creer cuando Maqui
le refirió que esos mismos eran los dos malditos ladrones dis-
frazados que fueron descubiertos en Sartín. En el mismo Callarí, es decir en el lugar que daba nombre a la zona, no vivía
ningún cristiano. Había allí un pueblo en ruinas. Entre las
abatidas paredes de piedra crecían arbustos y herbazales.
Daba pena considerar que donde ahora había solamente destrucción y silencio, vivieron hombres y mujeres que trabajaron,
penaron y gozaron esperando con inocencia los dones y pruebas
corrientes del mañana. No quedaba uno de su raza. Decían
que una peste los arruinó. La leyenda afirmaba que el basilisco. Es un maléfico animal parecido a la lagartija, que mata
con la mirada y muere en el caso de que el hombre lo vea a él
primero. El maldito fué a Callarí, escondióse bajo el umbral
de la puerta de la iglesia y en un solo domingo, a la salida de
misa, dió cuenta del pueblo con sus fatales ojuelos brillantes.

Maqui miró hacia el caserío con tristeza. Los fogones ardían vivamente y su rojo fulgor rompía la impresión desolada
que produce la sombra. Esta se había enseñoreado del cielo
y de toda la tierra, apagando las llamas crepusculares que
momentos antes tostaban los picachos. Así, los habitantes de
Callarí encenderían los fogones del yantar y luego se dormi-
rían para despertarse a repetir el día y las noches y los días,
a lo largo del tiempo. Hasta que, imprevistamente, cierta vez...
¿Qué es entonces el destino? Solamente las fuerzas oscuras de
Dios, los santos y la tierra podían determinar algunas cosas,
así las referentes a los pueblos como a los individuos. Una mañana Benito Castro perseguía un torillo matrero que se le escapó entre el montal de la quebrada de Rumi. ¿Qué es lo que
encontró? Ni más ni menos que el cadáver, fresco aún, de una
mujer. Al hombro lo condujo hasta la puerta de la iglesia y
llamó al alcalde. Este lo desnudó y examinó sin encontrar
ninguna herida ni la menor señal de violencia. Cubierta de
nuevo con el decoro de las ropas — una pollera anaranjada,
una camisa blanca con grecas rojas, un rebozo negro — tocó
Rosendo la campana y se congregaron todos los comuneros.

La muerta era joven, de cuerpo bien proporcionado y faz hermosa. Nadie la conocía, nadie la había visto jamás. Velaron el cadáver y, después de que llegó el juez de la provincia y levantó el acta de defunción, lo sepultaron. Los comuneros que viajaban iban diciendo por los pueblos y los caminos: «¿No saben de una mujer desaparecida que haya tenido la cara así y el vestido asá?» Repartieron la voz por toda la comarca. Nadie sabía nada y todos, al enterarse ampliamente del hecho, lo encontraban muy extraño. ¿Desde dónde vino esa mujer? ¿Fugó? ¿Por qué se metió entre el montal? ¿Se envenenó? Lo mismo pudo hacer a muchas leguas de allí sin darse el trajín del viaje. Benito la había encontrado junto al agua que corría por el fondo de la quebrada, blandamente reclinada sobre un herbazal, como si tan sólo descansara.

Ahora Maqui pensaba de nuevo en Benito. El tornaba insistentemente a su imaginación. Acaso la culebra trazó la negación de su luto sobre esa gallarda existencia. Acaso... Eran grandes sus mandíbulas, un bigotillo indómito se le erizaba sobre el labio ancho y los ojos negros le brillaban con esa fiereza alegre del animal criado a todo campo. Tenía el tórax amplio, las piernas firmes y las manos duras. Oficiaba de amansador de potros y repuntero. ¿Por dónde andaría? El salvó a la vaca Limona, cuando estaba recién nacida, de que se la comieran los cóndores. Llegó a su lado en el momento en que dos de esos enormes pájaros negros abatían el vuelo dejándose caer sobre la inerme ternerita que no podía ni pararse de miedo y de dolor, pues las tiernas pezuñas eran heridas por el cascajo. Desnudando el machete, Benito se había lanzado a todo el galope de su caballo sobre los cóndores, poniéndolos en fuga. La Limona creció y parió. Daba muchas crías. Viéndola tan panzona y tranquila, de pingües ubres repletas, nadie podía imaginarse que en su pasado hubiera un episodio dramático. Era muy lechera y encontraba rival solamente en la negra Güenachina. Ofrendaban un cántaro lleno. Pero en parir ninguna aventajaba a la Añera, que lo hacía todos los años y por eso había recibido tal nombre. Prosperaban las vacas. Inocencio decía que era porque había enterrado un ternerito de piedra en el corral. Lo compró en la capital de la provincia y estaba en un sitio que tenía bien fijado en la memoria. Ahí vertía leche y de cuando en cuando ponía un bizcocho. La estatuilla de piedra protegía, pues, la crianza. El mismo Inocencio afirmaba que la leche de las vacas negras

es más espesa que la de las de otro color. Por su parte, la curandera Nasha Suro recetaba los enjuagatorios de orines de
buey negro para el dolor de muelas. Nadie le hacía caso ya —
«ah, indios malagracias» — y más bien iban donde el herrero
Evaristo, que tenía un gatillo especial. De un tirón extraía
la adolorida pero también, a veces — justo es considerarlo
para dar a la operación su verdadero carácter — arrancaba
una porción de mandíbula. El buey negro llamado Mosco
murió rodado hacía muchos años. Sin duda no vió dónde pi-
saba o le faltaron las fuerzas, porque ya estaba muy viejo.
Era dulce y poderoso. Al chocar contra las rocosas aristas de
la pendiente, se le rompió un asta, reventó un ojo y se desgarró
la piel. Maqui lo había castrado y luego amansado. Ninguno
salió como él para el trabajo. Ayudado por su compañero de
yunta, domándolo si era marrajo, trazaba surcos rectos y profundos. Avanzaba tranquilamente, plácidamente, copiando
los paisajes en sus grandes y severos ojos, rumiando pastos y
filosofías. La picana jamás tuvo que rasgar sus ancas mon-
das y potentes. Apenas si para indicar la dirección y las vueltas debía tocarlas levemente. Cuando un toro indócil, en las
faenas de amansada, quebraba la autoridad de los otros bueyes de labor, se lo uncía con Mosco. Al punto entendía la ley.
El negro avanzaba si el cerril se detenía y se detenía si el otro
quería avanzar más de la cuenta, siendo en este caso ayudado
por el gañán, quien hundía el arado a fondo. El cogote poderoso, los lomos firmes, las pezuñas anchas, imponían la velocidad
mesurada y el esfuerzo potente y contumaz que hacen la eficacia del trabajo. Después de la tarea, mugía sosegadamente
y se iba a los potreros. Si no había pasto comía ramas y si
éstas faltaban, cactos. Cuando las paletas ovaladas de los
cactos quedaban muy altas, con un golpe de testuz derribaba
la planta entera. Maqui lo quería. Cierta vez que un comunero, que lo unció para una gran arada, por alardear de energía y rapidez le sacó sangre de un puyazo, Maqui se encaró
con el comunero y lo tendió al suelo de una trompada en la
cabeza. Esa fué una de las contadas ocasiones en que empleó
la violencia con sus gobernados. Después de las siembras, los
vacunos de labor eran echados a los potreros. En los rodeos
generales los sacaban para darles sal. Pero Mosco, de pronto,
se antojaba de sal y después de saltar zanjas, tranqueras y
pircas con una tranquila decisión, llegaba al caserío y se paraba ante la casa de Rosendo. Los comuneros bromeaban:

«Este güey sabe también que Rosendo es el alcalde». Maqui
brindábale entonces un gran trozo de sal de piedra. Después
de lamer hasta cansarse, Mosco se marchaba a paso lento en
pos de los campos. Parecía un cristiano inteligente y bondadoso. El viejo alcalde recordaba con pena la visión de las carnes sangrientas y tumefactas, del asta tronchada y el ojo en-
juto. El lloró, lloró sobre el cadáver de ese buen compañero
de labor, animal de Dios y de la tierra. Hubo otros bueyes
notables, cómo no. Ahí estaban o estuvieron el Barroso, capaz
de arrastrar pesadas vigas de eucalipto; el Cholito, de buen
engorde, siempre lustroso y brioso; el Madrino, paciente y
fuerte, que remolcaba desde los potreros, mediante una gruesa soga enlazada de cornamenta a cornamenta, a las reses
que solían empacarse o eran demasiado ariscas. Pero ninguno,
ninguno como el singular Mosco por la potencia de la energía, la justeza del entendimiento y la paz del corazón. Era,
además, hermoso por su gran tamaño y por su perfecta negrura de carbón nuevo. Cuando en los rodeos generales los
comuneros llegaban muy temprano a los potreros, a veces
no podían dar con Mosco, oculto por las rezagadas sombras
entre las encañadas o los riscos. Tenían que esperar a que la
luz del alba lo revelara. Mosco engrosaba entonces la tropa
con paso calmo y digno. Para ser cabalmente exactos, diremos que Maqui lo quería y a la vez lo respetaba, considerándolo en sus recuerdos como a un buen miembro de la comunidad. También eran negros el buey Sombra y el toro Choloque. Sombra cumplió honestamente sus tareas. Choloque
fué un maldito. Odiaba el trabajo y solamente le gustaba
holgar con las vacas. Andaba remontado y si por casualidad
se lograba pillarlo para el tiempo de las siembras, soportaba
de mala guisa un día de arada y aprovechaba la noche para
escaparse y perderse de nuevo. Después de un tiempo pru-
dencial aparecía por allí, haciéndose el tonto y con un talante
de compostura que trataba de disimular sus fechorías. Teniendo absoluta necesidad de él, había que amarrarlo de noche,
pero con soga de cerda o cuero, porque se comía las de fibra
de pate o penca. Tanto como odiaba el trabajo amaba los
productos del trabajo. Era el más voraz de los clandestinos
visitantes de los plantíos de trigo y maíz. Le gustaban de igual
modo que al venado las arvejas. Hacía verdaderas talas y no
abandonaba las chacras sin que los cuidadores tuvieran que
corretearlo mucho disparándole piedras con sus hondas. La

opinión pública reclamaba: «Hay que caparlo», pero Maqui
dejaba las cosas en el mismo estado en gracia a la energía
y hermosa estampa de Choloque. A la vez que un condenado
era también un gran semental. Como todo animal engreído, no podía ver con buenos ojos que otro se le adelantara
en el camino, requiriera a una hembra o tan sólo comiera
el pasto o lamiera la sal tranquilo en su presencia. Al momento peleaba para imponer, por lo menos, el segundo lugar y la
humillación, si no la huída. Si el presunto rival estaba lejos,
rascaba el suelo, mugía amenazadoramente, movía el testuz
y, en fin, hacía todo lo posible para armar pleito. El poder
lo convirtió en un fanfarrón. Los demás toros le temían. Todos habían experimentado su potencia cuando, trabados en
lucha, frente a frente, asta a asta — como quien dice mano
a mano, pensaba Maqui — tenían que retroceder y retroceder
para sentirse al fin vencidos por el indeclinable cuello enar-
cado y musculoso. Al darse a la fuga, Choloque, de llapa, les
aventaba una cornada por los costillares o las ancas. Resultaba, pues, el amo. Hasta que un día el toro Granizo, llamado
así por su color ocre manchado de menudas pintas blancas,
resolvió terminar. Quién sabe cuántas cornadas, forzadas
castidades y preterición es sufrió Granizo. Esto era asunto
suyo. Lo cierto es que resolvió terminar. Una tarde el cholo
Porfirio Medrano, que atravesaba la plaza, distinguió a la distancia a dos reses trabadas en lucha. Más allá del maizal
que hemos visto, había un potrero que subía faldeando por un
cerro de alturas escarpadas, cuyas ásperas peñas rojinegras
formaban una suerte de graderías. Entre esos peñascos, se
encontraban forcejeando los peleadores y Medrano se puso
a observar para ver el final de la justa. Como no llevaba trazas de terminar, corrió a dar aviso al alcalde, quien por su
lado llamó al indio Shante, famoso por su buena vista. El
dijo: «Uno es el toro Granizo y el otro el Choloque». Y se
quedaron esperando que éste hiciera huir al osado, pero no
ocurrió así. A lo lejos apenas parecían unas manchas, pero se
notaba que no cejaban. De un lado para otro se empujaban
empecinadamente. A ratos, debido a algún accidente del terreno, se separaban. Pero volvían a topetearse, a ceñirse las
frentes y a arremeter con redoblado ímpetu. Se habían en-
furecido. «Esos acabarán mal—dijo Maqui—, vamos a ase-
pararlos». Y fueron. Se tenía que dar un rodeo para llegar a
ese lado de los barrancos, es decir, había que subir casi hasta

la cumbre del cerro, que si bien no era muy alto, resultaba
en cambio bastante accidentado. Se llamaba Peaña porque
imitaba la base de piedras usada para soporte de la cruz.
Tardaron, pues, en subir. Al avistar los barrancos advirtieron
que los toros continuaban peleando, de modo que aceleraron
el paso. Descendían a grandes saltos y gritando: «Toro...to-
ro...ceja». Shante les tiraba cantos rodados con su honda.
Tenía buena puntería y ayudado también por la redondez
de las piedras, que facilita su buena dirección, lograba hacer
blanco alguna vez a pesar de la distancia. «Toro...toro...ce-
ja...ceja...» y las piedras trazaban su parábola oscura para
golpear las carnes o rebotar en el suelo. Los toros ni oían ni
sentían. De repente, se detenían como para separarse, pero
ello no era sino una treta, pues, de improviso, uno de los dos
empujaba violentamente. El otro retrocedía hasta detener
al enemigo, a veces por su propio esfuerzo, a veces ayudado
por un pedrón, una loma o cualquier otro accidente del terreno. Luchaban al lado de un abismo y ambos evitaban retroceder en esa dirección, yendo y viniendo a lo ancho de la falda. Se medían, jadeaban. Los tres comuneros estaban ya cerca y veían los cuerpos claramente. El afán primero de cada
luchador era el de colocar las astas bajo las del otro para tener
mayor firmeza y seguridad en la presión. Choloque era un
veterano de los duelos y conseguía hacerlo repetidamente.
En una de esas, Granizo saltó a un lado y trepó como para huir
y Choloque, loco de furia y orgullo, quiso cargarle por los ijares para surcarlos de sangre, momento que aprovechó el primero para dar vuelta rápidamente y embestir, bajo las astas,
en un supremo esfuerzo. Choloque, al ir en pos de Granizo,
dió las ancas al abismo y ya no tuvo tiempo de volverse. Ayudado por el declive, todo el peso del cuerpo y su sorpresivo
impulso, Granizo empujó rápida e incontrastablemente hacia el barranco. Los comuneros, al ver la inminencia de la caída, se detuvieron. Choloque pugnó inútilmente por sostenerse, perdió las patas traseras en el aire y cayó blanda y pesadamente sobre unos riscos profiriendo un ronco y aterrorizado
mugido. Siguió rodando, ya sin más sonido que el sordo del
golpe sobre las peñas, hasta que fué a dar a la base del barranco, entre unas matas. Quedó convertido en un montón de carne roja y sangrante. Granizo, de pie al filo del precipicio, miró
un momento, mugió corta y poderosamente y luego tomó
paso a paso su camino, que era el de la victoria sobre el des-

potismo. El no heredó los malos hábitos y hasta se diría que
se confundió con los demás toros. Era ecuánime y peleaba
sólo de cuando en cuando, por motivos poderosos que Rosendo Maqui suponía y no quiso precisar. El alcalde pensaba que
los animales son como los hombres y era mentira lo de su falta
de sentimientos. Ahí estaban, sin ir más lejos, los de las vacas. Cuando mataban alguna en la comunidad, las vivas que
olían la sangre derramada en el lugar del sacrificio, bramaban
larga y dolorosamente como deplorando la muerte, y al oírlas
llegaban más vacas y todas formaban un gran grupo que estaba allí, uno o dos días, brama y brama, sin consolarse de la
pérdida. Entonces, Maqui consideraba a los animales, como a
los cristianos, según el comportamiento y no sintió gran cosa
la muerte de Choloque: le molestaba — sin que ello nublara
su entendimiento para no reconocer las cualidades — su inútil agresividad. Había corneado inclusive al caballo Frontino.
Este era un alazán tostado, albo de una pata y con una mancha, también blanca, en la frente que en la noche semejaba
una estrella. Los adagios rurales sobre caballos lo favorecían
doblemente: *Alazán tostado, primero muerto que cansado:*
Albo uno, cual ninguno... Más alto que todos los caballejos
de la comunidad, fuerte, lo montaban los repunteros diestros
en el lazo y los viajeros que debían hacer grandes o importantes jornadas. Durante un rodeo, el vaquero Inocencio corrió
en Frontino para atajar a Choloque que se escapaba. Se plantó en medio de un camino por donde tenía que pasar, y el toro, en lugar de volverse, cargó hiriendo a Frontino en el pecho. La herida se enlunó, mostrando una hinchazón dura y
creciente. Rosendo, pues Nasha Suro no entendía nada de
caballos, lo curó con querosene y jugo de limón. El limón era
bueno también para las pestes propias de los caballos y ovejas. Los frutos, ensartados en un cordel, rodeaban el cuello.
Hacía gracia ver a los animales caminando ornados de collar
amarillo. La manada de ovejas era grande y seguía aumentando con el favor de Dios y el cuidado de los pastores. Los niños
de la comunidad, acompañados de algunos perros, llevaban
el rebaño a los pastizales de los cerros, y mientras las ovejas
triscaban el ichu, los pequeños cantaban o tocaban dulcemente sus zampoñas, y los perros atisbaban los contornos.
Había que defender a todas las ovejas del puma y el zorro y
a los corderillos del cóndor. Después de las cosechas sería la
trasquila. Se la debía hacer a tiempo, pues de lo contrario,

las primeras lluvias y granizadas cogían a las ovejas mal cubiertas y las mataban de frío. Hubo año en que, además de
retrasarse mucho la trasquila, las tormentas adelantadas llegaron a azotar con sus grises y blancos chicotes al mero octubre, y murieron centenares de ovejas. Tiesas y duras como
troncos amanecían en el redil. Marguicha, una de las pasto-
ras, lloraba viendo que un corderito trataba de mamar de una
oveja muerta. Pero la prudencia y el buen tino trasquilaron
oportunamente los otros años. También levantaron un cobertizo en un ángulo del aprisco, según el proceder de los hacendados. Marguicha fué creciendo como una planta lozana.
Llegó a Marga ya. En el tiempo debido floreció en labios y
mejillas y echó frutos de senos. Sus firmes caderas presagiaban la fecundidad de la gleba honda. Viendo sus ojos negros,
los mozos de Rumi creían en la felicidad. Ella, en buenas cuentas, era la vida que llegaba a multiplicarse y perennizarse,
porque la mujer tiene el destino de la tierra. Y Maqui volvía
a preguntarse: «¿Es la tierra mejor que la mujer?»

Un fuerte golpe de viento pasó estremeciendo las espigas y llevándose sus simientes. La oscuridad se había adensado
y, aunque los fogones de la hondonada continuaban haciéndole
amables señas, el viejo alcalde se sentía muy solo en la noche.
. Esa era, pues, la historia de Rumi. Tal vez faltaría mucho. Acaso podría volver con más justeza sobre sus recuerdos.
El tiempo había pasado o como un arado que traza el surco o
como un vendaval que troncha el gajo. Pero la tierra permaneció siempre, incontrastable, poderosa, y a su amor alentaron
los hombres.

Y he ahí que algo se mueve entre la sombra, que el monolito se fracciona, que el viejo ídolo se anima y cobra contornos humanos y desciende. Rosendo Maqui baja de la piedra
y toma a paso lento el sendero que se bifurca por una loma
aguda llamada Cuchilla y parte en dos el trigal. Las espigas
crepitan gratamente y por ahí, sin que se pudiera precisar
dónde, cerca, lejos, grillos y cigarras parlan repitiendo sin
duda el diálogo de una antigua conseja que Maqui conoce.

Mientras avanza hacia Rumi, mientras muerde las últimas instancias de su sino, confesemos nosotros que hemos
vacilado a menudo ante Rosendo Maqui. Comenzando porque
decirle indio o darle el título de alcalde nos pareció inadecua-
do por mucho que lo autorizara la costumbre. Algo de su poderosa personalidad no es abarcada por tales señas. No le pu-

dimos anteponer el *don*, pues habría sido españolizarlo, ni designarlo amauta, porque con ello se nos fugaba de este tiempo. Al llamarlo Rosendo a secas, templamos la falta de reverencia con ese acento de afectuosa familiaridad que es propio del trato que dan los narradores a todas las criaturas. Luego, influenciados por el mismo clima íntimo, hemos intervenido en instantes de apremio para aclarar algunos pensamientos y sentimientos confusos, ciertas reminiscencias truncas. A pesar de todo, quizá el lector se pregunte: «¿Qué desorden es éste? ¿Qué significa, entre otras cosas, esta mezcla de catolicismo, superstición, panteísmo e idolatría?» Responderemos que todos podemos darnos la razón, porque la tenemos a nuestro modo, inclusive Rosendo. Compleja es su alma. En ella no acaban aún de fundirse — y no ocurrirá pronto, midiendo el tiempo en centurias — las corrientes que concluyen desde muchos tiempos y muchos mundos. ¿Que él no logra explicarse nada? Digamos muy alto que su manera de comprender es amar y que Rosendo ama innumerables cosas, quizá todas las cosas, y entonces las entiende porque está cerca de ellas, conviviendo con ellas, según el resorte que mueva su amor: admiración, apetencia, piedad o afinidad. «¿Es la tierra mejor que la mujer?» En la duda asoma ya una diferenciación de su esencia. En el momento justo las propias fuerzas de su ser lo empujan hacia una o la otra, de igual modo que hacia las demás formas de la vida. Su sabiduría, pues, no excluye la inocencia y la ingenuidad. No excluye ni aun la ignorancia. Esa ignorancia según la cual son fáciles todos los secretos, pues una potencia germinal orienta seguramente la existencia. Ella es en Rosendo Maqui tanto más sabia cuanto que no rechaza; e inclusive desea lo que los hombres llaman el progreso y la civilización. Pero no sigamos con disquisiciones de esta laya ante un ser tan poderoso y a pesar de todo tan sencillo. El continúa marchando, cargado de edad, por el ondulante sendero...

De pronto un grito se extendió en la noche estremeciendo la densidad de las sombras y buscando la atención de los cerros.

— Rosendoooo...taita Rosendooooo...

Las peñas contestaron y la voz repetida se fué apagando, apagando, hasta consumirse entre el crepitar de las espigas y el chirriar de los grillos y las cigarras. La cinta del camino lograba albear entre la oscuridad y Maqui apuró el paso agu-

zando la mirada para no resbalar ni tropezar. Le dolían un poco
sus ojos fatigados. Un bulto oscuro y rampante, de inquieto
jadeo, trepaba la cuesta. Ya estaba junto a él. Era su perro,
el perro Candela, que llegó a restregarse contra sus piernas,
gimió un poco y luego echó a correr camino abajo. Resultaba
evidente que había subido para avisarle algo y ahora lo invitaba a ir pronto hacia el caserío. Candela se detenía a ratos
para gemir inquietamente y luego corría de nuevo. Maqui
trotó y trotó. Ya estaban allí las primeras pircas, junto a las
cuales crecían pencas y tunas. Ya estaban allí, al fin, las casas de corredor iluminado por el fogón. Maqui tomó a paso
ligero por media calle y a la luz incierta de los leños cruzaba
como una sombra. Algunos indios, sentados en el pretil de sus
casas, lo reconocían y saludaban. La campana de la capilla
exhaló un claro y taladrante gemido: la-an...y a intervalos
regulares y largos continuó clamando. El anciano hubiera querido correr, mas se sujetaba, estimando que debía guardar la
compostura propia de sus años y su rango.

Ya estaba allí, al fin, en un lado de la plaza, su propia
habitación de adobe, con el techo aplastado por la noche. Un
abigarrado grupo de indios había ante ella. La luz del corredor
perfilaba sus siluetas y alargaba sus sombras. Las trémulas
sombras se extendían por la plaza, inacabables, espectrales.
Maqui se abrió paso y los indios lo dejaron avanzar sin decirle
nada. La-an... la-an...seguía llorando la campana. Ululaba
la voz desolada de una mujer. El viejo miró y quedóse mudo
e inmóvil. Sus ojos se empañaron tal vez. Pascuala, su mujer,
había muerto. En el corredor, sobre un lecho de ramas y hojas
de yerbasanta, se enfriaba el cadáver.

II

ZENOBIO GARCIA Y OTROS NOTABLES

El cadáver de Pascuala fué vestido con las mejores ropas
y colocado, después de botar la yerbasanta, en un lecho de cobijas tendido en medio del corredor. En torno del lecho ardían renovadas ceras embonadas en trozos de arcilla húmeda.
Junto a la cabecera estaban las ofrendas, es decir, las viandas
que más gustaban a Pascuala: mazamorra de harina con chancaca, choclos y cancha contenidas en calabazas amarillas. El
ánima había de alimentarse de ellas para tener fuerzas y poder terminar su largo viaje.

Quien decía las alabanzas, recordaba los episodios gratos
y lloraba, era Teresa, la mayor de las hijas, que estaba sentada a un lado del cadáver. Al otro lado se hallaba Rosendo,
ocupando un pequeño banco y mascando su coca. Más allá,
más acá, en el corredor y en la plaza, frente a la lumbre, se
acuclillaban y sentaban los demás comuneros. Cerca del alcalde, Anselmo, el arpista tullido, miraba tristemente ora a
Rosendo, ora al cadáver. Un momento antes había contado a
su protector los últimos instantes de la anciana. Estaba sentada junto al fogón, preparando la comida y, de repente, gimió: «Me duele el corazón... Que el Rosendo perdone si hice
mal... Mis hijos...» Y ya no dijo más porque rodó hacia
un lado y murió. Rosendo no pudo contener una lágrima.
¿Qué le iba a perdonar? El sí hubiera querido pedirle perdón
y ahora se lo demandaba a su ánima.

El viejo tenía los ojos perdidos en la noche, vagando de
estrella en estrella y a ratos los volvía hacia su mujer. Ya no
era en la vida. Era en la muerte. El rostro rugoso y el cuerpo
exangüe, rodeados por una roja constelación de velas, estaban
llenos de una definitiva serenidad, de un silencio sin límites.
A este mutismo y esa paz trataban de llegar, rindiendo el debido homenaje al pasado, las voces y sollozos de Teresa, su
clamor humano.

La hija mayor tenía las greñas dolorosamente caídas sobre
la faz cetrina. El rebozo desprendido permitía ver el pecho,
los grandes senos palpitaban temblorosamente bajo la blanca
blusa. Hablaba y gemía:

— Ay...ayayay...mi mamita. ¿Quién como ella? Tenía
el corazón de oro y la palabra de plata. Que viera un enfermo,
que viera un lisiado, que viera cualquier necesitao y lueguito
se condolía y lo curaba y atendía...ayayay... Su boca decía
no más que el bien y si mormuraba por una casualidá, porque la lengua suele dirse, ahí mesmo se contenía: «¡Tamos
mormurando!», decía, «es malo, malo mormurar!»...Ayayay,
mi mamita... Jué muy güenamoza de muchacha y hasta mayor y con muchos hijos jué güenamoza...y de ancianita mesmo, no era sangre pesada pa la gente...

Una trigueña faz tranquila estaba allí barnizada de luz,
atestiguándolo. Pese a su tez rugosa, perduraba en el rostro
cierta gallardía. Los gruesos labios se plegaban naturalmente,
sin deformaciones y, entre los ojos cerrados, la nariz de firme
trazo daba a una frente severa y dulce, enmarcada por dos
ondas de albo cabello. Esa anciana no tuvo, pues, sangre pesada, es decir que no fué antipática. Teresa seguía contando y
llorando:

— Hay mujeres que se güelven pretensiosas y mandonas
si su marido es autoridá. Velay que cuando mi taita subió de
alcalde la gente decía: «Aura la Pascuala se dañará». ¿Qué
se iba a dañar? Tenía el pecho sano y sabía ser mujer de su casa y su trabajo sin meterse onde no le tocaba. Sabía hilar, sabía teñir, sabía tejer... Su marido tenía qué lucir y remudar
y a sus hijos nada les faltó mientras jueron de su custodia. Pa
el mesmo lisiadito Anselmo tejía... Lo quería mucho al lisiadito..

Anselmo, acurrucado junto al alcalde, escondiendo la fatalidad de sus piernas tullidas bajo los pliegues de su rojo pon-

cho, doblaba la cabeza sobre el pecho. Una lágrima rodó por
su flaca mejilla dejando un rastro brillante.

— Ayayay, mi mamita... Guardaba siempre una olla con
comida y al que llegaba le servía. Comunero o forastero, le
servía... Ella no se fijaba en quién y a todos les daba. Hay
gentes que tamién dan y más toavía si la forastera es vieja,
porque piensan que es la mesma tierra cuya ánima está de
vieja pa ver cómo se portan los que han sembrao y cosechao,
por ver si son güenos de corazón con lo que les ha dao la tierra.
Saben que al no dale, la tierra se enojaría y ya no sería güena
la cosecha. Mi mamita Pascuala les daba a todos, seyan viejos, seyan jóvenes, varones o chinas... Ella decía: «El que
tiene hambre debe comer y hay que dale».

Rosendo pensaba que Pascuala le ayudó siempre a ser
alcalde, a su manera, por medio de su sencilla bondad y su natural buen sentido. Dejaba tranquilos a los hombres al no en-
trometerse en los asuntos de la comunidad, y a las mujeres
les moderaba la envidia absteniéndose de hacer pesar su condición de mujer del alcalde. Como practicaba el bien y probaba ser una ejemplar madre de familia, todos la respetaban.
Por lo demás, tal vez si alguna de las viejas a quienes dió de
comer era el espíritu de la tierra.

— Ayayay, mi mamita... Una vez casi se muere, enfer-
maza se puso, y se sañó ofreciéndole rezale un año al taitito
San Isidro. Y como ofreció, cumplió, rezándole un año sin faltar un día... Ayayay, mi mamita... A naides hizo mal, a
todos hizo bien... ¿Quién como ella?...Ella decía que la mujer ha nació pa ser güena...

¡Vaya! Rosendo no quería ponerse a llorar. Se yapó coca
a la bola que le hinchaba el carrillo y carraspeó discretamente.
De verdad fué buena su mujer. Ella estuvo, cuanto pudo, en
la felicidad de Rosendo y en la de todos; ella hizo más hermosa
la comunidad.

La exégesis continuaba. Entre los indios equivale a las
notas necrológicas de los diarios o al panerígico que se acostumbra en las horas fúnebres citadinas. Sólo que en el caserío, a la luz del recuerdo de una convivencia íntima, había
que decir la verdad. Las chinas eran las que más escuchaban,
pues los hombres, sobre todo si estaban algo alejados, cuchi-
cheaban sobre sus propios asuntos a la vez que mascaban su
coca. A ellos no les incumbía directamente. Las mujeres maduras, cuya imperfección resaltaba ante la voceada virtud,

perdonaban a la muerta su excelencia, quizá inclusive la alababan y, por su lado, las mocitas sentían el deseo de vivir
como ella sus vidas. En general flotaba en el ambiente un sentimiento de veneración y de piedad. En cuanto a Eulalia, la
holgazana y ardilosa mujer de Abram, que podía estar considerando la conveniencia de sujetar la lengua y laborar ahin-
cadamente, ni siquiera oía. Se hallaba en una casa vecina preparando, en compañía de las otras mujeres de la parentela,
diversos potajes para los veloriantes.

Teresa terminó sus gemidos y loanzas en el momento en
que llegaron arreando tres taimados jumentos, los comuneros
que habían ido al cercano distrito de Muncha con el objeto
de traer cañazo. Cada uno de los asnos portaba dos cántaros
obesos.

Muncha era famoso por su falta de agua. Y ésta no es una
alusión irónica. El pueblo apenas contaba con un insignifi-
cante ojo de agua para abastecerse, motivo por el cual sus vecinos eran conocidos en la región por los «chuqui-cuajo», que
quiere decir bazo seco. Económicamente les decían sólo
«chuquis». En tiempos de verano, cuando no se podía recoger
el agua de la lluvia que en invierno chorreaba de las tejas, su
carencia daba la nota típica del poblacho. El ojo de agua, que
brotaba de una ladera, reunía sus lágrimas en una canaleta
de penca de maguey ante la cual se estacionaban decenas de
mujeres con sus cántaros. Mientras el menguado chorrito,
gorgoriteando dulcemente, llenaba la vasija de la que llegó
con precedencia, las otras se ponían a conversar hasta que les
tocaba el turno. Estaban sentadas horas de horas chismorrean-
do a su entero gusto. Y toda laya de cuentos, embustes, en-
redos y líos salía de allí. A veces se armaban batallas campales
en las que no solamente se rompían las cabezas sino, lo que era
peor, los cántaros con el agua trabajosamente acopiada. Las
peleas se extendían hasta el pueblo, donde ya se producían
verdaderas conflagraciones entre maridos y parientes. Mas
la necesidad de cierta armonía para mantener el turno ante el
chorro, imponía el armisticio. El invierno hacía lo demás. En
esta época, si ocurrían diferencias, las chinas solían amenazar-
se: «Ya verás, ya verás cuando llegue el tiempo de ir al chorrito».
Podría pensarse que quizá de holgazanes los «chuquis» no
construían una acequia para llevar agua desde alguna quebrada. Diremos en su honor que lo habían pensado, pero la quebrada más próxima, que era la de Rumi, estaba a tres leguas

y había que hacer un gran corte en la roca con dinamita. No
tenían plata para eso. Una vez llegó un candidato que les ofreció conseguir un subsidio para la obra si le daban sus votos
en las elecciones de diputados. Así lo hicieron, pero salió otro
que estaba en Lima, no ofreció nada y a quien ni siquiera conocían. Todos los diputados eran así. Posiblemente ignoraban la suerte de Muncha. En tiempo de verano, las tejas rojas resaltaban en medio de un paisaje yermo. En los campos
secos, resecos, los arbustos achaparrados y los pastos amarillentos se deshojaban y desgreñaban ahogados por una parda
tierra polvorienta. Sobre el ojo de agua crecían algunos verdes
arbustos, pero prosperaban poco, pues los vecinos combatían
esa clase de competidores. Junto al chorrito, las mujeres — rebozos negros, faldas multicolores — se aglomeraban como una
bandada de aves carniceras en torno a la presa. No es raro,
pues, que a los «chuquis» les gustara el cañazo: tenían sed.
También era muy necesario para pasar el mal rato de las pen-
dencias o encorajinarse antes de ellas. Y si a todo esto se agrega que nunca faltan penas que aplacar y alegrías que celebrar,
nos explicaremos que los vecinos de Muncha tenían sus buenas
razones para dedicarse al trago. Iban por el cañazo hasta los
valles del Marañón y en ocasiones lo traían en forma de gua-
rapo, es decir, de jugo de caña fermentado para destilarlo ellos.
Sus alambiques eran grandes y buenos, tanto como para abas-
tecer las tiendas a donde acudían los consumidores locales y forasteros. Allí también mercaban los comuneros cuando un acontecimiento imprevisto les impedía preparar la roja y tradicional
chicha de maíz. Sus relaciones con los «chuquis» eran buenas.
Como éstos no cosechaban gran cosa debido a su falta de
actividad agraria y tampoco tenían huertos, pues se habrían
secado en verano, les solicitaban siempre trigo, maíz y hortalizas. Les pagaban o canjeaban con cañazo.

Así, esa noche, acompañando a los comuneros enviados,
llegó una comisión de vecinos de Muncha presidida por el
propio gobernador, un cholo gordo y rojizo como un cántaro.
El que había donado parte del cañazo y proporcionado el
tercer jumento para la conducción era un hombre muy notable en Muncha e inmediaciones. Tenía un alambique de metal
y otro de arcilla, una casa de altos y una hija muy buenamoza
que disponía de sirvienta y macetas de claveles. Estas se hallaban situadas en el corredor de la vivienda. La doméstica,
para no entorpecer el recojo diurno de agua, tenía que regar

las plantas durante la noche. Era hermoso encontrar en ese
páramo amarillo y oliente a cañazo un lugar gratamente perfumado por los claveles florecidos en rojo y blanco. Tras la
hilera de macetas, blandamente reclinada en una mecedora,
estaba la dueña. Lucía grandes ojos profundos y una boca
aprendida de los claveles. Sus senos redondos y sus caderas
anchas parecían aguardar una maternidad jubilosa. No hacía
nada y por supuesto que jamás acarreó agua. Ella vigilaba sus
flores, y sus padres vigilaban a la señorita Rosa Estela, que
así se llamaba, como a otra flor.

El gobernador respondía al nombre de Zenobio García y
avanzó entre los comuneros, seguido de los otros comisionados,
hasta llegar donde Rosendo Maqui. Cambiaron saludos y algunas palabras. García le dijo que el pueblo de Muncha lo
acompañaba en su dolor y ahí estaban ellos representándolo
en el velorio, después de lo cual se retiraron para sentarse a
cierta distancia formando un grupo íntimo. Blanqueaban sus
sombreros de paja y sus trajes de dril.

El cañazo fué repartido. Lentamente, sin romper la circunspección del momento, los comuneros iban a recibir su
porción en botellas, vasijas de greda y calabazas de todas
las formas y tamaños. Los hijos y allegados de Maqui trasva-
saban el licor, que despedía un fuerte vaho picante. Los comuneros, de vuelta a su lugar, sentábanse formando pequeños
grupos y el recipiente pasaba de boca en boca. La noche se
iba enfriando y el cañazo entibiaba la sangre tanto como
la coca, de la que hacían gran consumo, avivaba la pálida llama
del insomnio.

En cierto momento el comunero Doroteo Quispe, indio
de anchas espaldas, se arrodilló a los pies del cadáver, de cara
a él, y quitóse el sombrero descubriendo una cabeza hirsuta.
Todos se arrodillaron y se descubrieron igualmente. Se iba a
rezar. Hacia un lado, albeaba el grupo de los visitantes. Y Doroteo comenzó a rezar el Padrenuestro con voz ronca y monótona, poderosa y confusa a un tiempo: «Padrenuestroques-
tasenloscielos»... Se detuvo en mitad de la oración, según
costumbre, para que los concurrentes dijeran el resto. Y ellos
corearon: «El pannustronnn...nnnn...nnn...» El sordo
murmullo semejaba un runruneo de insectos hasta que resonaba
en un largo «Aménnn». Entonces volvían a comenzar. Así
oraron mucho tiempo. Era un gran rezador el indio Doroteo
Quispe y, además de las oraciones corrientes, sabía la de los

Doces Redoblados, buena para librarse de espíritus y malos
aires en la búsqueda de entierros y cateos de minas; la Magnífica, curadora de enfermos y hasta de agonizantes, «salvo
que sea otra la voluntad de Dios»; la de la Virgen de Monse-
rrat, guardada celosamente por los curas para que no la usen
los criminales, y la del Justo Juez, especial para escapar de las
persecuciones, conjurar peligros de muerte, triunfar en los
combates y salvarse de condenas. Pero ahora se trataba del
ánima buena de Pascuala y únicamente echó Padrenuestros,
echó Avemarías, echó Credos y Salves.

La noche era avanzada cuando terminó el rezo y sirvieron
la comida. Después las horas se alargaron inacabablemente y
muchos veloriantes se tendieron en el suelo. En torno al cadáver seguían brillando las velas y arriba el cielo había encendido
todas sus estrellas.

Rosendo Maqui continuaba despierto, en una vigilia que
alumbraba toda la vida de su mujer y que admitía su muerte
con un sentimiento hondo y potente, cargado de una pesada
tristeza, en el que participaban una vaga conciencia religiosa
y una emoción de tierra y cielo. Permítasenos ser oscuros. El
mismo Rosendo no habría precisado nada y nosotros, en buenas cuentas, logramos solamente sospechar secretas y profundas corrientes.

Y llegó el alba rosa y áurea y después creció el día desde
las rocosas cumbres del Rumi. La luz cayó blanda y dulcemente sobre las faldas de los cerros, sobre los eucaliptos y los saúcos, sobre las tejas de la capilla y las casas, sobre las cercas y
los veloriantes.

Y cuando el sol subió «dos cuartas» por el cielo, envol-
vieron el cadáver en las cobijas, lo colocaron en la quirma y
lo llevaron al panteón. El cortejo era largo porque asistieron
todos los comuneros, inclusive los que no fueron al velorio. Al
lado del cadáver iban Rosendo Maqui, sus hijos e hijas, los regidores y la comisión de Muncha. Detrás, todo el pueblo de
Rumi, hombres y mujeres, viejos y jóvenes, tal vez quinientas almas. Solamente se quedaron los niños y Anselmo, el tullido. Al ver que se llevaban a su madre trató dolorosamente
de erguirse, olvidado de su invalidez, y luego agitó los brazos
que cayeron, por fin, vencidos. Todo su cuerpo se abatió en una
inmovilidad de tronco. Su corazón saltaba como un fiel animal
encadenado.

En el panteón cavaron una honda fosa en la que metieron el cadáver. Muchos de los concurrentes dieron una mano piadosa y ritualmente, para empujar la tierra. Por último se colocó una cruz de ramas bastas. Las hijas volvieron llorando, los hijos sosteniendo con su compañía y sus brazos al viejo padre.

Y así fué velada y enterrada, con dignidad y solemnidad, la comunera Pascuala, mujer del alcalde Rosendo Maqui. La tierra cubrió su cuerpo noblemente rendido y un retazo del pasado y la tradición.

De vuelta, el gobernador Zenobio García se detuvo un momento en la plaza, rodeado de sus acompañantes. La cara rojiza había empalidecido un tanto debido a la mala noche. Echado hacia atrás, el sombrero de paja en la coronilla y los pulgares engarfiados en el cinturón de cuero, miraba a todos lados dándose un aire de persona de mucha importancia. A ratos, tamborileaba con los otros dedos sobre el abultado y tenso vientre. Sus miradas escrutaban todo el pueblo y las inmediaciones a la vez que decía algo a sus gentes. Al fin, los visitantes pasaron a despedirse de Rosendo y se fueron.

Ninguno de los comuneros quiso ver nada especial en la actitud de los hombres de Muncha. Salvo que habían asistido como amigos al velorio y entierro y ahora volvían a su pueblo por el camino de siempre, bañados por el buen sol de todos los días.

III

DIAS VAN, DIAS VIENEN...

Admiramos la natural sabiduría de aquellos narradores populares que, separando los acontecimientos, entre un hecho y otro de sus relatos, intercalan las grandes y espaciosas palabras: días van, días vienen... Ellas son el tiempo.

El tiempo adquiere mucha significación cuando pasa sobre un hecho fausto o infausto, en todo caso notable. Acumula en torno o más bien frente al acontecimiento, trabajos y problemas, proyectos y sueños, naderías que son la urdimbre de los minutos, venturas y desventuras, en suma: días. Días que han pasado, días por venir. Entonces el hecho fausto o infausto, frente al tiempo, es decir, a la realidad cotidiana de la vida, toma su verdadero sentido, pues de todos modos queda atrás, cada vez más atrás, en el duro recinto del pasado. Y si es verdad que la vida vuelve a menudo los ojos hacia el pretérito, ora por un natural impulso del corazón hacia lo que ha amado, ora para extraer provechosa enseñanza de las experiencias de la humanidad o levantar su gloria con lo noble que fué, es también verdad que la misma vida se afirma en el presente y se nutre de la esperanza de su prolongación o sea de los presuntos acontecimientos del porvenir.

Después de la muerte de Pascuala avanzó, pues, el tiempo. Y digamos también nosotros: días van, días vienen...

*
* *

En las grandes chacras comunitarias seguían madurando
el trigo y el maíz. En las pequeñas, retazos de administración
personal que daban al interior de las casas, se mecían pausadamente las sensuales habas en flor, henchían las arvejas sus
nudosas vainas y los repollos incrustaban esmeraldas gigan-
tes en la aporcada negrura de la tierra.

Por lo alto cruzaban chillonas bandadas de loros. Unos eran
pequeños y azules; otros eran grandes y verdes. Las escuadri-
llas vibrátiles evolucionaban y luego planeaban: las azules
sobre el trigo, las verdes sobre el maíz. Con sus hondas y sus
gritos las espantaban los cuidadores y entonces ellas chillaban
más y se elevaban muy alto para desaparecer en la lejanía del
cielo nítido en pos de otros sembríos.

El huanchaco, hermoso pájaro gris de pecho rojo, decidido choclero, cantaba y cantaba jubilosamente. Su canto era
la sazón del maíz.

Un viento tibio y blando, denso de polen y rumor de espigas, olía a fructificación.

*
* *

Para acompañar a Rosendo fueron a vivir en su misma
casa Juanacha y su marido. Ella era la menor de todas sus hijas y en su cuerpo la juventud derrochaba una graciosa eu-
ritmia. Agil, poderosa, de mejillas rojas y ojos brillantes, iba
y venía en los quehaceres de la casa, parlando con una voz clara
y alta, sacada de escondidas vetas de oro.

Anselmo, Rosendo y el perro Candela, llamado así por
tener la pelambrera del color del fuego, aún no podían olvidar
a la muerta. Anselmo hizo arrumbar el arpa en un rincón y
cubrir la prestancia incitante de sus cuerdas con unas mantas.
Rosendo se pasaba el tiempo sentado en el poyo de barro del
corredor, entregado a su silenciosa pena, con Candela a sus
pies. Mejor dicho, el perro estaba sobre sus pies y a Rosendo
le placía eso, pues se los abrigaba con el calor de su cuerpo.
Candela manteníase durante el día en un semisueño melancólico
y en las noches aullaba.

En Juanacha bullía la vida con todas sus fuerzas jubilosas,
y la tristeza, o por lo menos una discreta compostura, era más
bien un fenómeno de respeto hacia el padre. Había querido
mucho a su madre, pero la pena era expulsada de su corazón
por un poderoso ritmo de sangre. En cuanto al marido, no sa-
bríamos decir. Era un indio reposado que no daba a entender
sus sentimientos.

Juanacha había parido un pequeñuelo que en ese tiempo,
cansado de gatear y besar la tierra, trataba ya de incorporarse
para ojear el misterioso mundo de los poyos y barbacoas. A
veces, en sus trajines de gusanillo, tropezaba con los pies de
su abuelo si no estaban cubiertos por el perro. Entonces tironeaba con sus regordetas manitas de las correas de las ojotas,
palpaba los pies duros y luego alzaba la cabeza hacia el gigante. Rosendo lo levantaba en brazos diciéndole cualquier palabra cariñosa y el pequeño le botaba a un lado el sombrero
de junco para emprenderla a jalones con las canosas crenchas.
El viejo gruñía sonriendo:

— Vaya, suelta, atrevidito...

Su pecho rebosaba de contento y ternura.

En el caserío se apagaba ya, poco a poco, cual un fogón
en la alta noche, el recuerdo de Pascuala. Con todo, no sería
veraz hablar de olvido. Comentábase la pena de Rosendo y la
justeza de tal sentimiento. Y cuando, entre las sombras, aullaba el perro Candela, los comuneros decían:

— Llora po ña Pascuala.

— Tal vez mirará a su ánima...

— Dicen que los perros ven a las ánimas y si un cristiano
se pone legaña de perro en los ojos, tamién verá las ánimas
en la noche...

— ¡Qué miedo! Es cosa de brujería...

— ¡Pobre ña Pascuala!

— ¿Por qué pobre? Ya llegó a viejita y era tiempo que
muriera. Un cristiano no puede durar siempre...

Hemos visto que la misma consideración consolaba a Rosendo. En la vida del hombre y la mujer había tiempo de todo. También, pues, debía llegar el tiempo de morir. Lo deplorable era una muerte prematura que frustra, pero no la
ocurrida en la ancianidad, que es una conclusión lógica. Así
pensaba sintiéndose muy cerca de la tierra. Observaba que
todo lo viviente nacía, crecía y moría para volver a la tierra.

El también, pues, como Pascuala, como todos, había envejecido y debía volver a la tierra.

*
* *

Los albañiles seguían levantando el edificio de la escuela,
al lado de la capilla, donde había sombra y aroma de eucaliptos. El adobero, curvado sobre la planicie apisonada de la plaza, hacía su oficio con solicitud. En bateas de capacidad adecuada, dos ayudantes le llevaban el barro arcilloso desde un
hoyo donde se le batía sonoramente con los pies. El ponía la
garlopa, que el ayudante llenaba de barro de un solo golpe
volteando la batea diestramente, luego emparejaba el légamo
con una tablilla y por fin zafaba el molde, con movimiento preciso y rápido, dejando sobre el suelo la marqueta. Ya estaba
allí el otro ayudante con su porción y la operación se repetía.
Los rectangulares adobes formaban largas hileras. El buen
sol estival cumplía su faena de darles solidez. Los secos, que
correspondían a las filas primeras, eran levantados y llevados
a la construcción.

El maestro albañil, acuclillado sobre el muro, orgulloso de
su destreza, gritaba de rato en rato: «adobe, adobe», deman-
dándoselos a sus ayudantes. La pared se levantaba sobre gruesos cimientos de piedra. El alarife, llamado Pedro Mayta,
superponía los adobes uniéndolos con una argamasa de arcilla
y trabándolos de modo que las junturas de una ringlera no
correspondieran a las de la siguiente a fin de que el muro tuviera una consistencia firme.

Rosendo Maqui, que los miraba hacer desde el corredor,
fué hacia ellos una tarde.

— ¡Qué güeno, taita! — exclamó Pedro, afirmando un
adobe y emparejando la arcilla saliente con el badilejo —.
¡Güenas tardes, taita!

Los otros constructores, hasta los que pisoteaban el barro,
allá lejos, al borde de la chacra de maíz, se acercaron a saludar.
Maqui respondía con una discreta sonrisa de satisfacción. Le
gustaba ver a su gente embadurnada con las huellas de la
tarea — semillas de la mala yerba pegapega, briznas de trigo,
barbas de choclo —, pues consideraba que ésas eran las marcas ennoblecedoras del trabajo

— ¿Se avanza, maestro Pedro?

— Como se ve, taita. Pronto quizás tendremos escuelita.
— ¿Escuelita? ¡Escuelaza! ¿Habrá pa un ciento de muchachos?
— Hasta pa doscientos...
— No te digo...
Maqui entró al cuadrilátero. La amarillenta pared se
elevaba ya hasta la altura del pecho. Olía a barro fresco. Había una puerta y cuatro ventanas, dos hacia la salida del sol
y las otras dos hacia la puerta.
— Me entendites bien, Pedro. Que si no el bendito comisionao escolar quizás habría dicho... ¿cómo me dijo?...
Esto no es, esto no es... ¡Vaya, olvidé la tal palabra!...¿Tú
la sabes?
Mayta respondió que no la sabía y ni siquiera sospechaba
de lo que podía tratarse. Como los otros ya habían vuelto a
sus labores y a fin de que el alcalde lo oyera, gritó con redo-
bladas ansias de faena:
— ¡Adobe, adobe!...
Rosendo, sabe Dios por qué, se puso a tentar la solidez
del muro con su bordón de lloque. Indudablemente que estaba fuerte.
— ¿Y el techo, taita? ¿Teja o paja?
— Teja, me parece. Habrá tamién que apisonar muy
firme el suelo. Y será güeno que Mardoqueo teja una estera
pa que sea... ¡ah, ya me acordé!... higiénico...
— Ah, así dijo el comisionao. ¡Higiénico! ¿Y qué es eso?
— Todo lo que es güeno pa la salú...así dijo...
Mayta dejó de alinear los adobes y se puso a reír. Rosendo lo miró con ojos interrogadores. Callóse al fin y explicó:
— ¿No es un jutrecito el comisionao? Lo conozco, lo conozco... En la tienda de ño Albino pasa bebiendo copas.
¿Cree que tomar tarde y mañana es güeno pa la salú? El sí
no es higiénico...
Y entonces rieron ambos mascullando la dichosa pala-
breja entre risotada y risotada. Se sentían muy felices. Después dijo Maqui:
— La verdá, ya tendremos escuela. Me habría gustado
demorarme en llegar al mundo, ser chico aura y venir pa la
escuela..
— Cierto, sería bonito...
— Pero tamién es güeno poder decir a los muchachos:
«vayan ustedes a aprender algo»...

— Cierto, taita... Yo tengo dos; ellos sabrán alguna
cosa porque es penoso que lo diga: yo tengo ya la cabeza muy
dura. Si veo un papel medio pintadito de eso que llaman
letras, me pongo pensativo y como que siento que no podría
aprender, ¡hasta tengo miedo!...

— Es que nunca, nunquita hemos sabido nada — respondió Maqui. Y luego con fervor: — pero ellos sabrán...

Fué hasta el hoyo del barro — en el corte se veía media
vara de negra tierra porosa y bajo ella la amarilla y elástica
— y luego al lugar de los adobes. Tuvo para cada uno de los
trabajadores alguna palabra. Comentó y bromeó un poco. Se
sentía respetado y querido. Volvió a su casa pensando que
la comunidad se hallaba empeñada en su mejor obra y sería
muy hermosa la escuela. Los niños repasarían la lección con su
metálica vocecita y luego jugarían en la plaza, a pleno sol o
a la sombra de los eucaliptos... Rosendo Maqui estaba contento.

*

En los campos amarilleaba la yerba dejando caer sus
semillas o se mecían dulces ababoles rosados. Los arbustos
y árboles de raíces hondas mantenían su lozano verdor y ostentaban el júbilo de las moras.

Las tunas, que crecían junto o sobre las cercas de piedra,
a la salida y la entrada de la calle real, comenzaban a colo-
rear. Las jugosas paletas verdes se ornaban de frutos que parecían rubíes y topacios.

Los magueyes de pencas azules, vecinos de las tunas o
diseminados por los campos, elevaban hacia el cielo su recta
y deshojada vara como una estilización del silencio. En la
punta, su gris desnudez estallaba en un penacho de flores
blancas o cuajaba en frutos lustrosos. Raros eran los que se
veían así, que no fructifican sino a los diez años, antes de morir, pero hasta el largo palo de corazón de yesca rendía su hermoso tributo a la vida.

Los matorrales de úñico, que anticipaban desde hacía
tiempo su ofrenda, estaban ahora plenos de madurez. En la
quebrada que bajaba por un costado del cerro Rumi formaban una especie de mantos violados. Daban moras que te-

nían la forma de pequeñas ánforas y redomas, de un grato dulzor levemente ácido.

Las muchachas y muchachos de Rumi, llevando de la mano a los más pequeños, iban a la quebrada y todos regresaban con los labios lilas. Gustaban de las moras tanto como las torcaces.

Grandes bandadas de estas palomas azules salían desde la hondura cálida de los ríos tropicales, donde se alimentan de pepita de coca, a las zonas templadas en tiempo de moras de úñico. Así llegaban a Rumi y especialmente a la quebrada. Después de atiborrarse durante las mañanas, se posaban, según su costumbre, en los árboles más altos y se ponían a cantar. En las copas de los paucos formaban grandes coros. Una elevaba una suerte de llamada, larga y melancólica, de varias inflexiones, y las demás respondían de modo unánime, con un dulce sollozo. Pero la suavidad de la clara melodía no amenguaba su vigor y tanto la llamada como el coro se podían escuchar desde muy lejos.

Era un canto profundo y alto, amoroso y persistente, que llenaba el alma de un peculiar sentimiento de placidez no exenta de melancolía.

*
* *

Una mañana Rosendo Maqui caminaba por la calle real volviendo de la casa de Doroteo Quispe, cuando divisó a un elegante jinete que, seguido de dos más, avanzó por la curva del camino que se perdía tras la loma por donde en otro tiempo también hicieron su aparición los colorados.

Rutilando delante de una ebullición de polvo, avanzaban muy rápidamente, tanto que llegaron frente a la plaza al mismo tiempo que Rosendo y allí se encontraron. Sofrenó su caballo el patrón, siendo imitado por sus segundos. Un tordillo lujosamente enjaezado, brillante de plata en el freno de cuero trenzado, la montura y los estribos, enarcaba el cuello soportando a duras penas la contención de las riendas. Su jinete, hombre blanco de mirada dura, nariz aguileña y bigote erguido, usaba un albo sombrero de paja, fino poncho de hilo a rayas blancas y azules y pesadas espuelas tintineantes. Sus acompañantes, modestos empleados, resultaban tan opacos junto a él que casi desaparecían.

Era don Alvaro Amenábar y Roldán en persona, el mismo
a quien los comuneros y gentes de la región llamaban simplemente, por comodidad, don Alvaro Amenábar. Ignoraban su
alcurnia, pero no dejaban de considerar, claro está, la importante posición que le confería su calidad de terrateniente adi-
nerado.

Rosendo Maqui saludó. Sin responderle, Amenábar dijo
autoritariamente:

— Ya sabes que estos terrenos son míos y he presentado
demanda.

— Señor, la comunidá tiene sus papeles...

El hacendado no dió importancia a estas palabras y, mirando la plaza, preguntó con sorna:

— ¿Qué edificio es ése que están levantando junto a la
capilla?

— Será nuestra escuela, señor...

Y Amenábar apuntó más sardónicamente todavía:

— Muy bien. ¡A un lado el templo de la religión y al otro
lado el templo de la ciencia!

Dicho esto, picó espuelas y partió al galope seguido de
su gente. El grupo se perdió tras el recodo pétreo donde comenzaba el quebrado camino que iba al distrito de Muncha.

El alcalde quedóse pensando en las palabras de Amenábar y, después de considerarlas y reconsiderarlas, comprendió
toda la agresividad taimada de la cínica amenaza y de la mofa
cruel. No tenía por qué ofenderlos así, evidentemente. A pesar de su ignorancia y su pobreza — decíase—, los comuneros
jamás habían hecho mal a nadie, tratando de prosperar como
se lo permitían sus pocas luces y sus escasos medios econó-
micos. ¿Por qué, señor, esa maldad? Maqui sintió que su pecho se le llenaba por primera vez de odio, justo sin duda, pero
que de todos modos lo descomponía entero y hasta le daba in-
seguridad en el paso. Era muy triste y amargo todo ello...
en fin...ya se vería...

*
* *

En las últimas horas de la tarde, por orden de Rosendo,
fueron encerrados cuatro caballos en el corralón. Al día siguiente, estando muy oscuro todavía, en esa hora indecisa durante
la cual parece que las sombras vacilaran en retirarse ante el

alba, los ensillaron. Terminando de ajustar cinchas y correas,
cabalgaron Abram Maqui, su hijo Augusto, mocetón fornido
que hizo sentir la dureza de sus piernas a un arisco potro recién amansado, y el regidor Goyo Auca, que jalaba el Frontino.
El grupo no caminó mucho. Se detuvo ante la casa del alcalde.
En el corredor brillaba la viva llamarada del fogón, y
Juanacha, sentada junto a él, preparaba algo.
— Ya va salir, prontito — les dijo.
Desmontaron y a poco rato surgía, de la sombra de su
cuarto, Rosendo Maqui. Respondió brevemente a los respe-
tuosos saludos, aprobó de un solo vistazo la disposición de los
caballos y sentóse frente al fuego en compañía de los recién
llegados. Juanacha les sirvió en grandes mates amarillos, sopa
de habas y cecinas con cancha que ellos consumieron rumorosamente, no sin invitar algún bocado a Candela, que estaba
tendido por allí y miraba con ojos pedigüeños.
El alba entera simulaba un boztezo blanco.
Luego montaron. El viejo fué discretamente ayudado por
Abram para que cabalgara en el Frontino. Ya había claridad
y veíase que el resuello de los animales y los hombres formaba
nubecillas fugaces al condensarse en la frialdad de la amanecida.
Rumi despertaba con una lentitud soñolienta. Se abrían
tales o cuales puertas madrugadoras. Las gallinas saltaban
de las jaulas de varas adosadas a la parte alta de la pared
trasera de las casas, en tanto que sus garridos machos aleteaban y cantaban con decisión. Algunas mujeres comenzaban a
soplar sus fogones y caminaba por la calle, en pos del fuego
de la vecina, quien encontró apagados sus carbones. En el corral mugían tiernamente las vacas. De pronto, la mañana se
disparó en flechas de oro desde las cumbres a los cielos, y los
pájaros rompieron a cantar. Zorzales, huanchacos, rocoteros
y gorriones confundieron sus trinos alegrándose de la bendición de la luz.
El trote franco de los caballos encabezados por Frontino
llenó la calle real. El vaquero Inocencio y dos indias estaban
ordeñando en el corralón. Mansa y tranquilamente las madres
lamían a sus terneros en tanto que brindaban a los baldes,
entre manos morenas, los musicales chorros brotados de la tur-
gencia pródiga de las ubres.
Una de las mujeres gritó:
— Taita Rosendo, la mamanta...

Se acercaron y bebieron la espesa leche, tibia aún. Las ordeñadoras eran dos muchachas frescas, de cabellos nigérrimos, peinados en trenzas que les caían sobre el pecho enmarcando anchos rostros de piel lisa. La boca grande callaba con naturalidad y los ojos oscuros eran un milagro de serena ternura. Vestían polleras roja y verde. Se habían quitado el rebozo para realizar su faena y veíase que la sencilla blusa blanca ornada de grecas, dejando al descubierto los redondos brazos, ceñía la intacta belleza de los senos núbiles. El mocetón Augusto, desde su propicia altura de jinete, y mientras los mayores apuraban la leche, solazábase en la contemplación de las muchachas atisbando por la unión de los pechos. Se puso a galantearlas.

— ¡Tan güenamozas las chinas! Voy a madrugar pa ayudarles... ¡Si me quisieran como a un ternerito!

Ellas sonriéronle y luego bajaron los ojos sin saber qué responder en su feliz azoro. El alcalde hizo como que no había oído nada y recomendó:

— No dejen de llevarle doble ración a Leandro, ¿cómo sigue?

— Mejorcito — respondió una de ellas.

Los jinetes armaron grandes bolas de coca a un lado del carrillo y partieron seguidos de Candela que, burlando la vigilancia de Juanacha, se unió a los viajeros. Fuéronse por ese camino que nosotros hemos mirado un tanto y ellos sabían de memoria. Por allí, por donde asomaron un día los colorados y otro día, más reciente, don Alvaro Amenábar. Aunque nosotros, en verdad, lo hemos visto tan sólo hasta el lugar en que doblaba ocultándose tras una loma. Seguía por una ladera y después cruzaba el arroyo llamado Lombriz, lindero entre las tierras de Rumi y las de la hacienda Umay.

La espesa franja de monte que cubría el arroyo trepaba la cuesta hasta perderse entre unas elevadas peñas, y bajaba desapareciendo por un barranco de un cerro contiguo al Peaña. El Lombriz corría paralelo a la quebrada de Rumi, pero el caserío, que se hallaba entre ambos, no se dignaba considerarlo. La acequia que abastecía de agua a las casas partía de la quebrada, pues el Lombriz llevaba tan poca que apenas si podía lucirla en verano. Era que, durante el invierno, formaba su caudal con las lluvias y el resto del tiempo con lo que buenamente rezumaba la tierra. En cambio, la cantora quebrada.

tajando una gran abra, partia de la profunda laguna situada
tras el cerro Rumi en una ancha meseta.

Esa vez los comuneros cruzaron el arroyo como siempre,
sin darle mayor importancia, salvo el alcalde. Los cascos en-
lodaron el agua callada. Candela evitó mojarse saltando sobre las piedras del lecho. Rosendo examinó detenidamente
el curso desde el barranco a las peñas altas. ¡También había
moras en el Lombriz y torcaces y pájaros!

El camino tornóse un sendero, labrado por los cascos más
que por las picotas y las palas, que entre breñas y matorrales
comenzó a trepar una cuesta.

La mano del hombre se notaba en tal o cual grada para
disminuir la elevación de los escalones pétreos, en tal o cual
hendidura practicada en las inclinadas zonas de roca viva.
Por un lado y otro, véianse tupidos arbustos y escasos árboles
que iban desapareciendo a medida que el trillo ascendía, aristas salientes de las peñas, algún maguey de enteca sombra,
cactos erguidos a modo de verdes candelabros ante inmensos
altares de granito.

El sendero curvábase, zigzagueaba, empinándose y pren-
diéndose. Trepaba lleno de una decisión afanosa, se diría que
acezando. Los caballos eran de esos serranos pequeños y de
casco fino, diestros en artes de maroma. Frontino, que tenía
mayor tamaño proveniente de cierto abolengo, suplía el inconveniente de sus grandes cascos con una entrenada pericia.
Su paso largo lo hacía adelantarse, por lo que Rosendo, de
rato en rato, debía detenerlo para esperar a los rezagados.
Frontino volvía la cabeza y miraba con deferente amistad a
sus peludos y alejados compañeros, un bayo, un negro, un
canelo.

Ya tendremos ocasión de referir la historia de Frontino.
Y entendemos que se sabrá perdonarnos estas dilaciones, pues
de otro modo, no alcanzaríamos a salir de los preámbulos.
La realidad es que cuando evocamos estas tierras cargadas de
vidas y peripecias, a veces reímos, a veces lloramos, en todo
caso nos envuelve dulcemente el aroma de las saudades, y
siempre, siempre nos sobran historias que contar.

Trepaba, pues, la pequeña cabalgata. Rosendo hacía
memoria de los acontecimientos recientes y trataba de ordenar sus pensamientos. «Me voy a morir: mi taita ha venido a
llevarme anoche», dijo Pascuala. Después pasó la culebra
con su mal presagio y he allí que él se había dedicado a hacer

cálculos sin dar la debida consideración al nocturno llamado. Ahora Pascuala estaría con el taita y los otros comuneros en esa misteriosa vida donde se va de aquí para allá, como por el aire, andando con un mero flotar de ánima. El señor cura Mestas hablaba del infierno, pero Rosendo creía y no creía en el Infierno. ¡Vaya usted a saber! En el peor de los casos, ahí estaban los rezos de Doroteo Quispe. Echar oraciones, según decían los mismo curas, nunca es cosa perdida. Después de todo, ya había llegado la desgracia y así quedaba descartada la suposición de que el presagio envolviera a la comunidad. Era asunto de litigar eso de las tierras. «Up, no resbales, Frontino. Casi te has caído. Pero no tiembles ni resoples, que ya estamos al otro lado». Habían cruzado por el filo de un barranco. Una piedra cedió y Frontino estuvo a punto de perder las patas en el aire. La piedra rodó rebotando al chocar contra las rocas de la pendiente hasta que terminó por despedazarse. Rosendo propuso a don Alvaro Amenábar, en otro tiempo, hacer un buen camino trabajando a medias la comunidad y la hacienda Umay. El se negó diciendo que no tenía interés en esa ruta y que, por otra parte, el sendero resultaba lo suficientemente bueno para no rodarse.

Ahí asomaba, por fin, una cumbre. Y en la cumbre se detuvieron los cuatro jinetes y Rosendo habló mirando las ya lejanas peñas, al pie de las cuales comenzaba el arroyo Lombriz:

— Oigan bien, y en especial vos, Augusto, que estás muchacho y debes saber las cosas pa cuando nosotros muramos. Allá, po esas peñas— el brazo de Rosendo se había levantado y al filo del poncho asomaba su índice nudoso que apuntaba las rocas—, desde onde el Lombriz empieza, el lindero sube marcao po unos mojones de piedra, tamaños de una vara o vara y media, hasta llegar a la mesma punta llamada El Alto.

Todos habían visto alguna vez los hitos y repetidamente Goyo Auca, que en su calidad de regidor, debió preocuparse de tener conocimientos plenos. La voz de Rosendo continuó, acompañada del índice vigía:

— Po la mera puna de El Alto, cerros allá, yendo po el propio filo de esas cumbres prietas, el lindero pasa dejando a un lao la laguna Yanañahui pa ir a caer a la peñolería que mira al pueblito de Muncha. Po esas peñas va dispués, bajando, a dar al río Ocros que blanquea con sus arenas como pa servir de señal. Así son los linderos de Rumi...

Los jinetes miraban con atención y afecto el caserío multicolor y alegre y las tierras propias y de todos, las tierras de la comunidad. Eran grandes y hermosas. Aun las que estaban llenas de roquedales, inútiles para la siembra, tenían un agreste encanto. Enseñoreándose sobre ellas, alto con toda la eterna energía de su cima de piedra, parlaba con las nubes el cerro Rumi.

Rosendo Maqui volteó su caballo y tomó nuevamente el sendero que, ondulando cada vez más blandamente, entró por fin a la meseta puneña. Ancha meseta, abundosa de pajonales y rocas crispadas, batida por un viento cortante y terco, fría a pesar del sol que caía de un cielo al parecer muy próximo. El azul brillante e intenso del cielo, en ese tiempo moteado de escasas nubes muy blancas, resaltaba frente a las cumbres amarillentas de paja y rojinegras y azulencas de peñascales. Ya hemos dicho que a Rosendo le gustaba esa abrupta y salvaje grandeza sin que tal complacencia le impidiera gozar también los dones de las tierras menos duras y frías.

El perro Candela, que durante toda la cuesta siguió ceñidamente al Frontino, se puso a corretear en el altiplano. Ladraba abalanzándose contra las blanquinegras coriquingas y los pardos liclics. Ellas lanzaban un chillido y ellos un largo y golpeado grito alejándose a un tiro de piedra con vuelo rasante. Casi todas las aves de puna, a excepción del cóndor, no se levantan gran cosa de la tierra, tal si estuvieran ahítas de inmensidad con la sola contemplación de los dilatados espacios y las inalcanzables lejanías de fuego y de azur.

El bayo chucarón que montaba Augusto, repuesto de los rigores de la cuesta, consideró oportuno ser rebelde. Encabritábase sorpresivamente o volteaba de súbito con ánimo de galopar hacia la querencia. El amansador, duro de manos y de piernas, templaba las riendas hasta hacer una muesca en el hocico y hundía los talones en los ijares. Luego le surcaba las ancas de sonoros fustazos. El duelo entre el potro marrajo y el domador clavado se mantuvo durante un largo trecho hasta que el primero, trémulo de impotencia y chorreando sudor de cansancio, cedió. Entonces Augusto, para consumar su victoria, lo sacó del trillo y se puso a «quebrarlo», o sea hacerle doblar el pescuezo hasta que el hocico besara el estribo, y a «sentarlo», o sea pararlo de un golpe encontrándose en pleno galope. Cuando lo hizo más o menos bien — la perfección en tales lances no es cosa de alcanzarse en una jornada — tornó

al trillo colocándose tras el alcalde. Un mechón endrino cruzaba la frente sudorosa de Augusto desflecándose sobre los ojos,
que centelleaban de satisfacción. Abram, que entendía el oficio, y Goyo Auca, que no lo entendía, aprobaron la doma con
grandes exclamaciones. Rosendo volteó y limitóse a decir:

— Güeno, muchacho.

Pero, íntimamente se hallaba orgulloso de su nieto y, en
general, complacido de que un comunero que recién escupía
coca diera pruebas de tal destreza.

El sendero entró a un camino más ancho, ruta que conducía del sur al norte, blanqueando por las ondulantes faldas
de los cerros, desapareciendo en los recodos para renacer de
nuevo tercamente y perderse por último en las pendientes
violáceas como un leve hililo. El camino venía de regiones y
pueblos lejanos y desconocidos y marchaba hacia regiones y
pueblos igualmente lejanos y desconocidos. Sobre los comuneros, hombres afirmados en la tierra a lo largo del tiempo,
ejercía una sugestión inquietante y misteriosa.

De pronto, la meseta se abrió a un lado por una encañada
y allá lejos, al fondo, apareció una extensa planicie.

— Ahí vive el condenao — dijo Rosendo sofrenando su
caballo.

El llano aparecía retaceado de alfalfares y sementeras,
al centro de las cuales se levantaban grandes casas de techo
rojo que formaban un cuadrilátero. En medio del patio surgía
un gran árbol, acaso un eucalipto, y largas filas de álamos —
se los podía reconocer por su esbeltez — rayaban los campos
marcando las rutas de acceso. Había vacas en los potreros,
caballos en las pesebreras y a la distancia el trajín de los hombres parecía serlo de hormigas. Ahí en esas casas vivía, pues,
don Alvaro Amenábar, rodeado de sus familiares y sirvientes.
La hermosa llanura y la meseta desde la cual los comuneros
miraban, y todas las tierras que cruzaron después de pasar
el arroyo Lombriz, y muchas de las tierras que por un lado
y otro hacían asomar sus cumbres, eran de él. Tenía tanto y
todavía deseaba más.

Goyo Auca dijo, mirando una senda que se hundía por la
encañada en dirección a la casa-hacienda de Umay:

— Sería güeno aprovechar pa ver a don Alvaro aura...

Rosendo Maqui no contestó nada y continuó por el camino
que pasaba de sur a norte. Frontino trotaba y pronto estuvo
muy adelante. Rosendo hizo una seña llamando a Goyo

Auca y éste logró reunírsele azotando a su duro caballejo. El
alcalde habló:

— ¿Sabes? El día que pasó don Alvaro Amenábar vi que
no era cosa de hablale, que nadita se podía aguardar de él po
las güenas... Y yo digo, pue lo he mirao así de seguido, que se
puede ablandar todo, hasta el fierro si lo metes en la candela,
pero menos un corazón duro. Me ofendió y nos ofendió a todos con su burla. No he contao nada... ¿Qué se ganaría? Si
los comuneros ven que les faltan el respeto a los regidores o
al alcalde y éstos no pueden hacer nada, merman confianza...
Y si un pueblo no tiene confianza en la autoridá, el mal es
pa todos... ¿No es cierto?...

Goyo Auca respondió:

— Cierto, taita...

Los retrasados conversaban de la doma. Abram hacía a
su hijo la crítica de su faena. En cierto momento, había perdido un estribo y ello era una chambonada peligrosa. El primer deber de un jinete consistía en no perder ni las riendas
ni los estribos. Conseguido esto y teniendo fuerza y buena
cabeza, vengan corcovos...

La cabalgata continuaba al trote. El viento agitaba los
ponchos y las crines. Tropezaron con un rebaño numeroso y
lento y Candela se puso a perseguir las ovejas en una forma
bromista.

— Ey, Candela, Candelay... — riñó Rosendo, con lo
que el perro hundió la cola entre las piernas y agachó la cabeza
noblemente avergonzado.

Más allá encontraron a los pastores, dos indios — hombre y mujer — de sombrero de lana rústicamente prensada y
veste astrosa. El hombre está sentado en una eminencia, mascando su coca. La mujer, tras una piedra que la defendía del
viento, sancochaba papas en una olla de barro calentada por
retorcidos haces de paja. El fuego era mezquino y la humareda ancha. Rosendo y Goyo se detuvieron a observarlos y
en eso fueron alcanzados por Abram y su hijo. El alcalde se
decidió a preguntar dirigiéndose al varón, que se hallaba más
cerca del camino:

— ¿Ustedes son pastores de don Alvaro Amenábar?

El interpelado tenía el mugriento sombrero, que parecía
una callampa, metido hasta los ojos. Continuaba impasible
como si no hubiera escuchado nada. Al fin respondió:

— Ovejas, pues...

Los comuneros tuvieron lastima, aunque Augusto mal reprimió una sonrisa.

—Sí, ya veo que son pastores de ovejas —explicó el alcalde —; pero quiero saber si ustedes reciben órdenes del hacendado don Alvaro Amenábar.

El silencioso miró su calzón, que dejaba ver entre sus retazos la dura carne morena, y dijo:

—Bayeta rompiendo...

Goyo Auca opinó que tal vez el pastor trataba solamente con los caporales y no había visto nunca al hacendado o por lo menos ignoraba el nombre. Rosendo dió vuelta a la pregunta:

—¿Ustedes son de la hacienda Umay?

—Sí.

—¿Hace muchos años que están de pastores?

La india, de pecho mustio, cara sucia y pelos desgreñados, se acercó al interrogado y le dijo algo en voz baja. Daba pena su desaliñada fealdad. En la mujer es más triste la miseria.

—¿Cómo los tratan? —insistió el alcalde.

Los pastores mantuvieron un terco silencio y miraban el rebaño extendido por lomas y hoyadas. No querían responder nada, pues. Exceptuando al ganado, parecían indiferentes a cuanto les rodeaba. Se habían encerrado dentro de sí mismos y el silencio los rodeaba como a la piedra solitaria junto a la cual humeaba la menguada fogata. Abram opinó que los pastores temían acaso una emboscada de parte de la misma hacienda y por eso no decían nada. Entonces los comuneros prosiguieron la marcha y Rosendo advirtió:

—Estos pobres son de los que reciben látigo por cada oveja que se pierde... ¿No les han contao Casiana y Paula?... Milagro que están po aquí: viven remontaos...

Pero la atención de los viajeros fué llamada por varios hombres armados que aparecieron a lo lejos. Montaban buenos caballos y los seguían arrieros conduciendo mulas cargadas de grandes bultos albeantes.

—Y si jueran bandoleros... —sospechó Goyo Auca.

—Po las cargas, se ve gente de paz —dijo Rosendo.

Y Abram, bromeando:

—De ser bandidos, hace falta Doroteo pa que rece el Justo Juez...

—Cierto, cierto... —celebraron.

'Estaba a la vista que no eran bandoleros. Pronto se encontraron con ellos. Se trataba de viajeros acomodados: quizá comerciantes, quizá hacendados, quizá mineros. Su atuendo era de la mejor clase y el mulerío cargado hacía presumir ricos bienes.

— ¡Hola, amigo! — dijo el que iba adelante bajándose la bufanda que defendía su faz blanca del azote del viento y parando en seco su caballo —, ¿a dónde es el viaje?

— Al pueblo, señor — respondió Rosendo sofrenando a su vez.

Ambos grupos quedaron detenidos frente a frente y se escudriñaban como suelen hacer los viajeros cansados de la repetición y la soledad del paisaje. El hombre sin embozo dijo:

— ¿No saben si por aquí hay gente que quiera ganar plata, pero harta plata?

— Señor, en la comunidad de Rumi todos queremos ganar — afirmó el alcalde.

— Sí, pero no se trata de quedarse aquí. Hay que ir a la selva a sacar el caucho. Un hombre puede ganar cincuenta, cien, hasta doscientos soles diarios. Más, si anda con suerte. Yo le doy cuanto necesite: en esos fardos llevo las herramientas, las armas, toda clase de útiles...

— Señor, nosotros cultivamos la tierra...

— No creas que hay necesidad de estudios para picar un árbol y sacarle el jugo...de eso se trata...

Augusto miraba al hombre del caucho con ojos en los que se reflejaba su asombro ante el dineral. El negociante se dirigió a él:

— Doy adelanto para mayor garantía. Quinientos soles que se descuentan en un suspiro...

Rosendo se negó una vez más:

— Señor, nosotros cultivamos la tierra...

Y echó a andar seguido de su gente. Augusto no había llegado a tomar ninguna decisión debido a su falta de costumbre de hacerlo, a la rapidez del diálogo y, sobre todo, a la sencilla fuerza de las palabras del viejo. Así, continuó fácilmente con los comuneros y estuvo muy atento cuando Rosendo decía:

— Ese es un bosque endiablao y pernicioso. Fieras, salvajes, fiebres y encima una vida prestada...

No era la primera vez que Rosendo Maqui y los comuneros se encontraban con hombres resueltos en viaje hacia la selva, pero con los que debían volver de ella, triunfadores y enriquecidos, no habían tropezado jamás. Sin embargo, la afluencia de gente continuaba. Y continuaba también la leyenda de la buena fortuna corriendo de un lado a otro de la serranía como esparcida por el viento. Los pobres hartos de penurias o los adinerados que deseaban serlo más, disponían la alforja, requerían un arma y partían. Unos en caravanas, otros solos. De cualquier modo, llegaban ante las trochas, suerte de túneles que perforan la maraña vegetal, y por allí se sumergían en el abismo verdinegro...

Rosendo volteó hacia Augusto y lo miró tratando de decirle algo. Nada pudo pronunciar, pero era evidente que le reprochaba su atención desmedida, ese anhelante asombro que empezaba a comprometerlo. Y el mozo se puso triste y, sintiéndose culpable, hasta le pareció que ya se había marchado de la comunidad y todos lo censuraban... ¡La selva!... Tal fué su primer contacto con la realidad lejana y dramática del bosque.

El caso es que continuaba el viaje, y la ruta de los comuneros, cansada de la practicabilidad de la meseta, apartóse del camino grande para lanzarse de nuevo en la aventura de una cuesta. Mas la faja resultó bastante ancha y desenvuelta en blandas curvas, pues en las cercanías estaba ya el pueblo y las autoridades algo habían hecho, con ocasión de una visita arzobispal y otra prefectural, para que los alrededores no resultaran muy agrestes. La bajada terminó a la vera de un río gratamente sombreada de gualangos, y el camino tomó por una de las márgenes, siguiendo la corriente. Fácil era el galope, el clima había templado su frialdad, una brisa amable acariciaba el rostro, y las copas altas y chatas de los gualangos, semejando discos dedicados a dar sombra, cernían la violencia de un sol adueñado de toda la amplitud de los cielos azules. El río, entre finas arenas y pedrones cárdenos y amarillos, cantaba su misma antigua y alegre tonada de viaje. Caballos y jinetes también avanzaban contentos. Augusto, olvidado ya del tácito regaño, entonaba una cancioncilla que le bullía siempre en el pecho:

Ay, cariño, cariñito,
si eres cierto ven a mí.
Por el mundo ando solito
y nadie sabe de mí...

Augusto creía escuchar que el río le hacía la segunda,
acompañándolo en su endecha. Es fácil hacerse esta ilusión
cuando se canta junto a un río:

> Palomita de alas blancas,
> palomita generosa:
> dime dónde está tu nido,
> que yo ando buscando abrigo.

Rosendo aguzaba el oído para percibir lo mismo que Goyo
Auca y Abram. La tonada les recordaba su juventud, el bello
tiempo en que ellos también llamaron al amor cantando, y la
escuchaban con gusto.

> Ya viene la noche oscura,
> si me voy me caeré.
> Dame, dame posadita
> y a tu lado dormiré...

El camino volteó y, al asomarse a una loma, mostró el
pueblo. Aparecía próximo — rojo de tejas, blanco y amarillo
de paredes — y sus casas se agrupaban, como buscando protección, al pie de una iglesia de sólidas torres cuadrangulares.
Los alrededores verdeaban de árboles y alfalfares. En las callejas, casi desiertas, un discreto trajín anunciaba la vida. Al
poco rato, la pequeña cabalgata pasaba por ellas con gran estrépito de cascos en el empedrado. Al oírla, los comerciantes
consumidos de hastío salían a curiosear desde la puerta de
sus tiendas. Los ponchos indios, salvo el de Rosendo que era
oscuro, chorreaban todo el júbilo de sus colores sobre los claros
muros.

— Son indios comuneros.
— El viejo es el famoso alcalde Rosendo Maqui...
— Prosistas son.
— Pero parece que don Amenábar les va a quitar la pro-
sa... Así me han dicho.
— ¿Cómo, compadre?
— Lo que oye, compadre. Hay juicio de por medio...
— Cuente, cuente, compadre...
Y se armaban las conversaciones y los chismes.
Los jinetes voltearon por un lado de la plaza, pasando
frente a la subprefectura. La plaza era un cuadrilátero sole-

doso y ancho, cruzado de irregulares veredas de piedras entre las cuales crecía libremente la yerba. Al centro había una pila donde llenaban de agua sus cántaros y baldes algunas mujeres, sin duda sirvientas de los ricachos y autoridades. Dos de ellas conversaban con un indio que, sentado en el pequeño muro de la pila, miraba su caballo, magro y mal aperado flete que arrastraba la rienda mientras ramoneaba el pasto con vehemencia. La iglesia estaba cerrada y desde una de las torres, un gallo recortado en hojalata se erguía en la actitud de cantar, interminablemente. Las casas que rodeaban la plaza eran generalmente de dos pisos y algunas abrían tiendas en las cuales coloreaban las telas y brillaban las herramientas que solía buscar la indiada durante la habitual feria de los domingos. Mientras llegaba, los tenderos vendían licor a sus diarios parroquianos. En la puerta de la subprefectura, los gendarmes daban la nota oficial que correspondía a toda capital de provincia con sus feos uniformes azules a franjas verdes. Porque tal era el rango del pueblo y, además de Subprefecto, tenía autoridades que respondían a los importantes títulos de Juez de Primera Instancia, Jefe Militar, Médico Titular, Inspector de Instrucción y otros.

Los diligentes funcionarios casi nunca funcionaban y entretenían sus ocios pasando, a sus inmediatos superiores o inferiores, oficios inocuos. ¿Qué iban a hacer? El juez desaparecía entre montañas de papel sellado originados por el amor a la justicia que distingue a los peruanos, pero, rendido por la sola contemplación de los legajos y estimando sobrehumano subir y bajar por todos esos desfiladeros llenos de artículos, incisos, clamores, denuestos y «otrosí digo», había renunciado a poner al día los expedientes. Explicaba su lentitud refiriéndose al profundo análisis que le demandaban sus justicieros fallos. «Estoy estudiando, estoy estudiando muy detenidamente». El subprefecto casi nunca tenía «desmanes» que reprimir — cada día la indiada se sublevaba menos — y en una hora matinal de despacho aplicaba las multas y cobraba los *carcelajes*. En cuanto a las tareas de los otros, no eran tan recargadas. Los conscriptos para el servicio militar caían en una sola redada; no había medicamentos para combatir y ni siquiera prevenir las epidemias; las escuelas carecían de útiles y estaban regidas por maestros tan ignorantes como irremovibles, pues su nombramiento se debía a influencias políticas. ¿Qué iban a hacer, pues? Además, había en su falta

de actividad una profunda sabiduría. Ellos se atenían al conocido dicho: *En el Perú las cosas se hacen solas*. Unicamente,
de tarde en tarde, cuando algún gamonal o diputado reclamaba
sus servicios, desplegaban una actividad inusitada. Unos y
otros estaban en el secreto de su celo.

La cabalgata se detuvo ante la casa de Bismarck Ruiz.
El despacho, que tenía puerta a la calle, estaba cerrado y entonces los comuneros entraron al zaguán. Salió una mujer con
un crío sobre las espaldas, muy ojerosa y agestada, que mostraba trazas de haber llorado.

— ¿Qué? — dijo —, ¿qué?, ¿preguntan por Bismar?, ¿preguntan por él?, ¿preguntan tovía por él, aquí en su casa? ¡Vaya con la pregunta!

Su voz era chillona y airada. Los comuneros se miraban
unos a otros sin explicarse por qué, al parecer, se cometía una
necedad preguntando por Bismarck Ruiz en su casa. La mujer,
advirtiendo su perplejidad, explicó

— El mal hombre pára sólo onde la Costeña. Ahí vive
metido y seguro que le dió brujería esa mala mujer... ¡El
desamorao! Casi nunca viene... ¡Abandonar a sus hijitos, a
sus tiernas criaturitas!

No todas eran tan tiernas, pues en ese momento apareció
el hijo grandullón que hacía de amanuense y era sin duda
aficionado a los gallos de riña, pues tenía en brazos un ajiseco
al que lijaba los pitones después de habérselos aguzado concienzudamente. Brillaban las finísimas estacas que debían
clavarse en los ojos o cualquiera parte de la cabeza del rival.
Al reconocer a Rosendo puso en el suelo, delicadamente, al
gallo — ave de ley que tenía la cresta cercenada, corto el pico
y las patas anchas — y les ofreció guiarlos hasta donde se
encontraba su padre.

Y encontraron a Bismarck Ruiz, ciertamente, en casa
de la Costeña. Se entraba por un zaguán empedrado que daba
a un patio en el que florecían claveles, violetas y jazmines.
En cada una de las esquinas, verdeaba con su copa redonda
un pequeño naranjo de los llamados de olor o de adorno, pues
sólo sirven para perfumar y hermosear ya que sus frutos son
muy pequeños y ácidos. Al frente estaba la sala. En ese momento había allí mucha gente bulliciosa y sonaban risas y
cantos y un alegre punteo de guitarras. Los comuneros desmontaron y el «defensor jurídico», entre abrazos y grandes

exclamaciones de alborozo, los condujo hasta la puerta de la sala.

—¡Ah, mis amigos, qué gusto de verlos por acá! Ante todo, debo decirles que su asunto marcha bien, muy bien... Pasen, pasen a tomar algo y distraerse...

Cuando llegaron a la puerta llamó a sus amigotes y a una mujer a la que nombró Melbita y era la misma a quien apodaban la Costeña. Ella miraba a los indios con una indulgente reserva. Era alta y blanca, un poco gruesa, de ojos sombreados por largas pestañas y roja boca ampulosa. Vestía un traje de seda verde, lleno de pliegues y arandelas, que le ceñía el pecho levantado y se descotaba mostrando una piel fina.

Melba Cortez había llegado al pueblo procedente de cierto lugar de la costa, hacía algunos años, delgada y pálida, conteniéndose la tosecita con un pañuelo de encaje que ocultaba en sus dobleces leves manchas rosas. Al principio, su vida transcurrió en forma un tanto oscura. Es decir la social, que la física se entonó con el aire serrano, seco y lleno de sol. Pasado un tiempo, la salud le permitió ir a fiestas y en las fiestas hizo amistades. Se había puesto hermosa y le sobraban cortejantes. Algo se dijo de su intimidad con el juez, aunque los que así hablaban no estaban en lo cierto, pues con quien de veras se entendía era con el joven Urbina, hijo del hacendado de Tirpan; pero ello no podía garantizarse, pues el comerciante Caceda también parecía estar muy cerca de ella y, quién sabe, lo efectivo era que quería al síndico Ramírez, porque con él bailó toda una noche; pero tal vez si resultaría vencedor, al fin y a la postre, el teniente de gendarmes Calderón, a quien sonreía en forma especialísima, sin que pudiera olvidarse como cortejante afortunado al estudiante de leyes Ramos, que fué muy atendido en las vacaciones; ¿pero no aseguraban las Pimenteles, sus amigas íntimas, que era el notario Méndez el realmente preferido? En suma, Melba Cortez causó un verdadero revuelo en el pueblo. Ese mariposear, desde luego, ocasionó la alharaquienta indignación de todas las recatadas y modosas señoras y señoritas que, velando por que tal ejemplo indigno, pernicioso, inmoral e inconcebible no provocara el más atroz y catastrófico naufragio de las buenas y tradicionales costumbres, procedieron a repudiar y aislar a la horrenda y desvergonzada culpable, corriendo la misma suerte y siendo «señaladas con el dedo» las pocas amigas que le quedaron, entre ellas las alocadas, desdichadas y descocadas Pimenteles.

que «siempre habían sido muy sospechosas». Para que el rechazo fuera más notable y nadie pudiera confundir a la pecadora proscrita con las recatadas damas del pueblo, ellas dieron en llamarla la Costeña, indicando así que provenía de regiones de costumbres livianas... ¡Ah, las terribles y austeras matronas! Lo que sucedía fué que Melba Cortez buscaba una situación, pues sus lejanos familiares, muy pobres, cada día le remesaban menos dinero y tenía que vivir de favor en casa de sus contadas amigas. Se puso a coquetear con quienes la festejaban esperando que alguno diera pruebas de mayor interés. Jamás imaginó que, casi de un momento a otro, iba a ser repudiada y señalada como una mancha de la sociedad. Algunos de sus cortejantes se apartaron y otros la buscaron con ánimo de aventura. Había caído, pues. Cada día vió aumentar su pobreza y su postergación. Lloró en silencio su despecho y su rencor y, en vista de que el médico no le permitía abandonar ese pueblo y esos cerros que se habían convertido en una especie de cárcel, se dispuso a todo. Ya que no había podido pescar un serrano rico, le echaría el guante a uno acomodado. ¿Y no querían escándalo? Lo iban a tener. En ese momento hizo su aparición Bismarck Ruiz. Lo conoció en una comida a la que fué inocentemente invitado por las Pimenteles. El tinterillo, pese a su nombre, ignoraba la táctica y la estrategia y avanzó sin mantener contacto con la retaguardia, de modo que, en un momento, ya no pudo retroceder. Se enredó definitivamente con la Costeña. La vistió y alhajó; le compró esa casa; aunque sin abandonar del todo su propio hogar, se estaba con ella días de días; daba fiestas a las que asistían las Pimenteles y otras damiselas. Los caballeros, despreciando el regaño de sus esposas, concurrían a los saraos para divertirse en grande. ¡Las matronas ardían de indignación! Inclusive llegaron a pedir que se expulsara del pueblo a la intrusa, pero no fueron oídas porque las autoridades habían corrido mundo y no estaban de ningún modo alarmadas. Además, asistían también a las fiestas.

— ¡Son mis mejores clientes — dijo el tinterillo —, son los comuneros de Rumi, hombres honrados y de trabajo a los que se quiere despojar en forma inicua!

En la sala, varias parejas bailaban un lento vals criollo. Dos guitarristas tocaban sus instrumentos y cantaban con voz dura y potente:

> *Deja recuerdo de amor*
> *a todo el género humano.*
> *En territorio italiano*
> *fué donde Chávez cayó.*

Los versos se referían al aviador Jorge Chávez que, piloteando una frágil máquina, había pasado sobre los Alpes por primera vez en la historia de la aviación. Debido a un accidente cayó y murió cuando tenía cumplida su prueba y estaba por aterrizar en Domodosola. El pueblo peruano de las ciudades, que estaba en aptitud de considerar, dijo en los ingenuos versos de las canciones propias, su dolor y su admiración.

> *Solito y en su aeroplano*
> *los Alpes atravesó*
> *y al universo asombró*
> *el valor de este peruano.*

Los cantores eran dos cholos cetrinos, de manos rudas que punteaban las guitarras con una contenida energía. Las bordonas llegaban a mugir y las primas gemían agudamente como si fueran a romperse. Las parejas danzaban sin dar muchas vueltas, con paso marcado y sencillo. Ese era el vals peruano, mejor dicho el *valse*, acriollado y nativo como música y como ritmo.

> *A su patria ha engrandecido*
> *este aviador valeroso*
> *y el peruano lo recuerda*
> *con espíritu orgulloso.*

Los comuneros estaban un poco ausentes de la letra y no llegaban a entenderla del todo.

— ¿Oyen? — les dijo Bismarck Ruiz —, es el gran Jorge Chávez. Cruzó los Alpes volando, ¿entienden?, el 23 de septiembre de 1910; no han pasado dos años todavía. ¡Esos son los hombres que hacen patria!

Así debía ser, pues, cuando don Bismarck lo decía. Ellos — pensaban — eran muy ignorantes y, en su humildad, no sabían servir de otro modo que cultivando la tierra, en la faena de todos los días. Cumplían con su deber y personalmente sentían que ésa era la mejor forma de cumplirlo, pero quién sabe, quién sabe había, pues, que saber volar, había, pues, que pasar los Alpes...

— ¡Traigan cerveza para mis clientes! — gritó el tinterillo, y sus amigotes sonrieron y también sonrió un poco Melba Cortez. Llevaron la cerveza en grandes vasos coronados de espuma y Abram y su hijo se negaron a tomar. «Parece orines de caballo», cuchicheó Augusto a su padre. Rosendo y Goyo Auca, cortésmente, apreciaron.

El alcalde, considerando que ya había cumplido con escuchar, demandó al pendolista que abordaran el asunto del juicio. Ruiz los llevó a una habitación cercana, diciendo:

— Lástima que ahora...este compromiso de la fiesta... no es lo más adecuado para tratar asuntos de tanto peso... El tinterillo vestía un terno verdoso y lucía gruesos anillos en las manos, y sobre el vientre, yendo de un bolsillo a otro del chaleco, una curvada cadena de oro. Sus ojuelos estaban nublados por el alcohol y todo él olía a aguardiente como si de pies a cabeza estuviera sudando borrachera. Al ingresar en la pieza entornó un poco la puerta.

— En dos palabras, el tal Amenábar reclama las tierras de la comunidad hasta la quebrada de Rumi; dice que son de él, ¿han visto insolencia? Pero he presentado los títulos acompañados de un buen recurso y lo he dejado realmente sin saber qué decir. Su defensor es ese inútil del Araña, que de araña no tiene más que el apodo, porque no enreda nada, ni moscas, y hasta ahora no se han atrevido a contestar. Así contesten, con otro recurso los siento... ¿Qué se han creído? Yo soy Bismar, como el gran hombre, ¿no saben ustedes quién fué Bismar?

Los comuneros dijeron que no sabían y entre sí pensaron que acaso habría volado también, pero como el propio tinterillo carecía de otras nociones sobre su homónimo, no pudo sacarles de la duda.

— Sí, Rosendo Maqui, no hay que alarmarse. Aquí, donde ves, en esta mollera — se golpeaba la calva incipiente —, hay mucho seso... Al Araña lo he revolcado cuantas veces he querido... Váyanse tranquilos y vuelvan dentro de un mes, pues ellos seguramente esperan el cumplimiento del término para contestar... Bueno, Maqui, ¿no me puedes dejar unos cincuenta soles?

Rosendo entregó el dinero y Ruiz los acompañó hasta los caballos. Antes de que partieran les dijo aún:

— Les repito que se vayan tranquilos. No hay por qué preocuparse. El asunto es claro, de su parte está la justicia, y yo sé dónde hay que golpear a esos ladronazos... Vuelvan por si se necesitan testigos. ¿Quién no sabe que es de ustedes la comunidad? ¿Cómo no van a afianzar su derecho?... Váyanse tranquilos, pues...

Los comuneros se dirigieron a una pequeña fonda de las cercanías, con el objeto de probar un bocado y dar forraje a las bestias. Había allí, triunfando del hollín y atendiendo a la mesa, una mocita que impresionó a Augusto. ¡Qué manera de haber muchachas bonitas por todas partes! Lo malo fué que Maqui dió demasiado pronto la orden de partir.

Por el camino, Rosendo y sus acompañantes iban pensando y repensando las palabras del pendolista. Tenía razón, sin duda. En último caso, todo el pueblo de Muncha y los numerosos viajeros que solían pasar por Rumi atestiguarían de su propiedad inmemorial, de su indudable derecho...

Resultaba dura la marcha, sobre todo para el anciano. La noche les cayó cuando todavía se encontraban en media jalca. Menos mal que ése era el buen tiempo, pues durante la época de lluvias, en la puna se forman acechantes barrizales que tragan caballos y jinetes. Un viento cortante, de tenaz acometida, silbaba lúgubremente entre los pajonales. Rosendo sentía el golpe de los cascos en medio de los sesos y le dolían las espaldas curvadas de fatiga.

Debido al cansancio, las leguas de vuelta son siempre más largas que las leguas de ida. Pero al comenzar la bajada, aparecieron, a lo lejos, las cariñosas luces del caserío. Temblaban dulcemente en la sombra. Esa visión los entonó y alegró. Ahí estaban los lares nativos, la propia tierra, todo lo que era su vida y su felicidad... Se olvidaron del cansancio, y los mismos caballos, pese a la aspereza de las breñas, se apuraron para llegar pronto.

*
* *

Augusto madrugó a dar una mano en la ordeña. Sin que le incumbiera esa faena, de buenas a primeras se había puesto muy diligente. Estaba buscando un pretexto para presentarse cuando divisó que Inocencio bregaba con una res montaraz.

— Ey, Inocencio. ¿Te ayudo? — dijo al acercarse.

La vaca ya estaba amancornada al bramadero, pero se necesitaba manearla.

— Es primeriza — explicó Inocencio —, y tovía no quiere dejarse. Ya rompió un cántaro. Son así hasta que se acostumbran...

Los fragmentos de un cántaro brillaban por allí sobre una mancha láctea que teñía el suelo. Para sorpresa de Augusto, las muchachas que aguardaban no eran las que había visto el día anterior. Se trataba de un nuevo turno. Ahí estaba Marguicha acompañada de otra en la que el mozo ya no se fijó. Nosotros también la hemos encontrado en el recuerdo de Rosendo Maqui, llamada Marga ya, florecida en labios y mejillas, y con senos frutales, y caderas que ya presagiaban la fecundidad de la tierra, y ojos negros... Augusto la quería nombrar Marguicha todavía. Y ayudó, pues, a manear la vaca, y arreó a las otras, y sujetó a los terneros para que no se anticiparan, y alcanzó cántaros y baldes, y en todo estuvo muy atento y solícito. De cuando en cuando decía alguna palabra a Marguicha y ella le respondía con una fugaz mirada dulcialegre, y Augusto tenía esperanza. ¡Si cuando pasaba Marguicha — ay, amor, amor, hasta las piedras se estremecían!

Augusto tornó la mañana siguiente y otras más. Como sabía cantar, mientras caía la leche en densos chorros, entonaba a media voz dulces canciones. Marguicha no las había escuchado nunca y sospechaba si acaso Augusto las compondría él mismo, pues se relacionaban, en algunos aspectos, con la situación de ellos.

> *Ay, ojos, ojitos negros,*
> *ojitos de capulí:*
> *no se vayan por los cerros,*
> *mírenme a mí.*

Inocencio, hombre basto y tranquilo, demoró varios días en darse cuenta de la inquietud de los jóvenes. Era muy bondadoso y, pese a la diferencia de edades, había hecho amistad con Augusto y lo interrogó cierto día. El mozo, entre serio y sonriente, lleno de una dulce exaltación de enamorado deseoso de confidencias, se lo refirió todo y también le dijo de cómo, en los últimos tiempos, se había estado aficionando de cuanta mocita veía y acudió al corralón pensando tratar a una de las muchachas que les invitaron leche, y con quien se encontró fué con Marguicha. Bueno: Marguicha era la muchacha que había buscado siempre en cada una de las que le gustaban. La quería, pues. Al fin había encontrado a la mujer que buscaba en Marguicha...

El vaquero y Augusto se habían quedado parlando en el corralón. Marguicha y su compañera se marcharon ya llevando un cántaro en la cabeza y un balde a medio llenar en la mano. La mañana avanzaba sobre Rumi. Los terneros mamaban dando hocicazos a las ubres o sea «llamando» la leche. Olía a boñiga soleada.

Inocencio rió bonachonamente y se puso a hacer especiosas consideraciones acompañadas de ejemplos prácticos.

— ¿Sabes? Las mujeres son como las palomas en el monte. Tú vas al montal con tu escopeta y ves una mancha de palomas y no sabes cuál vas a cazar. Claro que el que es muy güen cazador, o tiene güena carga en la escopeta, mata varias. Pero ponte el caso del que mata una. Ese apunta con cuidao, pa no perder el tiro. A veces, onde está apuntando, la paloma da un salto, cambia de ramita y se pierde entre las hojas. Y también pasa que onde estuvo la que le apuntaba, llegó otra que venía po atrás o de un lao... ¡Pum! ¡esa jué la que cayó y tú le apuntabas un ratito antes onde otra! ¿Ya ves? Lo mesmo pasa con las mujeres. Tú veías muchas mujeres y vinites por una y te salió otra... No es cosa pa decir que uno halló la que buscaba... Ya te digo que las mujeres son como las palomas en el monte...

Augusto, cuando el amigo terminó su parabólica disertación, tenía la cara fosca y malhumorada. ¿Qué quería decir el zonzo de Inocencio con toda su idiota charlatanería? ¿Acaso no comprendía, el muy bruto? ¿Quería tal vez dar a entender que Marguicha era como cualquiera mujer? ¿O si no que él hubiera querido a otra como la quería a ella? Decididamente, Inocencio era muy incomprensivo y muy bruto. Sin decirle nada, desdeñando dirigir la palabra a esa piedra, se fué.

Inocencio sonrió y, haciendo restallar su látigo, empujó las vacas hacia el potrero. No le afectó el desdén de Augusto o, mejor dicho, lo recibió con gran benevolencia. «Ah, jóvenes, jóvenes... ah, vacas, vacas» —murmuraba agitando el látigo y sin dar, como de costumbre, ningún golpe. Inocencio era muy paciente, tanto con los animales como con los hombres.

En general, la paciencia es virtud de arrieros y repunteros
andinos. Si carecen de ella, han de adquirirla, y mucha, para
conducir la recua o la tropa y no desesperar de los trajines
que imponen en tierras sin posadas, sin defensas, sin caminos
o con malos caminos que no tienen ni puentes ni cercas y van
siempre por zonas desoladas o por otras llenas de bosque, malos vados y riscos... Inocencio había crecido arreando vacas
y sabía, pues, tener paciencia. «Ah, jóvenes, jóvenes...ah,
vacas, vacas»...

*
* *

Sin parábola, los que estaban matando palomas eran algunos comuneros. Los émulos del ya legendario Abdón la habían emprendido con las torcaces.

Detonaban las escopetas y aleteaban las bandadas fugitivas a lo largo de la quebrada de Rumi y el arroyo Lombriz.
Frente a cada pequeña humareda caían una o dos aves y las
demás levantaban un vuelo azul, raudo y desesperado. Casi
siempre se paraban en determinado árbol, que les servía de
punto de referencia. Al ser alejadas de él mediante una cuota
de víctimas, iban hacia otro. Los cazadores llegaron a conocer
sus hábitos. También las palomas los de ellos. Apenas veían
un hombre de paso lento o que tan sólo llevara un palo en la
mano, echaban a volar. Entonces los cazadores — para algo
eran hombres y sabían emplear el talento — se emboscaban
al pie de los árboles hacia los cuales volaban. No bien habían llegado, sonaba un tiro, seguro, que abatía unas cuantas.
La fuga reiniciaba su aleteo amedrentado y su revoloteo indeciso, para dar con otra detonación y nuevas muertas un
poco más lejos.

Los cazadores, para no ahuyentarlas del todo, les permitían comer las moras durante la mañana. Era en las tardes
cuando las cazaban y, desde luego, no las dejaban comer y
menos cantar.

Muchos comuneros tenían pena de las torcaces y otros
añoraban su canto. Quien más lo añoraba era Demetrio
Sumallacta, el flautista. Se había encariñado con la dulce
melodía y la esperaba, sobre todo, a la hora del crepúsculo.
Le parecía que el melancólico canto era necesario al véspero
como un tinte más. Digamos nosotros, con nuestro amigo el

flautista, que el canto de las torcaces en la hora del ocaso nos
ha producido un original embrujo. Es como si los colores y las
notas llegaran a confundirse. A ratos parece que el crepúsculo
está mágicamente coloreado de música y a ratos que el canto
está musicalizado de color. El hombre no despierta ya sino
con la sombra.

Demetrio, a veces, creía escuchar un lloroso y ahogado
canto lejano. Era el de su propio corazón.

*
* *

Nasha Suro, la curandera, negra de vestiduras y fama,
se presentó de improviso ante Rosendo. Fué de anochecida y
al alcalde le pareció que la había parido la sombra.

— Taita, taita — dijo con el acento nasal, congestionada
la cara terrosa —, he preguntado a la coca. El cesto cae de la
vara de palisandro cuando se mienta las tierras de la comunidá. Es malo, taita...

Rosendo calló sin saber qué decir por el momento. Con
los días y la reflexión, la jactanciosa confianza de Bismarck
Ruiz no dejó de infundirle sospechas o por lo menos preven-
ción.

— Y otras cosas, taita — añadió Nasha haciéndose la
misteriosa —, he preguntado de otros modos a la coca y habla
malo... amarga tamién...

Ese era el presagio de la curandera con fama de bruja ante
la voz, que se extendió por todo el caserío, de que había pleito
con la hacienda Umay. Nasha gustaba de pasar por adivina
ante los comuneros y, conocedora del corazón humano, para
conseguirlo anunciaba lo que ellos esperaban o temían.

— Ya se verá, Nasha — respondió Rosendo con tristeza,
tomando nota del mal presentimiento de su pueblo —, ya
contratamos defensor y estamos ante el juez...

Nasha se perdió en la noche mascullando algo. Quién sabe
palabras vulgares, quién sabe esotéricas.

*
* *

El Mágico hizo su periódica aparición en el caserío. Llegó
en su jamelgo zaino y lerdo que, más que a él, conducía unas

enormes alforjas, atestadas a reventar, que le cubrían las ancas
y casi toda la panza. El jinete era una especie de aditamento
del carguío.

Como hacía habitualmente, se hospedó en casa del comunero Miguel Panta, que tenía muy buena ubicación por
estar a mitad de la Calle Real, frente a la plaza.

El hospitalario Panta desensilló el caballo de su amigo y
le condujo al pasto mientras el Mágico, que era buhonero,
comenzó a vaciar la alforja en el corredor. ¡Cuántas cosas
salían de allí!

Percales floreados, tocuyos blancos, sombreros de paja,
palma y junco, espejuelos, sortijas y aretes baratos, hilo, ron-
dines, ejemplares de libros llamados *Bertoldo, Bertoldino y
Cacaseno* y *El oráculo de Napoleón*, cuchillas, una lampa sin
cabo, bufandas, zapatos de cordobán, pañuelos blancos, grandes pañuelos rojos con dibujos de animales de escenas del
toreo, botones, agujas y otras innumerables baratijas. Todo
fué formando una mancha brillante y multicolor.

Los comuneros acudían a mirar tanta maravilla.

—Vaya, don Contreras, ¿pa qué se vino tan luego? Mejor que llegara después de las cosechas...

Y el Mágico sonreía mostrando sus dientes podridos:

—Ya volveré...ya volveré, comuneritos...a mí me
gusta venir aquí, donde todos son buena gente y pagan lo que
deben...

Usaba de esta laya de zalamerías para halagar y comprometer el amor propio de los campesinos.

—Compren, pue... Compren aura mesmo la percalita...
A ochenta centavos la vara está regalada...

El mercachifle era un cincuentón alto y huesudo, de cara
larga y amarilla como una lonja de sebo, levemente sombreada
por un bigotillo oscuro y unos pelos lustrosos y ralos que se
erizaban por las quijadas con ánimos de patillas. Sus labios
descoloridos sonreían a menudo, con una mecánica sonrisa
profesional, y sus manos escuálidas y nudosas manipulaban
los billetes, soles y pesetas demostrando una soltura que hacía
pensar que ellas mismas, por su lado, hacían las cuentas mientras él hablaba con los clientes o ponderaba las mercancías.
Su sombrero de falda naturalmente levantada cubría una cabeza pequeña, y el poncho habano flotaba sobre el cuerpo enteco como sobre una armazón de espantapájaros. El pantalón
de dril amarillo, arrugado por las canillas flacas, se amonto-

naba ciñéndose a zapatones deslustrados. Pero lo verdaderamente peculiar de ese hombre estaba en los ojos, negros y vi-
vaces ojos de pájaro, singularmente penetrantes, que si se de-
tenían en algo lo examinaban con una meticulosidad de polizonte. Esos ojos daban a su figura energía y firmeza, pues, de
otro modo, el Mágico habría parecido un fantasma o una caña
disfrazada de hombre a punto de ser derribada por el viento.
Sin embargo, era necesario verlo negociar para formarse una
idea completa de su original persona.

— Tú, chinita, te verás muy güenamoza con estos aretes
y tú, tú tamién pue, no te hagas la santita... tienes lindas
manos y con estas sortijas quedarán pintadas... la mano ani-
llada atrae la vista... a cuarenta nomá los aretes... a sol
nomá la sortija de güena plata...

Las mocitas pensaban que acaso sus madres las regaña-
rían diciendo que compraban muy caro. El Mágico volvía a
la carga con nuevas consideraciones, les ponía las joyas, preguntaba su opinión a los circunstantes de apariencia compla-
ciente y como respondían de modo favorable, reforzaba con
tales testimonios sus argumentos. Casi nadie podía negarse
una vez que él conseguía ponerle la mercadería en sus manos.

— Usté, doña Chayo, cómpreme otro parcito de zapatos...

Doña Chayo estaba verificando con los dedos la transparencia insolente de un tocuyo de a cincuenta la vara.

—¡Zapatos tovía! Si los otros que me vendió, mal cosidos
y de cuero podrido, se rompieron lueguito...

— Ah, bribonazo...ah, ladronazo... — comentaban con-
fianzudamente los fisgones.

No se crea que el Mágico se indignaba o por lo menos,
en el peor caso de insensibilidad, era indiferente a tales cali-
ficativos. Todo lo contrario: le complacían y su profesional
sonrisa se alegraba de veras oyéndolos. En el fondo creía que
ellos constituían un timbre de honor y avaloraban su personalidad de comerciante verdaderamente entendido y hábil. ¡Que
hablaran, que hablaran! El les entregaba la mercadería en sus
propias manos. ¿Entonces? El mundo es de los vivos y la culpa
recae sobre los que se dejan engañar...

En confianza, conversando con Panta o cualquiera de sus
amigos, el Mágico se quejaba de haber perdido a su madre a
la edad de un año, quedando a cargo de un padre borracho
que le impidió ser doctor. Lo hacía por deslumbrar, porque
nunca había tenido mucha afición al estudio.

En su pueblo, uno de los tantos pueblos perdidos en las
serranías norteñas, capitaneó una banda de palomillas que
hizo época. Asaltó y asoló huertos sorteando los escopetazos
que les propinaban los cuidadores; maltrató a cuantos caballos encontraba al paso, montándolos en pelo y haciéndolos
emprender vandálicos galopes; durante la noche cambió los
pueblerinos letreros de los establecimientos comerciales de
modo que la botica amanecía con el de la agencia funeraria y
al contrario.

—Estos muchachos no tienen compostura — se lamen-
taban las gentes serias.

No hubo quien igualara a Julio Contreras, que tal era su
nombre, cuando se trataba de ir a los «cortes» con las cometas
que tenían la cola armada de vidrios filudos, o de manejar la
honda de jebe. Decenas de hermosos papelotes rivales fueron
a dar Dios sabe dónde una vez roto, mediante un mañoso y
sorpresivo coletazo, el hilo de retención, y centenas de gorriones y palomas silvestres rodaron por el suelo abatidas
de una pedrada certera disparada con pulso seguro y vista de
gavilán.

Todas estas mataperradas eran hasta cierto punto tradicionales en el pueblo y no descalificaban a nadie, pero él les
daba siempre un matiz malévolo, que determinó su éxodo. Había capturado una paloma a la que sólo rompió un ala de un
hondazo. En vez de matarla, como hacían los demás muchachos en tales casos para ahorrar sufrimientos a las pobres
aves heridas, imaginó un bello espectáculo. La llevó a la escuela y, mientras llegaba la hora de clase, amarró las patas
de su víctima y en seguida le acercó el gato regalón de la maestra. Y era de ver cómo el ave prisionera trataba de huir, y dirigía la cabeza a un lado y otro, y agitaba inútilmente el ala
válida, y aun quería saltar y sólo conseguía mover convulsi-
vamente el cuerpecito palpitante... En eso llegó la maestra
y como ya tenía experiencia de la inutilidad de sus repren-
siones, lo despachó por ese día de la escuela, dándole a la vez
un papel para su padre, del que debía recabar respuesta.

El padre era efectivamente un borracho que sólo pensaba
en su hijo cuando recibía quejas de la maestra o los vecinos.
Entonces le daba una tunda. Aquella vez Julio Contreras,
que ya tenía doce años, no entregó el papel y se fué del pueblo.

Corrió mundo haciendo de todo. Hasta llegó a formar parte de una compañía de saltimbanquis y titiriteros de muy mala

muerte, y que, efectivamente la tuvo, pues el artista principal se
desnucó en Chilete y el resto de la comparsa se disolvió en
Cajamarca después de programar cuatro funciones que no se
realizaron por falta de público.

Por ese tiempo Contreras ya había crecido mucho, en
edad y mañas. Con sus escasos ahorros compró una ruleta de
feria y la arregló según todas las artes y malas artes condu-
centes al engaño de intonsos. Cayó con su máquina, justamente,
en mitad de la feria del distrito de San Marcos. En la ruleta
hacía jugar botones, medias, carretes de hilo, estampas,
almanaques — de unos gratuitos que consiguió en cierta botica —, espejos y un reloj barato que era el cebo y desde luego
nunca salía. Veinte cobres costaba el tiro. Los fiesteros caían
entusiasmados por el reloj, pagaban su peseta y echaban a
girar el puntero. Vuelta y vuelta y de repente, ¡zas!, se paraba
señalando un almanaque que lucía un frasco de específico en
la cubierta o un cartón con media docena de botones de camisa. Ganaba plata el ruletero, pero no tanto como la que deseaba.

A todo eso, la fiesta iba quedando mal. No hubo sino
unos cuantos enmascarados que bailaron un poco en la plaza;
el cura se negó a sacar la procesión de noche; los toros llevados
para la corrida no embestían y entonces, viendo que le iban
a soltar reses matreras por jugadas en otras ocasiones, el to-
rero, como se dice, anocheció y no amaneció. Para acabar de
perderlo todo, un teniente que había llegado de Cajamarca
al mando de un piquete de gendarmes, prohibió que entraran
al ruedo — rústico palenque de troncos — los aficionados deseosos de lucirse. El pueblo gritaba contra el gobernador, que
ese año era el mayordomo de la fiesta. «Tacaño..., malagra-
cia..., miserable..., mezquino...» Se referían a que no había hecho los gastos necesarios. El teniente y su tropa repar-
tían sablazos entre los más vocingleros.

Entonces Julio Contreras se presentó al gobernador provisto de una idea excelente.

— Señor — le dijo —, yo salvo la situación. Hágame desocupar la Plaza del Mercado y daré una función. Sé hacer
pruebas: he trabajado en un circo...

— ¿De veras? — respondió el gobernador entre entu-
siasmado y receloso.

Contreras le enseñó un programa de la compañía de saltimbanquis, donde aparecía su nombre, y ya no hubo lugar a
dudas. La función quedó convenida para la noche del día si-

guiente. El gobernador quiso darle cien soles por todo, pero haciéndose cargo de la importancia excepcional del artista, aceptó que aumentara la suma cobrando algo a la entrada. Le volvió el alma al mayordomo en trance de desprestigio. Para contentar al pueblo, anunció la función de inmediato y en la mañana del día siguiente ayudó personalmente a colocar grandes carteles en la plaza. En gruesas letras borrachas se anunciaba para esa noche, en la Plaza del Mercado, a Julio Contreras, el artista mágico. A continuación, todos los números consignados eran mágicos: la cuerda mágica, el salto mágico, el vuelo mágico. Alguien se puso a decir, por darse importancia, que había visto el vuelo mágico y se trataba en realidad de algo escalofriante y misterioso. La noticia cundió por todo el pueblo. En las últimas horas de la tarde, Contreras se acercó al gobernador:

—Oiga, señor, el público está muy exigente y sabe Dios qué me hará si no queda todo a su gusto. Mejor déme los cien soles pa mandárselos antes a mi mamita.

El gobernador estaba borracho y, medio emocionado, le dió los cien soles, pero no se hallaba ni tan borracho ni tan emocionado como para que dejara de incitarlo a sospechar su malicia de poblano. Entonces, de acuerdo con el teniente, hizo vigilar a Contreras con un gendarme.

Todo lo había previsto el artista — inclusive buscó dos secuaces, uno para la boletería y otro para que le tuviera caballo ensillado en la puerta falsa de la Plaza —, pero no pudo prever la vigilancia.

Llegó la noche y el improvisado local rebosaba de público. ¡Vaya con el cholerío entusiasta! Corría chicha y cerveza. Algunos sacaban sus revólveres y echaban tiros al aire. Lo malo era que el aire daba a un techo de zinc que a cada balazo retumbaba estruendosamente. Los más ebrios creían que se trataba de una parte del programa y aplaudían. Otros gritaban: «¡El mágico, el mágico!», como si fueran a desgañitarse.

Contreras, entre tanto, sudaba y resoplaba sin saber qué partido tomar. El gendarme que le acompañaba parecía su sombra y no se apartó de él ni cuando entró al improvisado escenario, situado al fondo del edificio. Tras el tablado estaba la puerta falsa y al otro lado esperaría el caballo, pero quizás todo iba a resultar inútil. El ex artista sabía contorsionarse, también hacer equilibrios en la cuerda, inclusive dar un doble salto mortal. ¿Y el vuelo mágico? No había forma de parodiarlo siquiera. Y si no quedaba satisfecha, la poblada era capaz de matar o por lo menos aporrear al ya mohino oficiante. El teniente y sus gendarmes, arracimados junto a la puerta de entrada, parecían una ridícula brizna azul entre el oleaje del gentío.

— ¡El mágico!, ¡el mágico!

Los tiros seguían haciendo retumbar estruendosamente las calaminas. Un chusco hizo un chiste fácil:

— ¡Se caen las puertas del cielo!— y estalló una carcajada unánime.

Contreras seguía indeciso. Después de mucho hacer esperar al polizonte mediante subterfugios, llegó con el dinero el secuaz de la boletería. No quedaba, pues, otra cosa por hacer que presentarse. La suerte estaba echada. El artista vistió inclusive su ceñida y colorada indumentaria de payaso. Dió orden de correr la barata cortina que hacía de telón de boca. Iba a realizar de una vez, porque era la suerte que más esfuerzo le demandaba, el vuelo mágico. Así se lo explicó al guardia y añadió, echando su última carta:

— Es secreta la forma que uso para elevarme. Vaya más bien a ver cómo salgo...

El guardia, creyendo y no creyendo en la prueba, pero picado por la curiosidad de ver el posible panzazo, fué a confundirse con el público. Llevaba un atado bajo el brazo. Eran las ropas de Contreras. Con su policíaca perspicacia pensó que, caso de irse el vigilado, sería fácil encontrarlo dada su llamativa indumentaria.

— ¡El mágico!— reclamó alguien rompiendo el silencio que siguió a la apertura del telón.

— ¡El mágico!— corearon otras voces.

El escenario continuaba vacío. El artista no tenía cuándo aparecer. Entonces el gendarme, recelando, fué a verlo y se encontró con que se había hecho humo. Ese sí era efectivamente un vuelo mágico.

Entretanto, Contreras emprendió el galope más original que vieran jamás las serranías norteñas. Vestido de payaso como se hallaba y jugándose el todo por el todo, guardóse el dinero en el pecho, ganó la puerta falsa y, montando de un brinco, partió a escape. Cruzó las callejas como una exhalación, con toda vehemencia y audacia se metió en las rutas perdidas en la noche y galopó y no dejó de galopar ni cuando rayó el alba. Y los campesinos madrugadores que arreaban

sus rebaños iniciando el pastoreo o los que iban con su jumento
hacia el pueblo, huían despavoridos o se quedaban tiesos de
estupefacción creyendo que el payaso era el mismo Diablo —
así vestido de rojo, así galopante — correteando alguna alma
o en viaje a esas cavernas que se hunden en la tierra comu-
nicándose con el abismo lóbrego de los infiernos.

Por su lado, el gendarme no supo qué hacer ni qué explicación dar y cuando fué donde el teniente y le mostró la disculpa del atado de ropa, recibió una bofetada y una condena
a dos días de arresto. El público, cansado de esperar la salida
del mágico, registró primero el escenario y luego el local íntegro. Al darse cuenta del engaño, rompió todo lo rompible y
hasta quiso incendiar el edificio, cosa que fué evitada a duras
penas por los polizontes. El gobernador mayordomo, al ver
la cosa fea, voló también y sólo regresó cuando habían pasado
quince días.

El jinete, aquella vez, continuó su galope, siempre sembrando el pánico o la estupefacción hasta llegar a la casa de
un amigo que le proveyó de algunas ropas adecuadas a la convivencia humana.

Y así fué como Julio Contreras ganó trescientos soles y
un apodo. Nunca había visto tanta plata junta y con ella compró baratijas y dió comienzo a sus trajines de mercachifle. En
ellos pasó toda su vida. Decíase que tenía dinero en un banco
de Trujillo y que cada cierto tiempo iba a verificar nuevos
depósitos. No lo negaba ni afirmaba y solamente acostumbraba anunciar, de año en año, que ya no volvería más. El caso
era que siempre volvía..., jinete en tardo rocín que no sentía
el peso del amo, pero sí el de las alforjas ahitas.

— Esta lampa es de puro acero y entra en la tierra como
en manteca...

Uno de los cazadores de torcaces, que pasaba cargando
su escopeta, se acercó a curiosear.

— ¡Ahora que me acuerdo! — exclamó el Mágico rebo-
sando satisfacción —, ¿vendes la escopeta? Yo necesito una
buena escopeta..., pago bien...

El comunero se la entregó y Contreras se puso a exami-
narla con la actitud de quien entiende y sabe lo que maneja.

— No, no está buena pa eso... Me la ha encargao un cabrero de Uyumi. El puma le arrasa las cabras y él necesita una
buena escopeta y también plomo... Hará bala pesada, bala

pa león... Pero a lo mejor él quiere venir a verla en persona.
¿Cómo te llamas pa decile? No se puede conocer a todos...

— Jerónimo Cahua..

— Ah, güeno, güeno... ojalá pueda venir y te armes de
soles... la quiere luego y paga bien... ¿Quién más tiene escopeta aquí, por si me conviniera?

Jerónimo y los otros comuneros fueron recordando y dando los nombres de los escasos poseedores. Algunos, más ofi-
ciosos, fueron a llamarlos y muchos acudieron desde sus casas
o la quebrada, donde estaban cazando, con sus armas.

Eran viejas escopetas de chimenea, de las que se cargan
por la boca del cañón. El Mágico las fué rechazando una por
una. Que el cañón es muy angosto. Que la chimenea está ma-
gullada. Que no se ajusta bien a la culata. Que no... Todas
tenían defectos, pero podría ser que el cabrero quisiera verlas
personalmente. ¿Cómo te llamas?...

Luego siguió pregonando sus mercancías y atendiendo a
los compradores.

— No, ahora no fío poque me voy muy lejos y tardaré
en volver... Presta plata a alguno de aquí mesmo. ¿Quién
no te va a prestar? Que afiance el alcalde...

— ¿Que no dijo enantes que luego volvía?

— Eso digo cuando no me fían...

No había sino que reírse con ese don Contreras.

Muchos hombres y mujeres hicieron realidad sus sueños
coloreados de telas y baratijas. Y el Mágico estuvo vendiendo
hasta que cayó la tarde y las caras se le confundían en la sombra.

La mujer de la casa sirvió el yantar, Migue! Panta lo compartió con su viejo amigo y ambos se quedaron junto al fogón
parla y parla, hasta muy tarde. El Mágico conocía a palmos la
extensa zona donde negociaba y tenía mucho que contar de
pueblos lejanos, de haciendas, de indios colonos, de comuneros,
de fiestas... Sus propias peripecias eran pintorescas y las relataba dándoles carácter de extraordinarias.

— Una vez me encontraba por Piura en sitio onde había
mucha víbora macanche. ¡Ah, eso que me pasó con una víbora
a nadie le ha pasao más que a mí! La víbora se había metido
en mi alforja y estuvo ahí, pa arriba y pa abajo, pa onde iba
yo más claro, y yo no la notaba. ¿Cómo no murió aplastada?
Es lo que me pregunto. Y yo me juí en eso pa Cajamarca y al
pasar una cordillera muy alta. en mera puna. mi caballo se

me cansó, y bajé la alforja pa que descansara y en eso se le
ocurrió salir a la víbora. ¡Bah!, dije, ¿cómo no me ha picao
cuando metía o sacaba las cosas? Y salió y avanzó un poco y
se quedó tiesa, y después culebreó otra nadita y vuelta a
quedarse tiesa. Le había dao el mal de la puna, que digo el
soroche. Pero dije: hay que examinar. Y prendí paja cerca de
ella y cuando se entibió comenzó a avanzar otra vez... No
quise matala poque ya iría a morir. Y aura pregunto, ¿quién
ha visto víbora asorochada? Sólo yo...

No en balde pasan los años y más cuando se los camina
y el Mágico estaba muy acabado. Tenía los hombros caídos y
dos arrugas profundas en las comisuras de los labios. De la
historia del vuelo hacía ya mucho tiempo, varias décadas.
En sus labios tomaba un sabor añejo y él la refería añorando
la juventud...

*
* *

¡Todavía más hermosas son las mañanas de verano,
frescas, azules, doradas, cuando en el centro de ellas está una
linda chinita como Marguicha! Dan ganas de madrugar. Augusto Maqui continuó madrugando, pues. La ordeñadora tenía ya cierta intimidad con él. Hasta le reclamaba ayuda en
algún momento y en otro le ordenaba discretamente. Augusto
sonreía. Con Inocencio, por el contrario, sus relaciones continuaban frías o mejor dicho no existían. Augusto ni siquiera
lo saludaba y hacía todo lo posible por ignorar su presencia.
A los dos o tres días de tal conducta, el paciente lo llamó a un
lado y le dijo:
—Tas haciendo mal, Augusto...hay que respetar, po
lo muy menos, a los mayores... Aunque parezca, no soy demasiao zonzo y sé comprender: eres muchacho, ella tamién
es muchacha...yo los dejo... Pero haces mal en no respetar.
¿Y qué, preguntarás de lisito que eres... Güeno, la verdá es
que ya no mando nada... Pero mando en las vacas y en este
corralón... Aquí mando... Y podía decirte: no te necesito
y no güelvas po acá... Aura, vos comprende...
Augusto comprendió, trató de explicarse y, con el tiempo,
inclusive quiso al rudo y sencillo vaquero. Se hicieron muy
amigos y la ordeña fué completamente feliz. Y brotaron de
la leche, del trigal que a lo lejos se mecía, de los ojos inmensos

de las vacas, de las manos de Marguicha, de la boñiga soleada, de los trinos, del corazón unánime de la tierra, nuevas
y hermosas canciones. Augusto aceptó enseñar al buen Inocencio un huaino que le había gustado mucho. Pero Inocencio era un desorejado y no conseguía aprender ciertas «vuel-
titas» que el huaino tenía...

*

* *

　　Las torcaces, cansadas de revolotear y ver morir, se fueron como todos los años. Ya volverían el año próximo, también como todos los años, acaso porque olvidaran el mal trato, tal vez porque eran bandadas nuevas...
　　Demetrio Sumallacta, el flautista, estaba muy triste
por la partida de las palomas y enojado con los cazadores,
especialmente con el más empecinado de ellos: Jerónimo Cahua. Hubiera querido pegarle, pero tenía miedo de que se le
pasara la mano y Cahua, que era tejero, necesitaba trabajar
en su oficio para techar la escuela... Las paredes — amarillas y rectas — estaban listas ya. Además, el alcalde y los regidores le harían pagar la curación y le aplicarían una multa
en beneficio de la comunidad. Hasta podrían expulsarlo si no
encontraban motivo que justificara la tunda. Y quién sabe
si el juez del pueblo, para sacarle plata, lo enjuiciaría también
por lesiones... Si se enteraba el subprefecto era fijo que le
metía preso a fin de cobrarle carcelaje... ¡Bah, bah!, era un
verdadero contratiempo el no poder aporrear a uno de esos
condenados...
　　Se esperanzó todavía. Como cesaron los tiros, las torcaces podrían volver. Toda la mañana del día siguiente aguardó.
Ninguna bandada aleteó sobre los uñicales y ni siquiera se
presentó a lo lejos. Se habían ido. Ya no sonaría ese largo y
melodioso y dulce canto...
　　Entonces se acordó de su flauta y le dieron muchas ganas
de tocar. Y buscó su flauta en la repisa de varas donde la guardaba y sólo encontró su antara. Sabía también tocarla, pero
era la flauta lo que necesitaba ahora. Sucedía que uno de sus
hermanos menores la había sacado. Todos temblaron, pues
Demetrio no sólo tenía más años sino un corpachón muy
recio y feas cóleras. De cara taciturna y talante desgarbado,
provocaba especiales comentarios de las mocitas:

— ¡Qué feyo es ese Demetrio!

— Pero toca muy bonito...

Demetrio buscó tesoneramente su flauta y, cuando ya había perdido toda esperanza de hallarla, la divisó junto a la acequia que pasaba frente a la casa. Estaba rajada y uno de sus extremos se había dilatado con la humedad. Ni la sopló para ahorrarse el disgusto de escuchar el gangoso gemido. Y ya iba a golpear a los hermanos cuando se encontró con los ojos de la madre. Entonces arrojó la flauta al techo y se fué de la casa. Oyó que los hermanos reían conteniéndose... Era que la flauta, al cruzar velozmente los aires, había aullado y eso les hizo gracia.

Verdeaban saúcos por un lado y otro, a la vera de las chacras. Ahí estaban con sus copas frondosas y sus negros racimos de pequeñas moras redondas. Los zorzales, endrinos y lustrosos, volaban entre los saúcos y comían las moras. Su canto no podía compararse con el de las torcaces, pero ahora que ellas se habían ido, cobraba importancia. Demetrio lo escuchó con gusto y sintió que se le iba componiendo el día. ¡Vaya, estaba con suerte! Mirando un saúco distinguió una rama seca y eso le ahorraría cortar verdes y esperar varios días a que se secaran. Además, las flautas hechas de rama que se ha secado en la misma planta salen mejor.

Y cortó, pues, la rama con una cuchilla que había comprado al Mágico hacía algún tiempo. Ahí mismo la descortezó y la cortó según el tamaño de una buena flauta, labrando en forma especial el extremo de la embocadura. Con una varilla empujó luego el corazón de la rama, ancho y esponjoso, de tierna blandura que cedió fácilmente. Y no se daba cuenta de que ya había pasado mucho tiempo, pues operaba con sumo cuidado sobre la delicada rama, y seguía trabajando. Labró entonces la lengüeta, que debía embonar tas con tas en la caña, dejando un pequeño espacio por donde pasara el aire. Y colocó al fin la lengüeta y quedó bien, dando a una pequeña muesca, de borde fino y suavemente pulido. En esa ranura debía partirse el aire produciendo la melodía. Y sopló, lleno de inquietud, y el sonido salió claro, dulce y alto. Era una buena flauta. Habría ido a su casa, porque allí tenía un fierrecillo adecuado, pero no quiso ver a esos truhanes de los hermanos menores y se dirigió a la de Evaristo. El herrero metió un punzón entre los chispeantes carbones de una fragua de fuelle jadeante. Cuando el punzón estuvo rojo, hicie-

ron los huecos: cuatro encima y uno debajo, para el pulgar.
Demetrio pudo todavía pulir la caña con un retazo de lija
que le proporcionó su amigo. Luego sopló para probar y sonó
de la manera adecuada al destapar cada hueco. Daba gusto
mirarla. Era larga, ligeramente curvada, como corresponde a
una flauta de calidad. Demetrio estaba contento. Cuando
preguntó al herrero por el precio de su trabajo, se negó a cobrarle y por toda explicación le dijo:

— Me gusta tu música...

Y Demetrio se puso más contento todavía.

Había llegado ya la noche, mientras tanto, y Evaristo
lo invitó a comer. Comieron, pues, y luego se marchó el flautista sin decir si iba a tocar o no. Había estado muy silencioso durante la comida y Evaristo quiso invitarle un trago para
que se animara, pero él no aceptó. El herrero tomó doble cantidad diciendo risueñamente que estaba en la obligación de
beber la ración de ambos. Eran salidas de poblanos ésas.

Demetrio abandonó el caserío y anduvo al azar por el
campo. Dió una vuelta por el maizal, escuchando la bronca
y solemne música de las grandes hojas mustias batidas por
el viento y luego fué hacia el trigo y oyó que la punzante
crepitación gemía dentro de la noche como en una caja donde
resonaran finos cordajes. Trepó un tanto y vió la sombra
densa y boscosa de la quebrada, oscuridad que contenía el
lamento de las aves muertas. Y se puso después a mirar el
pueblo y sus rojos fogones titilantes, que se iban apagando
mientras en el cielo se encendían las estrellas. Después asomó la luna, incipiente, recién formada, línea blanca y curvada como una flauta nueva. Demetrio sentóse en una eminencia preguntándose: «¿qué tocaré?» No sabía qué tocar ahora
que ya tenía la flauta y estaba a punto de realizar sus deseos.
Todos los yaravíes, tonadas, huainos y cashuas que había
aprendido se le antojaban inútiles. Su corazón sabría, pues.
Comenzó a sonar lenta, blanda, indecisamente primero y después fué levantándose la melodía, diríamos mejor la voz, y
en el caserío los que estaban despiertos mantuvieron su vigilia y los que dormían tal vez se pusieron a soñar. Se decían
unos a otros los oyentes en el recogimiento de sus habitaciones
de sombra:

— ¿Oyes? Ha de ser el Demetrio...

— Parece que cantara y llorara...

La madre, que velaba, despertó al marido y le dijo:

— Si no supiera que es él, diría siempre que es él, él mismo...

Crecía la voz, se levantaba clara y alta, poderosa y triste a un tiempo, envolviendo en sus notas algo como un himno a la tierra fecunda y un lamento por las aves vencidas. Una rara torcaz nocturna se había puesto a cantar. Pero no, que temblaban lágrimas en esa melodía, que se alargaban humanos sollozos en las notas unidas, continuas, llevadas y traídas por el viento. Mas ya volvían a los primeros ritmos, ya se calmaban con la placidez de la tierra fructificada, ya tomaban serenidad en la existencia permanente que va de la raíz a la semilla...

A ratos parecía que el flautista caminaba de un lado a otro y que dejaba de tocar, pero sucedía sólo que el viento cambiaba de dirección o se hacía más fuerte. La música tornaba, renacía, se ampliaba como el agua derramada, y todo adquiría una actitud de encontrarse escuchando, y la pequeña luna trataba de destacar al tocador, solitario en una loma, solitario y acompañado de todo en la inmensa noche.

Así hasta muy tarde. Cuando Demetrio Sumallacta llegó a su casa estaba serenamente feliz. La madre había velado esperando su vuelta y derramó una lágrima al sentir que se acostaba. Nada le dijo y sobre el mundo cayó un hermoso silencio lleno de música.

*
* *

El comunero Leandro Mayta, hermano del alarife, mejoró de unas fiebres palúdicas que había adquirido en un viaje que hizo al lejano río Mangos en pos de coca. Unos afirmaban que debía su salud a la quinina y otros que a los brebajes de Nasha Suro.

El comunero Rómulo Quinto y su mujer, Jacinta, tuvieron un hijo. Mientras llegaba la fiesta y con ella la oportunidad de que el señor cura Mestas lo bautizara, le pusieron el agua del socorro dándole por nombre Simón.

*
* *

Días van, días vienen...

Así pasaba el tiempo para los comuneros de Rumi.

Así se sucedían los acontecimientos vegetales, animales y humanos que formaban la vida de esos hijos de la tierra. De no ser por el peligro de Umay, temido como esas tormentas que amenazan en pleno verano las ya logradas siembras, el amor confiado a la tierra y sus dones daría, como siempre, cabal sentido a su existencia.

IV

EL FIERO VASQUEZ

Cualquier día, de tarde, un jinete irrumpió en la Calle Real de Rumi al trote llano de su hermoso caballo negro. El apero rutilaba de piezas de plata y el hombre prolongaba hacia él la negrura lustrosa de su caballo con un gran poncho de vicuña que flotaba pesadamente al viento. Un sombrero de paño también negro, hundido hasta las cejas de un rostro trigueño, completaba la mancha de sombra brillante. El jinete cruzó hasta llegar al otro extremo de la calle y detúvose, con un violento tirón de riendas y una elegante «sentada» del potro, frente a la casa de Doroteo Quispe. Este salió al escuchar el resoplido del animal y el resonar de las espuelas.

— Llega, Vásquez... Pasa, pasa, Vásquez — invitaba el dueño de la casa.

El jinete había desmontado ya y, con aire satisfecho, mientras decía alguna cosa, desataba el cabestrillo amarrado al basto delantero de la montura. Se le veía ancho y fuerte, de movimientos enérgicos y tranquilos. Sus botas dejaban huella en la tierra. Quitó la alforja y con ella al hombro pasó al corredor...

Por todo el caserío se esparció la nueva, con un especial acento de gravedad y misterio:

— ¡Ha llegado el Fiero Vásquez! ¡Llegó el Fiero Vásquez! Llevada por Juanacha, la voz arribó a la casa del alcalde:

— ¡Ha llegao el Fiero Vásquez!

Rosendo Maqui, que estaba sentado en el corredor en compañía de Anselmo y el perro Candela, respondió:

— Que llegue...

Naturalmente que ya había respondido así muchas veces y el Fiero Vásquez llegaba a Rumi cuando lo deseaba, pero la novelería de Juanacha y todo el caserío tenía que complacerse en dar y recibir la noticia.

— ¡Ha llegao, ha llegao el Fiero Vásquez!

Para decirlo de una vez: el Fiero Vásquez era un bandido. Una de las particularidades de las abundantes que caracterizaban su extraña personalidad consistía en que su apodo — a fuerza de calzar había pasado a ser nombre —, no le venía de su fiereza en la pelea, mucha por lo demás, sino de ser picado de viruelas. Fiero es uno de los motes que en la sierra del norte del Perú dan a los que muestran las huellas de esa enfermedad. Vásquez las tenía, fuera de otras cicatrices, más hondas, que en un lado del rostro le dejó un escopetazo. También lo caracterizaba su amor por el negro. Ya hemos visto que ostentaban este color su caballo, su poncho, su sombrero. Eran negras igualmente sus botas y sus alforjas; las ropas, si no podían serlo siempre, tenían cuando menos un tono oscuro. Gustaba de la calidad y todos sus avíos y su caballo denunciaban la clase mejor. Encargaba los ponchos de vicuña a los departamentos del centro o del sur porque en el norte no abundaban. Sus amigos le decían siempre:

— Bota a un lao el negro, que te denuncia...

Y él respondía, despectivamente:

— ¿Y qué? Negra es mi vida, negras mis penas, negra mi suerte...

Como una sombra pasaba a lo largo de los caminos o entre los amarillos pajonales de la meseta andina. Su cara morena — boca grande, nariz roma, quijadas fuertes — habría sido una corriente de mestizo sin las viruelas y el disparo innoble. Aspera y rijosa de escoriaciones y lacras, se tornaba siniestra a causa de un ojo al cual le había caído una «nube», es decir, que tenía la pupila blanca como un pedernal. Una inmensa sonrisa que se abría mostrando bellos dientes níveos, atenuaba la fealdad, y el continente enérgico imponía respeto. En conjunto, se establecía cierto equilibrio entre cualidades y defectos y la figura del Fiero Vásquez no era repelente. La leyenda y una hermosa voz hacían lo demás y el bandido despertaba la simpatía, cuando no el temor, de los

hombres y el interés y el amor de las mujeres. Muchas cho-
litas de los arrabales de los pueblos o de las casas perdidas
entre las crestetías de la puna, suspiraban por él. Pertenecía
a esa estirpe de bandoleros románticos que tenían en Luis
Pardo su paradigma y en la actualidad van desapareciendo con
el incremento de las carreteras y las batidas de la Guardia
Civil.

> *Luis Pardo es un gran bandido,*
> *a él la vida no le importa,*
> *pues mataron a su padre*
> *y la de él va a ser muy corta.*

El yaraví que deploraba la desgracia de Luis Pardo y
relataba sus hazañas, corrió de lado a otro de la serranía,
bajó a la costa y aun entró a la selva. Su actitud más celebra-
da era la de despojar a los ricos para obsequiar a los pobres.
A decir verdad, el Fiero Vásquez, aunque se portaba como un
gran botarate regando la plata por donde pasaba, no resultaba tan decididamente filántropo. Despojaba habitualmente
a los ricos, pero cuando tenía apuro, hacía lo mismo con los pobres. Por esta razón trabó conocimiento con Doroteo Quispe.
Sucedió que Doroteo iba hacia la capital de la provincia
arreando un borrico y llevando en su alforjita cien soles para
comprar, por encargo del alcalde, ceras, cohetes de papel y
de arranque, ruedas tronadoras, globos de colores y otros
elementos de fiesta. Se acercaba el tiempo de celebrar a San
Isidro. El alcalde le recomendó mucho que acomodara las
cosas cuidando de que no se rozaran los cohetes entre sí y
menos con las ruedas tronadoras, pues podían estallar echando
a perder todo lo demás y matando al jumento, cosa que ya había ocurrido en anterior ocasión. Doroteo iba preocupado de
cumplir bien la comisión y contento por la oportunidad de servir a San Isidro. Estando en plena jalca, entre pajonales y
soledosos cerros, vió surgir a lo lejos una siniestra sombra
negra... ¡El Fiero Vásquez! La sangre se le heló en las venas
y azotó al asno, corriendo a esconderse en una hoyada. Esperaba no ser visto. Metido con el borrico en un angosto plie-
gue de la tierra, comenzó a rezar la oración del Justo Juez,
que había aprendido con mucho esfuerzo y fe y ahora empleaba por vez primera. Pero era evidente que el bandido se dirigía hacia él. Oyó el rumor de un galope que se aproximaba

y después, caballo y jinete, negros hasta llenar el cielo, aparecieron en una eminencia que dominaba la hondonada. El Fiero llevaba carabina a la cabezada de la montura y el poncho remangado permitía ver dos grandes revólveres de cacha de nácar a ambos lados de la cintura. Doroteo no poseía más armas que una cuchilla y la oración del Justo Juez.

— Sal, indio muermo —gritó con ronca voz el bandolero.

Doroteo salió remolcando el asno que se había puesto reacio y templaba la soga. Terminó de rezar su oración cuando llegaba junto al salteador.

— ¡A ver, larga la plata! — demandó el Fiero.

— No tengo, taita, no tengo — replicó Doroteo, haciéndose el tonto —, cuatro reales no má tengo — y los sacó del bolsillo del pantalón.

El bandido no los recibió y se quedó mirándolo.

— ¿A dónde ibas?

— Al pueblo a comprar mi salcita...

— Ah, y para comprar cuatro reales de sal llevas burro. Larga la plata y agradece que no quiero matar un pobre indio...

Consideró oportuno demostrar su energía y dió a Doroteo un riendazo por la espalda alcanzando la alforja que colgaba del hombro. La plata sonó y el Fiero Vásquez lanzó una carcajada. La cara broncínea del indio tomó un color ceniza y entregó la alforja temblando. Vásquez iba contando los soles a medida que se los embolsicaba.

— ¡Cien soles! — se admiró a la vez que devolvía la alforja —, ¿de dónde sacaste tanta plata?

Doroteo Quispe refirió que la plata era de la comunidad y estaba destinada a la adquisición de algunas cosas para la fiesta de San Isidro. Luego añadió, rectificando muy juiciosamente, que esa plata, en buenas cuentas, ya no era de la comunidad sino de San Isidro. No alcanzó a decirlo, pero quedaba entendido que se iba a cometer un terrible robo sacrílego. El Fiero Vásquez captó su intención y dijo riendo:

— ¡Ah!, quieres meterme miedo con el castigo de San Isidro. Las comunidades son platudas y yo no le quito a San Isidro sino a la comunidá. Anda y di que te den cien soles de nuevo...

Se iba a marchar el Fiero Vásquez, pero recapacitó y encaróse de nuevo a Doroteo.

— Si te dejo, vas a correr al pueblo, que ya está cerca, a denunciarme. Mejor es que tiremos pa allá unas dos leguas. Anda...

Doroteo echó a caminar delante del jinete, jaleando su burro. Ni las tenía todas consigo. «¿Pa ónde me llevará? — se decía —, quizá quedrá matarme en un sitio más escondido». Y rezaba y rezaba, entre dientes, la oración del Justo Juez. El Fiero se puso a hablar:

— ¿Sabes? Voy admirao de que no te haya metido un tiro. Lo mereces por cicatero y mentiroso propasao al querer engañarme a mí, a mí toavía ... Y aura es lo que me digo: ¿po qué me doy el trajín de llevarte?, mejor sería entiesarte pa siempre...

Doroteo rezaba con mucho fervor la oración del Justo Juez.

— ¿Y qué estás ahí murmurando entre los dientes? ¡Cuidadito, indio propasao!

Picó espuelas al caballo y se acercó a Doroteo. Este le explicó que no lo maldecía ni injuriaba y menos decía nada malo, que lo único que hacía era rezar el Justo Juez y que sin duda a la bendita oración se debía que no lo hubiera matado.

— ¡Esas teníamos! — exclamó Vásquez. Desmontó y ordenó a Doroteo que rezara la oración entera y claramente. Este lo hizo así y el bandido afirmó:

— Parece que sí la sabes. Yo no creía que era güena, pero aura veo que te ha valido, porque, a la verdá, no sé cómo no te he metido un tiro por propasao y pienso que es güena y me gustaría aprenderla. Hay veces que uno tiene necesidá...

Ablandóse súbitamente para con Doroteo y le invitó un trago de una botella de pisco que sacó de la alforja. Después se sentaron sobre las pajas y compartieron un trozo de carne mechada que extrajo de la misma alforja. De fumar, Doroteo habría pitado un cigarrillo. En fin, que le devolvió la plata reservándose solamente veinte soles. En estas y las otras, quedaron como amigos, acordando que el Fiero iría a Rumi para aprender la oración del Justo Juez. A la hora de despedirse, Vásquez extrajo diez soles más, «que ya eran de él», para que Doroteo comprara ceras y se las pusiera en su nombre a San Isidro. Los diez soles restantes no se los daba porque tenía mucha necesidad de ellos. ¡Ah!, pero como amigos que eran le obsequiaba ese pañuelo anudado en una esquina. Si alguien, entre esas rocas donde comenzaba la bajada al pueblo, le salía al paso, no tenía sino que mostrarle el pañuelo del nudo para seguir tranquilo. Si el asaltante insistía, lo mantendría a raya diciendo: «Fiero Salvador». Desde luego que tenía que guardar el secreto. El bandolero dijo adiós, iluminó su cara destrozada con la inmensa sonrisa albeante y cada uno se marchó por su lado. Doroteo reanudó su interrumpido viaje al pueblo y el Fiero caminó hacia unos riscos para ocultar su caballo y ocultarse él mismo en espera de otro viajero. Cuando Quispe doblaba una de las últimas lomas, aún pudo distinguirlo allí, acurrucado y sombrío, en acecho...

La fiesta de San Isidro pasó y el comunero se había olvidado ya del incidente, cuando una tarde, al oscurecer, el bandido presentóse por Rumi preguntando por su amigo Doroteo Quispe. Al principio se lo negaron pretextando que estaba ausente, en una cosecha, pero dió la casualidad de que Doroteo saliera en ese momento a la puerta de su casa y, al divisarlo, fué a su encuentro. Se saludaron cordialmente y los comuneros estaban absortos de la extraña amistad que parecía existir entre Doroteo Quispe, el buen hombre familiar, cotidiano en su aptitud de rezo y siembra, y el bandolero iniestro, de azarosa existencia y leyenda tan negra como su estampa. El asunto es que siguió a Quispe hasta su casa y a ella ingresaron ambos. Las visitas se repitieron a fin de que el Fiero Vásquez supiera rezar, de corrido y sin ninguna falla, el Justo Juez. La perfección era muy importante, pues si el rezador se equivocaba, la oración perdía toda o gran parte de su eficacia. En cambio, si la decía bien, con fe y justeza, era tan poderosa que Dios, aunque no quisiera, tenía que oírla. Una vez que la supo, el Fiero quiso pagar, pero Doroteo le respondió que no se cobraba por enseñar una oración y si quería retornar con algo, le hiciera un regalo a su mujer. El favorecido no solamente obsequió a la mujer sino también a la cuñada, que se llamaba Casiana, y a los pequeños de la familia. Cortes de tela floreada, aretes, sortijas, dulces... En fin, que el terrible Fiero Vásquez llegaba siempre a la casa de Doroteo y se quedaba allí. La cuñada de Doroteo, una india con madurez de treinta años y muy silenciosa, tan silenciosa que parecía haber levantado su vida dentro de un marco de silencio, le servía por sí misma la comida y le disponía el lecho. Lo tendía en el corredor, pues los perseguidos de las serranías se niegan, por sistema, a dormir en habitaciones de una sola puerta y así eran las dos que componían la casa. En la alta noche, cuando las estrellas son más grandes alumbrando la soledad, Casiana iba a compartir ese lecho. El hombre proscrito y la mujer callada unían sus vidas buscándose hasta encontrarse en la alianza germinal de la carne.

El Fiero y Doroteo entendiéronse pronto y hasta se concedieron intimidad. Chanceaban, reían, parlando a su sabor. Un día, el comunero preguntó al bandido qué le había dicho uno de sus secuaces sobre su encuentro con un hombre de pañuelo anudado y santo y seña..

—Nada, nadita...

Doroteo refirió que, yendo por la puna, se encontró con un hombre de aspecto salvaje, hirsuto, de sombrero rotoso, que no usaba ojotas y sólo tenía calzón y un poncho que le caía sobre el torso desnudo. Su cara renegrida por el sol, la lluvia y el viento daba al mismo tiempo una impresión de ferocidad y estupidez. Esa bestia con traza de hombre lo había encañonado con una carabina mohosa, sin decirle nada. El mostró su pañuelo y la bestia no cejaba. La carabina, conminatoria, seguía demandando la bolsa o la vida con el cañón frente a su pecho. Entonces Doroteo, lleno de miedo, dijo: «Justo Juez Salvador». Los ojuelos del animal habían dudado con un parpadeo, pero se agrandaron de pronto llenos de furia. Doroteo se dió cuenta de su equivocación y gritó: «Fiero Salvador», librándose de que el bruto soltara el tiro. Se había marchado sin decirle media palabra.

—¡Ah, ése es un bárbaro —explicó el Fiero—, no alcanza a hablar cuatro palabras al día y nunca cuenta nada! No se pone ojotas porque pasa sobre las espinas y los guijarros sin sentirlo. Tampoco quiere camisa, ya que el frío no le dentra. ¿Creerás que duerme en el mero suelo? Si por casualidá se acuesta en cobijas, se sofoca y pierde el sueño. Es un mesmo salvaje. Lo más malo es que no entiende razones. Se atiene a lo que ve con sus ojos o siente. Por eso, si se le golpea es una verdadera fiera. Ya ha matao a dos de sus compañeros. Se llama Valencio y no he llegao a saber su apellido. Creo que ni él mesmo lo sabe...

Los amigos rieron del susto de Doroteo y su equivocación del santo y seña, que casi le cuesta la vida. Luego se extendieron en largos comentarios melancólicos sobre la desgraciada y elemental personalidad de Valencio.

—Claro que entiende algo —añadió el Fiero—, si se le explica con ejemplos y tamién sabe de insultos si lo comparan con animales. El que le dice burro o bestia está perdido. Cuando comprende una orden la cumple, pase lo que pase, y es muy fiel...

La noche de ese día, encontrándose Casiana en brazos del bandido, dura y tiernamente ceñida, comenzó a hablar inusitadamente:

—Valencio es mi hermano...

Con palabras sencillas, entrecortadas a ratos debido a la emoción o la inhabilidad para pronunciarlas, a media voz, un poco desordenadamente por la falta de costumbre de narrar, le contó su historia.

Ellos, sus padres y los padres de sus padres fueron pastores de una hacienda más grande que Umay, al otro lado del pueblo vecino, a dos o tres días de camino desde él o quizás más. La hacienda tenía punas muy altas, muy solas, y la mujer de Doroteo, Valencio y ella, nacieron en esas jalcas, dentro de una casucha de piedra o en pleno campo, y crecieron viendo que sus padres pasteaban ovejas. Cada doce, cada catorce lunas, llegaba un caporal con dos o tres indios a contar las ovejas y llevando sal para el ganado y para ellos. Su padre cultivaba una chacra de papas y ellos sólo comían papas con sal. Las conservaba en unos hoyos cavados en las laderas. Si de la cuenta resultaba que faltaban ovejas porque se las había comido el zorro por cualquier causa, el caporal las apuntaba en su libreta como «daño». Hasta si las mataba el rayo era considerado como daño. Su padre, de ese modo, tenía una deuda que jamás podía pagar. Trabajaba año tras año, como habían trabajado sus antecesores, y nunca desquitaba. Los aumentos eran apuntados solamente en favor de la hacienda. No siempre podían descansar en la casucha de piedra. El caporal solía decir: «Váyanse a pastear por otro lao, lejos; pastear no es dar vueltas en un mesmo sitio». Entonces tenían que irse por las cumbres desoladas y dormir en cavernas o en esas cónicas e improvisadas chozas de paja que parecen hongos de la puna. Así, pues, se acostumbraron a no sentir el frío y por otra parte su pobreza no les permitía usar mucha ropa, pese a que la madre hilaba y tejía todo lo posible; eran cinco, pues, y apenas les daban unos cuantos vellones en el tiempo de la trasquila. También hablaban poco porque ya se sabían sus faenas y su desgracia y, fuera del caporal y los contadores, no llegaban casi nunca forasteros. A veces, a la distancia, aparecía algún rebaño. A veces, muy de tarde en tarde, un jinete cruzaba la

puna, al galope, como huyendo del frío y la soledad. Así, ellos
eran, pues, silenciosos. En una ocasión rarísima, pasó, acompañado de varias gentes, un cura. El padre lo llamó a gritos:
«taita cura, taita cura», para que bautizara a sus hijos. Acudió
el cura con su comitiva, pero, después de desmontar se encontraron con que los muchachos ya no estaban a la vista.
Salvajes, vergonzosos, habían corrido a esconderse entre unos
pedrones superpuestos que formaban una especie de guarida
de zorros. Los llamaron y no quisieron salir y ni siquiera responder. Entonces el sacerdote rezó y dijo sus latines sobre las
piedras, rodeado de sus acompañantes y los avergonzados
padres, terminando por echar el agua bendita y la sal por entre los intersticios de las rocas. Para evitar que se comieran
las ovejas, el caporal propinaba al jefe de los pastores diez chicotazos por cada animal que faltara. Cuando se perdían muchas, ya no llevaba la cuenta sino que golpeaba hasta cansarse... Pero sucedía que, en ciertos años, las papas escaseaban
debido a que la cosecha no fué buena o porque se pudrían o
brotaban en los hoyos. Entonces tenían hambre y el padre
mataba un carnero diciendo: «Aguantaré los látigos; pobres
mis hijitos». Sabían cuando debía llegar el caporal, pues el
padre, por cada luna, depositaba un pedrusco en cierto lugar
y así iba midiendo el tiempo. A los doce o catorce pedruscos
llegaba el caporal. Después de la cuenta de las ovejas, si es
que faltaban, el caporal se ponía a regañar criando cólera:
«Conque el rayo, conque la helada, conque el zorro, ¿no?
Sabidazo, ladronazo, te las comes y todavía mientes. Ven,
ven acá a purgar tu falta». Desamarraba un chicote de cuero
que tenía sujeto al basto trasero de la montura y hacía que el
pastor se arrodillara. En esa gran altura, desde la cual se miraba hacia abajo los horizontes, el látigo parecía subir al cielo
para dar vuelta entre las nubes o rozando la comba azul y
caer en las espaldas del padre. Este, a cada golpe, gemía sordamente. A veces rodaba sin sentido. La espalda quedaba
convertida en una mancha cárdena que se prolongaba en
vetas moradas hacia los flancos. Cuando se iba el caporal, la
mujer la sobaba con yerbas. Y así, año tras año. De generación en generación, de padres a hijos, a lo largo del tiempo,
los pastores heredaban la obligación, la miseria, el látigo, la
inacabable deuda. ¿Huir? Lo hicieron en otro tiempo algunos,
pero el hacendado los persiguió hasta encontrarlos. ¡Para qué
hablar de su martirio! Los pastores se endurecieron, pues, en

la orfandad y en el silencio, llorando para adentro sus lágrimas. Un día murió el padre y lo enterraron en cualquier rincón de la puna. Su mujer no tardó en seguirlo. Los hijos heredaron, como de costumbre, la deuda. Un día subió el caporal, pero no a contar las ovejas sino a llevarse a la que ahora era mujer de Doroteo Quispe, es decir a la Paula: la señorita hija del hacendado iba a establecerse a la capital de la provincia y necesitaba una sirvienta. Valencio y Casiana, que eran muy mozos todavía, se sintieron abandonados en la inmensidad de la puna. ¿Pero qué iban a hacer? ¿A quién clamar pidiendo ayuda? Bregaron, pues. Lucharon entre la abrupta hostilidad de las rocas y el silbido lúgubre de los pajonales, bajo crudas tormentas. A su tiempo arribó el caporal acompañado de tres indios, a contar las ovejas. Faltaban muchas. Valencio entendió que había llegado su turno y se arrodilló para recibir los latigazos. Mas quién sabe lo que ocurrió en el pecho del flagelado. De seguro el dolor, acumulado durante años y años, años y años, se rebasó. Y Valencio irguióse dando un grito salvaje y blandiendo el cuchillo que los pastores empleaban para despellejar las ovejas muertas por el rayo. El caporal, que estaba desarmado y no esperaba semejante reacción, corrió hacia su caballo y montó, partiendo al galope cerros abajo. Los indios acompañantes se quedaron mirando a Valencio, atónitos. El pastor, cuchillo en alto, se les abalanzó gritando: «¡Malditos!, adulones!, esclavos!», por lo que los indios corrieron también, pero, no teniendo cabalgaduras, desaparecieron entre un crujir de pedruscos y un choclear de ojotas, como galgas, por las pendientes. Valencio les tiró piedras con su honda. Después mató dos ovejas y se comió una con Casiana y guardó la otra en su alforja. Por último envolvió su calzón de remuda y la frazada con que dormía, y habló: «Me voy. Vendrán muchos a querer pegarme». Casiana le rogó que la llevara, pero él negóse diciendo que no sabía a dónde dirigirse ni qué vida iba a pasar. Partió, pues, solo, sin tomar ninguna dirección precisa. Avanzó y avanzó cerros allá, por los desfiladeros, por las cumbres... Al día siguiente, muy de madrugada, aparecieron el caporal y otro empleado de la hacienda armados de carabinas. Para evitar que fugara, habían planeado sorprender a Valencio durmiendo. Tuvieron que contentarse con lanzar amenazas y juramentos. A los pocos días, llegó de nuevo el mal hombre con dos indios pastores, marido y mujer, a quienes hizo entrega del rebaño. Pro-

cedían de otro lado de la hacienda y tenían una vieja deuda.
Casiana, pagando la suya, les ayudaría. A ella le dijo: «No te
animes a seguir el ejemplo del Valencio. Lo estamos buscando
y caerá... Y el día que caiga le sacaré el pellejo a latigazos!»
Hasta que una tarde apareció trepando las alturas un hombre
que no era el caporal. Lo seguía una mujer de andar liviano,
hecho a las cuestas. A Casiana le saltó el corazón esperanza-
damente. Se alegró cuando la llamaron. «Casianaaaa», gritó
la mujer. «Casianaaaaa», gritó el hombre. Corrió a su encuentro. Eran Paula y su marido. Sucedía que Doroteo Quispe había conocido a la hermana en el pueblo y se la llevó robada a
la comunidad. Ahora iban por ellos. Lamentando la ausencia
de Valencio, partieron. De todos modos, reían al pensar en la
rabia del caporal. Después las habían buscado por toda la comarca sin poderlas encontrar. Y desde ese tiempo la vida cambió para las hermanas. Paula, ya se veía, tenía hasta hijos.
No les faltaba la comida ni la ropa y nadie les pegaba ni les
hacía trabajar a malas. Casiana no dijo felicidad porque acaso
ignoraba tal palabra. Terminó su historia murmurando:

— Y yo tamién encontré mi hombre en vos...

El bandolero no habló nada por temor de que le temblara
la voz. Aún le quedaba corazón para sentir el dolor de los pobres, que había sido el suyo en otro tiempo. Entendió todo lo
que significaba él mismo como integración de la vida de Casiana,
y la estrechó amorosamente. Gratos eran los duros senos de
pezones alertas. El arco leve de la luna fugaba por el cielo.
Pasado un momento, Vásquez, refirió, también a media voz,
cómo se incorporó Valencio a la banda.

El Fiero despachó a dos de sus hombres, armados de buenas carabinas, para que asaltaran a un negociante que debía
pasar por cierto lado de la puna. Ellos fueron los que sufrieron
el más raro de los asaltos. El mocetón salvaje se les presentó,
armado de cuchillo, demandándoles la comida. Los bandoleros llevaban las carabinas a la vista y comprendieron que se
trataba de un ignorante, cambiando una rápida mirada de
acuerdo. «¿Comida?» — dijo uno —, «claro, hom, aquí tengo
pan en mi alforja». Hizo ademán de abrirla y el asaltante se
acercó a recibir, momento que aprovechó el otro para colocar-
se a su espalda y derribarlo de un culatazo en la nuca. Cuando
Valencio volvió en sí, encontróse con las manos atadas a la
espalda. Le hicieron contar su vida y los bandoleros celebraron su ingenuidad y sus aventuras de asaltante con grandes

carcajadas. Algunos indios, después de arrojarle la alforja de cancha o cemitas, habían echado a correr como ante el mismo demonio. Valencio dijo al fin que no se atrevía a llegar a ninguna hacienda ni pueblo por temor de ser apresado y castigado y quizá hasta muerto. Los bandoleros acordaron desatarlo y darle de comer. Una vez que se atiborró de pan y carne, tomó una actitud de hombre muy satisfecho. Cuando le propusieron irse con ellos, aceptó sin dudar. El negociante no pasó, y así fué como los enviados retornaron con el botín más extraño que se hubiera logrado hacer en la puna...

Un gallo cantó anunciando el alba, y el narrador, que debía irse, no pudo contar las peripecias de Valencio en el seno de la banda.

Nosotros, por nuestro lado, debemos continuar nuestra historia desde el momento en que el Fiero Vásquez llega, una vez más, a la casa de su amigo de Rumi.

Después de dar, a guisa de saludo, un sacudón a la mano de Doroteo, tomó asiento en el poyo de barro levantado junto a una puerta.

— Traigo un galopito de cinco horas...

El caballo resoplaba sonora y rítmicamente.

Salieron Paula, Casiana y los pequeños de la casa — una muchachuela y dos mocosos —, armando un cordial barullo de bienvenida. Los chicos se montaron en las piernas del Fiero y él sacó de la alforja una muñeca de lana y un paquete de caramelos que les entregó diciendo cualquier cosa. Después pasó la alforja a la dueña de casa.

— Hay unas telitas, pañuelos y otras pequeñeces. Repártalas usté, doña Paula... según las aficiones...en mi torpeza yo no sé entender los gustos...

Las mujeres y los niños se fueron y Doroteo sentóse junto a su amigo. Le veía algo fatigado. Considerando detalles y al advertir el cabestrillo tirado sobre el corredor, coligió que iba a quedarse por esa noche. De otro modo lo habría dejado en su sitio, pues el caballo no necesitaba de otra sujeción que la dictada por su buena enseñanza. Podía estarse horas de horas parado en el mismo lugar, esperando a su amo, sin precisar de estaca ni soga. Se llamaba Tordo, recordando la negrura de tal pájaro, y era un fuerte y noble animal, de erguida cabeza, a la que prestaban vivacidad los grandes ojos luminosos, y recio cuerpo de líneas esbeltas. Doroteo lo quería tanto como su dueño, y en tiempo de verano, cuando el pasto

escaseaba, se lo recogía del crecido al amparo de los cercos en
los bordes de las chacras. Esa vez, viendo que el Fiero no tenía
trazas de hablar, se levantó a aflojar la cincha a fin de que
Tordo descansara mejor. Volviendo, por decir algo, preguntó:

— ¿Tovía no sabes el Justo Juez?

— Al pie de la letra — respondió el bandido.

Y sin esperar que Quispe lo pidiera, se puso a repetirla con
entonación un tanto solemne, ni muy despacio ni muy ligero,
acentuando la voz en las demandas, pero sin romper el acento de
veneración y piedad.

Ambos se habían quitado el sombrero. El cabello de Vásquez se partía con raya al lado, el de Quispe era un pajonal
hirsuto. Doroteo miraba con unos ojos muy pequeños, que
para peor entrecerraba y sólo salvábanse de la desaparición
mediante un vivo y malicioso fulgor. Su boca grande se frun-
cía abultándose hasta la altura de la nariz, que por su lado era
aguda y parecía estar siempre olfateando algo. No tenía, pues,
el aire de un místico, Doroteo Quispe. Sí más bien el de un
zorro en acecho. O quizá el de uno de esos negros osos serranos, debido a su color oscuro y su fuerte cuerpo de torpes movimientos. El Fiero decía:

— Justo Juez, Rey de Reyes y Señor de los Señores,
que siempre reinas con el Padre, el Hijo y el Espíritu Santo,
ayúdame, líbrame y favoréceme, sea en la mar o en la tierra,
de todos los que a ofenderme viniesen, así como lo libraste
al Apóstol San Pablo y al Santo Profeta Jonás, que salieron
libres del vientre de la ballena; así, gran Señor, favoréceme,
pues que soy tu esclavo, en todas las empresas que acometa
como en toda clase de juegos, en los juegos de gallos y en las
barajas, valiéndome del Santo Justo Juez Divino, autor de la
Santísima Trinidad. Estas grandes potencias, estas grandes
reliquias y esta santa oración me sirvan de ayuda para poder
defenderme de todo, para sacar los entierros por difíciles que
sean, sin ser molestado por espíritus y apariciones; para que
en las ocasiones y en los campos de batalla no me ofendan las
balas ni armas blancas. Las armas de mis enemigos sean todas
quebradas, las armas de fuego magnetizadas y las mías aventa-
jadas y nunca vencidas; que todos mis enemigos caigan a mis
pies como cayeron los judíos de Jesucristo; rómpanse las pri-
siones, los grillos, las cadenas, las chavetas, los candados, las
chapas, los cerrojos. Y tú, Justo Juez, que naciste en Jerusalén,
que fuiste sacrificado en medio de dos judíos, permite, oh, Se-

ñor, que si viniesen mis enemigos, cuando sea perseguido, tengan ojos no me vean; tengan boca no me hablen; tengan manos no me agarren; tengan piernas no me alcancen; con las armas de San Jorge seré armado, con las llaves de San Pedro seré encerrado en la cueva del León, metido en el Arca de Noé arrencazado; con la leche de la Virgen María seré rociado, con tu preciosísima sangre seré bautizado; por los padres que revestiste, por las tres hostias que consagraste, te pido, Señor, que andéis en mi compañía, que vaya y esté en mi casa con placer y alegría. El Santo Juez me ampare, la Virgen Santísima me cubra con su manto y la Santísima Trinidad sea mi constante escudo. Amén.

Se pusieron los sombreros y la boca fruncida de Quispe se abrió en una sonrisa orgullosa de tal discípulo.

—Aura que me acuerdo —inquirió el Fiero—, ¿qué quiere decir *arrencazado?*

Y Doroteo respondió con gravedad:

—No sé, pero así es la oración...

No necesitó dar más explicaciones. Se trataba sin duda de una palabra secreta, dueña de quién sabe qué misteriosos poderes. ¡*Arrencazado!* Vásquez le rindió pleitesía durante un momento y después dijo:

—Lo raro es que tovía no tuve oportunidá de servirme de la oración...

En ese momento apareció, andando calmosamente, apoyado en un grueso bordón de lloque, el anciano Rosendo Maqui. Demostró alguna sorpresa de encontrar allí a Vásquez y celebró la hospitalidad de Doroteo. Ya hemos visto nosotros que sabía que el bandolero había llegado, y a encontrarlo fué. En cuanto a la hospitalidad, sepamos que había hablado con Quispe palabras dictadas por el buen juicio y que no eran muy celebratorias justamente. Las tareas del gobierno imponen, a toda clase de conductores, iguales o parecidas actitudes. Además, Rosendo Maqui usaba las maneras amables y discretas propias de su raza y no ignoraba el refrán español que afirma, sin duda ironizando sobre ciertos métodos de colonización, que más moscas se cazan con miel que a palos. El alcalde tomó asiento en una banqueta de maguey y se puso a mirar distraídamente las nubes. Había una impresión de vaga tristeza en su continente, acentuada por el poncho habano oscuro que llevaba en lugar del habitual a rayas rojas y azules.

— ¿Qué oí? — murmuró sin dar mucha importancia a sus palabras —, ¿una oración?... ¿Hablaban de una oración?...

El bandido explicó con ruda y leal franqueza de lo que se trataba y entonces Rosendo Maqui, dando muchos rodeos, abordó el asunto que lo había llevado a visitar la casa de Doroteo. Luego de explorar el terreno, mejor sería decir de desbrozarlo y roturarlo, haciendo la apología de la vida en pacífica relación con sus semejantes, trató de convencer al Fiero Vásquez de que renunciara a esperar la oportunidad de emplear la oración para dedicarse a una existencia tranquila. Con esto dió a entender que debía ser honrada, sin pronunciar la palabra a fin de no violentar ningún concepto. El sabía llegar, con fino tacto, hasta las lindes donde la sensibilidad se eriza.

Vásquez lo escuchó con interés y agradecimiento en tanto que por la faz de Quispe campeaba una maliciosa sonrisa.

Cayó un silencio un tanto incómodo, tenso de interrogaciones, y el Fiero decidió explicarse por fin y lo hizo con voz calmada, lenta, potente, una voz tan nítida como su sonrisa. Esa voz florecía en el silencio lóbrego de las guaridas, acuchillaba al dar el alto del atraco, murmuraba hondos arrullos en el amor y persuadía con la densidad de la convicción en la charla. Tenía un firme acento de seguridad y el Fiero, así rogara, así clamara, así explicara, estaba siempre como ordenando con ella.

— Don Rosendo, la verdá, lo que usté dice es güeno. ¿Pero quién pára el caballo desbocado si no es el barranco po onde se despeña? Aceto que tamién la juerza. Pero la juerza, en tal caso, necesita del perdón. ¿Quién perdona? ¿Quién tiene una onza de perdón pa darlo al pobre que la necesita? Ustedes dirán que la comunidá. Pero la comunidá está sola... La ley no sabe perdonar y menos los hombres... Si ustedes me escuchan, les voy a explicar... Con verdá, con todita la verdá, pue los güenos deseos deben pagarse con franqueza... Contaré cómo fuí perdonao y viví varios años pasando mucho, pero sin correr de nadie, que es lo mejor, y cómo se me acabó ese perdón...

El Fiero estuvo contando quizá una hora, quizá dos, y aderezó su relato con abundantes detalles cuya mención íntegra demandaría abultadas páginas. Sin restar los aspectos característicos ni alterar el espíritu de la narración, preferimos ser más breves.

...Y era por un tiempo en que el Fiero ya había caído de lleno en la mala vida y andaba cargando fama de cuchillero y matón. En eso, pues, estaba metido porque el cuerpo se acostumbra a lo bueno como a lo malo. Ni qué decir que vivía corrido de la policía y tenía muchos enemigos. Estos eran los más peligrosos. Por delante, debido al miedo que le tenían, calladitos. Por detrás, matreriando siempre. Y una noche estuvo en un baile de un lugar llamado la Pampa, y a eso de la media noche, porque el dueño de casa lo atajaba para que se quedara, se fué, porque así son las cosas cuando están por suceder. Su caballo caminaba con paso receloso, orejeando, y él decía: «¿qué verá?», porque hay muchas veces en que el caballo sabe más que el hombre. Sacó su revólver por si acaso. El camino se angostó entre dos cercos de tunas y magueyes y de repente, ¡pum! y él cayó al suelo bañado en sangre sin sentido. ¿Cuánto tiempo estuvo de bruces sobre la tierra, viviendo sólo con el cuerpo y no con el entendimiento, con ese cuerpo que quería vivir y no se dejaba morir? Al volver en sí se tocó la cara destrozada y comprendió que uno de sus enemigos lo había esperado allí armado de escopeta, y disparádole un tiro con cortadillo de fierro. Se sentía muy débil y creyó que iba a morir. Pero vive el que se resuelve. Paróse, pues, mojándose las manos con el charco de su sangre, y echó a andar. La cara le dolía y ardía, pesada, hinchada como un bocio. Los pasos le repercutían en la cara y era como si ella tratara de derribarlo al suelo y él la contrariara. A poco trecho encontró su caballo, pues el matrero no lo había llevado para evitar ser descubierto. El caballo lo divisó y fué hacia él, aunque resoplando y orejeando recelosamente. El pobre animal sin duda no se convencía del todo de que ese hombre temblequeante, medio curvado hacia la tierra, fuera su dueño. Se encontraron y el Fiero se abrazó del cuello y le pareció que estaba con un amigo. Pero el caballo no podía curarlo y él necesitaba ser curado. ¿Quién, pues, lo iba a curar en esa noche, en esa soledad que era su vida? Pensó volver a la casa del baile, pero después sospechó que el emboscado quizá estaría por allí y no desperdiciaría la ocasión, viéndolo así maltrecho, para acabarlo de matar. Acercó el caballo junto a una piedra y logró montar. Tuvo que sujetarse con las dos manos del basto delantero de la montura para no caer. Tizón se puso a caminar blandamente. Era un buen potro, negro, que así los usaba ya en ese tiempo, pequeño pero noble y esforzado. No se lo

podía comparar con Tordo, mas hacía su faena con decisión
y entonces resultaba muy bueno porque es la voluntad lo que
se aprecia. Caminó y caminó y la noche no deseaba asomarse
al día. Y el Fiero se decía entre sí: «¿Quién me curará? Ya me
fregué, hoy sí veo lo que es estar solo en la vida». Recordó
que tenía dos mujeres, pero sus viviendas se encontraban a
uno y dos días de camino y no alcanzaría a llegar. La cara le
quemaba y pesaba. Y de nuevo le venía la idea de la muerte.
Acaso el perro que le disparó, de tan perro, habría revolcado
el cortadillo en barro podrido o cualquier otra porquería a
fin de que si no moría de una vez, se le infectaran las heridas.
Suelen hacerlo así algunos malditos. Avanzaba, pues, pensando en su desgracia y sin saber qué hacer. El caballo llegó
a un sitio donde el camino se partía en dos y se paró. Uno iba
hacia las jalcas y el otro seguía llaneando hacia el pueblo de Cajabamba. Tizón estaba acostumbrado a ir por el de la puna,
pero se paró. Pensaba con razón, pues, que el caballo sabe a
veces más que el hombre y de todos modos que así son las
cosas cuando están para suceder. El Fiero consideró que si
iba hacia la puna se moriría, en tanto que si entraba al pueblo...
Y recordó a una señorita que había visto en una casa a la que
iba a vender leña en ya lejanos tiempos. Era blanca y fina y
tenía fama de compasiva. Aún recordaba su nombre, Elena
Lynch. Según decían, se había casado ya. Hacía varios años
de que la vió y acaso no tendría el mismo corazón. Antes solía ser buena con los pobres. Tal vez, pues, tal vez... Era
cuestión de jugarse. Caminó y caminó. Venía la madrugada
y en las copas de los capulíes comenzaron a cantar los pájaros.
Ahí estaba ya el pueblo, fresco de alba. Entró, que la vida
vale más de una carta en la baraja. Las calles estaban solas
todavía. La casa era grande y de puerta labrada. Bajóse y
cayó junto a ella, pero con el puño golpeó empleando sus últimas fuerzas, duro, duro, y sintió cómo su toque entraba por
el zaguán, ganaba los corredores y retumbaba en los paredones centenarios. Salió una sirvienta que abrió la pesada puerta y al verlo dió un grito y se fué. Qué facha tendría,
bañado en sangre y contra el suelo. Después salió la misma señora Elena y él le dijo: «Aquí hay un desgraciao, madrecita...
tenga compasión». La señora mandó llamar a dos sirvientes
que lo condujeron en brazos hasta una pieza del traspatio.
Uno era el caballerizo, buen muchacho con el que añudó amistad. También metieron a Tizón, y él se imaginaba la apariencia

muy satisfecha del caballito peludo y churre, acostumbrado a llenar barriga con cualquier cosa, comiendo alfalfa junto a los finos y lustrosos caballos de pesebre. La vida de todo pobre tiene sus vueltas. La señora Elena lo curó, pues. Le lavó la cara con aguas de un color y de otro y con una pincita le sacó los cortadillos y después le puso una pomada y por último lo vendó. Mientras lo curaba, decía: «¿Por qué se tratan así, hijos?; ¿qué mal hacen para que se hieran así?» Y él respondía: «Uno no sabe ni lo que hace, mamita». Se notaba que la señora tenía pena y estaba muy impresionada con la herida. Al irse dió órdenes a los sirvientes y ellos lo acostaron en una buena cama y le dieron un desayuno como para dos. Los dolores le fueron disminuyendo y ni los sentía ya. Viéndose allí, atendido y sin tener el peligro de que lo apresaran o mataran, pensó que no era tan malo el mundo. Al otro día volvió a curarlo la señora y acaso porque sospechara algo o recién le viera el resto de la cara picada de viruelas, le preguntó: «¿Y tú quién eres?» El le respondió, pensando que sería malo que tratara de disimular, pues habrían entrado en sospechas: «Vásquez». La señora Elena precisó: «¿El Fiero Vásquez?» y él admitió: «Sí, mamita». Y ella, que era tan buena como impresionable, casi se desmaya. De todos modos lo curó y después de eso le preguntó por qué se encontraba en esa situación y cómo había caído en la desgracia. Y él le contó cuanto le había ocurrido y cómo se desgració, cuidando de callarse lo que le resultara decididamente desfavorable porque «callarse algo no es mentir — palabras del Fiero — cuando no preguntan por lo que se calla». Aclaraba este punto principalmente porque el marido de la señora Elena tuvo una salida. Ella le escuchó sin comentar nada y el Fiero tenía temor de que lo fuera a echar, pero cuando terminó, le dijo: «Ya vendrá Teodoro y veré si puede hacer algo por ti». Don Teodoro Alegría no tenía cuándo llegar. Era famoso en la región como hombre altivo, de a caballo y muy querido del pueblo. Para el tiempo de su santo, porque era tiempo y no día, todos sus amigos y comadres y compadres le hacían regalos y acudían las dos bandas de músicos del pueblo y la celebración duraba quince días. Por estas otras cosas se lo mentaba. Mientras tanto, el herido mejoraba y los hijos de la señora Elena iban a verlo y él los entretenía contándoles de animales del campo: pumas, zorros, cóndores. Y un día, mejor dicho, una noche de sábado, llegó don Teodoro. Su herrado caballo de paso

metió gran bulla en el patio y su mujer y sus hijos lo recibieron
alegremente: «Llegó, llegó el patrón Teodoro», decían los
sirvientes. El Fiero, por primera vez en su vida, se sintió inquieto ante la resolución de un hombre. Cuando los sirvientes
pasaban, los llamaba para preguntarles por lo que había dicho
el patrón. Después de comida, ya tarde, entró el caballerizo,
un muchacho de nombre Emilio, a contarle. La señora Elena
se sentó a la mesa conversando del Fiero con su marido y los
niños se habrían metido para decir: «Una vez encontró un
puma del tamaño de un burro» y don Teodoro soltó la risa.
Al fin la señora había dicho: «Más parece un desgraciado que
un hombre malo» y el patrón, que era muy criollo, le había
respondido: «Lo voy a pulsear», y luego preguntó a los niños
por el puma ése y se reía oyéndoles contar en su media lengua.
Al otro día, temprano, aparecióse don Teodoro por la pieza
del herido, seguido de la señora Elena: «A ver, a ver ese gran
bandido», dijo entre serio y campechano. Era un hombre alto
y grueso, reposado de maneras, en cuya cara blanca, de rasgos españoles, se destacaban unos grandes ojos negros y un
bigote coposo. Vestía aún el traje de montar, que era su preferido. «Aquí, patrón —respondió el Fiero, que sabía decir
lo justo en su momento—, aquí viviendo por la bondá de mi
mamita». Entonces don Teodoro le dijo a la señora: «Vete
tú, Elenita, y déjanos hablar a nosotros de hombre a hombre».
Se fué la señora y los dos se quedaron mirando, aunque no
ojo a ojo porque el Fiero tenía uno, tuerto por lo demás, bajo
las vendas. Y don Teodoro le preguntó, según su modo de ser,
es decir entre amable y autoritario, por qué se estaba despe-
ñando así y le advirtió además que le dijera la verdad, pues de
lo contrario se iba a fregar porque él no admitía cuentos chinos
y era bueno que lo fuera conociendo desde el principio. Y el
Fiero prometió decir la verdad y cosa por cosa lo que le había
sucedido. Entonces dijo: «Patrón, ¿usté tiene madre?» y don
Teodoro respondió que sí y el Fiero se puso a contar. Y fué
que murió su padre y él se quedó a cargo de la madre viviendo
en una casita de las postrimerías de la Pampa. Al lado de la
casa tenían un corralito para trigo y otro para maíz. Ahí estaban ahora, la casa llena de goteras y los corrales sin sembrar.
Yuyos y ortigas crecían de su cuenta en unos, y otros daban
pena. Cómo no, sin haber manos para que reparen y desyer-
ben. Poco producían los corrales y él tenía que ayudarse cortando leña en el monte y llevándola a vender a Cajabamba

—así conoció a la mamita Elena, por suerte — o contratándose como peón, haciendo cualquier cosa, lo que fuera, con tal de tener a la madre sin que nada le faltara. Hasta llegó a juntar boñiga seca para un tejero que quemaba con ella sus tejas. Una vez fué contratado por un negociante de ganado que llevaba reses a la costa para que le ayudara en el arreo, y en eso aprendió el negocio y comenzó a comprar y a vender reses, hoy una y mañana dos, y así fué progresando. En el trajín se alejaba de la casa quince días, un mes. Y tenían un vecino llamado Malaquías, muy maldito, el que por su lado era dueño de un toro que se le parecía. Y el toro saltaba las cercas y se metía al trigo o al maíz de ellos, y don Malaquías, que era hombre pudiente, ni siquiera hacía por sacarlo. Estando el hijo ausente, la madre tenía que corretear detrás para que no acabara con las siembras. Así fué aquella vez desdichada. Sólo que el toro había entrado con otros, rompiendo portillo, y en una noche se comieron el trigo. Y amaneció y don Malaquías miraba el destrozo como si no hubiera pasado nada. La madre le dijo: «Me pagará, don Malaquías; ¿por qué no pone en otros sitios sus animales? Usté tiene tanto sitio y no se le da nada. Mi pobre hijo hasta alquila yunta pa sembrar y usté deja que sus animales aumenten nuestra pobreza». Y don Malaquías en vez de tener compasión, la insultó y le propinó una bofetada. «¿Qué puta me da a mí lecciones?», había dicho. El llegó contento como nunca porque ya tenía doscientos soles y ahora podría comprar más reses y ganar más. Cuando vió el anticipado rastrojo, su madre le explicó: «No sé cómo jué: si los animales de don Malaquías o los de otro vecino». Y era porque la pobre, madre al fin, prefería tragarse su humillación a que el hijo se desgraciara. El le dijo: «Ya tendré plata pa hacer un güen cerco: alambre de púa traeré de la costa». Así son los sueños. El tiempo pasó y él nada sospechaba. Hasta que fueron a una trilla de trigo donde estaba una muchacha a la que había desdeñado por ardilosa. No hay ser más malo que una mujer cuando quiere hacer daño. Medio borracha se puso a decir: «Unos cosechan y otros no; y los que no cosechan son cobardes. Tovía aguantan ofensas a la madre». El no hacía caso, pero vió que todos lo miraban, por lo que se acercó a un muchacho que era su amigo y le preguntó: «¿Qué hay, si eres mi amigo?», y como era su amigo tuvo que decirle. Entonces ya no vió nada ni oyó nada. El pecho llegaba a dolerle, y de regreso al hogar, su madre le preguntaba: «¿Qué te pasa, hijo,

que te veo tan descompuesto?», y él le contestaba: «Se me hace
que bebí mucho» y la madre estaba intranquila. Y entraron a
su casa y él volvió a salir diciendo: «Ya vuelvo». Don Malaquías estaba en el corredor y, al verlo acercarse, sin duda entendió por la cara y corrió gritando: «¡Mi revólver!» El lo alcanzó y agarró del cogote: «¿Creías que tenía miedo?; no lo
sabía». En el pecho de buey se le quedó prendido el cuchillo.
Volvió a la casa y la madre lloraba: «¡Qué desgracia... si hasta
me había olvidado!»

Así se convirtió en criminal y él ponía de testigo a Dios
que, antes, jamás pensó matar a nadie. Tenía buen corazón y
deseaba vivir en paz. Pero a todo hombre le llega su hora
mala y unos la salvan y otros no, como a ciertos ríos. Todo
depende del vado, es decir, de la suerte. Tuvo que vivir huyendo y huyendo. Es lo peor que le puede pasar a un hombre.
Algunos, al saber que había matado, le buscaban pleito por
dárselas de machos. Se fué acostumbrando a la maldad y se
hundía en su desgracia sin tomar sosiego. Cuando ya nadie le
buscó pleito de balde, trataban de cobrarle cuentas viejas y
quedó enredado sin remedio... Y como don Teodoro no le
preguntó nada especial, él volvió a aplicar su fórmula que
afirmaba que «callarse algo no es mentir cuando no preguntan lo que se calla». Terminando, le dijo al patrón: «Tenga
compasión de un desgraciao. Ya ve usté que jué por mi madre.
Si no es libertá el preguntarle, patrón, ¿usted qué hubiera
hecho?» Y don Teodoro pensó para responder y dijo: «No sé,
no sé lo que habría hecho». Entonces le tocó al patrón, que
era hombre que sabía hablar a la gente cuando convenía. Se
ladeó un poco el gran sombrero de palma al rascarse la coronilla con preocupación y luego dijo, así medio campechano,
así medio enfadado: «Caray, hombre, caray... Me has metido
en un aprieto. En esta casa, por tradición de la familia de mi
mujer y de la mía se concede hospitalidad a quien llega. Elena,
encima de la vieja ley, agrega su bondad. Ya hemos cumplido con atenderte y ahora debería dejar que te vayas, y mi
conciencia quedaría tranquila... pero viene el aprieto: tú me
pides protección... por un lado la gente dirá: «está amparando
criminales» y por otra yo me digo: si lo dejo ir, seguirá rodando
y quién sabe si era hombre capaz de enmendarse. Es lo que me
tiene caviloso». El Fiero intervino: «Le juro, por mi santa
madre, que murió de pena la pobrecita, que me portaré bien».
Entonces don Teodoro pensó y, acomodándose el gran som-

brero ae palma, dijo: «Espero que será así y desde hoy quedas a mi servicio. Elena te va a dar un terno y un poncho.
Está bueno que comiences por botar esos trapos negros...»
El Fiero le agradeció y don Teodoro se fué después de decirle:
«Mañana nos vamos al Tuco y la forma de agradecerme no
es la palabra sino el comportamiento». El Tuco era un fundo
de caña de la cual se hacía chancaca, situado en el valle de
Condebamba. Se fueron, pues. Al pasar por la Pampa, que
es un lugar muy poblado, las gentes se llevaban saludando a
don Teodoro y él respondía: «Adiós, comadre», «adiós, compadre», haciendo caracolear al brioso caballo para lucirlo como convenía a su condición de cruzado con árabe. Daba gusto
acompañar a un hombre que era tan jinetazo y tan querido.
En el Tuco, cuando el Fiero preguntó, los peones le respondieron: «Tiene la mano un poco dura, pero nunca hace injusticias», y todos lo querían porque el pobre pide en primer
lugar justicia aunque sea un poco dura. El Fiero pronto se
dió cuenta de que no sólo en el Tuco mandaba don Teodoro.
También en la ciudad y en toda la provincia. ¿Quién lo de-
safiaba? El era joven y poderoso y los tenía a todos en un puño.
El Fiero estaba orgulloso de su patrón y se habría hecho matar por él, y así muchos. Cuando una autoridad de Cajabamba — subprefecto, juez — se portaba mal, el pueblo iba en
busca de don Teodoro pidiendo justicia y entonces él, encabezando al pueblo, tomaba a la mala autoridad, la hacía montar en un burro y la iba a dejar, con banda de músicos y cohetes, a las afueras de la ciudad. El expulsado no volvía más.
Don Teodoro explicaba: «Si nos quejamos a la capital, no
nos harán caso. En Lima se ríen de las provincias y nos llenan
de logreros... Nosotros también debemos reírnos entonces».
Pasaban los años y el Fiero se portaba bien y don Teodoro lo
seguía protegiendo. Nadie se habría atrevido a capturarlo en
el Tuco o viéndolo en su compañía. Todo se sabe en la vida y
un día lo llamó el patrón y le dijo: «He sabido unas viejas fechorías tuyas. Cuando me contaste tu vida, tuviste buen cuidado de callarlas. Debía botarte. Pero veo que no las callaste
para engañarme y volver a las andadas en la primera oportunidad sino que, realmente, las callaste porque deseabas com-
ponerte... Así que te disculpo». El Fiero le dijo: «Así jué,
patrón, po eso jué» y se quedó muy impresionado. Seguían
pasando los años... El Fiero pegado a su patrón! La de cosas
que les ocurrieron. Una vez, por el mes de febrero, el río Con-

debamba se amplió a ocho cuadras en una gran creciente y por
los vados tenía diez o doce quizá... El patrón sabía vadear
bien, pero el Fiero sabía más y sobre todo de noche. Así llegó
un día sábado que era víspera del santo de la señora Elena.
Don Teodoro se demoró en desocuparse, porque era sábado de
quincena y estuvo arreglando las cuentas y pagando a la peonada. Cuando terminó, ya había oscurecido y una lunita fal-
tosa, que más parecía una amarilla tajada de mamey, trataba
de alumbrar saliendo a ratos sobre los pesados nubarrones del
cielo invernal. Y el patrón dijo: «Vamos, Fiero, ahora se conoce
a los hombres». Y el Fiero respondió: «Vamos, patrón». Ensillaron los mejores caballos. Mientras iban hacia el río, que
pasaba a media legua, el patrón decía muy satisfecho: «Con
este tiempo, Elena no me espera sino mañana. Le vamos a
dar una linda sorpresa de santo». El Fiero respondía que sí,
por no flojear, pero interiormente pensaba que se estaban
metiendo en honduras aún antes de entrar al río. Al llegar al
río se encontraron con que había comido orilla formando un
gran escalón. Entonces fueron hacia arriba, por la ribera, en
busca de vado. Y no lo había y por todas partes parecía estar
muy hondo. Al fin hubo orilla en declive y entraron. El Fiero,
como gran chimbador, adelante. Chapoteaban los potros y
luego el agua fué aumentando y el piso se ahondó. De pronto,
¡plauch!...y luego, ¡plauch!... El agua borboteaba por los
pechos de los caballos, que habían caído en una zanja profunda.
«¡Está hondo, Fiero!» «¡Está jondo, patrón!» Pero ninguno
habló de volverse. Siguieron, pues, siguieron con el pecho de
los caballos rompiendo el agua, avanzando contra la corriente,
que si se marcha a su favor en parte honda los caballos pueden resbalar y ser fácilmente arrastrados. No hay nada peor
que un caballo débil o asustadizo que toma de bajada. Llegará un momento en que será arrollado. Tanto el Fiero como
el patrón tenían buena cabeza y podían mirar el agua. Negra,
convulsa, ondulando en algunos sitios y arremansándose y
corriendo casi plana en otros. Los viajeros que se marean deben mirar hacia el cielo o la lejanía en tanto que su caballo es
remolcado con una soga por el chimbador. De otro modo, la
cabeza les da vueltas junto con el mundo y terminan por vo-
mitar y caerse en medio del río. Ellos miraban, pues, el agua y
el agua está rabiosa y densa.

Toda apariencia es engañosa y así pasa con la de los ríos.
El sitio donde se agita y ondula más fuertemente el agua, es

donde tiene menos hondura y facilita el paso. Las ondulaciones son producidas por la cercanía de las piedras del fondo. Al contrario, el lugar de aspecto tranquilo, allí donde el agua corre blandamente, es peligroso por su hondura y puede tragarse con facilidad a caballo y jinete. El río Condebamba, en tiempo de invierno, se llena y tiene todo el ancho de su cauce cubierto de agua, encontrándose peligrosamente dividido, por lo bajo, en canales, en brazos, en zanjas, en recodos, que a su vez tienen pozas y remolinos. De repente, el agua llega sólo a los corvejones y de repente puede tapar al jinete. Era hermoso y riesgoso cruzar ese gran río. Se ha de tener caballo fuerte, ojo experto y sangre fría. Avanzaron, pues, contrando y salieron de la zanja. El agua pasaba ya al pie de los estribos. De toda la amplitud del río, de allá para acá, de arriba para abajo hasta donde alcanzaba la vista, se elevaba un murmullo monótono e interminable, parecido a un rezongo o a una advertencia dicha en voz cascada. La luna se animó a alumbrar un poco y el Fiero oteó los pasos. Como el agua en ese sitio no era caudalosa, tomaron de bajada, para sortear unos canales y pozas que se notaban un poco después. Y los bordearon, que el pedrerío se había amontonado más abajo, formando una especie de muro de represa. Luego tomaron de subida, el agua se ahondó y los caballos levantaban los hocicos para no sumergirlos. Los jinetes tenían las piernas empapadas, y sentían la dentellada terca del agua en las carnes y abajo la vacilación del piso de piedras y cascajo. «¡Ballo!», «¡ballo!», gritaban alentando al haz de nervios tensos que eran los potros. Estos se encrespaban, avanzaban como tentando el piso, resoplando inquietamente. El agua, de rato en rato, parecía crecer, parecía abultarse e hincharse, parecía volverse inmensa. Sin duda estaba lloviendo más arriba. Una avenida comenzaba a llegar. Podía traer inclusive palos. Entonces estarían perdidos. «¡Ballo!, ¡ballo!» Sus voces sonaban dura y enérgicamente en la noche. Salieron una vez más de otra parte honda. Y estuvieron de arriba para abajo, con bastante fortuna, eludiendo malos pasos o venciéndolos cuando no había otro remedio. Ya se encontraban más allá de medio río y notaron que el agua se había cargado hacia esa parte, formando grandes bancos de piedras y arena y hondos brazos. La luna se opacó entre nubes deshilachadas y no se veía muy bien. Y el Fiero se hallaba a, filo de un banco escrutando el agua, cuando de repente, ¡plonch! se hundió. El deleznable banco cedió y caballo y jinete se

perdieron en un nondo brazo. Chapoteó el caballo tratando de
nadar, el jinete lo aligeró de su peso tirándose a un lado y ambos fueron arrastrados por la corriente. ¿Qué había hecho el
patrón Teodoro? El patrón iba inmediatamente detrás, ceñido a sus baqueanos, y ahí estaba que ahora tenía que enten-
dérselas solo. Los vió desaparecer en la distancia y, pensando
que acaso saldrían más abajo, llamó: «¡Fiero!»... «¡Fieroooo!»
Sólo le respondió el rumor tenaz del agua embravecida. El
sabía vadear también y resolvió pasar de todos modos. Tomó
hacia arriba, ladeándose un poco para el centro del río a fin de
alejarse de los filos del banco que podían sollamarse. Su caballo
estaba nervioso y a cada momento quería hacer una locura,
es decir, continuar por donde desapareció el guía. Más arriba,
la corriente se aplacaba, y el brazo tomaba amplitud. Pasaba
que, allí donde se hundió el Fiero, el brazo se había encajonado
acumulando violencia en el declive. Don Teodoro lo vió así a
la luz de la luna que había asomado de entre las nubes. El
agua prieta se torna menos fiera a la luz de la luna, pues sin
platearse, revuelve claridad en las ondas amenguando el negror
de su limo. El jinete solitario oteó los pasos y, fijándose, entró.
Resoplaba y se afanaba el caballo valiente y él tenía que tem-
plarle las riendas para que no se atropellara y cayera en alguna
poza. De repente, porque así sucede en los ríos, ya estaba al
otro lado. Apenas tenía que pasar un canal de agua bullanguera
de puro escasa. Pasó, pues. ¿Y qué hizo el patrón? El Fiero lo
recordaba siempre y estaba orgulloso de esa búsqueda. El patrón galopó por la ribera, hacia abajo, llamando: «¡Fieroooo...!»
¡Fieroooo!» El valle era plano y los cerros distantes, de modo
que no contestaba ni el eco. Sólo el rumor del río, tenaz y ronco. Entonces el patrón encendió una fogata con una caja de
fósforos que, por precaución — era bien baqueanito — se había metido en el bolsillo más alto del saco. Secó sus ropas y las
caronas y el pellón — al cuero no hay que calentarlo porque
se encarruja—, dando lugar a que el caballo descansara un
poco. Apenas clareó el alba ensilló y partió de nuevo hacia
abajo. Llamando siempre, pensando en encontrar a su Fiero.
Y como no le respondía, se había dicho: «Quizá encuentre el
cadáver para darle sepultura». Vaya, si cuando se acordaba
de ese hombre, de no ser el «mentao Fiero Vásquez» se hubiera
puesto a llorar. En tanto, ¿qué le pasó al mismo Fiero? Al
verse en el agua se cogió del pescuezo del caballo y sintió que
el agua estaba muy honda, pero el caballo flotaba nadando

fácilmente. Mas se había asustado y no se dejaba manejar.
El templaba de las riendas hacia un lado para tratar de sacarlo
del brazo, pero el caballo nadaba a favor de la corriente y seguía por el centro de ella, es decir por medio brazo, sin pensar
que de ese modo no podría detenerse. «¡Ballo, quieto!» No
hacía caso. Seguía chapoteando como un condenado. Y es
fácil avanzar así. Ya estaban muy abajo. Salió la luna y el
Fiero se esperanzó en que el caballo vería los árboles de las
orillas y trataría de dirigirse a ellos. Pero el caballo no veía
nada o no pensaba en nada. Estaba como loco. El Fiero consideraba a ratos la peligrosa posibilidad de botarse el poncho,
soltarse del pescuezo e intentar la salida a nado, pero después
se decía: «No es cosa de abandonar al caballo, tovía no ha
llegao a ponerse del todo mal». Y cada vez estaban más abajo
y el caballo, que había perdido su entereza, parecía muy cansado y por poco se abandonaba ya. De pronto el río, cargado
a la derecha, torció su mayor caudal hacia la izquierda y el
brazo recibió el contingente de varios más y con todo ímpetu
se abalanzó sobre la otra orilla. Y a ella fueron a dar el Fiero
y su caballo y en ella vararon como unos leños. Los que están
por ahogarse se salvan siempre así, en forma inesperada. El
jinete soltóse rápidamente empuñando las riendas y el potro
obedeció su jalón y salió andando de modo trémulo y receloso.
«¡Fiero, éste es otro escape que se lo vas a apuntar a la suerte!» Sentóse a la orilla y, esperando que el caballo se repusiera,
pensaba en su patrón. Tal vez se habría hundido y pasaría
más allá, sin que él lo viera, confundido en la oscuridad de las
aguas. De todos modos, un caballo es notorio y de pasar lo
habría visto. Aunque quizá el caballo salió solo. O tal vez habían salido los dos y el patrón siguió su camino dándolo a él
por muerto. Clareó el día y no veía ningún hombre por ningún
lado. Sólo agua en el río y en las orillas árboles ralos. Un poco
más abajo de donde se hallaba, se retorcía un gran remolino
donde bien se pudo ahogar si no vara. Tuvo suerte al flotar en
el chiflón de más corriente. Así es el destino del hombre. No le
habría importado encontrarse en la orilla de partida de no ser
por la ausencia del patrón. ¿Qué sería de él? ¿Qué sería? Se
puso a arreglar el caballo lentamente. De pronto sonó una voz:
«Oooo»... «Oooo»... lejos, muy lejos. Y a poco rato el grito
se fué acercando y después le pareció que surgía a su lado. Era
ésa la voz. El propio don Teodoro apareció luego en la otra
orilla. Gritó a su vez el Fiero y fué visto y ambos agitaron los

sombreros, haciéndose señas. Caminaron ribera abajo hasta
que el agua volteó otra vez hacia la derecha, pero blandamente,
formando un vado ancho. Pocas partes hondas había y por
esto, y el placer de verse y la luz del día, chimbar fué fácil.
El Fiero pasó jineteando un caballo que de nuevo era gallardo.
Al encontrarse con el patrón, contáronse sus penurias, comieron unos frutos de zapote dulce que había por allí y siguieron
viaje. Atrás quedaba el río ancho y solapado, negro de lodo,
repleto de aguas matreras que enturbiaba para impedir que los
cristianos vieran las profundidades voraces. Lo habían cruzado
una vez más, con valor y destreza, y la misma emoción de
sufrimiento y triunfo los aproximaba cordialmente...

Seguía pasando el tiempo. Una vez, estando en Cajabamba, don Teodoro lo llamó en presencia de varios de sus amigos
y le dijo: «Debo esta plata a Luis Rabines y se la vas a llevar:
él está en su hacienda». Le entregó dos mil soles, contantes y
sonantes, y el Fiero los echó a su alforja, ensilló su caballo y
partió. Caminó un día para entregar el dinero y por la tarde
del siguiente llegó de regreso. El patrón lo recibió con naturalidad, sin comentar nada, dándole a entender que no había
dudado. Los sirvientes le refirieron más tarde que los amigos
habían dicho: «¿Por qué hace eso?» «Este se va a fugar con el
dinero!» Don Teodoro les respondió: «El ha vuelto a ser un
hombre honrado». Esa noche, en la soledad de su cuarto, el
Fiero sí lloró, lloró de gusto. Se tenía fe en él. Se confiaba en
su honradez, se lo había rehabilitado. El Fiero, para mejor,
encontró quien lo quisiera en Gumercinda, muchacha agra-
ciada que era hija de uno de los peones del Tuco, y le comenzó
a encontrar gusto a la vida, que le parecía muy buena. Un día
quiso irse a sus tierras de la Pampa y su patrón le dijo: «¿Crees
que te han perdonado ya? Espérate otro tiempo todavía. A
los hombres les disgusta mucho que alguien que ha caído, se
rehabilite, triunfe y llegue a ser más que ellos. No te muestres
todavía por ahí: hay que conocer el negro corazón humano».
El Fiero pensó que acaso el patrón no quería dejarlo ir para
que le trabajara y lo estimó menos. Se dijo al quedarse: «Le
tengo una deuda de gratitud que voy a pagarla con otros cuantos años». No hay que dejarse llevar del primer impulso y la
vida hace ver lo que no se quiso ver desde un comienzo.

Y en esos años pasaron muchas cosas y el Fiero se olvidó
de que se había quedado por pagar algo. Lo más notable fué
la toma de Marcabal. hacienda de la familia de la señora Ele-

na. Mediante turbias maniobras cayó en manos de un mal
hombre que, tratando de adueñarse de ella, armó gente y se
puso a administrarla como cosa propia. Los dueños pensaron
meter juicio, pero don Teodoro dijo: «¿Juicio? Durará veinte
años...yo voy a tomarla». Para un gallo hay siempre otro
gallo y don Teodoro armó también su gente. Quince hombres
bien templados, para qué. Se fueron, pues. El usurpador tenía noticias de la expedición y puso vigilantes. Desde el lugar
llamado Casaguate, cada legua, fueron tropezándose con un
indio que tenía por misión correr hasta donde encontrara otro,
que debía correr a su vez a dar el aviso al siguiente, que par-
tiría también hasta el lugar del cuarto y así sucesivamente,
formando una cadena. Pensaban los ocupantes de Marcabal
que de ese modo podrían tener conocimiento pleno de los movimientos de don Teodoro y estar prevenidos para repeler
cualquier ataque. No contaron con que los indios querían a
don Teodoro. Así fué como el primer vigilante, en vez de echar
a correr apenas los columbró para dar aviso al siguiente, esperó
con tranquilidad y cuando estuvieron cerca se adelantó a saludar a don Teodoro, sombrero en mano: «Güenos días, patroncito». El le preguntó: «¿Qué haces aquí?», y entonces supieron todo y el indio se plegó a la expedición. Con el siguiente
pasó lo mismo y así con todos los que iban encontrando. Algunos indios decían: «Ay, patrón, usté viene a salvarnos de ese
maldito» y contaban los abusos que cometía respaldado por
la gente armada. Don Teodoro los consolaba y decía a sus
acompañantes: «Esta es la historia mal aplicada. Ese bruto
se cree un inca y vean lo que le están resultando los chasquis».
Porque en tiempos antiguos hubo unos tales incas que usaban
cadenas de mensajeros llamados chasquis. Avanzaban, pues,
y los chasquis ya eran ocho caminando tras la expedición. Así
subieron una cuesta muy empinada. Una legua antes de llegar a la hacienda, encontraron al último chasqui. Entonces
el patrón, que conocía mucho la hacienda, dijo: «La sorpresa
debe ser completa. No lleguemos por el camino acostumbrado:
hay que dar vuelta por la Loma del Cardo». Y apartando camino, entraron a unos potreros y caminaron por las hoyadas
para no ser vistos desde lejos. Pronto llegaron a la loma, donde
en verdad había muchas amarillas flores de cardo, y las casas
de la hacienda, muy grandes, ya no estaban ni a dos cuadras.
Todo parecía en paz y ellos pensaron que aun sin el aviso de
los chasquis, acaso los aguardaba una emboscada. Entonces

el patrón, poniéndose a la cabeza de su gente, dijo: «Entremos
al galope y atropellemos si es posible». Y entraron, pues, al
galope, como un ventarrón, de modo que el centinela que estaba sentado en las gradas de la casa más grande, apenas tuvo tiempo de pararse para disparar sobre don Teodoro, pero
ya llegaba el Fiero que, levantando su fusil, tendió al centinela de un culatazo en el cogote. Allí quedó exánime. ¿Y la
pelea que debió venir? Nada, ni un tiro... La casa estaba sola.
Entraron a las habitaciones sin encontrar a nadie. En la cocina
se aclaró el misterio. Las indias que estaban allí preparando
la comida les informaron que los ocupantes, confiando en sus
medidas, se habían ido tranquilamente a bañar y nadar un
poco en la quebrada que corría cerca. Inclusive habían dejado
sus armas, veinte rifles, encargando al único vigilante que les
fuera a llamar si se sabía algo. Don Teodoro ordenó a sus
acompañantes que tomaran esas armas, que fueron encontradas en un cuarto, y luego les dijo: «Vamos a divertirnos un
poco, muchachos». Avanzaron hacia la quebrada y, desde lejos, distinguieron a los confiados. Se los podía rodear y apresar,
pero el patrón no quiso hacerlo. Estaban en una amplia poza,
bañándose, nadando, gritando. Parecían muy alegres. Don
Teodoro dijo a su gente: «Dos descargas al aire, muchachos».
Y los quince hombres dispararon sus rifles y los bañistas se
sobrecogieron de pánico. Cogiendo sus ropas y sin hacer siquiera
por ponérselas, echaron a correr, desnudos, por los campos.
Los indios de los alrededores, al oír las descargas, se asomaron
a la puerta de sus casuchas a ver qué pasaba. Y don Teodoro
ordenó a sus hombres, que se morían de risa: «Sigan disparando». Y los calatos corrían y corrían por un lado y otro, hasta
que fueron desapareciendo tras matorrales y pedrones, desde
donde surgían ya vestidos, para continuar su fuga. En media hora no quedó uno a la vista. De regreso a la casa, se encontraron con que el exánime acababa de volver en sí, atendido por las indias. El pobre hombre creyó que lo iban a matar.
«¿Piensas que soy de la calaña de tu jefe?», le dijo don Teodoro. Y luego, sin que acabara de salir de su asombro: «Vete,
vete inmediatamente... Y dile a ese perro de Carlos Esteban
— así se llamaba el usurpador — que no lo he matado de lástima». De tales salidas tenía el patrón. De ese modo era el
tiempo en su compañía. Aún recordaba el Fiero las veinte
gallinas fritas que prepararon las indias cocineras para aga-

sajar a don Teodoro y su gente. Se las asentó con unos largos
tragos de pisco. ¡La vida era muy buena!

Y pasó el tiempo y llegó el tiempo en que el mismo patrón vendió el Tuco y compró la hacienda Marcabal a la familia de su mujer. Entonces el Fiero le pidió que lo dejara
irse a vivir en sus terrenitos y el patrón le dijo: «Vete, y acuér-
date de lo que te hablé». No obstante, todo parecía favorable.
Hasta los parientes de don Malaquías se habían marchado.
Verdad que la pequeña propiedad estaba en ruinas, pero
el Fiero y Gumercinda, que ya tenían un hijo, bregaron duro
para retechar, desyerbar, remendar cercos y ablandar la tierra apelmazada. En eso una comisión del pueblo de Cajabamba fué a buscar a don Teodoro a su nueva hacienda para
pedirle que aceptara la candidatura a la diputación por la
provincia. Nadie se atrevió a disputársela y fué elegido y se
marchó a Lima. Y el Fiero tuvo mucha pena, pues apreciaba
la presencia de don Teodoro en la región como una compañía. Se sintió solo y hasta le pareció que rondaban en torno
a él, que lo espiaban. Resultó verdad. Una tarde, en circunstancias en que se hallaba aporcando el maíz, un hombre que
pasaba como un simple transeúnte, se paró de súbito junto
al cerco, sacó su revólver y le hizo un tiro. El Fiero se arrojó
al suelo fingiéndose muerto a la vez que se llevaba la mano
al revólver. El atacante, sin despegarle la vista, empujó la
tranquera y se dirigió a él, con el arma empuñada, seguramente decidido a rematarlo. El Fiero continuaba inmóvil,
pues sabía que el menor movimiento significaba la muerte.
Pero el atacante debía pasar una ancha acequia y cuando miró
hacia el sitio por donde iba a saltar, en ese mismo instante,
el Fiero aprovechó para sacar el revólver y dispararle. Cayó
dentro de la acequia con el pecho atravesado. Todo había
ocurrido en tiempo brevísimo. Atraídos por la curiosidad,
llegaron algunos vecinos y unos arrieros que pasaban. Su
mujer ya estaba junto a él, sin saber qué hacer. «¿Usté lo conoce? ¿Quién es? ¿Por qué lo ha matao?» Y el Fiero contó
cómo había pasado y dijo además que no conocía al muerto.
Y era verdad: nunca había visto a ese hombre o por lo menos
no lo recordaba. Pero los vecinos se pusieron a comentar
agresivamente: «Eso dice, pero falta ver si es cierto». «¿Quién
no sabe que mató a don Malaquías?» «Estuvo llevando mala
vida hasta que don Tiodoro lo compuso». «Aura que don Tiodoro se jué, vuelve a la maldá». «Vámonos, no nos vaya a

matar». «Habrá que dar parte al Juez». Gumercinda se puso
a llorar y también, sin saber de lo que se trataba, gimió desesperadamente su pequeño hijo. Había matado en defensa propia, pero de nada le valdría. Nadie lo quería perdonar. Era
cierto, cierto lo que le dijo el patrón. ¡Y el patrón estaba tan
lejos! El Fiero vió su vida deshecha, abrazó a su mujer y a su
hijo y se fué, prometiéndoles volver. A los seis meses regresó
y encontró la casa vacía. Un peón del Tuco le contó que Gumercinda fué llevada a la cárcel como cómplice y que su hijo
murió en la misma cárcel, con la peste. Que los gendarmes habían violado a Gumercinda entrando de noche a la celda donde estaba encerrada y a consecuencia de eso se enfermó de
un mal muy feo y tuvo que decírselo al padre cuando éste fué
a verla. Había llorado mucho la pobre. El padre, de vuelta
al Tuco, comentó: «Yo le advertí que no se enredara con ese
maldito criminal». Pero Gumercinda ya no estaba en la cárcel. El juez le había ofrecido su libertad a cambio de que fuera
a servir de cocinera en su casa y ella, viéndose tan mal y sin
tener cuándo salir, había aceptado. Se encontraba, pues, de
cocinera, en casa del Juez. Si un puma le hubiera estado royendo el corazón, el Fiero lo habría sentido menos. Si eso
hacían con su pobre e inocente mujer, quién sabe lo que harían con él. No había, pues, perdón en el mundo. Y como
el mal llama al mal, él volvió a ser lo que había sido...y peor...

El Fiero Vásquez terminaba su relato. Habían salido a
escucharlo Casiana y Paula y también estaban allí el regidor
Toribio Medrano, el joven Calixto Paucar y otros indios que
pasaban por la calle y fueron, uno a uno, deteniéndose. Recién
se notaba todo eso porque mientras Vásquez habló lo escuchaban hasta con los ojos.

— Me puse a matreriar — continuó el Fiero — y una vez
me encontré con uno que era de la banda de la puna de Gallayán y me fuí. Ahí aprendí to lo que no sabía...Tuve suerte
e volar antes que pescaran a los de esa banda que dicen que
tuvieron muy fea muerte...

El tiempo había corrido sin sentirlo. El ocaso estaba ya
prodigando su cotidiana orgía de color. En ese momento pasaban a caballo, yendo hacia la puna, el gobernador Zenobio
García seguido de tres hombres. Todos llevaban carabinas.
García vió al Fiero, saludó a Rosendo y continuó de largo.
O no se atrevió a tomar al bandido o iba derecho a hacer otra
cosa. Vásquez se llevó la mano al revólver y estuvo atisbando

a los jinetes hasta que se perdieron tras la curva lejana. Luego prosiguió, clavando en el alcalde su ojo pardo y también su ojo de pedernal:

—Aura acabaré luego... ¿Qué quiere que haga, don Rosendo? ¿Volver onde mi patrón Teodoro? El ya está en su hacienda, po que un diputao como él no pudo seguir, que la elección pa una segunda vez se la ganaron en Lima... ¿Pero cómo voy? Auia es distinto. En ese tiempo, en la otra oportunidá, yo no vivía tan inculpao. Aura iría a comprometelo... La piedra que rueda no acaba sino despedazándose o cuando lega al fondo. Yo no me termino de despedazar tovía y rodaré hasta mi fondo, que será la sepoltura... ¿Qué hago?

Rosendo Maqui, preocupadamente, se golpeó con su bordón de lloque el filo de las ojotas y dijo:

—Es lo que pienso... Usté sabe que siempre lo recibimos con güena voluntá... Si usté deja esa vida, podremos tovía... ¿Qué tendría que usté cultivara la tierra? De otro modo, será difícil recibirlo aquí. Tenemos juicio y eso es delicao. Quién sabe, usté comprende, se empuñen de que usté llega pa acá y digan que somos apañadores cuando muy menos.

El Fiero sonrió tristemente mostrando sus dientes blanquísimos y miró a Casiana. Junto a la puerta estaba su mujer de ahora, buena, codiciable a pesar de no ser buenamoza. Tenía el atractivo del vigor. Su silencio de puna la ceñía obstinadamente, con acrecentada tristeza. Ya no podría venir a verla. El proscrito lo era más cada día. Pero él había llegado a Rumi, esa tarde, precisamente para hablar con Rosendo...

—Yo, casualmente, de lo del juicio venía a hablarle. Es de cuidao, como amigos le digo que es de cuidao... No me pregunte cómo sé, pero andan metidos con don Amenábar este perro del Zenobio que acaba de pasar y ese otro sinvergüenza del Mágico... En parlas andan, en conversas; yo le digo que es de cuidao... ¿Onde cree que va el Zenobio a estas horas? ¿Y con carabinas y guardespaldas? ¿Po qué? Nunca han tenido carabinas. Seguro que hoy se quedan en Umay... ¿De ónde tanta amistá?... Yo lo sé y no me pregunte cómo, don Rosendo. Usté quiere que siembre. A lo que resulte, ni Dios permita, puede que ni ustedes tengan ónde sembrar...

Rosendo Maqui trató de mantenerse grave y digno. Doroteo Quispe miraba a su amigo como diciendo: «Este es un hombre al que no se le escapa nada». Casiana pensaba en el

alejamiento de su marido con una angustiosa crispación de
su cuerpo. Los demás no terminaban de comprender, sospe-
chando que el bandido estaba en el secreto de grandes y trágicos destinos...

Ya había caído la noche, en el corredor ardía un candil y
todos guarecieron sus dudas en un mutismo lleno de pensamientos. Doroteo Quispe, a fin de desensillar, preguntó a su
amigo si se quedaba y él respondió:

— Me iba a quedar, pero no traje mi carabina y no sea
que el Zenobio y sus gentes, alentaos con sus armas, estén por
ahí dando la güelta pa caerme de noche sobre dormido. Me
voy aura mesmo...

El Fiero Vásquez revisó la carga de su revólver, arregló
su caballo y partió. A poco trecho se diluyó en la sombra...

V

EL MAIZ Y EL TRIGO

Rosendo Maqui se fué considerando las palabras del bandolero. ¿No habría callado algo esta vez también? Eran duras sus palabras y, viniendo de él, había que pensarlas dos veces, o cuatro veces. Más bien cinco: llamaría a consejo esa noche. Los regidores ayudarían a la suya con sus cuatro cabezas y compartiría con ellos una responsabilidad capaz de agobiar las viejas espaldas.

Comió masticando el trigo y la cancha junto con graves pensamientos. Juanacha trató en vano de conversar un poco, haciendo tal o cual pregunta con su voz metálica. Rosendo respondía sí o no y volvía a su mutismo. Anselmo callaba respetando la evidente preocupación, y el marido de Juanacha, llamado Sebastián Poma, callaba como de costumbre. Este, después de la comida, fué a tocar la campana por orden del alcalde. Candela, entre tanto, se hartaba de abundantes sobras.

Lan...lan...lan...lan... Los cuatro toques, enérgicos y precisos, bien separados para que se pudiera advertir su número claramente, colmaron la hoyada y repercutieron en los cerros. La noche quedó llena de su inquieto zumbido. Brotaban los comentarios por todo el caserío. «Llaman a consejo». «Será pa acordar la cosecha». «No, si va pa malo el juicio de linderos». «No será». «Asi dicen». «Poray pasa el regidor Me-

drano». «¿Y pa qué meteríamos onde ése? No es de aquí».
Como para que no quedara ninguna duda, las cuatro campanadas volvieron a infiltrarse nítidamente en la noche.

Y llegaron a la casa del alcalde, primero Porfirio Medrano, después Goyo Auca, luego Clemente Yacu y por último Artidoro Oteiza.

Medrano era aquel montonero azul que se avecindó en
Rumi al enredarse con una viuda. Ella le curó con delicada
solicitud la grave herida que recibiera en una pierna y el postrado supo perdonarle su cuerpo marchito en aras de la bondad. Tenía mucha más edad que Medrano y había muerto ya.
El pasó a la ofensiva entonces y logró convencer de las venta-
jas de ser guiada por la experiencia a una mocita de veinte
años. Le había dado varios hijos. Como se ve, Medrano echó
en Rumi hondas raíces. Dejó enmohecer el mellado sable y
usaba su viejo rifle Pivode para cazar venados. No obstante
su apellido, describía a sus padres como indios y él mismo,
sin tener que afirmarlo, era un indio. Su cara cetrina de rasgos duros y su amor por la tierra convencían de ello. Sólo que,
a veces, sorprendía con súbitos estallidos de humor y entonces
Maqui, que lo había estudiado mucho, sospechaba una sangre
cruzada. Le hacía recordar a su querido hijo Benito Castro.

En cuanto a Goyo Auca, a quien vimos un tanto en reciente viaje, poco habría que decir. Era pequeño y duro como
un guijarro. Disparado por la diestra mano de Rosendo, podía resultar inclusive contundente. Muy adicto al alcalde,
aquel «cierto, taita», que le escuchamos en ocasión pasada,
surgía siempre como expresión obligada de su reverencia y
acatamiento cada vez que Maqui le participaba sus convic-
ciones. Su fuerza no estaba en relación con su pequeñez y
siempre iba adelante en las faenas agrarias, resoplando y pujando para hacerse notar. Era su modo de ser vanidoso.

Clemente Yacu tenía arrogancia y buen sentido. Con el
sombrero de paja a la pedrada y el poncho terciado sobre el
hombro, caminaba erguida y calmosamente y decíase de él
que sin duda sería alcalde andando el tiempo. De cierto, en
ese caserío lento, su caminar personal y el del tiempo no se
apresuraban mucho para darle el cargo. Yacu se distinguía
por su conocimiento de las tierras. «Güena pa trigo» o «güena
pa maíz» o «güena pa papas», decía con seriedad mirando en
la palma de la mano un puñado de tierra cuando se trataba
de la rotación de cultivos. Y su dicho resultaba verdad.

Artidoro Oteíza era blanco y su apellido tanto como su color denunciaban ascendencia hispánica. Sin embargo, sus padres y los padres de sus padres fueron comuneros y no había noticias próximas de mestizaje. Maqui vió salir muchos blancos por ese lado de los Oteíza. Quién sabe qué lejano conquistador, allá por los comienzos del dominio, cimbró el espinazo de alguna moza india y su raza rebrotaba tercamente de tiempo en tiempo. Oteíza hacía en todo como todos los comuneros y nadie lo sentía ajeno al pueblo de Rumi. Gustaba de los animales, y, como era forzudo, se distinguía en los rodeos. Su desgreñado bigotillo se encrespaba sobre unos labios reilones.

Los tres últimos eran también casados, que de otro modo no habrían podido ocupar cargos de tanta importancia. Tenían igualmente hijos y aunque la tradicional ley comunitaria no exigía contar con descendencia para otorgar el mando, les daba el carácter de hombres que debían pensar «en nosotros» y estaban por eso más vinculados al destino del pueblo.

Esa noche, cuando llegaron, Juanacha ya había terminado de lavar ollas y mates y tanto ella como su marido y Anselmo no estaban a la vista. En el fogón, contados leños elevaban una llama inquieta, de escaso fulgor. Rosendo invitó a los regidores a sentarse en el poyo de barro, les brindó coca de un gran talego casero y habló. De cuando en cuando arrojaba algún leño para mantener la llama negligente. La luz brillaba en las caras cetrinas y entraba en la de Oteíza avivándole el color encendido. Los ponchos la recibían gratamente en sus múltiples listas y la falda de los sombreros enviaba la copa hacia la sombra.

Rosendo relató, con voz grave y calmada, su gestión ante Bismarck Ruiz, de la cual era testigo el regidor Goyo Auca. Este, naturalmente, no dejó de intercalar su: «cierto, taita». En seguida dijo de los presagios de Nasha Suro, que sin duda todo el caserío sabía ya. Para terminar, se refirió a los informes o más bien sospechas del Fiero Vásquez, relatando de paso la situación indecisa en que había quedado la posibilidad de su llegada a Rumi, de todo lo cual era testigo el regidor Porfirio Medrano. Como remate de su larga y expositiva peroración, durante cuyo trascurso se habían consumido varios leños, dijo que él tenía sus propias ideas sobre cada una de esas cuestiones, pero quería escuchar las de los regidores a fin de estar de acuerdo. Se trataba, nada menos, que del destino de la comunidad.

Los regidores mantuviéronse callados durante un momento, como tomándole peso a la responsabilidad de su propio juicio. Porfirio Medrano, muy seguramente, comenzó:
— ¿Quién conoce onde esos gamonales? Yo digo que recordemos ese dicho: «La mucha confianza mató a Palomino». La verdá es que naides esperimenta en cabeza de otro... Lo más malo se puede aguardar cuando se trata de gamonales. He visto, he sentido... Mi agüelo perdió juicio de aguas que le ganó un gamonal. ¿Y qué iba a hacer el pobre viejo sin la agua? Tuvo que venderle la tierra a precio regalao. Mi taita vivió en arriendo, penando. Aquí todos han visto, pero no han sentido... Si ese Bismar Ruiz es borracho y está enmujerao me parece malo... Lo de Nasha... güeno... yo recuerdo toda laya de anuncios que hizo ella. Unos resultaron y otros no... así son los adivinos. El dicho del Fiero no me parece más fregao. Ese tal Zenobio, claro, puede meterse; del Mágico, no digamos...

Todos intervinieron en la consideración del problema. Unos recordaron al hermano de Nasha, que era muy entendido, y Rosendo mencionó, haciendo justicia, al padre, famoso en la región. A pesar de todo, fué dejada de lado. ¿Cambiar a Bismarck Ruiz? ¿Con quién? Este era el caso. El Araña estaba en la parte contraria y conocido era que los otros defensores apenas si podían escribir. El Fiero Vásquez sabía mucho, a la verdad. Contaba con espías por todas partes. ¿Pero podía creérsele del todo? ¿No sería él también un agente de Amenábar? La sospecha los inquietó vivamente. Y así estuvieron hablando mucho rato. Los fogones del caserío se habían apagado. Algunos comuneros despiertos miraban la candelita de Rosendo y decían:
— No será de las cosechas que hablan tanto...

Al fin, decidiéndose a resolver, el consejo acordó enviar a Goyo Auca, el día siguiente, donde Bismarck Ruiz para pedirle informes amplios. Eso era lo práctico. Por su parte, Rosendo podía despachar a Mardoqueo para que, so pretexto de vender sus esteras, espiara las actividades de Umay. Y toda la comunidad, en previsión de lo que pudiera ocurrir, efectuaría las faenas del tiempo. Porfirio Medrano informó que la chicha para la cosecha estaba lista ya.
— Podemos comenzar mañana mismo con el maicito...

— Pasao mañana — dispuso Rosendo —, aura no hay
tiempo pa avisar...

Los regidores se marcharon cuando la luna había salido
ya. Rosendo cubrió el fogón con un viejo tiesto y se fué a acos-
tar.

*
* *

El trigal y el maizal formaban una gran rondalla pulsada
por un eufórico viento. Densos y maduros estaban los trigos,
clavados en la gran chacra de la ladera como dardos disparados desde el sol. Cada maíz parecía un gringo barbado y satisfecho. Lo humanizaba todavía más la adivinanza de la
época:

> En el monte monterano
> hay un hombre muy anciano:
> tiene dientes y no come,
> tiene barbas y no es hombre... ¿qué será?

Era y no era hombre. Todos sabían que se trataba del
maíz. Planta fraternal desde inmemoriales tiempos, podía ser
considerada acaso como hombre y si se le negaba tal calidad,
porque a la vista estaba su condición vegetal, era grato dudar
y dejar que se balanceara, densa de auspiciosa bondad, en el
corazón panteísta.

Marguicha cumplió su turno en la ordeña y estaba ya
«librecita», esquiva y alegre ante el asedio de Augusto. Se
sabía la muchacha más linda de la comunidad y no lograba
decidirse por ninguno de los tantos mocetones que la requerían.

— Mañana cosechamos, Marguicha..

— Mañana, Augusto..

Ella recordó la adivinanza del maíz y le preguntó si conocía alguna. En respuesta, él entonó un dulce huaino. Esta
fué la sencilla y hermosa flor rural que colocó sobre el pecho
tembloroso de Marguicha:

> Qué bonitas hojas
> de la margarita,
> qué bonita planta
> para mi consuelo.

Qué bonitos ojos
de la Margarita,
qué bonita niña
para mi desvelo.

Sé de mi pobre cariño,
palomita,
como la planta llamada
siempreviva...

Decía «*ser* de mi pobre cariño». No importaba. Marguicha le entendía perfectamente. Sabía trovar, Augusto. Era
a su Marga, Marguicha, Margarita, a quien cantaba. La margarita silvestre de verdes hojas duraba aún, florecida, con-
solándolo del estío. La Margarita de ojos negros lo desvelaba
en cambio, pero él, pese a todo, quería trocarla en siempreviva
para su amor...

Sentados sobre el cerco de piedra, contemplaban el maizal. Estaba muy impresionada Marguicha, pero no se decidía
a abrazarle. ¿Era a Demetrio a quien quería? De repente le
cogió de un brazo y, dando un pequeño grito, lo soltó y echó
a correr hasta su casa. Había temor y contento en ese grito.
Augusto no sabía qué pensar y se puso algo triste.

*
* *

Noche cerrada ya, Goyo Auca volvió del pueblo. Había
encontrado a Bismarck Ruiz en su despacho trabajando. El
defensor decía que los demandantes estaban confundidos y
no sabían qué hacer. La prueba de ello era que no contestaban
todavía. Nada tenían que ver Zenobio García y menos el Mágico. En todo caso, él los anularía sacando a relucir viejas
cuentas que ambos tenían pendientes con la justicia.

Tales noticias corrieron por el caserío entonando los ánimos. Para mejor, «mañana, mañana comienza la cosecha».

*
* *

Y comenzó, pues, la cosecha. Los hombres y las mujeres,
viejos y jóvenes, hasta niños, fueron al maizal. Los rostros

morenos y los vestidos policromos resaltaban hermosamente entre el creciente oro pálido del sembrío maduro. Era una mañana tibia y luminosa en la que la tierra parecía más alegre de haber henchido el grano.

Los cosechadores rompían la parte superior de la panca con la uña o un punzón de madera que colgaba de la muñeca mediante un hilo, luego la abrían jalando a un lado y otro con ambas manos y por último desgajaban la mazorca. Y las mazorcas brillantes — rojas, moradas, blancas, amarillas — se rendían, atestando las listadas alforjas. Otros cosechadores arrancaban las vainas de los pallares y frejoles enredados en los tallos de maíz y otros recogían los chiclayos, suerte de sandías enormes y blancas. Las mazorcas eran llevadas al *cauro*, hecho de magueyes, dentro del cual se las iba colocando una junto a la otra, verticalmente, en la operación llamada *mucura*, para que el sol terminara de secar los granos *anotas* o húmedos. En el norte del Perú, el quechua y los dialectos corrieron, ante el empuje del idioma de blancos y mestizos, a acuartelarse en las indiadas de la Pampa de Cajamarca y el Callejón de Huaylas. Pero siempre dejaron atrás, para ser cariñosamente defendidas, las antiguas palabras agrarias, enraizadas en el pecho de los hombres como las plantas en la tierra. El cauro estaba en la plaza, frente a la casa del alcalde. A su lado, formaban tres montones los pallares, frejoles y chiclayos. Los cosechadores, al vaciar sus alforjas y verlos crecer, alababan la bondad de la tierra.

Cosechaban los adultos, los jóvenes, los niños, los viejos. Rosendo, acaso más lento que los demás, se confundía con todos y parecía no ser alcalde sino solamente un anciano labriego contento. Anselmo, el arpista, estaba hacia un lado, sentado en una alta banqueta y tocando su instrumento. Las notas del arpa, las risas, las voces, el rumor de las hojas secas y el chasquido de las mazorcas al desgajarse, confundíanse formando el himno feliz de la cosecha. Algunas muchachas, provistas de calabazas, iban y venían del sitio de labor a la vera de la chacra donde estaban los cántaros de chicha, para proveerse y repartir el rojo licor celebratorio. No se lo prodigaba mucho, y él corría por las venas cantando su origen de maíz fermentado, de *jora* embriagada para complacer al hombre. Brindada la mazorca grávida, iba quedando atrás un lago mustio noblemente empenachado de pancas desgarradas y albeantes...

Por ahí estaban, parlándose, el muchacho llamado Juan
Medrano, hijo del regidor, y la muchacha llamada Simona,
una de las que vimos en el corralón de vacas cierta amanecida.
Hacía apenas dos días que intimaron un tanto. Pero ya llegaba la tarde con su reverberante calidez y de la tierra subía
un vaho penetrante a mezclarse con el de las plantas maduras.
Juan parecía una rama y Simona parecía un fruto y ninguno
rebasaba los veinte años. Pusiéronse a retozar, separándose
del grueso de los cosechadores. Simona corría riendo y Juan
hacía como que no lograba alcanzarla. De pronto la atrapó
y ambos se poseyeron con los ojos. El habló al fin:

— ¿A que te tumbo, china?

— A que no me tumbas...

Bromearon forcejeando un rato — Simona era recia —
hasta que rodaron entre las melgas. Y cubriendo la gozosa
alianza de dos cuerpos trigueños se alzaba el maizal de rumor interminable, mazorcas cumplidas y barba amarilla.
En lo alto brillaba, curvándose armoniosamente sobre la tierra, un cielo nítidamente azul. Simona descubrió la alegría
de su cuerpo y del hombre, y Juan, que ya había derribado
muchas chinas a lo largo de los caminos y a lo ancho de las
chacras y las parvas, sintió ese oscuro llamado, ese reclamo
poderoso que rinde alguna vez al varón haciéndole tomar una
mujer entre todas.

Cae la tarde y el sol perfila las flores del maíz y los rostros bronceados. De pronto la sombra del cerro Peaña crece
y se extiende y gana la chacra para sí. Ya termina la faena.
Los cosechadores vuelven al caserío. En la plaza están el cauro
colmado y los montones altos.

El arpa sigue tocando por allí. Alguien canta. Todos están alegres, y sin querer explicársela, viven la verdad de haber conquistado la tierra para el bien común y el tiempo para
el trabajo y la paz.

*
* *

Va a hacerse el rodeo general para que el ganado aproveche los rastrojos y, por otro lado, las yeguas sirvan en la
trilla. El que más lo desea es Adrián Santos, hijo mayor de
Amaro, engendrado en el umbral de la adolescencia, que tiene cuatro hermanos que escalonan sus estaturas junto a la suya y a quien sus taitas le han dicho que ya es un hombre. Sus

diez o doce años se tienen bastante bien sobre el caballo y poco
yerra con el lazo. El rodeo llega, pues, como una bendición.

Una cincuentena de indios, formada por los más jóvenes
y fuertes, va donde Rosendo a pedir órdenes. El Alcalde y
los regidores preparan los grupos de repunteros que han de
hurgar todos los rincones de la comunidad para no dejar una
vaca ni un caballo ni un asno en ninguno de ellos. Adrián Santos está triste porque todavía no lo cuentan. Y dice la voz im-
periosa del Alcalde, seguida de la usual respuesta del nombrado.

— Cayo Sulla.
— Taita.
— Juan Medrano.
— Taita.
— Amadeo Illas.
— Taita.
— Artemio Chauqui.
— Taita.
— Antonio Huilca.
— Taita.

Cuenta diez o quince y termina:

— Ustedes se van a la falda de Norpa... ͡

Ya han nombrado los grupos para la quebrada de Rumi
y sus hoyadas, para el cerro Peaña, para el arroyo Lombriz
e inmediaciones, para el valle del río Ocros. Unos irán a pie
y otros a caballo, porque no todos saben montar y por otra
parte escasean los caballos.

Ese grupo del llano de Norpa, un chamizal donde habrá
que patalear duro, es el último. Parece que Adrián rogó en vano para que lo mandaran. No se había dicho su nombre. Pero
a última hora Rosendo apunta a los designados:

— Este muchacho Adrián Santos, tamién irá con ustedes.

Así de llapa, como diciendo «éste no entra en la cuenta»,
pero no importaba.

— ¡Taita!

Adrián quiere abrazar al viejo, pero ha visto un ademán
rudo en el brazo, como para apartarlo, y quédase a un lado,
inmóvil, aprendiendo moderación india.

Y no duerme pensando en la hora de partir, y, cuando
siente que el corralón vecino se llena de un tropel de bestias
y de gritos, sale y ve que todo Rumi se prepara para el rodeo.

Brillan los fogones alumbrando mujeres que preparan comida
y hombres que ensillan caballos, que arrollan lazos de cuero,
que desayunan, que montan y parten. Las palabras se refie-
ren a animales y sitios. Rosendo y los regidores están en el
corralón, y Artidoro Oteíza, que luce sobre el pecho el lazo
ensartado al sesgo, ordena a Adrián que coja el caballo Ruano.
La noche es clara y en el cielo brilla la luna creciente.

Oteíza y Adrián salen al trote, pero en cierto sitio del
camino tienen que separarse y el primero aconseja:

— En Iñán, cuidao que te pierdas. Un camino va pal
distrito de Uyumi. ¡Cuidao que te pierdas!

— No, no me pierdo — grita Adrián seguramente, dando
un riendazo al Ruano.

Y ahora trota por un sendero que serpea en la base del
cerro Peaña. Cruza un arroyo seco y una tranquera abierta y
llega a la loma de Tacual. Sopla el viento levantando su poncho. Hay silbos y gritos. Son los indios que se llaman de cerro
a cerro encaminándose a los potreros. La luna vuelve más
amarillos el pasto seco y los delgados senderos.

Toma una ladera que abunda en lajas y ha de cruzar
por Piedras Gordas, un montón de rocas enormes, negras,
entre las cuales no entra la luna y la sombra se adensa. Adrián
es agarrado por un temor que nace de viejas historias en las
que se mezclan fantásticos conciliábulos de diablos y duendes
en la oscuridad del cañón formado por esas piedras. Dar una
vuelta sería perder tiempo y los demás han de estar ya en
Norpa, de modo que fustiga escociendo las ancas y Ruano
cruza al galope el negro túnel, retaceado a veces de vaga luz,
en medio de cuyo silencio sólo se oye el violento chasquido
de los cascos y el rodar de los guijos. Aparece la falda de una
ladera de tierra blanca y no pára el galope hasta que el cerro
se recorta en el vertical peñón de Iñán. El camino, bordeando
un abismo, se angosta descendiendo escalones que hay que bajar lentamente. Adrián no se apea y cree estar realizando una
hazaña. Al fondo, crece un montal, y el muchacho, cuando
está allí, se encuentra con que, en la noche, todas las huellas
son iguales, y, decididamente, ya está marchando por la ruta
que Oteíza le aconsejó no tomar. ¡Diablos! Vuelve y deja libre a Ruano, que, obrando por su cuenta, toma el camino
necesario a trote fácil. En el montal lloran muchos pájaros
nocturnos, y, saliendo, aparece ya en la parte alta de Norpa,
desde donde hay que descender hasta el fondo. Surge una

pirca de piedra y otra tranca tranquera abierta. Pasándola,
las huellas se bifurcan y pierden, renacen, zigzaguean, se quie-
bran, formando entre los arbustos y árboles una malla tejida
por el trajín del ganado. Ruano sabe por dónde hay que ir y
Adrián comprende que es un buen potro y le va tomando cariño. Un arroyo canturrea de pronto arrastrando una agüita
que hace de guía en medio de la penumbra que ha dejado la
luna al ocultarse. Pero ya el amanecer se anuncia también, ya
están claras las cimas de los cerros lejanos, los que surgen de
la ribera opuesta del río Ocros y pertenecen a varias haciendas.
Cuando el sol muestra las cimas de los cerros, llega Adrián al
fondo de Norpa. Ya están allí todos los nombrados, de pie,
junto a sus caballos peludos. Algunos les han sacado la rienda
y los animales muerden cualquier yerba seca. Unos cuantos
perros lanudos se tienden al lado de sus amos.

Adrián saluda y todos le contestan del modo más natural,
sin preguntarle cómo es que no se ha perdido en el montal de
Iñán, ni informarse de si se mantuvo a caballo o se bajó para
descender por el peñón, y menos inquirir siquiera si cruzó por
la diabólica covacha de Piedras Gordas o volteó por otro lado.
Y Adrián sigue aprendiendo parquedad india.

— ¿Ya están todos? — dice Antonio Huilda, que es el
jefe del grupo.

— Ya, sólo falta el Damián...

— Ya llegará, vamos entón...

Son quince jinetes los que están junto a él. Se han sacado
los ponchos, poniéndolos a modo de pellón en la montura, y
sus camisas blanquean como la niebla del alba. Antonio da
órdenes rápidamente. El taloneo excita a los caballejos, que
enarcan el cuello bajo la presión de las riendas, ganosos de dis-
pararse a carrera tendida.

— Tú, Roberto, te vas po ese lao de Ayapata y apenas
ves al Damián lo llamas pa que te ayude.

— Güeno..

Roberto suelta su tordillito crinudo y parte al galope.
Cuando ya se encuentra un tanto alejado, Artemio Chauqui
lo llama a grandes voces:

— Roberto...güelve...güelveeeee...

Roberto retorna plantando en seco su caballo con un violento templón de riendas.

— Hom... — dice Artemio—, se me hace que no vas a
poder rodiar...

— Sí podré...

— Como te vas con una espuela nomá, sólo un 'lao del potro va a querer andar...

El grupo estalla en una carcajada jocunda, iniciada por el propio Roberto con un «jajay» que ha zumbado como un rebencazo sobre las ancas del tordillo, que se aleja hacia Ayapata a grandes saltos. Lo hace a pesar de que el campo está lleno de obstaculizantes arabiscos y espinudos uñegatos, de manera que hay que correr con cuidado. Algunos de los presentes tienen defendidos sus pantalones con otros de piel de venado, que los cubren.

— Güeno, nada de juegos — dice entre enojado y sonriente Antonio —, ustedes tres, po el Shango, ustedes po Puquio, ustedes más abajo, po la cuesta, yo po este otro lao...hay que arriar en dirección al llanito ése de Norpa...

Y después de media hora hombres y perros están repartidos por las vastas y enmarañadas laderas arreando el ganado hacia la planicie propuesta. Las vacas se refugian en las hoyadas o echan a correr, por caminejos que hacen equilibrios en las laderas, para ocultarse en chamizales propicios. Hay que biegar para entroparlas. De pronto se desbandan de nuevo y otra vez los rodeadores y sus perros tienen que correr, que galopar a fin de tomarles la delantera y cerrarles el paso. Los lazos, en los sitios donde el montal se reduce a arbustos, vuelan aprisionando los cuernos de las más ladinas. Entonces algunos repunteros llevan por delante a las prisioneras, y las otras siguen, arreadas por los demás, hasta llegar al sitio indicado.

Cuando el sol, después de pasearse por los altos cerros, llegó a bruñir la amplia falda de Norpa, ya había una tropilla en la planicie, buen punto de vista para la animalada que mugía y corría por las laderas, saliendo de uno y otro lado, como si la tierra pariera vacas.

— Aca... áca... áca...—gritaban los repunteros y las peñas.

Caballos no potrereaban en Norpa, pues allí el pasto moría en verano y sólo las vacas pueden hacer valer los cactos, la chamiza y las hojas mustias.

Y a arrear, a arrear todo el santo día. Muchas vacas buscaban refugio en encañadas más boscosas, en las cuales sólo podían entrar los hombres y los perros. Había que desmontar y tirar muchas piedras con las hondas o meterse entre el mon-

tal y requerir una rama para sacar a estacazos a las tercas
fugitivas.

De pronto, en la falda de Ayapata, apareció un oso, negro y taimado, seguido de varios perrillos. Los hombres se
detuvieron para ver la cacería. La jauría aumentó pronto con
los que acudieron de todos lados. Hasta seis perros lanudos
ladraban en torno al oso, que avanzaba dando vueltas, sereno
y avisado, sin dejarse coger por ninguna parte.

—¡Cómo no traje mi escopeta! —decía uno de los espectadores —. Siempre pasa eso. Cuando no se la tiene aso-
man los malditos... Tovía no sé cómo hacer pa dejala y lle-
vala al mesmo tiempo...

Juan Medrano pensaba en el viejo Pivode.

Se escapaba la presa, pues los perros la acosaban sin osar
acercarse mucho. Al que se aproximó más, el oso le dió un ma-
notón en el cráneo que lo hizo aplanarse contra el suelo, para
siempre, después de un breve aullido. Los otros se enfurecieron
más y más y también temieron más a la vez, de modo que
ladraban corriendo en torno y, cuando se abalanzaban por
fin, no llegaban a morder, pues retrocedían ululando de rabia
e impotencia. El oso tomó hacia abajo y comenzó a descender
por erguidas y rojas peñas. Los perros, sin que su amor propio sufriera, pues ahí estaban los obstáculos de la naturaleza,
fueron abandonando la cacería uno a uno y por fin el bulto
grueso y solitario desapareció entre cactos y achupallas.

El rodeo recomenzó. A mediodía el sol quemaba sobre las
espaldas, pero las vacas manchaban ya una gran extensión
del gris chamizal de la planicie. Algunas tomaban sombra al
pie de los arabiscos. No había ya sino que arrear a las rezagadas y recorrer los escondrijos por última vez. En las encañadas húmedas, los aromáticos chirimoyos aparecían floridos
o cargados de frutos. No se necesitaba buscar mucho para encontrarlos maduros y saciar un poco el hambre. De lejos, de
muy lejos, llegaban ecos de los gritos de los otros repunteros,
empeñados por la encañada del río Ocros, en reunir los asnos
salvajes. Esos sí tenían que sudar duro, ciertamente.

Bajando una inclinada ladera, varias vacas se echaron
a correr hacia una quebrada distante. Si lograban meterse allí
sería tarea difícil sacarlas, de manera que se abrieron Adrián
y tres más, a carrera tendida, para rodearlas y hacerlas regresar. Adrián tomó por un senderillo que subía sobre unas
rocas desde las cuales el caballo hizo rodar piedras que adqui-

rieron una velocidad vertiginosa por la pendiente. Una de ellas,
redonda y grande, como una chirimoya, rebotaba al chocar
contra las rocas, sin romperse.

— ¡Cuidao!..

La galga pasó zumbando sobre la cabeza del potro que
montaba Cayo.

Aceleraron el galope las vacas y los repunteros lo hicieron
también. Adrián iba agachado, recibiendo en el sombrero de
junco el golpe de espinosas ramas que le habían desgarrado
el rostro.

— ¡Cuidao, cuidao!...

¿Más galgas? Adrián levantó la cabeza y comprendió
de golpe. Su caballo galopaba hacia unos arabiscos enormes
contra cuyos brazos le iba a estrellar la cabeza. Ya era tarde
para desviarlo en un sendero bordeado de uñegatos o para
detener el desbocado galope, de modo que Adrián extendió
los brazos y se abalanzó hacia la primera y gruesa rama, fir-
memente. El caballo pasó por debajo y el muchacho se quedó
prendido del árbol como un simio. A la distancia, resonaban
las carcajadas de los compañeros que ya habían dominado a
las vacas y las regresaban mientras Adrián, en juvenil alarde
de destreza, se escurría hacia el tallo y descendía suavemente.
Después fué en busca de su caballo que se había detenido a
corto trecho.

El rubí del sol se engastaba en los lejanos cerros cuando
los quince repunteros llegaron a la planicie con las últimas
vacas.

— Hay que arrealas pal callejón, pa que no se escapen
de noche — dijo Antonio.

Las metieron en una gran abra bordeada de peñas, repar-
tiéndose ellos a la salida, por grupos. De las alforjas brotaron
los mates y las cecinas y la harina juntamente con pequeños
tarros, que colocaron sobre tres piedras, recibiendo el calor
de las fogatas que brillaban alegremente en la oscuridad tendida ya como un toldo sobre el abra. Cerca, ramoneaban los
caballos y miraban los perros, y adentro, agitando el cañón
con un ir y venir inquieto, mugían y se peleaban las vacas
prisioneras. A ratos, algunas avanzaban con el propósito de
escurrirse entre los grupos y escapar, pero los rodeadores y
los perros distinguíanlas pronto y pedradas certeras y ladridos pertinaces las obligaban a entroparse nuevamente.

Entre mugidos y relinchos, sorbieron la sopa «mascadita» con las cecinas asadas en ese momento y la cancha reventona que llevaron ya preparada. De igual modo, una olorosa gallina frita, un picante revuelto de papas con cuy, se brindaban en el centro de los círculos de comensales pregonando la habilidad de femeninas manos. Y después gustaron de la coca y repartieron los turnos para la guardia de la noche y acomodaron sus camas en caronas y ponchos. Una leve claridad anunció la salida de la luna. Pesaba el cuerpo cansado. Cuando uno de los repunteros vigilantes pidió a Amadeo Illas que contara un cuento, no obtuvo respuesta. Amadeo ya estaba dormido...

Al día siguiente el arreo hasta el caserío tuvo iguales o parecidas peripecias que el rodeo mismo. Casi todas las vacas, renunciando a la resistencia, caminaban de manera obediente, pero las pocas montaraces daban bastante que hacer. Hubo un momento en que casi cunde el mal ejemplo. Y el sol ya iba de bajada cuando el repunte, levantando polvo, lustroso de sudor y rumoroso de pezuñas, entró por la calle real y algunos comuneros se apostaron cerrando el paso junto a la puerta del corralón de vacas. Entraron, pues, y el corralón se llenó de una variopinta masa palpitante. Más allá estaban, también repletos, los corrales de yeguas y asnos. Rosendo Maqui y los regidores, de pie sobre una de las gruesas paredes de piedra, hablaban de la faena. Todas las pircas soportaban curiosos. Los niños daban gritos y las mocitas no sólo miraban el ganado sino también a los viriles repunteros que volvían de los campos con el rostro atezado por el sol y el sereno y la voz más ronca.

Estaban en los corrales y entraron también al de vacas, muchos rodeadores de Umay y vecinos de Muncha que habían recibido aviso de Rosendo. Desentropaban y se llevaban los animales de esa hacienda y los propios a fin de echarlos a los rastrojos, darles sal, marcarlos, amansarlos... Los vecinos de Muncha acostumbraban pagar un sol al año por cabeza de ganado que pastara en tierra de la comunidad. En cambio, don Alvaro Amenábar jamás había querido pagar nada, alegando que la comunidad debía impedir que el ganado ajeno entrara dentro de sus linderos. Pero él no aplicaba tal teoría en su hacienda. Cuando sus repunteros encontraban un animal extraño en las tierras de Umay lo llevaban preso y don Alvaro no lo soltaba por menos de cinco soles, que era el precio que cobraba por un año de pastos. Rosendo había pensado siempre en este proceder encontrándolo inconcebible no sólo como asunto moral sino como fenómeno de ambición en un hombre que tenía tierras desocupadas de una amplitud que cubría la mitad de la provincia. En fin, que por vacas, burros y caballos de los «chuquis» el alcalde recaudó ciento ochenta soles, en tanto que, como todos los años, la animalada de Umay — quizá quinientas cabezas — partió entre repunteros tardos que no dejaron nada.

Porfirio Medrano, que estaba junto a Rosendo, comentó:

— El rico es siempre el rico y la plata, por más que pese, no baja...

El alcalde afirmó, haciendo una de esas frases que ha muchos años comenzaron a distinguirlo:

— Y si la plata baja, es pa caer al suelo y que el pobre se tenga que agachar a juntala...

El caso es que los corralones ralearon y podía contarse, fuera de los animales de labor, unas treinta vacas, más veinte yeguas y quizá un número igual de burras. Era el ganado de cría perteneciente a la comunidad. Después de la plétora, puede parecer muy escaso. Lo era para tanto trajín, pero no para la esperanza. Rosendo decía:

— No hay que vender. Los machos los necesitamos pal trabajo y las hembras pal aumento... Que lleguemos a cien... Con cien vacas, descontando rodadas, comidas po el oso y robadas, se puede vender unas veinte al año, sin retroceder en la crianza ni amenguar el trabajo de la tierra... Es lo que digo. Lo mesmo con los otros animales. ¡El platal! Aura ya habrá escuela...después se podrá mandar a los muchachos más güenos a estudiar... Que jueran médicos, ingenieros, abogaos, profesores... Harto necesitamos los indios quien nos atienda, nos enseñe y nos defienda... ¿Quién nos ataja? ¿Po qué no lo podemos hacer? Lo haremos... Otras comunidades lo han hecho... Yo ya no lo veré...ya soy muy viejo... Pero ostedes, regidores, háganlo... ¿No es güeno? ¿Quién dice que no? Hay que decile a todos lo mesmo... Todos comprenderán...

Los regidores aprobaron y Goyo Auca dijo su «cierto, taita» con un acentuado tono de reverencia.

Ajeno a la conversación y a los altos destinos, pasó Augusto Maqui, jinete en su bayo, agitando el lazo tras un potro galopante. Lo cogió y luego lo detuvo de un súbito y vigoroso tirón. Marguicha estaba sobre un muro, atisbando, y ya no recordaba a Demetrio.

Se abrió un portillo en la cerca de piedra que guardaba el maizal y el ganado entró. Ganándose, vorazmente, caballos, vacas y asnos acometieron el rastrojo. Luego se calmaron y un lento mugido o un relincho breve denotaban la satisfacción.

*
* *

Es el sol hecho trigo y es el trigo hecho gavillas. Es la siega. Fácil y dulce siega sobre el manto pardo de la tierra. Las hoces fueron sacadas del alero, donde estaban prendidas, y llevadas al trigal. Ahora cortan produciendo un leve rumor, y las rectas pajas se rinden y las espigas tiemblan y tremolan con todas sus briznas mientras son conducidas a la parva. Los hombres desaparecen bajo los inmensos cargamentos de haces, que se mueven dando la impresión de que andan solos. Mas se conversa y se ríe bajo ellos. En la era el pilón crece y los recién salidos cargadores beben un poco de chicha y tornan hacia donde los segadores merman y merman la altura de un muro que no se derrumba sino que va retrocediendo. Ya está todo el trigal en la parva. Un pilón circular, alto y de rubia consistencia, es la fe de los campesinos que se curvaron todo el año sobre la tierra con un gesto que se han olvidado de atribuírselo a Dios.

Al día siguiente es la trilla. La parva está a la entrada del caserío. Trepan al pilón muchos indios con sus horquetas de palo y arrojan sobre la batida arcilla apisonada las primeras porciones de espigas. La yeguada que estuvo en el maizal, ingresa, y en torno a la circunferencia de la era se colocan todos los comuneros — hombres, mujeres, niños —, cogidos de una cuerda formada por varios lazos apuntalados. Son un cerco viviente y multicolor. Y los trilladores, jinetes en los mejores potros, beben la ración de chicha que ha de encandilarlos y entran saltando la cuerda. Y la trilla comienza. Comienzan los gritos, el galope, el trizarse de las pajas y el desgranarse de las espigas. El sol del tiempo de cosechas no falta. El sol se solidifica en el pilón y cae y se disgrega hasta llegar a los pies de los que sostienen la cuerda. La chicha da vueltas, en calabazas lustrosas, regalando a todos. Los jine-

tes gritan, la yeguada corre, trilla el sol, trilla el corazón, tri-
llan los cerros. El alma se alegra de chicha, de color, de voz y
de grano. Para describir aproximadamente el aspecto de una
trilla andina es necesaria la palabra *círculoiris*. Uno de los corredores, el de más claro acento, da un grito alto, lleno, casi
musical, «uuuaaaay» y los demás, según su voz, responden
en tono más bajo: «uaaay», «uoooy»... «uaaay», «uoooy»...
«uaaay», «uoooy»..., formando un coro que se extiende
por los cerros. De cuando en cuando, algunos jinetes salen
y otros entran a reemplazarlos con energía y voz fresca. Uno
de ellos está por allí, desmontado ya, borracho perdido de
contento y de licor, mirando siempre el espectáculo de la parva. Uno de sus hijos, pequeño todavía, se le acerca a preguntarle:

— Taita, ¿por qué gritan así, como llamándose, como res-
pondiéndose?

— Es nuestro modo de cantar...

Sí: a quienes la naturaleza no les dió voz para modular
huainos o facultades para tocar instrumentos, les llega, una
vez al año, la oportunidad de entonar a gritos — potentes y felices gritos — un gran himno. Es el himno del sol, que se hizo
espigas, y ahora ayuda en la trilla. Es el himno del fruto que
es fin y principio, cumplimiento hecho grano y anunciación
en el prodigio simple de la semilla. El himno del esfuerzo
creador de la tierra y la lluvia y los brazos invictos y la fe del
sembrador, bajo la égida augusta del sol. El himno del diná-
mico afán de tronchar pajas y briznas para dejar tan sólo,
granada y presta al don, la bondad de la vida. Es, en fin, el
himno de la verdad, del alimento, del sagrado alimento del
hombre, que tiene la noble eficacia de la sangre en las venas.

Ya el pilón terminó y se dan las últimas vueltas. Sale
la yeguada, y los indios provistos de horquetas echan hacia
el centro la paja, y las indias, con grandes escobas de yerbasanta, barren, también hacia el centro, hasta el último grano... Una colina de blanda curva, en la que se derrite el crepúsculo, indica el final de la faena. Hace rato cayó la cuerda
de lazos, se deshizo la rueda multicolor, los gritos se apagaron.
Y cuando todo parece que se va a entristecer entre la sombra
creciente de la noche, surgen los trinos de las arpas y el zumbido de los rústicos violines; la melodía de las flautas y las
antaras; trema el redoble de los tamboriles y palpita profun-

damente el retumbo del bombo. Se come y se bebe. Y más
tarde, en una penumbra que luce estrellas y luego a la luz
de la luna, siguen sonando los instrumentos y se alzan voces
que entonan danzas. Y los hombres y las mujeres se vuelven
ritmo jubiloso en el diálogo corporal de entrega y negación
que entabla cada pareja bailadora de huaino...

*
* *

Se desgranó el maíz y se realizó la ventea del trigo. Y
la ventea fué larga y lenta, como cabe esperar de la ayuda de
un viento remolón que necesita que lo llamen.

—Viento, viento, vientooooo... —rogaban las mujeres con un dulce grito. Y los hombres lo invitaban con un silbido peculiar, de muchas inflexiones al principio y luego alargado en una nota aguda y zumbadora como el rastro sonoro
de la bala.

Por rachas llegaba el viento comodón, agitando poderosas alas, y las horquetas aventaban hacia lo alto la frágil colina; el viento llevaba la paja dejando caer el grano. Cuando
la paja gruesa terminó, las horquetas fueron reemplazadas
por palas de madera. Y cada vez granaba más la parva y del
aire caía un aguacero de trigo. El viento formaba un montón
de paja un poco más lejos.

Durante las noches, grupos de comuneros hacían fogatas
con porciones de paja venteada y en ellas asaban chiclayos.
Parlaban alegremente saboreando las dulces tajadas y después
masticaban la coca mientras alguien contaba un cuento. Una
vez, Amadeo Illas fué requerido para que narrara y contó la
historia de *Los rivales y el Juez*. En cierta ocasión la narró en
el pueblo y un señor que estuvo escuchando dijo que encerraba mucha sabiduría. El no consideraba nada de eso, porque no sabía de justicia, y solamente la relataba por gusto.
Se la había escuchado a su madre, ya difunta, y ella la aprendió
de un famoso narrador de historias apodado Cuentero.

Amadeo Illas era un joven lozano, de cara pulida, que usaba hermosos ponchos granates a listas azules tejidos por su
también joven mujer. Despuntaba como gran narrador y algunos comuneros decían ya, sin duda con un exceso de entusiasmo, que lo hacía mejor que los más viejos cuenteros de

Rumi. De todos modos, tenía muchos oyentes. Así es la historia que contó esa vez.

Un sapo estaba muy ufano de su voz y toda la noche se la pasaba cantando: toc, toc, toc... y una cigarra estaba más ufana de su voz y se pasaba toda la noche y también todo el día cantando: chirr, chirr, chirr... Una vez se encontraron y el sapo le dijo: «Mi voz es mejor». Y la cigarra le contestó: «La mía es mejor». Se armó una discusión que no tenía cuándo acabar. El sapo decía que él cantaba toda la noche. La cigarra decía que ella cantaba día y noche. El sapo decía que su voz se oía a más distancia, y la cigarra decía que su voz se oía siempre. Se pusieron a cantar alternándose: toc, toc, toc...; chirr, chirr, chirr... y ninguno se convencía. Y el sapo dijo: «Por aquí, a la orilla de la laguna, se para una garza. Vamos a que haga de juez». Y la cigarra dijo: «Vamos». Saltaron y saltaron hasta que vieron a la garza. Era parda y estaba parada en una pata, mirando el agua. «Garza, ¿sabes cantar?», gritó la cigarra. «Sí sé», respondió la garza echándoles una ojeada. «A ver, canta, queremos oír cómo lo haces para nombrate juez», dijo el sapo. La garza tenía sus intenciones y respondió: «¿Y quiénes son ustedes para pedirme prueba? Mi canto es muy fino, despreciables gritones. Si quieren aprovechen mi justicia; si no, sigan su camino». Y con gesto aburrido estiró la otra pata. «Cierto —dijo el sapo—, nosotros no tenemos por qué juzgar a nuestro juez». Y la cigarra gritó: «Garza, queremos únicamente que nos digas cuál de nosotros dos canta mejor». La garza respondió: «Entonces acérquense para oírlos bien». El sapo dijo a la cigarra: «Quién sabe nos convendría más no acercarnos y dar por terminado el asunto». Pero la cigarra estaba convencida de que iba a ganar y, dominada por la vanidad, dijo: «Vamos, tu voz es más fea y ahora temes perder». El sapo tuvo cólera y contestó: «Ahora oirás lo que es canto». Y a grandes saltos se acercó a la garza, seguido de la cigarra. La garza volteó y ordenó al sapo: «Canta ahora». El sapo se puso a cantar, indiferente a todo, seguro del triunfo, y mientras tanto la garza se comió a la cigarra. Cuando el sapo terminó, dijo la garza: «Ahora, seguirá la discusión en mi buche», y también se lo comió. Y la garza, satisfecha de su acción, encogió una pata y siguió mirando tranquilamente el agua...

Los grupos volvían al caserío y en la parva quedaban solamente Fabián Caipo y su mujer, para impedir que el grano fuera pisoteado. El rastrojo de trigo había sido abierto también

y, día y noche, el ganado deambulaba libremente por las chacras y el caserío. Reinaba plena intimidad entre los animales
y los hombres.

Cierta noche, Marguicha y Augusto encontraron que se
estaba muy bien sobre el gran montón de paja y retardaron su
vuelta. Era una hermosa hora. La gran luna llena, lenta y redonda, alumbraba las faldas tranquilas, el caserío dormido, los
cerros altos, el nevado lejano y señero. Un pájaro cantó en la
copa de un saúco. Cerca, junto a la paja, un caballo y una
yegua entrecruzaban sus cuellos. El amor tierno de la noche
sin duda, unía a Fabián y su mujer, bajo su improvisada choza
amarilla. Y Augusto, sin decir nada, atrajo hacia sí a Marguicha y ella le brindó, rindiéndose gozosamente, un hermoso
y joven cuerpo lunado.

*
* *

Se hizo el reparto de la cosecha entre los comuneros, según sus necesidades, y el excedente fué destinado a la venta.

Y como quedara un poco de trigo que alguien derramó,
regado por la plaza, Rosendo Maqui se puso a gritar:

— Recojan, recojan luego ese trigo... Es preferible ver
la plata po el suelo y no los granos de Dios, la comida, el bendito alimento del hombre...

*
* *

Así fueron recogidos de la tierra, una vez más, el maíz y
el trigo. Eran la vida de los comuneros. Eran la historia de
Rumi... Páginas atrás vimos a Rosendo Maqui considerar
diferentes acontecimientos como la historia de su pueblo.
Es lo frecuente y en su caso se explica, pues para él la tierra es
la vida misma y no recuerdos. Esa historia parecía muy nutrida. Repartidos tales sucesos en cincuenta, en cien, en doscientos o más años — recordemos que él sólo sabía de oídas
muchas cosas—, la vida comunitaria adquiere un evidente
carácter de paz y uniformidad y toma su verdadero sentido

en el trabajo de la tierra. La siembra, el cultivo y la cosecha son el verdadero eje de su existencia. El trigo y el maíz — «bendito alimento» — devienen símbolos. Como otros hombres edifican sus proyectos sobre empleos, títulos, artes o finanzas, sobre la tierra y sus frutos los comuneros levantaban su esperanza... Y para ellos la tierra y sus frutos comenzaban por ser un credo de hermandad.

VI

EL AUSENTE

Marchaba hacia el sur, contra el viento, contra el destino. El viento era un viejo amigo suyo y pasaba acariciándole la piel curtida. El destino se le encabritaba como un potro y él cambiaba de lugar y marchaba y marchaba con ánimo de doblegarlo. Toda idea de regreso lo aproximaba a la fatal·dad. Sin embargo, era dulce pensar en la vuelta. Sobre todo en ese tiempo en que veía espigas maduras y maizales plenos. Los comuneros estarían trillando, gritando, bailando... Rumi también lo extrañaba y durante los días siguientes a la cosecha, recordándolos, advertía la ausencia de Benito Castro y que nadie, nadie sabía dónde se hallaba. Era penoso. Benito se sentía muy abandonado y en el camino largo, su caballo — antiguo comunero — eia el consuelo de su soledad.

— ¡Ah, suerte, suerte! Paciencia no más, caballito...

Abram Maqui le había enseñado a domar. Menos mal que a Augusto parecía gustarle también. El lo dejó queriendo aprender, tratando de sujetarse. Bueno era tener su caballo y entenderse con él como se entendía con Lucero. Lucero era blanco, tranquilo sin ser lerdo, y le había puesto ese nombre recordando a la estrella de la mañana. Cuando lo palmeaba en la tabla del pescuezo, el caballo le correspondía frotándole la cabeza contra el hombro. Habían caminado mucho juntos. y las leguas dan intimidad.

Cruzaron varias provincias y pararon por primera vez
en las serranías de Huamachuco. Benito Castro se contrató
de arriero en una hacienda. Esa era la historia de caminar
para volver al mismo sitio, o sea el atolladero de la pobreza,
pero no importaba. Había que hacer algo y él lo hacía. Cuando
sucedió que vino la fiesta de carnavales y la peonada de la hacienda se puso a celebrarla, de mañana se paró un *unshe*, o
sea un árbol repleto de toda clase de frutas — naranjas, plátanos, mangos, mamayes — y de muchos objetos verdaderamente codiciables: pañuelos de colores, espejitos, varios pomos de Agua Florida, una que otra cuchilla, algún rondín. Los
pomos estaban amarrados en el tallo para que las ramas los
defendieran del golpe. Hombres y mujeres, intercalados y to-
mados de las manos, formaron rueda y se pusieron a dar vueltas en torno al árbol. En él los frutos se mecían con lentitud y
brillaban y coloreaban los objetos. Era un precioso árbol. Un
hombre que estaba al pie, provisto de una banderola verde, se
puso también a dar vueltas, pero en sentido contrario a los que
formaban la rueda, cantando con gruesa voz, versos chistosos:

> *Ya se llegó carnavales,*
> *guayay, silulito,*
> *la fiesta de los hambrientos*
> *como yo.*

Esa era la danza del Silulo. Después de cada verso, venía
el estribillo...

> *A la una y a las dos*
> *y a las tres, ahí es, ahí es;*
> *a las cuatro y a las cinco*
> *y a las seis, vuelvo otra vez...*

En ese momento daba vuelta en dirección contraria a la
que llevaba y lo mismo tenía que hacer la rueda. Esta se
iba animando. Luego proseguía el cantor, repitiendo un buen
rato:

> *Ahora lo digo, lo voy a decir,*
> *Ahora lo digo, lo voy a decir...*

Los de la ronda esperaban nerviosa y alegremente y él
al fin lo decía con un grito:

— *¡Unos con otros!*

Entonces los rondadores se abrazaban formando parejas y como el total de participantes formaban un número impar, siempre había alguno que se quedaba solo. Ese tenía que acercarse al árbol, coger un hacha y sacarle unas astillas. El primero en quedarse solo fué Benito, que no tenía amigas, pero después de dar sus hachazos se le acercó una china ya madura y buenamoza.

— Le haré pareja, don Benito, pa que no se güelva a quedar...

La ronda continuó y continuó el canto.

> *Me gustan los hombres bravos,*
> *guayay silulito,*
> *que con tremendos puñales,*
> *silulo,*
> *se meten a los corrales,*
> *guayay silulito,*
> *y gritan: «¡mueran los pavos!»,*
> *silulo...»*

Se reía y calculaba la caída del árbol. Muchos, para hacerse broma, abandonaban sus parejas y así resultaba dando hachazos quien menos se esperaba. El que derribaba el árbol tenía que parar otro el año próximo. Y al fin cayó el árbol y todos, entre empellones, caídas y risotadas, se abalanzaron sobre él. Benito era fuerte y conquistó un pomo de Agua Florida, dos pañuelos y una cuchilla. Todo, menos la cuchilla, se lo regaló a su pareja, que resultó llamarse Juliana. Ella le contó que no tenía marido y que vivía junto a una hermana casada. El, que estaba solo y había caído por allí a buscarse la vida.

—¡No tiene mujer que lo atienda y busca la vida...!— dijo su amiga.

Todo iba resultando bien, pero en la tarde se corrió un gallo. Quien lo puso anunció que el premio era de treinta soles y ello había atraído muchos participantes y espectadores. Los peones con sus familias estaban formando calle frente a la casa del gallero. Sobre dos postes muy altos, tendíase una soga que corría por una argolla fija en una de ellas. Dando al

centro de los postes, colgaba de la soga un canasto pequeño
y fuerte, hecho de lonjas de madera elástica, cubierto con un
trapo grueso bien cosido. Por un lado, asomaba apenas la cabeza de un gallo. Un hombre, parado al pie del poste de la
argolla, manejaba la soga. El gallero se situó en el centro de
la concurrencia y gritó:

— ¡Hay treinta soles en la canasta!... ¡Los que quieran
correr! El galope será volteando po esa loma pelada y dispués
po esos eucaliptos...

Se presentaron diez jinetes, luciendo de la mejor manera
posible sus caballos, para infundirse respeto unos a otros. Benito se dijo: «¿Treinta soles? Voy a probar con mi Lucero».
El de la soga la jalaba agitando el canasto y el canasto sonaba
metálicamente, dando ganas. El gallo, de rato en rato, soltaba un grito de alarma. Y cholos e indios miraban a los participantes, comentando la velocidad de los caballos y el vigor de los jinetes. Cruzaban apuestas. Y los jinetes excitaban
a los potros, corriendo por un lado y otro, y de paso consideraban el terreno a recorrerse. Era quebrado e inclusive había
que trepar una cuesta, para voltear la loma y luego ir hasta
los eucaliptos, bajar de regreso y caer en espacio llano para
avanzar hasta el punto de la partida. En eso llegó el dueño
de la hacienda, con su mujer y sus hijas, a contemplar la justa.
Una de las señoritas miró a Benito y le dijo con una sonrisa:
«Tú vas a ganar». Ojalá, pero Benito no las tenía todas consigo. Había un cholo alto, jinete de un zaino fogoso y grande,
que cambió una mirada con el hombre de la soga. Y la partida comenzó. Los jinetes, desde cierto lugar, salían al galope
y entraban a la calle formada por los espectadores. El canasto
estaba al alcance de la mano, pero en el momento en que el
jinete estiraba el brazo, el soguero daba un rápido tirón, ale-
jándolo hacia lo alto. Al principio, se vió que no permitía ninguna oportunidad y hacía eso para prolongar la fiesta. Luego, fué soltando. Había que ser rápido, tener buena vista y
calcular lo justo para poder, en pleno galope, atrapar el canasto. Su resistente asa estaba sujeta a la soga por un cordel
rompible. Pasaban una y otra vez los jinetes, redoblando en la
dura tierra, el gallo parecía fugar hacia el cielo, sonaba la plata, gritaban los espectadores, menudeaban las apuestas. «¡Tres
soles al del caballo blanco!» «¡Pago!» «¡Ocho soles al del zaino!»
«¡Pago!» Algunos jinetes lograban dar una manotada al canasto. El del zaino era quien más repetidas veces lo hacía. Todos

gritaban al verlo galopar hacia el gallo: «¡Aura!» Hasta que al
fin, el jinete del zaino ciertamente, lo arrancó. Lo arrancó y
siguió galopando y los otros jinetes partieron tras él y dos,
de entrada no más, se fueron quedando, pero los demás ya se
le aproximaban a pesar de todo. Perdió distancia al meterse
a una quebrada y la ganó de nuevo al salir y otra vez la fué
perdiendo en la cuesta. Los perseguidores se le acercaban levantando una nube de polvo. Los mirones gritaban, aunque
los corredores, tan alejados, no pudieran oírlos: «¡zaino!»,
«¡blanco!», «¡corre!» El ganador dió vuelta a la loma, solo,
pero ya se le acercaba uno de caballo negro y se le ceñía y cogía
el canasto. Se les vió forcejear en pleno galope hasta que el
del negro salió de la montura, cayó y tuvo que soltarse. En la
lucha había perdido terreno el del zaino y ya llegaban los otros
y rodeaban los eucaliptos casi juntos y comenzaban la bajada.
Tres potros violentos rodaron cortos trechos por la pendiente
y todos temieron por los jinetes, pero ellos se pusieron en pie
y fueron en pos de sus animales. Otros, de verse muy retrasados, habían ido abandonando la partida. Sólo quedaban en
la brega el ganador, Benito Castro y otro que montaba un
canelo. De bajada casi todos los caballos son iguales y el blanco se acercó al zaino. Llegaron al llano juntos y, antes de perder ventaja, Benito se ciñó y agarró el canasto.

El poseedor, un cholo prieto, le echó una mirada de relám-
pago, y dió un violento jalón. Tenían fuerza ambos y se la sintieron desde los pies hasta los pelos. Jadearon, se remecieron
ajustando las piernas para afirmarse y echando el cuerpo hacia
un lado para aumentar la potencia del esfuerzo. Y los caballos
corrían lado a lado hasta que de repente, en forma sorpresiva,
Benito dió un jalón de riendas y su caballo volteó hacia la
derecha y el otro jinete, desprevenido para resistir esa maniobra, salió de la montura y cayó al suelo. Trató de sostenerse,
pero Benito aceleró el galope y el rival tuvo que soltarse del
canasto para no ser arrastrado sobre unas espinosas tunas
que surgieron al paso. El competidor restante logró acercarse,
pero no puso mucho empeño en atrapar el canasto y Benito
Castro pasó entre los postes, saludado por los gritos de júbilo y vivas, triunfante. La cabeza del gallo colgaba inerte.
Todos afirmaban que había sido una excelente carrera, muy
rápida, con dos atracos y tres revolcones, y el mismo patrón
se acercó al ganador y le regaló un cheque de a libra diciendo:
«De esos brazos quiero en mi hacienda». Juliana llevó chicha

a Benito y ambos, entre un círculo de curiosos, descosieron
la cubierta. Ahí estaban los treinta soles, contantes, y desde
luego el gallo muerto.

Ya llegaban los perdedores, a tranco calmo, y Benito, al
dar un vistazo al cholo del zaino, comprendió que la partida
no terminaba todavía. Estaba demudado y lo miraba con unos
ojos inyectados que parecían coágulos de sangre. No le faltaría pretexto para armar pleito, pues en la noche se realizaría
un baile. Y Rosendo le había dicho: «Si algo merezco de ti,
que sea un ofrecimiento: no meterte en lo que no convenga».
El se lo había ofrecido y he ahí que ahora iba a pelear sin duda
y nadie sabe en lo que acaba una pelea. Esa cuchilla que ganó
en el *unshe* era quién sabe un presagio. Quedaría perseguido
de nuevo, más inculpado. De todos modos, convenía que su
caballo descansara un poco y, yéndose a la casa-hacienda,
donde vivía, lo desensilló y llevó al pasto. Después buscó a
Juliana: «Vámonos, ya estoy aburrido aquí». Y ella, que como
mujer que era se había dado cuenta, le dijo: «¿Tienes miedo
de pelear?» Benito hubiera querido vencer al rival delante de
ella, pero después pensó que no era cosa de arriesgarse por una
caprichosa. Al oscurecer, ensilló y, sin que dejara de moles-
tarle la idea de que lo pudieran considerar un cobarde, se fué.
Hacia el sur, cada vez más lejos...

Nada le ocurrió durante varios años, salvo la marcha.
Y un trabajo de salario exiguo. No dejaba de buscar por un
lado y otro la buena fortuna. Todas las haciendas eran iguales,
en todas daban para subsistir, pero no para vivir. A veces lograba que le confiaran un caballo para domarlo y cobraba
veinte soles, pero sucedía muy raramente, pues los campesinos
lo consideraban siempre un forastero y temían que de un día
a otro desapareciera llevándose el caballo. Así cruzó los Andes
del departamento de la Libertad llevándose muchos paisajes
en las retinas y un dolor sordo que le iba enturbiando la vida.
Algunas mujeres lo amaron un poco en la inconsciencia de las
orgías de feria. No las recordaba. Sí recordaba una cuesta
muy larga, muy escarpada, muy dura, llamada Salsipuedes.
El y Lucero creían saber mucho de cuestas, pero fué en ésa
donde lo aprendieron de verdad. También recordaba un pequeño pueblo llamado Mollepata, edificado en zona de muy buena
arcilla, donde todos los habitantes eran olleros. En los patios
de las casas, en la plaza del pueblo y en los lugares planos de
las cercanías, había cántaros, botijas, platos y ollas de barro.

de todas las formas y tamaños, secándose al sol. Ese era un raro mundo de formas lisas y redondas. En los corredores se veía a mollepatinos, delante de pequeños tornos y grandes montones de arcilla negra, dedicados a su trabajo. En las afueras del pueblo, quemaban los objetos secos, que adquirían entonces su color rojizo, y luego los embalaban en grandes cestos rellenos de paja que llevaban a los pueblos en lentas piaras de burros. También recordaba...bueno, varios hechos menudos de la vida.

Un día, sin que se lo hubiera propuesto de modo especial, llegó al famoso Callejón de Huaylas, en el departamento de Ancash. Hacia un lado corría la Cordillera Negra, de pichachos prietos y entrañas metálicas, y hacia el otro lado, la Cordillera Blanca, más alta, coronada de eterna nieve esplendente y tan escarpada que apenas dejaba unos cuantos portillos para el paso del hombre. Allí señoreaba el inaccesible Huascarán. Una yanqui, miss Peck, había logrado, en esos tiempos, subir a una de las cumbres inferiores llamada desde entonces Cumbre Peck... ¡Vaya con la gringa tan hombre!

Y entre las cordilleras, inabarcable con la mirada, largo como para cruzarlo en muchas semanas activas, se extendía el Callejón de Huaylas. Denso de valles, de faldas, de haciendas, de ciudades, de pueblos, de caseríos, de indios. El paisaje era muy hermoso y la vida del hombre muy triste. Los indios hablaban quechua y unos pocos el castellano. Todos trabajaban para los hacendados o los mandones de los pueblos. El trabajo era más fuerte que en el norte y el salario menor. A ver, pues, qué iba a hacer. Cortó caña en una hacienda, segó trigo en otra y en una tercera fué mozo de cuadra. Menos mal que Lucero engordó con buena alfalfa. Cierta vez, se perdió de un potrero una partida de vacas y llevaron presos, como sospechosos, a dos indios colonos de la misma hacienda. Los metieron en una celda de piedra, llena de barro y porquería, y durante la noche, entre el hacendado y cinco caporales, los condujeron a un galpón. Benito Castro lo vió todo desde un cuarto próximo, en el que dormía. Era una clara noche de inmensas estrellas, pero el corazón de los gamonales estaba muy negro. Todos tenían revólveres al cinto y los sacaron metiéndoselos a los amedrentados indios entre los dientes. «¡Declaren!» Los indios apenas si podían hablar con una lengua que tropezaba con los cañones: «Estuvimos en pueblo, taita, no robando nosotros. ¡Quién serán ladrones judidos!»

El hacendado dijo a uno de sus caporales: «Si no quieren a buenas, mételes los palitos». Ese caporal, hombre grueso y basto, de ojuelos perdidos en una cara redonda, sacó una manilla de pequeños maderos y se los introdujo al más próximo de los indios entre los dedos de una mano. La otra le fué sujeta. «Ajusta». El caporal apretó a dos manos y el indio, contorsionándose de dolor, bramó, ululó. Todo el silencio de la noche pareció gemir de pavura. Al fin lo soltaron. Y el otro, que alargó la mano temblando bajo los cañones que le apuntaba la tropa, fué torturado a su vez. Hasta las piedras parecían quejarse, pero los atormentadores estaban impasibles. «¿Van a declarar ahora? Si no será peor». Y los indios, gimiendo: «No, taitas, no hemos robado». Unos perros ladraban a lo lejos. El hacendado dijo: «Tienen esta noche y mañana para pensarlo». Los indios insistían: «Taita, faltamos de nuestras casas por ir al pueblo llevando tejiditos de venta. Así jué, no hemos robado nosotros». Y el hacendado barbotó: «Piénsenlo bien: como no declaren, mañana los vamos a colgar de los testes». Se fué gruñendo su enojo y los caporales metieron a los indios en la misma pocilga, asegurándola con un cerrojo de fierro y un grueso candado. Cuando el rumor de los pasos se perdió en la lejanía, Benito salió de su cuarto y se acercó, sin hacer ruido, a la puerta de la celda. Los indios se quejaban y decían: «¿Te sigue doliendo?» «Sí, está hinchada la mano». «La mía tamién». «Y tan mal que nos jué: sólo sacamos tres soles de las alforjitas!» «¡Y aura penar po ladrones!» Benito Castro no dudó más. Buscó una barreta y palanqueó el cerrojo hasta hacerlo saltar. Y la noche se abrió con toda su claridad a la fuga de los indios y la de él mismo...

*

* *

Y así, marchando hacia el sur, contra el viento y el destino, viendo una vez más espigas maduras que le traían dulces recuerdos de la comunidad, llegó un día a un lugar llamado Pueblo Libre. Había comprado un tercio de alfalfa y estaba parado en una esquina de la plaza, dándosela a Lucero. De repente, sonaron unos gritos lejanos, que poco a poco se fueron acercando y ampliándose. Por último desembocó por una de las bocacalles, el tumulto de hombres y vítores de una manifestación.

11

— ¿Quiénes son? — preguntó a un mestizo que estaba por allí.

— Pajuelo y sus partidarios... El hace un mes que llegó. Quiere agrupar al pueblo y luchar contra los abusos.

— No está malo — dijo Benito.

Y fué, jalando su caballo, hacia el grupo, muy numeroso, que se había detenido junto al cabildo. Cuando llegó, un hombre moreno, de unos treinta años, que vestía un oscuro traje raído pero usaba corbata, trepaba sobre un cajón para pronunciar un discurso. Se irguió mirando a todos lados, luego fijó los ojos en sus partidarios, todos cholos e indios de poncho, y comenzó:

— Mis queridos hermanos de mi clase:

Ruego a mis oyentes me perdonen mi falta de una verdadera oratoria. Me concreto sólo a expresar con el corazón mis pensamientos a este pueblo humillado y escarnecido a cuyo seno correspondo yo. Yo soy el mismo niño, ya vuelto hombre, de raza india mezclada de algún blanco, que nació en Hueyrapampa, a pocas cuadras de aquí, dentro de los pañales humildes que le dieron un obrero minero y una costurera.

Cuando los primeros albores de mi razón, lo primero que distinguí fué el señorío de la injusticia reinante sobre los moradores pobres e indefensos de mi bendito pueblo, muy a pesar de llamarse Pueblo Libre. ¿De dónde venía aquella injusticia? Sencillamente de los malos gobiernos, como producto de la complicidad de los mandones y explotadores eternos distritales, que para desgracia de nuestro pueblo aún existen bajo los siniestros nombres de Gobernadores, Alcaldes, Jueces de Paz y Recaudadores. Estos individuos con careta de autoridades no son más que lobos con pellejo de corderos, que cada día ahondan más la miseria moral y material de nuestra raza. Estas autoridades de este distrito son explotadores e incondicionales instrumentos también de explotación de los gamonales. Los distritos son las pequeñas células de nuestra nacionalidad, donde en primer lugar se incuban los gérmenes del mal; estoy seguro que si en cada uno de estos diminutos pueblos, llegáramos a extirpar radicalmente el mal en toda su amplitud, llegaríamos a constituir una verdadera democracia llena de justicia y libertá...

—¡Bravo!

—¡Viva Pajuelo!

Siguieron más gritos y aplausos. El orador, cuya silueta
negra se recortaba nítidamente sobre un muro encalado, esperó que se acallaran y prosiguió:

—Como repito, en los primeros años de mi infancia,
todas las injusticias de este distrito se ensañaron en mis propias carnes y las de mis ancianos padres. Impotente para defenderme y aliviar en algo los sufrimientos de los de mi clase,
opté por abandonar mi terruño, frente a la posición insul-
tante de holgura de los gamonales y mandones, pero sí tuve
el cuidado de llevar un juramento escrito en mi corazón, de
volver algún día ya con las condiciones posibles de enfren-
tarme contra estos enemigos de mi pueblo. Juramento que vengo ensayando en diversos pueblos en mi peregrinaje, como un
desposeído de fortuna, de estar siempre al lado del débil y jamás al lado del fuerte, la razón, el porqué, llegado a estable-
cerme en la capital de provincia, no me alié con los gamonales
y mandones; no obstante de ser invitado, preferí arruinarme
económicamente y defender y luchar siempre a favor de los
pobres. Porque debo advertirles: fijarse mucho en aquellos
traidores de nuestra causa, que actualmente conviven con los
gamonales prestándose como instrumentos dóciles de opre-
sión a los de su misma clase, sin acordarse que también ellos
fueron unos harapos humanos como nosotros, que sólo su maldad y su servilismo los ha colocado en otra posición. A esta
clase de individuos deben tener bien marcados para no invo-
lucrar dentro de nosotros, y ustedes deben conocerlos mejor
que yo, puesto que yo he estado ausente...

—Cierto, cierto...

—Mueran los traidores...

—No queremos soplones...

Y Pajuelo, más firme y seguro de sí, como ocurre con todos los oradores cuando son aprobados:

—Mis queridos hermanos: me tienen ustedes a su lado
resuelto a luchar hasta el último con el fin de conseguir el res-
tablecimiento de nuestros derechos hollados por manos criminales. Tenemos como principales problemas de resolución
inmediata el agua, tierras y minas, que son fuente de riqueza
inmensa. Voy a ocuparme del problema del agua. En este distrito está, pues, establecido el servicio de mita bajo una dis-
tribución injusta, y veamos: la vecina hacienda de Masma,
de uno de tantos gamonales succionadores de riqueza agrícola
de nuestra jurisdicción, se ha adueñado de la mitad del tiempo

de servicio de agua dejando solamente un cincuenta por ciento
para la población y sus campiñas, con más el cinismo de que,
cuando los días que toca a la hacienda se lo hace secar la última gota de este elemento indispensable para la vida de estos moradores y cuando ya le toca el servicio al pueblo, entonces sí se aparta agua para sus animales, esto quiere decir que
los mezquinos intereses de aquella hacienda valen más que la
vida de un pueblo...

— ¡Bravo!

Los aplausos y los vivas fueron estruendosos. El grupo se
hacía muchedumbre. Al oír hablar del agua, todos los que escuchaban escépticamente en las vecindades acudieron a enterarse y ahora aplaudían. Benito y su caballo quedaron encerrados entre la masa. Y Pajuelo, más enérgico, con la corbata
desarreglada, una greña negra partiéndole la frente, y accionando con ambas manos, una de las cuales cerrábase dejando
libre el índice acusador:

— Debido a la ambición e injusticia de los famosos hacendados de Masma, los de este pueblo y sus campiñas tienen que
acumular en pozos de condición humilde para quince días de
cada mes para luego servirse de un agua corrupta, llena de mi-
crobios. Hé ahí el porqué la enfermedad y muerte prematura
de los infelices moradores. Debemos apuntar de inmediato a
los de Masma como responsables del estado de injusticia hasta
por el agua. La hacienda de Masma no solamente ha acapa-
rado el agua, sino también las tierras, asfixiando por su proximidad el desarrollo de los hijos de este pueblo llamado a ser
grande. Debemos perseguir...

Sonó un tiro de fusil, salido de quién sabe dónde, y Pajuelo
cayó de bruces sobre sus más cercanos oyentes. La muchedumbre gritaba: «¡Han muerto a Pajuelo!», «¿Quién?»,
«¿Quién?»... «¡Está muerto!» «¡Está sólo herido!»... La masa
se desbandó y sólo unos cuantos quedaron junto al herido,
que había sido colocado en el suelo. Manaba sangre de su
pecho, tiñéndole la camisa. El dijo: «Llévenme a casa de mi
madre. ¡Viva el pueblo!» En eso apareció el gobernador del
distrito, seguido de muchos hombres armados y apresó a cuantos estaban allí, conduciéndolos a la cárcel, excepción hecha
de Pajuelo, que fué enviado a su casa con centinela de vista.
Benito Castro también cayó.

Al día siguiente llevaron a los detenidos a la capital de la
provincia acusados de subversión. Gendarmes venidos espe-

cialmente y numerosos civiles armados los custodiaron durante el viaje. A los tres meses, quedaba preso únicamente Benito Castro, que no tenía dinero ni nadie que lo ayudase mediante alguna influencia regional. Además, su calidad de forastero despertaba muchas sospechas. Ya lo habían interrogado varias veces. Una tarde lo llamó el subprefecto a su despacho, una vez más:

—¿Así que no eres de aquí?

—Soy de Mollepata.

Mollepata estaba ya bastante lejos.

El subprefecto lo miró fijamente, filiándolo. Quijadas firmes, ojos negros y penetrantes, boca gruesa sobre la que negreaba un bigotillo erizado. El pecho era ancho y las manos grandes. El sombrero a la pedrada y un poncho terciado sobre el hombro daban a la figura un carácter gallardo.

—No eres un mal tipo, pero pareces un atrevido de primera.

—Señor: yo vivo en paz con la gente...

—¿Conociste a Pajuelo? Dicen que tú eras uno de sus secuaces y con él llegaste...

—No, señor, yo estaba dando alfalfa a mi caballo, y pregunté a uno que estaba ahí y él me dijo quién era don Pajuelo...

—Pero ¿estás de acuerdo con él?

—No sé, porque no conozco las cosas que hablaba: no me he informao de po acá como pa eso...

—Eres un vivo. ¿Y qué hacías por acá?

El subprefecto, un hombre blanco y bastante joven, que se había puesto traje de montar para dar la impresión de que estaba persiguiendo a los subversivos o mejor dicho a las terribles y demoledoras huestes de Pajuelo, quería enredar a toda costa al hombre sin influjos y presentar, al fin y a la postre, un culpable.

—Esperaba a don Mamerto Reyes pa arrear un ganadito a la costa.

Benito conocía a este negociante sólo de vista, pero se jugó, ya que, si decía la verdad, irían a caer con averiguaciones en la hacienda donde soltó a los indios y entonces nadie dudaría de su alianza con Pajuelo.

—Por tu facha, creo que ni conoces la costa...

—Juí hasta el mero Huarmey...arenalazo, señor. Al embarcar el ganao pa Lima una vaca se cayó al mar y la zonza nadaba pa allá creyendo que iba a dar a la otra orilla, hasta que se dió cuenta y regresó pa este lao...

Esa era una relación que escuchó a un peón de arreo y él la repetía sin mucha serenidad.

—Ajá... —dijo el subprefecto, dudando. Se puso a mirar su mesa de trabajo y luego un estante que estaba lleno de papeles.

Benito reclamó:

—Señor, y ni siquiera tengo qué comer. Se me acabó mi platita y no puedo comprar. Un gendarme hay medio güeno y él me pasa a veces lo que le sobra... A veces, también algún indio me convida un matecito con su mote... Pero hay, días que paso sin comer...

—Ya ves, pues, para qué te metes en sublevaciones. Ahora voy a definir tu situación... ¡Ramírez!

Entró un hombre joven, de cara pálida y traje de dril, que era el secretario de la subprefectura.

—Averigüe si pasa el telégrafo por el distrito de Mollepata. Si pasa, llame al gobernador y pida antecedentes de este hombre, que dice que es de allí... ¿Cómo te llamas? ¡Ah, Manuel Cáceres!

Salió el secretario, el subprefecto se puso a leer y firmar unos papeles y Benito maldecía su estupidez. ¡Si de lo primero que se acordó fué de Mollepata, acaso por las ollas! Debió mencionar una hacienda apartada. Ahora faltaba que...

El secretario entró:

—No pasa, señor. El distrito más cercano, con telégrafo, está a diez leguas...

—Hum... Entonces pregunte a los gendarmes si está en el pueblo o alrededores el negociante de ganado Mamerto Reyes.

Volvió a salir el secretario. Benito se puso muy triste. A la vista estaba que deseaban enredarlo. Ahora se descubriría todo y comenzarían a seguirle los pasos y tal vez llegarían al mismo Rumi, y... Pasaban los minutos.

—Señor —dijo el secretario entrando—, dicen que no han visto por aquí a don Mamerto y ni siquiera en el campo... Acaso esté en otra provincia...

—¡Este es un mentiroso con suerte!

—Señor —apuntó oficiosamente el secretario—, mejor sería esperar unos días. Los mollepatinos son gente sedentaria... olleros que no abandonan su industria... Este miente.

Además, cualquier día ha de llegar don Mamerto Reyes en persona...

— Sí, es lo que pienso...

Benito argumentó con calor:

— Yo me cansé de hacer ollas po que las cercanías están llenas de ellas y la gente las quiere regaladas. Si uno va a pueblos alejaos, no alcanza a hacer muchos viajes y cuanto más que las ollas se acaban de romper... Quise mejorar y vengo a caer preso y tovía a hambrearme...

Subprefecto y secretario se quedaron pensando. Benito miraba a través de los barrotes de la ventana. Se veía la plaza, el cielo azul, ancho, que brillaba sobre otros sitios mejores sin duda; el ir y venir de las gentes por las calles de piedra; la libertad... Insistió:

— ¿Qué haré aura? Seguro que don Mamerto contrató otro... Perdí mi trabajo y no tengo un cobre... Y tovía estoy de hambre...

El subprefecto dió una gran prueba de espíritu justiciero:

— Bueno, pues... Te voy a poner en libertad, pero te mandas mudar. No quiero agitadores en mi provincia...

Benito solicitó:

— Señor, mi caballito lo entroparon los gendarmes con los de ellos el día que llegamos... Ordenará usté seguro que me lo entreguen...

El subprefecto dió un puñetazo en la mesa:

— ¿Qué caballo? ¿A mí me has dado a guardar caballo? Reclámaselo a ellos. Y ándate pronto, antes de que me desanime de soltarte y te saque la insolencia...

Benito salió lentamente y preguntó al gendarme que era medio bueno por su caballo. El soltó una carcajada y le dijo que sería un verdadero loco si se metía con el subprefecto tratando de recuperar su caballo.

Benito se fué, pues. Ahí estaba la calle con su libertad... Caminar a pie es más duro cuando se tiene hambre. Las calles se abrían una tras otra a su paso, pero no sabía adónde ir. Y tenía hambre...

*
* *

Sufrió mucho de peón, por las haciendas. Recordaba a Rumi y tenía pena, y recordaba a Lucero, su último amigo, y tenía más pena todavía. ¡Y qué diferencia entre el trabajo realizado en las haciendas y el trabajo realizado en la comunidad! En Rumi los indios laboraban rápidamente, riendo, cantando y la tarea diaria era un placer. En las haciendas eran tristes y lentos y parecían hijastros de la tierra. Si aún les quedaban fuerzas, no les quedaba ya alma para nada.

Pasó el tiempo, y sin sospechar las graves cosas que sucedían en Rumi, Benito Castro estaba con cien indios colonos, en pleno invierno, hundido en la gleba y bajo un pertinaz aguacero, trabajando en las chacras del patrón. Los bohíos de los indios quedaban alejados, y por el tiempo que durara el cultivo, los trabajadores dormían en un galpón. Como Benito no tenía casa, pernoctaba siempre en ese galpón y así conoció a muchos indios de todos lados porque la hacienda era muy grande. Los indios hablaban quechua, pero, en general, poco hablaban. Benito fué aprendiendo ese idioma, que suena a veces como el viento bravo y otras como el agua que corre bajo la tierra, y les entendía la parla triste.

Ellos no contaban cuentos, o lo hacían muy de tarde en tarde. Hablaban de sus trabajos y, a veces, de la revolución. En voz baja, en medio de apretados círculos, los más viejos contaban de la revolución de Atusparia.

He allí que corre el año 1885. He allí que los indios gimen bajo el yugo. Han de pagar un impuesto personal de dos soles semestrales, han de realizar gratuitamente los «trabajos de la república» construyendo caminos, cuarteles, cementerios, iglesias, edificios públicos. He allí que los gamonales arrasan las comunidades o ayllus. Han de trabajar gratis los indios para que siquiera los dejen vivir. Han de sufrir callados. No, amitos, alguna vez... Reclamaron presentando un memorial al prefecto de Huaraz. No se les oyó. Pedro Pablo Atusparia, alcalde de Marián y del barrio huaracino de la Restauración, que encabezaba a los reclamadores, fué encarcelado, flagelado y vejado. Catorce alcaldes se presentaron a protestar del abuso. También fueron encarcelados, flagelados y vejados. No, amitos, alguna vez...

Fingieron ceder, Y el primero de marzo bajó la indiada hacia Huaraz, portando los haces de la paja que se necesitaba para un techo que «era trabajo de la república». En determinado momento, sacaron de entre los haces los machetes y los rejones que ocultaban y se entabló la lucha...

Las primeras oleadas de indios son rechazadas. Un escuadrón de caballería carga abriendo brecha. Alentado por su éxito ataca Pumacayán, fortaleza incaica de empinadas galerías. Tiene hermosas paredes de piedra adornadas con altorrelieves que presentan coitos de pumas, y el prefecto de Huaraz la estaba haciendo destruir para aprovechar la piedra en la construcción del cementerio y algunas casas particulares. Pumacayán es defendida por el indio Pedro Granados y un puñado de bravos. Sólo Granados, armado de una honda de cuero con la que tira piedras del tamaño de la cabeza de un hombre, derriba a setenta jinetes. El escuadrón se retira y Huaraz es sitiada. Al día siguiente cae. Los indios beben la sangre de los soldados valientes para acrecentar el propio valor. Quieren terminar con todos los ricos y sus familiares, que se han encerrado en sus casas. Atusparia, jefe de la revolución, se opone: «No quiero crímenes: quiero justicia». La revolución se propaga. Los indios se arrastran en cuatro pies cubiertos con pieles de carneros para atacar por sorpresa Yungay. Se subleva todo el Callejón de Huaylas. Caen todos los pueblos. En algunos, los ricos forman «guardias urbanas» y se defienden bravamente. Surgen otros grandes jefes indios. Ahí está Pedro Cochachín, minero a quien decían Uchcu Pedro, pues *uchcu* quiere decir socavón o mina, terrible chancador de huesos en pugna siempre con el piadoso Atusparia. Ahí está José Orobio, el Cóndor Blanco, llamado así porque tenía blanca, aunque lampiña, la piel. Ahí está Angel Bailón, cuñado de Atusparia, al mando de las estancias que generaron el movimiento. Y Pedro Nolasco León, descendiente de los caciques de Sipsa. Y tantos. Surgen al mando de sus fuerzas, grandes y duros, valientes y fieros como pumas, moderados en su cólera por el magnánimo Atusparia que exige respetar a todas las mujeres y los niños y a los adversarios rendidos. Dominan. Los indios tienen pocos fusiles, cuarenta cajones de dinamita y ocho barriles de pólvora que ha sacado el Uchcu de las minas. El defiende los pasos importantes de la Cordillera Negra. Es el más fuerte. Los demás han de luchar con rejones y machetes. Se mandaron emisarios a los departamentos de La Libertad y Huánuco, pidiendo ayuda, pidiendo revolución. Pero ya están ahí los batallones del gobierno con buenos fusiles y cañones. Mueren indios como hormigas. Para economizar municiones, fusilan a los indios prisioneros en filas de a seis. Caen los jefes y son también fusilados. José Orobio, mientras es flagelado y luego baleado con

saña, pide irónicamente: «Llapa, tata, llapa». El terrible
Uchcu Pedro desprecia a los vencedores mostrando el trasero
al pelotón de fusilamiento. Atusparia, herido en una pierna en
el combate de Huaraz, cae y sobre él caen los cadáveres de sus
guardias. Con sus cuerpos muertos le defienden. De allí es re-
cogido por un blanco capaz de gratitud que le esconde en su
casa. Tiempo después, un consejo indio lo condena a muerte
por traidor y le hace beber chicha emponzoñada con yerbas.
El bebe la chicha con serenidad, afrentando hacia los cuatro
puntos del horizonte y llamando al tiempo como juez. Y muere. Y el tiempo, juez irrecusable, dice que no fué traidor sino
un hombre valiente y generoso.

Así hablaban los indios, fatigados por la dura labor del
día y de los días, en las noches del galpón. Ellos recordaban
más las victorias que las derrotas. Y la noche se llenaba de
emociones alegres y trágicas, de héroes casi legendarios, de luchadores astutos y tremendos. Estaban invictos y cualquier
día la revolución iba a recomenzar...

Pero llegaba el sueño y después el día. Sonaba la voz de
los caporales. Los héroes desaparecían, las épicas batallas no
eran ya. Y los indios, fustigados por la realidad, rota la fe, es-
fumadas las visiones, se encaminaban en fila hacia los campos
de labor, y allí se curvaban sobre la gleba. Benito Castro,
inerme y pobre como ellos, cogía el azadón y se curvaba
igualmente...

VII

JUICIO DE LINDEROS

Don Alvaro Amenábar y Roldán, señor de Umay, dueño de vidas y haciendas en veinte leguas a la redonda, bufó cuando un propio le llevó la noticia del alegato de Bismarck Ruiz y los altivos términos en que estaba concebido. Carta en mano, salió del escritorio al ancho corredor de la casona bordeada de arquerías, dando gritos de llamada a los pongos, pero inmediatamente recuperó la compostura, adoptando el aire severo del hombre importante a quien nada turba ni atemoriza. Mas sus gritos se habían escuchado ya y los pongos temblaron.

—Ensíllenme a Montonero y llamen a Braulio y Tomás para que me acompañen. Que vengan bien montados... ¡Luego!

Montonero era un caballo algo trotón pero muy fuerte. Braulio y Tomás, dos caporales de los muchos que desempeñaban también el oficio de guardaespaldas y vivían con sus familias en las otras casas que formaban el gran cuadrilátero anguloso, blanco y rojo, de la casa-hacienda de Umay. Al pie del añoso eucalipto del patio, de ancho tallo de corteza agrietada y hojas verdiazules y rojizas, los pongos ensillaron y don Alvaro partió despidiéndose brevemente de su mujer y de sus hijos. En la portada de la hacienda, donde gemía pesadamente una tranquera de gruesas vigas, estaban Braulio y Tomás, dos hombres morenos y fuertes, a caballo y armados de carabinas. Salieron. Y fué un galope por un recto camino bordeado

de dulces álamos, bajo un sol tibio y acariciador... En las
faldas de los cerros que rodeaban la planicie, algunos bohíos
de los colonos humeaban junto a unas chacras menguadas. Y
los colonos, viendo a lo lejos el trío galopante, decían:

— Ahí va don Alvaro con dos guardaespaldas...

— ¡Qué maldá irán a hacer!

El hacendado tenía fija la mirada en el camino y fijos en
el juicio de linderos los pensamientos. Y ya abandonan la
alameda y toman la quebrada senda que trepa a las alturas.
Y la mirada se traga la senda y los pensamientos enrojecen
la cara blanca hasta ensombrecerla.

*
* *

Don Alvaro era hijo de don Gonzalo, hombre resuelto,
que ganó Umay nadie sabía cómo, en un extraño juicio con
un convento. Llegó cuando la hacienda consistía en la llanura
vista y los cerros que la rodeaban. Después de un detenido exa-
men de las herederas de las haciendas vecinas, se enamoró
ciegamente de Paquita Roldán, heredera única, y se casó. Y
los bienes de ambos fueron aumentando. Don Gonzalo era trabajador, inescrupuloso y hábil. A veces sabía soltar la mano
llena de monedas y a veces ajustarla sobre la carabina. Umay
creció, hacia el sur, arrollando haciendas, caseríos y comunidades. Creció hasta tropezar con los linderos de Morasbamba,
hacienda de los Córdova. Don Gonzalo litigó por linderos y
dió un primer zarpazo. No lo pudo sostener. Los Córdova
eran también muy fuertes. Cuando don Gonzalo fué acompañado de su gente, el juez, el subprefecto y algunos gendarmes
a tomar posesión, le recibieron a tiros. La lucha duró, con intermitencias, dos años. El subprefecto, impotente para intervenir y ni siquiera reconvenir a los hacendados, pedía fuerzas
y órdenes a la prefectura del departamento. El prefecto, que
no se atrevía a desafiar por sí solo a los poderosos señores,
pedía instrucciones a Lima. De Lima, donde los contendores
contaban con muchas influencias ante ministros, senadores y
diputados, nada respondían. Y en las cordilleras limítrofes
de Umay y Morasbamba continuaban los asaltos y las muer-
tes. Los Córdova importaron de España un tirador excelente,
oriundo de los Pirineos, y construyeron un fortín pétreo de
acechantes troneras donde apostaron a su gente acaudillada

por él. Don Gonzalo, hombre empecinado pero también práctico, cedió momentáneamente en una pelea que le restaba
energías, reservándose el proyecto de entrar en plena «posesión de los bienes que la ley le concedía» para realizarlo en
mejor oportunidad. Sería más fuerte y Lima tendría que estar
de su lado. Y comenzó a expandirse hacia el norte. La muerte
se lo llevó, pero su ambición, los planes de dominio y su rivali-
dad con los Córdova, heredólos íntegros don Alvaro. Pronto
demostró que era hombre de garra y el avance prosiguió. Hasta
que frente a uno de los sectores de su hacienda quedó Rumi,
como una presa ingenua y desarmada. El, ocupado en otras
conquistas, la desdeñó por espacio de largos años. Ahora, parecía haberle llegado su turno. Don Alvaro le entabló juicio
de linderos.

*
* *

El hacendado desmontó a la puerta de la casa del tinterillo Iñiguez, apodado Araña, suma y compendio de los rábulas de la capital de provincia. Tenía tercer año de derecho en
la universidad de Trujillo y esto le dió de primera intención
una patente de eficacia que él se encargó de justificar con una
ancha malla de legalismo. Al contrario de Bismarck Ruiz, su
más cercano rival, era pequeño y magro. Torturado por tenaces dolencias, no podía gozar de los pueblerinos dones de la
vida. Comía papillas, bebía aguas estomacales y su mujer
languidecía. Iñiguez se la pasaba metido en su despacho, rodeado de legajos de papel sellado, en los que garrapateaba tercamente ayudado por dos amanuenses y de una densa neblina del tabaco acre que fumaba. Tenía la piel amarilla y más
amarillos los bigotes lacios y los dedos nudosos a causa del
cigarro. Pese a todo, su cabeza era un arsenal guerrero que se
volvía temible dentro de su fortaleza de papel sellado.

El papel sellado es uno ancho y largo, a veces cruzado de
esquina a esquina por una franja roja, y que ostenta en el
ángulo superior izquierdo el escudo de la república peruana.
¡Bello escudo de simbólica nobleza, nunca como allí tan escarnecido! Formando legajos, rimeros, montañas a las que se llama atestados, expedientes, oficios, se encuentra papel sellado
en todo el Perú. En los despachos de los abogados y tinterillos,
en las escribanías, en los juzgados, en las reparticiones públi-

cas, en los juzgados militares, en las oficinas de recaudación
de impuestos, en los municipios, en la choza del pobre y en el
palacio del millonario. «Presente usted un recurso en papel
sellado», es la voz de orden. Desde Lima hasta el último rincón se extiende la nevada asfixiante. Puede faltar el pan, pero
no el papel sellado. Es un mal nacional. Con códigos y en papel sellado se ha escrito parte de la tragedia del Perú. La otra
parte se ha escrito con fusiles y con sangre. ¡La ley, el sagrado
imperio de la ley! ¡El orden, el sagrado imperio del orden! El
pueblo, como un francotirador extraviado en la tierra de nadie, recibió ataques desde ambos lados y cayó abatido siempre.

Iñiguez, el enredador, disparaba con taimada delicia desde su reducto de papel. Don Alvaro era hombre que sabía
hacer elecciones. A todo lo dicho, hay que agregar la circunstancia de que el tinterillo era hijo de un modesto terrateniente
despojado por los Córdova. Cuando el padre fué lanzado a la
miseria, tuvo que interrumpir los estudios universitarios y
volver a su provincia. Iñiguez defendía, pues, con especial
celo, al enemigo de sus enemigos. Sabía que Amenábar, si algún día triunfaba de sus poderosos rivales, no le iba a restituir
lo suyo. Pero en la desgracia de los despojadores encontraría
satisfacción la suya propia. Como lo sospechaba, don Alvaro
no tardó en plantearle el caso. Tarde llegó ese día y pasó con
el tinterillo a una de las habitaciones interiores de la casa polvorienta y callada.

— Oiga usted, Iñiguez — le dijo cuando estuvieron sentados frente a frente, con el acento del hombre que está acostumbrado a mandar —, el primer problema sería descartar a
Bismarck Ruiz, cuya petulancia me ha indignado ciertamente.
Pero éste es protegido de los Córdova y, así no lo fuera, ellos
de todos modos me harían bulla en los diarios de la capital
del departamento. ¿Qué me aconseja usted?...

— Je, je — rió el tinterillo, de cuerpo esmirriado y hundido
entre grandes piernas y brazos flacos que le daban ciertamente
un aspecto de arácnido —, sería bueno que el tal Bismarck
se hiciera el tonto. Usted sabe quién es; un voluptuoso, un
crapuloso... se podría conseguir... usted me comprende...

— Sí, se podría conseguir. Pero ese Ruiz me tiene inquina.
¿Y sabe por qué? Me echa la culpa de su postergación. Cuando
comenzó a distinguirse como defensor, comenzó a querer trepar. Siempre ha sido un segundón con muchas ambiciones.

Mi hijo Oscar, usted sabe lo tarambana que es, se hizo amigo suyo por lo de la chupa. Con eso creyó haber puesto una pica en Flandes. No, señor, que yo nunca lo invité a mis fiestas, ni lo dejé poner un pie en mi casa y tal ejemplo fué seguido por la gente de mi clase. Desde entonces me cogió inquina y yo me reía de él Pero no hay enemigo chico, ya se ve, y ahora...

— Je, je. Usted sabe que está de rodillas ante esa desvergonzada de la Melba Cortez. Ella tiene de amigas a las Pimenteles. Su hijo Oscar es también amigo de ellas...

Don Alvaro se dió una palmada en la amplia frente.

—Tiene usted razón, mi amigo, por ese lado. Casualmente Oscar, poblano empedernido, esta aquí. ¿Y en lo demás, qué haremos?

—Mi señor don Alvaro: yo le he dicho ya que se debía copar toda la comunidad. ¿A quién sirven esos indios ignorantes? Jurídicamente, se puede: hay base para la demanda...

—No, ya le he dicho que no. Debemos darle un aspecto de reivindicación de derechos y no de despojo. Yo pienso, igualmente, que esos indios ignorantes no sirven para nada al país, que deben caer en manos de los hombres de empresa, de los que hacen la grandeza de la patria. Pero Zenobio García me ha asegurado que en la parte que demando está lo mejor de Rumi. Arriba hay sólo piedras. Alegamos bien. Ellos trabajarán para mí, a condición de que les deje en su tierra, que es la tierra laborable. Yo necesito sus brazos para el trabajo en una mina de plata que he amparado a la otra orilla del río Ocres. Yo me pongo en contacto, tomando Rumi, con el lindero de la hacienda en la que está la mina. Tiene gente, colonos para el trabajo. Me venden esa hacienda o litigaré. Dando el golpe que usted quiere, resultaría casi escandaloso. Y, ¿sabe?, pienso presentar mi candidatura a senador y hay que evitar el escándalo. En la capital del departamento sale ahora un periodicucho llamado «La Verdad», de esos papagayos indigenistas que se pasan atacando a la gente respetable como nosotros. Ahora me atacarán, pero apareceré dentro de la ley y podré defenderme. Si tomo toda la comunidad, así me ayude la ley, se pensará siempre en un despojo. Hay que guardar las apariencias en relación con mi candidatura. Con la comunidad y la hacienda vecina, además de la explotación del mineral, seré el hombre más poderoso de la provincia y uno de los más poderoso del departamento. Seré senador. Entonces, mi amigo, les tocará el turno a los Córdova. Yo no olvido...

Es una deuda sagrada que pagaré a la memoria de mi padre!
Además, el Perú necesita de hombres de empresa, que hagan
trabajar a la gente. ¿Qué se saca con humanitarismos de tres
al cuarto? Trabajo y trabajo, y para que haya trabajo precisa
que las masas dependan de hombres que las hagan trabajar...

— Ciertamente. Su resolución me parece más admirable
considerando que usted es uno solo y los Córdova cuatro...

Don Alvaro, que se había estado exaltando con sus proyectos, dió señales de un quejumbroso abatimiento hablando
de su familia.

— Sí, no he tenido suerte. Ahí tiene usted a mi hermano
Ramiro. Desde el colegio dió pruebas de intelectualito y ha
terminado de médico partero. ¿No le parece una degeneración?
Elías, peor todavía. Doctor en Letras y profesor de Historia.
Doctor en Letras. ¿Ha visto usted? Es lo que se llama afemi-
narse. Ya que quisieron tener profesiones liberales, debieron
ser abogados y serlo de nota, hacer temblar el Foro Nacional!
¿Mi hermana Luisa? En París! Carta última de unas amigas
dice que está empeñada en casarse con un príncipe italiano.
Le mando tres mil soles mensuales y siempre se está quejando
de pobreza. Ojalá no se case, que el príncipe debe ser un vivi-
dorcillo y pedirán más plata. Yo tengo mi abolengo, pero no
confundo al hombre de títulos que los usa para dar lustre a su
posición con el que los usa para vivir de ellos. Con mis hijos,
he sido más afortunado. Fuera de Oscar, que ya está grande
y no tiene compostura, a Fernando le gusta el campo y las
niñas son hogareñas y las casaré bien... Y nada de estudios!
Su quinto año de primaria y a formar su hogar las muchachas
y los hombres al trabajo. Fué un error de mi padre el ilustrar
demasiado a mis hermanos. Necesitamos hombres prácticos.
A Pepito, que es el último de los varones, sí lo haré estudiar.
Quiere ser abogado y ésa es una profesión de mucho campo,
de mucho campo...

— ¡Muy amplia es! — ratificó sesudamente Iñiguez.

— Bueno: me he dejado dominar por la confianza y el
aprecio que le tengo, Iñiguez. También me llevo del dicho:
Al abogado y al médico, la verdad. De todos modos, aquí hay
fibra, pasta, y uno contra cuatro o contra veinte Córdovas...
Confío en usted...

Don Alvaro apretó los puños y tomó de nuevo su aire
resuelto.

—Muy honrado quedo, mi don Alvaro. Ahora, permítame manifestarle que necesito gente para que declare. Ya hemos dicho que las tierras de Umay van hasta la llamada quebrada de Rumi. Ahora diremos, para explicar la presencia de los indios, que la comunidad usufructúa indebidamente las tierras suyas, debido a una tendenciosa modificación. Que se nombra quebrada de Rumi a lo que realmente es arroyo Lombriz, con lo cual resulta que la comunidad ha ampliado sus tierras. Pondremos de testigos a varios vecinos de esos lugares. Diremos, además, que lo que ahora se llama arroyo Lombriz se llamaba antes arroyo Culebra y que la verdadera quebrada de Rumi es la quebrada que se seca en verano y queda entre esas peñas que dan a Muncha. Nosotros pedimos las tierras hasta la llamada *ahora* quebrada de Rumi que ha sido y es, en los títulos, arroyo Lombriz...

— Una excelente idea.

— Además habrá que hacer destruir de noche los hitos que van del arroyo Lombriz a El Alto y decir que las tierras de la comunidad son las que quedan en torno de la laguna Yanañahui. Así damos el golpe de gracia... Yo he estudiado muy bien el expediente y por eso me demoré un poco en informarle. Quiero ahora los testigos...

Los grandes ojos de don Alvaro brillaban.

— Yo le mandaré a Zenobio García con su gente y al Mágico, que es un mercachifle que me ha servido bien siempre, dándome el aviso de más de veinte colonos fugitivos. Por cada uno, en realidad, le pago diez soles, pero me ha servido y se puede contar con él. Con García me entiendo hace tiempo. Ambos ya han estado actuando en relación con Rumi. No crea que me duermo. Con el subprefecto tenemos lista la toma..., apenas el juez...

— ¿Y el juez?

— De mi parte. Si a mí me debe el puesto. Yo moví influencias y lo hice nombrar a pesar de que ocupaba el segundo lugar en la terna.

Don Alvaro se frotó las manos, y el tinterillo pidió permiso para encender un cigarrillo. Lo obtuvo, generosamente, que buena falta le hacía, y apuntó:

— Por eso es que le decía de la necesidad de captar a Bismarck Ruiz. Yo le he puesto allí un vigilante, de amanuense: un muchacho de buena letra que se le fué a ofrecer muy barato. Yo lo compenso...usted me entiende...No crea que los

12

indios dejan de husmear algo... El otro día le mandaron uno
con el informe de que usted parecía entenderse con Zenobio
García y el Mágico. Ruiz les respondió que no temieran porque los anularía removiendo viejos asuntos que éstos tenían
pendientes con la justicia... ¿Ya ve usted? Además, él podría
apelar del fallo del juez... Los indios no saben nada de esto...
si él se hace el tonto y se queda callado...

—¡Indios espías! Déjelo a mi cargo, se arreglará. Y le
enviaré lo más pronto a García y Contreras, con otros, para
que usted los aleccione bien...

—De acuerdo, mi señor don Alvaro.

—¿Y usted? ¿El precio de sus servicios? — dijo Amenábar sacando su cartera.

—Lo que le parezca, mi señor... Usted sabe que tengo
además el gastito del vigilante de Ruiz...

Don Alvaro contó mil soles en anchos billetes azules que
Iñiguez recibió con una sonrisa atenta. Caminaron hacia la
puerta tomando acuerdos de detalle. Afuera estaban los guardaespaldas esperando y el hacendado cabalgó y se dirigió a la
casa que tenía en el pueblo. La noche caía lentamente y dos
indios colgaban en las esquinas faroles hechos de hojalata y
vidrios remendados con tiras de papel, que guardaban una vela
de luz rojiza. Un ebrio, tambaleándose, por media calle, agitaba los brazos y el poncho vivando a Piérola. Era el bohemio
cantor y poeta popular conocido por el Loco Pierolista. Don
Alvaro casi lo atropella y siguió sin hacer caso de los denuestos con que el Loco protestaba, pero uno de los matones, pro-
bando su celo, le dió al pasar un riendazo sancionador. Ya sabría vengarse el poeta mediante coplas de punzante intención.
La casa más vetusta de las de dos pisos que rodeaban la plaza,
abrió sus portones lentos. Un ajetreo de pongos se sintió por
los corredores y el patio. Don Alvaro entró contestando sumi-
sos saludos.

*
* *

En Rumi los animales seguían conviviendo con los hombres, salvo los asnos, que, aprovechando la libertad, se fueron
hacia su querencia de los valles cálidos del río Ocres. Cuatro
pollinos lucientes y ágiles, de cuello erguido y mirada viva,
pues todavía ignoraban el peso de la carga, quedaron en un

corralón destinados a saberlo. En otros, diez indios se inclinaban sobre las ovejas haciendo rechinar gruesas tijeras de acero y el caserío se llenaba del olor acre de la trasquila. En otro, Clemente Oteíza y sus hombres efectuaban la hierra. Al centro flameaba la fogata donde la marca se encendía al rojo y cerca de ella se derribaba a la res por medio de sogas o de los brazos. Oteíza se lucía. Cogiendo de cacho y barba, es decir del cuerno y la quijada, a la res — a veces un toro completamente formado y musculoso — le doblaba el cuello hasta hacerla caer de costado. Era un duelo callado y emocionante en el que los músculos de hombre y animal se apelotonaban y las venas hinchábanse tatuando la piel tensa. Derribada la res, la marca, tras un humeante chasquido, dejaba en el anca las letras C R iniciales no de un hombre sino de un pueblo: Comunidad de Rumi. En otro corralón, Abram Maqui, su hijo Augusto y otros amansadores realizaban la doma. Después de corcovear y resistirse durante varios días, ya comenzaban a trotar largo los potros. Rosendo iba de un corral a otro, aprobando en una ocasión, dando un buen consejo en otra, gobernando. Los comuneros que no entendían de labores especiales, terminaban de cosechar las arvejas y las habas de las pequeñas chacras que espaldeaban las casas. A palos, en reducidas eras, rompían las vainas. El ganado manso o de cría, pintando los rastrojos, la calle real y la plaza, holgaba simplemente. Algunas yeguas y vacas curiosas, paradas junto a las tranqueras, miraban con ojos sorprendidos las extrañas faenas de hierra y amansa. Los animales, remisos al principio, terminaban por ceder iniciando en compañía del hombre una vida fraternal. Y el sol duraba todo el día y la satisfacción día y noche.

*
* *

Laurita Pimentel, después de una azarosa noche de paile, llegó derramando curvas espontáneas y deliberado entusiasmo hasta el lecho donde Melba Cortez saboreaba su ocio engreído.

— ¿Te lo digo, te lo digo?

Melba se incorporó luciendo el pecho túrgido.

— ¿Qué, qué cosa?

— Estupendo hija, estupendo...

— A ver, a ver...

— Una gran oportunidad, formidable, hija...

— Pero dílo de una vez...
— Y todo, todo depende de ti...
— Dílo, que me tienes en ascuas...
Laurita sentóse sobre el lecho, Melba se reclinó sobre muelles almohadas, y la confidencia surgió blanda y acariciante, excitando deseos y pasiones.

*
* *

Augusto Maqui, nutrido de triunfadora confianza, sacó hacia las alturas un potro recién domado. Por ese camino, más bien sendero, cruzó cierto día una sierpe agorera. No quería esforzar mucho al potro, pero éste siguió sin dar muestras de cansancio. Cuando el viento comenzó a silbar entre los pajonales y a rezongar entre las rocas, las miradas de Augusto, dirigidas hacia lo lejos, algo notaron. ¿Faltaba o sobraba? Faltaba. Los hitos de piedra que iban del comienzo del arroyo Lombriz a El Alto, ya no estaban allí. Aguzó la vista, mirando y remirando. No estaban, ciertamente. Tiró riendas y trotó por la bajada a toda la velocidad que podia el novato.
— Taita Rosendo, taita, han tumbao las señas de piedra, no están...
El alcalde se irguió con toda resolución:
— ¡Comuneros!... ¡comuneros!... ¡vamos a componer los mojones!... ¡tal como estuvieron!... ¡vamos!... ¡vamos!...
— ¡Vamos! — decían los comuneros decididamente.
Horas después, cien hombres afanosos recogían las piedras desperdigadas por un lado y otro y rehacían los hitos cónicos, desde el arroyo Lombriz hasta El Alto. Ellos ignoraban las argucias de la ley y con toda ingenuidad creían estar parando el golpe. Quedaba de igual altura cada hito, en su mismo lugar.

*
* *

Mardoqueo era un indio simple como su trabajo, que consistía en tejer esteras y abanicos de totora segada en ciertos lados de la laguna Yanañahui. Las esteras formaban, según su tamaño, el piso de las habitaciones de los ricos o el primer estrato del lecho, completado con pieles de carnero y mantas, de los pobres. Los rústicos abanicos servían para avivar

el fuego del fogón. Por ese tiempo estaba haciendo enormes
esteras para el piso de la escuela. De rodillas junto a un voluminoso rimero de blanda totora, realizaba con tranquilidad y
precisión su trabajo de entretejer las espadañas, y frente a él
iba creciendo la liviana estera con verdeamarillentas reminiscencias de laguna. Rosendo se le acercó:

— ¿Tienes esteras chicas y abanicos?

— Poco hay...

— Güeno, cárgalas en un burro y te vas pa Umay. Llegas
a casa de indios y dispués a la hacienda. Preguntas a los indios,
como quien no quiere la cosa, si va el Mágico y tamién Zenobio García... Te llegas po la hacienda y hablas con la hacen-
dada, doña Leonor, y de un rato pasas a la cocina y los pongos te han de contar si saben que eres de Rumi... qué se prepara te dirán...

Mardoqueo se quedó pensativo. Realmente, ésas no eran
tareas para él. ¿Qué sabía de todo eso, fuera de tejer sus esteras,
venderlas y sembrar? Su cara chicoteada y renegrida por el
ventarrón que soplaba en la meseta de Yanañahui tomó una
expresión de reserva. Rosendo insistió:

— Los regidores están de acuerdo en que vayas... Todos
debemos ayudar a la salvación de nuestra comunidá...

¿Qué iba a decir Mardoqueo, que sólo sabía tejer sus esteras, venderlas y sembrar, tratándose de la comunidá?

— Güeno — respondió.

*
* *

Melba Cortez mimaba al tinterillo con palabras melosas
y trajes escotados. Decíale que lo echaba mucho de menos. Que
admiraba su talento y su fuerza. Se le rendía en un derroche de
pasión. De cuando en vez, se quejaba dulcemente de que no
fueran todo lo felices que debían ser. Y el rudo y pesado Bismarck Ruiz, hozando la flor rosa y estremecida, afirmaba que
él estaba dispuesto a hacer lo que le pidiera. Que la amaba por
encima de todo...

*
* *

El mocetón se presentó ante don Alvaro Amenábar lleno
de temores y dudas. Cuando entró al escritorio, le pareció
entrar a la guarida de un puma. No sabía precisamente Ramón
Briceño de lo que se trataba, pero lo suponía. El patrón lo había
mandado llamar diciéndole al comisionado: «Que venga inmediatamente ese forajido». Don Alvaro estaba sentado
frente a una amplia mesa, con las manos cruzadas sobre el
pecho. En la mesa había un tintero, un pisapapeles de cuarzo
que no hacía su oficio y una vela metida en un candelero de
pata de cóndor. Las garras se hundían en una roca simulada
con arcilla.

— A ver, necesito que me expliques — dijo don Alvaro
severamente —, ¿qué quiere decir este huainito?

Y se puso a canturrear un conocido huaino festivo que decía entre otras cosas:

Ay, lucero, lucerito,
te veo muy cambiadita,
con la cabeza amarrada
y la barriga hinchadita.

Ramón no alcanzaba a comprender ese rasgo de humor
y menos sabía si reír o darse a la fuga. Don Alvaro, después
de canturrear, se quedó tan serio y mirándolo con sus ojos
penetrantes.

— A ver, quiero que me expliques... — dijo de nuevo.

Ramón se llevó una esquina del poncho hacia la cara para
secarse el sudor que abrillantaba la piel trigueña.

— ¿Tienes vergüenza? Explica, explica — continuaba demandando la voz severa.

Ramón se puso a tartamudear tratando de explicarse y
don Alvaro lo escuchó gozándose en secreto de su turbación.
Ella era una consecuencia de su poder, de su fama. Se hallaba
muy contento ese día. Cuando Ramón calló, sin haber dicho
precisamente nada, don Alvaro echóse a reír diciendo:

— Ah, cholo fregao... Ya empreñaste a la Clotilde...,
ja..., ja... Bueno: nadie te va a dar látigo por eso. Ella es la
china consentida de Leonor, así que te voy a tomar a mi servicio. Todos ustedes los Briceños han sido gente adicta y a
disparar nadie le gana a tu taita....

Ramón miraba asintiendo tácitamente. De todos modos, no salía de su sorpresa. No le había pasado nada y don Alvaro reía dichosamente.

— Esas vacas que tengo por Rumi están muy botadas. Necesito que alguien vigile y si lo haces bien pondré a tus órdenes unos cuantos repunteros. Ahora te voy a dar una carabina.

A Ramón le chispearon los ojos apagados

— Sí, una hermosa carabina. Yo te enseñaré el manejo. ¿Qué cholo te ganará estando tú con wínchester? Nadie se atreverá, nadie te alzará la voz...

Era la manera que tenía el hacendado de estimular a los peones y también de dividirlos, haciendo que unos se sintieran más y otros menos.

Sacó de su pieza una wínchester de chapa amarilla y ordenó a Ramón que lo siguiera. Salieron de la casona de arquerías hacia el campo y se detuvieron en una loma. A lo lejos pastaba un pequeño hato de ovejas. Ramón tenía miedo de no hacerlo bien y de que el hacendado renunciara a distinguirlo con la posesión del arma. Su taita empleaba una escopeta y tomar la puntería era cosa fácil. Un día se la prestó y hasta había logrado dar muerte a un venado. Aunque, a la verdad, sólo le rompió una pata y lo demás fué hecho por los perros. Pero ahora... Una carabina puede patear más, acaso se salte de las manos. Parecía muy complicada, casi misteriosa.

Don Alvaro, con lentos movimientos y palabras, le enseñó a cargar los dieciséis tiros en la recámara. Después accionó el cierre, y las balas, de alegre color, salían brincando por el aire con una agilidad de saltamontes. El cholo estaba absorto. El patrón le miró con aire profesoral y le dijo:

— A ver tú...

Ramón cogió alegre y angustiadamente la carabina. No se podía decir que fuera muy liviana; antes bien, tenía el peso que había calculado, el necesario a la fuerza. Cogió también las balas, frías, brillantes, con su fulminante rojo, su casquillo áureo, su plomo pesado y neto. Una a una, las fué metiendo por la válvula de la caja. Era una lámina de metal que cedía a la presión y después se levantaba sola para quedar en su sitio. Todo se presentaba sabio y exacto. Ramón temía y anhelaba. Don Alvaro cogió de nuevo el arma.

— Ahora se toma la puntería... Así, que este pivote quede en medio de la ranura del alza. dando al centro del blanco. Entonces jalas del gatillo. Le daría a una oveja, pero, ¡para qué matar tantas!, tiraré al aire...

Retumbó el tiro y la bala, sin duda, fué a clavarse en la falda de un cerro distante. Una muchacha gobernaba el hato, desparramado por las lomas, y avisada por la detonación comenzó a arrearlo apresuradamente.

— ¡Oveja!... ¡oveja! — clamaba más que estimulaba a las ovejas.

El patrón se molestó al ver tal procedimiento, gritando con su voz potente:

— Quieto, china burra...

La pastorcilla se quedó inmóvil, perpleja. Y la voz:

— Escóndete tras una piedra, que te mato...

Una falda roja desapareció dejándose caer y rodar por una loma. Don Alvaro, después de hacer saltar el casquillo, entregó la carabina a su discípulo. Las ovejas se habían aquietado y pacían con su inerme tranquilidad.

— A ésa, a ésa del lado izquierdo — ordenó el hacendado —. a ésa de pintas negras...quién le manda ser chusca...

Ramón se echó a la cara el arma. Era corta y se la tomaba fácilmente. Temía que su poder le fuera ajeno. El cañón relucía al sol y el pivote parecía una chispa. Al fin se aquietó en el vértice del alza como una mosca plateada. Ahí triscaba la ovejita a pintas negras. Acaso...todo estaba quieto y definitivo. Tal vez el corazón dejó de latir para que no perturbara el pulso la carrera poderosa de la sangre y si la mano presionara demasiado el gatillo... No; así, suavemente...

La detonación se produjo y la oveja cayó. El tirador botó el casquillo. La carabina había funcionado livianamente, sin el salto y la patada de la escopeta.

— ¿Has disparado otras veces? — preguntó don Alvaro.

— No — mintió Ramón.

— Ah, bien, bien... Entonces tienes pasta...

Mientras volvían al caserón, quedó nombrado el nuevo caporal con las tareas ya señaladas a cargo de su actividad y su wínchester. Don Alvaro le advirtió finalmente que ya le indicaría la fecha de comenzar sus labores. Mientras tanto, viviría en la casa-hacienda con Clotilde.

La indiecita pastora esperó largo rato tras la loma. El silencio la decidió a salir. Cayó de bruces abrazando a la oveja muerta. Lloraba y gemía: «Ay, mi ovejita pintadita, ay, mi ove-

jita pintadita», interminablemente. La pequeña no encontraba
más consuelo que sus lágrimas.

*
* *

Mardoqueo, después de dar unas vueltas por los alrededores sonsacando a los colonos, llegó en esos momentos a la
casa-hacienda, arreando su burro cargado de esteras.

Doña Leonor, mujer de don Alvaro, dijo al verlo entrar:
— Ah, ya estás aquí, Mardoqueo. Pensando en ti me hallaba porque necesito esteras para mis pongos...

— Güeno, patroncita...

— Tendrás hambre... Pasa por la cocina y que te den
unas papitas con ají. Después hablaremos... Vamos a ver si
no vienes muy carero..., últimamente te has estado muy
carero...

— Barato le daré, patroncita...

Mardoqueo, sin hacerse repetir la invitación, pasó a la
cocina pensando que todo se le allanaba. Doña Leonor, realmente, no lo hizo con mala intención. Gustaba de obsequiar
al pobre Mardoqueo, un hombre tan simple y bondadoso...
Don Alvaro, seguido de su nuevo caporal, regresaba en ese
instante al corredor y vió en el patio el asno cargado de esteras.

— ¿De quién es ese burro?

— De Mardoqueo, el comunero que trae esteras...

Don Alvaro blasfemó y bufó llamando pongos y caporales.

— Y tú también, Ramón, para ver qué tal lo haces...
Saquen a ese indio, amárrenlo al eucalipto y denle cien latigazos por espía...

La señora Leonor y sus hijas corrieron a esconderse en sus
habitaciones. Por todo el cuadrilátero de casas circuló el pavor
como un viento. Mardoqueo fué arrastrado hasta el eucalipto.
«¿Qué hago yo?», «yo no hey hecho nada», clamaba. Allí
fué desnudado y amarrado de las muñecas al viejo tronco.
Ramón, estimulado por la presencia de su benefactor que miraba desde la puerta del escritorio, quiso dar prueba de su gratitud y cogió el látigo. Y el largo látigo de cuero ululó y estalló. Mardoqueo desgarró el aire con un clamoreante alarido;
el látigo siguió cayendo entre quejidos cada vez más apagados
hasta que por fin, en medio de un silencio que petrificaba to-

das las cosas, sólo se escuchó el ruido sordo de los golpes en-
carnizados e implacables. Cuando Mardoqueo fué libertado,
rodó pesadamente por el suelo, cadavérico y sudoroso. De su
espalda hinchada manaba una sangre negra.

*

* *

Iñiguez respondió al alegato de Bismarck Ruiz en la forma que se deduce de su conversación con don Alvaro Amenábar. Como los papeles de la comunidad no hacían constar
los linderos con latitud y longitud geográfica, atribuía tal
falta — producto de la ignorancia o mala voluntad de los re-
gistradores — a intención preconcebida de los indios. La prueba de ello estaba en que no tardaron en trastrocar delibera-
damente los nombres y ocupar así tierras que no les pertenecían.
Citaba muchos artículos e incisos legales y terminaba por poner de testigos a don Julio Contreras, a don Zenobio García y
a cuantos vecinos de Muncha o transeúntes conocedores de la
región hiciera llamar el señor juez. Y el señor juez hizo las
citaciones de ley y comparecieron a declarar numerosos testigos.

En el despacho, que olía a tinta y papel añejo, ante una
alta mesa desde la cual la cabeza peinada y bigotuda del señor
juez hablaba legalmente, junto a un amanuense miope y mecánico, los testigos declararon meditando a ratos y a ratos hablando fácilmente, pero sin soltarse del todo.

Don Julio Contreras Carvajal, comerciante ambulante,
sin domicilio fijo en razón de su propia actividad, soltero, de
cincuenta años, etc., dijo que había pasado por Rumi, periódicamente, desde hacía veinte años. Que él no sabía con precisión el nombre de quebradas y arroyos, pues sus recargadas
labores apenas le permitían conocer el de los pueblos y regiones por donde pasaba, pero que cierta vez, encontrándose
hospedado en casa del comunero Miguel Panta, éste le refirió
que ciertos nombres de quebradas y arroyos habían sido cam-
biados en esa región por los comuneros y nadie se había atrevido a reclamar. Preguntado con qué objeto le hizo Panta esa
confesión, declaró que por alardear, en un estallido de orgullo,
del poderío de la comunidad. El señor juez, grave y austero,
preguntó muchas veces y el propio Mágico salió convencido
de que Iñiguez y don Alvaro tenían que habérselas con un
hombre que no fallaría a tontas y a locas.

Don Zenobio García Moraleda, industrial, (recordamos
que destilaba y vendía cañazo), domiciliado en Muncha y
vecino notable de ese distrito, donde ejercía el cargo de Gobernador, casado, etc., declaró que conocía la comunidad de
Rumi desde niño. Que era comentario público en Muncha y
alrededores que la comunidad usurpaba tierras mediante cambio de nombres a quebradas y ensanche ilícito de linderos.
Que antiguamente el caserío estaba en la meseta de Yanañahui, donde aún quedaban algunas ruinas de casas de piedra.
Preguntado y repreguntado por el severo juez, debió declarar,
entre otras cosas, si había tenido dificultades con los comuneros de Rumi. Declaró que no, porque se había cuidado de tenerlas, pues la comunidad estaba convertida en refugio del Fiero
Vásquez y su pandilla, lo que constituía una amenaza para el
distrito de Muncha y todas las haciendas de la región. García
abandonó la sala del juzgado con la cara más roja que de ordinario y la frente sudorosa debido al esfuerzo. Pensaba igualmente que había allí un funcionario de mucha ley.

Don Agapito Carranza Chamis, industrial, domiciliado en
Muncha y vecino notable, etc. Ratificó en todas sus partes
la declaración de Zenobio García. Preguntado por el integé-
rrimo juez si tenía alguna prueba que ofrecer, dijo que le parecía una prueba el hecho de que a los vecinos de Muncha,
siendo casi todos pobres, la comunidad les cobrara un sol
anual por pastos de cada cabeza de ganado, en tanto que a don
Alvaro Amenábar, hombre rico, no le cobraba nada. El juez
lo asedió luego y Agapito no solamente abandonó la sala pensando que se hallaba ante un funcionario íntegro sino que le
pesó haberse dejado influenciar por Zenobio. Otra vez no le
consultaría nada cuando lo citaran para algo y menos
creería en promesas. ¿Qué era economizar un sol por cabeza
de ganado al año? Ahora, tal vez sería enjuiciado como testigo
falso.

Durante quince días el juez preguntó y repreguntó a quince testigos. Y en el estilo moroso, enrevesado y esponjoso que
distingue al poder judicial, el amanuense fué llenando pliego tras
pliego de papel sellado. Formaban ya una montaña imponen-
te cuando los comuneros llegaron donde Bismarck Ruiz a
saber las novedades. El tinterillo dijo a Rosendo Maqui que
se aprestara a declarar dentro de una semana. No había cuidado. El iba a descalificar a Contreras, a García y otros de-
clarantes. Los demás carecían de importancia.

*
* *

Nasha Suro usaba también ropas negras. Si en el Fiero
Vásquez simbolizaban — a su modo de bandolero, en verdad — el renunciamiento, en ella eran algo así como la lúgubre vaharada del misterio. El rebozo le cubría la cabeza
impidiendo ver las greñas encanecidas y enredadas. La única
nota ocre de su indumentaria era la faz rugosa, en realidad
tan ajada y mugrienta que parecía una tela sucia. Los ojos
opacos brillaban de cuando en cuando con un extraño fulgor. La fama la señalaba curandera. La leyenda, bruja fina.
Menuda y encorvada, vivía sola en una pequeña casa de estrecha puerta y ninguna ventana. Ese era el cubil de los extraños ritos. Nadie entraba allí sino en el caso de que fuera
un enfermo muy grave. Efectuaba las curas ordinarias en la
propia casa del paciente. Siempre encargaba yerbas a los comuneros, pero, tratándose de otras, iba ella misma en su busca por campos y arroyos. Unicamente su ojo experto las distinguía.

Nasha o, en buen cristiano, Narcisa, era hija del curandero Abel Suro y hermana de Casimiro, que murió temprano.
De los tres, parecía que Abel iba a dejar memoria firme de
sus hechos por espacio de muchos años. A la sombra de su fama prosperaron Casimiro y luego Nasha. Realizó curas famosas
y el mismo don Gonzalo Amenábar resultó beneficiado con
una de ellas. Sucedió que don Gonzalo, de tan emprendedor
que era, se puso a buscar minas entre la peñolería del camino
a Muncha. Al volar una roca, sea porque no estuviera suficientemente alejado o bien cubierto, fué alcanzado por una
piedra que le produjo una fractura del cráneo. Ya no pudo
montar a caballo y sus acompañantes le cargaron en brazos
con la idea de trasladarlo a Umay o al pueblo, pero pronto
comprendieron que, para el caso, ambos puntos quedaban
muy alejados. Además, en el pueblo no había médico en ese
tiempo y en Umay la situación era igual que en cualquier
otra parte. El enfermo no podía hablar bien y tenía inmovi-
lizada la mitad del cuerpo. Se detuvieron en Rumi y fué llamado Abel Suro. Este examinó la herida. Las astillas del hueso
roto presionaban y hendían la masa encefálica. Abel manifestó que había que trepanar. Uno de los acompañantes dijo
que, en su concepto, ésa era operación que podía realizar un

cirujano y no un curandero. Don Gonzalo, agobiado por el
dolor y la inmovilidad, tartamudeó ordenando que se le ope-
rara. Era de mañana y Abel, tranquilo y metódico, explicó
que no había que apurarse mucho. Comenzó por dar al paciente varias tomas y cocimientos de yerbas que lo insensibiliza-
ron un tanto. El enfermo se fué calmando, y después de cada
mate de yerbas, Abel preguntaba: «¿Le duele, señor?» «Menos»,
mascullaba don Gonzalo. Abel puso a hervir agua en un gran
cántaro nuevo y colocó otros, más pequeños y también nuevos, en torno al fogón. Luego dió a don Gonzalo una toma con-
centrada, mezclando los diferentes cocimientos de yerbas que
le administró separadamente. Hirvió el agua, y los ayudantes
la vaciaron en los pequeños cántaros, que también contenían
yerbas, y en ellos metió varias cuchillas muy agudas y filudas y punzones de acero. Abel sumergió sus propias manos
en el agua, pues, según su decir, para que la intervención fuera buena debía obrarse con «calidez». Luego musitó en voz
baja secretos conjuros y comenzó la operación. Sus ayudantes renovaban el agua de los cántaros más pequeños, conser-
vándola siempre caliente, y Abel seguía metiendo a ella sus
manos y usaba una cuchilla y otra, un punzón y otro, cuidando
de que no se enfriaran. Cercenó y retiró toda la porción de
hueso fracturado, quedando en el cráneo una abertura oval
que cubrió con una lámina de calabaza que había labrado previamente. Puso un emplasto de yerbas sobre la herida, y don
Gonzalo se fué a los pocos días a su hacienda y allí mejoró
completamente, viviendo con el cráneo remendado con calabaza por espacio de largos años. Murió de una pulmonía fulminante cogida durante una tempestad. El curandero dió
pruebas de noble espíritu. Cuando el hacendado, viéndose
sano, le quiso regalar una yunta de bueyes — bastante los
necesitaba la comunidad en ese tiempo — y además le dijo
que le pidiera dinero o mercaderías, Abel respondió:
— Señor, soy indio y sólo le pido que se acuerde de los indios... Onde ellos les duele la vida lo mesmo que cabeza rota...
Don Gonzalo argumentó:
— ¡Ustedes están muy bien!
— Todos no son comuneros...
Y don Gonzalo:
— Ah, hijo, yo hago lo que puedo en bien de los indios.
Abel legó sus conocimientos a Casimiro, pero, como buen
augur que era, pudo prever el pronto final del hijo y se los en-

señó también a Nasha. Años después llegaron varios togados a preguntar por los curanderos de la comunidad y sólo encontraron a ella. Nasha les dijo que nunca había hecho trepanaciones y, llegado el caso, no podría hacerlas por carecer de fuerza y experiencia. Uno de los futres lamentó:

— Es lo que pasa. En la era incaica, la porra bélica guarnecida de puntas de metal lesionaba los parietales y los cirujanos tenían ancho campo de acción. Ahora, las oportunidades de actuar son muy raras y la operación desaparece por el desuso.

Los togados quisieron sonsacar a Nasha acerca de yerbas y ella se hizo tonta y les dió los nombres de las más conocidas.

Con o sin posibilidad de trepanar, Nasha tenía clientes entre los comuneros y los colonos de las cercanías. Habían disminuído bastante con la aparición de la quinina para las tercianas, del aceite ricino y el sulfato de soda para el empacho, de toda laya de píldoras para toda laya de males y del gatillo para el dolor de muelas. Pero Nasha todavía era insustituíble tratándose de curar a los niños el mal de ojo que les ocasionaran personas mal intencionadas o el espanto proveniente de ver al duende en las quebradas y arroyos boscosos. Para el mal de ojo hacía un baño especial y colocaba una cresta de gallo a modo de escapulario sobre el pecho. Para el espanto conducía al niño a la quebrada o arroyo donde se suponía que había visto al duende y después de hacer muecas hasta lograr que el pequeño llorara, pronunciaba palabras raras y lo llevaba corriendo hasta su casa. En la cura de los adultos utilizaba de primera intención un cuy. Con el cuy frotaba al paciente por todo el cuerpo, tanto y tan rudamente que la bestezuela moría. Abría entonces el pequeño cadáver y después de examinar prolijamente las entrañas, afirmaba que la enfermedad de su cliente estaba localizada en tales o cuales órganos, según las señales que encontraba en los del animal. En consecuencia, recetaba los brebajes. Nasha no era «dañera», es decir, bruja especializada en hacer daño, y entonces resultaba excelente para curar el mal hechizo. Pero nadie sabía cómo curaba. En su pequeño cuchitril de piedra se encerraba con el enfermo y lo anestesiaba con brebajes y raras palabras. Realizaba estas prácticas en la noche. En torno de la casa, los parientes del enfermo o algunos comuneros montaban guardia haciendo entrechocar sus ma-

chetes para infundir pavor y hacer huir los malos espíritus
y enemigos que llegaran a oponerse a la salvación del postrado. Cuando éste fallecía a pesar de todo, era que el mal hechizo estaba «pasao» y ya no hubo cómo sacarlo. Mas habría
sido una imprudencia reírse de Nasha creyendo que no podría
tomar la ofensiva. Decíase que sabía hacer cojeras solamente
recogiendo un poco de tierra del rastro. Que velando a un muñeco, atravesado por espinas de cacto, que representaba a la
víctima, la misma víctima comenzaba a sentir atroces dolores,
y los padecía hasta morir, según el sitio en que estuvieran
clavadas las espinas. Decíase que podía ir secando a las gentes
hasta que quedaran como un palo. Decíase que podía reven-
tarles los ojos. Decíase que podía volver locos dando un bre-
baje de chicha con pelos, tierra de muerte y algunas yerbas.
Decíase que podía, ayudada por una pequeña lechuza llamada
chushec, arrancar la cabeza de los dormidos para llevársela
consigo y hechizarla, o simplemente poner una calabaza partida sobre el cuello a fin de que la cabeza, que entretanto daba
tremendos saltos buscando su lugar, no pudiera pegarse de
nuevo, o voltear el cuerpo y hacer que la cabeza se pegara al
revés. Decíase... Para meterse donde le placía podía conver-
tirse en cualquier animal, negro, desde gallina a vaca. Es
fama que estos animales metamorfoseados pueden ser heridos, pero no muertos. El brujo o bruja que resultó herido mientras estuvo de animal, llevará después la lesión en una pierna
o un brazo. Una vez Nasha estuvo con el brazo amarrado.
Seguramente por eso fué. Ya hemos referido que Nasha sabía preguntar por el destino a la coca. También lo veía en el
vuelo de los cóndores, águilas y gavilanes y en el color de los
crepúsculos...

En esos días los pensamientos de muchos comuneros,
con excepción de los escépticos, iban dirigidos, tanto como a
Rosendo, hacia Nasha. Ella, que sabía tanto, ¿por qué no salía en defensa de la comunidad? ¿Acaso don Alvaro Amenábar era invulnerable? Algunos comenzaron a sospechar, sin
atreverse a manifestarlo para no despertar la cólera de Nasha,
que no sabía tanto como se decía y los comentarios sobre su
poder acaso fueran simples habladurías. Hasta que llegó un
día en que la misma Nasha se pronunció. Y fué cuando el pobre Mardoqueo volvió de Umay con la espalda tumefacta,
sombrío y turbio como un cielo de enero. Nasha le aplicó un
emplasto de yerbas y después, crispando las manos ganchudas,

maldijo a don Alvaro Amenábar y le anunció un triste fin.
Entonces los crédulos descansaron en la confianza de que
algo definitivo preparaba. Una mañana la puerta de su casa
permaneció cerrada. Ella había madrugado...

Caminó por la puna, sola y con su habitual paso calmo,
apartándose de las rutas conocidas, durante todo el día. Con
el crepúsculo llegó a la llanura de Umay. Esperó a que avanza-
ra la noche y cuando ya no hubo luces y todo cayó en sombra
y silencio, avanzó hacia la casa-hacienda y entró en ella sin
turbar el silencio ni la sombra. Tanto que cuatro bravos mastines, que de noche eran libertados de sus cadenas para que
guardaran la casa, no la sintieron. Avanzó Nasha sigilosa-
mente, como un fantasma, hasta encontrar la sala, una de cuyas puertas cedió a la presión. Dentro, en una esquina, vió una
pequeña lámpara votiva que alumbraba la imagen de la Virgen. A la luz de esa lámpara distinguió lo que buscaba: el retrato de don Alvaro Amenábar. Estaba en un marco de plata
labrada colocado sobre una mesa. Sacólo de allí, dejando el
marco en su lugar, pero con una reveladora espina de cacto
colocada en el centro de la desnuda madera. Luego, el retrato
bajo el rebozo, huyó con el mismo sigilo y pronto estuvo lejos. El caserón seguía durmiendo bajo la sombra y el silencio.

A la mañana siguiente fué descubierto el marco vacío y
herido en forma tan extraña, y doña Leonor lloró y también
lloraron sus hijas.

— Alvaro, te harán brujería. ¿Quién no sabe que es bruja
esa Nasha Suro?

— Me río de las brujerías. Vigílame la comida y no hay
cuidado... No creo en otras brujerías...

Doña Leonor y sus hijas, pese a su educación y su raza,
sí creían, pues se habían contagiado de todas las supersticio-
nes ambientes... Sobre el dintel de sus habitaciones particulares colgaba con las raíces hacia el techo, sin secarse — que
tal condición tiene esa planta — una penca especial. Entre
sus prendas y baúles, registrando bien, podía encontrarse una
seca mano de zorrillo. Penca y pata eran excelentes «contras»
para que no entrara el mal hechizo.

Días después don Alvaro fué al pueblo seguido de sus guardaespaldas y encontrándose en plena puna, surgió de repente,
al ponerse de pie en un recodo del sendero, la negra figura de
Nasha Suro. Encabritóse el caballo ante la súbita aparición

v cuando don Alvaro pudo contenerlo, se la quedó mirando y
le dijo:

— Me quieres asustar, vieja estúpida. Agradece que tu
padre salvó al mío, que si no te clavaría un balazo ahora mismo...

La mujeruca encorvada parecía un harapo. Sólo sus ojos,
muy abiertos en medio de la cara terrosa, eran altivos y ma-
lignos.

— Regístrenla — ordenó el hacendado a sus matones.
Ellos sí tenían miedo. Desmontaron desganadamente y
vacilaban.

— Regístrenla, cobardes.

Mientras lo hacían mascullaba don Alvaro:

— Que te encuentren el retrato y te vas a fregar de todos
modos por insolente...

Las rudas manos de los matones palparon con repugnancia y miedo el cuerpo fláccido. Nada hallaron. Nasha Suro se
echó a andar con la mirada aviesa fija en el hacendado y sus
hombres.

Ellos también siguieron su camino y el patrón explicaba:

— Los brujos obran por medio de yerbas tóxicas o por
sugestión. Es una tontería tenerles miedo. ¡Qué más se quieren!...

Los guardaespaldas no respondían ni que sí ni que no
y se consolaban al pensar que seguramente Nasha Suro, com-
prendiendo que ellos no le faltaron por su culpa, nada les haría.

Un comisionado de doña Leonor llegó a Rumi ofreciendo
dinero al que entregara el retrato de don Alvaro y entonces
los comuneros se hicieron los tontos y después comentaron mucho el asunto. ¿Así es que por eso se perdió Nasha? Ya lo
tendría lleno de espinas, y si en el muñeco simbólico son daño-
sas, cuando se clavan en el propio retrato nadie escapa. Sin
duda le iba a reventar los ojos con huailulos fritos en manteca
sin sal. Los huailulos o huairuros son unos frutos durísimos,
bonitos, rojos, con una pinta negra, que se dan en la selva, y
los comerciantes — entre ellos el ahora maldito Mágico —
acostumbran a venderlos. Cualquiera puede tenerlos, porque
dan suerte, pero los brujos suelen usarlos para reventar ojos y
otras cosas. La manteca debía ser sin sal, pues la sal es contraria a todo encantamiento, inclusive al proveniente de los
cerros y lagunas. Ningún comunero saldría al campo sin haber comido con sal o probado siquiera un grano. Los comen-

tarios fluían. Claro que esos conocimientos eran nada. Nasha
Suro sabría hechizar hablando lo debido y librar a la comunidad de ese maldito, hijo de otro que ni siquiera supo agradecer. ¿Qué había hecho don Gonzalo Amenábar con los indios?
¿Qué hacía don Alvaro? Explotarlos, matarlos, flagelarlos,
despojarlos. Era justo, pues, que así como Abel sanó, Nasha
dañara. Todo se paga en la vida y el mal tiene inmediatamente,
o a la larga, su castigo. Así comentaban los esperanzados en
Nasha. Porfirio Medrano manifestaba no creer en tales brujerías. Rosendo Maqui creía y no creía. ¿Era que las fuerzas
secretas de Dios, los santos y la tierra podían ser administra-
das por el hombre, en este caso por una mujer feble y extraña?
Además, la coca había respondido desfavorablemente a la
misma Nasha. Salvo que ella pensara que una cosa era don
Alvaro y otra el inmutable destino. Rosendo habría deseado
creer en último término. Goyo Auca esperaba que el alcalde
dijera algo para guiarse, pero éste callaba sus dudas a fin de
no desalentar a los crédulos. Los otros regidores daban alguna
esperanza a los preguntones. Doroteo Quispe, tácito rival de
Nasha por administrar oraciones cuasi mágicas, se reía diciendo que el único salvador era Dios y no los brujos.

Y pasaba el tiempo y comenzaron a correr voces de que
a don Alvaro nada malo ocurría. Iba y volvía de su casa de
Umay al pueblo, galopando, íntegro y saludable como siempre.
Ninguna dolencia personal turbaba el desenvolvimiento de
sus actividades. Se supo de las declaraciones de Zenobio García y los otros, inspiradas por el hacendado. ¿Era efectivo el
poderío de Nasha?

Una tarde salió de su casa y todos vieron en su talante
más desvaído que de ordinario, y en su mirada perdida por
la tierra, las señales dolorosas del abatimiento y la derrota.
Y ella dijo a Rosendo por todo decir:

— No le puedo agarrar el ánima...

*
* *

— Nos iremos a la costa, amor. Sólo por un tiempo, a
pasear. No te pido que abandones tu trabajo para siempre.
Yo, también, no puedo vivir allá todo el tiempo, lo sabes.
Seremos, durante unos meses, tan felices... Lejos de aquí,
de todo este pueblo murmurador... — seguía diciendo Melba.

La indecisa luz del atardecer entraba a la pieza a través de una cortina azul. Estaba muy hermosa Melba. Su blancura esplendía en la penumbra.

— Son cinco mil soles que le dará Oscar a Laura, en secreto; tú sabes que ellos se entienden... No hacer nada, eso es lo único que te piden... Dejar hacer... No descalificar a los testigos...

Melba besó al tinterillo apasionadamente — pensando entretanto que ella recibiría también cinco mil soles — sin importarle el sudor viscoso que cubría el rostro mondo y enrojecido. Bismarck Ruiz veía escapársele la oportunidad de tomar venganza de los desdenes de Amenábar. Sería bello ir a pasear alguna vez, lejos, con esta mujer que parecía quererlo de veras.

— Iremos para la temporada de verano... Las playas están muy bonitas. ¡Seremos tan felices, amor! ¿No me has dicho que me quieres por encima de todo?

Bismarck Ruiz, el tinterillo, asintió una vez más.

*

* *

Rosendo Maqui declaró hablando con fervorosa sencillez del derecho de la comunidad de Rumi, de sus títulos, de una posesión indisputada que todos habían visto a lo largo de los años, de la misma tradición que afirmaba que esas tierras fueron siempre de los comuneros y de nadie más. La voz se le ahogó de emoción y hubo de callar un momento para reponerse. Luego, el juez inició su pormenorizado y estricto interrogatorio, según los dichos de los testigos presentados por Iñiguez.

El rostro cetrino y rugoso de Maqui se contrajo en una mueca de indignación y desprecio y sus severos ojos enrojecieron. Dijo que ésas eran afirmaciones falsas, vertidas con el propósito de usurpar las tierras de la comunidad. Ahí estaban los títulos y ya presentaría testigos que sabrían decir la verdad. Siempre, siempre el arroyo Lombriz y la quebrada de Rumi se llamaron así. Nunca les habían cambiado los nombres. Era verdad que el Fiero Vásquez llegaba a la comunidad, como a otros muchos sitios, pero nadie lo apresaba por temor a las represalias de su banda. El mismo gobernador Zenobio García lo tuvo a su alcance en Rumi y no le hizo nada. Y eso que Gar-

cía iba armado de carabina y lo acompañaban dos hombres
que también tenían esa arma. En cuanto a que Amenábar no
pagara los pastos de su ganado, dijo que no podía ser considerado una prueba, pues era simplemente un abuso que provenía de una consideración sobre vigilancia de linderos que
don Alvaro no aplicaba en su propia hacienda. La comunidad
no tenía fuerza para hacer pagar a don Alvaro y de allí que
cada año se limitara a entregarle su ganado.

El juez creyó conveniente intervenir diciendo con indignado tono de protesta:

— ¿Cómo que no tiene fuerza para hacer pagar? ¡El derecho!..., ¡la ley!...

Rosendo salió. Estaba muy fatigado y no hallaba manera
de salir del paso. De pronto se sintió perdido en ese mundo de
papeles, olor de tabaco y aire malo. En un momento tuvo la
sospecha de que todos los legajos y expedientes que blanqueaban en los estantes y sobre la mesa del juez terminarían
por ahogarlo, por ahogarlos, por perder a la comunidad. Muchos papeles, innumerables. Muchas letras, muchas palabras,
muchos artículos. ¿Qué sabían ellos de eso? Bismarck Ruiz sabía, ¿pero era acaso un comunero? El no amaba la tierra y sí
amaba la plata. El comunero sufría y moría bajo esos papeles
como un viajero extraviado en un páramo bajo una tormenta
de nieve. Nada respondió, pues, y el juez dijo:

— Veo que no respeta usted en forma debida la ley. Es
explicable, dado su apartamiento de la vida nacional. ¿Y por
qué?...

El interrogatorio fué muy largo. Rosendo respondió con
menos amplitud debido a su fatiga, aunque por momentos se
olvidó de ella y habló y habló defendiendo su tierra como una
fiera su refugio. Al terminar, el juez dió una prueba de benevolencia poniéndose de pie y colocándole una mano sobre el
hombro.

— Viejito, personalmente disculpo tus fallas considerando
tu cansancio. Como juez es otra cosa: la ley es la ley. Pero no
te aflijas. Trae tus testigos. Que no sean comuneros porque
dirán lo mismo que tú y además son parte interesada...
Hombres que conozcan Rumi.

— Hay muchos, señor juez — dijo Rosendo.

Rosendo habló con Bismarck Ruiz y él lo instruyó debi-
damente. Ayudado por los regidores y algunos comuneros
notables, se puso a buscar testigos. Rosendo pensaba que el

Juez, si bien parecía un hombre duro, no era sin duda un hombre malo. Se notaba que su deseo era el de ser estricto y dar la razón a quien la tuviera. ¿Y aquello de la tormenta de papel, esa impresión deplorable? Era asunto de ver a los testigos ahora. Vamos...

*
* *

La capilla fué abierta y San Isidro reverenciado de día con luces y de noche con luces y rezos. Doroteo Quispe, postrado de rodillas, inclinaba sus grandes espaldas y su cabeza hirsuta ante la imagen, a la vez que oraba con voz ronca y suplicante. Tras él, había un tumulto de rebozos y ponchos del cual emergían cabezas también inclinadas. San Isidro era muy milagroso. Salvaría a la comunidad. Parecía más que nunca tranquilo y satisfecho. En el tiempo en que comenzaban a granar las mieses era su fiesta. Todos se prometían hacerle una fiesta muy grande, hasta con toros bravos, si salvaba a la comunidad. Mientras tanto rezaban con fervor y las velas colocadas en el altar chorreaban una larga lágrima al consumirse.

*
* *

Rosendo y sus ayudantes fueron a buscar testigos por los distritos de Muncha y Uyumi, por la hacienda situada al otro lado del río Ocros, por la hacienda del otro lado de la crestería de El Alto. Todos les decían:

—La verdá, están en su derecho y todo el mundo sabe que esas tierras son de ustedes. ¿Pero quién se mete con don Álvaro Amenábar? Es un fregao y vaya usté a saber lo que le hará al que se meta...

Y Rosendo, los regidores y los comuneros notables, volvían al caserío rumiando su desencanto y cada uno con la esperanza de que a los otros les hubiera ido mejor. El poder temible de don Alvaro se extendía por la comarca como las nubes por el cielo. Iban a contar sus contratiempos a Bismarck Ruiz y él les decía con entusiasmo, tal si no le afectara gran cosa la noticia:

—Busquen, busquen testigos... algún hombre de conciencia y valor habrá por ahí...

El hombre de conciencia y valor apareció un día en la persona de Jacinto Prieto. Era el mejor herrero del pueblo, un espíritu poderoso como su cuerpo fuerte, de gruesos brazos llenos de nervios y pecho amplio que distendía la camisa oscura. Usaba una gorra de visera corta, dentro y fuera de su taller, que no necesitaba defender del sol una cara curtida por la cotidiana llamarada de la fragua. Sus manazas estaban guarnecidas de callos y sus pies de zapatones quemados por las escorias ardientes. En la faz trigueña y ancha, un poco obesa, tenía un gesto de atención cual si siempre estuviera examinando el sitio que debía golpear el martillo o raer la lima. La severidad que daba a ese rostro el entrecejo arrugado desaparecía en una gruesa boca de sonrisa bonachona. Amigo de la comunidad, desde hacía varios lustros, intimó al enseñar el oficio a Evaristo Maqui. Todos los años, después de las cosechas y arreando cuatro jumentos, llegaba por Rumi a comprar trigo y maíz.

— Aquí me tiene usté, mi don Rosendo, a buscar la comidita...

— Llegue, don Jacinto, que gusto de velo...

Prieto hospedóse en casa de Rosendo. Los amigos se pusieron a conversar y, como es natural, el alcalde informó del juicio y de sus alternativas. Nadie quería declarar. No podían encontrar un solo testigo.

— ¡Qué gente floja! — comentó el herrero.

— ¿Usté declararía?

— Claro, es la verdá. Hace veinticinco o treinta años que vengo, desde aprendiz, y esto ha sido tierra comunal siempre. ¿Qué tiene decir la verdad? La hacienda del lao tovía se llamaba Cerro Negro y era de ganao lanar; tovía no estaba englobada en Umay...

Rosendo agradeció mucho y quiso que el herrero, siquiera por esa vez, aceptara como obsequio el trigo y el maíz. Prieto se negó:

— No, mi amigo. Eso fuera como cobrar. Lo justo es lo justo y hay que decilo sin interés. Si le recibo me quedaría ardiendo como una mera ampolla de quemazón.

— Iremos onde Bismar Ruiz pa que le diga...

— ¿Habrá necesidá? Güeno, iremos, no sea que me falle... Con la ley se parte la verdá más firme como acero mal templao...

Bismarck Ruiz interrogó al herrero sobre lo que pensaba declarar y por último dijo que estaba bien, que iba a presentar un recurso y el juez lo llamaría uno de los días siguientes. Rosendo Maqui confiaba. Jacinto Prieto era un artesano honrado y cumplidor, muy estimado en toda la provincia, tanto por los hacendados a quienes herraba los caballos finos como por los labriegos que necesitaban acerar a bajo precio sus lampas y barretas. Su dicho pesaría.

Prieto se fué tranquilamente a su taller. Su torso desnudo, cubierto por delante con un mandil de cuero, entonaba al resplandor de la fragua y los hierros candentes, la epopeya del músculo. Se encrespaban y distendían los nervios y las venas, palpitaban los biceps, todas las masas de torneada y exacta proporción se erguían e inclinaban rítmica y armoniosamente, en tanto que el hierro se quejaba y cedía a cada martillazo. Como todo hombre consciente de su fuerza, Prieto era de carácter tranquilo y hasta alegre. Terminaba la jornada diaria canturreando y él y sus ayudantes sentábanse a una tosca mesa donde la mujer del herrero servía el yantar... El hambre le hacía siempre magnífico. El herrero dirigía la conversación charlando de las incidencias del trabajo. Una de las combas estaba por partirse. Las herramientas venían mejor antes... Esos aceros, esas limas! Duraban años. No hay que esperar que el acero se enfríe mucho para meterlo al agua y darle temple. El que sabe templar, conoce el momento de retirar la pieza por el chasquido que hace dentro del agua. Ese conocimiento se adquiere con la práctica y el tiempo. Antes, los indios creían que el agua de la botija donde daban temple era tónica. Se la iban a comprar. El les decía: «Traigan igual cantidad de agua que la que quieren y así es mejor». Lo hacía para que no le secaran la botija. Antes eran así de tontos los indios y después se fueron avivando. Pero siempre eran víctimas: ahí estaba lo que sucedía con los de Rumi. El iba a declarar porque el hombre debe defender la justicia, aunque pierda. ¿Cuándo lo llamarían a declarar? Un comunero de Rumi fué su discípulo. Ahora era herrero. Lo malo es que bebía más de la cuenta. Un hombre debía beber tanto y cuanto, porque es tratar mal al cuerpo no darle gusto con unos tragos, pero no hasta perder el sentido...

Los ayudantes, todos ellos aprendices, escuchaban a su maestro con el respeto debido al hombre fuerte ante el hierro y la vida.

Una tarde se presentó por el taller un individuo apodado el Zurdo, sujeto sin oficio conocido, algo vagabundo y truhán. Vestía un traje de dril amarillo, bastante sucio y remendado. Su cara demacrada, de ojos inquietos, hablaba de una existencia desordenada.

— Oiga, don Jacinto, yo le traje una barreta pa acerar y se me ha partido. ¿Qué acero le puso?

— Acero bueno, ¿qué más le iba a poner?

— No; usté le puso fierro colao — dijo el Zurdo, elevando el tono—, usté me ha engañao...

El herrero sentía una secreta repugnancia por ese hombre ocioso e informal que negaba con su existencia todo lo que él afirmaba con la suya.

— Bueno — dijo el herrero —, si es que se ha partido como dices, trae la barreta pa componértela.

Y el Zurdo, gritando:

— No me importa la barreta, lo que me importa es el engaño. ¡A cuántos infelices indios no le hará lo mismo! ¡Pobre gente que no se atreve a reclamar!

El herrero, dejando su quehacer y mirándolo con ojos punzantes:

— Te vas a callar, oye. Y si no quieres traer la barreta, toma tu plata.

Le tiró sobre el yunque dos soles que el Zurdo se apresuró a recoger.

— ¿Así que usté cree que de este modo justifica el engaño? Los que no reclaman, fregaos se quedan...

El herrero se le acercó:

— Vete antes de que te descalabre. Holgazán, sinvergüenza. ¿Acaso habrás trabajao con la barreta? Seguro que la fuiste a vender... Vete, quítate de mi vista...

El Zurdo salió y, parándose en media calle, se puso a gritar:

— Aquí hay un engañador... No es herrero sino un mentiroso... Que salga pa enseñarle... Que salga ese ladrón cobarde...

Los poblanos alharaquientos y fisgones se fueron aglomerando frente a la herrería:

— ¿Saben? Ese Prieto es un ladrón. No le puso acero sino fierro colao a mi barreta... Ahora se hace el digno... ¡Que salga ese ladrón cobarde!

Salió Jacinto Prieto, rojo de indignación, con ánimo de decir algo a los espectadores, pero el Zurdo no le dió tiempo, pues sacando una cuchilla y blandiéndola con la mano izquierda, se le tiró de costado. Prieto esquivó el golpe y, en el momento en que el Zurdo caía, le cogió la mano y doblándosela violentamente le hizo soltar la cuchilla. «Deja, ladrón cobarde». El herrero perdió el control y comenzó a golpear al Zurdo, que logró pararse tres veces para caer derribado por feroces trompadas. En cierto momento, como si le pareciera que esa culebra estaba durando demasiado, lo agarró del cuello. El Zurdo se retorcía. Y un grito agudo y doloroso: «Jacinto, ¿qué haces?» El herrero volvió a la realidad. Soltó al Zurdo, que se desplomó sangrando, con la nariz aplastada y posiblemente unas costillas rotas. ¿Qué hacía, en verdad? Ahí estaba su mujer, llorando, prendida de uno de sus recios brazos. Los gendarmes llegaron haciéndose cargo de la situación. El Zurdo jadeaba, con los ojos cerrados, en el suelo. «Acompáñenos, don Jacinto». El círculo de espectadores se rompió. El herrero ingresó a su taller, se puso la camisa y el saco y salió. «Vamos», dijo a los gendarmes. Y por primera vez en su vida Jacinto Prieto entró a la cárcel.

El Zurdo buscó un tinterillo y lo enjuició por lesiones y homicidio frustrado. Prieto debió defenderse y buscó también un rábula. Acudieron testigos. El herrero tenía en su favor el hecho de que fué agredido primero, pero no pudo presentar «el cuerpo del delito» o sea, la cuchilla. Alguien la recogió en medio de la trifulca. El papeleo tenía trazas de durar.

Su mujer le llevó una citación judicial de fecha atrasada en la que se le llamaba a declarar en el litigio de Rumi. El le dijo:

—Sabes, he pensao mucho y creo que me mandaron hacer el lío pa eliminarme. El Zurdo no paró hasta hacerme lío. La barreta estaba bien, pero, ¿quién no sabe lo haragán que es? Seguro que no era de él, a lo mejor la robó y mandó acerar pa vendela. Le dije que la llevara pa componela y no se conformó. Le di la plata y tampoco se conformó. Lo que deseaba era lío. Sabe Dios si quiso matarme. Pero aura me enjuician po lesiones y homicidio frustrado y ya es lo mesmo. ¿Por qué se demoró tanto el juez en citarme? Me descalifican como testigo y mientras tanto me friegan...

Los aprendices no podían realizar obra de calidad y el taller perdía clientes. El hijo mayor de Jacinto Prieto, que habría podido dirigirlo, estaba ausente, sirviendo en el ejército. Salió sorteado para el servicio militar y, patrióticamente, se presentó. Otros suelen esconderse y los ricos se eximen. Ahora, la celda era oscura y húmeda y su gelidez, ayudada por la inactividad, entraba hasta los huesos. ¿Y cómo les iría a los indefensos comuneros en su juicio? La pobre mujer lloraba, el taller estaba casi de su cuenta, y el hijo, ausente, sirviendo a la patria. Iban a quitar sus tierras a los comuneros. Jacinto Prieto se desengañaba, por momentos, de la patria. ¿Por qué la patria permitía tanta mala autoridad, tanto abuso de gamonales y mandones, tanto robo? Había tenido un patriotismo firme como el hierro, dulce como el yantar después del trabajo, pero tal vez la patria no era de los pobres...

*
* *

No hubo quien declarara en favor de la comunidad. Los campesinos tenían miedo y algunos ricos, que habrían podido hacerlo, daban cualquier disculpa a los peticionarios y luego decían: «¿Para qué nos vamos a meter en favor de indios?» Iñiguez solicitó un peritaje sobre linderos, y los peritos declararon que las piedras de los mojones tenían huellas de haber sido removidas recientemente, lo cual hacía pensar que los hitos fueron levantados en fecha próxima. Algunas piedras tenían inclusive tierra, cosa que no sucedería si por lo menos hubieran sido lavadas por las lluvias de un solo invierno. Bismarck explicó a los comuneros que no podía hacer nada contra Zenobio García y Julio Contreras, pues habían desaparecido los expedientes y, como ya veían, nadie aceptaría declarar, iniciando un nuevo juicio, ahora que favorecían a don Alvaro. Pero había mucha esperanza por otro lado...

Un día y otro, Rosendo Maqui, acompañado de regidores o comuneros notables — al alcalde le interesaba que el mayor número de comuneros viera de cerca el juicio—, fué de Rumi al pueblo y regresó.

— Tuesta cancha, Juanacha, que mañana nos vamos a ver el juicio...

Juanacha se había puesto algo escéptica:

— ¿Otra vez? — decía.

Pero tostaba la cancha, y Rosendo y sus acompañantes,
apenas reventaba el botón aibo de la amanecida, salían en dirección al pueblo. El sol los ardía cuando ya tenían caminadas
muchas leguas.

— Don Bismar dijo que faltaba pa papel sellao...

— Sí, pue, y quiso cuatro gallinas, pero ya no tengo.

— Hoy le daremos sólo la platita...

Bismarck Ruiz, como ciertos espíritus menguados, agre-
gaba la mezquindad a la maldad y no solamente robaba a los
indios su dinero sino que, con ridículo ventajismo, les sacaba
corderos, gallinas, huevos. Se creía muy ladino al abusar de
la buena fe de los comuneros. Ellos trataban de tener satisfecho al defensor, ¡ese don Bismar que escribía tanto en grandes papeles rayados de rojo!

Los indios llegaban al pueblo y encontraban el juzgado
cerrado, pues el juez estaba enfermo o había ido al campo a
hacer diligencias. A las escribanías atestadas de gente y a don
Bismarck blasfemando porque, según decía, nadie le pagaba.
Ellos le pagaban.

Si podían hablar alguna vez con los elevados personajes
jurídicos, recibían promesas. Los otros indios y mestizos que
merodeaban por allí, con la cara triste o llena de petulancia, les
decían cualquier cosa cuando los comuneros preguntaban.
Todo era un laberinto de papel sellado que mareaba.

— Ya va a estar, ya va a estar...

El defensor, el escribano, el juez, les decían lo mismo si
lograban hablarles. Veían que, a veces, don Alvaro entraba
al juzgado después de desmontar de su caballo enjaezado de
plata, haciendo sonar las espuelas y con el poncho palangana-
mente terciado al hombro. Bismarck Ruiz les decía:

— ¡Al tal Amenábar le estoy preparando un atestao como pa matarlo!

Y les enseñaba un grueso fajo de papeles escritos en bien
perfilada letra. A veces les leía algunos párrafos. Eran una
defensa teórica del indio, de las comunidades, de las tierras. Algunas frases parecían gritos. Los indios, sin sospechar que una
defensa debe basarse concretamente en artículos de la ley, en
pruebas definidas, en bases precisas, sentían el corazón re-
confortado y les parecía bien. Bismarck sonreía nadando en
un mar de abyecta felicidad. Conseguida la aceptación de los
cinco mil soles, le habían ofrecido mil más y ahora, de propósito, acentuaba el tono patético y teóricamente reivindicador

para que, caso de ir el expediente en apelación, la Corte creyera que la defensa fué hecha por un agitador demagógico. ¡Ah, indios zonzos!

En sus casas, recibían a Rosendo y los acompañantes con oídos prestos. Iban otros indios a enterarse también. Y todos, al tener que repetir y escuchar la letanía de siempre, caían en la cuenta de que no adelantaban nada. Entonces, muy en sus adentros, comenzaban a llegar a la conclusión de que eran indios, es decir, que, por eso, estaban solos.

*
* *

La comunidad hacía por vivir su existencia cotidiana, a despecho de penas. Vacas y caballos fueron llevados a los corrales y allí recibieron de manos de los comuneros su ración de sal. Uno que otro burro manso participó también, pues los otros, como ya dijimos, aprovecharon la libertad para escaparse a su querencia del río Ocros. Allí había barrancos que ponían al descubierto profundos estratos de la tierra, de los que afloraba una sustancia blanca y salobre llamada colpa. Eso lamían los montaraces y por ello, tanto como por la cañabrava, el clima cálido y la libertad, estaban muy lustrosos y correlones siempre.

Veinte comuneros diestros en el manejo del hacha fueron a la quebrada y al arroyo a cortar vigas y varas para el techo de la escuela.

Y el tiempo corría con sol madrugador y noches claras, cielo pavonado de azul o bruñido de estrellas. Hasta que llegó septiembre con encrespadas nubes grises que, no obstante, pasaban sin muchos tropiezos por un cielo despejado y desaparecían.

El amor seguía cantando gozosamente en muchos cuerpos jóvenes, y los maduros y los viejos defendían con toda su vida — fecundidad alegre de los hombres y de la tierra — su esperanza.

Mas el buen Mardoqueo parecía muy cambiado. La espalda ya estaba deshinchada, pero los azotes le habían borrado toda la existencia: el pasado de siembra y cosecha y el porvenir de espera. Continuaba torvo, callado, metido dentro de sí mismo, mascando sin sosiego una coca que acaso le sabía amarga.

— ¿Qué te pasa, Mardoqueo?
— Nada, hom...

Y volvía a su silencio y a su coca, y la estera destinada a la escuela esperaba inútilmente una prolongación que no llegaba de sus hábiles manos de tejedor.

*

* *

Un piquete de gendarmes azuleó por el caserío. Rosendo los vió llegar pensando que sin duda iban a hacer el espectáculo de buscar al Fiero Vásquez. Eran diez, armados de rifles y comandados por un sargento. Se plantaron ante la casa del alcalde y el sargento dijo, sacando un papel:

— Oye, alcalde, haz llamar inmediatamente a estos doce hombres...

Leyó una lista encabezada por Jerónimo Cahua.

— ¿Pa qué, señor?

— Nada de *pa qué*. Hazlos llamar inmediatamente, que si no serás tú el responsable de su persecución...

Rosendo despachó a su yerno y Juanacha para que llamaran a los buscados. Después de un rato, ellos acudieron seguidos de sus familiares, y el sargento los formó en fila. Espejeaba la angustia en las pupilas.

— Preparen sus rifles y al que corra, mátenlo — dijo a los gendarmes—, y ustedes, indios, entreguen las escopetas que usan sin licencia. Tienen cinco minutos pa responder y si no las entregan, van presos...

Los conminados hablaron con el alcalde y resolvieron entregar las escopetas. ¿Qué iban a hacer? Peor era caer presos. Sus familiares fueron por ellas y momentos después quedaban en manos de los gendarmes. Doce escopetas de los más antiguos modelos, mohosas, flojas, de un solo cañón.

Los comuneros comentaban el asunto sin salir todavía de su sorpresa. Todo había pasado en un tiempo demasiado corto. ¿Y cómo supieron? De repente uno dijo:

— ¡El Mágico!

Ciertamente, el Mágico inquirió durante su última visita por todos los poseedores de escopetas con el pretexto de comprar una para cierto cabrero de Uyumi. Ya casi lo habían olvidado. Y entonces comprendieron que había un plan muy antelado y ancho...

*
* *

La sombra negra del bandido cruzó el día siguiente por
el caserío y se detuvo ante la casa de su amigo. Salió Casiana.
— ¿Qué es de don Rosendo?
— En el pueblo, po el juicio...
— Esos juicios son largos, pero sé que les han quitao las
escopetas y po algo malo será. Yo estoy aura más allá de El
Alto, po esas peñas prietas y amontonadas... Si va pa malo,
mándame llamar o vas vos mesma...
— Güeno—respondió Casiana, recordando la rebelión de
Valencio y pensando en él, en Vásquez y todos los hombres
alzados y fuertes que sin duda los acompañaban...
La sombra partió al galope, yendo hacia Muncha.

*
* *

Un día amaneció la novedad de que una mujer vieja había pasado por la Calle Real, a media noche, llorando. Su llanto
era muy largo y triste, desolado, y se le oyó desaparecer en la
lejanía como un lamento... La tierra se volvió mujer para
llorar, deplorando sin duda la suerte de sus hijos, de su comunidad inválida.
¡Tierra, madre tierra, dulce madre abatida!

VIII

EL DESPOJO

Septiembre creció y pasó con nubes y recelos. Octubre llegó agitando su ventarrón cambiante, con súbitas olas de frío y terrales remolineantes por ia plaza, las lomas y los caminos. Entre las tejas y los aleros prolongaba un amenazante rezongo, extendía y agitaba como banderolas los ponchos y las amplias polleras de los caminantes, tronchaba gajos nuevos y arrancaba hojas. Su invisible zarpa arañaba la carne del hombre y el vegetal y la piel trabajada de la tierra.

Así llegó el ventarrón de octubre, y los comuneros le ponían su habitual cara de tranquilidad. Renunciaría a su embate frente a un suelo hinchado, un árbol lozano, una lluvia apretada como un muro. Mas corría otro ventarrón incontrastable, que azotaba la continuidad de la existencia comunitaria y al cual no se podía encarar con la respuesta de la naturaleza. Y ésta es la que, en último término, sabían dar los labriegos. Hombres de campo, adoctrinados en la ley de la tierra, desenvolvían su vida según ella e ignoraban las demás, que antes les eran innecesarias y por otra parte no habían podido aprender. Ahora, ante la papelera embestida o sea la nueva ley, se encontraban personalmente desarmados, y su esperanza no podía hacer otra cosa que afirmarse en el amor a la tierra. Mas no bastaba para afrontar la lucha y había que ir al pueblo y tratar con los rábulas.

Rosendo Maqui pensó dejar de lado al sospechoso Bismarck Ruiz, pero, cuando quiso contratar a alguno de los otros «defensores jurídicos» que actuaban en la capital de la provincia, todos se negaron. Uno le manifestó: «¿Por qué me voy a desprestigiar defendiendo causas perdidas? Dénse con una piedra en el pecho agradeciendo que Amenábar no les quita todo». Ruiz seguía alentando a los comuneros del modo más optimista. Díjoles que el decomiso de escopetas nada tenía que ver con el juicio, pues el gobierno había mandado desarmar a todo el norte de la república debido a que corrían rumores de revolución. Díjoles... Sería largo relatar todas las mentiras y promesas de Bismarck Ruiz, todas las argucias y legalismos del juez y los escribanos, todas las intrigas de Amenábar. Los comuneros perdieron la fe, y Rosendo sentía que se estaba moviendo en un ambiente malsano, extraño a su sentido de la vida, tétrico como una cueva donde podía herir a mansalva la garra más artera. Lejos de la tierra, parecía que se cosechaban solamente los frutos de la maldad. Ese mismo juez, que parecía tan austero, nada habría hecho por hacer respetar la justicia cuando todos los pobres temían desafiar a un rico así fuera tan sólo con una declaración de conciencia.

El alcalde llamó a los regidores a consejo. Dentro de dos días, tenían que ir al pueblo a escuchar la sentencia del juez. Nada quedaba por hacer ya. La prueba llegaba al fin. Sin duda no lo perderían todo. Acaso menos de lo que se esperaba. Acaso... Cuando Rosendo recordó al viejo Chauqui, aquel que habló de la peste de la ley, les hizo crujir los huesos un dolor de siglos.

*
* *

Nadie dudó, viendo a Rosendo Maqui, los cuatro regidores y algunos comuneros añadidos a la comisión, de que lo peor se había cumplido. Llegaron tarde ya, con sombra, formando un silencioso y apretado grupo. Parecía que los mismos caballos estaban contagiados de la tristeza de los jinetes, y dejaban colgar sus largos cuellos crinudos. De volver con bien, uno o dos comisionados se habrían adelantado para entrar al caserío galopando y gritando la nueva. Llegaban juntos y nada decían ni entre ellos mismos. A la luz de los fogones

cruzó la cabalgata de flojo trote y se detuvo ante la casa de
Rosendo. Este habló con voz dura y ronca:

—Digan lo que ha pasao pa que cada uno piense y forme
su parecer... Pasao mañana en la tarde será de una vez la
asamblea de año... ahí se tratará...

Regidores y comuneros fuéronse hacia sus casas. Sebastián Poma tendió los nervudos brazos a su suegro y Rosendo
desmontó aceptando de buen grado la ayuda y luego entró a
su casa con andar pesado. Poco le preguntaron Sebastián y
Anselmo, pero frente a las casas de los acompañantes se agol-
paron grupos ávidos que poco a poco se fueron deshaciendo
para comentar por su lado.

—Quita la parte baja hasta el río Ocros, entre lao y lao
de la quebrada y el arroyo...

— ¿Qué vale esa peñolería que da pa Muncha?...

— La pampa de Yanañahui hasta las peñas de este lao
y de El Alto...es lo que deja...

—Ah, maldito...

—No debemos consentir...

— ¿Qué se hará? No hay ni escopetas.

—Porfirio tiene un rifle...

—No debemos considerar onde ese... No es de aquí...

Ni Rosendo ni ninguno de los que habían escuchado la
sentencia, entendieron muy bien sus disposiciones, enredadas
en una terminología judicial y un estilo enrevesado más inex-
tricables que matorral de zarzas. Bismarck Ruiz, haciéndose
el triste, se las había explicado una por una. Tampoco entendieron entre el palabreo, que ellos se daban por notificados
«difiriendo apelación», términos que el tinterillo se guardó
de explicar y en los que nadie reparó. Por último, el juez, «de
acuerdo con las partes», había fijado la fecha de entrega y
toma de posesión para el 14 de octubre. lo que sí fué bien es-
pecificado. En esto insistían los comentarios. Se estaba a 9.
¿Qué iría a ser de la comunidad? ¿Qué iría a ser de ellos mismos?
¿Dónde criarían el ganado? ¿Dónde sembrarían? ¿Tendrían
que doblegarse y trabajar como peones? Cada uno decía su
parecer o se lo iba formando lentamente. Esa noche, la luz de
los fogones ardió hasta muy tarde.

*
* *

Amaneció como si todo hubiera pasado mala noche. La tierra estaba cubierta por una bruma que ascendía con dificultad, y los ojos turbios tampoco se aclaraban. Cuando por fin se levantó la neblina, fué para apretarse contra el cielo formando nubarrones prietos. Abajo, en las caras, parecía gestarse otra tormenta. Rosendo y los regidores esperaban con tanta ansiedad como el pueblo la asamblea del día siguiente. Los comuneros se reunieron según sus tendencias, por grupos. Rosendo llamó a consejo, contra su costumbre, por la mañana. Gobernantes y gobernados preparaban sus críticas, sus defensas, sus ponencias. Nunca como en ese año se había dado una asamblea de la que se aguardara tanto.

Rosendo, después del consejo, hizo llamar a Augusto Maqui.

— Ya estamos a 10. El 14 vendrán. He pensado en vos pa que vayas a ver lo que pasa en Umay. Sabes lo que hicieron con el pobre Mardoqueo. Aura, po eso mesmo, he pensao en vos, que eres mi nieto. Que no se diga que a mi familia no le doy comisiones de riesgo. Empuña tu bayo, que te gusta. Lo dejas en alguna hoyada y tú entras a la llanura de noche. Si puedes, vas a la casa de algún colono... Si no... mira lo que pasa en la hacienda...

El mechón nigérrimo que partía la frente de Augusto le sombraba uno de los ojos duros y brillantes. Oyó la orden de su abuelo sin chistar. Sabía que, de descubrirlo, le sacarían el pellejo a latigazos y quién sabe lo matarían, pero no dijo nada. El abuelo le puso la mano en el hombro, le palmeó el cogote ancho. Se veía muy vieja, muy rugosa su mano junto a la piel tensa del mozo.

— Vos comprende: eres mi nieto y te quiero y te expongo. Son penosos los deberes. Andate...

Augusto fué y ensilló su bayo, púsose de todos sus ponchos el más oscuro y pasó a despedirse de Marguicha. Ella sintió como que se lo arrancaban del pecho. Sus senos temblaron y estuvo a punto de soltar el llanto, pero recobróse y hasta trató de sonreír. ¿Cómo le iba a quitar el valor? Le dijo:

— Volverás, Augusto...

Unos ojos negros, húmedos y grandes, estuvieron mirando hasta que el jinete del bayo se perdió tras la curva haciendo ondular su poncho gris al viento.

Rosendo cabalgó en el Frontino y se fué, seguido de Goyo Auca, que montaba un caballejo prieto, al distrito de Uyumi.

El mejor de los dos caminos que llevaban a ese lugar pasaba
por Muncha. No quiso ir por allí y tomó el otro, que ya cono-
cimos en parte cuando acompañamos al muchacho Adrián
Santos en su viaje al rodeo. Rosendo y Goyo cruzaron con facilidad por ese bosque — avanzada de la selva donde Adrián
estuvo a punto de perderse. Luego pasaron por la misma quebrada de Rumi, equilibráronse después por un camino de cabras suspendido sobre una vorágine de rocas y por último
ciñéronse a faldas amplias, bordadas de senderos como de grecas. Tras una de ellas, en una loma propicia, rodeado de rastrojos y mugidos, estaba el pueblecito de Uyumi. La iglesia
de torre cuellilarga parecía muy petulante. A su lado, la casa
del cura era vanidosa de veras. Como que con sus tejas y su
altura, podía mirar por encima de los hombros a las otras,
pajizas y chatas, de los demás vecinos. Rosendo y Goyo se
detuvieron ante la casa del cura y el propio párroco, señor
Gervasio Mestas, salió a recibirlos...

— Arribad, pasad, buena gente. Muy honrado de veros
por mi humilde morada...

Rosendo y Goyo lograron entender que se trataba de que
entraran. El señor cura sacó unas sillas al corredor y él mismo
se sentó en una, invitando:

— Tomad asiento...

Y a uno de sus sirvientes, que había salido:

— Traed pienso a las acémilas... Daos prisa...

Don Gervasio Mestas era un español treintón y locuaz,
blanco y obeso, que remudaba sotana después de la cuaresma
y tenía a su cargo la parroquia que comprendía Uyumi y algunos caseríos y haciendas de la comarca. Hablaba un castellano
presuntuoso, si se tiene en cuenta a quienes lo dirigía. Su ser-
vidumbre había llegado a comprenderle después de mucho.
Las demás gentes casi no le entendían. Pero hay que convenir
en que ellas, por eso mismo, consideraban a don Gervasio
Mestas un sabio. Rosendo y los comuneros lo estimaban también si no por el idioma, que les parecía propio de un país extraño, porque don Gervasio se había portado discretamente con
Rumi. Curas hubo que dejaron muy malos recuerdos. Entre
ellos un tal Chirinos, azambado el maldito, que era carero
como él sólo y acostumbraba abusar de las chinas. Una vez
encerró en su pieza a una de las muchachas más bonitas. Cuando su madre fué a reclamársela, dijo que no la tenía. Entonces
la madre gritó y amotinó a los comuneros, que patearon y

arrastraron al tal Chirinos hasta la salida del pueblo. Y no
por los principios. El indio, ser terrígena, entiende lo religioso
en función de humanidad. Lo hicieron castigando el abuso.
Bien está que un cura busque mujer, que también es hombre,
pero no que aproveche su condición de cura para forzar. El
tal Chirinos no volvió más. Fueron otros a celebrar la fiesta.
Uno resultó borracho. El siguiente tenía muy fea voz y no
servía para la misa cantada del día grande de la fiesta. El tercero era un poco negligente. Hasta que llegó don Gervasio
Mestas. ¡Vaya cura sermoneador, bendecidor y cantor! Andaba con la cruz en la punta de los dedos. Cobraba sin cargarse para ningún extremo y, si tenía mujer, no ofendía a nadie.
Además, daba siempre muy buenos consejos. Y por eso estaban allí Rosendo y Goyo, esperando su palabra.

— Decid, buena gente, ¿qué os trae por aquí?

— Taita cura — respondió Rosendo —, venimos pa que
nos dé su consejo. ¿Qué haremos en esta fatalidad que nos ha
llegao? Mañana tenemos asamblea y venimos pa que nos ilus-
tre su señoria. Vea usté...

Rosendo relató detalladamente las incidencias del juicio
de linderos, terminando en la sentencia desfavorable.

— ¿Y no hay nada más que hacer, ninguna medida even-
tual que tomar en eso del litigio?

— Taita cura, nuestro defensor lo dió po terminao...

— ¡Qué lástima, qué lástima!

El señor cura Mestas se quedó meditando. Los comuneros esperaban que tratara del proceso dándoles alguna idea,
pues era fama que sabía de leyes, mas él habló para decir, es-
forzándose esta vez en ser claro:

— ¡Una verdadera desgracia! Para mí en particular, lo es
doblemente por tratarse de que los contendores son mis feli-
greses y muy queridos... ¿Don Alvaro Amenábar?, todo un
caballero, ¿y ustedes?, cumplidos fieles. Es una verdadera
desgracia... Mi misión no es la de ahondar las divisiones de
la humanidad. Por el contrario, es la de apaciguar y unir. Sólo
el amor entre los hombres, bajo el misericordioso amor de
Dios, hará la felicidad del género humano. Orad, rezad, tened
fe en Dios, mucha fe en Dios, eso es lo que puedo aconsejaros.
Los bienes terrenales son perecederos. Los bienes espirituales
son permanentes. Los sufrimientos y la fe, la fe en la Provi-
dencia, abren el camino de la felicidad eterna en el seno del
Señor...

—Taita cura, pero, ¿qué haremos?...

—Obedeced los altos designios de Dios y tened fe. Mi ministerio no me permite aconsejaros de otro modo. Orad y confiad en su espíritu misericordioso... El bendito San Isidro vela especialmente por la comunidad. No lo olvidéis...

El señor cura Mestas tenía el índice y los ojos levantados hacia el cielo.

—Cumplid los mandamientos, que son mandamientos de paz y amor...

—Taita cura, ¿y don Alvaro? ¿No debe cumplir también él? El es tamién cristiano...

El señor cura les clavó los ojos.

—Eso no nos toca juzgar a nosotros. Si don Alvaro peca, Dios le tomará cuentas a su tiempo... Idos en paz, buena gente, y que la fe os ilumine y haga que soportéis la prueba con resignación y espíritu cristiano...

Rosendo y Goyo se marcharon llevándose en el pecho un violento combate. Ellos habían tenido a Dios y a San Isidro como a protectores y defensores de los bienes de la tierra, de las cosechas, de los ganados, de la salud y el contento de los hombres. Poco habían pensado en el Cielo, ciertamente. Y ahora estaban viendo, en último término, que sólo en el Cielo debían pensar. Sin embargo, no podían dejar de querer a la tierra.

Cuando llegaron a Rumi se presentó ante Rosendo la madre de Augusto, la ardilosa y alharaquienta Eulalia.

—¿Volverá esta noche mi Augusto?

—No volverá esta noche —contestó Rosendo.

—¿Onde lo mandaron? ¿Cuándo volverá?

—Cuando Dios quiera...

Eulalia se marchó gimiendo y lamentándose en alta voz, pero su marido, Abram, le salió al paso diciéndole que se callara. Eulalia sabía cómo pesaban las manos del domador y se calló.

*

* *

Augusto Maqui caminó por la puna, fuera de las rutas frecuentadas, lentamente, haciendo tiempo... En las últimas horas de la tarde avistó la llanura de Umay y descendió a ella por una encañada muy abrupta, pero tan llena de pajonales y piedras que el bayo y su poncho no resaltaban. Ya en las inmediaciones del llano, metió el caballo en un matorral y allí lo amarró con soga corta. El mismo permaneció junto al bayo escondido mientras caía la noche. ¡Era tan hermosa la existencia! Hasta el canto del grillo le recordaba bellas horas. El era joven, ellos eran jóvenes — ¡dulce Marguicha! — y tenían derecho a vivir. Pero el abuelo le dijo: «Son penosos los deberes». El buen viejo. A Augusto le parecía un buey que ha arado ancho. Cada uno debe hacer sus melgas y le tocaba a él ahora. La mujer suele dar y quitar valor. Como sea, es dulce. Por primera vez está metido en una tarea de esa laya. Por primera vez, también, desea un revólver. Si lo encuentran lo matan. Se le ha metido que si lo encuentran lo matan. Tiene solamente el machete a la cintura, colgando de su vaina de cuero... ¡Qué vale el machete frente al revólver o a la carabina! Ahora le pesa inútilmente. Si lo encuentran lo matan. «Son penosos los deberes». Marguicha, Marguicha. Ya avanza la sombra, la pesada sombra, amiga del Fiero y de Nasha, del buey Mosco y el toro Choloque, de los campos fatigados y de los que buscan sus secretos...

Augusto salió a su encuentro y, cruzando entre matorrales de zarzas y yerbasanta, entró a un potrero. No se veía a cincuenta pasos. A un lado del potrero, o más bien partiéndolo, avanzaba un camino arbolado. Los altos álamos se encajaban en la noche. Un tropel de caballos redobló a lo lejos. Augusto se tendió junto a un muro. Menos mal que la oscuridad se apretaba ya. Refulgía el cocuyo de un cigarrillo. Dos jinetes pasaron como sombras, deteniéndose al final de la alameda. No estaban a una cuadra del bayo y ni a diez pasos de Augusto

— Apaga el pucho: pueden apuntar viéndolo...

— ¿Crees? ¡Ellos no tienen ya ni escopetas y el Fiero Vásquez no creo que se meta! Son nerviosidades de la señora Leonor...

— Don Alvaro también dijo que hay que estar preparaos... Pásame la botella pa metele un trago...

— Oigo un galope, lejos...

— Cierto...

La sombra era un bloque y Augusto sólo veía la luz del cigarrillo. Haciendo un gran esfuerzo pudo escuchar el rumor del galope. Esos hombres debían ser caporales indios o cholos. Sólo así se explicaba su magnífico oído. Bebieron el licor chas-

queando la lengua y luego prepararon sus carabinas. Los cerrojos bien engrasados traquetearon fácilmente. Crecía el rumor. Avanzaban unos seis u ocho caballos haciendo crepitar
los minutos. Ya estaban muy cerca.

— ¡Alto! — gritó uno de los centinelas.

El tropel siguió avanzando.

— ¡Alto! — volvió a gritar y un tiro encendió su llama
detonante y zumbó taladrando la noche.

El tropel se detuvo.

— ¿Quién?

— Gente de Umay...

— ¿Quién?

— Méndez...

Uno de los centinelas galopó al encuentro del grupo. Sonaron risas y luego avanzó de nuevo el tropel, hasta toparse
con el que aguardaba.

— Vaya, cholo Méndez, ¿por qué no paraban? Tómate
un trago...

— ¡Están ejecutivos ustedes!

— Son órdenes. ¿Cuántos vienen?

— Siete, pue el pobre Roncador está muy mal.

— ¿Ronca mucho?

— Ojalá, lo han quebrao.

— ¿Quebrao?

— El otro día un indio lo empujó por unas peñas, cuando
iban a revisar la toma de agua. ¡Está muy levantada esa indiada de Huarca!

— Bala, pa que aprendan a respetar! ¿Qué le han hecho
al indio?

— Matalo habría sido, pero fugó...

— De buscalo era, si no tuviéramos tanto que hacer...

Los recién llegados habían sacado ya la botella, según
dijeron. Continuó entonces la marcha, rumorosa de cascos y
palabras. Estas se escuchaban confusamente. Augusto resolvió
seguir a los jinetes, caminando junto a la tapia del potrero, que
así, revueltos sus pasos entre los de la cabalgata, no serían
escuchados por los perros que guardaban Umay. Saltó varias
pircas que dividían los campos según los pastos y las sementeras, y cuando los jinetes traspusieron la tranquera, él se metió a un huerto. Era un duraznal de grato olor. En la fragancia, también se percibían limones. Sentía hambre y comió
algunos duraznos. No tenía tanto temor, pues la hacienda es-

taba llena de relinchos y gritos y nadie lo percibiría. De más
abajo salió un canto. Fué hacia allá caminando junto al muro
del huerto. Vió una sala alumbrada por una linterna de ancho
tubo. Los caporales recién llegados comían, unos en la mesa
y otros de pie, conversando con los residentes. El cantor, medio borracho, trataba de entonar un yaraví. Ninguna palabra
se podía escuchar claramente. Augusto pensaba que acaso nada más sacaría. El tiempo pasaba. El hombre del canto se calló para beber y después lo reinició con más vacilaciones de
ebrio. Dos caporales salieron al corredor, conversando, y después de echar un vistazo hacia el huerto avanzaron, al parecer, hacia donde Augusto se hallaba. Se le heló la sangre.
¿Correr? Lo habrían sentido los perros. Encogerse. Se acucli-
lló y los hombres llegaron hasta el muro, lo bordearon un tanto con duros pasos de botas claveteadas y se detuvieron. A sus
anchos sombreros llegaba la vaga luz de la linterna lejana.

—Oye, Méndez, no hay que estar hablando mucho delante de ese que canta. Parece que se hace el borracho pa escuchar mejor sin que naides sospeche. Don Alvaro dice que los
indios saben cosas y habrá algún espía dentro los pongos o los
caporales. Viendo y viendo, el más sospechoso ha resultado
ese caporal. Cayó po acá diciendo que venía de las minas de
Pataz. Como don Alvaro va poner trabajo en una mina, lo
contrató... Es malazo y parece que le apesta la vida! Quién
sabe si es de la pandilla del Fiero Vásquez...

Augusto reconoció la voz de uno de los centinelas. El
llamado Méndez dijo:

—¡Quemarme la sangre estos perros! ¿Po qué lo con-
sienten? Debíamos metele un tiro...

—Es que se sospecha no má... No se sabe de fijo. Como
es voluntario pa la bala, aura puede hacer falta en la toma de
posesión de Rumi...

—¿Y cuándo es?

—El 14. Con ustedes que han llegao y otros que vendrán
más tarde o mañana o pasao, de todas las reparticiones, com-
pletamos veinte. El subprefecto vendrá con veinte gendarmes.
No creo que los indios hagan nada, pero por si el Fiero se meta...

—¿Y por qué no lo cazan al Fiero?

—¿Los gendarmes? Le tienen ganas po lo mucho que se
burla de ellos, pero tamién le tienen miedo. Y son pocos pa él
y su banda. Sería necesario que venga tropa de ejército, pero

eso es otra cosa. El Fiero ayudó pa la senaduría de don Humberto del Campo y Barroso. ¿Te suena el apellido? Cuando su candidatura, don Humberto avisó que venía al pueblo y corrió la voz de que sus enemigos lo iban a emboscar y matar. Sus partidarios le mandaron al Fiero, con quince de sus hombres escogiditos... Ellos lo acompañaron y ¿quién le hizo nada? Ahí está la cosa... Tovía se atreve hasta con don Alvaro, con quien naides puede en la provincia, salvo esos Córdovas que ya caerán...

— El caso es que Rumi...

— Será de don Alvaro. El Fiero tendrá cuando mucho veinte hombres, algunos mal armaos, y nosotros seremos cuarenta...

— Pero tienen buen punto.

— Con todo, los haremos zumbar.

— ¿Y cómo saben que el Fiero puede meterse?

— El Mágico le sonsacó a uno de la pandilla. Pero Rumi caerá y dile a tu gente que cuidao con ése... ¿No ves? Ahora bebe pa dárselas de borracho... Nada de hablar de los gendarmes y ninguna cosa...

— Pero, si es sospechoso, mejor sería no llevalo. ¿Si aprovechando la confusión le mete un tiro po la espalda a don Alvaro?

— Es lo que digo, habrá que decile al patrón...

— A lo mejor no es espía y pasa que hay indios fisgoneando po acá y po eso se sabe.

— No; se suelta a los perros y ¡son cuatro mastines! Aura están encadenaos pa que no vayan a morder a los caporales que lleguen, pero ya los soltaremos... Y tamién no creo que se animen después de la cueriza que se llevó un tal Mardoqueo. ¡Cien latigazos amarrao al eucalipto del patio!

— Será, pero yo propondría que salgamos todos a dar una batida por los laos de la hacienda... Ya se vería...

Augusto sintió que le hacía bulla el corazón. El caporal se quedó pensando en las palabras del otro, del recién llegado Méndez, y acaso porque no creyera en la presencia de espías o porque no quisiera recibir lecciones de nadie, pues él era nada menos que jefe de todos los caporales, respondió un poco irónicamente:

— Estás como la señora Leonor...; ja... ja... Ella cree que el Fiero va a venir pa acá mesmo. ¡Es cuando, con senador y todo, se gana una persecución con tropa de ejército!

Vamos a metele un trago..., ja... ja ... ¿Y tovía no acaba
de cantar ese idiota?...

Los conversadores se dirigieron a la sala. Los otros caporales habían terminado de comer y se entretenían jugando
a la baraja, salvo el ebrio que seguía desentonando con el mismo yaraví.

—¡Cállate! —gritó el jefe de caporales.

Los caballos estaban ya en los potreros, sonaba tal o cual
llamada, crecía el silencio de la noche. Augusto consideró que
era tiempo de irse y, sacándose las ojotas para pisar más calladamente, emprendió el regreso. Al saltar de nuevo la pared del huerto, desmoronóse una fracción y duros terrones
cayeron sonando. Palpitó la furia de un ladrido y de repente
saltó el muro y cayó gruñendo sobre Augusto un perro amarillo. Lo esquivó el mozo y en seguida el perro, sin duda adies-
trado, le saltó al cuello. Lo desvió con el brazo, mas los colmillos lograron prenderse del poncho y lo desgarraron. Fué
el momento en que el machete cayó sobre el cuello y el can
abatióse dando un punzante alarido. Todo había pasado en
brevísimo tiempo. Sonaban gritos y carreras en la casona.
La bronca voz de los mastines golpeaba la sombra.

—¡Suelten los mastines!

Augusto sintió que el cuerpo le pesaba, que se negaba a
obedecerle, pero lo dominó y, con el entendimiento alumbrado
por un súbito recuerdo, corrió a campo traviesa, pues la oscuridad lo favorecía, dando vueltas, entrecruzando sus rastros,
llegando hasta el pie del muro y volviendo hacia el centro de
los potreros. Estallaban tiros y silbaban las balas. La voz de
los mastines no se oía ya. ¿Jadeaban a su espalda? No, que los
rastros entrecruzados los habían confundido. Su estratagema
tuvo éxito y parecía que ladraba alguno por el huerto, rabioso
y atolondrado. Los hombres también estaban por allí. Sin
duda creían que el espía se hallaba oculto entre los árboles.
Mientras tanto Augusto llegaba ya al lugar donde escondió
su caballo. Tuvo un repentino miedo de no encontrarlo. Pero
ahí estaba, clareando en la sombra. Montó y partió, antes de
que los perros rastrearan hacia el otro lado, por esa senda
quebrada que trepaba a la puna. Ya estaba muy arriba cuando
sintió que los perros ladraban en el fondo y los hombres tiraban contra él a ciegas. Las balas pasaban a tas, perdidas. Luego
podía venir por esa senda un nuevo grupo de caporales. Sin
duda lo detendrían. ¿Qué podría decir, si esos tiros a su espal-

da-lo hacían sospechoso? El buen bayo resoplaba tragándose la cuesta. Nadie venía, felizmente. En un momento más podrían abandonar la senda. Y llegó ese momento y el camino hacia Rumi se brindó por media puna, amable y llano, aunque estuviera batido por un furioso ventarrón que Augusto ni sentía. Amaneció cuando entraba a la comunidad. Augusto hizo ver a Rosendo el machete ensangrentado.

— En perro — explicó.

En seguida se puso a contarle todo lo que había escuchado a los caporales. El viejo, entre tanto, miraba el acero rojo y el poncho desgarrado. No formuló ningún comentario acerca de las noticias. Cuando Augusto terminó, le dijo:

— Te has portado bien. Vete a dormir y levántate pa la asamblea.

Augusto se fué a su casa y, sin escuchar el regaño de la madre, se derrumbó sobre el lecho. Marguicha llegó después, acercóse silenciosamente y besó con amorosa mirada al hombre dormido.

*
* *

A mediodía llegaron al caserío diez caporales a caballo. Cruzaron a galope tendido la Calle Real, a riesgo de atropellar a dos niños que escaparon por milagro, y entraron a la plaza lanzando gritos y disparos.

— ¡Viva Amenábar!

Y descargas cerradas se perdían por los aires.

Se plantaron frente a la casa del alcalde. Rosendo y los regidores estaban comentando las noticias. Ninguno se movió. Todos continuaron sentados.

— Tú, dí, viejo imbécil, ¿quién fué a espiar?

— ¿Pa qué mandaste espiar anoche?

— Habla antes que te baliemos...

— Mi perro Trueno lo mataron.

— Dí, so viejo bestia... Te matamos...

Rosendo callaba con tranquilidad. Los caporales, medio borrachos, no sabían qué actitud tomar ante ese despectivo silencio. Uno de ellos dijo:

— ¿Quién mata muermos?

Echáronse a reír, encabritaron los caballos y, siempre vivando a Amenábar y soltando tiros, se fueron. Al cruzar la Calle Real decían:

— Hasta el 14...
— Hasta el 14...

El viento batía la amplia falda de sus sombreros de palma. Las carabinas brillaban al sol...

*
* *

La asamblea se inició en las últimas horas de la tarde, cuando ya el sol tendía sobre la plaza la sombra de los eucaliptos que crecían junto a la capilla.

El alcalde y los regidores estaban sentados, en bancos de maguey, al filo del corredor de la casa del primero. Habían planeado construir un cabildo, después de la escuela, pero ahora no querían ni recordar el proyecto. Fueron llegando los comuneros — hombres, mujeres, niños —, y acuclillándose o sentándose sobre el suelo. Muchos se paraban formando una especie de óvalo que encerraba a los otros. Los niños no iban a hablar ni votar, pero se les llevaba para que oyeran y les fuera entrando el juicio.

Rosendo tenía la cara contraída en un gesto severo y triste y empuñaba con la diestra su báculo de lloque. Parecía muy viejo. Tanto como un tronco batido por vendavales tenaces. El mismo se sentía cansado. Los últimos tiempos lo habían azotado implacablemente, diezmando su cuerpo y estrujando su corazón. Los comuneros escrutaban la faz rugosa y encrespada sintiendo, unos, que había hecho todo lo posible y, otros, que sería difícil encontrar las palabras necesarias contra ese hombre.

Los asambleístas iban llegando y llegando, agolpándose, confundiéndose hasta formar una mancha pintada de rebozos, ponchos y pollerones. Y todos miraban a Rosendo, que permanecía callado y tranquilo, grave y apesadumbrado, hasta cierto punto solitario en su responsabilidad. El fué siempre el mejor de todos por la justicia y la sabiduría y nadie pensaba que los regidores tuvieran que ver mucho en las grandes ocasiones... A un lado de Rosendo estaba el guijarro Goyo Auca, al otro el gallardo y prudente Clemente Yacu, más acá el foráneo y discutido Porfirio Medrano, más allá el blanco y forzudo Artidoro Oteíza. Con ninguno podía compararse al alcalde. Y el alcalde, por su lado, miraba a su pueblo sin fijarse determinadamente en nadie. haciendo como que dejaba va-

gar los ojos. Ese era el pueblo comunero, indio y cholo, que
algunos rostros blancos o claros emergían de entre el tumulto
de caras cetrinas y algunas erizadas barbas negreaban rompiendo los lisos perfiles de la raza. Por ahí estaban Amaro
Santos y Serapio Vargas, juntos, como que eran muy amigos.
Hijos de montoneros, como Benito Castro, ausente, y Remigio
Collantes, muerto, formaban en la comunidad al amparo de
su ascendencia materna. Por otro lado estaban Paula y Casiana; la primera, mujer de Doroteo Quispe y ligada a Rumi
por vínculo matrimonial de igual modo que el regidor Medrano. De Casiana no se podía decir lo mismo, pero Rosendo
hacía evolucionar ya el concepto de la integración comunal
aduciendo falta de brazos. En realidad, si la población de Rumi no había aumentado en los últimos tiempos con otros miembros extraños, se debía más a la persecución de los hacendados
que al rechazo de los comuneros. Quedaban algunos reacios
a la aceptación y no pasaría mucho rato sin que aprovecharan
la crisis en favor de sus prejuicios. Miguel Panta se acurrucaba sin querer mostrarse. El albergó al Mágico, ahora le pesaba, y sin tener nada que reprocharse conscientemente, hubiera
preferido ser extraño al asunto. Augusto Maqui se colocó en
el extremo fronterizo a Rosendo Maqui; el abuelo lo miró brevemente. Todos estaban aglomerados, por acá, por allá, formando sectores de parecer afín. Los que conocemos y los que
no conocemos, que son los más, tan importantes acaso como los
primeros. Ahí estaba el pueblo comunero, agrario y pastoril,
hijo de la tierra, enraizado en ella durante siglos y que ahora
sentía, como un árbol, el dramático estremecimiento del des-
cuaje. Entre los que no conocemos todavía, mencionaremos
ya a Eloy Condorumi. Es fácil verlo. Levanta sobre todos su
estatura de dos metros y es tan ancho que ocupa el espacio de
dos hombres. No tenía ninguna habilidad especial. Se distinguía solamente por su corpulencia y su fuerza y, en buenas
cuentas, ni por eso. Jamás se preocupaba de ir en primer lugar en las faenas, tal hacía el ostentoso Goyo Auca, y disimulaba su tamaño sentándose a la puerta de su casa, horas
de horas, sin hacer nada. Cuando se trataba de opinar tenía
buen juicio, pero, en general, no hablaba. En ese momento,
estaba con los brazos cruzados sobre el pecho y cubría su pequeña cabeza con un sombrero mal dispuesto y encarrujado.
Mencionamos cierta vez a Chabela, pero debemos hacerlo
de nuevo, pues en esa mujer madura y un tanto acabada no

se podría sospechar a la muchacha bonita que forzó Silvino Castro. Ahí llega nuestro conocido Abram Maqui, que se sienta a los pies de su padre. Nicasio Maqui, el fabricante de cucharas, espíritu simple, avanzó también hasta donde Rosendo para obsequiarle una cuchara de palo de naranjo, delicadamente labrada y pulida. En su ingenuidad, esperaba reconfortar al padre en tan grave momento con esa humilde ofrenda de su cariño. Rosendo guardóse la cuchara mirándolo con profunda ternura. Nicasio sonrió y fué a perderse entre la aglomeración. Integrándola debían encontrarse ya los otros hijos de Rosendo: Pancho, Evaristo y las mujeres. Es difícil verlos. A quien podemos distinguir con facilidad es a Mardoqueo. Muchos lo miran también. Está en el suelo, cerca de Abram Maqui. Continúa reconcentrado y sombrío, mascando su coca...

Pasa el tiempo. El sol alarga en el suelo sus trémulos árboles de sombra. Rosendo consulta algo con los regidores. En la asamblea se produce un movimiento y luego una rígida inmovilidad de expectación. Rosendo comienza a hablar.

Su voz es gruesa, un poco ronca, hasta monótona. Está relatando los trabajos del año, el aumento de los ganados, la cuantía de las cosechas. El año habría sido como otro cualquiera, o mejor, porque dió más bienes y había una escuela por terminar. Pero el juicio con Umay hace desestimarlo todo y la asamblea parece aguardar solamente por él la voz del alcalde.

Rosendo dijo por fin:

— Y aura, pueblo de Rumi, hablaré de la desgracia de la comunidá, de un juicio y una sentencia...

El silencio permitía escuchar el áspero rumor del follaje de los eucaliptos. Otro se oyó sobre las cabezas. Era un gran cóndor que pasaba trepidante de alas, volando hacia el ocaso. ¿Se trataba de un signo? Rosendo era político y expresó:

— Vemos ese cóndor y tenemos miedo po que todos pensamos aura en nuestra comunidá. Ha llegao un mal tiempo y queremos buscar señas. Cada uno piense como guste. Yo diré lo pasao y quiero que se resuelva entre todos lo que se hará.

El viejo alcalde se fué emocionando. La voz gruesa y ronca perdió su monotonía. A ratos se quebraba como en sollozo, por momentos se levantaba en una imprecación. Así relató los trajines, las esperanzas y desesperanzas, las maldades y felonías, todas las incidencias que tuvieron lugar durante el jui-

cio, para terminar por referirse a la sentencia y sus disposiciones. Terminó:

— Así, comuneros, han acabao las cosas. Se pelió todo lo
que se pudo. Han ganao la plata y la maldá. Bismar Ruiz dijo
que había juicio pa cien años y ha durao pocos meses. Muy luego crecen los expedientes cuando empapelan al pobre. Ya han
visto que naides quiso declarar en nuestro favor y al que quiso
lo encarcelaron. Amigos que recibimos con güena voluntá,
como Zenobio García y el Mágico, se dieron vuelta por el interés. ¿Qué íbamos a hacer? Ningún otro defensor quiso en-
cargarse. ¡Qué íbamos a hacer! Ha llegao la desgracia, no es la
primera que les pasa a las comunidades. Aura pregunto: ¿nos
vamos pa la pampa aguachenta y las laderas pedregosas de
Yanañahui o nos quedamos aquí? Si nos quedamos aquí, tendremos que trabajar pa Umay y ya se sabe cómo es la escla-
vitú esa... Aura pido a la asamblea su parecer sobre lo que se
hará y también uno que diga si está malo lo que se ha hecho...

Rosendo calló. Su viejo pecho fatigado jadeaba levantando el poncho. Parecía como que nadie tuviera nada que decir. Unos a otros se miraban sin atreverse a hablar. Algunos
nombres sonaban por lo bajo. Eran de los comuneros que más
se habían distinguido comentando el juicio. ¿Se les terminó
acaso el habla? Gravitaba sobre todos un dolor tremante y
acaso las palabras fueran consideradas inútiles ya. Alguien
carraspeó. Era Artemio Chauqui, un indio grueso y duro. Se
agitó un poco. Al fin sacó una voz contenida para que no se
hiciera grito:

— En mi casa se cuenta que mi bisagüelo anunció estos
males. Y yo pregunto aura: ¿po qué no se hizo asamblea antes,
cuando comenzó el juicio? Así se lo consideraba entre todos y
no aura, cuando nada hay casi que hacer...

— Cierto...

— Cierto — aprobaron algunas voces. Y Chauqui siguió:

— Yo pregunto al alcalde y los regidores, ¿es que la voz
de un comunero no vale?

Las voces de aprobación menudearon. «Cierto». «Que
contesten». Parecía que todos querían hablar ahora. Más:
que la asamblea estaba en contra de la directiva y ésta iba a
caer fulminada. Goyo Auca irguió todo lo que pudo su pequeña
estatura y preguntó a su vez:

— Creímos que iba a durar más el juicio. Pero, aura que
Artemio Chauqui quiere atacar, que diga ónde está lo mal

que se llevó el juicio... Qué habría hecho él. ¿Qué habrías hecho vos, Artemio Chauqui?

Artemio Chauqui no contestó nada. Goyo Auca, alentado
por ese silencio, insistió:

— Digan todos los que estaban gritando: ¿qué habrían
hecho? Uno por uno, digan qué habrían hecho...

El silencio fué más completo aún. Y Goyo Auca, antes de
sentarse, un poco despectivamente:

— Mal... está mal... es muy fácil decir que está mal lo
que otro hace, pero es apurao decir cómo lo debió hacer...
¿Quién dice?

La pregunta tuvo ya un carácter de jactancia, pues se
notaba que nadie iba a contestar. De nuevo quedó el campo
abierto. Jerónimo Cahua, el primero de todos en la caza y uno
de los despojados de escopeta, dijo:

— Sobre irse, creo que no nos vayamos, y está pa no entregar la comunidá. Está pa defendela. Nadie nos podrá quitar si todos la defendemos con machetes, con piedras, con
palos, más que sea arañando. Yo perdí mi escopeta, pero tengo
mi honda...

Se produjo un gran barullo. La moción de Jerónimo tenía partidarios. También tenía enemigos. La visita de los caporales armados había hecho entrever la fuerza de Amenábar.
Otros decían que debían comprarse armas con el dinero comunal
que guardaba el alcalde. Alguien afirmaba que serían pocas y
ya no había tiempo para eso. «El 14 es la diligencia». «Faltan
sólo dos días». Una mujer, Casiana, abandonó en ese momento
la asamblea. Cuando escuchó las palabras «dos días» comprendió de veras el peligro y su pensamiento voló hacia el Fiero
Vásquez. Debía cumplir su orden. Ir a decirle lo que ocurría.
Sin que nadie lo advirtiera, se escurrió blandamente y momentos después, llevando aún en los oídos el rumor de las discusiones, tomó el camino de El Alto. Mientras tanto, cuando
se calmó un poco la algarada, Augusto Maqui dijo:

— Ayer noche juí a Umay. Puedo deciles, de seguro, que
van a venir veinte caporales y veinte gendarmes bien armados
de fusiles. ¿Qué son las hondas?...

Algunas voces siguieron incitando a la pelea. Porfirio
Medrano se levantó:

— Yo he sido soldao, más que sea montonero. Es fácil
decir aura: «hondas, machetes». Ellos no se pondrán a nuestro
lao pa que les demos. Tirarán desde lejos. Y después, ya se

sabe cómo son, matarán hasta nuestras mujeres y nuestros hijos...

Doroteo Quispe gritó:

— Llamemos a nuestro amigo el Fiero Vásquez, que tiene gente armada...

—Sí... sí...

—Sí, llamemos...

Toda la asamblea se levantó como una ola. Rosendo Maqui descubrió su cabeza incorporándose con lentitud. Su mirada dura, que fulgía bajo las greñas blancas, impuso el silencio. Y entonces clamó:

—No... no..., bien quisiera que venga, pero será más malo tovía. Será el fin de todos, de todos, de toda la comunidad. Unos morirán, otros serán llevados a la cárcel y otros de peones... Si triunfamos, triunfaremos un mes, tres meses, seis meses... pero vendrá tropa y nos arrasará... Tovía podemos hacer güena la tierra en Yanañahui. La vida es de los que trabajan su tierra. Güena ha sido hasta aura la tierra. Ya no será lo mesmo po el pedrerío... Pero no será mala...

Los comuneros jamás habían dejado de pensar en la tierra y pudieron tener confianza o, por lo menos, pudieron esperar. Muchos admitieron la explicación de Rosendo como válida: tenían aún tierra y, aunque no era muy buena, se la podría cultivar. Amaban su vida, la vida agraria, y se resistían a perderla. Rosendo decía bien. Pero otros continuaron pidiendo resistencia Uno gritó:

—¡Viejo cobarde!

En ese momento se hizo notar Evaristo Maqui, bastante borracho, gesticulando.

—¿Quién?, ¿quién insultó? Cuatro golpes conmigo ese desgraciao... Cuatro golpes...

Rosendo Maqui se incorporó de nuevo. Su hijo seguía vociferando con violentas contorsiones en la voz y los brazos ebrios. El viejo hizo una seña al corpulento Condorumi y éste, de una trompada en el mentón, derribó al vocinglero. Rosendo sentóse con calma. Esa actitud confundió a los adversos. He allí que él imponía la compostura aun a su propio hijo y, por otro lado, se mostraba firme, sin que le importara un insulto, dispuesto a encarar solo todos los ataques. Los otros comuneros fueron ganados por un sentimiento de simpatía. Nadie dijo nada ya. Algunos señalaban al taciturno Mardoqueo pensando que apoyaría la resistencia. El continuaba

mascando su coca y mirando a todos como si no los viera. Entonces Rosendo dijo:

— Votaremos sobre esto, pue hay duda. Los que estén
po la resistencia, que alcen el brazo...

Diez brazos se elevaron junto al de Jerónimo Cahua.
Después de cierta vacilación, algunos otros, desde diferentes
lados, apuntaron al cielo anubarrado en donde el crepúsculo
comenzaba a dar anchos brochazos. No llegaron a veinte.
Con gran sorpresa de todos, Mardoqueo se quedó inmóvil,
sin apoyar a Jerónimo. ¿Qué le pasaría a Mardoqueo? Era
muy dolorosa su actitud y ahora se volvía extraña. Si estaba
enfadado, lo natural habría sido que quisiera resistir y pelear.

La asamblea continuó sin muchas incidencias. Algunos
opinaron que debía esperarse que don Alvaro Amenábar es-
pecificara las condiciones de trabajo a cambio de las tierras y
potreros. Los más se negaron. Cuando Augusto informó que
el hacendado pondría en trabajo una mina, nadie se atrevió
siquiera a argumentar. Un hombre práctico, llamado Ambrosio, expresó:

— Debemos irnos luego, antes que don Amenábar llegue
y nos quiera mandar. Y también po que ya vendrán las lluvias
y necesitaremos levantar nuestras casas con oportunidá.

Estos razonamientos acabaron de convencer. El éxodo
comenzaría al día siguiente y se haría todo lo posible por ter-
minarlo antes de la toma de posesión. En medio de todo flotaba una impresión de gran desencanto. Ocurre a menudo
que una resolución que se toma por mayoría no consigue convencer profundamente a la misma mayoría que la aprueba.
Se había aceptado ya que no se resistiría, ahora se aceptaba
la retirada y, sin embargo, se hubiera deseado otra cosa, una
mejor resolución que no asomaba por ninguna parte. En este
caso los asambleístas debían liberarse del peso de la propia
responsabilidad echándole la culpa a alguien. Secretamente,
como esas plantas del fondo de los estanques, fué creciendo
de nuevo el sentimiento adverso a la directiva. Mientras
tanto llegaba ya la noche, la sombra diluyó el color alegre de
las paredes y cercenó el tallo de los árboles. La escuela destacaba aún los vértices sin techo de sus muros amarillos. Algunos comuneros llevaron leña y corteza de eucaliptos y encendieron grandes luminarias en torno a la asamblea. El fuego
palpitó sobre los rostros e hizo danzar las sombras, al avivar-
se por un lado y otro. Se pudo ver menos hacia lo lejos. Tal

vez solamente el trapecio de luz que brotaba de la capilla y, en lo alto, una gran estrella que comenzó a titilar. Los cerros habían desaparecido. Casiana, en ese momento, estaba ya muy arriba, llegando a las primeras estribaciones pétreas del Rumi. ¿Incendiábase el caserío? Vaciló un momento entre si volver o seguir, pero notó que las luminarias se mantenían en su mismo sitio y comprendió de qué se trataba. Siguió, pues, sin descansar, aunque la fatiga le golpeaba ya en los oídos con el propio ritmo de su sangre. Ella quería a la comunidad y deseaba salvarla. Hostil de guijas se volvía el camino para los pies desnudos, y el ventarrón que le batía el costado parecía sujetarla. Pero continuaba adelante, hacia arriba, recogiéndose un poco la vueluda pollera para no enredarse en ella por la empinada cuesta.

El alcalde, cuando la luz ardió con trazas de segura permanencia, habló de la elección de autoridades para el nuevo año. Se acostumbraba así y la asamblea, si estaba satisfecha del trabajo atestiguado por las cosechas y el rodeo, reelegía. A veces cambiaba a uno que otro regidor. Rosendo, como ya hemos visto, permaneció en el cargo de alcalde desde que lo asumió. Mas ahora, el creciente descontento trataba de derribarlo. La asamblea podía inclusive rectificarse, como pasa corrientemente. Se armó una trifulca de gestos y voces. «¡Que se vayan!» «¡Que salgan todos!» «¡Nueva gente se quiere!» «¡Que caigan!» «¡Porfirio Medrano que salga!» Otros los defendían. Las discusiones personales, las contradicciones y la grita habrían hecho honor a cualquiera de las cámaras legislativas que representan a los países civilizados. La oposición descubrió a su candidato. «Doroteo Quispe, alcalde!», sugirió alguien. Doroteo había opinado por llamar al Fiero Vásquez; había votado en favor de la resistencia. El descontento lo distinguía ahora por lo que la misma asamblea rechazó. «Sí, sí, Doroteo!» La gritería iba creciendo. Doroteo nada decía. Frunció su boca llevándola hasta la altura de la nariz y los ojuelos acechaban. Grueso y prieto, de hirsuta cerda, un tanto encorvado, parecía más que nunca un oso andino levantado sobre las patas traseras. «Doroteo, alcalde!» Rosendo lo miró con tranquilidad. Después dijo:

—Será güen alcalde Doroteo. A la votación...

Pero Doroteo pidió hablar:

— No puedo — dijo —. ¿Qué se les ocurre? Yo sé rezar
algo y tamién de cultivo; de gobierno nadita entiendo...
Así supiera gobernar, quien más sabe es Rosendo...

Los descontentos consideraron entonces su propia situación. Sin duda ellos, de ser lanzados como candidatos, habrían
dicho lo mismo. La propia responsabilidad hace comprender
mejor la ajena. No obstante, muchos continuaron gritando.
«¡Que se vayan!» «¡No han valido!» «¡Que salga Medrano!»
«¡Que caiga el viejo!» Una mujer avanzó hasta situarse al lado
del alcalde. Era Chabela. Su cara tomó un gesto agresivo, que
se acentuaba en las facciones relievadas en contraste de luz y
sombra. Flotaba agitadamente el rebozo y luego aparecieron
sus brazos descarnados:

— ¿Quién lo hará mejor que Rosendo? Desde que tengo
memoria, lo veo cumpliendo lo bueno y evitando lo malo. Se
ha güelto viejo en el servicio de la comunidad. Aura en estos
tiempos, ha luchao, ha padecido más que todos po ser viejo, po
ser alcalde, po ser autoridá, po ser güeno. Los otros viejos
están senteos en sus casas. El jineteó un viaje tras otro. ¿A
quién iba a hacer declarar si no querían? ¿A quién lo iba a
obligar a defender si no querían? Leguas de leguas ha caminao
po nuestro bien; desaires y malos modos ha padecido po el
bien de todos. Aura mesmo, véanlo ahí, senteo y tranquilo,
empuñando su bordón, esperando con paciencia y bien sereno
que lo boten, porque él es güeno tamién cuando se trata de
perdonar la ingratitú.... Pero naide lo botará. ¿Quién es el
hombre de corazón cobarde que quiera desconocer y ofender?
¿Quién es la mujer que no lo mire como a un padre? Se quedará,
se quedará en su puesto nuestro querido, nuestro güen viejo
Rosendo...

Nadie hizo ningún comentario. Cuando la votación se
produjo, una gran mayoría apoyó al querido alcalde y buen
viejo Rosendo. También votó por él Mardoqueo. Rosendo se
puso de pie y agradeció quitándose el sombrero. Su cabeza
blanca fulgió un tanto enrojecida por las luminarias como las
sienes del Urpillau por el sol del ocaso.

Los demás regidores fueron reelegidos también, después
de alguna resistencia, a excepción de Porfirio Medrano. Era
un extranjero asimilado, y unos porque desconfiaban de él y
otros por esa simple circunstancia, lo atacaron con tesón. Encabezó el rechazo Artemio Chauqui. En vano trataron de defenderlo los jóvenes, encabezados por Augusto Maqui y De-

metrio Sumallacta, que tenían mucho cariño por Juan Medrano. La mayoría de los comuneros, ganada por comentarios hábiles, aprobó, en son de prudencia cuando menos, la separación del foráneo. Porfirio supo perder y se retiró sencilla y tranquilamente del lugar que ocupaba. Chauqui fué lanzado como candidato a regidor. Los muchachos, que querían, de todos modos, asestarle un golpe, hicieron un gran esfuerzo consiguiendo elegir regidor al joven repuntero y gañán Antonio Huilca. Este, antes de ocupar su asiento, palmeó con gran deferencia el hombro de Porfirio Medrano. Algunos hombres maduros comentaron acre y sabiamente que los jóvenes actuaban de modo más descabellado cada día.

El alcalde dió por terminada la asamblea, que se disolvió lentamente. Se sabía qué iba a hacerse y ello, sin eliminar la tristeza, daba por lo menos seguridad. Rosendo pidió a los regidores que se quedaran para disponer los detalles del traslado. A Porfirio le dijo, cuando éste se retiraba:

— Los turba la desgracia... paciencia...

— Paciencia — respondió Porfirio.

Al bajar del corredor quedó rodeado de su mujer, sus hijos y algunos amigos. Nada pudieron decirse y echáronse a andar lentamente.

Las luminarias brillaron todavía mucho tiempo alumbrando una asamblea de sombras.

*
* *

Casiana llegó por fin a la meseta de Yanañahui. La noche estaba muy oscura y era difícil caminar. Abundaban las piedras y crecía junto a ellas un pajonal áspero. No podía ver el horizonte y los cerros aristados de El Alto, mas se orientó por el viento y, siempre dándole el hombro derecho, avanzó. Se sentía muy cansada y bien hubiera querido sentarse un momento, pero el deseo de encontrar al Fiero y su banda la mantenía en pie. Al principio le dolieron los pies en los guijarros de la peñolería de Rumi, pero después se hincharon, embotando su sensibilidad. Le zumbaban los oídos al escuchar su sangre y el viento. El corazón le retumbaba bajo los senos henchidos. Caminó mucho, viendo apenas por dónde debía avanzar. Y ya comenzaban los cerros de El Alto, rocosos y hostiles. Por suerte encontró un sendero, y lo siguió. Apenas se distinguía su

delgadez envuelta en sombra. Pero el sendero desapareció
pronto y ella se quedó entre las rocas, sin saber hacia dónde
tomar. Perdiendo la senda, le pareció estar más sola. Si hubiera salido un poco la luna! Las estrellas eran escasas y el
viento pegajoso y húmedo hablaba de una noche nublada.
Continuó por una falda, al parecer muy escarpada, aunque
ella no lograba ver el fondo. Las tinieblas se apretaban abajo
formando un lóbrego abismo. Y Casiana tenía un instintivo
miedo equilibrado por un valor hecho de fuerza y experiencia.
En las zonas muy inclinadas se cogía de las salientes de las
rocas o las ramas de los arbustos. Algunas espinas le punza-
ron las manos. Los pies comenzaron a dolerle de nuevo, y todo
el cuerpo le pesaba extrañamente, y tenía miedo. Ya terminaba la falda felizmente. Se abrió una nueva planicie y más
allá habría de seguro otra cadena de rocas. ¿Podría cruzarlas?
Desesperaba de encontrar al Fiero. ¿Por qué se iba tan lejos?
Y después cayó en cuenta de que era una zonza al preguntar
por qué se iba tan lejos. Más de la media noche sería acaso
y ya terminaría la asamblea. Ella no vió en su vida más asamblea que ésa. ¿Qué acuerdo tomarían los comuneros? Ah, llegaban de nuevo las peñas ariscas. Le pareció que avanzaron
a su encuentro. Ahora la golpeaban en medio pecho. ¡Si al
menos hubiera podido abrazarse a ellas para llorar! Tenía
que treparlas y vencerlas rodeando las faldas. Y de nuevo
subió y avanzó, y era muy fuerte el viento y ella estaba medio
adormecida y atontada. Si el cansancio y el sueño la vencie-
ran, seguramente se iba a helar. Se iba a helar, a quedar rígida, morir. No se dejaría vencer ni por el cansancio ni por
el sueño. El suelo era pedregoso a ratos, también rijoso, o
erizado de arbustos punzantes. Bramaba el viento o si no
aullaba como un perro furioso. Los arbustos trepidaban bajo
su azote produciendo un rumor sordo y vasto, al que se mez-
claba el silbido agudo de los pajonales. Casiana sentía que
dentro de sus mismas entrañas se entrechocaban y repercutían todos esos rumores y sonidos formando una suerte de
tormenta oculta. ¿Iba a perder la cabeza y rodar? Reunió
sus fuerzas y siguió avanzando tercamente. ¿Por qué se había
aventurado en la noche por ese terreno desconocido? Apenas
lo había visto de lejos. Podría ser que estuviera caminando
en sentido inverso al necesario o yéndose por un lado. Y el
viento, y las rocas, y los arbustos, y los pajonales eran por todas partes idénticos, tenaces en su resistencia, prolongados

y repetidos sabía Dios hasta dónde. Avanzó y avanzó, abriendo los brazos como para sostenerse en un apoyo que no llegaba. Jamás en su vida había sentido ese cansancio, al que se
aliaba un mareo que la ponía en peligro de caer, vez tras vez.
Le dolían las espaldas ahora y las sienes le palpitaban como
si fueran a abrirse. Pero quizá ya estaba cerca. Hubiera gritado, de no ser por ese viento que se llevaría su grito para ahogarlo entre todos los confusos rumores de las laderas y encañadas. Se puso a esperar una oportunidad y, en cierto momento, se decidió a dar un grito. ¿Fiero? ¡Qué iba a llamar por
su apodo al marido! Recién ahora se daba cuenta de que no
sabía su nombre. ¿Vásquez? No tenía la sonoridad necesaria.
Llamaría a Valencio, pero ya el viento arreciaba de nuevo.
Ya bramaba y aullaba. Entretanto seguía caminando. De
pronto se extendió un quieto silencio y ella gritó: «Valenciooooooo». Acaso le respondieron las peñas. ¿Un ladrido resonó a lo lejos? Sin duda era el viento que ya llegaba, terco,
tenaz, cargado de distancias heladas, de inmensidades torvas
y broncas. «Valenciooooooooo». Tal vez resultaría inútil su
afán y ella seguramente estaba enferma porque se sentía muy
débil y a cada rato encontrábase a punto de caer. «Valenciooo».
Su voz misma se le antojaba extraña. «Valenciooooooo». La
noche entera parecía indiferente a su llamado, a su desgracia,
al dolor de ella y de todos. Nadie la escuchaba y ella caería
y se helaría en esa gélida e inmensa noche. «Valenciooooooo».
¿Ladraba el perro? No podía ya tenerse en pie. Un momento
más yacería para no levantarse. De veras tenía miedo de caer
porque le parecía que ya no iba a poder ponerse en pie, que
se quedaría ceñida a la tierra bajo la alta montaña de la noche.
«Valenciooooooo». Por su rostro corrieron gruesas lágrimas
regándoselo de humedad y de frío, y cada vez más la cabeza
vacilaba y ya se le escapaba hacia el suelo, presa de súbitos
desvanecimientos. «Valenciooooooo». «Valenciooooooo». Sí, era
un perro el que ladraba, parecía que estaba muy cerca. «Valenciooooooo». Un bulto oscuro se restregó contra sus polleras,
dió un ladrido corto y regresó hacia las apretadas sombras.
¿Sería el perro de un pastor? ¿Acaso del mismo Valencio?
Podía sentarse un poco, ahora que había sido descubierta por
un ser vivo, aunque fuera un perro. «Valenciooooooo». Sentóse y luego cayó de espaldas sobre la tierra. Estaba bien así,
aunque pudiera morir. El viento pasaba sobre ella, y la tierra
le hacía penetrar su frío hondo por toda la piel. El perro llegó

de nuevo. A poco rodaron unos guijarros más allá. Casiana
se incorporó llena de esperanza. «Valencio». Y respondió una
gruesa y honda voz, voz de puma, conocida y querida voz.
«Casiana». El perro acercó al hombre. Casiana se le prendió
del cuello y lloró.

— Mucho he padecido. Me cansé mucho, como que me
caía, y tenía miedo de helarme, y morirme...

— Descansa, pue.

Era el mismo Valencio rudo y calmado, como que nada
dijo ya. Sentóse junto a la hermana y después de un momento
se sacó el poncho y lo tendió a modo de lecho tras la espalda
de ella.

— Descansa, pue — repitió.

Casiana tendióse y le palpó los brazos y el torso sintién-
dolos desnudos. Era el mismo Valencio de siempre. Sus manos
tropezaron luego con un fusil tendido. No, ya no era el mismo
Valencio.

— ¿Está él?

— Se jué en viaje...

— ¿Qué viaje?

— Viaje, pue...

—Qué pena, vengo a decile que la comunidá va pa malo...

— ¿Caporal? — preguntó Valencio.

— Más malo que caporal...

— Malo, entón...

Se quedaron callados. Casiana descansó largo rato El
perro estaba por allí, jadeando, y Valencio acuclillado con la
cara metida entre los brazos. Después ordenó:

— Vamos.

— ¿Pa ónde?

— Pa las cuevas.

Valencio fué por delante guiado por el perro. Ambos
parecían conocer muy bien el terreno y Casiana, siguiéndolos,
ya no tropezó con pedrones ni arbustos. Había descansado
un poco y, aunque le dolían aún los pies molidos y las manos
pinchadas, le era menos fatigoso caminar. El viento se calmó y una tenue claridad comenzó a bajar de los cielos. Amanecía rápidamente, como sucede en las alturas, y por todos los
lugares planos comenzaron a verse los vidrios gélidos de la helada; en las hoyadas, arbustos achaparrados, y por aquí y por
allá, en sitios altos y fríos, desafiando al viento, pajonales

amarillos. Pero llegaba una altitud en que ya no existía sino
la roca, fraccionada en mil picachos, pedrones y aristas, negros
y rojinegros y azulencos. Valencio tomó por la falda un cerro
y la fué bordeando hasta que, en cierto momento, comenzó
a trepar. Abajo, en una hoyada, se agrupaban algunos caballos. Había ahora senderos por la cuesta, huellas del trajín,
una impresión, confusa pero no por eso menos cierta, de que
existía vida humana en esos contornos. De repente, llegaron
a una cueva. Casiana vió a la entrada un hombre emponchado
y barbudo, de largos pelos que le cubrían las orejas, sentado
junto a una hoguera donde preparaba algo en una olla de
hierro.

— ¿No te dije? — comentó—, era voz de mujer...
Valencio no le respondió y se puso a arreglar un lecho de
pellones y frazadas. Casiana miraba tratando de captar el nuevo ambiente. El piso era terroso y las paredes y bóveda de la
caverna, rijosas y a trechos humeadas. Hacia dentro veía oscuro, acaso por su falta de costumbre, pero alcanzaba a distinguir los primeros bultos formados por tarros, fardos y dos
monturas. Ya estaba el lecho y Valencio la invitó a acostarse.

— Descansa, pué.
Los pellones dábanle mucha blandura y todo él olía al
tabaco fuerte que fumaba el Fiero Vásquez. El hombre barbudo, tratando de paliar su rudeza y ser amable y cariñoso a
base de diminutivos, prometió:

— Ya estará la sopita y tamién asaremos cecinitas...
Pero a Casiana la venció el sueño.
Despertó muy tarde, cuando el día estaba por terminar.
En el primer momento tuvo un acceso de miedo, pero en seguida
se calmó viendo a Valencio a su lado. El hermano tenía la cara
un poco más gruesa y la piel tal vez más oscura. Casiana pensó que quizá le parecía esto debido a que sus ojos aprendieron
la piel blanca de los Oteíza y el cetrino claro de los indios de
tierra templada. Pero el mismo hombre barbudo tenía la piel
renegrida...

— ¿Cuándo vendrá él? Me dijo que le avisara...
— Está lejos, pero aura lo llamaré.
— ¿Podrás llamarle estando lejos?
— Con la candela.
El hombre barbudo pasó a Casiana un mate de sopa de
harina y otro de cecinas asadas. En el momento que servía, ella
se dió cuenta de que era manco.

—¿Sabe, ña Casianita? El jefe se jué de viaje, bien lejos, y dejó recomendao que si algo pasaba lo llamáramos con la candela. Aura subirá Valencio a prender la fogata en la punta de este cerro, que está medio separada de los otros y se verá bien...

— ¿Y cuándo vendrá?

— Está lejos y el camino es muy quebrao. Si alcanza a ver la fogata, llegará mañana al oscurecer o quién sabe...

Casiana pensó que quizá todo estaba perdido.

Valencio hizo un gran tercio de leños y paja, se lo echó a la espalda sosteniéndolo con una cuerda, y partió. Casiana salió a verlo subir, pero ya llegaba la noche y el hombre curvado bajo el tercio que trepaba casi a gatas por la escarpada cuesta, desapareció pronto entre los tumultuosos pedrones incrustados en la oscuridad.

Casiana volvió a sentarse al borde del lecho y aceptó la invitación de repetirse sopa y cecinas. La hoguera brillaba prodigando su grato calor y deteniendo la invasión de las sombras que, agolpadas en la boca, se empujaban pugnando por entrar a la cueva. A ratos las lenguas de fuego producían un leve rumor al alargarse y el barbón afirmaba que la candela estaba hablando y que algo iba a pasar.

— ¿Y cómo se llama usté? — preguntó Casiana.

— ¿Nombre? Me dicen el Manco...

Tenía la barba negra veteada de canas. Sus ojos grandes eran lentos y turbios. La nariz estaba desollada y la frente desaparecía bajo el ala gacha del sombrero. Acurrucado junto al fogón, el poncho le cubría todo el cuerpo y apenas asomaba un zapato gastado.

— Esta manquera me vino bien desgraciadamente. Fíjese, ña Casianita, que juimos pa un viaje, lejos, y la hacienda está encajonada en un valle caliente y un empleao nos vió y cortó camino pa avisar... Y nos recibieron muy bien preparaos, a balazos; y bien visto, no pudimos hacer nada. Yo saqué un tiro que me partió el güeso y no jué lo peor, po que tres murieron ahí mesmo. Heridos de raspetón había varios. Tuvimos que volvernos con la cabeza gacha po esa vez y extraviando caminos, como siempre, pa despistar. Y velay que me dolía mucho el brazo y se me jué hinchando. Unos decían que po el movimiento y otros que por la cólera que nos daba haber perdido, pue la cólera inflama las heridas según aseguran. Llegando pacá me curaron y yo gritaba y el brazo siguió malo

y se jué negreando. Estaba podrido. Y uno, que es el que sabe
cortar, y lo hace con una navaja de barba, y un serrucho de
obra fina, me dijo: «¿Qué quieres? ¿Podrite todo o que te cor-
temos el brazo?» Yo no tenía muchas ganas de conservar la
vida perra y no le respondí. Pero el jefe dijo: «Corten». Uno
me apretó la cabeza entre las rodillas y tovía me la agarró de
las quijadas y otros me pescaron el brazo güeno y las piernas.
Entón el cortador dijo: «Sujeten» y comenzó a cortar. Y yo
que me retorcía y que bramaba y el bruto corta y corta como
que era en cuerpo ajeno. Casi pierdo el sentido y cuando me
soltaron ya no tenía brazo y estaba sudao como si hubiera
corrido una legua... Me echaron pomadas y sané. Ese día
los muy bandidos se jueron con mi brazo, riéndose, y le habían
cavao sepoltura y colocao una crucecita como mero dijunto
que juera. Una tempestá botó la cruz y yo no supe ónde quedó
mi brazo... Ah, ña Casianita, ese dolor es el recuerdo más
malo de mi vida!

—¡El más malo! ¿Y no ha matao?

—Güeno, sí, tamién son malos recuerdos.

El Manco se quedó silencioso. Casiana esperaba que siguiera hablando.

—Usté seguro quiere que le cuente cómo me desgracié y
lo demás... Qué lo voy a contar! Unos acostumbran arreglar
las cosas bonito como pa hacer ver que son meros desgraciaos.
Aquí nos conocemos todos y como no hay a quién caele en gracia con la bondá, se dice lo cierto. Hay que oír maldades!
Uno de los que parece verdá que mató por desgracia es su marido. Pero él mesmo dice que el cuerpo se acostumbra a lo
malo. Lo que me causa admiración es que manda a todos,
hasta a los avezadazos, y todos lo respetan y le temen. No
faltará quien lo quiera matar entre la pandilla, si en especial
le dió su golpe, pero tendrá que pensalo po que tamién hay aquí
unos que lo quieren como a taita. Más allá están las cuevas
de los demás. El duerme aquí acompañao de yo y Valencio.
Cuando nos separó pa dormir aquí, dijo: «Este Valencio es
fiel y aura tovía es mi pariente: ya le he dicho. Y tú, Manco,
tienes güen oído y sueño ligero y serás perro guardián. Y tamién, como eres manco, si te entra la ventolera de matarme
lo pensarás dos veces debido a tu invalidez». Así venimos pa
acá y a mí me gusta po que él nos convida tragos finos y tamién no estamos con algunos demasiao asquerosos que hay
en las otras cuevas. Aura quedamos los dos, pa cuidar los ca-

ballos y tamién avisar con la candela si algo pasaba. Pero, lo
que le decía, no me pregunte de mí po que soy un criminal
asqueroso. Sólo Dios me perdonará si es que sabe perdonar. Y
es lo que digo: Dios tiene que perdonar poque de lo contrario
no juera Dios. ¿En qué se diferenciaría de la gente mala? Yo
espero que pase así y creo en Dios. Otros no creen o creen demasiao. No pienso que Dios esté alministrando las cosas de la
tierra; po eso hay tanta maldá. Estará arriba y aguardo vele
la cara y que me perdone mis pecaos y me haga güeno...

El viento comenzó a mugir, pero a la cueva no llegaba.

— ¿Y Valencio?

El Manco hizo un relato muy largo. En suma, dijo que
cuando Valencio llegó con los dos comisionados, todos decían
examinándolo: «Este es un criminal feroz o un manso cordero».
No resultó ni lo uno ni lo otro. Se le dió de comer y comió
hasta cansarse. Luego, aburrido de las preguntas y la observación, salió de la caverna y se fué al campo. En la noche volvió acostándose a la entrada. El Fiero Vásquez le habló al siguiente día para que cuidara los caballos y él aceptó. Pronto
aprendió a manejarlos y a ensillar y montar. Hasta en pelo
comenzó a galopar por los breñales, con gran asombro de todos, que lo consideraban un incapaz. Un día, uno de los bandoleros le quiso pegar y el Fiero lo defendió. Desde ese momento le fué muy adicto. Una vez, partieron todos en viaje y
se quedaron, como ahora, el Manco y Valencio en la guarida.
No precisamente en ésa, sino en otra, situada a veinte leguas
de allí. El Manco le dijo: «Hay que cuidar de que no suba
ningún extraño». Y le explicó de qué colores eran los uniformes.
Valencio le preguntó: «¿Caporal?» El creía que todo hombre
malo era caporal. El Manco le respondió que sí. Un día se presentaron dos gendarmes. Valencio, escurriéndose entre las
rocas, logró acercárseles como a veinte metros y tiró una piedra al que venía delante, dándole en la cabeza. Cayó al suelo
violentamente y eso asustó al caballo del que iba detrás. Se
puso a corcovear y Valencio corrió hacia él llegando en momentos en que el segundo gendarme caía también al suelo.
Sacó su cuchillo y se abalanzó. «¡Valencio!» le gritó el Manco.
El gendarme había perdido el rifle durante los corcovos y estaba a su merced. Valencio se quedó frente a él, cuchillo en
mano, hasta que llegó el Manco. Este le dijo que había que llevarlo a la cueva y amarrarlo en espera de la resolución del
Fiero. Así lo hicieron. Después enterraron al otro gendarme, a

quien la pedrada había partido el cráneo, y se adueñaron de
dos excelentes caballos aperados y dos fusiles más, excelentes
todavía. El preso les dijo que los habían mandado a explorar
esos lados en busca de bandidos para que saliera después un
piquete a batirlos. A los pocos días llegó el Fiero con su gente.
«Ustedes — le dijo —, no dan cuartel, así es que preparate a
morir». El gendarme le suplicó: «No me mate, tengo mujer y
cuatro hijos; pídame lo que quiera, pero no me mate». Entonces el Fiero le manifestó: «Si es así, cambia la cosa. Vete al
pueblo y, cuando se preparen a salir contra nosotros, díselo a
la señora Fulana, que tiene una chichería a la entrada del
pueblo. Si me engañas, algún día nos hemos de ver». El gendarme se fué y al poco tiempo se vió que cumplía. El asunto
es que el jefe se fijó en Valencio. «Ya que ha ganao su fusil,
que aprenda a manejarlo», dispuso. Llegó a disparar muy bien.
A todos les hacía gracia el ascenso del cuidador, menos al que
una vez le quiso pegar. Habían quedado de enemigos y una
hostilidad creciente les separaba y enfrentaba. Un día, se in-
sultaron. Y como el Fiero no quiere divisiones, mandó a los
dos a traer los caballos. Fueron con sus cuchillos. Valencio
volvió solo. Otra pelea más tuvo el mozo, con igual resultado,
y desde entonces todo el mundo lo respetó. En los viajes era
muy decidido, sobre todo cuando se trataba del ataque, pero
resultaba un poco desprevenido en las fugas y por eso el Fiero
prefería dejarlo. Cuando había que pelear con los gendarmes
— caporales —, pocos lo aventajaban, pues adquirió una puntería pasmosa...

Casiana escuchó el sencillo relato entre exaltada, admira-
da y estupefacta. ¿Así que Valencio era capaz de todas esas
cosas? Ya lo suponía por lo que le oyó decir al Fiero, pero la
narración del Manco le hizo comprender en toda su amplitud
la vida que su hermano llevaba ahora.

— Ya estará encendiendo la candela—dijo el Manco—y
ojalá el ventarrón no le dé mucho trabajo... Hasta que la llama crece, la apaga en vez de avivala...

La noche estaba tan negra como la anterior y soplaba el
mismo viento bravo. A la cueva no llegaba, pues las rocas opues-
tas a él lo contenían, haciéndolo rezongar con pertinaz desvelo.

— ¿Comemos ya, ña Casianita?

— Güeno.

El Manco había sancochado papas para dar variedad a
la comida, que se repetía en cuanto a la sopa y las cecinas.

Después del yantar, dijo con su experiencia de hombre trabajado:

— Descanse, que pa descansar hay que hacelo dos veces...

Casiana se encogió en su lecho y la llama de la hoguera
fué dejada a su suerte. Pronto se terminaron los ya exiguos
leños y solamente quedó el resplandor de las brasas. El hombre arregló sus cobijas y se tendió. Casiana tenía miedo. ¿Y
si ese criminal asqueroso le hacía algo? Pero pasaban los minutos y el hombre no daba ninguna señal de inquietud. Casiana
se fué tranquilizando y un sueño cada vez más pesado la envolvió hasta sumergirla en una completa paz. El hombre,
entretanto, pensaba en Casiana o mejor dicho la deseaba. Al
resplandor de las brasas se veía el perfil de su cuerpo, la curva amplia y voluptuosa de la cadera, la espalda ancha, la mata
del cabello. Estaba de costado, de cara a la pared de la caverna. Respiraba lentamente y el hombre, al pensar que se había
dormido ya, la deseaba más todavía. Ese retiro al sueño le
acicateó el deseo de posesión. ¡Pero Valencio! ¡Pero el Fiero
Vásquez! Lo matarían. O tendría que matarlos primero. Y él
era manco y no parecía muy seguro que ocurriera así. No tenía revólver y con puñal cambia la cosa. Pero la mujer acaso no iba a permitir, pues debía querer al Fiero, y entonces tendría que dominarla. La mujer era fuerte, se veía,
y con un solo brazo no la podría sujetar. Qué inmensa desgracia la de ser manco. La mujer llenaba y vaciaba el aire de su
pecho, ese pecho de relieve incitante, que él había contempla-
do durante todo el día. Mas estaba seguro de que no iba a permitir y tampoco la podría dominar. Quizá amenazándola de
muerte, pero entonces, ¿no se lo diría a Valencio y al Fiero? Su
sexo le dolía y lo torturaba. Por su cuerpo corría una llama
roja que comenzó a fustigarlo y hacerle dar vueltas en el lecho.
Ella seguía dormida, extraña a su mudo reclamo, a la angustiada espera de su carne, a la vigilancia enconada de su sexo
despierto. La odiaba y la deseaba. La cadera henchía su amplitud propicia y sin embargo negada para él, para él que era
un desgraciado, acaso el más desgraciado de todos, manco y
sin poder tomar, así fuera a malas, su presa de voluptuosidad,
de ese goce entrañable que hace del hombre un ser eternamente vencido y vencedor. Si él consiguiera expresar todas
estas cosas. Si Casiana le pudiera entender. Ella se negaría y,
a lo peor, se ponía a dar gritos llamando a Valencio. El perro
se había marchado con Valencio. Tendría que matarla, que

matarlos acaso. Y al Fiero también. No era hombre de tortu-
ras el Fiero, pero podía comenzar con él ahora. ¡Forzarle o
matarle la mujer! Era mucho. El había dicho, precisamente,
que no llevaba mujer para sufrir igual que todos. Por eso les
daba licencia cada quince días, cada mes. Los bandidos tenían
sus mujeres por los poblachos, por las haciendas. El Manco
no aprovechaba la licencia porque no tenía mujer. ¿Quién iba
a querer a un manco? Sobraban hombres enteros para abrazarse y amarse. Ya no lo llevaban a los asaltos por inútil y no
tenía oportunidad ni siquiera de amedrentar a una mujer. Y
la mujer era una buena cosa que encerraba en su entraña una
torrencial alegría. Ella continuaba durmiendo y hubiera querido despertarla bajo el dominio de su brazo y poseerla y huir.
Pero no, no podría dominarla. Y cada vez más la idea de Valencio y el Fiero se borraba, desaparecía y sólo quedaba el hecho de un cuerpo de mujer y de su salvaje y neto deseo, de ese
anhelo metido en la carne como una llama fustigante, alerta,
ávida. Si le oponía resistencia tendría que amedrentarla. Sacó
su cuchillo y comenzó a resbalarse. ¡Qué largo era el tiempo
de la espera! Ya sentía más próxima su respiración. Mas en
ese mismo largo tiempo un ruido sordo, repetido, se arrastró
cerro abajo y pasó junto a la cueva y se perdió en el fondo. Era
una galga. Sin duda Valencio pisó una piedra floja y la desprendió. Ya venía, pues. Quién sabe se encontraba muy arriba todavía. Acaso. Pero la nueva impresión se había cruzado en el
camino de las anteriores amortiguándolas. Ahora surgían de
nuevo las figuras vengadoras de Valencio y el Fiero. Y sobre
todo la duda de no poder dominarla y perderlo todo sin haber
logrado nada. Presa de una súbita resolución, el Manco guardó el cuchillo y salió de la cueva. El viento le golpeó el cuerpo
y se fué calmando. Ahora le parecía ya que estuvo a punto de
cometer una locura. Pero tampoco deseaba volver a la caverna mientras no llegara el hermano; temía, odiaba y deseaba
aún el cuerpo dormido frente a su soledad. Al poco rato llegó
Valencio.

— ¿Qué haces aquí? — le preguntó extrañado.
— Como rodó una piedra, salí a ver si te pasaba algo.
— Nada — terminó Valencio.

Y ambos, seguidos del perro, entraron a la cueva.

Durante toda la tarde del día siguiente esperaron al Fiero
Vásquez. No llegó. Casiana, mientras tanto, aprovechando la
autoridad que le daba ser la mujer del Fiero, o por lo menos

una de ellas, revisó sus cosas y se puso a zurcir la ropa vieja y a pegar botones, con una aguja que llevaba prendida en la copa del sombrero e hilo que encontró por allí. No había muchas cosas más de las que vió la primera madrugada. Salvo otros fardos y algunas mantas colocadas sobre ellos. Y un largo baúl forrado en cuero, al que Casiana imaginó muy rico y en todo caso muy misterioso. Valencio le dijo:

— No hay plata...

Y el Manco aclaró:

— Ña Casianita, la plata se la guarda onde no haiga ladrones...

La noche iba pasando también y el Fiero no llegaba. Mantuvieron el fuego hasta muy tarde, esperándolo, y nada daba razón del más remoto galope. El perro oteaba inútilmente incitado por Valencio. Casiana tenía pena y decía una vez más a sus acompañantes que la comunidad estaba en peligro y que ella había ido a decírselo al Fiero, quien se lo recomendó de modo especial.

— Ojalá llegue — exclamó el Manco.

La candela seguía hablando. Iban a apagarla ya, pero la mujer pidió aguardar un momento más. Sería la media noche cuando el perro se inquietó y ladró. A poco escuchóse el rumor de bestias al galope. En un momento más sonaron pisadas, relinchos y voces al pie del cerro. Ya estaban ahí. A Casiana le brincaba el corazón. Valencio y el Manco bajaron a encontrar a su jefe, quien, noticiado de la presencia de Casiana, trepó la pendiente a grandes zancadas. •

— ¡Casiana!

Se abrazaron. El Fiero preguntó por la comunidad y Casiana le refirió lo que sabía.

— Así que dos días... ayer, hoy... mañana sería la cosa...

— Sí.

— Mañana es catorce.

— Eso, pal catorce dijieron...

— ¿Y piensan resistir? Doroteo...

— Los dejé en asamblea. Doroteo y Jerónimo y otros hablaron desde antes pa resistir y pensaron llamarte...

El Fiero bajó y se puso a dar órdenes a su gente. Casiana no escuchaba bien las palabras, pero sí el acento. Era el acento del mando, el claro y autoritario acento que distinguía al Fiero de los demás hombres.

Luego subió acompañado de Valencio.

— Casiana, saldremos temprano. Hay que descansar los caballos y dales de comer un poco. Hemos caminao un día y este pedazo de la noche... Nos faltan caballos, tenemos pa cambiar sólo a los más rematados...

Abrió el baúl, y se puso a sacar fusiles y balas. Ahí estaba el Fiero, negro de vestiduras y con un galope de quince leguas metido en el cuerpo, pensando ayudar a los comuneros.

— Hay que cambiar los fusiles que ya no valen mucho y repartir más municiones.

Después llamó al Manco a grandes gritos. Cuando éste apareció, le dijo:

— ¿Quieres ir vos también? No puedes apuntar, pero peliarás con machete si se trata de hacer una atacada...

— Güeno, jefe — respondió el Manco.

— Ensilla un caballo fresco, entón. Oye, ¿y qué dice la gente?

— Resuelta, y unos dicen que la bala es cosa de hombres y no de señoritas...

— Será una güena danza con caporales y gendarmes. Andate y mete un poco de leña a la candela... ya me entiendes...

El Fiero y Valencio se pusieron a revisar los fusiles, terminando por colocarlos contra la pared. Luego, por cada hombre contó el Fiero cien balas de máuser, de wínchester y malinger. Disponía de una surtida colección de armas esa banda perdida en las cresterías de los Andes. Abajo sonaban relinchos y gritos.

El Fiero extrajo de un fardo un par de zapatos relucientes, que obsequió a Casiana, y luego bajó a la hoyada. Casiana se probó los zapatos y se veían muy bien brillando a la luz de la hoguera, pero el zonzo de Valencio nada decía... En esos momentos sí que resultaba zonzo Valencio, porque cualquiera se fija en unos zapatos tan bonitos y no en correas de monturas, que es lo que arreglaba. De abajo venían los ecos de la hermosa voz, profunda, autoritaria y cálida. Por último todo calló, como si se hubiera puesto a contemplar el nacimiento del día. Las prietas rocas fulgían con la luz creciente. Gritó el Fiero, y Valencio, cogiendo los fusiles, salió al día. Luego subieron el mismo Valencio y el Manco, que se llevaron las dos monturas y caronas, y otros que se echaron las balas a los bolsillos o en una bolsa de cuero. A Casiana le parecieron muy feos y toscos. Por fin subió el mismo Fiero y dijo a Casiana: «Vamos». Tuvo que cogerla de la mano para que pudiera bajar por el pedregoso sendero, pues Casiana no estaba acostumbrada a los zapatos y resbalaba continuamente.

Montó el Fiero en su Tordo, el alto y fuerte caballo negro, y subió a Casiana sobre la cabezada de la montura. Los bandidos montaron también. La impresión de tosquedad y fealdad que produjeron a Casiana los que fueron a recoger las balas, aumentó viéndolos en conjunto. El Fiero Vásquez, con sus cicatrices, sus lacras y su ojo de pedernal, así con la faz desfigurada, tenía menos dramatismo en el rostro que esos hombres de cara íntegra, en la cual nada disimulaba los estragos de la intemperie, el odio y la angustia. Los ojos eran muy sombríos y turbios y arrugas profundas determinaban rictus de desesperanza, de fiereza, de embrutecimiento y amargura. Los que lucían barba escondían bajo ella algo de una tortura que asomaba a los ojos siempre. Todos tenían fusiles a la cabezada de la montura y estaban emponchados, menos el Manco, quien se había quitado el poncho y, jactándose de estar listo para entrar al combate, sujetaba la rienda con las muelas en tanto que con la diestra blandía un largo machete. La manga inútil de la camisa era agitada por el viento con cruel ironía.

— Valencio, reparte un trago — ordenó el Fiero.

Sin desmontar, Valencio sacó de su alforja dos botellas de aguardiente que pasaron de mano en mano y de boca en boca, hasta que fueron arrojadas por el aire y estallaron en mil pedazos sobre las piedras.

— ¡Listos! — preguntó y ordenó la voz poderosa.

— Listos — respondieron varias.

El Fiero partió seguido de Valencio, y detrás se alinearon veinte hombres sombríos y resueltos. El sol les caía ya sobre las espaldas y toda la puna había surgido de la noche con sus enhiestas cimas oscuras y sus pajonales amarillos.

— Lo que me extraña — decía el Fiero sobre los oídos de Casiana, al mismo tiempo que le pasaba el brazo bajo los senos para sujetarla, pues el trote de Tordo era violento en el sendero lleno de altibajos —, lo que me extraña es que el juicio acabe tan luego. Uno que viene atrás y al que le decimos el Abogao, pue ha estao tres veces en la cárcel, cuatro años en la Penitenciaría y sabe mucho de leyes, ése me estuvo hablando anoche. Dice que se ha podido apelar...

Casiana no entendía tales cosas y dijo cambiando de tema:

— Pené mucho po estos cerros la otra noche. Casi me muero de cansancio y mareos...

— ¿Mareos?

— Sí.

— ¿Te ha pasao eso antes?

— No.

— Entón, a lo mejor estás preñada.

— Será...

Pero el pensamiento del Fiero volvió a sus preocupaciones
del momento. Miró a sus hombres notando que algunos, debido
al cansancio de los caballos, se retrasaban.

— ¡Apuren! Hay que llegar luego — gritó.

Los bandidos, chicoteando sus bestias, se acercaron pronto. Algunos se habían levantado el ala del sombrero dando a
su continente un aire de reto. Trepidaba la tierra bajo el trote
violento.

*
* *

Los comuneros padecieron todos los tormentos del éxodo.
No era un dolor del entendimiento solamente. Su carne misma
sufría al tener que abandonar una tierra donde gateó y creció,
donde amó con el espíritu de la naturaleza al sembrar y pro-
crear, donde había esperado morir y reposar en el panteón
que guardaba los huesos de innumerables generaciones.

Durante dos días seguidos, hombres, mujeres y niños trans-
portaron sus cosas del caserío a la meseta Yanañahui, sobre
los propios hombros y ayudados por los caballos, los asnos y
hasta por los bueyes y vacas, que llevaban atados sujetos a las
cornamentas.

Estos días, los crepúsculos estuvieron muy rojos, y Nasha
Suro dijo que presagiaban sangre.

El día 14, tomaron por última vez el yantar en torno a
los fogones que sabían de su intimidad y después partieron
llevándose los pocos bienes que faltaba trasladar: algunas
ollas y mates, frazadas en envoltorios que remedaban véspe-
ros, tal o cual gallina que no se dejó coger antes.

Por el caminejo en donde Rosendo encontró la culebra,
se desenroscaba, para desaparecer entre las cresterías pétreas
del Rumi, un largo cordón multicolor de ponchos y polleras.
Un asno de amplia albarda transportaba la imagen de San

Isidro, que iba de espaldas mirando al cielo, y otro la legenda-
ria campana de nítida voz. Al descenderla había caído violentamente, resonando con lúgubre tañido. Era ésa una extraña
procesión, silenciosa y apesadumbrada, en que los fieles volvían vez tras vez la cabeza para mirar el caserío amado. Las
casas parecían invitarlos a regresar, lo mismo que las pequeñas
parcelas sembradas de hortalizas, y la capilla abierta, y la escuela de muros desnudos que clamaban por techo. Todo llamaba al comunero: los rastrojos de las chacras de trigo y maíz,
y el cerro Peaña y los potreros, y la acequia que llevaba el agua,
y los caminos solos y la plaza ancha, y la sombra de los eucaliptos. ¿Quién no tenía un recuerdo, muchos recuerdos queridos
que correspondían también a un lugar, a aquella pirca, a esta
pared, a ese herbazal, a aquel tronco? La vida entera se dió
allí con la amplitud y la profundidad de la tierra y con la tierra se quedaba el pasado, porque la vida del hombre no es in-
dependiente de la tierra. ¡Y había que buscar en otra, alta y
arisca, la nueva vida! El pensamiento lo explicaba y mandaba,
pero el corazón no podía substraerse a la tristeza desgarrada
y desgarrante del éxodo.

— ¡Adiós!

Los ojos de las mujeres se cuajaban de lágrimas y la boca
de los hombres de maldiciones. Los niños no comprendían
claramente, pero veían la plaza en la cual solían jugar y llamar
a la Luna, y también tenían pena.

El caserío quedaba muy solitario ya y únicamente al pie
de los eucaliptos, bajo la sombra, se agrupaban cinco jinetes:
el alcalde y los cuatro regidores. Ellos también veían, y de modo más próximo, la patética tristeza de las casas vacías y los
campos sin hombres ni animales. La tierra parecía muerta.
El pueblo, el buen pueblo comunero, trepaba lenta y penosamente, llevándose sobre las espaldas, curvadas de pena y de
cuesta, una historia tronchada y reacia a morir como los grandes árboles talados cuyas hojas ignoran durante un tiempo los
estragos del hacha.

Ya había entrado el día cuando los últimos comuneros
se perdieron entre las peñas del cerro Rumi y no pasó mucho
rato sin que aparecieran por la cuesta del camino al pueblo,
el gamonal y su cohorte.

Don Alvaro hizo su entrada al caserío entre el subprefecto
y el juez, lo seguían uno de sus hijos e Iñiguez y detrás, para
sorpresa de los comuneros, estaba el propio Bismarck Ruiz

con los gendarmes y caporales. La cabalgata avanzó a trote corto, llena de circunspección y dignidad.

Alcalde y regidores echaron a caminar, encontrándose con la comitiva en media plaza. Saludaron a las autoridades .Y don Alvaro:

—¿Por qué no me saludan, indios imbéciles, malcriados?

El hacendado lucía un valor rayano en la temeridad cuando a sus espaldas había gente armada. Y siguió:

—Ya estaba en conocimiento de su fuga al pedregal ése, dejando la tierra buena por no trabajar. ¡Holgazanes, cretinos! A ver, seños juez, terminemos de una vez porque se me descompone la sangre...

En ese momento hizo su entrada triunfal Zenobio García, al galope, armado de carabina y seguido de dos jinetes que también la tenían. En su calidad de gobernador del distrito de Muncha acudió a resguardar el orden durante la entrega. Al primero que saludó fué a don Alvaro Amenábar, pero éste que se hallaba molesto debido a las seguridades, ahora fallidas, que le dió Zenobio de que los comuneros permanecerían en el caserío, no le contestó. Juez y subprefecto, adulando al hacendado, hicieron lo mismo cuando les dirigió los buenos días. El gobernador quiso tomar rápida venganza y saludó a los comuneros, pero ellos tampoco le contestaron. Iñiguez, Bismarck Ruiz y los caporales ahogaban irónicas risas.

—Vamos, señor juez, terminemos—volvió a decir don Alvaro.

El juez leyó, con voz solemne y todo lo clara que le permitía su garganta irritada por el viaje, una larga y farragosa acta. Bismarck Ruiz se había situado junto a los comuneros y la escuchaba preocupado de la exactitud, como se lo hacía notar a Rosendo dándole tal o cual indicación en voz baja. Un círculo entre azul y verde de gendarmes y gris de caporales rodeaba a los notables.

La ceremonia llegó al ridículo cuando don Alvaro, en señal de dominio, tuvo que bajarse del caballo y revolcarse en el suelo. Lo hizo poniendo una cara seria y cómica y se levantó sacudiéndose el polvo que le maculaba la blancura del vestido.

Bismarck Ruiz firmó en nombre de los comuneros y ellos tomaron el camino a Yanañahui a trote largo. Zenobio García y sus hombres que no sabían que actitud adoptar ante esas gentes inusitadamente hurañas, se fueron también, aunque bastante mohinos y cabizbajos.

—¡Al fin terminamos con esto! —exclamó don Alvaro. Y estrechó la mano de su «defensor», el notable jurisconsulto Iñiguez, a quien correspondían ostensiblemente los laureles de la victoria.

En seguida, dejando un poco de lado al subprefecto y al juez, que ya habían cumplido sus tareas, el hacendado llamó a Iñiguez y los dos jinetes salieron del caserío para detenerse en una eminencia.

—Ya ve usted —dijo don Alvaro, señalando los cerros que se alzaban al otro lado del río Ocros—, allí está la mina y ésa es la hacienda que quiero comprar. Si no me la venden habrá que litigar, pues unos pobres diablos no se van a oponer porque sí al progreso de la industria minera, que tiene tanto porvenir...

—¡Mucho, mucho porvenir! —exclamó Iñiguez.

—Y bien, ya le he dicho que necesito brazos. La indiada de esa hacienda es numerosa y como los dueños, los Mercado, no son gente que pare, me la venderán. Estos indios comuneros me han jugado una mala pasada, pero creo que no faltará medio de reducirlos...

—Justamente, ahora sobrarán esos medios.

—Mi amigo, seré poderoso y senador. Aunque por el momento, quisiera lanzar de diputado a Oscar para ir metiendo una cuña. Le veo muchas condiciones, pues este juicio me las ha revelado. El supo darse maña para neutralizar a Bismarck Ruiz, a los otros tinterillos y aun al mismo Jacinto Prieto, a quien creía hombre serio y encuentro un chiflado. ¿No le parece que Oscar tiene condiciones para diputado? Además, toma sus copitas, es sociable y ameno charlador y hasta podrá pronunciar buenos discursos...

—Efectivamente, ¡tiene muchas condiciones! —exclamó de nuevo Iñiguez.

Entretanto, el Fiero Vásquez y su gente pasaron los cerros de El Alto y al avistar la meseta Yanañahui comprendieron que la situación era completamente distinta de lo que esperaban. Hombres y ganados estaban esparcidos por la llanura con esa confusión propia de las llegadas. Doroteo Quispe y algunos otros gritaron: «¡Ahí vienen!», corriendo hacia los jinetes. Al encontrarse, el Fiero bajó a Casiana ordenándole que se fuera donde Paula y entró a conversar sin más preámbulos con Doroteo. Las explicaciones fueron breves.

—¡Vamos, puede que tovía no sea la entrega!

— Vamos.

Tras la cabalgata marchaban Doroteo Quispe, Jerónimo Cahua, Artemio Chauqui y diez más. Tenían sus machetes y sus hondas. Porfirio Medrano se les unió armado de su viejo rifle. Cruzaron la meseta y surgieron sobre las breñas, perfilados por el sol, justicieros y tremendos, haciendo olvidar que hasta poco antes eran un puñado de hombres de oscuro destino. El Fiero se reprochaba íntimamente no haber llevado los pocos fusiles que le sobraban y era que, por rutina, sólo pudo pensar en su banda. He allí que ahora iba a defender a su modo una causa de justicia. No tenía en la cabeza muchas explicaciones que darse. Recordaba solamente el dolor de su propia vida. ¡Ah, pero ahí estaban ya los mandones! Detúvose a contemplar y comuneros y jinetes se agruparon en torno suyo. «¡Vamos, vamos!», gritaba el Manco. Rosendo Maqui subía acompañado de los regidores. Fueron a su encuentro, galopando espectacularmente por el sendero angosto y pedregoso.

Abajo, gendarmes y caporales habían desmontado esparciéndose por la plaza. No faltaban los comentarios irónicos sobre la ausencia del Fiero Vásquez. Y el Fiero ya bajaba, al trote, y ya se detenía frente a Rosendo Maqui. En ese momento alguien dió la alarma en el caserío y todos montaron preparándose para cualquier emergencia. El hacendado y el jurisconsulto, avisados por el ajetreo, regresaron precipitadamente de la loma donde se hallaban. Arriba, muy alto, en una saliente de roca, los jinetes recortaban sus rudas y confusas siluetas sobre el cielo. El Fiero Vásquez y Rosendo discutían.

— Pero ya entregamos, el mesmo Bismarck Ruiz ha firmao po nosotros...

— ¿Qué? Deben saber que ese perro los ha traicionado. Ahí viene el Abogao y él dice que pudo presentar apelación...

— Güeno, pero ponte que trunfáramos aura; vendrá tropa de línea y nos arrollará.

A las altas rocas del Rumi se había asomado la comunidad en masa a contemplar los acontecimientos.

Rosendo prosiguió:

— Matarán a toda esa gente y ya ha muerto mucho, mucho indio inútilmente...

— No, Rosendo, no es inútilmente. La sangre llama a la sangre y el cuchillo corta a veces al que lo empuña si es que lo maneja mal...

—Será, pero aura no me comprometas. La asamblea acordó no resistir y yo cumplo...

El Manco, que había guardado el machete, manejaba a su caballo con la diestra haciéndolo caracolear y a pique de rodarse a la vez que gritaba, ebrio de coraje y jactancia: «¡Vamos, vamos!»

—Ey, Manco, serénate —ordenó el Fiero.

Y Rosendo:

—Vos me creerás cobarde. A veces se necesita más valor pa contener un golpe que pa dalo...

—No; ustedes tendrán sus razones y yo no voy a pelear si no quieren. No puedo exponerlos contra su gusto. ¿Qué dicen, regidores?

Goyo Auca respondió por todos:

—Lo mesmo que Rosendo...

Los caporales y soldados se abrieron formando una larga línea a lo largo de la Calle Real. Don Alvaro estaba con su hijo y con Iñiguez, detrás de los eucaliptos. Bismarck Ruiz y el juez se habían metido a la capilla. El subprefecto y el teniente de los gendarmes, en media plaza, miraban con un largavista, prestándoselo. La mancha negra del Fiero Vásquez aparecía clavada en el centro del anteojo.

—Ojalá bajen —decía el teniente—; esas filas nuestras están provocativas... Al *asunto* lo he metido en la casa del alcalde, con bestias y todo... Ahora están muy alto y lejos. Entre las peñas se nos escaparían...

Se notaban los ademanes que hacía el Fiero al discutir con Rosendo. Parecía que no iban a atacar. Al contrario, ya se marchaban.

Ciertamente, el Fiero terminó:

—Entón, vámonos pa que no crean que les preparamos algo...

Volvieron grupas y tomaron la cuesta de mala gana. El Manco iba al último vociferando que deseaba pelear solo. Algunos bandoleros comenzaron a reírse.

Una mujer corría, bajando por el sendero. Cuando estuvo más cerca se pudo oír que lloraba. Llegó al fin junto a Rosendo y dijo:

—¡Taita Rosendo!, ¿ónde está Mardoqueo? Creí que estaba contigo, pero no lo veo. Ayer se la pasó mascando su coca y más callao y agestao que los otros días. Po eso tengo miedo. ¿Onde está? ¿No lo has visto? ¿No lo han visto?...

Miró a todos, buscando a Mardoqueo. Los ojos se le volvieron a llenar de lágrimas y frunció su cara morena en una mueca muy amarga. Los hombres tuvieron una súbita sospecha y miraron hacia abajo. Amenábar y su gente se iban también, seguramente para no forzar una situación de pelea. Por ningún lado podía verse a Mardoqueo. De repente, Antonio Huilca dijo: «Ahí está». Había un bulto oscuro, agazapado sobre una de las peñas que bordeaban el camino al entrar al arroyo Lombriz. Todavía era un poco ancha la ruta y marchaban por delante el subprefecto y varios gendarmes, más atrás dos caporales y en seguida don Alvaro e Iñiguez escoltados por los restantes. No sospechaban la presencia de un hombre solo entre esas peñas. Los que miraban comprendieron la intención de Mardoqueo. Delante de él había una gran piedra. Pero estaba muy lejos, así fuera sólo para gritarle. Su mujer, no obstante, se puso a llamarlo angustiosamente. «¡Mardoqueo! ¡Mardoqueo!». Eee-oooo...eee-oooo... — repetían los cerros. La gente de Amenábar seguía avanzando. El hacendado decía al defensor:

— ¿Ya ve usted lo que son de flojos los indios?

— Tanto como los bandoleros. Apenas vieron la cosa seria, se regresaron. No se atreven sino con la pobre gente indefensa — sentenció Iñiguez.

— Oigalos usted ahora, esos gritos... Sin duda nos insultan y maldicen. La lengua es arma de cobardes...

— Cierto, mi señor...

El subprefecto y sus gendarmes cruzaron el arroyo haciendo crujir los pedruscos. Ya entraban a él los dos caporales. El hacendado e Iñiguez quedaban a pocos pasos de la peña. Eeee-oooo...eee-oooo... El bulto se movió. Al pie de él estaba ya el hacendado. Un rudo esfuerzo, y la gran piedra saltó de la peña al camino. El cráneo de Iñiguez sonó al golpe y el pedrón cayó al suelo entre el caballo de éste y el de don Alvaro, que dieron una violenta estampida corriendo luego hacia adelante. La escolta se paralizó lanzando un «oh» largo al ver el salto gris de la piedra y la caída de Iñiguez, al sesgo. Dió en tierra casi junto a la roca, con el cráneo roto y manando sangre, exánime. El subprefecto y sus hombres voltearon al oír el grito, un caporal detuvo el caballo de Iñiguez que corría desbocado y don Alvaro logró también sujetar el suyo. Eee-oooo... eee-oooo... Mardoqueo quedóse como paralizado un momento, pero después hechó a correr cuesta arriba. Eee-oooo....eee-oooo

... «¡Lo mataron con galga!», fué la voz que resonó entre los caporales y gendarmes. El subprefecto dió orden de trepar la cuesta y ya lo hacían, distinguiendo a Mardoqueo. Retumbaron los tiros y Mardoqueo corría entre las rocas y matorrales como si hubiera estado sorteando las balas, pues no era herido por ninguna. Eee-oooo...eee-oooo... De repente, cayó. Seguían los tiros. Pudo incorporarse y correr aún. Cojeaba. Tenía una pierna rota. Los comuneros de Doroteo Quispe y los bandidos del Fiero Vásquez rugían: «Vamos, vamos». «Nadie se mueva», gritó el Fiero. «Nadie», gritó Rosendo. Era que de un caballo habían bajado un trípode y ahora un arma nueva comenzaba a barrer la cuesta. Mardoqueo cayó. Ladraba la metralla levantando polvo al destrozar un muerto. Pero el Manco, sin ver ni saber, se había lanzado ya cuesta abajo, haciendo restallar injurias como latigazos, a todo el galope de su caballo. Casiana jamás habría sospechado que ese hombre era el inválido a quien vió sentado tranquilamente junto a una hoguera, por mucho que ahora la manga de su camisa, flotando al viento desde el hombro mutilado, parecía hacer señas. La ametralladora se había silenciado ya. Al principio, la gente de Amenábar creyó que el jinete era tal vez un parlamentario. Mas cuando el Manco llegó a la Calle Real, dió un feroz alarido y, cogiendo otra vez las riendas con las muelas, sacó su machete blandiéndolo luminosamente al sol. La ametralladora estaba sobre una peña y viró su cañón: «¡Fuego!», gritó el teniente. Una ráfaga de balas hizo rodar a caballo y jinete y se encarnizó un momento sobre ellos mientras el eco estremecía los cerros.

— ¡La que nos tenían guardada! — dijo el Fiero.

Un silencio mortal, interrumpido solamente por los sollozos de la mujer de Mardoqueo, cayó sobre las breñas del Rumi.

La gente de Amenábar rehizo sus filas, el cadáver de Iñiguez fué amarrado de bruces sobre su caballo y prosiguió la marcha. Cuando la lenta cabalgata se perdió entrando a la puna, comuneros y bandidos bajaron a recoger sus muertos.

IX

TORMENTA

Los cerros que rodeaban la llanura de Yanañahui alzaban hacia el cielo desnudas rocas prietas como puños amenazantes, como bastiones inconmovibles, como torres vigías. O las fraccionaban simulando animales, hombres o vegetales. En todo caso mostraban un retorcimiento patético o una firmeza que parecía ocultar algo en su mudez profunda. Las faldas más bajas estaban llenas de pedrones y guijas, entre las cuales crecían el ichu silbador y achaparrados arbustos verdinegros. Hacia un lado de la planicie, pegada a la peñolería que miraba a Muncha, espejeaba con su luna de azabache la laguna Yanañahui, que quiere decir ojo negro. Era ancha y profunda y junto a las peñas hacía crecer un totoral verde y rumoroso, donde vivían patos y gallaretas. El cerro Rumi, como ya hemos dicho, se partía, brindándole un cauce de desagüe no muy hondo. En el otro extremo de la planicie, en un terreno un poco más alto, estaban las ruinas de las casas de piedra, y un viento contumaz que soplaba entre sus grietas ayudaba a llorar a los espíritus de los antiguos pobladores. El viento entraba por el sur, bordeando las peñas de El Alto, al pie de las cuales se humillaban las crestas que lograba prolongar, avanzando desde el lado fronterizo, el cerro Rumi. Entre las ruinas y la laguna, se extendía una ancha meseta de alto pasto y retaceada también de totoras. En verano estaba seca, pero durante el invierno se inundaba, pues la laguna no alcanzaba a desaguarse por el cauce y rebasaba su plétora sobre la pampa, haciéndola así inapta para el cultivo. En otros tiempos, un alcalde progresista quiso ahondar la brecha de desagüe, pero corrió la voz de que el espíritu de la laguna, en forma de una mujer negra y peluda que llevaba pedazos de totora sobre los cabellos, había surgido para oponerse a ese intento. Era laguna encantada la de Yanañahui. También se decía que una pata de oro seguida de muchos patitos del mismo metal, salía en algunas ocasiones a las orillas para tentar a los que la vieran y luego correr con su camada al agua y estar allí, dando vueltas casi al alcance de la mano, a fin de que los codiciosos entraran y se sumergieran. También hablaba la laguna con una especie de mugido. Era encantada, pues. Por lo demás, en el derruído poblacho circulaban malos aires, ánimas de difuntos y el famoso Chacho, espíritu avieso que mora en las piedras de las ruinas y es pequeño y prieto con una cara que parece paja vieja. Chupa el calor del cuerpo y le sopla el frío de las piedras produciendo una hinchazón casi siempre mortal.

Digamos nosotros, por nuestro lado, que esas ruinas sin duda eran producto de la ordenanza real de 1551 que impuso a los indios que residían en las alturas muy ariscas, abandonarlas para radicarse en valles y hondonadas donde estuvieran más al alcance de los encomenderos. La vida de esos hombres de altura estuvo determinada por el cultivo de la papa y la quinua y la presencia del llama y la vicuña — animales de altiplano — que proporcionaban lana y carne, a la vez que su fuerza para el carguío. Naturalmente que durante el incario también residieron indios en zonas templadas y cálidas. El cultivo preferencial del maíz, que no medra en la misma jalca, y el de la coca, de clima tórrido, prueban su presencia en estas regiones. Tal vez, pues, el caserío de Rumi tenía como antepasado al poblacho de Yanañahui, sin que dejase de existir la posibilidad de que los comuneros estuvieran ya establecidos allí y los de la altura fueran obligados a ir a otro sitio. Esta hipótesis resulta más probable, pues, de ser esclavizados, los hombres del caserío no habrían podido mantener su régimen de comunidad. De todos modos, afrontaban una situación nueva. La incorporación del trigo y del caballo, la vaca y el asno a la vida del indio, ha vuelto al del norte del Perú — región con más variedad de zonas — un hombre que vive de preferencia en el clima medio, sin que deje de incursionar a la jalca para sembrar la papa. El trigo, tanto como el maíz, mueren con las

heladas de la puna, y los caballos, vacas y asnos se desarrollan
poco, debido al rigor del clima y el escaso valor nutritivo de la
paja llamada ichu. Los comuneros de Rumi subieron, pues, a
una zona que era hostil a su vida y además estaba cargada de
ancestrales misterios.

Se instalaron en las faldas del Rumi, echando los ganados
a la pampa. Nasha Suro, sin miedo al Chacho y seguramente
en connivencia con él, quedóse en una habitación de las menos
ruinosas que pudo encontrar entre el abatido poblado. La situación de Nasha, si hemos de seguir ocupándonos de ella, era
de franca decadencia. Los comuneros habían recibido una
prueba práctica de la ineficacia de sus brujerías. No, no era
tan fina como se pensaba. Dar yerbas para esta o aquella enfermedad, cualquiera lo hace. Lo importante habría sido derribar al gamonal maldito. Inútilmente Nasha se había encerrado en su cubil del caserío para dar una impresión de misterio aún después de su fracaso. Inútilmente había presagiado
sangre con éxito. La desgracia colectiva, simbolizada por la
existencia del hacendado, era más grande que todo eso. Y
Nasha no había podido con él. Estaba allí, pues entre ruinas
de piedra y de prestigio y, si no la olvidaban del todo y algunos esperaban aún que se hiciera temible con el apoyo del Chacho, no recibía la atención debida a su rango. Antes, el primer techo armado por los comuneros habría sido el de su pieza.
Ahora levantaban casa enteras y su cuarto continuaba abierto
al rigor del sereno y, lo que era peor, luciendo una indiscreción
impropia de los ocultos risitos. Un misterioso atado, que ella
mi ma cargó, esperaba mejores tiempos en un rincón lleno de
moho y luz.

Nuevas casa de paja y piedra comenzaban a equilibrar
su pequeñez en las faldas del Rumi. Si bien la piedra y la paja
abundaban, la madera para la armazón del techo era muy escasa y había que traerla al hombro, pues las yuntas no podían
operar en el áspero terreno, desde los sitios en que la quebrada
de Rumi hacía crecer saúcos y alisos y de otras profundas
y distantes encañadas. Los hombres parecían hormigas portando sus presas de horcones, cumbreras y vigas sobre las abrup-
tas peñas. Ya habría ocasión de hacer casas mejores. Ahora
era necesario tenerlas de cualquier modo por que el invierno
se venían encima. Pasaban los días. Comenzaron a caer las
primeras lluvias...

Y el indio, con sencillez y tesón, domó de nuevo la resistencia de la materia, y en la desolación de los pajonales y las rocas, bajo el azote persistente del viento, brotaron las habitaciones, manteniendo sus paredes combas y su techo filudo con un gesto vigoroso y pugnaz.

Los comuneros comenzaron entonces a barbechar las tierras mejores, que eligió Clemente Yacu en los sitios menos pedregosos. Con todo, los arados llegaban a hacer bulla al roturar la gleba cascajosa y las rejas que aceró Silverio o don Jacinto Prieto — se sabía que continuaba en la cárcel — pronto se quedaban romas. Pero ya macollaría un papal y, en el tiempo debido, extendería su alegre manto de verdor en la ladera situada al pie de las casas. Echarían quinua por cierto sitio de más allá, donde la tierra también triunfaba, en un largo espacio, del roquerío. Sería hermoso ver ondular el morado intenso del quinual. En fin, que también sembrarían cebada, ocas y hasta ollucos y mashuas. Todo lo que se diera en la jalca. Semilla de papas tenían, que las cultivaron al otro lado, en las faldas situadas más arriba de la chacra de trigo. Grupos de comuneros fueron a comprar la de las otras sementeras a diferentes lugares de la región. Se araba y se iba a sembrar. La vida recomenzaba una vez más...

*

* *

Ese de Yanañahui y sus contornos era un país de niebla y viento. La niebla surgía de la laguna y del río Ocros, todas las mañanas, tan densa, tan húmeda, que se arrastraba pesadamente por toda la planicie y las faldas de los cerros, antes de decidirse a subir. Lo hacía del todo cuando llegaba el viento, un viento rezongón y activo, que tomaba cortos descansos y no se iba sino pasada la media noche o en las proximidades del alba. Parecía entenderse con la niebla o por lo menos darle una oportunidad, pero a veces se encontraba sin duda de mal humor y llegaba desde temprano a sus dominios. Entonces reventaba a la niebla contra las rocas, la deshilachaba con zarpazos furiosos y la barría de todos los recovecos hasta expulsarla cumbres arriba. La niebla huía por el cielo como un alocado rebaño, pero después criaba coraje y se afirmaba y reunía amenazando con una tormenta...

Estas observaciones estaba haciendo Rosendo una mañana, mientras desayunaba su sopa y su cancha junto al tosco muro

de su nueva vivienda. Además, había vuelto a ver a Candela,
a su pequeño nieto y a Anselmo, cuya existencia no había notado en los últimos días. ¡Vaya! Después de mucho tiempo, un
sentimiento alegre se asomó a su corazón con la lozanía ingenua de la planta que recién mira entre los terrones. Así estaban
mirando también las siembras. Ya aparecían entre la negra
tierra pedregosa y se disponían a vivir imitando la pertinacia
de sus cultivadores. Un corral de ovejas y otro de vacas crecían
también con paredes apuntaladas a rocas verticales. Había
mucho que hacer. Los repunteros y especialmente Inocencio,
tenían que bregar para que las vacas y caballos no se volvieran
a los potreros de su querencia. Era cuestión de vigilarlos y re-
tenerlos hasta que se acostumbraran al nuevo pasto y al clima
frígido. Se sabía que el caporal Ramón Briceño estaba ya ins-
talado en el caserío con la misión de impedir que pastaran en
los potreros ganados que no fueran de Umay.

*
* *

La luna se puso blanca y redonda y una noche se desnudó
el cielo de nubes y la luz cayó abarcando todos los horizontes.
Rosendo acechaba una oportunidad como ésa para subir a
Taita Rumi, hacerle ofrendas, inquirir a la coca en el recogimiento de la *catipa* y preguntar al mismo cerro por el destino.

Trepó, pues, llevando al hombro la alforja llena de coca,
panes morenos y una calabaza de chicha guardada desde el
tiempo de la trilla. En los últimos días, Rosendo había gozado
nuevamente del cariño y el respeto unánimes de la comunidad.
Su prudencia y sus medidas fueron aquilatadas en todo su valor. La triste suerte de Mardoqueo y el Manco bajo los tiros de
un arma tan poderosa, contribuyeron también a que no sur-
gieran reproches ni de parte de los mismos belicistas. Esos
muertos fueron los últimos que la comunidad enterró en el antiguo panteón. Rosendo subía afanosamente, sintiéndose muy
viejo, pues nunca se había cansado tanto. Se detuvo al pie de
la cónica cima de roca para descansar y luego siguió trepando.
Y a medida que trepaba iban surgiendo cerros por un lado y
otro y el viento se hacía más fuerte y él tenía que cogerse con
pies y manos de las grietas para no rodar. Así llegó muy alto,
junto a una agrietada boca, más bien una hendidura, donde
se detuvo finalmente. La roca azulenca continuaba trepando

aún. Rosendo miró. En la lejanía, bajo la luna, estaban sus viejos conocidos. El blanco y sabio Urpillau, el Huilloc de perfil indio, el acechante Puma que no se decidía nunca a dar su zarpazo al nevado, el obeso y sedentario Suni, el Huarca de hábitos guerreros, el agrario Mamay, ahora albeante de rastrojos. Y otros más próximos y otros más distantes, muchedumbre amorfa que parecía escuchar a los maestros. Porque en la noche, a la luz de la luna, los grandes cerros, sin renunciar a su especial carácter, celebraban un solemne consejo, dueños como eran de los secretos de la vida. Desde este lado, el Rumi decía su voluntariosa verdad de piedra vuelta lanza para apuntar al cielo. Y por el cielo, esa noche, avanzaba lentamente la luna en plenitud y brillaban nítidas estrellas. Rosendo se sintió grande y pequeño. Grande de una dimensión cósmica y pequeño de una exigüidad de guijarro, arrodillándose luego ante la roca y ofrendando por la hendidura, al espíritu de Taita Rumi, los panes morenos, coca y un poco de chicha que vació de la calabaza. Después se sentó en cuclillas, bebió también chicha y armó una gran bola de coca para catipar. La fuerza del viento fué disminuyendo y cuajó con el aire un silencio duro y neto, que parecía sensible al tacto como la piedra. Los grandes cerros meditaban y parlaban y, hacia abajo, se veía muy confuso, muy pequeño el mundo. Los amarillentos rastrojos que rodeaban el caserío por un lado, la espejeante lámina de Yanañahui por otro. ¿Ese conglomerado lejano era acaso el distrito de Muncha? ¿Aquellas manchas eran las chacras cosechadas de Rumi? Las abras negras de los arroyos y quebradas sí se distinguían, bajando con el rumoroso regalo del agua que los cerros vaciaban de las nubes. La *catipa* no era muy buena. Rosendo echaba a la bola, para que se macerara, cal que extraía con un alambre húmedo de una pequeña calabaza. La coca continuaba amarga o más bien insípida. No tenía esa amargura de la negación, pero, tampoco estaba dulce. «Coca, coca, ¿debo preguntar?» Y la coca proseguía sin hablar, por mucho que Rosendo la humedecía con saliva y daba al bollo sabias vueltas con la lengua. Mas al fin la faz del viejo se fué adormeciendo sutilmente y el cuerpo entero sintió un gozo leve y tranquilo. La lengua probó dulce la coca y el mismo sabor invadió la boca entera. Rosendo entendió. La coca había hablado con su dulzura y podía preguntar. Se levantó, pues, y miró los lejanos cerros, que le parecieron más grandes que nunca, y luego la cima erguida del Rumi. Gritó entonces con voz

potente: «Taita Rumi, Taita Rumi, ¿nos irá bien en Yanañahui?»
El silencio devolvió una ráfaga de multiplicados ecos. Rosendo
no los entendió bien y volvió a gritar: «Contesta: Taita Rumi,
te he hecho ofrendas de pan, coca y chicha». Los ecos murmu-
raron de nuevo en forma confusa. Tardaba una respuesta, que
debió llegar pronto, de ser favorable. «Contesta, Taita Rumi,
¿nos irá bien?» ¿Era que no quería responder? ¿O se metían
malos espíritus de la peñolería que miraba a Muncha? Parecía
negar la inmensidad entera de la noche. «¿Nos irá bien?»,
insistió. Los ecos rebotaban como mofándose y luego se extendía el gran silencio de piedra. Rosendo estaba medroso y
atormentado y preguntó por última vez, con temblón acento:
«Contesta, Taita Rumi, ¿sí o no?» Los ecos jugaron por aquí
y por allá y sopló un poco el viento, sonando entre las oquedades una confidencial palabra: «Bueno». Rosendo se esperanzó.
«¿Bien?», dijo casi clamando. Y la palabra pareció resbalar
de los mismos labios del espíritu de Taita Rumi: «Bien». Estaba seguro de que no era un eco. El mismo cerro, el padre,
había hablado. Descendió, pues, después de vaciar en la hendidura la coca y la chicha que le quedaban. Le pareció muy pequeña la cuesta y llegó al nuevo caserío con la impresión de
que había vivido en él mucho tiempo. Antes de entrar a su habitación de piedra, miró de nuevo al Rumi. La cumbre sabia
continuaba en su parla cósmica... ¡Taita Rumi!

De nuestro lado, no nos permitimos la más leve sonrisa
ante Rosendo. Más si consideramos que muchos sacerdotes
de grandes y evolucionadas religiones, terminaron por creer,
por un fenómeno de autosugestión, en ritos que en un principio
destinaron a la simpleza de los fieles.

Nos explicamos entonces, seriamente, que el ingenuo y
panteísta Rosendo se haya acostado esa noche poseído de una
inefable confianza.

*

* *

Rosendo, los regidores y los comuneros estaban cansados
de juicios. Habían visto que era imposible conseguir nada.
¡Que los dejaran en paz ya! Mas el Fiero habló de la posibilidad de apelar y el asunto fué tratado en consejo. El deber estaba por encima de la fatiga. Además era necesario dar pruebas
de alguna energía, así fuera por medio de la ley, que de otro

modo Amenábar terminaría por esclavizarlos. Con mucha suerte, encontraron en el pueblo a un joven abogado miembro de la Asociación Pro-Indígena. Se llamaba Arturo Correa Zavala — así decía una plancha de metal clavada en la ventana de su estudio y que era la novedad del pueblo —, acababa de recibirse y estaba lleno de ideas de justicia y grandes ideales. Oriundo de la localidad, tornaba a ella con un plan altruísta. Su padre, un comerciante, había muerto dejándole una pequeña herencia que empleó en seguir sus estudios. Ahora, desvinculado de todo compromiso regional y provisto de título y conocimientos, podía ganarse la vida y afrontar con decoro y éxito las situaciones que se le presentaran. La ley tendría que proteger a todo el mundo, comenzando por los indios. Al menos, esto es lo que él creía.

Recibió a Rosendo y los regidores con amabilidad, les habló con sencillez y fervor de las tareas de la Asociación Pro-Indígena, escuchó muy atentamente cuanto le dijeron y les ofreció defenderlos, avanzando algunas apreciaciones. Finalmente, para sorpresa de los indios, no les cobró nada. Ellos volvieron muy impresionados e inclusive contagiados de la seguridad basada en el conocimiento que demostraba el joven profesional. Rosendo recordaba su catipa favorable y la voz del Rumi. El espíritu del cerro volvía a ser propicio como en otras ocasiones ya lejanas. El defensor había dicho: «Apelaremos a la Corte Superior y, si ella no nos beneficia, a la Corte Suprema». Estaba bueno, pues. Cuando el juez anunció a don Alvaro Amenábar los propósitos del abogado, éste le respondió, frotándose las manos:

— No sé si será legal una apelación a estas alturas, pero acéptela usted, déle curso y me avisa cuando remita el expediente... ¡A mí, redentorcitos! Los indios no saben con quién se han metido y el jovencito ése, el tal Correa Zavala, es de los que se ahogan en poca agua. Ya lo verán. ¡Quererme matar con galga! ¿Ha visto usted mayor crimen contra gente respetable? No me molesta tanto la muerte de Iñiguez, en quien he perdido una buena cabeza, como el hecho en sí. Avíseme usted oportunamente...

Tiempo después, un postillón indio salía del pueblo arreando un asno cargado con la valija lacrada y sellada del correo. En la valija iba un voluminoso expediente destinado a la Corte Superior de Justicia.

*
* *

La vida había cambiado mucho. No solamente porque las
casas eran más pequeñas y los cultivos distintos. Ni porque nadie llegaba ahora de visita a la comunidad, salvo el Fiero Vásquez, que apareció dos veces para conversar con Doroteo al
borde de la laguna. Ni, en fin, porque el paisaje fuera diferente. Todos los detalles de la existencia se habían modificado.
El único pájaro matinal era el güicho, ave ceniza que, desde
las cumbreras de las casas o las rocas altas, saludaba al alba
con un largo y fino canto. No había allí zorzales, ni huanchacos, ni rocoteros. Los gorriones parecían engeridos. En la llanura, los pardos liclics volaban gritando en forma que justi-
ficaba su nombre. La hermosa coriquinga, blanca y negra,
de pico rojo, chillaba dando una nota de actividad al voltear
con gran pericia las redondelas secas de estiércol vacuno para
comer los gusanillos que se crían bajo ellas. En los totorales
de la laguna los patos rara vez se dejaban ver. El ganado mugía, relinchaba y balaba inquietamente. Las ovejas se ame-
drentaban al paso frecuente de los cóndores. En la tierra negra
y dura de las chacras los sembríos crecían con lentitud. Toda,
toda la vida parecía torturada por la aspereza de las rocas,
la niebla densa, el frío taladrante, el sol avaro de tibieza y el
ventarrón sin tregua. El hombre, guarecido bajo un poncho,
se acurrucaba a esperar algo impreciso y distante. Raramente,
solían oírse la flauta de Demetrio Sumallacta y algunas antaras. Y una noche sonó una quena. La nostalgia sollozó una
música larga y desgarrada. Entonces, todos comprendieron de
veras que había cambiado mucho la vida.

*
* *

Llovía por las tardes. A veces, el aguacero se tupía y azotaba las casas con furia. Otras era tan leve que apenas escurría
de los techos. Noviembre mediaba sin decidirse todavía por
una gran tormenta. El cielo pesaba de nubes lóbregas una tarde, cuando Clemente Yacu salió a la puerta de su bohío y se
puso a dar gritos a los pastores de ovejas para que guardaran
el rebaño. Apenas éstos iniciaban apresuradamente su faena, el
cielo fulguró, cruzado de un lado a otro por una llama cárdena

de velocidad vertiginosa que fué desde El Alto al picacho del Rumi. Un formidable trueno repercutió entre el duro cielo y la tierra ríspida como en una caja de resonancia y el viento aulló azotando las rocas y desmelenando alocadamente los pajonales. Balaba el rebaño al acercarse al aprisco, las vacas lecheras y sus crías corrieron al corral y el resto del ganado galopó por la pampa en pos de las laderas, buscando instintivamente el abrigo de las peñas. De nuevo estallaron truenos y relámpagos y en pocos minutos la pampa quedó desierta, el rebaño se había apelmazado en un rincón del redil y los comuneros atisbaban desde las estrechas puertas de sus chozas invocando la protección de San Isidro y especialmente de Santa Bárbara, experta en rayos y centellas. Los rayos se sucedieron rasgando el espacio como flechas, como llamas, como hilos trémulos, como látigos, y también dibujando sus clásicos y poco frecuentes zigzags, para hundirse en la peñolería del lado de Muncha, en los picachos de El Alto o en la cima y cumbres inferiores del Rumi. A veces rodaban sobre las faldas. A veces llegaban hasta la misma pampa y algunos se clavaban como espadas y otros corrían como bolas de fuego. Los truenos estremecían los cerros, que parecía que iban a derrumbarse sobre los pequeños bohíos y dentro de éstos los indios callaban de propósito, creyendo que la voz y especialmente el grito atraen el rayo. Los más pequeños lloraban a pesar de todo. Después repiqueteó el granizo, rebotando sobre las piedras, para amontonarse en las hondonadas. Por último, junto con la ávida sombra de la noche, cayó la lluvia en chorros gruesos y sonoros, batida por un huracán que la aventaba sobre las paredes y mordía los techos para que los pasara. Los chorros tremaban sobre los embalses de agua, el aire húmedo entraba a las casas y el hombre percibía la tormenta con los sentidos proyectados hacia todos los ámbitos. La oscuridad no impedía saber que la pampa entera se estaba inundando, que por las faldas bajaban torrentes violentos que amenazaban las chacras y que el ganado padecía temblando al pie de las rocas, presa como nunca de la nostalgia de la querencia. Los rayos continuaban lanzando sus esplendentes y trágicas saetas y los truenos parecían martillar los cerros haciéndolos saltar en pedazos. Sin duda rodaba efectivamente una roca, o muchas, una avalancha de piedra y fango. Pero el ruido de los truenos impedía distinguir bien y ya el mismo aguacero trepidaba atiborrando los oídos. Se sirvió el yantar a la lumbre del fogón y los relámpagos. Pasaron horas

y la tormenta no tenía trazas de pasar. Verdad que los truenos
y rayos disminuyeron un poco, pero la lluvia seguía chapoteando entre el fango y los embalses. La coca palió el frío, pero
después el sueño no llegaba. Era difícil dormir bajo esa presión
de agua y de viento, cuando los techos temblaban y algunas
casas comenzaron a pasarse y afuera la tierra y los animales
sufrían directa y atormentadamente el azote. Si el hombre logró dormir esa noche, lo hizo, como se dice, solamente con un
ojo. El alba llegó tarde y cuando el viento desflecaba sus últimas
banderas de agua tremolante. La niebla comenzó a levantarse
y un sol celoso trataba de pasar a través de ella. El cielo había
quedado limpio de nubes, pero ya comenzaba a blanquearse
otra vez. De los techos y las laderas seguía escurriendo el agua.
La pampa estaba inundada ciertamente y ganados no se veían.
Algunos comuneros salieron de sus casas, con el pantalón remangado hasta la rodilla, para examinar mejor los efectos de
la tormenta. Había rodado un alud, de veras, rompiendo una
de las paredes de piedra del aprisco y matando varias ovejas.
Más allá un improvisado torrente partió en dos la chacra de
quinua. Las demás sementeras no habían sufrido mucho. Algunas plantas de papa estaban tronchadas por el granizo. Los
techos rotos eran pocos y se los podría reparar pronto. ¡Ah,
San Isidro! Fueron a ver su capilla, que era apenas una hornacina grande, de paja y piedra, levantada un poco más alto
en la falda para que dominara la hilera de casas. Tal preeminen-
cia resultó contraproducente. El viento la tuvo a su merced,
desgreñando el techo. La lluvia había pasado y la pintura del
retoque se disolvió, dejando la venerable faz veteada de negro,
rojo y blanco. Las noticias de los destrozos y desperfectos se
extendieron por todo el caserío y los comuneros desayunaron
preocupadamente, preparándose para ir en pos de los caballos,
asnos y vacas. Las lecheras estaban en el corral, pero no se
veía a ninguna otra. Al pasar por la pampa de Yanañahui el
agua mojó a los buscadores hasta media pantorrilla. Estaba más
honda en los hoyos de los totorales esparcidos por la misma pampa. Faltaba mucho ganado. Vacas y caballos sobre todo, que
los asnos mansos eran escasos, pues no hubo tiempo de rodear
a los salvajes que se marcharon al río Ocros y a los que se daba
ya por perdidos. Los exploradores arreaban el ganado a la pampa y éste, falto de costumbre, recelaba del agua y no quería
entrar. De las laderas y abras de El Alto y Rumi volvieron a
muchos animales. Unos se encontraban ya en camino a la que-

rencia. Posiblemente los que faltaban se habían adelantado.
Uno de los comuneros encontró coja a una vaca y muerto a un
asno. La vaca rodó tal vez, lesionándose. Posiblemente el asno
se heló. Otro comunero encontró muerto a Frontino. Lo había
matado el rayo. El mismo Rosendo fué a ver al querido caballo.
Con su pelo alazán simulaba una mancha de sangre en una ladera de pajonal aplanado por el paso del agua y del viento. A
pocos pasos del cadáver se encontraba el hueco del rayo. Rosendo sintió mucha pena. Ese caballo era el mejor de todos,
grande, manso y fuerte. Tenía sangre fina, como que Benito
Castro, siendo un mocoso todavía, lo hizo engendrar en la yegua Paloma por el garañón Pensamiento, de propiedad de una
lejana hacienda. Esa fué otra de las hazañas de Benito. El
dueño de Pensamiento se negaba tozudamente a que su caballo
cubriera a otras yeguas que no fueran las suyas, así le pagaran.
Había hecho de la clase de caballos un asunto de vanidad. Entonces Benito estuvo muchos días por los alrededores de la hacienda conquistándose a los perros. Cuando los tuvo mansos,
acercó la yegua al pesebre. El garañón la venteó, dió un cálido
relincho y tras un breve galope saltó la alta pared con esa presteza que es propia de los fugitivos y de los amantes. A su tiempo, Paloma tuvo un ágil y donoso potro que daba gusto mirar.
Engreído de todos los comuneros, correteó por los alrededores
del caserío con la actividad eufórica de la niñez. Creció y fué
amansado. Una banda de gitanos pasó cierta vez por el caserío.
Unos hacían bailar osos. Otros trataban en caballos. Frontino
desapareció dos días después que la banda. Posiblemente tornó alguien a robárselo. Los comuneros persiguieron a los gitanos
sin poder encontrar a Frontino. Tiempo después, lo rescató
mediante muchos trámites, uno que fué a Celendín para comprar sombreros de paja. Su poseedor, que lo había adquirido
a los gitanos, no lo estimaba tanto. Hasta lo castró, pues disponía de un reproductor más fino. En la comunidad vivió
Frontino el resto de su vida, esforzada y noblemente, sin más
contratiempo que la cornada que le propinó el toro Choloque.
Rosendo había hecho cien viajes en él. La vida de Frontino,
por el servicio leal, pertenecía un poco a la de todos. Ahora le
había tocado morir. Y murió sin duda por su clase. Los caballos
ordinarios tienen más despierto el instinto y saben esconderse
en las tormentas. Los finos no logran estar quietos, saliendo
nerviosamente de sus refugios para buscar otros. Es lo que posiblemente hacía Frontino en el momento en que lo alcanzó

o mejor dicho lo rozó el rayo. Bien mirado, tue muerto por la
fatalidad que azotaba a todos. Y el viejo Rosendo, como ante
el buey Mosco, sintió que se perdía un buen comunero. Pero
no quedaba tiempo ni aun para las penas. A buscar, a buscar y
encontrar los animales extraviados.

*

* *

Al día siguiente llegó un extraño a la comunidad. Era el
emisario de Correa Zavala. Iba a informar que el postillón que
llevaba el correo había sido asaltado en las soledades punas de
Huarca por un grupo de forajidos. En la valija estaba el expediente del juicio de linderos en apelación ante la Corte Superior
de Justicia. Vigiló el asalto, desde una distancia de seis u ocho
cuadras, un hombre vestido de negro que montaba un caballo
también negro. La opinión pública sindicaba a ese hombre
como el Fiero Vásquez.

Rosendo, pese a su cansancio, habría querido volar hacia
el pueblo. No podía ni galopar. Frontino yacía entre un círculo
de buitres. Los otros caballos disponibles estaban al servicio de
Artidoro Oteíza y los repunteros, quienes no regresaban aún
de la búsqueda del ganado perdido. ¿Sería capaz el Fiero de
hacer eso? ¿Estaría jugando sucio con la comunidad? Rosendo
tembló herido por la incertidumbre y la impotencia. ¿Qué pasaría después? ¿Qué se podía hacer? En Umay, el hacendado
Alvaro Amenábar y Roldán, en el secreto de un cuarto cerrado,
prendía fuego al grueso expediente, diciendo a su mujer:

— Leonorcita, éste es el precio de la galga. Podría comenzar de nuevo, pero sería algo escandaloso. Tengo que cuidar mi
candidatura y la de Oscar. Además, ahora me preocupa el asunto de Ocros...

— Pero, Alvaro, ¿cuándo va a terminar esto? Ya ves que
ese caporal tenido por espía desapareció de un momento a
otro... El Fiero Vásquez...

— No te preocupes. Este es también un buen golpe para
el Fiero. Ya verás que mandan tropa de línea. Ahora escribo
sobre lo que se debe decir a mi amigo el director de «La Patria»...

Don Alvaro sonreía con el blanco rostro coloreado de llamas mientras el papel sellado desaparecía lenta y seguramente
dejando volanderos residuos carbonizados.

*
* *

Artidoro Oteíza y cuatro repunteros siguieron los rastros
de las vacas y caballos perdidos. Iban hacia el caserío viejo y
pensaron que allí los podrían encontrar. Ceñidos a las huellas
pasaron por la solitaria Calle Real, de puertas cerradas como bocas mudas, y avanzaron hacia los potreros. No se veía ni una
vaca ni un caballo de la comunidad entre los abundantes de
Umay que estaban ya como en casa propia. Paulatinamente los
rastros se fueron agrupando y aparecieron otros de caballos.
Uno de los repunteros, muy experto en huellas, dijo que eran
de caballos montados. Un peatón de ojotas apareció también
en la marcha de señales. Por último todas las huellas se confundieron entrando al sendero que iba por la orilla del arroyo
Lombriz hacia el río Ocros. Ya no quedaba ninguna duda: el
ganado de los comuneros fué entropado y arreado por allí.
Llegando al río Ocros los rastros continuaban por la ribera, hacia
arriba, entrando a tierras de Umay. Oteíza y sus hombres los
siguieron a pesar de todo. Mas no pudieron ir muy lejos. El caporal Ramón Briceño y tres más, armados, les salieron al paso.

— Alto, ¿quién son?

— Somos de la comunidá de Rumi y venimos siguiendo
ganao volvelón...

— ¡Qué ganao volvelón ni vainas! Ustedes son los ladrones
que han estao robando vacas y caballos estos días...

— Si po acá vienen los rastros — argumentó Oteíza —,
se escaparon en la madrugada de Yanañahui.

— ¡Qué rastros, so ladrones! Váyanse luego antes que los
baliemos.

— ¿Ladrones? Sigamos los rastros que van po aquí a ver
si no llegamos onde está nuestro ganao...

— Güeno, sigamos — dijo Ramón Briceño.

Caminaron unas dos leguas y los rastros comenzaron a es-
paciarse saliendo de la senda hacia un potrero.

— Aura, amigos, sigan po el camino — dijo Ramón —.
Sigan pa Umay, pa la hacienda misma.

— ¿Qué?

— Que van presos, po ladrones.

Los caporales les apuntaron sus carabinas. A una señal de
Oteíza, los comuneros salieron disparados a todo lo que daba
el galope de los caballos. Les zumbaron unos cuantos balazos.

Era evidente que no tiraban a matar sino sólo para amedrentarlos y conseguir que se detuvieran. Pero luego cayó un caballo. Después otro. Los comuneros que los montaban fueron detenidos. Entonces Oteíza y el que lo seguía tuvieron que regresar.

— Vamos, andando a Umay...

— Déjennos siquiera sacar los aperos de los caballos muertos...

— Andando, decimos...

Don Alvaro Amenábar los tuvo presos tres días en los calabozos de la hacienda. Al soltarlos, le dijo a Oteíza:

— ¿Tú eres regidor, no? Bueno: no los mato porque quiero sacarles la pereza. Ustedes deben ir a trabajar en una mina que voy a explotar al otro lado del río Ocros. Díselo así a ese criminal de Rosendo. Estoy resuelto a perdonarle sus delitos y tratarlo como amigo a pesar de que me mandó matar con galga. De lo contrario, él y ustedes se van a fregar. Ahora, como una prueba de que no quiero ir más adelante, te devuelvo tus dos caballos que debía retener en pago de todo lo que me han robado... Váyanse...

*
* *

¿Qué pasaría ahora? ¿Qué se podía hacer? Rosendo y los regidores no podían responder y ni siquiera responderse a estas preguntas. Correa Zavala les había dicho que el robo del expediente era un asunto grave, pues desaparecían las pruebas de la existencia misma de la comunidad. ¿Tendrían que entregarse a Amenábar y morir ahogados por la sombra y el cansancio en el fondo tétrico de los socavones? Un doloroso renunciamiento comenzó a sedimentárseles enturbiando toda perspectiva. ¿Qué se podía hacer?

Doroteo Quispe, Jerónimo Cahua y Eloy Condorumi desaparecieron de la noche a la mañana. Ellos habían resuelto hacer algo por su lado. Casi todos los comuneros ignoraban el motivo de su alejamiento. Quizá Rosendo los había enviado a alguna parte, pero él aseguraba que no. Paula se le acercó a explicarle.

— Taita, se jueron con el Fiero Vásquez. ¿Tú, qué dices?

Y el alcalde Rosendo Maqui, por primera vez en su vida, dejó sin respuesta la pregunta de un comunero.

*

* *

De madrugada hacía un frío que helaba el rocío chamus-
cando las siembras. La chacra de papas se encontraba casi
arrasada. El año sería malo. El invierno se mostraba ya en
toda su fuerza y la pampa estaba siempre anegada. Todos los
asnos murieron y las vacas y los caballos trataban empecinadamente de volverse. Había que pastearlos por las faldas
de los cerros y encerrarlos de noche en un corralón que se había levantado con ese objeto. Era muy dura la vida. Apenas
brillaba el sol. Las casas se perdían en la niebla o temblaban al
golpe de la tormenta. Los comuneros que salían de ellas a realizar sus tareas vivían con los trajes húmedos. Las carnes
morenas tomaban la frialdad indiferente de la piedra. Su alma
se iba poniendo estática, también. Aun los que se quedaban
en las casas, los mismos pequeños, sentábanse en actitud de
rocas ante el paso del tiempo. Ese era un mundo de piedra que
sólo permanecía a condición de ser piedra.

*

* *

Un comunero era frágil. Sabemos que se llamaba Anselmo
y tocaba el arpa. Antes, hubiérase dicho que él y su instrumento
formaban una sola entidad melódica a través de la cual ar-
ticulaba sus secretas voces la vida comunitaria. Modulaba el
pecho, ayudado por la ringlera de cuerdas tensas y la caja cónica, un himno de surcos, de maizales ebrios de verdor y tri-
gales dorados, de distancias columbradas desde la cima de roquedales enhiestos, de fiestas de amor, de faenas hechas fiesta,
de múltiples ritmos y esperanzas.

Anselmo, de niño, quiso abrazarse a la vida y terminó
abrazándose al arpa. Durante su infancia, como casi todos los
niños andinos, fué pastor. En el trajín de conducir el hato
solía encontrarse con la Rosacha y ambos veían que los indios
araban a lo lejos. El taita de Anselmo era quesero de una hacienda, pero él no quería ser quesero. Quería ser sembrador.
Junto a las chacras pardas humeaban los bohíos. Rosacha era
también pequeña, pero asomaba a la vida con la precocidad de
las campesinas. Sus ojos llamaban desde una maternidad in-

declinable. El bohío, el surco, el hijo, eran para ellos el mañana próximo.

Un día habló Anselmo:

— Aprenderé a arar y tendremos casa.

Con eso había dicho todo lo necesario. Pero no tuvieron casa ni consiguió arar. No pudo siquiera, como hacen los enfermos y los débiles, caminar tras la yunta arrojando la simiente. Le fué negado para siempre el don de la mancera y de la siembra. Y ya comprendemos que esto es, para los hombres de la tierra, la negación de la vida misma. Sucedió que un mal día, Anselmo cayó enfermo. Mucho tiempo estuvo en la penumbra de su choza, entre un revoltijo de mantas, quejándose. La madre hirvió todas las buenas yerbas para darle el agua. Una curandera acudió desde muy lejos. No llegó a morirse, pero cuando al fin lo sacaron para que recibiera el sol, tenía las piernas secas y retorcidas como las raíces de los viejos árboles. Se quedó tullido.

¡Y ante sus ojos estaban la tierra, las yuntas, los sembrados y los caminos! Por el sendero gris que ondulaba hacia los pastizales, pasaba siempre Rosacha tras el rebaño. A veces dignábase llamarlo de igual manera que antes:

— Anselmooooooo...

Su voz era coreada por los cerros, pero dejaba mudo a Anselmo. Sentado frente al bohío, hecho un montón de listas debido al poncho indio, miraba a Rosacha desde su inerme quietud. En cierta vez agitó los brazos, con un gesto que ya le conocemos, el mismo con que los levantó ante la partida de su madre Pascuala, pero se le enredaron en el poncho como en un follaje vasto y sintió que su condición era la del vegetal pegado a la tierra. Pero adentro, el corazón latía al compás de viejos recuerdos y esperanzas. Un camino real se bifurcaba cerca del bohío. Pasaban grupos de indios tocando zampoñas. Y para el tiempo de la fiesta de Rumi, música de arpas y violines fué camino adelante hasta perderse a lo lejos. Anselmo estuvo mucho rato escuchando las melodías a un tiempo alborozadas y sollozantes de los romeros, de cara al viento henchido de sones, los ojos apenas abiertos y las manos apretadas y sudorosas. Hubiera querido aferrar, retener para siempre junto a sí ese prodigio de sonidos, adormirse con ellos y soñar. Pero la música apagóse en la distancia y él se quedó otra vez solo. Mas un sentimiento nuevo le latía en el pecho, la vida revelaba un sentido otrora oculto, y he allí que todo tenía una melódica intención. De la tierra surgía un hálito eufóricamente sonoro como un trino de pájaros en el alba. El caudaloso torrente de sus emociones se concretó en un simple pedido:

— Taita, quiero un arpa...

Con esto, como en anterior ocasión, había dicho todo lo necesario. El quesero, después de pensarlo un rato, como es natural que piense un quesero cuando va a tomar una decisión de veinte soles, contestó:

— Güeno...

En una feria mercó el arpa. Esta era, como todas las de manufactura andina, sin pedales. El indio ha dado al instrumento extranjero su rural simplicidad, su matinal ternura y su hondo quebranto, toda la condición de un pájaro cautivo, y así se la ha apropiado.

Las manos morenas de Anselmo crisparon los dedos y, poco a poco, brotó la música de una vida que no pudo ser para él y ahora era para todos a favor de su emoción y esa caja cónica y embrujada que palpitaba como un gran corazón. Encaramado sobre un banco que el taita le labró rudimentariamente, el joven trigueño, casi un niño de faz triste y pálida, encogía sus piernas retorcidas bajo el poncho y alargaba los brazos hacia el bien templado triángulo de los arpegios. Y tocando, tocando, no había pasos incumplidos. La tierra era hermosa y ancha y fecunda.

Pasó el tiempo y creció Rosacha en edad y Anselmo en fama de arpista. Ella ya no iba tras el rebaño. Y él iba a todas las ferias y los festejos de cosechas y casamientos. En un asno lo llevaban los campesinos, de un lado para otro, como quien lleva la alegría. En su música estaba el corazón de cada uno y el de todos.

— ¿Será güeno el casorio?

— De verdá, porque va a tocar Anselmo...

Y acudían las gentes a bailar o simplemente a solazarse con el inacabable chorro de trinos. ¿Cuándo se vió en la comarca otro arpista con aquellas manos santas? No había memoria.

Llegó el tiempo del casamiento de Rosacha, y Anselmo asistió al festejo sin recordar casi. Habían corrido muchos años y la música le colmaba la vida. Volviendo de la iglesia, la pareja avanzó, radiante, seguida del cura y los concurrentes, hacia su atenta inmovilidad. El se hallaba en la casa acompañado de los que aguardaban. Pasó a su lado Rosacha y fué como

si estuviera cargada de alba. Surgió desde el fondo mismo de
sus esperanzas remotas. Mas todo ello era inútil para siempre.
La chicha encendió las caras y luego fué requerido Anselmo para
que tocara. Se alinearon las parejas y él echó al aire las ágiles
notas de un huaino. Ahí estaba Rosacha bailando con su marido, haciendo girar alegremente su cuerpo de anchas caderas
y senos redondos. El arpista, que antes se aplicaba al instrumento con todo su ser, miraba ahora a los bailarines. Miraba
a Rosacha. Había crecido y bailaba con otro hombre que era
su marido. Desde ese entonces, Anselmo tomó conciencia de
su propio destino.

Cuando se quedó huérfano, Pascuala y Rosendo lo aco-
gieron en su hogar y fué como un nuevo hijo. Este, al contrario
que Benito Castro, estaba señalado por la debilidad física y la
invalidez, pero era dueño de la suprema gracia de la música,
el arte preferido por el hombre andino. En la comunidad, Anselmo vivió y entonó con todos la alegría de la vida agraria.
Sufrió también con todos los padecimientos de la emigración.
Sin embargo, esos días le recordaron poco. El mismo Rosendo,
como si la invalidez fuera una tara para considerar el problema,
no tomó en cuenta su existencia. Solo se encontró de nuevo
Anselmo, y el arpa, enmudecida aún de pena por Pascuala —
¡cuánto recordó el tullido a su madre en ese tiempo! — no lo
podía consolar. Desde su rincón del corredor de la casa de Rosendo asistió a la asamblea, percibiendo dolorosamente las
espaldas de los concurrentes, algún rostro congestionado y las
tristes palabras que se dijeron ese día. El también era un foráneo, pero ni por eso le consideraban. Cuando el éxodo, lo hicieron subir a un asno, con su arpa en las manos, y fué de los
primeros en partir. Tres noches muy tristes pasó en Yanañahui
en compañía de los pocos que se quedaron para vigilar los tras-
tos. Después, sintió como que sobraba en los días de congestionada actividad durante los cuales construyeron las casas.
Cuando Rosendo se alegró de nuevo y aproximóse a su existencia, Anselmo creyó que recomenzaba la vida de antaño. Como
hemos visto, poco pudo durar su sueño. Llegó la desgracia con
más saña, sufrieron las siembras, el ganado comenzó a perderse y morir, muchos comuneros se marcharon, y sobre los que
permanecían en la nueva tierra pesaba la amenaza del trabajo
forzado, de la esclavitud. La niebla, la lluvia, el frío, la tristeza,
llegaban a los huesos. Había que ser de piedra para sobrevivir.
Anselmo era frágil.

Una tarde quiso tocar y encaramóse abrazando el arpa. El viejo Rosendo, Juanacha y Sebastián esperaron atentamente la música. El mismo perro Candela, ahora con la pelambrera apelmazada y húmeda, irguió las orejas. ¿Dónde estaba la tierra que cantar? No había sino piedra, frío y silencio. Necesitaba llorar y no podía. Le faltaban fuerzas para resistir la tormenta del llanto. Acaso las notas no brotaban con la limpieza esperada, tal vez los dedos no acertaban con el lugar preciso. La cara de Anselmo, angulosa y morena, nada decía, pero algo se le rompió en el pecho con la violencia con que, a veces, estallaban las cuerdas del arpa. Cayó de bruces y al caer las piernas tullidas rozaron el cordaje arrancándole un agudo y amargo lamento.

Así murió en Yanañahui el arpista Anselmo.

*
* *

La habitación de Nasha Suro dejó de humear. «¿Qué me hará el Chacho? —dijo el alcalde—, la vida ya no vale». Y fué a verla. La habitación de piedra, que ya estaba techada —Nasha conjuró al espíritu malo para que respetara a los techadores—, se había quedado sola. En un ángulo, el fogón tenía las cenizas frías, apagados todos los carbones, y nada mostraba que se hubiera hecho por conservar el fuego. Ni un solo objeto aparecía por ningún lado. Nasha se había marchado, pues. Nadie sabía cuándo ni adónde.

*
* *

—Allá van —dijo Doroteo. Jerónimo y Condorumi miraron la red de caminos tendida sobre la cordillera de Huarca. El trajín había cavado negros trillos que se cruzaban y entrecruzaban en la mancha gris del pajonal. Dos jinetes marchaban por allí precedidos de un peatón que arreaba una mula cargada. Los observadores bajaban del picacho donde se hallaban y, montando caballos que habían dejado en una hoyada, emprendieron la marcha hacia los trillos. La conquista de sus bestias no había sido muy fácil. Eran veloces y fuertes y procedían de Umay. Fué la primera comisión que les dió el Fiero Vásquez. Tuvieron que presentarse de súbito en la pam-

pa de la hacienda, enlazar los caballos y partir, galopando en
pelo, hacia las cumbres. Un grupo de caporales salió a per-
seguirlos y les pisó el rastro, que desviaron hacia el sur. Cuando ya los tenían sobre las espaldas, Doroteo y sus segundos
abrieron el fuego, y los caporales se regresaron pensando que
ésos no eran indios cobardes de la comunidad. Briosos y fuertes resultaron los caballos y le dieron a montar el más rebelde
a Condorumi. No porque fuera el mejor jinete sino porque
con su paso imponía moderación al más alzado. Mediante un
fácil asalto a unos recaudadores de impuestos se proveyeron
de aperos. Ahora, después de obtener ciertos informes, locali-
zaban ya a los viajeros y se ponían en su huella.

Mediaba la tarde de un día de diciembre. Las lluvias se
habían espaciado durante una semana. Melba Cortez y Bismarck Ruiz aprovecharon entonces para emprender viaje antes de que enero y febrero, con sus continuas tormentas, in-
terpusieran una valla entre la costa y la salud de ella. Un simple remojón le habría sido fatal. Pero la misma Melba no quiso
partir antes, de miedo, pues quedó muy impresionada con el
relato que Bismarck le hizo de su peripecia en Rumi, según
el cual aparecía corriendo, él también, un tremendo peligro de
morir aplastado por la galga, o macheteado por el Manco y
los otros bandidos. El tinterillo se reprochó después su vanidoso afán de aparecer como héroe, pero ya no había remedio.
Melba veía galgas y machetes por todas partes.

— Pero, hijita, ellos ni siquiera sospechan que yo...
Como sea, ¿quién garantiza al tal Fiero Vásquez?

Cuando los indios fueron a entenderse con Correa Zavala,
la aprensión creció.

— ¿No ves, Bismarck, no ves? Ya sospechan de ti. Quién
sabe si también a mí me echan la culpa. ¡Ay, quién se fía de
serranos brutos!

Pero pasó el tiempo y los indios no dieron más señales de
agresividad. Bismarck le explicó que el asalto y captura del
expediente no podía ser obra sino del Fiero. Melba se fué tranquilizando y, antes de perder el soñado viaje si no aprove-
vechaban las treguas de diciembre, partieron.

Han caminado desde el amanecer. El viento es fuerte y
Melba se cubre el pecho con una gruesa chompa. No obstante,
el aire frío la hace toser. Avanzan lentamente, pues el trote
golpeado le aumenta la tos. El arriero, por mucho que vaya a

pie arreando el mulo, se adelanta con facilidad y Bismarck le grita:

— Nos esperas en el tambo.

— Güeno, señor...

En un momento más, el arriero se pierde volteando una loma. Melba, que va delante, tiene ante sí la soledad ceñuda de la puna por toda visión. Siempre le han atormentado los cerros, esas cumbres arriscadas de dramática negrura que parecen cercar y encerrar al ser humano para aislarlo del resto del mundo y matarlo de tristeza. Su alma nacida a la contemplación de un mar de olas mansas, de blandas y fáciles dunas y de cerros alejados en cuya aridez nunca reparó, se estremecía ahora ante la presencia de la roca crispada y amenazante, fría de mil vientos y lluvias, donde para peor ningún asilo podía brindar un poco de tranquila comodidad. Bismarck caminaba tras ella y reparó en su tristeza.

— ¿Qué te pasa, Melbita?

— ¿Qué me va a pasar? Me cargan estos cerros, estas soledades, este desamparo. ¿Quién nos auxiliaría si la tos...?

Tosió demostrativamente y luego sacó un pañuelito para secarse atribuladas lágrimas.

— Ya llegaremos al tambo. Claro que no es un hotel, pero se puede descansar...

— ¿Crees que no recuerdo? Un cuarto de piedra, que ni siquiera tiene puerta y lleno de goteras en el techo de paja. ¿Esa es una habitación humana?

Las lágrimas se hicieron copioso llanto.

— Vaya, vaya, Melbita...

Bismarck estaba acostumbrado a esos accesos de tristeza que solían pasar después de una o dos horas. No había por qué inquietarse mucho. Doroteo Quispe y sus hombres, entretanto, estaban ya cerca, caminando también a paso lento en una atenta vigilancia.

— ¿Atacamos ya? — sugirió más que preguntó Jerónimo...

— Hum... — gruñó Doroteo —, mejor será esperar que anochezca. Parece que haiga gente mirando de los cerros...

Melba se iba fatigando. Creyó estar muy bien de salud y he allí que, al primer esfuerzo de consideración, flaqueaba. Le dolían las espaldas y la tos aumentó.

— ¿No podía descansar un poco, Bismarck?

El tinterillo la hizo desmontar y luego tendió su poncho
sobre el suelo. Melba se echó de espaldas. Estaba muy bonita
en su traje azul oscuro de amazona que hacía más notable la
blancura de sus manos y su faz, ya un tanto enrojecidas por el
frío de la puna.

— ¿No lloverá, Bismarck? Fíjate que el cielo está muy
nublado. ¿Y si llueve, Bismarck?

— Nos mojamos, hijita — dijo Bismarck tratando de
bromear.

— ¿No ves?, esa maldad tuya! ¿Quieres que me muera?
¿Por qué seré tan desgraciada?

El llanto aumentó. El hombre sentóse a su lado tratando
de calmarla. Después encendió un cigarrillo.

— ¿Por qué fumas? Sabiendo que me provoca y no puedo
fumar con esta tos... caj... caj... ¡Qué desgraciada soy!

Bismarck arrojó el cigarrillo. Cuando Melba se levantó,
después de mucho rato, había dejado de llorar, pero dijo que
se sentía más cansada aún. No había otra solución que montar
si se quería llegar al tambo. Arriba, un crepúsculo de invierno,
oscuro y sin belleza, se delineó en el cielo.

Melba volvió la cara preguntando:

— ¿Alcanzaremos a llegar...?

Interrumpió la frase con un grito. Después dijo, aunque
ya Bismarck miraba hacia atrás:

— Mira, mira, ¿quiénes son ésos? Tienen carabina...

Recién se daban cuenta de la presencia de sus seguidores.
Estaban muy lejos, pero se podía notar que portaban carabinas.

— Deben ser caporales — respondió Bismarck, dando y
dándose valor.

Es lo que creyeron a fin de cuentas. Los hombres armados
torcieron camino para perderse tras una falda. Ya llegaba la
noche y aumentaba el viento y Melba tosía de veras. Se cruzaban las sendas y a la distancia sólo perduraba la quebrada
línea roja del horizonte.

— Ya no llegaremos al tambo...

— ¿Qué haremos, Bismarck?

— Por aquí cerca hay unas cuevas...

— ¡Por qué, por qué seré tan desgraciada!

Bismarck caminó adelante, pegándose a los cerros, y al fin
pudo dar con las cuevas. Allí hizo un lecho con las caronas y
los ponchos. Después amarró los caballos en un pajonal a fin

de que comieran. Mientras tanto, Melba gemía: «¿Por qué seré tan desgraciada?» Bismarck recordó que en su alforja llevaba un anafe y té y bizcochos. Lástima que el arriero se hubiera adelantado con las otras provisiones. Salió a buscar agua de cierto ojo que había por allí. No recordaba bien el sitio y se demoró mucho, por lo cual Melba lo recibió acusándolo de refinada crueldad. No importaba. Ya le pasaría todo a la mañosa. A la luz azulada del anafe, mientras tomaban el té, Bismarck se puso a alardear, defraudado en su esperanza de que Melba reconociera por sí misma sus condiciones.

— ¿Qué tal viajero soy? Yo he trajinado bastante en mi juventud, no creas. ¿Qué habríamos hecho si yo no conociera estas cuevas? Y luego, ¿qué, si yo no conociera el ojo de agua?

Melba le sonrió al fin, con esa voluptuosidad que enardecía a Bismarck. Las cuevas eran húmedas y olían a zorro y el agua estaba un poco salobre, pero a pesar de todo sonrió. Bismarck cambió de tema:

— Todo lo he hecho por ti, Melbita. ¿Qué son cinco mil soles ridículos? Yo le tenía una guardada a Alvaro Amenábar. Se han cometido muchas, muchas ilegalidades. Sin esperar nada del juez, dejé pasar todo para presentar un formidable recurso de apelación. Y no creas que me hacían lo del robo del expediente. Yo habría pedido garantías, como suena, *garantías* al subprefecto, exigiéndole que hiciera acompañar al correo con fuerza armada. ¡Qué formidable recurso de apelación se me fué de las manos! Pero todo lo hice por ti...

Melba habría preferido galanterías menos legales y tinterillescas, pero siguió sonriendo. Apagaron el anafe y se acostaron. El hombre basto supo una vez más del cuerpo armonioso y suave, acariciante y tibio, perfumado, según sabía la voluptuosidad, de aromas ardientes.

Bismarck encontró el placer a los cuarenta años y su existencia anterior se le antojaba inútil, malgastada en su pobre mujer ya marchita y un manoseo rutinario de papel sellado. ¿Qué significaron sus triunfos? Trampas legalistas, mañas de trastienda. Ahora, recién, conocía la felicidad de la carne — que no concebía otra —, y ella estaba allí hecha una bella mujer que se llamaba Melba. Dormía ya y él se durmió dedicando sus últimos pensamientos a los días jubilosos que debían pasar en la costa, lejos del pueblo, dedicados a su amor solamente.

Doroteo y sus compañeros se acercaron a las cuevas tarde la noche. Primeramente habían ido hasta el tambo y se robaron

la mula. Ahora se adueñaban de los caballos también, atando
a las tres bestias en fila y dejándolas allí listas para ser ja-
ladas. Sólo faltaba matar, matarlos, y vengar el despojo, y la
miseria, y las lágrimas, y la calamidad que ya venía. Ahí estaban Bismarck Ruiz y su amante. Era preciso terminar con
ellos. Toda mala acción tiene su castigo. Debía ir uno solo para
no hacer bulla. Bismarck tendría revólver. La noche estaba
muy negra y ganaría el que disparara primero. No se podía
ver casi nada y la sombra y el viento herían los ojos. Quispe,
que por algo sabía el Justo Juez, se adelantó hacia la caverna
donde brilló la luz, llevando la carabina lista. La negrura no
permitía precisar nada. Sentía únicamente el ritmo de la respiración en los momentos en que el viento se sosegaba, per-
mitiendo silencio. Poco a poco, fueron contorneándose las formas de los durmientes. A Doroteo le temblaba un poco el pulso
mientras rezaba el Justo Juez. Apuntó. ¿Cuál de ellos moriría
primero? A lo mejor la pobre mujer era inocente de todo. ¿Qué
sabía ella? Si la mujer quedaba en segundo lugar se asustaría
mucho. El tiro rompería la crisma a Bismarck. De todos modos,
era difícil matar. Era difícil quebrar con las propias manos una
vida. Nunca había matado y ahora veía que era muy difícil.
Quién sabe, de estar despiertos podría matarlos. Pero tampoco se atrevía a despertarlos. La misma oración parecía infundirle piedad. Esa mujer indefensa, ese hombre que sale del
sueño a encontrarse con la muerte. No, decididamente, no
podía matarlos. Quién sabe Jerónimo. Quién sabe Condorumi.
Lo malo es que ellos lo iban a creer cobarde. Tenía que hacer
un esfuerzo y matarlos o por lo menos asustarlos. Ojalá le cayera el tiro a él. La cacerina tenía los tiros completos. Cinco
tiros. Podía secarlos a tiros. Ahí estaban igualmente Jerónimo
y Condorumi con sus armas. Había cacerinas de repuesto.
¿Por qué pensaba todo eso? Un solo tiro, bien dado, es suficiente para matar a un hombre. Pero no se lo podía dar. No lo
podía soltar sobre los bultos negros. Decididamente, matar
así era muy difícil o él era cobarde. O quizá, pasaba que el
Justo Juez no le permitía disparar para salvarlo a él mismo.
Eso podía ser. Salió calladamente y se acercó a sus compañeros
sin darles ninguna explicación.

— ¿No están? —preguntó Jerónimo.

Doroteo se quedó pensando. Después dijo:

—Es difícil matar... ¿quieres ir vos?

Un sentimiento de piedad ante las vidas indefensas y de

repulsión por la sangre se apoderó también del espíritu de Jerónimo.

— Será difícil matar — musitó.

Jamás habían ni siquiera pensado matar a nadie y ahora se encontraban con una situación completamente nueva. Además, Doroteo creía en el Justo Juez. Bismarck y Melba también creían y allí estaban dormidos y sin defensa. Como Condorumi no tomaba ninguna decisión por sí mismo, se fueron, contentándose con robar los dos caballos y la mula. Dirían que Bismarck y su amante fugaron. El Fiero oyó el cuento mirándolos más con el ojo de piedra que con el sano y luego barbotó:

— Indios cobardes. Esa es la historia de todos los novatos. ¿Pa qué se meten en cosas de hombres? Vuélvanlo a hacer y verán... Aprendan a ser hombres, so cobardes...

En las punas de Huarca asomó un nuevo día.

Cuando Bismarck se dió cuenta de la desaparición de los caballos, se quedó paralizado. Se trataba de un robo efectivamente. Las matas de paja en las cuales los amarró estaban enteras, lo que no habría pasado en caso de un escape. Melba, viendo que no tornaba, salió a mirar y luego corrió hacia él. Se desesperó un largo rato. ¿Que no estaban rotas las matas? ¿O arrancadas? «Mira bien el suelo». Tal vez se habían soltado de las sogas. «Mira si están las sogas». Para peor, en un retazo de tierra húmeda aparecían rastros frescos de caballos herrados. Los de ellos no estaban herrados.

— Bismarck, Bismarck, son los bandidos. Vámonos...

Melba echó a correr entre el pajonal y Bismarck la siguió consiguiendo sujetarla, más ayudado por el cansancio de ella que por el convencimiento.

— ¡Dios mío, qué desgraciada soy!

El llanto fué caudaloso y largo.

Tomaron de nuevo té, y como tenían hambre, se comieron todos los bizcochos.

— ¿Y qué vamos a hacer ahora? — preguntó Melba.

— Esperar a que pase algún viajero o algún arriero para que nos faciliten cabalgaduras, cuando menos una para ti.

— ¿Qué? ¿Quién va a pasar por estas soledades?

— Iré entonces hasta el tambo a llamar a nuestro arriero.

— ¿Qué? ¿Quedarme aquí sola? ¡Ni medio minuto!

— Entonces vamos juntos.

— ¿A hacerme andar inútilmente? Yo me vuelvo al pueblo, inmediatamente me vuelvo al pueblo...

— Está a diez leguas.

— Casi todas son de bajada, me voy...

— No te precipites, Melbita, espera un momento...

— ¿Esperar a que me descuarticen los bandoleros? Me voy, me voy...

Tomó su bolso y se fué, efectivamente. Bismarck Ruiz tuvo que echarse al hombro la alforja y dos ponchos y seguirla.

Melba se puso a caminar con feroz resolución. Parecía que le sobraban fuerzas para veinte leguas de marcha. Nada decía, de rato en rato se secaba los ojos con su pañuelito y ni miraba siquiera al obeso Bismarck, de hábitos pachorrientos, que con la nariz amoratada y rezumando lágrimas de sudor, marchaba detrás diciéndole que no se apurara tanto. Las polainas le presionaban y hacían doler los tobillos. En cierto momento tuvo que sacárselas y echarlas a la alforja. El pantalón de montar que no se perdía bajo el cuero de estilo, sino que ponía más en evidencia unas pantorrillas regordetas, daba al tinterillo una facha muy cómica. Melba lo miró de reojo y no pudo menos que sonreír.

No contaremos todas las incidencias de ese viaje. El camino tomó de bajada al fin, pero eso no era una ayuda, porque Melba se había cansado terriblemente. No existían ya cuevas en la ancha falda por donde se contorsionaba el camino y en el cielo parecía incubarse una tormenta. La mujer se apoyó en el hombro fatigado de Bismarck y siguió caminando. Piedras y altibajos menudeaban en la ruta. Melba tosía, sintiendo el pecho muy golpeado. Se puso a llorar a gritos y Bismarck sentía una tremenda pena y al mismo tiempo cierto disgusto. ¡Qué mujer hermosa y frágil y triste! Al fin apareció, subiendo la cuesta, un indio que jalaba un burro. Se sentaron a esperarlo. Después de mucho rato llegó.

— Alquílame el burro.

— No.

— Véndemelo.

— No, señor.

— Haz esa caridad. La señorita no puede caminar, está enferma. Nos han robado los caballos y ella no puede caminar...

El indio los miraba como diciendo: «¿Qué me importa? Friéguense alguna vez, futres malditos. ¿Tienen ustedes pena de nosotros?» Eso era lo que pensaba realmente. Dió un tirón para que el asno continuara y dijo:

— No es mío el burro...

Bismarck no aguantó más y sacando su revólver disparó al indio muchas injurias y además un tiro por las orejas. El indio le arrojó la soga y se fué. El burro era viejo y peludo, muy lerdo, y tuvieron que montar los dos, porque Melba no conseguía mantenerse sola. El pobre asno bajaba pujando y yéndose de bruces. Por las cumbres se extendía ya, avanzando hacia ellos con pertinacia, un aguacero gris y tupido. Melba seguía llorando y Bismarck taloneaba inútilmente al asno para que trotara. Llegó un chaparrón y se pusieron los ponchos. Era más difícil manejar al burro ahora. Los ponchos se humedecieron y cuando Melba sintió un emplasto de frío en las espaldas, se lamentó de su desgracia perdiendo el control y pretendiendo arrojarse del burro. Ya se iba por otro lado el aguacero, felizmente. El viento sopló combatiendo los pechos y las nubes y luego hasta salió un poco de sol. Melba estaba tan triste que cuando aparecieron los primeros árboles y los techos del pueblo con su rojo fresco de tejas mojadas, no dijo nada ni dió ninguna señal de satisfacción. Bismarck la sentía febril entre sus brazos, caldeados al rodear el talle convulsionado por la tos. El burro cayó vencido por el cansancio. Felizmente, estaba por ahí el Letrao, joven de veinticinco años que aparentaba cuarenta y formaba con el Loco Pierolista la pareja de personajes curiosos del pueblo. Era hijo del secretario del municipio y había seguido sus estudios primarios con singular brillo, según lo reconocía el pueblo entero, pues tenía buena memoria y se aprendía las lecciones al pie de la letra. «¡Así se estudia, jovencitos!» Saliendo de la escuela y a fin de no dar paso atrás en el camino del saber, se propuso aprender el diccionario de memoria, también al pie de la letra. Los notables del pueblo ya no lo admiraron tanto y algunos hasta se reían de él. ¿Quién podía aprenderse el diccionario? Estaba chiflado. Los campesinos, en cambio, lo admiraban a ciegas. Ellos le pusieron Letrao. Iba siempre por los alrededores del pueblo, sosteniendo con una mano un negro paraguas abierto sobre su cabeza, en invierno y verano, acaso para que no se le volaran las ideas, y con la otra un abultado diccionario de tapa roja. Caminaba repitiendo en alta voz los párrafos y mirando hacia lo alto

para que los indiscretos ojos no lo ayudaran con un vistazo
furtivo, y al caminar así tropezaba a veces en una piedra o
pisoteaba los sembríos. Entonces los campesinos decían: «¡Es
un sabio!» El sabio estaba ya por la letra CH. Se sentía muy
importante y su vanidad creció cuando, al ojear su diccionario,
encontróse con que la efigie de Sócrates se le parecía. Tenían
la misma nariz aplastada. El Letrao paseaba esa tarde como
de costumbre, metiéndose en la cabeza una media columna y
Bismarck le llamó a grandes voces.

— ¡Señor, señor!

El Letrao detúvose con gesto contrariado y mirando severamente al atrevido que lo distraía de su noble faena. Cuando
se dió cuenta de que era Bismarck Ruiz quien llamaba, cerró
su paraguas y acercósele sin abandonar su calma de estudioso.
Melba Cortez estaba sentada a la vera del camino, con la falda sucia de pelos de asno y tosiendo mucho.

— Señor, nos ha pasao una desgracia. Ahora, para peór,
el burro se ha tendido allí, mírelo usted, y le ruego que nos
ayude...

El Letrao no encontró muy satisfactoria la forma de solicitar su ayuda, según la cual él iba a reemplazar los servicios
de un burro. Debióse elegir una manera más adecuada evidentemente, pero perdonaba, pues don Bismarck parecía muy acon-
gojado. Lo estaba realmente y ni siquiera pudo notar que el
indio del burro que se marchó aparentemente, encontrábase
ya allí, al lado de su animal, tratando de pararlo. El Letrao
preguntó con mucha circunspección:

— ¿Y qué tiene la señorita que tose tanto?

— Creo que una congestión pulmonar...

— Hum, hum — hizo el Letrao recordando, y luego agregó —: *Congestibilidad*, predisposición de un órgano a con-
gestionarse; *Congestión*, acumulación excesiva de sangre en
alguna parte del cuerpo; *Congestivo*, relativo a la congestión.
¿Ah?

— Sabe usted mucho, joven — replicó Bismarck —, pero
ahora le ruego que me ayude.

El hombre de nariz socrática y el tinterillo condujeron a
Melba al pueblo, en brazos. Como tenían que detenerse a descansar cada cierto tiempo, llegaron de noche.

Melba hizo llamar a sus amigas las Pimenteles. El viento,
la humedad y el esfuerzo habían realizado su trabajo, creció
la fiebre y la hemorragia llegó incontenible. Melba obsequió a

Laura el bolso en que guardaba sus cinco mil soles y, aniquilada por la fiebre, murió antes de que llegara el alba. De Bismarck Ruiz diríamos que sollozaba como un niño si de rato en rato no hubiera blasfemado maldiciendo al destino. Su dolor se complicó al ver que todos los que solían ir a los saraos no asistieron al entierro. Solo llevó a su muerta al panteón, que ahora ella era, más que nunca, la Costeña.

Su casa lo recibió sin reproches. La mujer nada le dijo. Pobre mujer de carnes ajadas por el trabajo y senos mullidos por la maternidad. Bismarck fué una mañana a su despacho. La vida recobraba su ritmo lento y monótono, los días opacos volvían a ser. Muchos expedientes había allí. Bismarck cogió uno y lo estuvo leyendo rato largo. Se presentaba un resquicio legal. El amanuense de magnífica letra se había ido y su hijo no llegaba todavía, de modo que se puso a escribir él mismo, como quien regresa de un sueño a la rutina gris de todos los minutos: *Señor Juez de Primera Instancia de la Provincia...*

*
* *

Una tarde muy fría y oscura, de fuerte viento, Marguicha y Augusto estaban sentados junto a la laguna por el lado de las totoras. El comenzó a canturrear un huainito:

Ay, patita de oro,
pata de laguna:
déjate empuñar,
dame la fortuna.

Ay, patita de oro,
dame la fortuna:
soy muy pobrecito,
no tengo ninguna.

— ¿De ónde sacas eso? — preguntó Marguicha.
— De aquí — respondió Augusto señalándose el corazón.
— ¿Cierto que será de oro la pata?
— Así dicen, ésta es laguna encantada...
Marguicha se quedó pensando en el oro. Era bello el oro. El oro del sol, el oro del trigo, el oro del metal. Ahora no había

ninguno y todo estaba triste. No, sus cuerpos eran alegres todavía y se amaban.

Augusto dijo:

— Me iré a la selva.

— ¿Al bosque?

— Al mesmo bosque, a sacar el caucho. Da mucha plata el caucho. Después nos iremos a comprar un terreno po algún lao. Aquí acabaremos mal con el maldito...

— ¿Y si aura estoy preñada?

— Mejor, me esperarás con más constancia...

— Llévame con vos...

— La selva no es pa las mujeres... Hay peligros...

Augusto trocó a la comunidad el caballo bayo por los granos que le habían tocado y veinte soles. Marguicha fué a la casa de doña Felipa, una comunera, a pedirle *agüita del buen querer*. Doña Felipa surgió a raíz de la desaparición de Nasha Suro. No se la daba de bruja. Entendía de yerbas para los males, sobre todo de amor, a los que curaba o mantenía. Entre Eulalia y Marguicha zurcieron las ropas de Augusto y le prepararon el fiambre. La mocita, en un momento en que no la veía la madre, roció la gallina frita con agüita del buen querer. Augusto se fué.

— Anda con bien — le dijo Rosendo.

Eulalia gimoteaba y los demás familiares y parientes lo despidieron en silencio.

— No te tardes mucho — le gritó Marguicha mientras se alejaba.

Augusto contuvo su deseo de voltear la cara a fin de que no lo vieran llorar y puso su bayo al galope.

*
* *

En la lejana capital del departamento, el diario «La Verdad», redactado «por elementos disociadores», publicó una breve información sobre el despojo sufrido por los comuneros de Rumi y un largo editorial hablando de las reivindicaciones indígenas. El diario «La Patria», redactado por «hombres de orden», publicó una larga información sobre la sublevación de los indígenas de Rumi y un apremiante editorial pidiendo garantías. En la información decíase, entre otras cosas, que don Alvaro Amenábar se había visto obligado a demandar

ciertas tierras a una indiada que las ocupaba ilícitamente.
Los indios cedieron al principio, en vista de la justicia del reclamo, pero mal aconsejados por agitadores y el famoso bandolero llamado el Fiero Vásquez, se sublevaron dando horrorosa muerte al señor Roque Iñiguez. Sólo la intervención enérgica y decidida del teniente Brito, al mando de sus gendarmes,
pudo impedir que cayeran víctimas del crimen otros hombres
respetables y probos. El asunto no terminó allí, sino que el
Fiero Vásquez y una decena de forajidos asaltaron el correo
que conducía un expediente favorable a Amenábar. Los mismos continuaban cometiendo toda clase de crímenes. Por último había llegado a la capital de la provincia un abogado
que era miembro de la llamada Asociación Pro-Indígenas,
quien, so capa de humanitarismo, alentaba reclamaciones in-
justas que no podían sino engendrar perturbadores desórdenes.
El editorial hablaba del orden y la justicia basados en las necesidades de la nación y no en las pretensiones desorbitadas
de indígenas ilusionados por agitadores profesionales. Destacaba a los hacendados de la «provincia alzada» como ejemplos
de laboriosidad y honestidad, siendo el conocido terrateniente
don Alvaro Amenábar y Roldán, hombre de empresa, probo y
digno. Hablaba luego del bandidaje y la revolución amenazando el disfrute de la propiedad legítima y honradamente adquiri-
da y pedía el envío de un batallón para restablecer el imperio
de la ley y el orden necesario al progreso de la patria, terriblemente perturbado por criminales y malos peruanos.

El señor prefecto del departamento recortó la veraz información y el nacionalista editorial de «La Patria» y los envió al Ministerio de Gobierno, acompañados de un largo oficio
en el cual ratificaba la gravedad de la situación y pedía instrucciones.

*

* *

En Yananahui, la pared del corral de vacas amaneció con
un gran portillo, hecho adrede. Después de una prolija búsqueda, logróse reunir a las vacas que se habían ido por las laderas. Faltaban muchas. ¿A quién reclamar? ¿Qué hacer? Lo
que más apenaba era la pérdida de dos bueyes de labor.

*
* *

Los bandoleros, con excepción del Fiero Vásquez y Valencio, estaban en la caverna más grande rodeando el fuego.
Ya habían comido y ahora mascaban la coca. Doroteo Quispe
hacía honor a la fealdad de todos, Condorumi a la corpulencia
de los menos y Jerónimo a la callada meditación del Abogao,
pero los veteranos no hacían honor a la piedad de ninguno de
los novatos. Al contrario, se habían burlado de ellos a cada
rato y los tenían por cobardes. Esa noche, el que comenzó con
las pullas fué uno apodado Sapo, debido a que tenía los ojos
saltones y la ancha y delgada boca dentro de una cara chata.
Era muy feo y parecía ciertamente un sapo.

— Así que tenemos señoritas... ¿Pediremos un besito
a las señoritas?...

Luego aflautaba la voz imitando a una hembra modosa:

— Ay, ay, no, bandoleros sucios... bandoleros brutos...
bandoleros malos...mamá, mamacita...

Estallaron risotadas que hacían palpitar el fuego. Hasta
el meditativo Abogao rió un poco. Los novatos se miraban entre
sí. Doroteo rugió:

— ¿Y qué, Sapo? ¿Quieres peliar?

Lo llenó de injurias. Alguien puso en las manos de Doroteo un cuchillo. Alguien le pasó un poncho, que se envolvió en
el antebrazo. El Sapo ya estaba equipado en igual forma. Los
demás se arrimaron contra las paredes de la caverna, sumién-
dose en poco para ajustar su cuerpo a la concavidad de la roca.
A un lado quedó el fuego, y en el centro, un tanto encorvados,
más bien agazapados, los contendores. El silencio permitía oír
la respiración de los leños. El Sapo sonreía confiadamente. Doroteo abría un poco la boca, haciendo ver los colmillos. Dió
un salto el batracio y Quispe retrocedió pesadamente. Parecía
un oso más que nunca. El Sapo pensaba dar una lección de cuchillo. El Oso, defenderse y atacar si era posible. Nunca había
peleado y tenía miedo. Había visto pelear dos veces en las ferias y le gustó el estilo de uno que estaba a la defensiva, midiendo, hasta que el otro le daba una buena ocasión.

— Vamos, Sapo — lo alentó alguien.

El Sapo se tiró de lado y Doroteo hizo un feliz esquive.
¡Vaya con el indio suertudo! Ahora iba a ver. Los cuchillos fulgían dando tajos de luz mientras el Sapo saltaba dando vuel-

tas y Doroteo lo medía temerosamente. El Sapo simuló herir por el pecho y, cambiando de mano el cuchillo, se abalanzó sobre el vientre. Pero ya bajaba, seguro, el brazo emponchado que se levantó para cubrir el corazón, y el cuchillo del Sapo se clavaba en el mazo, en tanto que el de Doroteo alcanzaba a cortar el hombro.

— ¡Sangre! — gritó un bandido.

Las sombras de los contendores se batían por las concavidades de la caverna alcanzándose fugaz y fácilmente. Brillaban las pupilas de los espectadores. La sangre enrojeció el brazo del Sapo y comenzó a chorrear al suelo. El veterano dejó de sonreír. Se daba cuenta ahora de que no tenía un rival chambón. Notaba que era un novato, pero lucía vista rápida y golpe seguro. En el silencio, el jadeo de los luchadores era ya como el jadeo de la muerte.

— Entra, Sapo — gritó la voz amiga.

Los peleadores se respetaban, cambiando fintas en una contienda monótona.

— ¿Temes, Sapo?

El Sapo comenzó a insultar a Doroteo diciéndole que atacara. Es lo que había esperado hasta el momento. No hay nada más fácil que alcanzar a un novato agresivo. «Entra, cobarde». Abría la guardia alardeando de valor. A Doroteo le había pasado el miedo. Estaba todavía ileso, en tanto que su rival sangraba.

— Peleen, gallones, y no se estén picoteando...

Los pies enrojecían en sangre. El Sapo comprendió que de no terminar rápido iba a debilitarse peligrosamente. Saltó, volteó, cambió de mano el cuchillo y se lanzó de nuevo. En esta ocasión no falló del todo y logró herir un muslo. Doroteo, por primera vez, atacó en el instante en que el otro saboreaba su golpe. ¡Qué feo tajo! La mejilla del Sapo quedó partida y la bola de coca se escapó por una boca púrpura. El suelo estaba ya muy sanguinolento. Se resbalaba con facilidad. De la sangre caliente emergía un vaho que se condensaba en el frío de la noche. Uno de los dos tenía que morir y ambos estaban furiosos, con furia tanto más atormentada cuanto que debía contenerse para calcular bien el golpe y al mismo tiempo no recibir otro.

— Adentro, Sapo...

El Sapo lloraba de rabia e impotencia. Hubiera deseado zurcir a cuchilladas el vientre de Doroteo, pero él lo tenía sumido, bien cubierto con el brazo emponchado, ese brazo de guardia firme que también defendía el pecho, ese pecho ancho pero curvado hacia adelante, de modo que el cuchillo no pudiera encontrar fácilmente el corazón. Por la espalda acaso, si no volteaba rápido. Toreó el Sapo, abriendo la guardia. Doroteo retrocedió. ¡Las adivinaba todas el maldito indio! Con la izquierda entonces. Doroteo, al dar una rápida vuelta, estuvo a punto de caer. El Sapo tomó nota del resbalón. Cada vez más la muerte de uno de ellos, cuando menos, aparecía como cierta. Tragaban saliva los espectadores. Emocionaba el valor. «Hombres son», comentó alguno. La vida era empecinada y deleznable; dura y asequible la muerte.

— No se desangren...

— Terminen...

Ninguno de los mirones tenía compasión y contemplaban con un salvaje deleite que contenía sus arrebatos para no perturbar el duelo. Condorumi y Jerónimo, que estuvieron temblando al principio, se habían aquietado ya. Veían la muerte como una clara ley del cuchillo. Una estrella que atisbaba desde un rincón lejano, era la que tiritaba un poco. Aún el fuego ardía con una plenitud calmada. El Sapo dió las espaldas a la hoguera y ensombreció el piso. Luego saltó hacia un lado y rápidamente al otro y Doroteo, al voltear, cayó. Eso era lo que esperaba el Sapo, quien se abalanzó sobre el caído para cruzarle el pecho, pero Quispe, con una rápida y poderosa flexión de las piernas, lo arrojó contra uno de los espectadores, no sin que una pierna le quedara herida por un tajo largo. Ambos se pusieron de pie roncando de cólera. La sangre humeaba y los que miraban se iban enfureciendo como ocurre con los animales de presa a la vista de la sangre. Los cuerpos ya no podían estar quietos. Condorumi, especialmente, se había encolerizado al ver que el Sapo atacaba a un caído. Pero el final tardaba en llegar. Los bandidos gritaban:

— Aura...

Los cuchillos ya no brillaban. Chorreaban sangre como lenguas de pumas. Sangre había en el suelo, en los ponchos, en los cuerpos, en las caras. La frente de Doroteo quedó herida en un entrevero y un líquido rojo y espeso resbalaba sobre sus ojos, impidiéndole ver bien. Sangre. El que se debilitara primero iba a morir. El Sapo temía ser él y se apresuraba.

— Entra vos, Doro... — gritó Jerónimo, viendo que Quispe perdía oportunidades debido a su recelo.

Doroteo estiró el brazo y el Sapo saltó violentamente hacía atrás golpeando a Condorumi, quien perdió el control y le dió un empellón que lo hizo caer de bruces. Doroteo lo recibió con el cuchillo, que engarzó el cuello abriéndolo de un solo tajo. «Así no», gritó la voz amiga del Sapo, en el momento en que éste era empujado y un hombre cayó sobre Condorumi, cuchillo en mano. Jerónimo sacó también su cuchillo, pero ya Condorumi cogía del brazo armado al atacante y luego lo arrojaba contra una saliente roca, abriéndole el cráneo. Restallaron injurias y se armó una trifulca. Jerónimo fué herido en el pecho por otro bandido y el Abogao se puso de su lado, mientras Doroteo enfrentaba a dos, retrocediendo hacia la salida y Condorumi gritaba pidiendo un cuchillo. En eso se presentó el Fiero Vásquez, revólver en mano, dando un salto hasta el centro de la caverna y gritando con su poderosa y contundente voz:

— Paren, mierdas, qué hacen...

Todos se detuvieron y Valencio, que estaba en la puerta, derribó de un culatazo en la nuca a un obstinado que seguía atacando a Doroteo. Los bandidos guardaron sus cuchillos con lentitud y gruñendo. El Fiero dijo:

— No quiero explicaciones: lo vi todo. Aura, al que siga la pendencia le meto cinco tiros en el coco...

Se fué, seguido de Valencio, y desde la puerta gritó, que por algo debía ser el jefe indiscutido:

— Si quiere alguien peliarme, ya está...

El Fiero sabía combatir de lado, mirando con su ojo pardo y como era muy ágil y fuerte daba tajos mortales desde un comienzo, cuando el rival recién estaba adaptándose a la nueva táctica y pensando sacar partido de la tuertera. Nadie le contestó.

Había comenzado a llover. Los bandidos colocaron los dos muertos a la entrada de la caverna para enterrarlos al día siguiente, luego curaron sus heridas con alcohol, yodo y algodón y se acostaron en los rincones que no estaban salpicados de sangre. En el piso del centro aún brillaba la sangre a la luz de un fuego mortecino y flotaba una leve nube, perdiéndose entre la fría niebla que comenzó a entrar. Algunos bandidos dormían ya y otros comentaban las incidencias de la pelea. Los tres novatos y dos veteranos estaban heridos y a Doroteo le dolía intensamente el largo tajo de la pierna. Como no disponían de muchas vendas, le habían acondicionado el algodón sujetándolo con una faja de las usadas en la cintura. Al naciente duelista sólo le sorprendía el hecho de que no se hubiera acordado del Justo Juez. Estaría de Dios que se salvara sin rezar la oración. El Abogao interrumpió sus cavilaciones diciéndole:

— Aura ya han matao y probao sangre: ya son como nosotros...

De este modo los comuneros quedaron realmente incorporados a la banda del Fiero Vásquez.

*
* *

Se fueron de Yanañahui muchos jóvenes y algunos hombres maduros. Esperaban vivir en mejores condiciones y quién sabe, quién sabe, tener éxito. Corrían voces diciendo que en otras partes se ganaban buenos salarios y se podía prosperar. Se fueron Calixto Páucar, Amadeo Illas y su mujer; Demetrio Sumallacta; Juan Medrano y Simona, a quienes sus padres recomendaron mucho que se casaran en la primera oportunidad; León Mayta y su familia; Rómulo Quinto, su mujer y el pequeño Simeón, inconsciente todavía de todas las penurias, y muchos otros a quienes no vimos de cerca y cuyos nombres callamos porque ignoramos si hemos de encontrarlos en la amplitud multitudinaria de la vida. También se quiso marchar Adrián Santos, pero sus padres lo retuvieron diciéndole que era muy tierno todavía...

Las cosas empeoraban en la comunidad. El ganado seguía perdiéndose, y las siembras, en tierras combatidas por las heladas y roturadas precipitadamente, no aseguraban una buena recolección. El año iba a ser malo: sabía Dios si se cosecharía para comer.

Además, don Alvaro Amenábar daba señales de ir adelante. El caporal Ramón Briceño había amenazado a los repunteros diciéndoles que pronto tendrían que obedecerle como a representante del hacendado. Parecía que pensaban reducir a los comuneros por hambre, comenzando por llevarse el ganado. Entonces, mejor era irse. Rosendo nada decía. ¿Qué iba a decir? Sufría viendo la disgregación de la comunidad, pero no podía atajar a nadie para que fuera un esclavo o en el mejor de los casos un hambriento. En realidad, muchos otros se habrían marchado de tener un objetivo preciso.

Los más se sentían viejos para cambiar de costumbres o tenían numerosa familia, a la que no podían exponer. Los que se iban no sabían a ciencia cierta adónde, ni qué ocupación encontrarían. Algunos, del mismo modo que Augusto Maqui, estaban muy ilusionados a base de referencias. Se fueron por el sendero que bajaba al caserío; por otro que cruzaba las ruinas de piedra y se perdía en las faldas de El Alto en pos del camino al pueblo; por otro que se remontaba por los cerros de esta cordillera y continuaba culebreando en yermas punas. Se fueron lentamente, cargando grandes atados. Se fueron por el mundo...

*

* *

Dos niños y una anciana murieron de influenza.

Después, hizo muy mal tiempo mientras aporcaban las papas, y el comunero Leandro Mayta, a quien las fiebres habían dejado débil, cogió una pulmonía y murió también.

Le enterraron en el panteón que habían ubicado en una de las faldas menos inclinadas de El Alto. No hubo sitio mejor para situarlo, pues en la pampa se habría inundado en invierno —media vara de altura tenía el agua—, y en las faldas del Rumi estaban las chacras y el caserío.

Mucha piedra había en el nuevo panteón y tuvieron que cavar dos veces la sepultura de Leandro, pues en la primera apareció una inmensa roca que les impidió ahondar lo necesario.

Leandro fué a hacer compañía al buen Anselmo, a la anciana y a los niños. En esa altura, cuyo frío facilitaba la conservación de los cadáveres, ellos estarían allí, bajo las tempestades, las nieblas, los soles y los vientos, como una familia dormida en una gran casa de piedra.

GOCES Y PENAS DE LA COCA

Los comuneros, naturalmente, conocían la dulce coca. Compraban coca. Compraban las fragantes hojas de color verde claro en las tiendas de los pueblos o alguno incursionaba para adquirirla a los cálidos valles donde se cultivan. Al macerarlas con cal, se endulzan y producen un sutil enervamiento o una grata excitación. La coca es buena para el hambre, para la sed, para la fatiga, para el calor, para el frío, para el dolor, para la alegría, para todo es buena. Es buena para la vida. A la coca preguntan los brujos y quien desee *catipar*; con la coca se obsequia a los cerros, lagunas y ríos encantados; con la coca sanan los enfermos; con la coca viven los vivos; llevando coca entre las manos se van los muertos. La coca es sabia y benéfica.

Amadeo Illas la masticaba habitualmente para solazarse y estar bien, pues su cuerpo no podía pasar sin ella. Ahora, iba a conocer la mejor, pues trabajaría en Calchis, hacienda de coca.

El y su mujer caminaron muchas leguas para llegar allí. Uno de los caporales los instaló en una casa de adobe situada frente a un maizal por cosechar. La casa tenía dos piezas. El maizal era también para ellos. Además, les dió diez almudes de trigo, diez de papas y cinco de maíz. Por último dijo a Illas:

—Este arriendo fué de un peón que se ha ido de pícaro. Lo pagarás bajando al temple para la rauma y la lampea, cada

tres meses. Si trabajas bien, puedes ganar además cincuenta
centavos al día...

Amadeo Illas conocía qué era la lampea, también sabía
que se llamaba rauma el acto de deshojar la planta de coca,
pero ignoraba el significado de *temple*. Después de vacilar,
preguntó:

— ¿Y qué es temple?

El caporal sonreía diciendo:

— ¡Vaya con la pregunta! Temple es el lugar donde se
produce la coca. Los temples de esta hacienda están abajo,
en esa abra, al borde del río Calchis.

Se quedó mirándolos y preguntó a su vez:

— ¿Y ustedes de dónde son y qué han cultivado que no
saben?

— Somos de la comunidá de Rumi y sembramos trigo y
maíz y aura último cosas de puna...

— ¡Ah, es muy distinto el cultivo de la coca, pero ya te
acostumbrarás...!

Cuando el caporal se marchó, Amadeo Illas y su mujer
inspeccionaron la casa. Las habitaciones eran espaciosas, ancho el corredor. Parecía casa de la comunidad feliz. Después
fueron al maizal, ubicado en una ladera. Era grande y dentro
de él crecían zapallos, chiclayos, frejoles y pallares. Las mazorcas ya estaban granando. Pronto habría choclos. Tornaron
a la casa y la mujer se puso a cocinar en dos ollas que había
llevado. Encontró una rota que serviría de tiesto para la cancha. La sal escaseaba y Amadeo dijo que al día siguiente iría
por ella a la casa-hacienda. Ya habían estado allí primeramente. Quedaba tras una falda lejana donde humeaban otros
bohíos... Fué, pues, y además de la sal, trajo de la bodega ají,
un espejuelo que le había gustado y agujas e hilo, y trajo también dos camisas de tocuyo, pues le dijeron que las de lana
eran muy calurosas para el trabajo de la rauma. Con sus nuevas adquisiciones y los víveres, debía en total treinta soles. No
era mucho si podía ganar cincuenta centavos al día. ¡Qué gran
salario! Otras haciendas pagaban diez y veinte. Por eso caminaron hasta Calchis.

                              *
                          *   *

Corridos unos días, el caporal notificó a Illas que debía
bajar al temple. La mujer preparó cancha hasta llenar una al-

forja con ella y Amadeo marchóse de amanecida. Su compañera lo vió partir con pena por la separación e inquietud ante el nuevo trabajo, que sin duda sería rudo. Además, era la primera vez que se quedaba sola en una casa y tenía temor. Nada le dijo, sin embargo, y Amadeo fué cerros abajo, perdiéndose pronto tras un barranco.

Mientras descendía, él recordaba un poco, por los árboles, el potrero de Norpa. Más abajo, las peñas se rompieron en una suerte de graderías y el sendero iba bordeándolas y haciendo cabriolas para no desbarrancarse. Por último, llegó hasta la ribera de un río y tomó por una de las márgenes. Encontró a otro indio que llevaba el mismo camino y siguieron juntos en dirección de la corriente. Amadeo le comenzó a preguntar cosas.

— ¿Este es el río Calchis, entón?
— El mesmo...
— ¿Y los temples?
— Más abajo. ¿Vaste pa allá?
— Sí, vengo de raumero, ¿y usté?
— Yo tamién raumo...

Luego dijo llamarse Hipólito Campos y haber nacido en la misma hacienda. Hacía un año que bajaba a las raumas. Amadeo lo miró notando que parecía joven, pero daba la impresión de ser viejo. Tenía la piel ajada y, en general, un talante mustio. El río Calchis resonaba poderosamente debido a los abundantes pedrones del lecho y las márgenes, ambos ahondados hasta mostrar antiguos estratos de la tierra.

Más allá de las riberas, a un lado y otro, crecían altas y tupidas fajas de monte donde cantaban pájaros alegres. Uno se hacía notar especialmente por su fuerte y peculiar canto: «Quién, quién, quién, quién». Era el *quienquién*. Amadeo dijo que nunca lo había escuchado. Hipólito lo miró con extrañeza y luego se puso a hablar del pájaro, alzando un poco la voz, para dominar el rumor del río. En eso apareció el mismo pájaro entre las ramas de un gualango. Era de un amarillo encendido, a pintas negrísimas. Refulgía como un cuajarón de sol y noche.

— ¿Bonito, verdá?
— Bonito — dijo Amadeo.

Hipólito refirió que había encontrado nidos de todos los pájaros, menos de quienquién. Los escondía perfectamente, pero él no era muy retrechero. Llegaba a las casas, en especial a las cocinas, a comerse el tocino y las provisiones. También refirió un cuento, y era el de un futrecito que iba por ese camino, en días de rauma, con un grupo de indios. No había oído nunca al quienquién. Cuando el pájaro comenzó a preguntar, el futre, creyéndose aludido, respondía: «Yo, yo». Seguía el canto y el futre pensó que el preguntón no lo individualizaba y gritó: «Yo, Fulano de Tal, el de sombrero negro». Rieron. Amadeo contó la historia de *Los rivales y el juez*, que encontró más a mano. La risa ya no fué tan fácil, pero, por una de esas claras adivinaciones del corazón, comprendieron que se habían hecho amigos.

El montal seguía creciendo. Por los senderos que trepaban a la altura, descendían más peones.

— Son todos raumeros — explicó Hipólito.

De pronto aparecieron los primeros sembríos de coca. En un momento más llegaron al tambo, situado junto a la casa de los caporales. Era un amplio galpón de paredes de adobe, con una gran puerta y dos ventanas. Muchos peones estaban ya allí. Otros llegaban, colgando su poncho y su alforja en estacas clavadas en los muros. Cada uno tenía su lugar señalado por la costumbre. No cabían todos adentro e Hipólito dormía en el corredor. También había estacas en ese lado de la pared. Sellando su amistad, ambos colgaron sus cosas en la misma estaca. Luego, haciendo tiempo, porque la rauma comenzaría al día siguiente, se fueron a pasear por el campo.

Los plantíos eran inmensos y se extendían, a lo largo del valle, hasta un lugar lejano, al cual no alcanzaron a llegar, y a lo ancho, hasta el barranco que caía al río por un lado y las peñas que caían desde el borde de las faldas, por el otro.

La coca, coposo arbusto un poco más alto que el hombre, crecía a la sombra de naranjos, nísperos, guayabos y limoneros, y alineada en surcos divididos en cuarteles. Desde la copa de los árboles altos, saludó a Amadeo el canto de las torcaces. ¡Si Demetrio hubiera estado allí! Ese era el tiempo de naranjas y el suelo relucía lleno de ellas, que triunfaban con su amarillo vivo de la verde opulencia del herbazal. La coca ondulaba grácilmente al viento, y de los henchidos árboles caían las naranjas chocando en el suelo con un ruido blando. Se pusieron a comer naranjas recién caídas. Estaban muy buenas y las encontraron mejores debido al calor que hacía.

Hipólito contaba que la coca, ahí donde se la veía, tan oronda, era una planta delicada. Se tenía que regarla de noche, pues de día las raíces sufrían con el agua calentada por el sol.

A veces, el medidor, un gusano verde que se alimenta de las hojas, prosperaba mucho y entonces había que sahumar los árboles, también de noche, para que el gusano cayera al agua y se ahogara. Esos árboles no crecían allí por la fruta: la sombra era imprescindible para la coca. Por último, no duraba sino unos años y por cualquier cosa se secaba. Había que estar resembrando siempre. Amadeo miraba la planta y no encontraba comprensible todo eso. Sabía Dios qué secretos encerraba en su organismo ese delicado vegetal para extraer de las fuerzas oscuras de la vida la sustancia que hacía de sus hojas las más preciadas por el hombre del Ande.

Cuando regresaban, ya en las últimas horas de la tarde, había arreciado el calor. El sol reverberaba sobre las rojas peñas del cañón y se filtraba agresivamente a través de las ramas. Amadeo tocó una piedra soleada: ardía. Las peñas debían ser una parrilla. De la tierra ascendía un vaho húmedo y todo olía a azahar, a naranja podrida, a coca verde, a gleba, a bosque lujurioso. Amadeo sintió que había caído en una coyuntura activa, más bien en una caliente axila de la tierra.

*
* *

Al día siguiente, muy temprano, los caporales hicieron formar a la gente. Cien hombres alinearon sus camisas blancas y sus pantalones negros, sus ojotas de cuero y sus sombreros de junco, y también sus caras que mal se veían a la incierta luz del amanecer templino y bajo la ancha falda del junco sembrador. Pasaron lista y fueron anotando los nombres de los peones que faltaban. Luego, el jefe de caporales llamó a unos que parecían muy enfermos, y les ordenó que podaran árboles junto con Amadeo, a quien ordenó:

— Tú vas a ir con ellos hasta que te aclimates.

Envió a los demás a la rauma, dándoles una manta grande llamada pullo, y ordenó a dos caporales:

— Vayan ustedes a traer a los remisos. Se hacen los enfermos estos haraganes. Dejen sólo al_que esté en cama y con fiebre...

Amadeo y los podadores fueron provistos de serruchos y se pusieron a trabajar frente a las casas a fin de no entorpecer la rauma. Los otros peones desaparecieron a lo lejos, yendo al primer borde de los plantíos. Comenzaba a quemar el sol. Los podadores debían cortar las ramas interiores de los árboles de sombra, a fin de que sobre la coca quedara un ancho espacio de aire y luz. ¡Consentido era el arbustito! Cuando las ramas eran muy gruesas y coposas, tenían que descenderlas con sogas para que no maltrataran el cocal. Los raumeros pasaban llevando grandes atados hechos con la manta. En el buitrón, un lugar plano, de tierra apisonada, que se extendía al sol frente a la casa de caporales, los abrían soltando la coca. Los peones secadores extendían las hojas formando una delgada capa. Sus compañeros de poda contaron a Amadeo que las hojas debían secarse muy bien, pues de lo contrario se malograban tomando un color habano orlado de blanco. Ocurría igual si las humedecía el más ligero chaparrón. Los secadores tenían que saber mirar el cielo a fin de prevenir cualquier lluvia y meter la coca en los depósitos en momento oportuno. ¡Vaya! Amadeo pensaba que eran abundantes los remilgos de la coca.

Un día apareció el contador, cholo alto y fuerte, de grandes manos, que contó noventa surcos en el cuartel donde los podadores se hallaban y comenzó a raumar el noventa y uno. Amadeo supo que los otros peones venían atrás y llamaban contador a cualquier raumero que, debido a su pericia y resistencia, fuera adelante, contando a la vez los surcos para dejar a cada peón el respectivo. La rauma le pareció fácil. El hombre doblaba el arbusto y corriendo las manos cerradas sobre las delgadas ramas, hacía caer las hojas al pullo que había colocado previamente al pie de la planta. El contador, terminado el surco, pasó a otro cuartel y repitió la operación. Al otro día comenzaron a llegar los adelantados y, varios después, el grueso de raumeros. Raumaban lentamente, con aspecto de hombres fatigados. Amadeo creía que iba a hacerlo bien. Se tenía por fuerte y ágil.

Su amigo Hipólito estaba entre los que seguían de cerca al contador. El dormía a su lado y casi no conversaban. Nadie conversaba. Llegaban muy cansados y se dormían después de masticar con tesón su trigo hervido. La comida era lo que molestaba a Amadeo, además de los zancudos. Daban tres mates de trigo al día. Como las naranjas habían comenzado a escasear y la cancha que llevó se le terminaba ya, ese trigo apenas salado empezaba a aburrirle. Los otros peones no se aburrían. Calladamente comían su ración. En cuanto a las víboras, que dan mala reputación a los temples, no había visto ninguna. Quien las temía era su amigo Hipólito. El refería que vió morir a un hermano bajo los efectos de la picada. Los peones le decían:

— No tengas miedo, Hipólito, que es pa peor...

Pero él siempre tenía miedo. Para mayor seguridad, hacía su cama dentro de un cerco formado por la faja, la misma larga y coloreada faja que durante el día ceñía su cintura. Como todas las fajas, era gruesa, y él formaba con ella una especie de valla sosteniéndola de filo por medio de guijarros. Es fama que las víboras, que van reptando en la noche, vuelven atrás al tropezar con un objeto extraño, en tal caso el tejido de lana. Mas, a pesar de todo, Hipólito fué picado. Se despertó llamando a Amadeo, que estaba a su lado, y corrió a la casa de caporales seguido de su amigo. Se encontraron con todos ellos y además el patrón, que se llamaba Cosme, y había llegado ese día a dar un vistazo al trabajo. Don Cosme encendió una vela y miró la pequeña herida, allí, en medio del pecho, donde la camisa se abría mostrando el tórax potente, y casi gritó: «Víbora». Hubiera sido una suerte que la picadura fuera de alacrán o de cualquier insecto. Hipólito emitió un gemido ronco y don Cosme se prendió de la campana que colgaba del brazo de un mango... ¡Lan, lan, lan, lan! Ni que se quemara la casa de caporales. Después cortó la herida en forma de cruz y brotó sangre. Ya estaban allí muchos peones, a medio despertar por los campanazos, laxos de sueño, calor y sombra. «Víbora, víbora», les dijo por todo decir don Cosme, y cholos e indios se alivianaron de un solo golpe, con su solo gesto. «¡Tizones!», gritó don Cosme, sin recordar que era media noche, pero ahí mismo lanzó un juramento, agregando: «¡Qué tizones va a haber! ¡Prendan la fragua y calienten dos fierros! ¡Luego, luego!» Todo estaba pasando muy ligero. «Esperen... otros traigan limones, hartos limones». Los peones, que habían echado a correr, se detuvieron para escuchar la última orden y luego prosiguieron, sumergiéndose en la sombra. Entretanto Amadeo observaba calladamente y su amigo Hipólito gemía con una voz de altas y bajas inflexiones, con la propia voz del espanto: «Me moriré, patrón». «No me deje morir, patrón». Don Cosme le ordenó: «Ven al agua, pronto». No lejos de la casa pasaba una gran acequia, siempre repleta, que daba de beber a las huertas. «Métete», ordenó de nuevo don Cosme. Hipólito se tendió en la acequia, hundiéndose hasta el cogote. «Sosténle la cabeza», dijo don Cosme a Amadeo y éste entró también y sujetó la hirsuta cabeza para que no se sumergiera. El agua

estaba muy fría o acaso era solamente el susto, porque Amadeo
sintió que la gelidez se le extendía hasta los sesos. Don Cosme
dejó la vela a un lado de la acequia, tras una piedra para de-
fenderla del viento, y arrancó la camisa ensangrentada del
cuerpo tembloroso de Hipólito.

«Diablos — dijo—, se está hinchando. Pellízcate. ¿Sientes?»
Hipólito se pellizcó el pecho y dijo casi aullando: «No siento nada. Me moriré... No me deje morir, patrón». Era
una noche densa, cálida, llena de trémulas oquedades. Apenas
se distinguían las siluetas rectangulares de las casas y las redondas de los árboles cercanos... Pasaba alguna luciérnaga
hilando luz. «No me deje morir, patrón». A lo lejos comenzó a
sonar el resoplido poderoso del fuelle de la fragua y una llama
surgió dando esperanzas. «Cholos, apúrense», gritó don Cosme.
Y en eso llegaron los que traían limones. De un machetazo
partía los áureos frutos y luego los exprimía en la boca abierta
de Hipólito. La cara demacrada, cadavérica, cerraba la boca
para tragar el jugo encrespando los tendones... «Cálmate —
decía don Cosme —. El agua enfría el cuerpo y el veneno no
avanza. Los limones harán lo suyo. Ya vendrán los fierros.»
En eso recordó y quiso quemar la hinchazón con la vela e in-
dicó a Hipólito que hiciera asomar el pecho. No consiguió otra
cosa que embadurnarle de sebo. Brillaba el tórax húmedo mostrando una hinchazón repelente. Después sacó fósforos y apagaba los chasquidos llameantes en las proximidades de la herida. El veneno ya había progresado mucho. Hipólito no sentía
ni el fuego. «No me dejen morir..., más limoncito, compañeros... Así...» Todas las caras se curvaban sobre la del enve-
nenado y manos morenas llegaban a su boca, una y otra vez,
dejando enjutos los limones. Los otros cholos acudieron con los
hierros al fin. «Dejen uno y sigan calentando el otro», dijo
contrariado el patrón al ver que portaban las dos barras. Así
lo hicieron y don Cosme cogió la barra enrojecida, dilatada, y
la clavó de un solo golpe, en medio pecho. Chasqueó la carne
expeliendo un humillo de olor penetrante. Algunos recordaron
para sus adentros, con disgusto, la fritanga del cerdo y todos
tuvieron una verdadera lástima del pobre Hipólito. En tanto
don Cosme removía la barra hacia un lado y otro, y carne y
hierro rechinaron devorándose mutuamente la dilatación, el
veneno y el fuego. «Así, patrón... Dios se lo pague... Quémelo, patroncito». No sentía ningún dolor el herido. El hierro
se apagó completamente y don Cosme gritó pidiendo el otro.

Y nuevamente el extremo de una vara candente, agrandada
y casi blanca de calor, se hundió royendo la tumefacta carne
emponzoñada. «Quémelo, patroncito, quémelo». El patrón recorrió con ella toda la hinchazón, hasta sus mismos bordes,
llegando allí donde la vida se manifestaba en dolor. «Poray
no... ayay... me arde». Y luego musitaba: «Mas al medio,
quémelo bien, patrón», defendiéndose a sí mismo. El veneno
no circularía más por esa carne asada, muerta y don Cosme
dió por terminada la cura. No era prudente volver al lecho y
Amadeo, Hipólito y todos los que dormían por ese lado, ama-
necieron junto a la acequia, acompañados de algunos noveleros. Los pájaros despertaron alegremente con su felicidad natural, pero en aquella ocasión su voz pareció insólita a los hombres, como si también las aves no debieran ser ajenas a la desgracia de la noche. Su alegre fanfarria, sin embargo, creció en
el alba como la misma luz y el pobre Hipólito se alegró mucho
de vivir. Los peones hurgaron el lecho y las cercanías, encontrando a la víbora escondida en un jaral. Era ocre, a manchas
blancuzcas. Una *atuncuyana*. Cada peón quiso cobrar con una
pedrada su espanto y su propia posibilidad de muerte y el grá-
cil cuerpo contorneado quedó hecho una piltrafa. «Quémenla»,
ordenó don Cosme. En la punta de un palo condujéronla a la
improvisada pira. Y era de ver cómo ese cuerpo magullado, de
cabeza aplastada, aún se contorsionó entre las llamas prodigando furiosos latigazos.

Don Cosme obsequió a Hipólito una pomada. Amadeo
contemplaba atónito la feroz herida. Ni en el jumento más
aporreado había visto una matadura como ésa. Lo peor fué
que Hipólito quedó mal. Empalideció hasta la transparencia
y le temblaba un brazo. Le mandaron a su casa y todos presagiaban que moriría.

·Los recuerdos de picadas y muertos por la víbora menudearon. Un caso muy triste fué el del franchute Lafí — el patrón don Cosme afirmaba que debía pronunciarse Lafit y se
escribía de otra laya... sabíanlo Dios y los letrados, pues los
peones ignoraban cosas de escritura—, quien murió. ¡Vaya
gringo trajinador el tal Lafí! De un lado para otro iba haciendo
de números y mirando con tubos y escarbando el suelo. En
Condemarca se juntó con una chinita, en la que tuvo dos hijos,
y los cuatro se encontraban cierta vez en Chumán, lugar ubicado frente al sitio en que el Chuzgón, río alborotadito, des-
emboca en el más serio Marañón. Una intihuaraca escondida

en un gualango picó al franchute Latí. ¿Qué iban a hacer la chinita y sus dos críos en esas soledades? Nada más que llorar frente al herido. El ni los veía. El pobre gringo, en sus últimos instantes, comenzó a parlar en su lengua, sabe Dios qué cosas, y murió dando voces, como llamando a alguien... ¿Quién iba a entenderle, quién le iba a responder? La chinita y los hijos lloraban a gritos, acompañados por las peñas... Años después un peón encontró a la mujer y sus vástagos en el lugar llamado Angashllancha. Allí vivían. Y era en cierto modo raro ver a dos muchachas de pelo rubio vistiendo trajes nativos.

Pero los comentarios sobre víboras terminaron y las noches del tambo fueron de nuevo silenciosas. Sólo se oía el zumbar de los zancudos, algún inquieto jadeo, tal o cual palabra. En cualquier momento que se despertara, podía escucharse la trompetilla gimiente. La piel quemaba, llena de ronchas ardorosas, y el paludismo comenzaba a entrar en la sangre. Amadeo temía ahora a las víboras y no podía dormir bien. El zumbido lo exasperaba haciéndolo dar inútiles manotadas en la sombra.

* \
* *

A la semana de poda, en el transcurso de la cual encontró en un naranjo una amarilla intihuaraca a la que partió de un serruchazo, Amadeo Illas fué notificado de que debía salir a raumar.

Lo pusieron, junto con diez peones remisos que llevaron los caporales, al lado del contador, que ya estaba por medio plantío.

—Contador, deja once surcos más para éstos. Agradezcan que los ponemos aquí, a uno por nuevo y a los otros por inútiles. Debíamos ponerlos en tarea aparte para sacarles la pereza...

Amadeo ignoraba que esos dos caporales habían abusado de su mujer. Cuando fueron por los faltantes, uno dijo al otro: «Por aquí ha llegao una chinita buenamoza y el marido está en la rauma». Se apearon ante el fogón donde preparaba su comida. «Venimos a probarte», dijo uno. Cuando ella se dió cuenta de sus intenciones y quiso correr, ya estaba cogida de la muñeca. La arrastraron a una de las piezas y allí la viola

ron. La muchacha, vejada por primera vez en su vida, se quedó
llorando su humillación: «Porque una es pobre abusan, porque
una es pobre y no se puede defender... cobardes». Los caporales rieron, diciendo que se notaba que era una tonta.

El nuevo trabajador, según había visto, colocó la manta y
luego inclinó el arbusto comenzando a raumar con todo empeño. ¿De eso se trataba? Era fácil. Bastaba darse un poco de
maña para no dejar ninguna hoja. Encontró al famoso medidor: un gusano verde que avanzaba contrayéndose y alargán-
dose con todo su cuerpo, tal si estuviera midiendo.

En poco tiempo terminó un surco. El contador ya estaba
adelante y Amadeo fué en busca de la hilera que le correspondía enseguida. «Sabe raumar», le dijo el contador. Pero a medio surco empezó a notar que las manos le ardían un poco. Las
ramas eran ásperas, de una prieta corteza de la cual brotaban,
contrastando, las ovaladas hojas verdes y blancas. Para arran-
carlas todas era necesario ajustar la rama y así la mano se iba
irritando. La postura agachada y el movimiento de los brazos
pesaban poco a poco en las espaldas. El sol principió a calen-
tar. Ya no avanzaba tanto. Los peones remisos llegaron a su
lado. Estaban muy pálidos a consecuencia del paludismo y uno
de ellos tosía. «No se apure mucho», le dijeron. Ya llegaban
los adelantados también. Lejos, blanqueaban las camisas de
los retrasados.

Se le había llenado la manta ya y Amadeo hubo de ir a
dejar la coca al buitrón. Al volver, encontró a más raumeros
por su lado. Con blanco rumor arrancaban las hojas, agacha-
dos sobre la planta, atentos solamente a su faena. La cara les
brillaba de sudor, y la camisa empapada se le pegaba al cuerpo. Amadeo reinició su trabajo. Cuando tomó un nuevo surco,
ya el contador estaba en el cuartel siguiente. Había otros peones haciendo los suyos. El quedaba agrupado. Pasó de pronto
una racha de raumeros y él y los remisos se quedaron atrás,
pero no tanto como para ser últimos. A medida que corría el
tiempo, Amadeo sentía sus manos más ardientes. Las miró,
encontrándolas llenas de ampollas acuosas. Felizmente, la
campana llamaba a almorzar. Se alineó con su mate ante la
paila y recibió a su turno el gran cucharón de trigo. El cocinero
era un palúdico crónico que ya no podía raumar, Comieron
silenciosamente. armaron las bolas de coca y volvieron. Amadeo sintió que las manos le dolían más. También le dolían los
hombros y las espaldas. Las ampollas se reventaron y pedazos

de piel blancuzca quedáronse prendidos en las asperezas de las ramas. Un líquido viscoso le bañaba las palmas aumentándole el ardor y así tenía que seguir oprimiendo, una por una, las varillas coposas que ahora le parecían armadas de garfios. Ya estaba muy atrasado, lejos de los remisos inclusive, pero todavía no tanto como los últimos, que tardarían varios días en llegar por allí. Las manos comenzaron a sangrarle. El dolor le nubló los ojos y dejó la tarea, sentándose en el pequeño muro de una toma de agua. Un peón fatigado estaba sacando mal su surco, pues dejaba las hojas en los arbustos. Un caporal lo vió y, caminando agazapado, acercóse y le dió con un palo en la inclinada espalda, tumbándolo al suelo. Barbotó: «Ya he dicho que nadie *shambaree* esas plantas a medio raumar. ¡Párate ahí, antes de que te deje en el sitio!» El peón se paró pujando y se prendió otra vez de la planta. Amadeo se incorporó para seguir su faena. «¿Qué hacías allí?», gritó el caporal, que se acercaba ya. Amadeo se puso a raumar, sintiéndose muy humillado. Le pareció que iba hacia él un palo, más que un hombre, y deploró su condición. El caporal llegó. Amadeo pujaba de dolor. Caía sobre la manta una lluvia verde a pintas rojas. «Ah, ya te fregaste: esa es cosa de hombres. Vete al galpón por hoy día». Hizo el atado de la coca que tenía raumada y se fué.

Vació las hojas en el buitrón y luego no supo qué hacer. El ardor le crecía y en el galpón no había nadie que pudiera curarlo. ¡Si al menos su amigo Hipólito no se hubiera ido! El cocinero llegó después de mucho rato, a mover la paila con un hurgonero, y viéndole las manos al aire, con el dorso apoyado sobre las rodillas, sacó de un hueco de la pared una vela de sebo y le dijo:

— Frótese. Es cosa feya ésta: yo la tuve, todos, hasta acostumbrarse. Le pasará así tres o cuatro raumas, hasta que le salga un callo fuerte. ¡Mucho se pena aquí! Lo más malo es la terciana. Yo ando fregao y po eso me tienen en la cocina. Dejando un día me sacude y todo el tiempo estoy muy débil. Mucho se pena aquí...

Amadeo se frotó las manos con el sebo y el ardor le disminuyó un tanto.

— ¿Y po qué no se va? — preguntó.

— ¿Irme? ¿Y quién paga por mí? Estoy endeudao hasta el cogote y tovía la quinina, que ya no me hace nada, me la cobran. Porque la quinina hace bien al principio. Después es lo mesmo que nada...

El cocinero se fué con paso maciento. Tenía la cara amarilla como cáscara de plátano.

Ese día anocheció para Amadeo de un modo muy triste. Ni siquiera escuchó el canto de las torcaces, cuyo plumaje azul moteaba el rojo crepúsculo que envolvía los árboles. Amadeo no podía ni coger el mate de comida, ni tender su cama, ni empuñar la calabaza de cal, ni armar la bola. Ni manotear los zancudos podía. Estuvo despierto hasta muy tarde. La espalda comenzó a dolerle de nuevo. Alguien tosía. Otro dijo a media voz que le estaba entrando fiebre. El sueño de los demás era un lúgubre sueño. El se puso coca a ambos lados de los carrillos y se fué adormeciendo.

*

* *

No salió a trabajar al día siguiente. Ni los otros. El contador terminó, en quince días, por llegar al final del plantío. Luego comenzó, con el mismo sistema, la lampea. El contador hizo su parte en veinte días. Desde ese momento podía ganar cincuenta centavos por jornada, lo mismo que los que fueron sacando sus tareas. Cuando Amadeo manejó la lampa le volvieron a sangrar las manos. Esa mala yerba no era como la del trigo y el maíz. Crecía en hojas y raíces con toda la fuerza que le daba una gleba humosa y un calor tropical. Había que clavar hondo la lampa para voltear la yerba y ahogarla entre su propia tierra. Por más que se apuraban, pocos eran los que conseguían ganar algo. Amadeo, esperando que las manos se le sanaran, pudo ver en los otros peones la rudeza del esfuerzo y los estragos que él causaba en los cuerpos palúdicos. Cuando las labores finalizaron, la tierra y los arbustos formaban una sola mancha gris bajo un toldo de verdura. En los depósitos, verdeaban colinas de las aromáticas hojas que eran empacadas en crudo o encestadas en caraba de plátano con destino al mercado de los pueblos. Allí compraban la coca los gozadores sin saber nada de sus penas, tal Amadeo en otro tiempo.

El contador y una docena de los peones más sanos y expertos, sacaron quince o diez soles a la hora del tareaje. Los demás, apenas habían alcanzado a realizar su parte de trabajo. Otros ni eso. Estos, que eran los enfermos o muy débiles, que-

daban más endeudados. Como Amadeo no puao tiabajar sino
en la poda, vió aumentar su deuda en veinte soles.

La cuesta le resultó muy dura. Su mujer lo recibió mirándolo tristemente.

— ¿Cómo te jué?

El le mostró las manos desolladas y enrojecidas hasta reventar en sangre. Ella nada le dijo del abuso de los caporales.

*
* *

Los días siguientes, la mujer curaba a su marido alen-
tándolo. Ya podría trabajar y ganar. No solamente haría su
faena en pago de la tierra sino que también podría perfec-
cionarse para ir con el contador. Entonces hasta tendrían que
darle plata. Amadeo, que vió la tarea de cerca, nada decía.
Parecía fácil, pero era de las más duras. Para peor, cayó con las
fiebres palúdicas. Primero le daba un frío que le hacía casta-
ñetear los dientes y temblar todo el cuerpo. Después le subía
la fiebre, azotándolo como una candela asfixiante. Sudaba
a chorros y deliraba. El ataque duraba de dos a tres horas.
Ella fué a la casa-hacienda y trajo un frasco de quinina que le
costó diez soles. Con todo, Amadeo estuvo treinta días haciendo crujir la barbacoa con las convulsiones de su cuerpo y asus-
tando a su pobre mujer con las alucinaciones y delirios. Cuando
mejoró, tenía crisis de tristeza, no podía comer y enflaquecía
cada vez más. Solamente la coca le aletargaba un poco y le
hacía olvidar sus penas. Ella fué a uno de los bohíos que se
veían a la distancia por una gallina y allí le dijeron que así era
el paludismo. Si su marido seguía bajando al temple, no lo sol-
taría nunca. De paludismo murió el anterior colono a quien
reemplazó Amadeo...

Este fué a hablar con el jefe de caporales para que le diera
trabajo en la altura. Se negó en redondo diciendo que no podía
establecer un mal precedente.

Ya llegaba la otra rauma y volvería la enfermedad. No
quedaba sino marcharse. ¿Adónde? Debía ya sesenta soles y
como sabían que era de Rumi irían a buscarlo allá. A otra hacienda entonces...

Llegaron a la hacienda Lamas. No les dieron casa ni tierra
sembrada porque no las había disponibles. Hasta que Amadeo
y su mujer levantaran su propia casa, debían dormir en el co-

bertizo de ovejas y comer en la cocina con los pongos. A los pocos días, aparecieron dos caporales de Calchis, persiguiéndolos. El hacendado de Lamas pagó la deuda y pudieron quedarse. Pero ya estaban amarrados otra vez. Qué se iba a hacer.

Era pequeño el pedazo de tierra que se necesitaba para vivir y costaba tanto...

XI

ROSENDO MAQUI EN LA CARCEL

El viejo alcalde no perdía el corazón. Algo había en su interior que conspiraba en favor de la lucha. Quizá en su sangre palpitaba el ancestro de algún irreductible mitimae, pero es más seguro que cada día sacaba nuevas fuerzas de la tierra. Como las grandes aves de altura, había amado siempre las cumbres. Ahora, hasta su misma voluntad de siembra y vida permanente se afirmaba allí con tesón. Las papas no darían mucho, pero estaban en mejores condiciones la quinua, la cebada, las ocas, los ollucos. Nacieron dos niños, a los que nombraron Indalecio y Germán. Nació un ternerito que, a los pocos días, comenzó a corretear lleno de contento; no conocía más tierra que ésa y la encontró excelente. Rosendo pensaba que así pasaría con los niños... Cuando crecieran, sin preocuparse de lo que fué y guiados por las sabias fuerzas de la materia, admitirían naturalmente su existencia. Los hombres serían labrados en roca ahora.

El pueblo comunero se ajustaba también, poco a poco, a la nueva vida. Nadie pensaba ya en marcharse hasta que la situación no fuera insostenible. Había pasado el oscuro y enceguecedor pesimismo de los primeros días y, por lo menos, se admitía que era peligroso apurarse mucho. Confirmando la justeza de esta actitud, regresó a la vuelta de dos meses el alarife Pedro Mayta con su mujer y sus cuatro hijos. A pesar de tener oficio, le había ido mal y contaba muchas penas que pasó o vió pasar. Convenía conocer desde adentro el trabajo en las haciendas para darse cuenta de su tristeza. No provenía solamente de la explotación sino también del maltrato. Los pobres colonos parecían acostumbrados ya y, de otro lado, sus deudas no les permitían librarse. Mayta se había gastado todo lo que tenía y emprendió el regreso antes de endeudarse. Las familias de los otros comuneros emigrantes fueron a preguntarle por ellos. ¿Qué suerte habrían corrido? Mayta lo ignoraba.

Rosendo, sentado junto al quinual, miraba al plantío morado. Estaba hermoso, por mucho que lo hubiera partido en dos el torrente. Las plantas brotaban impetuosamente de la tierra, macollando en toda la anchura de los surcos. Su lila fresco e intenso magnetizaba las pupilas alegrando el corazón. El viento batía y desgreñaba las quinuas sin lograr quebrarlas. Rosendo las comparaba a la comunidad. Se miró la ojota gastada y pensó en la escasez. No había cuero ni con qué comprarlo. En papel sellado, tinterillo y diligencias, la comunidad gastó más de mil soles. En los últimos tiempos, Rosendo tuvo que emplear su propia plata, aunque nunca lo dijo, a fin de que no pensaran que hacía armas para la nueva elección. El consejo de regidores había resuelto invertir los veinte soles que dió Augusto por el bayo en retocar a San Isidro.

No se podía ni siquiera pensar en dar muerte a una vaca para obtener cuero. El rebaño estaba diezmado. Al contrario: al día siguiente debía ir a Umay a rescatar el toro de labor que cayó en un imprevisto rodeo ordenado por don Alvaro. Tendría que hablar con el hacendado. ¿Qué le diría? El alcalde preparábase a hacer frente con educación, pero también con firmeza, a la posible propuesta de que los comuneros trabajaran en la mina, donde, según las voces que corrían por la región, terminaban los preparativos. Rosendo reclamaría el toro convenientemente. Ya se habían perdido varias vacas de cría, dos bueyes de labor y ahora un toro. No se debía callar más, sobre todo tratándose de un animal de trabajo. ¿Cómo labrarían la tierra, en la extensión debida, sin yuntas?

Es así como al día siguiente, llega Rosendo a Umay, seguido de Artidoro Oteíza, el regidor que más se afana por los vacunos, y a quien deja a la entrada diciéndole:

— Quédate vos aquí, pa que avises si me pasa algo...

Rosendo mira inquietamente por los corrales. Huele a boñiga y a sudor. Las vacas acezan, se atacan, sangran algunas que han sido heridas a cornadas. Al fin reconoce al toro mulato, arrinconado por allí, gacho y con el hambre de los días de encierro marcada en las costillas prominentes. Abunda el ganado de Muncha. Los repunteros calientan la marca de Umay y el viajero les advierte:

— Ese toro mulato es de la comunidá.

— Bah, don Alvaro dijo que es de la hacienda, que lo ha comprao a Casimiro Rosas...

Rosendo se indigna.

— ¿Quién no conoce la marca de Rumi? Esa es...

— Será, pero así dijo él. Casimiro es taita de uno de los caporales...

Rosendo insiste:

— ¿Qué sé yo de eso? Lo cierto es que el toro es de la comunidá...

— Será, pero don Alvaro dijo que hay que ponerle la marca de Umay.

Rosendo protesta:

— No, no pueden ponerle esa marca.

Y los repunteros, indiferentemente:

— El sabrá...

— Vaya a decírselo a él...

Rosendo sufre ante esa indiferencia por una cosa de la comunidad. Hubiera deseado que los repunteros se pusieran de su parte, por lo menos de palabra, y le hicieran sentir su solidaridad de indios y de pobres. Los desprecia en silencio y va donde el hacendado.

Don Alvaro está pulcramente vestido de blanco, parado a la puerta del escritorio, conversando con unos hombres de Muncha que han ido por su ganado. Rosendo lo observa y, más que nunca, le parece insolente y llena de arrogancia la impresión que dan la mirada fiera, el negro bigote de puntas erguidas, la cara blanca y satisfecha, el cuerpo alto y las manos de ademán autoritario.

— He hecho este rodeo — dice don Alvaro a los munchinos — para quitarles las mañas. En los potreros de Rumi crían ustedes más ganado del que aparece en el rodeo anual, pues se lo llevan oportunamente. Ahora, como multa, tienen que pagar diez soles por cada vaca que haya caído...

— Señor, yo...

— Señor, yo tengo diez vacas presas, es muy caro...

— No sé, o pagan o les pongo mi marca. Ya estoy cansado de que me roben...

Los munchinos, unos por su propio ganado y otros por el de sus familiares y amigos, tienen que pagar. El total de las reses subía a cien y don Alvaro recaudó más de mil soles. He allí un rodeo productivo. Rosendo tiene la satisfacción de ver entre los compungidos pagadores a un pariente de Zenobio García. Luego se acerca al hacendado y, después de saludarlo, le dice:

—Señor, he venido po el toro mulato...

Don Alvaro, que ostenta una fusta engarzada en la muñeca, le responde colérico que es de la hacienda.

—Señor, tiene la marca de Rumi...

—¿Qué marca? ¿Te atreves? Es la marca de Casimiro Rosas, a él se lo compré.

—Don Alvaro, tenga compasión, necesitamos ese toro pa trabajar...

Don Alvaro se enfurece. Por ahí está un caporal a la expectativa, con aire de perro de presa en espera de que le señalen la víctima.

—Señor, le daré una vaca o dos...

El hacendado lo ataca a fustazos y trompadas:

—¡No friegues más, indio carajo!

Rosendo se va chorreando sangre de la nariz, de la boca, del viejo rostro noble, en el cual su pueblo vió siempre retratados los sentimientos de equidad y de paz. Oteíza lo mira sin decir palabra y el alcalde se pasa de largo y sigue a pie hasta encontrar una acequia, junto a la cual se arrodilla y lava. La sangre tiñe el agua de rojo. Oteíza ha ido tras él, jalando los caballos y poseído de una angustia que le ajusta el cuello. El viejo arrodillado y sangrante le parece un símbolo del pueblo. Mejor sería morir. Rosendo se lava con manos trémulas y luego se pone de pie lentamente y monta ayudado por el regidor. Habló después de mucho rato:

—¿Qué te parece, Artidoro?

—¿Qué me va a parecer, taita? Ese don Alvaro es un perro que no respeta ni la vejez. De no saber que me atajan antes de que me le acerque, juera a abrirle la panza de un puntazo...

—¿Y el toro, oye?

—Ya me parece perdido. Sólo que lo rescatáramos de noche.

—Es lo que voy pensando...

Los munchinos estaban por media cuesta arreando su ganado. Rosendo y el regidor recién la iniciaban. Momentos después, al tomar altura, vieron que los repunteros llevaban las vacas a un potrero cercano, pues ya era tarde para que lo condujeran más lejos. Sin duda habían marcado al toro y quién sabe a cuántas reses más. El mulato se confundía con el color del crepúsculo. Rosendo y Artidoro metiéronse en un abra en espera de la noche. Tarde salieron de allí, volviendo hacia la pampa. Al comenzar la llanura, Rosendo volvió a decir al regidor:

— Quédate vos, pa que avises...

— No, taita, aura voy yo.

— Vos eres joven y yo soy viejo: a ti te necesita más la comunidá...

— No, taita, ¿quién nos dará un güen consejo si te pasa una desgracia?

— ¡Consejos! Los consejos no valen contra la maldá. Quédate y obedece, pue pa este caso vos eres regidor y yo alcalde...

Rosendo puso al tranco su caballo y se perdió despaciosamente en la oscuridad. Temió encontrar la tranquera con candado, pero tenía solamente cerrojo. Apeóse y, cuidando de que no chirriara, corrió el largo pasador de hierro y abrió la tranca. El pasto era abundante y las vacas pacían tranquilamente. Otras estaban echadas. Tropezó con el toro, que se dejó enlazar sin resistencia. Rosendo lo miró bien cuando ya lo tuvo preso, por si fuera a equivocarse. Era el mismo mulato, grueso y satisfecho, de cogote potente y astas cortas.

Abandonó el potrero con su animal y ya cerraba la tranca. Todo estaba saliendo muy sencillo. Montar no lo iba a ser tanto, que resultaba un engorro la vejez. Al fin consiguió hacerlo y, cuando ya comenzaba a caminar, sonó un grito:

— ¡Alto!

Se le acercaron dos hombres armados, quienes lo llamaron ladrón, cogiendo al caballo de las bridas. Rosendo fué conducido a la casa-hacienda y encerrado en un calabozo.

Oteíza esperó mucho rato y luego avanzó hasta llegar a la puerta del potrero. Era indudable que Rosendo había sido capturado. ¿Ir a las casas? Nada se compondría porque cayeran dos presos. Con gran congoja, viendo venir el derrumbe, se encaminó hacia la comunidad.

Por su parte, Amenábar pensó detenidamente en lo que debía hacer con Rosendo. El hacendado quería matarlo. Como sucede con los litigantes y ambiciosos, se había llegado a convencer de su derecho y odiaba todo lo que se oponía a sus pla-

nes. En momentos de cinismo, solía alardear de sus victorias
desenmascaradamente, pero era más frecuente que se engañara
y tratara a la vez de engañar a los demás. De otro lado, recordó la galga, la banda del Fiero Vásquez, la nerviosidad de su
mujer y la cara asustada de sus hijas. No mataría a Rosendo.
La cárcel es también una manera de eliminar a la gente. Sin
pérdida de tiempo, llamó a un caporal y lo despachó con un
oficio. Pedía a la subprefectura dos gendarmes para que se llevaran a un ladrón de ganado.

*

* *

El patio de la cárcel era ancho y estaba bordeado por terrosos corredores, a los cuales daban las cuadras de presos.
Cuando Rosendo pasaba por el zaguán de entrada, rodeado de
gendarmes, sonó una voz a sus espaldas:

— Métanlo a la celda 2. Ese es peligroso...

Una cuadra había sido dividida en celdas. A la 2 lo metieron. La puerta era pequeña, de gruesa madera, con una ventanilla cruzada de barrotes. Los gendarmes le registraron todo
el cuerpo, viendo si acaso llevaba un arma oculta entre las ropas, y luego su alforja, sus ponchos, sus frazadas.

— Viejo, tú eres un fregao...

Se marcharon cerrando la puerta estrepitosamente y asegurándola por fuera con un grueso candado.

Rosendo se asomó a la ventanilla y escuchó las voces de
Abram Maqui, de Juanacha, de Goyo Auca y otros comuneros.
Pedían hablar con Rosendo para saber sus necesidades. Los
gendarmes les respondían que volvieran el domingo, que era
día de visita, y las voces se apagaron después de insistir un poco
todavía. Avisados por Oteíza, los comuneros fueron a ver a
Rosendo, siguiéndolo hasta el pueblo, por consideración y afecto y también porque es costumbre de indios acompañar a sus
presos en los caminos. Casos se dan en que los gendarmes, de
orden superior o sobornados por los enemigos del conducido,
lo matan aplicándole ficticiamente la ley de fuga. Al bajar ante
la puerta de la cárcel, Rosendo no tuvo tiempo de despedirse,
pues fué introducido inmediatamente. Nada precisaba, en realidad. Ahí tenía las cosas necesarias, que le fueron llevadas por
Juanacha. Habría deseado decirles algo, sí. Estaba muy emo-

cionado. Como faltaban caballos. algunos comuneros lo siguieron a pie.

No escuchaba palabra alguna ya, sino voces extrañas a su
corazón, ruidos inútiles. Podía ver una fracción de corredor
polvoso, un pilar pintado de azul, un retazo de patio empedrado, otro pilar, otra porción de corredor al pie de un muro
blanco. Volvióse a reconocer su celda. Nada había allí, sino cuatro paredes y una puerta. Era simple todo eso y, sin embargo,
todo eso era la prisión, la desgracia.

Un viejo de nariz ganchuda que dijo ser el alcalde. la asomó entre los barrotes.

— Estás incomunicado

— ¿Qué es eso?

— Que no podrás hablar con nadie antes de declarar ante
el juez.

— ¿Y quién me va a dar de comer?

— Es otra cosa. ahora. te mando un gendarme para que te
arregle.

— Mándelo luego, hágame el bien...

Rosendo, por hacer algo, se puso a acomodar su lecho con
las frazadas y ponchos. Luego renovó la bola de coca y se asomó otra vez a la ventanilla. Era bien poco lo que podía mirar,
ciertamente. De pronto, sonó una voz y fué como si hablaran
en el corredor, los muros, el espacio;

— Rosendo, Rosendo Maqui...

Tenía un acento apagado adrede. Rosendo creyó recono-
cerlo y preguntó lleno de inquietud:

— ¿Jacinto Prieto?

— El mesmo...

— ¿Tovía po acá?

— Tovía: estuve oyendo de la comida. ¿quiere que se la
traigan de mi casa, junto con la mía?

— Güeno, Dios se lo pague...

— Oiga: lo que se le ofrezca, yo estoy en la celda 4.

— Dios se lo pague, yo...

El alcalde llegó olisqueando como si oyera con la nariz.

— Te dije que estaba prohibido conversar. Ya viene el
gendarme por lo de la comida...

— Gracias, ya conseguí con don Jacinto...

— Ah, lo conoces... parece que todos ustedes son gente
que se entiende...

El alcalde pasó a decir a Jacinto Prieto que estaba termi-
nantemente prohibido hablar con Rosendo y que, de seguir haciéndolo, lo metería a la barra.

Resueltas sus preocupaciones inmediatas, Rosendo se
sintió caer en el vacío. Como a todo preso que carece de confianza en la justicia de los hombres, nada le quedaba ya sino
los días.

*
* *

El diario «La Patria» se alborozaba en primera plana:
«Noticias enviadas por telégrafo a la prefectura del departamento informan de la captura del famoso agitador y cabecilla
indio Rosendo Maqui. Se sabe que las fuerzas de gendarmería,
después de tenaz persecución, lograron apresarlo sin derra-
mamiento de sangre, lo que prueba el tino y la sagacidad con
que las autoridades afrontan el problema del apaciguamiento
de las indiadas. Como recordarán nuestros lectores, Maqui
encabezó el movimiento sedicioso en el cual murió el conocido
caballero Roque Iñiguez y últimamente ha estado merodeando
por la región, siendo muchas las depredaciones que ha ocasio-
nado a los ganaderos.

«Si bien la captura del subversivo Rosendo Maqui es una
victoria legítima de las autoridades, ella no dará todos sus
frutos mientras otros peligrosos incitadores y secuaces conti-
núen en la impunidad. Insistimos en la necesidad de que se
envíe un batallón que, cooperando con las fuerzas de gendarmería, libre a la próspera región azotada por el bandolerismo y
la revuelta de tan malos elementos. Lo reclaman así el progreso
de la patria y la tranquilidad de los ciudadanos».

*
* *

Rosendo Maqui tomó contacto con el muro. Cuando al
día siguiente abrió los ojos y se encontró en el modesto lecho
tendido sobre el suelo, se sintió de veras preso. He allí los cuatro muros impertérritos: el suelo gastado, maloliente, dolido
del peso de la desgracia; la puerta recia, negada aún a la voz
del hombre; la ventanilla de gruesos barrotes que apenas dejaban filtrar la luz. Palpó el muro. Era sólido para su ancia-

nidad, y más aún para sus manos inermes. Ningún pr eso, as
sea el más culpable, deja de sentir en el muro la dure za de
corazón humano. Rosendo no se encontraba culpable de nada
y veía en el muro la negación de la misma vida. El más triste
animal, el bicho más mezquino, podían utilizar libremente sus
patas o sus alas, en tanto que el que se creía superior a todos
sepultaba a su igual, sin misericordia, en un hueco lóbrego. Rosendo concebía la vida hecha de espacios, perspectivas, paisajes,
sol, aire. He allí que todo caía al pie del muro. El hombre mismo caía. El encerrado; el encerrador. ¿Qué significaba la justicia? ¿Qué significaba la ley? Siempre las despreció por conocerlas a través de abusos y de impuestos: despojos, multas,
recaudaciones. Ahora sentía en carne propia que también ata-
caban a la más lograda expresión de la existencia, al cuerpo del
hombre. El cuerpo del hombre representaba para Rosendo,
aunque no lo supiera expresar, toda la armonía de la vida y era
el producto de la tierra, del fruto, del trabajo del animal, de los
mejores dones del entendimiento y la energía. ¿Por qué lo
oprimían? Las manos del hombre ensuciaban la tierra al convertirla en muro de prisión. He allí de todos modos el muro, callado, prieto, mostrando a retazos una vacilante cáscara de cal.
Ni un paso más allá ni un paso más acá. El más triste animal
pasta soles. La más triste planta camina tierra con sus raíces.
El prisionero debía tragar sombra y podrirse sobre un suelo
esterilizado por la desgracia. He allí el muro. ¿Justicia? ¿Qué
había hecho Rosendo, vamos? ¿Qué había hecho su cuerpo para
que lo encerraran?

Rosendo tomó también contacto con la soledad. En dos
días, no trató a nadie como no fuera un gendarme que lo sacó
para que satisficiera sus necesidades primarias o le dió los platos de comida. Naturalmente que oyó voces, vió pasar algunos
presos y sus guardianes; de noche escuchó un canto. Todo eso
formaba parte de una existencia extraña a la suya todavía. A
Jacinto Prieto lo habían llevado a una cuadra alejada.

Estaba solo, pues. El hombre no sabía más del hombre.
La palabra, si acaso cambiaba alguna con el gendarme, estaba
desvinculada de toda dignidad, era apenas un elemento sonoro
para explicar y ordenar acciones simples. «Recibe tu comida».
Pero la soledad no provenía solamente de la ausencia de la palabra. Reposaba también en el cuerpo. Aun sin hablar nada, se
habría sentido bien teniendo a su lado a Goyo Auca, a Abram,
a su pequeño nieto, a cualquiera de los comuneros. Quién sabe

qué secretas correspondencias forman el mudo diálogo de los
cuerpos. Cuando ellas se establecen, la lengua calla con comodidad. Rosendo recordaba ahora a Candela. Candela también lo habría acompañado. No era solo el cuerpo del hombre
entonces. Era vida orgánica lo que se necesitaba. Sí, ciertamente, puesto que el hombre prefería vivir en un campo arbolado
y no en un desierto. Bueno: él, Rosendo, gustaba en ciertas horas de la soledad. Por eso trepaba cumbres. Bien mirado, había en su voluntad de altura un afán de más grande compañía.
¿Cuándo el hombre está realmente solo? Vivir es apete-
cer. Quien dispone de su soledad, obedece a sus apetencias
que lo llevan a buscar la satisfacción de ellas. Era en la cárcel
donde el hombre estaba realmente solo, porque no disponía de
su soledad. Sin comprender su caso en el del hombre cuyo cuerpo necesita a la mujer, pues para Rosendo eso había terminado.
Mas el varón de energía alerta, de sexo vivo, tenía que sentir
más rudamente lo que era la soledad de la prisión, ese monó-
logo encendido y torturante de las más fuertes corrientes de
la vida. Rosendo consideraba únicamente la soledad que le
correspondía. Cierta vez, planteó el asunto de la compañía
silenciosa al cura y éste le dijo: «¿Cómo se te ocurren esas cosas siendo un indio?», tal si a un indio no se le pudieran ocurrir cosas. Luego sentenció. «Es la comunión de las almas»
Pero ahora pensaba en Candela y el campo arbolado. Acompañaban, y sin embargo el cura decía que ni animales ni plantas tenían alma. Rosendo creía en el espíritu del Rumi, de la
tierra, en fin... Su pobre cabeza estaba ya muy vieja para
explicarse todas esas cosas. Ahora sólo sentía de veras la soledad. Ese dar vueltas dentro de sí mismo y salir para chocar
con los muros. Y sabía claramente que un hombre, un perro,
un pájaro o tan sólo una planta de trigo, una mazorca, una rama de único, lo habrían acompañado.

El muro, la soledad. El tiempo lo arrastraba por el suelo,
legaba a su lecho a buscarlo, lo ponía de pie, lo alimentaba,
volvía a revivirlo y todo era lo mismo: el muro, la soledad...

*
* *

Los regidores llamaron a asamblea para elegir alcalde,
en la mañana, previendo la tempestad de la tarde. Como si
estuviera allí Rosendo todavía, se realizó frente a su casa.

Goyo Auca, Clemente Yacu, Artidoro Oteíza y Antonio Huilca, sentáronse esta vez dejando en medio una vacía banqueta de maguey. Entre el bohío de piedra y la pampa estaba la blanda falda, en la cual se sentaron o estacionaron los comuneros. Viendo la banqueta de maguey, los hombres murmuraban algo y las mujeres lloraban.

Goyo Auca se paró y expuso, con quejumbroso acento, la situación. El viento soplaba con bravura agitando los rebozos y ponchos. Algunos concurrentes tosían. El cielo estaba oscuro de nubes y parecía una bóveda de piedra. La voz de Goyo Auca lloraba como un hilo de agua en la inmensidad dramática de la puna.

No hubo gran debate. Salió elegido alcalde Clemente Yacu. Seguía teniendo buen sentido y su conocimiento de las tierras no había fallado. En cuanto a arrogancia, debemos decir que continuaba llevando el sombrero de paja a la pedrada, pero ya no el poncho terciado al hombro. La necesidad de protegerse del viento y el frío puneños, imponía que se lo dejara caer naturalmente sobre el pecho. En realidad, su elección se debió a la idea, que había pasado a ser lugar común de la sabiduría colectiva, de que él reemplazaría a Rosendo como alcalde. De haberse producido una confrontación rigurosa de méritos, también pudieron triunfar Goyo Auca o Artidoro Oteíza. Pero ellos tenían la batalla perdida de antemano. Goyo, por ser tan adicto al alcalde, dió siempre la impresión de que no pensaba por su cuenta. El nombre de Artidoro estaba ligado, aunque aparentemente sin culpa, a la pérdida del ganado y a la prisión del alcalde. La prudencia aconsejaba reservar todo juicio. Desde luego, si hemos de mencionar a Antonio Huilca como candidato, diremos que la idea peregrina de que fuera alcalde sólo pudo pasar por la cabeza de algunos alocados jóvenes que no se atrevieron a exponerla. En el corto tiempo que estaba de regidor, se había portado muy bien, no cabía duda, pero nadie hubiera podido asegurar que seguiría en ese camino. Le faltaba rendir la severa prueba de la constancia.

Clemente Yacu, con sencillez y calma, ocupó el lugar vacío. Era un hombre de unos cincuenta años, alto y de faz pálida, muy maltratada ahora por el azote del viento, donde unos ojos oscuros miraban al hombre como a la tierra cuando la examinaba y decía: «güena pa papas», «güena pa ollucos»... Sus primeras palabras fueron para pedir que se eligiera un nuevo regidor.

Nadie tenía ganas de discutir mucho, pero, a pesar de todo, se debatió. Propúsose el nombre de Artemio Chauqui. Varias voces se levantaron para apoyarlo. Artemio era descendiente del «viejo Chauqui», varón sabio y casi legendario,
ejemplo de espíritu indio, cuyo recuerdo surgía del pasado como un picacho entre las nubes. De Artemio no podría decirse
que fuera muy sabio. Arisco, cerril, desconfiado, trataba de
responder al prestigio de su antecesor, oponiéndose sistemática-
mente a todo, fiscalizándolo todo. No siempre tenía éxito, y
eso lo amargaba. Se creía injustamente postergado. Naturalmente, como ya hemos visto, era enemigo implacable de los
foráneos. Habría deseado expulsar a Porfirio Medrano. Este,
según recordamos, perdió el cargo de regidor debido a la iniciativa de Chauqui.

Porfirio pidió permiso para hablar, se paró, púsose a me-
ditar espectacularmente y dijo:

— Me gustaría ver de regidor a Artemio Chauqui. Es un
güen hombre y además de güeno es severo: nada se le escapa...

Había una soterrada ironía en sus palabras y a pesar de
que la hora no era para reír, algunos rieron. Porfirio siguió:

— Pero lo que yo pregunto es esto: ¿qué necesitamos más
que nada? Es fácil contestar: el trabajo. Pa los asuntos de juicios y demás, tenemos al nuevo alcalde y a los experimentados
regidores. Yo propongo a un comunero que ha trabajado como
nadie, que ha demostrao valor y juerza: es el comunero Ambrosio Luma.

Este se hallaba sentado entre su mujer y sus hijos, hasta
cierto punto extraño al debate, mascando tranquilamente su
coca. Al oír su nombre, dió una mirada de sorpresa a Porfirio.

— ¡Que se pare! — gritaron algunos.

— Párate, Ambrosio Luma — le ordenó el nuevo alcalde,
que le tenía simpatía y además no deseaba mucho que fuera
regidor el incómodo Chauqui.

Ambrosio se hizo de rogar un poco, pero terminó por pararse. Tenía la cara muy oscura, llena, y los ojos casi no se
veían. Usaba un sombrero prieto de vejez y un poncho de escasas listas sobre fondo morado. Gran trabajador, era muy
sencillo y modesto. Porfirio y algunos otros comenzaban a notar su espíritu práctico. Ahora, seguía agitando la calabaza de
cal y llevándose el alambre a la boca, calmadamente, como
si nada le ocurriera. Acaso pensaba: «Me hagan o no me hagan
regidor, lo único que contará siempre es el trabajo». Esa in-

diferencia exenta de vanidad acabo por despertar simpatías unánimes.

— Véanlo — continuó Porfirio —, este hombre que no es ostentoso tiene una cabeza que sabe lo que hay que hacer. Acuérdense lo que dijo en la asamblea pasada, que jué más o menos así: «Si hay que irnos, que sea luego pa que no nos encuentre el aguacero sin casa». Estas pocas palabras convencieron a todos más que los discursos insultativos de algunos... (nuevamente sonaron risas). ¿Y después? Se puso a trabajar. Nunca se lamentó po la desgracia ni mormuró inútilmente. ¿Casas? Jué el primero cargando piedras, cortando palos. El sabía ónde había palos güenos. «En tal sitio he visto alisos», «en tal sitio hay paucos», «en tal sitio abundan las varas», decía, como si lo hubiera dispuesto de antes. Es que él es hombre alvertido y ya sabemos el dicho: «Hombre alvertido vale por dos». Lo mesmo jué en la barbechada y siembras nuevas. Y también jué en la buscada de semilla... Güeno, todos lo han visto, acuérdense de cómo lo han visto... Este es el hombre de trabajo y valor callao que se necesita como regidor aura...

— Cierto...

— Cierto — gritaron varias voces.

Ahora todos recordaban a Ambrosio Luma. De veras, había laborado con tenacidad y firmeza, sin vanos lamentos, dando a la vez pruebas de capacidad. Clemente Yacu ordenó la votación. La candidatura de Ambrosio Luma había progresado tanto en tan poco tiempo, que para nadie fué una sorpresa que saliera elegido, ni para él mismo. Ambrosio pensó sin duda: «Claro, el trabajo es lo que vale». Ocupó la banqueta respectiva y miraba a todos con el aire amistoso que le era peculiar.

Goyo Auca, después de conversar con Clemente Yacu, se puso de pie para hablar. Parecía que su adhesión al alcalde se había trasladado inmediatamente.

— No tenemos plata — dijo —, en el juicio se gastó la plata de la comunidá. Nuestro abogao, el doctor Correa Zavala, no nos cobraba, pero aura resulta que se ha quedao sin clientes po defendernos a los indios. Debemos, pue, dale algo... Pedimos una erogación a los comuneros, pa eso y los gastos que se presenten po la prisión de nuestro querido alcalde Rosendo...

La voz de Goyo se quebró de emoción. Ambrosio dió una prueba inmediata de su espíritu práctico. Con el renegrido som-

brero en las manos, pasó entre los asambleistas demandando su
óbolo y recogió más de ochenta soles.

Clemente Yacu se puso de pie y habló con voz firme y
pausada:

— Yo digo que soy alcalde mientras dure la prisión de
nuestro güen Rosendo Maqui. La situación es triste, pero no
pierdo la esperanza de sacalo. No debemos perder la esperanza de nada, así quede preso, y él se alegrará. Como él luchó
po la comunidá, así lucharemos nosotros...

Clemente disolvió la asamblea. Las mujeres iban secándose las lágrimas con el rebozo. Una estaba satisfecha ese día:
era la de Ambrosio. Había tenido a su marido por un excelente
comunero y ahora por fin le hacían justicia. Se acercó a Porfirio diciéndole:

— Eres un güen hombre...

Porfirio, franco cual un surco, le respondió:

— Te aclararé que lo principal jué pa ladear a ese des-
lenguao y liero de Artemio. Aura que tamién me gusta haber
destacao a tu marido, hombre de trabajo y valor...

En general, la asamblea dejó una impresión de tristeza,
pero todos admitían que los gobernantes, inclusive el nuevo,
prestaban confianza y por lo tanto se podía esperar.

*

* *

La cárcel pesaba de silencio y monotonía cuando creció
una voz desde el zaguán:

— Alcaide: saque al preso Rosendo Maqui para que rinda
su instructiva...

Era en el quinto día de prisión cuando lo llamaban a declarar. Rosendo se cambió de poncho, poniéndose uno más nuevo,
y siguió al alcaide. El zaguán tenía puerta a ambos lados. Ingresaron por una de ellas a una pieza amplia. El juez estaba
sentado ante una larga mesa flanqueada por el amanuense y
Correa Zavala. En la puerta montaba guardia un gendarme
con bayoneta calada, sabia precaución de las autoridades en
vista de la peligrosidad del delincuente. Rosendo fué invitado
a ocupar una alta silla, frente al juez, y como no estaba acostumbrado a esa clase de asientos, se sentía incómodo.

Correa Zavala le dijo:

— Estoy aquí en calidad de su defensor.

El juez exhortó al procesado para que dijera la verdad, y comenzó su largo interrogatorio. Rosendo estaba acusado no sólo de abigeato sino también de instigación al homicidio de don Roque Iñiguez, de tentativa de homicidio de don Alvaro Amenábar y de complicidad y encubrimiento de los delitos del Fiero Vásquez

Cinco horas duró la instructiva. Rosendo aplicó su natural buen sentido al responder y triunfó de las preguntas capciosas del juez, ayudado a veces por Correa Zavala que decía:

— Pido al señor juez que aclare el sentido de su pregunta...

El juez le echaba una mirada de reojo, se retorcía el bigote entrecano y no podía hacer otra cosa que volver a preguntar. Habría deseado fulminar al defensor con un solo inciso.

Cuando la diligencia terminó, Correa Zavala fué acompañando a su defendido hasta la celda. Allí se quedó hablando mucho rato con él, a través de las barras de hierro.

— Usted sabe, Rosendo Maqui, la influencia de Amenábar. El juez lo estuvo esperando y por eso no venía a tomarle instructiva. Tuve que presentar un recurso de *habeas corpus* y entonces, a regañadientes, aceptó. Es ilegal tener a un hombre preso más de veinticuatro horas, sin juicio. La cosa está que arde en las punas de Umay y por eso don Alvaro no ha podido venir. Dicen que corre mucha bala y que es la gente del Fiero. Una noche, hasta atacaron la hacienda y murieron dos caporales.

Rosendo callaba sin saber qué decir.

— De mi parte, Maqui, le aconsejaría que ejerciera su influencia para que terminara esta agitación. Usted es el perjudicado...

— ¿Cree que puedo salir?

— Sí, si se cumple la ley.

— Usté es muy güeno, don Correa. y cree tovía en la ley. Ya verá cómo nos enredan...

— Vaya, Maqui, no se desaliente ahora. Su instructiva ha estado muy buena y no debe flaquear...

— Me defiendo por costumbre y también poque la verda se defiende sola, pero cuando comience esa tramposería de los testigos, ya lo verá...

— De todos modos se necesitan pruebas...

— Será, don Correa, aura sólo le pido que les dé confianza a los comuneros más que a mí. He pensao mucho en esta cueva y encuentro que estoy fregao...

Comenzaba a anochecer y la sombra crecía desde los corredores al patio.

— Quisiera que me reclamara un poco de sol. Con el pretexto de la incomunicación, ni al sol me sacan...

— Bueno, Rosendo. Ahora mismo voy a reclamar eso, también que le pongan en una cuadra. Esta celda es de castigo y «las cárceles son lugares de seguridad y no de castigo» — dijo Correa recordando un párrafo de cierto tratadista.

— Dios se lo pagará...

— No se preocupe de nada. Yo me entiendo con los comuneros. Y confianza, ¿ah...? Mi estudio está cerca, en la calle de la iglesia. Mándeme llamar si algo necesita.

El abogado se marchó y el rumor de sus pisadas apagóse pronto en los corredores terrosos. Rosendo guardó su imagen, cruzada de barrotes, en las retinas. Era joven y ligeramente moreno, de ojos francos y una sonrisa un poco triste. ¿Qué se proponía? ¿No veía los gigantescos poderes contra los que trataba de enfrentarse sin más arma que la tergiversable ley? De todos modos, consolaba pensar que todavía quedaba gente de buen corazón.

*
* *

Al día siguiente, después del almuerzo, Rosendo tuvo sol. La cárcel era una casa antigua con dos patios, y al interior lo llevaron. Había muchos presos allí. Otros llegaban a través de un zaguán descascarado. Indios y cholos de toda edad y condición, de toda pinta. Los más estaban emponchados. Jacinto Prieto se presentó de pronto y abrazó a Rosendo: «Viejo, hermano». El anciano rugoso desapareció entre los brazos del herrero. Este lucía su misma gorra de siempre y su mismo vestido de dril y sus mismos zapatones bastos. La cara, debido a la sombra y el alejamiento de la fragua, estaba menos atezada.

— Rosendo, siéntate en este banco... siéntate, hazme el favor...

El herrero llevaba un pequeño banco en las manos.

— No, si así está bien, mas seya en el suelo...

— No, aquí en el banco y yo parao, poque pa algo soy más tierno...

Sentóse Rosendo, pero Jacinto no permaneció de pie, pues,
viendo por allí un pedrón, lo condujo en brazos hasta el lugar
donde estaba su amigo. Los otros presos lo miraban admirativamente. Hombre fuerte era don Jacinto.

— Mira, Rosendo, este patio de tierra, ese lao lleno de fango y pestilencia. ¿Sabes po qué estamos aquí? Po el robo. Antes nos sacaban al patio empedrao pa tomar el sol, y delante del
zaguán pa que no vieran desde la calle, había un biombo de
madera, grandazo así, bien grueso. Quién te dice, Rosendo,
que el subprefecto se da cuenta de que era de nogal y lo vende
a medias con el alcaide. Entonces, por una miseria de diez o
veinte soles, nos traen po acá. Pa que no se vea de la calle la
desgracia de los presos, nos botaron pa acá a este suelo húmedo
y fangoso...

Esa sección de la cárcel estaba muy ruinosa. Los techos
dejaban filtrar el agua por sus numerosas goteras y los corredores y cuadras, todas abiertas o inhabitables, exhalaban humedad. El mismo patio sólo contaba con un sector oreado por
el sol donde se sentaban o paseaban los presos. El otro estaba
lleno de fango y agua podrida, sobre la que flotaba una verde
nata. Hacia el fondo, un techo derrumbado dejaba al descubierto una vieja pared corroída por la lluvia. Era muy triste
todo lo que podía verse ahí, y más si se contemplaba a los hombres. Indios sin ojotas, de ponchos deshilachados, lentos y flacos como animales hambreados. A los que estaban dentro de
la órbita del señor juez, se les asignaban veinte centavos diarios
para que atendieran a su alimentación y demás gastos. ¿Cómo
podía operarse ese milagro? Los que carecían de familia que los
ayudara se mantenían con cancha, coca y las escasas sobras
de los otros. A los que estaban a disposición del subprefecto
les iba peor aún. No recibían nada, y para salir, si acaso era
posible, debían pagar el *carcelaje*. Si no contaban con el dinero
necesario, el subprefecto dejaba entrar a algún contratista
de haciendas o minas para que les hiciera un adelanto a cuenta
de trabajo. Los mestizos presos, salvo uno o dos, no estaban
en mejor condición. Casi todos eran poblanos, y por ello y
por su ropa de dril, «hecha en fábrica», se sentían superiores
a los campesinos.

— ¿Y no te pasa nada hablando así contra ellos? — preguntó Rosendo a su amigo.

— ¿Qué me va a pasar? Aquí, entre estos desgraciaos, hay algunos soplones, pero yo de intento hablo, pa que me oigan, pa que sepan...

— No, Jacinto, yo creo que estás haciendo mal...

Hermanados por la desgracia, habían comenzado a tutearse espontáneamente.

— Ya me tienen bien empapelao, ¡qué más me han de hacer!

Mientras tanto, el sol caía sobre las espaldas y entibiaba las carnes agilizando los goznes enmohecidos de los huesos. La cárcel enseña muchas cosas. También enseña lo que es una ración de sol, o aunque sea una ración de luz filtrada a través de un cielo nublado. La luz amiga de la existencia y de la amada claridad de los ojos. Saliendo de la sombra se advierte netamente cuánto le fué negado a las pupilas. Bajo la luz están la forma y el color y por lo tanto toda la amplitud del mundo, aunque por el momento se le tenga tras la valla negra de los muros.

*

* *

De noche, los presos solían cantar, especialmente los cholos. Los indios preferían tocar sus antaras y sus flautas. Un cholo del mismo pueblo, oriundo del barrio de Nuestra Señora, entonaba largos tristes.

> *El veinticinco de agosto*
> *me tomaron prisionero,*
> *a la cárcel me llevaron,*
> *al calabozo primero,*
> *ayayay,*
> *al calabozo primero...*

Rosendo escuchaba pegado a la ventanilla, mascando su coca. Esas canciones le arrancaban de sus lares para avecindarle espiritualmente en el pueblo. Poco las había escuchado antes, pues prefería los huainos de dulce lirismo.

> *Calabozo de mis penas,*
> *sepultura de hombres vivos,*
> *donde se muestran ingratos*

21

> *los amigos más queridos,*
> *ayayay,*
> *los amigos más queridos...*

La voz, amplia y trémula, hería la noche. Fluía acompasada y un poco monótona al principio, pero luego se arrebataba para desgarrarse en el largo *ayayay* y caer deplorando la desgracia con un acento desolado.

> *Penitenciaría de Lima,*
> *de cal y canto y ladrillo,*
> *donde se amansan los bravos*
> *y lloran los afligidos,*
> *ayayay,*
> *y lloran los afligidos...*

Ese triste era uno de los favoritos de los presos. Todos encontraban reflejada allí, más o menos, su peripecia. Y la Penitenciaría de Lima, el establecimiento capitalino que más renombre tiene en las provincias del Perú, levantaba al fin su mole trágica.

A las nueve era ordenado el silencio. Y a las doce comenzaba el grito de los centinelas: «uno»... «dos»... «tres»... «cuatro». Tres voceaban sus números por los techos. El «cuatro» resonaba en los corredores, paseando frente a las cuadras y celdas. Cuando alguno dejaba de responder, era que lo había vencido el sueño y entonces iban a despertarlo. En el silencio de la noche, los gritos alargaban, ayudados por el eco, un lúgubre aullido que torturaba una vigilia con sueños de libertad.

*
* *

Una tarde, Jacinto Prieto llegó pleno de alborozo al patio del sol.

—¿Sabes, Rosendo? Ha güelto mi hijo. Ya era tiempo. Sus dos años bien servidos en el ejército. ¡Quién sabe qué le dijo al alcaide que me sacó a verlo sin ser domingo! Está bien derecho y fuerte y con los galones de sargento segundo en la manga. Es muy hombre. Ahora trabajará en la herrería, quién sabe si hasta me sacará. Su pobre madre estará feliz. ¡Mi hijo, qué gusto me ha dao que güelva mi hijo!...

*
* *

Rosendo, debido a la incomunicación, perdió la visita de
un domingo. Los comuneros habían tenido que regresarse después de rogar inútilmente que los dejaran pasar. Pero ya estaba allí un nuevo domingo. Y la espera inquieta de que fuera
hora y, por fin, corrido el mediodía, la entrada de los visitantes.

Rosendo abrazó a Juanacha, su pequeño nieto, a Abram,
Nicasio, Clemente Yacu, Goyo Auca, Adrián Santos y algunos
más. Un retazo de la querida comunidad estaba allí, mirándolo,
hablándole, ofrendándole modestos presentes.

Clemente le informó de la asamblea y todo lo que pasó en
ella. Nada sabían en detalle del ataque a Umay y la muerte de
los dos caporales. Corrían voces de que iba a salir la gendarmería a batir al Fiero Vásquez.

Juanacha, sin reparar en la gravedad de los informes de
Clemente, hablaba por su lado contando que habían madrugado mucho para llegar oportunamente y que se quedaron,
por falta de caballos, otros que vendrían el próximo domingo
y que... Rosendo, pendiente de las palabras de Yacu, no le
entendía, pero el acento de esa voz querida, clara y alegremente metálica, le hacía bien como esos retazos de música que
nos asaltan a veces para llevarnos a gratas estancias del pasado.

Sentáronse formando rueda y el viejo se puso a jugar con
su nieto. Era el más pequeño de todos, pero ya caminaba y
decía «taita». Correa Zavala había referido a los comuneros los
detalles de la instructiva y demostraban un renacido optimismo que Rosendo se cuidó de tronchar. Jacinto apareció acompañado de su hijo:

— ¿No es cierto que está bien el muchacho? Le dije que
viniera con su uniforme y me ha obedecido. Saluda, Enrique...
¿No te acuerdas de nuestros amigos comuneros?

— Sí, claro, no se levante, don Rosendo...

Le estrechó la mano y el padre se lo llevó, cogido del brazo,
feliz del mocetón recio e importante, que lucía con aplomo el
uniforme verdegrís rayado de dos galones rojos en las mangas.

Las dos horas se pasaron muy pronto. Rosendo dijo a
Clemente:

—No den pretexto pa que destruyan la comunidá po la juerza...

Cuando sus visitantes se iban, Rosendo notó la soledad de un indio, huérfano de afectos y bienes, que estaba sentado en el suelo, hurtando al frío y a las miradas, bajo un poncho raído, sus magras carnes mal vestidas.

—Oye — le dijo —, ven a comer...

Descubrió las viandas que le habían llevado y el indio se puso a comer con voracidad. Rosendo también comió algo, pero el astroso no paró hasta dejar iimpios los mates. Luego, el alcaide realizó el cotidiano encierro. Rosendo, pese a las gestiones de su defensor, continuaba en la celda. El tiempo volvió a ser el mismo y quién sabe más largo.

*
* *

Don Alvaro Amenábar y Roldán llegó al pueblo, llevando a toda su familia, de un momento a otro. La noticia entró a la cárcel por boca de un gendarme.

—Llegó el gallazo con la pollada. Alardeaba que al Fiero Vásquez lo iba a lacear con sus caporales y aura corre. Dicen que se ha venido por caminos extraviados y seguro que pedirá que nos manden contra el Fiero...

Lo primero que pidió el hacendado fué la prisión del Loco Pierolista. Al enterarse de las coplas que éste había lanzado en su contra, no dejó de reír un poco, pero demandó al subprefecto:

—Eso merece un carcelazo...

—¿Cuántos días, señor?

—Los que usted tenga a bien...

El Loco Pierolista fué a dar con sus huesos en una celda próxima a la de Rosendo, pero chilló tanto para que lo sacaran de allí que tuvieron que pasarlo a una cuadra. Los presos lo recibieron en triunfo y no pasó mucho rato sin que comenzara a cantar, con música de huaino, los delictuosos versos.

> *Dicen que hay un hacendado,*
> *hombre de gran condición,*
> *al que sin embargo falta*
> *un poco de corazón...*

—Bravo..

— Este Loco es un hacha — gritaban los presos...

> *Le faltará corazón,*
> *pero le sobran razones*
> *pa convertir hombres libres*
> *en miserables peones.*

— Mejor tovía...

— Sigue, Loco, que tus versos algo consuelan.

> *A unos los mata el susto,*
> *a otros la enfermedá.*
> *Dicen que va a morir uno*
> *de comer comunidá.*

— Bravísimo...

— ¡Viva el Loco! ¡Que viva!

Los aplausos y hurras se hicieron estruendosos y un gendarme gritó a los presos que se callaran porque ése era un establecimiento carcelario y no un corral. Cuando se hizo el silencio, el Loco lanzó su estentóreo: «¡Viva Piérola!» Una vez le preguntaron por qué gritaba así y él respondió sencillamente: «Porque me gusta», sin dar más explicaciones. Acaso ignoraba al caudillo del año 95.

El día siguiente, «en el sol», Rosendo conoció al Loco. Era un hombre de mediana estatura, flaco, de ojos enrojecidos y barba rala, que lo saludó muy atentamente, presentándole además su protesta por el inicuo abuso. Vivía de lo que le daban en las chicherías los entretenidos parroquianos, de escribir dedicatorias en las tarjetas postales y de anunciar los remates que efectuaba el municipio. La misma voz que vivaba a Piérola solía pregonar a grito pelado: «Se remata toro y vacaaa... Ochenta soleeess...¿No hay quién dé más? Que se presenteeeee». Era una fórmula. Los interesados en el remate estaban generalmente en el local edilicio y no necesitaban de tales alaridos para enterarse. Cuando subía la puja, alguien avisaba al Loco que, desde la puerta, repetía su pregón con la única variante del precio. El Loco era también el campeón de los poetas perseguidos. A lo largo de su existencia y a causa de sus coplas, había ingresado ochenta y cuatro veces en la cárcel. La conocía mucho, en todos sus secretos, y gozaba de gran ascendencia entre los gendarmes. Casualmente, a poco de estar

en el sol armando barullo y contando chistes, se presentó un
gendarme con una tarjeta postal donde una blanca paloma
cruzaba el cielo glauco llevando una carta en el pico.

— Ella, ¿te hace caso o no te hace caso?

— No se deja caer del todo...

— Ah, entonces aquí va la definidora...

El Loco sacó del bolsillo un tintero y una pluma de mango
corto y escribió:

> *Esta palomita blanca,*
> *lleva una carta de amor.*
> *Quiere que tú la respondas*
> *con tu cariño mejor.*
>
> *Oye mi triste gemido,*
> *mis ruegos y mi clamor.*
> *Amor no correspondido*
> *es el más grande dolor.*

— Güeno, esto vale más que un balde de agua del güen
querer, pero no te cobro nada porque somos amigos...

El Loco entretuvo a los presos durante cinco días y al ser
puesto en libertad se despidió desde la puerta: «¡Viva Piérola!»

*

* *

«Uno»... «dos»... «tres»... «cuatro»...

Rosendo se había acostumbrado ya a la monótona cuenta
nocturna. A veces pensaba en la maldita culebra que encontró
un ya lejano día. Evidentemente, todo lo ocurrido era mucha
desgracia para que pudiera anunciarla una pobre culebra sola.
¿Y la respuesta favorable del Rumi? Sin duda le contestó su
propio corazón. Ahora era una montaña roja de cima apuntada hacia el suelo. Rosendo se acercaba cada vez más a Pascuala, a Anselmo. Le daban ganas de decir: ¿Qué será de ellos?
Los sentía muy próximos, como si estuvieran tendidos junto
a él, cabecera a cabecera. Con ellos resultaba fácil la sombra.

«Uno»... «dos»... «tres»... «cuatro».

Era necesario dormir. ¿Alguien gemía a lo lejos?

*
* *

Rosendo fué intimando, poco a poco, con los otros presos.
Los indios se sentían un poco distantes de Jacinto Prieto. El
viejo alcalde les inspiraba respeto primero y luego, cuando lo
trataban, veneración. «Eres güeno, taita». El más andrajoso
de todos, ése a quien invitó a yantar, le contó su historia.

Se llamaba Honorio y estaba solo en el mundo. No tenía
más bienes que sus harapos ni más casa que la cárcel. ¿Veía
Rosendo esa cara flaca, esas manos nudosas, esa espalda encorvada? No siempre fueron así. Tiempo hubo en que tuvieron
lozanía y fortaleza, y su cuerpo se alzó, bajo el sol o la lluvia,
como un árbol fuerte. ¡Para qué recordar la mujer! También
la gustó y cuando al fin escogió una, fué querendona y diligente. El caso era que una vez se necesitó hacer un puente en
el río Palumi y el tal puente fué considerado obra pública y comenzó el reclutamiento. El que quería iba de buenas y el que no,
amarrado y a palos. Honorio fué, pues. Puente grande, señor,
de mera piedra, y el trabajo no tenía cuándo acabar. Laboraban
de sol a sol, comiendo mal, y al fin terminaron el puente en seis
meses. «¡Váyanse, pues!» A unos les dieron diez soles y a otros
cinco. Un pedazo de la vida se había quedado entre las piedras
y les pagaban con tal miseria. Lo peor no fué eso para Honorio.
Cuando volvió a sus tierras, no encontró ni siquiera casa. Había llegado la peste por allí y unos colonos se fueron huyendo
de la enfermedad y otros murieron. El hacendado había hecho
quemar las casas para no dejar ni siquiera rastros del mal.
Nadie supo dar razón a Honorio de si sus padres y su mujer se
habían marchado o muerto. El vió las cenizas de su pobre choza y dijo: «Seguro que se han ido. ¿Por qué iban a morirse
todos?» El corazón que quiere suele esperanzarse a ciegas. Entonces se marchó por la cordillera, anda y anda, buscando a sus
padres y a su mujer. De repente, veía a lo lejos una casa nueva,
con la paja amarilla todavía, y pensaba que tal vez ellos la habían levantado, que sin duda estaban allí. Al llegar, se daba
cuenta de que eran otros los habitantes. Según su pobreza, le
daban un mate de comida o lo dejaban partir con hambre.
Caminó mucho tiempo, por aquí y por allá, sin perder la esperanza. Cuando lo llevaron al puente, su mujer tenía pollerón
colorado. En los días de la búsqueda, se le puso que debía estar con ese pollerón y apenas veía a la distancia una mujer que

lo llevaba de tal color, corría hasta alcanzarla. No, no era su
mujer. Era otra que lo miraba con cierto recelo, creyendo que
quería faltarle. A todos les daba el nombre de su mujer y de
sus padres y les preguntaba si habían oído hablar de ellos o los
habían visto. Nadie, nadie los había visto y menos había oído
hablar de ellos. Considerando la inutilidad de sus esfuerzos,
resolvió emprender viaje de regreso a las tierras que siempre
cultivó, porque le gustaban y todavía guardaba esperanza en
su corazón. Alzaría una nueva casa, araría, sembraría. Sus
padres y su mujer, al saber el fin de la construcción del puente,
volverían a la hacienda pensando encontrarlo. No se resignaba
a perderlos. De regreso ya, tropezó en un tambo con unos hombres que gobernaban una punta de reses. Tomó su lugar en el
ancho tambo y se durmió. Al amanecer se encontró preso.
«¡Ah, ladrón forajido!»   «¿Yo qué he hecho?» «Vas preso; te
quieres hacer el zonzo, so ladrón.» Los ladrones, que sin duda
estaban vigilando las vacas, se dieron cuenta de la llegada de
los perseguidores y fugaron. Honorio fué conducido a la cárcel. No pudo probar a qué actividad se dedicaba desde que terminó el trabajo del puente hasta que lo capturaron. Cuando
decía que estuvo buscando a su mujer y sus padres, comentaban: «¿Un indio va a tener esos sentimientos?» Se quedaba
tan tranquilo de no dedicarse al cuatreraje». ¿Cómo iba a
poner testigos? No sabía los nombres de las gentes a quienes
preguntó y sin duda ellos no lo recordaban, que nadie va a
fijarse en un pobre forastero que pasa. Una vez, un gendarme
fué en comisión a otra provincia y Honorio le encargó que por
favor, al pasar por tal sitio, viera a unos indios que vivían en
dos casitas, una de quincha y otra de adobes, quienes lo alo-
jaron una noche, y les rogara que fueran a declarar. De vuelta, el gendarme le refirió que ellos dijeron: «Sí, aquí estuvo
una noche un pobre que buscaba a su familia y nos dió pena,
pero no recordamos cómo era. ¿Quién se mete en declaraciones? De repente nos empapelan por apañar ladrones». Lo acusaban del robo de veinte reses. Si no le podían probar su cul-
pabilidad, Honorio tampoco podía probar su inocencia. Todos los detalles le eran desfavorables y un rodeador lo había
reconocido como uno de los cuatreros a quienes vió arreando
el ganado mientras lo sacaban de los potreros. Un indio se
parece a otro indio y podía ser una equivocación, pero mientras tanto ahí quedaba Honorio. Se esperaba la captura de los
cómplices.   ¿Cuándo? Ya llevaba tres años preso, sin tener

ni qué remudar ni qué comer. Sus viejos trapos se le caían del cuerpo. Con los veinte centavos al día compraba a veces maíz, a veces papas y a veces coca. Se sentía un perro husmeador de sobras. Ahora sí creía que su mujer y sus padres habían muerto porque a su corazón ya no le quedaban fuerzas para esperar nada. El frío de la cárcel se le había metido a los huesos. Estaba muy débil y enfermo y pensaba que pronto moriría...

*
* *

Rosendo fué llamado a ampliar su instructiva. Casimiro Rosas había declarado admitiendo que vendió a don Alvaro Amenábar un toro mulato de su propiedad y luego, en presencia del juez, lo reconoció en el que quitaron a Rosendo cuando salía del potrero. Había dicho además que la marca C R era su propia marca. Rosendo ratificó su declaración anterior y afirmó que, aunque no sabía leer, conocía por la forma la marca de la comunidad. Esa era la que llevaba el mulato. Correa Zavala pidió inmediatamente un peritaje sobre las marcas.

*
* *

El cholo del barrio de Nuestra Señora que cantaba los tristes estaba en la cárcel por acción de guerra. Era un retaco que usaba sombrero blanco adornado con cinta peruana y camisa amarilla de cuello arrugado. Parecía fuerte y su proceso lo probaba.

— Güeno, qué diablo, uno suele aleonarse a veces y cuando el brazo responde hace barrisolas...

Siempre estaba contando su aventura.

Una noche, él y otros amigos se encontraban bebiendo en la chichería de una mujer apodada la Perdiz. Guitarreo va, canto viene y los potos menudeaban. Se emborracharon y les dió por bailar. ¡Esas marineras! La Perdiz y otras mujeres que aparecieron oportunamente eran como unas perinolas. A ellos les faltaban pies para zapatear. Chicha y chicha. En eso se presentaron como veinte cholos del barrio del Santo Cristo. «¿No les parece, amigos — decía el procesado mientras contaba —, que era una lisura y una sinvergüencería que se metieran onde nosotros estábamos bailando? Pa eso tienen sus chicherías ellos y es sabido que hay guerra entre los barrios del Santo Cristo y Nuestra Señora desque el pueblo es pueblo». El reo y sus compañeros eran sólo diez en ese momento, pero, ¿qué les quedaba por hacer tratándose del honor?; pedir a los santocristinos que se retiraran. Es lo que hicieron. «¿Irnos? — dijo el más insolente de ellos—. Toditos los barrios son de nosotros». Eso era más de lo que los nuestraseñorenses podían tolerar. Se armó la bolina. Puñetazos, patadas, cabezazos. Las mujeres chillaban. Los hombres bramaban. Rompióse una mesa, y es cuando el procesado cogió una pata. Provisto de su maza, atacó a las huestes contrarias. Golpe que asestaba era hombre al suelo. Se cegó borracho de chicha y furia bélica y comenzó a repartir cachiporrazos a diestra y siniestra. Todos los que estaban en pie huyeron, inclusive las mujeres, y la Perdiz, que no lo hizo por defender su casa, cayó también y después lució durante muchos días un enorme chichón en la cabeza. El reo, viéndose solo, la emprendió con cántaros, botijas y ollas y no dejó recipiente entero. Cuando los gendarmes llegaron, algunos caídos proferían ayes de dolor y otros bebían la chicha que corría por el suelo. Así fué a parar a la cárcel. La suerte de él estuvo en que la pata no era muy gruesa y «solamente rompió dos cabezas, tres clavículas, dos antebrazos y una mano». Otros libraron con simples chichones. La Perdiz se había portado bien, pues no le cobró los recipientes rotos y ni siquiera la chicha derramada. Verdad que, según decían, estaba con la conciencia un poco sucia, pues aceptaba halagos del insolente respondón y lo recibía en su establecimiento, proceder que, en buenas cuentas, era una traición al barrio de Nuestra Señora. Menos mal que el atrevido sacó una clavícula rota y la nariz torcida de la contienda. Todos esos detalles de la pelea los sabía el procesado por lo que le contaron y las aclaraciones del juicio. El recordaba solamente hasta el momento en que cogió la pata y acometió... «¿Pero no creen ustedes, amigos, que jué acción de guerra y no debían tenerme preso?»

*
* *

Una noche, el portón de la casa de los Amenábar se abrió, dejando salir a cinco jinetes que cruzaron la plaza al galope y rápidamente se alejaron del pueblo. Eran don Alvaro Amenábar, su hijo menor, José Gonzalo, y tres caporales. El hacendado llevaba a «Pepito» a un colegio de Lima y además gestionaría en la capital el apoyo del gobierno a la candidatura de su hijo Oscar.

Cuando, al día siguiente, la noticia se extendió por el pueblo, ya los viajeros estarían más allá de las punas de Huarca, quién sabe entrando a otra provincia. Correa Zavala visitó a Rosendo y éste le dijo:

— Es una escampada...

Jacinto Prieto pensó que su libertad estaba próxima. Durante la visita del domingo, los comuneros se alborozaron y cuando la nueva se esparció por el caserío, el mismo Artemio Chauqui dijo que sería buena la cosecha de cebada.

*
* *

Uno de los presos poblanos se llamaba Absalón Quiñez y tenía cara redonda y cazurra, de ojos vivos y labios gordos. Siempre estaba muy bien peinado y luciendo un viejo terno plomo al que de tanto escobillar había sacado lustre. Sus zapatos vacilaban entre romperse y no romperse y su sombrero de paño negro extendía lacias alas de pájaro engerido. Absalón conocía la costa y alardeaba de ser hombre jugado y capaz, si quería, de engañar a todo el mundo. Gozaba de excelente humor y, como todo preso de causa original, gustaba de referirla para deslumbrar al vulgo del delito. Tenía muy acogotado a un cholo de corta edad y novato como preso. Todos le aconsejaban que no se juntara con Absalón, porque éste le pegaría sus mañas. El muchacho llamábase Pedro y estaba acusado de robo de cabras.

Una tarde el viejo alcalde oyó que Quiñez hacía a Pedro el relato de sus habilidades.

— Güeno, pa que sepas, uno no es hombre sino cuando llega a «mear en arena», es decir, cuando conoce la costa. Yo era así como ustedes, un serrano zonzo, hasta que me di mi salto po allá. Una vez estuve de ayudante de un colombiano, un tal González, y caminaba tras él llevando una maleta. Cuánta cosa metía en la tal maleta. Parecía que se iba a reventar. Mantas, papeles, botellas de tinta, porque uno de sus negocios era la tinta, muestras de remedios y mercaderías,

porque era vendedor viajero también. Y lo que nunca faltaba,
envuelta en diarios, era una maquinita. ¿Sabes pa qué era?
Pa fabricar cheques. Güeno, no servía pa eso de veras sino de
mentiras y pa que no te confundas ya vas a ver. Con el pretexto de los negocios, mi patrón González iba de aquí pa allá y yo
po atrás con la maleta. Como tenía güen ojo, no se le escapaba
nadie que pudiera creer. Charlaban largo y luego pasaban a
estudiar el «negocio», casi siempre de noche, poque la noche,
pa que sepas, es el ambiente adecuao pa ciertas cosas. Una
cosa que no gusta a mediodía, puede gustar a las dos o tres
de la mañana. González entintaba la maquinita, metía unos
cuantos papeles blancos entre los rodillos, luego le daba a la
manija y, de repente, ya está saliendo el cheque falsificado, de
los de a cinco libras y tan claro que parecía verdadero cheque.
Güeno, a veces no empleaba lo de la entintada sino que decía
que imprimía los cheques falsos con un cheque verdadero;
todo era según la zoncera del marchante. La verdá es que pa
sacar el cheque bonito hacía nada más que un juego de manos.
Los demás, los verdaderamente falsificados, salían pálidos y
sólo un ciego los hubiera podido recibir. González decía con un
tono convencedor que tenía, y una seria mirada, y una boca
que hacía un gesto de hombre que está en el secreto pa hacer
fortuna: «Los otros billetes salieron malos, porque este papel
que uso es malo. Si el primero salió bien, es que jué hecho con
la última hoja del papel fino». Hablaba muy claro y después
seguía: «El papel fino es de una clase especial y hay que pedirlo
a Lima; es muy caro». El socio se quedaba disgustao, meditativo, y él, pasao un momento, decía: «Yo no tengo mucha
plata y esto de ser vendedor viajero, con la competencia que
existe, usted sabe, no da siquiera pa vivir. Estoy buscando un
hombre que me ayude en los primeros gastos; ese hombre es
usted». Dejaba pasar un momento y decía, si el otro era comerciante: «Usted podía pasarlos, poco a poco, en su tienda. Si
no quiere meterse en esto, yo conozco gente que puede hacerlo.
De lo que se trata es de conseguir los materiales». González
seguía hablando, a pausas, dirigiendo la conversación según la
cara que ponía el otro... El oyente preguntaba: «¿Y cuánto se
necesitaría?» Entonces González, que por el aspecto del negocio había considerado las posibilidades del dueño, pedía quinientos soles, trescientos o doscientos. Nunca bajaba de doscientos y a veces subió hasta mil. Una vez dimos un grueso golpe, de más. Luego advertía que, tan pronto hicieran pasar los

primeros cheques, se encargaría más papel y la producción de
riquezas aumentaría. Daba palabra de honor y el socio entregaba la plata pedida. Desde luego, no le veía la pinta más. O
si se la veía, igual. Que esta dificultad, que la otra. Hubo casos
en que el socio hasta entregaba más dinero...

Pedro se atrevió a preguntar:

— ¿Y la policía?

— ¡Qué policía ni policía! Se ve que eres un serrano zonzo
y no te das cuenta de nada. El socio era tan delincuente como
él y no se atrevía a abrir la boca ni pa saludar a la policía. De
ir González a la cárcel, tenía que ir tamién el socio por complicidad en la falsificación de billetes. Mi patrón trajinaba con la
maquinita, de pueblo en pueblo. No pasaba mes sin que hallara
uro o dos mansos... Una vez no resultaron tan mansos y la
policía iba a caer echada por González mismo. Nos topamos
con unos ricachos del distrito de Lucma y no necesito decirte
que los lucminos son de mucha bala y en toda la sierra se los
conoce...

— ¡Muy mentaos son!— exclamó Pedro, y su voz, por primera vez, tenía un acento de admiración.

— Los encontramos en Trujillo y mi patrón se hizo presentar como al descuido y se tomó unas cuantas copas con ellos.
Después, un amigo de él, les dijo a los otros, como en secreto,
que *ese señor* podía hacerles ganar mucha plata y siguió la
amistad y hoy se insinuó algo y mañana se respondió. Hasta
que, al fin, los socios entregaron dos mil soles y quedaron en
que pronto harían los billetes. Como apuraban, González les
pidió mil soles más. Se iban poniendo saltones y amenazaban
con matar a González. Dos se fueron al hotel donde estábamos
y ya no tuvimos lugar de marcharnos. No había caso, era cuestión de jugarse. Así que juimos a la fabricación y González le
dijo a un *gancho*: «Si no salgo hasta las tres, echa a la policía
encima». La maleta estaba repleta como nunca. Tenía la máquina, mucho papel y varias botellas de diferentes líquidos.
En un cuarto de arrabal jué la cosa. Luego de cerrar la puerta
con llave, los lucminos sacaron sus revólveres. Pa qué, güenos
Smith Wesson niquelados. Yo vi que a mi patrón le temblaban un poco las manos. Nunca le ocurría eso y yo tamién me
asusté. Estaba serio el asunto... González jué sacando y poniendo en una mesa todo el contenido: la dichosa máquina, el
papel, ya recortao del tamaño de los cheques de cinco libras,
las botellas. Lo hacía con calma. Era que se demoraba de pro-

pósito pa que todo pareciera muy natural y el desengaño no viniera tan pronto, pues si no, hubieran pensao en una estafa. Mi patrón era un gallazo, y eso que apenas si sabía leer y escrebir. Tamién había que dar tiempo pa que llegara la policía si los asuntos salían mal. En un lavador vació los líquidos y luego metía las hojas de papel, con gran cuidao, pa humedecelas, y las sacaba y ponía a un lao. Los otros miraban sin decir palabra, revólver en mano. Brillaban los cañones. González contó después que en ese momento le amargaba la boca. ¿De dónde diablos iba a hacer salir cheques? Pero él tenía ya su plan preparao y de rato en rato le echaba un vistazo a su reló de pulsera. Si le fallaba el plan y no llegaba la policía, era hombre muerto y yo tamién. En eso llamó a uno de los accionistas de la fabricación. «Mire, estamos en la primera parte del procedimiento» y que no sé qué y que no sé cuántos... De repente, ¡blum!... El papel y los líquidos se prendieron formando una llamarada que llegó hasta el techo e hizo correr a todos a la puerta. Los materiales se quemaron en un santiamén. Apenas se acabó la candela, González explicó todo: cayó alguna chispa del cigarrillo que el accionista tenía entre los dedos, produciendo el incendio. Una verdadera lástima. Los otros no dejaron de regañar, diciendo que debió haberles recomendado que no fumaran. El aceptó amablemente todas las censuras y propuso que le dieran otros dos mil soles pa encargar nuevos materiales a Lima. El más vivo de ellos o quién sabe el más tacaño dijo que debían irse a su pueblo por sus negocios y que después verían. La cosa quedó aplazada pa otra ocasión. Mi patrón guardó la maquinita y salimos. Al llegar a una esquina se despidió y, doblando otras muchas, encontramos el gancho. Miraron sus relojes. Faltaban cinco minutos pa las tres. Suspiramos con descanso y nos juimos a tomar unos tragos...

—¡Las cosas que ha pasao!—dijo Pedro comenzando a admirar a Quiñez.

—¡Y las que pasaré! Todo me dice que no han terminao mis andanzas. No soy hombre de amilanarse. Ese es el cuento de los billetes. Sé tamién el cuento del entierro, el del alquiler de casas, el de la plata encargada y otros más... El de los billetes me lo enseñó, como ves, mi patrón González, que en mala hora se jué pa su tierra, y los otros un peruano que él me presentó. Yo sé hacer en debida forma el cuento del entierro, pero cuando se topa uno con ayudantes brutos, falla todo. El cuento del entierro se lo quise hacer al cura de este mismo pueblo.

Llegué, dándomela de beato, y le dije: «Señor cura, ayer estuve oyendo mi misa, con usté, y se me ha puesto que en esta
vieja iglesia hay entierro. Quién sabe de jesuítas». Te diré que
es güeno mentar a los jesuítas cuando se trata de tapaos en
iglesias; ellos tienen fama de haber enterrao mucho. «¿Qué?»
— dijo el cura. Le hablé de entierros, informándole que hasta
diez había hallao y él aceptó buscar de noche, pue de día la
iglesia está llena de viejas beatas. Las primeras noches me
acompañó, pero después le dió sueño y me dejó solo. «Esta es
la tuya, Absalón», dije. Yo tenía preparao un cajón viejo forrao
en cuero, con cosas que parecían de oro y eran de tumbaga.
Cavé un hueco bien profundo, zampé el cajón y volví a tapar
el hueco, no del todo, sino dejando ver que había cavao algo.
Al otro día me le acerqué al cura. «Señor cura, aura sí que damos con el tapao; la tierra está suelta y parece que vamos bien».
El cura me acompañó esa noche y él mismo alumbraba con una
linterna. Yo barreteaba y luego botaba la tierra con una pala,
sudando y encomendando nuestra fortuna a todos los santos.
A su tiempo, la barreta sonó en el cajón. «¡Virgen Santísima!»
Yo me persigné y junté las manos mirando al cielo y el cura
hizo lo mismo. Güeno, total que sacamos el cajón y lo llevamos
a la casa del cura. Asomaron dos azafates labraos, un cáliz y
algunas cosas más, todo de oro. Tapamos el hueco y le dije al
cura, haciéndome el honrado: «Habrá que dale su participación
al Estao, según ley». El cura me respondió: «No, hijo, qué se
te ocurre. Estas riquezas, como tú dices, han sido de los jesuítas y el Estao no tiene por qué participar indebidamente.
Yo tengo amigos, venderé las cosas en secreto, y nos reparti-
remos». Todo me iba saliendo bien. Entonces le dije a mi ayudante: «Anda a la capital de la provincia vecina y hazme un
telegrama diciéndome que me esperas urgentemente pa hacer
el negocio de mercaderías que convinimos». Yo pensaba lle-
garme con el telegrama onde el cura y decile que se me presentaba un buen negocio en el pueblo vecino y no podía quedarme aquí hasta que vendiera, de modo que tenía que darme
mi parte en dinero. Seguro que hubiera pensao explotarme y
yo le iba a recibir hasta quinientos soles en último caso. Pero
el bruto de mi ayudante, pa hacelo mejor o poque no me entendió bien, le puso el telegrama al mismo cura, diciendo: «Avise
Quiñez espérolo negocio urgente mercaderías». ¿Has visto
bruto? El cura pensó que nadie tenía por qué saber que estábamos en relación y entró en sospechas. Como antes ya le ha-

bía sacao doscientos soles, me denunció haciéndose el honrao
y entregando el entierro a las autoridades. Después he sabido
que primero llamó al platero y probaron las cosas y el ácido
las carcomía como a miga. Las autoridades tamién probaron
y yo me defendí diciendo que no tenía la culpa de que el entierro fuera malo, pero vinieron peritajes sobre el cajón y el
mismo cuero y los clavos y no tenían señales de estar enterraos
ni una semana... Quedé empapelao po estafa... Pero ya saldré, ya saldré... Yo tengo unas muy grandes con varios se-
ñorones y tamién le sé cosas al cura... Si no me sueltan, canto
cuanto hay en el espediente. Vas a ver, Pedro. El cuento de la
plata encargada necesita que el marchante sea muy zonzo,
pero hay de esa laya de gente: fíjate que una vez...

El tiempo de tomar el sol terminó esa tarde y los presos
fueron llevados a las cuadras y celdas.

*

* *

La lluvia nocturna es lo único que tiene el mismo acento
en la cárcel o fuera de ella. Caía allí sobre las tejas, sobre los
patios, sobre los charcos, según su manera universal y parlera.
De día, resultaba diferente. Los presos no eran sacados al patio y se estaban viéndola desde su redoblada reclusión, a través de las barras. Parecía una madeja plomiza que jamás terminaría de desflecarse, y su rumor resultaba un tartamudeo
desgraciado y de todas maneras inútil y hasta estúpido. El hastío, ayudado por un frío húmedo, encogía los cuerpos.

*

* *

Una tarde, un indio angustiado fué a mirarse en los ojos
de Rosendo como si quisiera preguntarles por sí mismo. Parecía loco. El atormentado dijo «ya, ya», y luego, «chorro de
sangre». Recordó la casita puneña y «qué se hará». Ese poncho
abrigaba, sí, y era de otro; por eso le daba por los tobillos. El
muerto, el muerto, no se lo podía sacar de encima y estaba en
la coca. Entre la bola de coca había sangre o si no un muerto
chico, pero con la traza del grande. El muerto grande se le
echaba encima de noche para aplastarlo y él decía: «quita,
muerto». Le habían dado un palo en la cabeza y vió luces.

Tenía dos ovejas en el pastito, y el muerto no caminaba sino
volaba. También tenía un burrito que comía sal en su mano y
el muerto miraba... «Taita, me quiere matar por mi ovejita
negra». «El muerto, el muerto»... El angustiado se pegó al
pecho de Rosendo y éste le abrió los brazos y lo protegió del
muerto estrechándolo contra su pecho. El pobre indio lloraba
y Rosendo también lloró.

*
* *

Había seis indios, entre ellos dos mujeres, acusados de
sedición y ataque a la fuerza armada. Eran oriundos de las
faldas del Suni y comían una vez al día trigo hervido, que las
mujeres preparaban en el fogón levantado en un ángulo del
patio terroso. Muy unidos, muy juntos siempre, parecían un
haz de desgracia.

Cuatro gendarmes fueron por el Suni en el tiempo de la
leva y se estaban llevando a otros tantos mozos. Los proce-
sados, en cierto lugar propicio del camino, tiraron sus lazos
sobre los gendarmes y los derribaron de los caballos, facilitando
la fuga de los capturados.

Los atacantes llevaban ya dos años presos. Para que se
viera su causa debían ser trasladados a Piura, donde estaba
la jefatura de la Zona Militar del Norte. «¿Onde será la Piura?», preguntaban a menudo. Quienes sabían decíanles que
Piura quedaba más allá de los últimos cerros, después de cruzar un gran desierto de arena. Estaba, pues, muy lejos. No
querían convencerse y, en la primera oportunidad, preguntaban a otro que conociera. La respuesta era la misma. ¡Qué lejos!

De todos modos deseaban que los llevaran de una vez.
Ellos no pensaron nunca que cometían un delito de tanto castigo. No había quién cultivara las chacritas, sus familias sufrían
toda clase de penas y sus animales se perdían o morían. Deseaban que los llevaran de una vez para conocer su suerte, pero
nadie se acordaba de ellos.

*
* *

Un indio le decía a otro, procesado por lesiones, durante la visita dominical:

— He pensao que la Filomena venga a llorar delante del juez, mientras estés dando tu declaración... Que llore mucho a ver si el juez se compadece...

Días después llamaron a declarar al indio procesado por lesiones y se oyó surgir de la puerta de la cárcel un llanto sostenido, agudo y largo, clamante...

Al viejo alcalde le dió un poco de vergüenza ese llanto y también comprendió lo que era la esclavitud.

                         *
                      *   *

Una noche resonaron cascos de caballos en el patio empedrado. Luego repiquetearon con más violencia, saliendo a la calle y alejándose. Al día siguiente los presos no fueron llevados al sol con el pretexto de que pronto llovería. Correa Zavala entró a ver a Rosendo y le dijo:

— No los sacan por precaución, pues han quedado pocos gendarmes a pesar de que la dotación ha sido aumentada. Anoche partieron cuarenta y se dice que van a perseguir al Fiero Vásquez...

La noticia voló de celda en celda, de cuadra a cuadra. Los presos alentaban una abierta simpatía por el Fiero Vásquez, a quien juzgaban el vengador de todas las tropelías e injusticias.

— ¡Viva el Fiero Vásquez!
— ¡Que venga el Fiero Vásquez!

Remecían las puertas lanzando gritos e interjecciones. Crujían los maderos. Rechinaban los cerrojos y las cadenas. Los gendarmes de guardia entraron soltando tiros y los presos se guarecieron tras de las paredes. Las balas perforaban las puertas hundiéndose en los muros fronterizos con golpe sordo.

                         *
                      *   *

Los días pasaban con más tristeza y monotonía, pues el riguroso encierro continuó. Nada se sabía de los perseguidores del Fiero Vásquez. Entretanto el subprefecto, con el pretexto de que la provincia estaba agitada, metía presos por decenas.

A cada recluso le cobraba cinco soles para dejarlo en libertad.
¡Y cuidado con seguir alterando el orden público! Jacinto Prieto
protestaba en alta voz desde la cuadra a que lo habían conducido para que no conversara con Rosendo. Sus gritos resonaban un tanto en los viejos muros y se perdían...

*

* *

Rosendo terminó por escuchar la afirmación solemne del
muro, calmado golpe según el cual el hombre sufre el contacto
de la vida y la muerte. El muro es un mudo vigía, un guardián
gélido, que encierra en su callada verdad el dramatismo oscuro
de un inmóvil combate. Para entenderlo es preciso estar en
silencio y en perenne trance de morir y no morir. Rosendo pudo
comprenderlo al fin con su voz vencida, sus ojos sin caminos y
su gran estatura derribada.

XII

VALENCIO EN YANAÑAHUI

El vientre de Casiana aumentaba distendiendo la amplia pollera de lana, sus movimientos se volvían pesados y los senos le crecían dándole voluptuosidad y dolor. Toda ella germinaba con seguro y palpitante crecimiento. Se habían quedado muy solos: Paula, ella, los hijos de Doroteo. Latía un nuevo ser preparando su advenimiento, y he allí que afuera la vida estaba mala, con pobreza, y una orfandad que parecía también crecer gestándose en el vientre trágico de la vida. ¿Qué sería del Fiero Vásquez? ¿Qué sería de Doroteo Quispe? Las dos hermanas y los niños hacían escasas conjeturas en la soledad del bohío de piedra. Ellas conocían de antiguo el dolor y les era imposible divagar mucho sin que la posibilidad de la desgracia asomara como certidumbre. Clemente Yacu se acercó a hablar con Paula:

— Vos sabes, Paula, los usos de la comunidá. Doroteo se jué sin nombrar reemplazo ni ha pagao los ochenta po día de trabajo que no hizo. Pa peor, ustedes no son comuneros de nacimiento y los muchachitos no pueden trabajar tovía. Yo he tenido que defender mucho, en el consejo, su ración de papas, ocas y ollucos. Los regidores le temen a la asamblea. Verdá que el alejamiento de don Amenábar ha calmao un poco los ánimos, pero no faltan mormuradores. Siguen como potros relinchando po la querencia...

Las hermanas callaban sin saber qué decir ni hacia dónde íba el nuevo alcalde.

— La verdá, es triste. Yo dije en el consejo que la situación de Doroteo no es la del hombre que se va de ocioso sino de desesperado. Pero podía mandar algo. ¿No saben de él? Con todo, vayan po la comida. Ustedes han trabajao y si po la parte de los hijos debió trabajar Doroteo, pase esta vez. Yo separé en el reparto su ración. No jué mucha la cosecha, pero será mejor el año que viene. La helada azotó la puna toda y a esta tierra tovía no hemos podido cultivarla bien...

Clemente siguió hablando, en general, de la tierra. Por último dijo:

— Ya sabes, Paula, ve modos de que Doroteo cumpla. Lo mesmo he dicho a las familias de Condorumi y Jerónimo. Otros, claro, se han ido, pero con familia y todo, dejando de ser comuneros, y los más jóvenes sin familia que mantener ellos... Vos, Casiana, ya vas a parir. Mientras unos comuneros se mueren o se van a lejanas tierras, que es lo mesmo que morirse, otros llegan: güeno, güeno. No te diré nada de tu marido, que nunca ha sido comunero... Las aguardo, pue, pa que reciban su parte...

La cosecha de papas, ocas y ollucos se había realizado hacía algún tiempo, y Casiana, pese a su embarazo, y Paula, dejando en manos de los niños las menudas tareas de la casa, habían tomado parte en ella arrancando afanosamente las matas y removiendo la tierra con largos garfios de palo. Ahora veían que la comunidad, de rígidas leyes, reclamaba el trabajo de un miembro que no se había desvinculado con familia y todo de ella y por lo tanto no podía hacer pesar sobre los otros sus obligaciones.

Clemente Yacu, después de salir por la pequeña puerta doblando su largo cuerpo, dijo:

— Cuenten conmigo, no se aflijan. Pero será güeno que Doroteo se arregle pa pagar si no viene... Tu caso no es lo mesmo, Casiana, y pienso que tendremos que modificar las costumbres... La situación no es estable para nadie, ni siquiera pa la mesma comunidá y menos pa las mujeres de marido que está fugao de los gendarmes...

Paula y Casiana pensaron que Yacu era hombre bondadoso y ecuánime, pero que, de todos modos, estaba ante una situación de apremio. Ellas tenían dinero del que les habían dejado sus maridos, pero no lo querían gastar por precaución. ¿Si de-

cían irse? La pelea entre Artemio Chauqui y Porfirio Medrano
continuaba, y de perder éste, también serían perjudicadas las
hermanas en su calidad de foráneas.

Por ninguna de las sendas asomaba nadie y la mancha negra del bandido parecía haberse perdido del mundo. ¿Qué
sería del Fiero? ¿Qué sería de Doroteo? Corría marzo y las lluvias se espaciaron un tanto, el agua de la pampa disminuyó,
y las vacas, hundidas hasta la panza, mordían vorazmente las
verdes y jugosas totoras. Por las faldas, balaba el rebaño de
ovejas envueltas en gruesos vellones, cuyo crecimiento estimuló
el frío, y los caballos buscaban los más altos roquedales con sus
relinchos. Daba un fresco brochazo de verdura el cebadal,
mientras la quinua tomaba el color gris de la madurez. El espejo negro de la laguna Yanañahui brillaba al sol, algunos días
los picachos se desembozaban de nubes y el cielo ahondaba a
ratos su concavidad azul.

El hombre salía con más frecuencia del bohío de piedra
y paseaba por las faldas e incluso entraba a chapotear en los
embalses de la llanura. Era ésa una nueva vida ciertamente,
dura y áspera como la piedra, y el cuerpo gozaba de haber
triunfado, seguro ahora de sus fuerzas y sus aptitudes. Del
mismo modo que el hombre de la ciudad se complace de su talento resolviendo los diferentes problemas que se plantea, el
del campo celebra la energía física que le permite triunfar de
los obstáculos opuestos por la naturaleza. Para Paula y Casiana
no hubo nunca problema de altura. Sus cuerpos crecieron en
el rigor de la puna y Yanañahui solamente les hizo reencontrar
su primer clima. Ellas se dolieron del látigo en otros tiempos
y ahora temían perder su sitio en la comunidad. Paula esperaba
que su marido tornara a la tierra y amara el surco y Casiana,
la noche en que vió al Fiero en la caverna y luego a la cabeza
de la cabalgata, dando órdenes, comprendió que ésa era su vida
y que la tierra no lo reconquistaría más. Pero los ojos de ambas
se prendían ahora, con angustia, de los lejanos cerros donde
campeaba la aventura de su existencia. ¿Qué sería de ellos?

Rebotando de cerro en cerro, de picacho en picacho, una
tormenta de estampidos llegó una tarde hasta el caserío. Venía
evidentemente de muy lejos. Todos los comuneros se asomaron
a la puerta de sus casas mirando hacia las cresterías. El viento,
por momentos, ayudaba la llegada de los sonidos y la batalla
se acercaba. Lloraba la mujer de Jerónimo Cahua, la de Condorumi se puso a trepar el cerro con la esperanza de distinguir

algo, y Paula y Casiana callaban con el silencio doloroso que
habían aprendido desde su nacimiento. Por primera vez la comunidad se inquietaba ante una distante lucha de bandoleros.
Antes, la llegada del Fiero constituyó más bien una nota pin-
toresca, y del reciente asalto a Umay se supo cuando ya había
pasado. En cuanto a la muerte de Mardoqueo y el Manco, estuvo tan envuelta en la desgracia general que fué dejada atrás
con todo el molesto fardo de esos días. He aquí que ahora re-
comenzaban los tiros y tres comuneros daban sus vidas al
azar de la contienda. La misma ametralladora que cosiera al
buen Mardoqueo y al bandido comenzó a tostar los cerros. Después, como una tempestad que se calma, fué apagándose el
estruendo para crecer de nuevo y perderse por último en el silencio de la noche. Dura noche de angustia fué ésa para las mujeres, que permanecieron con el oído alerta, pegado al fofo muro de la sombra. Sólo gimió el viento. Amaneció como todos los
días, con niebla, y cuando ésta se levantó, a nadie pudo verse
por los caminos. A mediodía volvieron a tronar los cerros, pero
más apagadamente y con intermitencias. Sin duda, los gendarmes perseguían a la diezmada banda. Y la noche, en
el momento de su mayor negrura, sí resonó esta vez con un tiroteo rápido y furioso. Las sombras se estremecieron con un
angustiado temblor y en el vientre de Casiana el niño por venir
palpitó y agitóse presintiendo la lucha

Nada se escuchó ya durante dos días, y al tercero, apareció un hombre descendiendo por las faldas de El Alto. No venía por el sendero sino que había avanzado por las cresterías
hasta quedar frente al caserío y ahora bajaba hacia la pampa
casi rectamente, sin hacer más rodeos que los que le imponía la
verticalidad de algunos peñascos. Casiana dijo a Paula:

—Es Valencio. es Valencio... El anda así. fuera del camino...

Dió gritos llamando a las mujeres de Jerónimo y Condorumi, y las cuatro, formando un grupo con sus hijos y familiares, se pusieron a esperar. Otros comuneros fueron llegando
a ver de qué se trataba, y el grupo crecía. Los demás, a los que
el barullo había llamado la atención, miraban desde la puerta
de sus casas. El hombre llegó a la pampa y luego penetró tranquilamente al agua. A trechos le daba por la cintura, a trechos
por los tobillos. Se detuvo un momento a ver un totoral, arrancó un manojo de espadañas que arrojó por los aires y siguió
su camino. dando. al pasar. una amistosa palmada en el anca a

una vaca que estaba por allí. Era demasiada calma y exceso de humor en un momento de tanta inquietud, y la mujer de Jerónimo se puso a gritar:

— Apureee... apureeeee...

Valencio levantó la cara, vió el grupo que se había formado y aceleró el paso. Iba dejando círculos y burbujas en el agua. Trepó la falda a grandes zancadas, y Casiana y Paula se adelantaron hacia él. Valencio parecía muy extrañado del recibimiento que se le tributaba; no dijo nada a sus hermanas y miró al grupo y a los comuneros parados en las puertas con evidente sorpresa. ¿Qué significaba toda esa alharaca? Con las hermanas prendidas de sus brazos, avanzó hasta el grupo. Llevaba fusil en un hombro y alforjas en el otro.

— ¿Están vivos? — le gritó la mujer de Condorumi, refiriéndose a los comuneros.

— Hay unos muertos — contestó Valencio, mirando fijamente con sus ojuelos grises, sobre los que caía la sombra de su viejo sombrero rotoso.

— ¿Quiénes?, ¿quiénes? — preguntaron varios parientes.

— Varios hay...

Casiana lo conocía más y comenzó a preguntarle en la debida forma:

— ¿El Fiero Vásquez?

— Vivo.

— ¿Doroteo Quispe?

— Vivo tamién.

— ¿Jerónimo Cahua?

— Vivo tamién, con herida en la pierna.

— ¿Eloy Condorumi?

— Vivo tamién...

Se había reunido mucha gente, los rostros recobraban su calma.

— ¿Y los muertos?

— Varios entre nosotros y entre los caporales...

Algunos de los que habían escuchado desde el principio se echaron a reír.

— ¿Y cómo es la herida? — preguntó la mujer de Jerónimo.

— No tan mala y quedará cojo...

Las hermanas, abriéndose paso, condujeron a Valencio al bohío e ingresaron a él seguidas de las mujeres de Jerónimo

y Condorumi. Valencio dejó el fusil en un rincón, buscó en
las alforjas y extrajo un atado azul.

— ¿Mujer de Condorumi? — la aludida extendió las manos y él se lo entregó diciendo —: Manda su marido pa los
gastos.

— ¿Qué gastos?

— Gastos, dijo.

Con las mismas palabras entregó a la mujer de Jerónimo
un atado rojo y a sus hermanas les dió las alforjas.

— ¿Y qué ha habido, qué es lo que ha pasao?

— Pelea, pue, con caporales gendarmes...

Valencio recibió un gran mate de papas y otro de ocas y
se puso a comer pausadamente, mirando a los numerosos fisgones y noveleros que lo observaban desde fuera. Cuando dejó
los mates vacíos, tendióse en el mismo sitio donde se hallaba,
sobre el suelo desnudo, con gran asombro de los curiosos, y
pronto estuvo dormido. Valencio tenía sueño atrasado evidentemente porque aún no era de noche. Los mirones se fueron
por fin y ellas pudieron registrar la alforja. Pañuelos finos,
géneros y dinero, mucho dinero en libras de oro y soles de plata. Lo escondieron todo en un rincón, bajo una batea volcada,
y en la noche mandaron llamar a Clemente Yacu. Ante el dormido conversaron, pues no tenía trazas de despertar, y el alcalde dijo que Doroteo debía a la comunidad treinta soles.
Paula sacó la plata a puñados, y como Clemente era el que más
sabía de números, contó los treinta soles de la deuda y además
cincuenta que las hermanas obsequiaron «pa la defensa del
querido viejo Rosendo».

Valencio tenía el poncho ensangrentado y despedía un
olor nauseabundo Respiraba sonoramente y a ratos decía:
«ah, ah, caporal azul». Su cara estaba casi negra y la impresión
de salvajismo y estupidez que solía dar, desaparecía cuando,
como ahora, tenía los ojos cerrados. Se despertó en la tarde del
siguiente día y Casiana le preguntó:

— ¿Te vas a ir?

— Quedar.

— ¿Qué dijo el Fiero?

— Que acompañe y trabaje.

Sus hermanas, sometiéndole a un interrogatorio muy largo y minucioso, consiguieron saber que los gendarmes acometieron furiosamente el primer día, haciendo huir a los bandoleros, quienes, en el momento del ataque, ya no acampaban en

las cuevas que conoció Casiana. Luego se reunieron, formando, por iniciativa del Fiero Vásquez, dos grupos. Uno simuló avanzar por cierto sector contra los gendarmes. Estos se prepararon para resistir por ese lado durante la noche y el otro grupo les cayó por la espalda, en una rápida y contundente acometida. El forzudo Condorumi se había robado la ametralladora, que arrojaron a una laguna un poco más chica que la de Yanañahui. Huyeron hacia el sur, dejando cinco muertos y llevándose cuatro heridos. Entonces lo mandaron a la comunidad. No sabía cuántos muertos tuvieron los gendarmes. Eso era todo. Agreguemos nosotros que Valencio, desde luego, ignoraba que lo alejaron porque había probado, una vez más, su absoluto desprecio del peligro y una temeridad inconveniente no sólo para él sino para todos.

Valencio envolvió el rifle en una manta y lo ocultó entre la paja del techo. Después fué a la laguna, lavó su poncho y lo tendió sobre una roca para que se secara. Tornó al caserío dando al viento el ancho tronco de músculos prominentes y piel oscura, y los comuneros se decían al verlo pasar: «¡Cómo está Valencio!» Y así, con el tronco desnudo, comenzó a vivir en Yanañahui. Su cabeza dura entendió algunas cosas y otras solamente le rozaron los oídos y los ojos sin que él penetrara su significación.

Las lluvias terminaron y vino el cura Mestas a hacer la fiesta de San Isidro, y los comuneros levantaron junto a la capilla dos columnas de piedra y sobre ellas colocaron un palo y de allí colgaron la campana, y la campana sonaba: lan, lan, lan, lan, con entusiasmo, y los cerros respondían, ¿o era también que allí tocaban campanas?, y se bebió la chicha en la fiesta y Valencio también bebió, quedándose dormido, y su hermana Paula le dijo: «vamos a misa», y él fué y se arrodilló, porque así hacían todos, y el cura tomó algo en una copa grande y después regañó porque no pintaban a San Isidro y no le hacían una casa grande donde entraran los oyentes, y le aseguraron que ya la harían, que tuvieron muchos gastos en la nueva desgracia de la prisión de Rosendo, y el cura dijo: «Dios los ayude», y Valencio no sabía quién era Dios y pensaba que tal vez era un jefe más poderoso que el Fiero Vásquez, y un día llegaron los caporales gendarmes y él quiso sacar el fusil y Paula dijo: «No hagas nada», y se quedó sentado a la puerta de la choza y los caporales registraron todo el caserío buscando bandoleros y no encontraron ninguno, y al pasar junto a Valencio uno le

miró y dijo: «¿Qué van a hacer estos indios cretinos?», y él no sabía lo que era eso de cretinos, pero estaba seguro de que no quiso
ofender, porque si no hubiera dicho burro. Y resultaba que su
sexo le pedía mujer y ahora entendía todo eso porque una noche
encontró a una pareja de comuneros gimiendo entre un pajonal,
y el vaquero Inocencio le había explicado más, porque estaban
de amigos, y él quería empreñar ahora a Tadea, así como a Casiana la había empreñado el Fiero, y Tadea era hermana de
Inocencio y apenas se alejara del caserío la iba a tumbar. Ya
pariría Casiana y por eso lo mandó el Fiero y él tenía un encargo
que a nadie había dicho, ni al mismo Inocencio, a quien le contaba todo mientras gobernaban las vacas, y las vacas le gustaban más que las ovejas, y ahora la pampa se había secado y él
saltaba sobre un caballo, en pelo y sin soga, y corría reuniendo
el ganado y los comuneros decían: «ese es jinete», y también
le gustaba irse por el lado de la laguna donde estaba el gran
totoral y había patos, y lo hacía de noche para que no se volaran, y cuando cogía alguno, del pescuezo, le daba una vuelta
y le quebraba el gañote o si no lo mataba de un mordisco en el
mismo gañote y chupaba la sangre, y era rica la sangre del pato,
y sus hermanas le decían: «Esa laguna está encantada, no te
vaya a pasar algo por meterte», pero cocinaban los patos y estaban buenos con papas, y también decían que era malo ir
por las casas tumbadas a causa de un tal Chacho, y él iba por
allí para conocerlo y nunca lo vió, y seguro que el Chacho era
un haragán que nunca salía porque se la pasaba durmiendo. Y
lo que más le gustaba era subirse al Rumi y mirar y mirar, y así
también conocer las subidas, y apenas chillara el hijo de Casiana...es lo que le había dicho el Fiero, y ya cosecharon la quinua y ahora llegaba el tiempo de cosechar la cebada, y resultó
bonita la trilla y todos decían que no era como la del trigo y
faltaban caballos y chicha, y él galopó en pelo gritando y tomó
su poco de chicha y todo lo encontró bueno, sino que la gente
se quejaba por gusto, y una tarde, ya bien oscuro, vió que Tadea iba con una calabaza amarilla por agua a una acequia que
entraba a las viejas casas tumbadas, y ella dió una vuelta para
no pasar por las casas y él la derribó en una hondonada y ella
se resistió, pero después quiso y él supo que era caliente y tierna
la mujer, y su cuerpo tuvo gusto y después se quedó tranquilo,
y ella le dijo que ya eran marido y mujer y había que decirle
a Inocencio, y el vaquero se rió y dijo que bueno, y tenían que
esperar que llegara la fiesta otra vez para que el cura los casara

y la comunidad les hiciera casa, y así era porque ahora estaban
haciendo cinco casas nuevas para los que se habían casado y
él también ayudaba, y en la noche se veía con Tadea en cierta
concavidad del cerro y todo era bueno. Y hubo una asamblea
y el gentío se puso a parlar y quisieron botar a Porfirio y todos
los venidos de otro lado y Valencio dijo: «¿Conmigo es la cosa?»
y se rieron y el resultado fué que no botaron a nadie. Y Porfirio dijo que había visto que el canal de desagüe de la laguna se
podía ahondar y que por la pampa había que hacer una acequia, pues la pampa se llenaba de agua por falta de camino para
el agua más que por el aumento de la laguna y que en la pampa se podía sembrar, y el tal Chauqui dijo que había que dejar
las cosas como siempre habían sido y que Porfirio deseaba el
daño de la comunidad enojando a la laguna, y aquella mujer
prieta podría salir, y Valencio pensó que nunca salía cuando
iba a cazar los patos, aunque quizá estaba en parte más honda,
pues él se metía por el lado de las piedras que daban a Muncha
y ahí había nidos, y ninguna mujer, porque sin duda vivía más
adentro, pero eran muy cobardes si le tenían miedo a una mujer y él seguiría yendo a cazar los patos, y si mucho apuraba la
iba a tumbar como a Tadea, y el tiempo era muy bonito, sólo
que algunos comuneros penaban por Rosendo que no tenía
cuándo salir, y Ambrosio Luma dijo que había que hacer esteras y quemar cal para vender y todos se pusieron a tejer totoras y quemar piedras casi azules y así salían las esteras y la
cal y las llevaban al pueblo, y Valencio también aprendió a tejer y quemar y dijo que no quería plata sino su pan, y le traje-
ron una alforja llena de pan y él convidó a Tadea y el pan era
muy rico, y de noche el cielo se despejaba y pasaba la luna y
tiritaban las estrellas y los chicos se iban a la pampa y gritaban alegremente: «Luna, Lunaaaaaa», y él recordaba sus penas
de niño y veía que aquí nunca daban latigazos y que todo era
bueno, y llegó el tiempo de la trasquila y él también trasquiló
y ningún caporal se llevaba la lana sino que quedaba en la comunidad, y Tadea le dijo que iba a hacerle un poncho y él lo
quiso morado con rayas coloradas y verdes y así lo hizo y quedó
muy bonito y todo era bueno y el que se quejaba era porque
quería molestar, y Casiana iba a parir ya, y él estaba muy
contento con Tadea y su poncho nuevo y haciendo más esteras porque deseaba regalar a Tadea una percalita, y los cerros
estaban muy altos y el cielo muy limpio y la laguna brillaba
como los ojos de Tadea y todo era bueno...

XIII

HISTORIAS Y LANCES DE MINERIA

Calixto Páucar marcha esa tarde por las punas de Gallayán cumpliendo la última jornada para llegar al asiento
minero de Navilca. Hay allí oro, plata, cobre. El último barretero gana un sol al día. Así dicen las voces. Hacia el grueso
camino que lleva a Navilca confluyen muchos senderos que
serpentean por todas las estribaciones andinas y Calixto ve
que se acerca por uno de ellos una extraña procesión de hombres seguidos de caporales y gendarmes. Altos, sobre buenos
caballos, haciendo brillar al sol sus fusiles y manchando el
pajonal con sus capas y ponchos, marchan los guardianes. A
pie, de dos en fondo, unidos de muñeca a muñeca por las esposas, avanzan trotando penosamente los presos. Calixto no
deja de tener miedo, pero luego piensa que nunca ha hecho
nada malo ni debe nada a nadie y sigue adelante. Llega un
momento en que los raros caminantes, al ingresar a la vía
grande, tropiezan con él.

— ¡Alto! — le dice uno de los caporales —, ¿cómo te
llamas?

— Calixto Páucar.

Otro de los caporales saca un largo papel y se pone a leer
en tanto que los presos miran compasivamente a Calixto, y el
caporal que lo detuvo le dice:

— A lo mejor eres prófugo; no hay sino que ver la cara
de miedo que tienes...

— No sé ni qué es prófugo, señor...

— ¿No sabes, no?

El lector informa al fin, doblando el papel:

— Aquí hay un Calixto Parra...

— ¿No ven? Seguro que se está cambiando el nombre...

— Creo recordarlo — afirma un caporal.

— Atráquenlo — ordena el que parece jefe de todos.

Uno de los presos se rebela entonces:

— ¿Qué abuso es éste, carajo? Nunca he visto al muchacho en las haciendas y ahora, porque su nombre se parece al de otro, lo quieren fregar. Por la ropa misma se le conoce que no ha estao en la costa. Tovía somos hombres, carajo. Si lo apresan, me tiendo aquí y no me mueve nadie, aunque me maten... Todos lo haremos, ¿no es cierto, compañeros?

Los gendarmes y caporales no estaban para motines ni demoras en ese frío de la puna y continuaron la marcha. Además, cada uno de los presos representaba trabajo y debían llegar con el mayor número de ellos. Calixto se acercó al que, desde su postración de encadenado, supo defenderle su libertad.

— ¿Cómo se llama usté?

— ¿Nombre? Ah, muchacho, ¿pa qué sirve? Soy prófugo. Así nos dicen a los peones de las haciendas de caña de azúcar que nos escapamos desesperaos de esa esclavitud. Siempre estamos endeudados y pa vivir tenemos que pedir adelantos a la bodega y nunca logramos desquitar, sin contar el maldito paludismo y lo duro que es el trabajo por tarea y la brutalidad propia de los caporales. Nunca vayas a la costa, muchacho, ¿aura ónde vas?

— Al mineral de Navilca...

— No he estao allí, pero ojalá te vaya bien. Y no te preocupes de mi nombre, que no me verás más. Los patrones lo pueden todo, mandan sus caporales pa que nos apresen y a ellos les ayuda la fuerza pública. Todo por una maldita deuda y la vida se nos va a terminar entre la caña sin haber sabido nunca lo que es comer un pan con tranquilidad... Vaya, muchacho, apártate, que éstos son unos perros...

Calixto siguió de lejos a la desarrapada tropa de aherrojados y no pudo pensar mucho tiempo en ella porque, de pronto, surgieron a la distancia las gigantescas chimeneas de Navilca. Los prisioneros fueron conducidos por otro camino y Calixto siguió hacia el mineral. Un cablecarril que llevaba

carbón en sus vagonetas estuvo de repente sobre él. Por un
lado se perdía en la altura y por el otro descendía hacia Navilca.

El camino curvóse y llegó a Navilca por el lugar en que el
cablecarril entregaba el carbón de sus vagonetas a unos obreros ennegrecidos en la tarea de recibirlo. Más abajo estaban
las casas de zinc, tejas y paja, y por los cerros inmediatos las
minas, viejas y nuevas, abrían sus negras bocas. Pero la fundición quedaba más allá, al otro lado de un barranco que
era atravesado por un puente. Avanzó, pues, Calixto. Tenía
miedo y alborozo de ver tanta gente y tanta cosa nueva. Hierros tendidos sobre el suelo, pequeños carros, otros grandes
llenos de carga, otros con lunas donde iba gente. Sonaban los
carros y, en general, no adivinaba de dónde más salía tanta
bulla. El puente de concreto le pareció muy fuerte y esbelto.
Al mismo Navilca llegó cuando ya era tarde. Preguntó a un
hombre de saco de cuero que estaba asomado a la puerta de
una tienda, con quién se podía hablar para contratarse y él
le señaló una puerta situada al frente, pasando la calle. Por
la calle iban muchos obreros con curiosas herramientas en las
manos y algunos con una lámpara en la cabeza. Calixto llegó
a la puerta y vió un hombre que leía y a quien le dijo que deseaba trabajar.

— Ah — le contestó el hombre, que hacía temblar su bigote mientras hablaba—, llegas a tiempo. Son unos fregaos
estos mineros. Así que vente con toda seguridad el lunes para
meterte en alguna cuadrilla. Ahora, anda, alójate en el campamento, en la sección 3...

El hombre salió a la puerta y señaló con la mano:
— Doblas esa esquina, caminas una cuadra y al voltear
a mano derecha, ahí está la sección 3.

Calixto caminó en la forma indicada y ya debía estar ante
la sección 3, pero no sabía leer y vacilaba. Una voz salió puer-
tas afuera:
— Entra, este es el buque...
— ¿La sección 3? — preguntó Calixto.
— Claro, pasa...

Calixto entró. Era una sala angosta y larga, junto a cuyas
paredes, desde el suelo al techo, se superponían tarimas de
madera. Algunas de ellas se hallaban ocupadas por hombres
que dormían, otras mostraban un modesto lecho y las menos,
sólo la desnudez de las tablas. Calixto no sabía a quién dirigir-

se hasta que una risa sonó junto al techo. El hombre se descol-
gó por unas pisaderas de hierro y le dijo:

— No podía dormir. ¿Vienes de barretero?

— Será, recién pedí trabajo...

— Haz tu cama en una de las tarimas sin nada. En esta
no, mira...ahí estuvo el pobre Cavas, que murió el otro día
echando sangre y pus por la boca. ¡Los malditos hornos! Han
regao un poco de creso, pero creo que no es suficiente. En esa
puedes hacer, sí, aunque ahí, según dice el bruto de Ricardo,
el que está dormido, pena el difunto Rufas.

Calixto pensó que era poco amistosa una acogida tan pródiga en difuntos, pero el tono sonaba franco y sin asomo de hostilidad. Hizo, pues, su cama, en una tarima no muy alta, pues
le pareció que ese hombre bajaba de un gallinero. Tenía por
lo pronto dos ponchos y una frazada, que sacó de su alforja.
Con el que llevaba encima, podía aguantar el frío. Había una
estufa a carbón en el centro del dormitorio. El recepcionante,
que dijo llamarse Alberto y vestía ropas de poblano, estaba con
ganas de hablar y dijo señalando la estufa:

— Hace una semana que nos están poniendo estufa pa
enamorarnos, pero no se escapan de una grande. Antes, el carbón era pa los hornos y los gringos, pero no se escapan...

— ¿De qué?

- Huelga... Haremos una seriona y mañana comienza.

— ¿Y qué es huelga?

— Se para el trabajo hasta que acepten el pliego de reivindicaciones...

Calixto había terminado de arreglar su lecho. No sabía
tampoco lo que eran reivindicaciones y estaba por preguntar
cuando salió una voz de las tarimas:

— ¿Van a dejar dormir, papagayos?

Como ni Alberto ni Calixto querían dormir, salieron a dar
una vuelta. Ya había anochecido y, sin embargo, las calles estaban alumbradas por una luz que no se consumía ni temblaba. Calixto fué informado del nombre de ésa y otras muchas
cosas raras. Al fondo de las casas se levantaba la enorme masa
albirroja de la fundición rayando el cielo con sus chimeneas
humeantes. Pasaron frente a unas piezas de donde salían canciones un poco gangosas, de gramófonos, según supo Calixto.
El quiso entrar y Alberto le dijo:

—Ahí hay putas, ¿quieres pescar una purgación celebrando
la llegada?

¡Cuántas cosas nuevas! Tuvo que recibir una explicación muy larga. Su amigo se reía:

— Así llegué yo y ahora porque sé todas esas porquerías y encima me friego sorbiendo gases, puedo decir que soy civilizao...

Más allá había un baile y sonaban cantos y guitarras:

> *Ayayay, que me maltrata,*
> *y no me guarda decoro,*
> *yo tengo una mina de oro,*
> *paisana, y una de plata...*

— Aprende, pa que lleves a tu tierra; son marineras de esta región de mineros, ésas...

> *Qué haré con la mina de oro*
> *y la gran mina de plata*
> *si no puedo conseguir*
> *el corazón de una ingrata...*

Se había hecho tarde y el conocedor dijo:
— Vamos al «Prince»...

Era un gran salón lleno de mesas de madera oscura, rodeadas de gentes que comían, bebían y conversaban. Calixto no quería entrar, avergonzado de unas ojotas y un pantalón de bayeta que sólo él llevaba.

— Entra, flojo, nadie dirá nada. Así se llega acá...

Alberto le cogió de un brazo y lo arrastró. Considerándolo, eligió una mesa situada en un ángulo. Pero nadie se extrañaba de Calixto y éste comenzó a perder el miedo. Comieron y luego Alberto pidió pisco y sacó cigarrillos. Calixto vió que las paredes estaban mugrientas y las mesas llenas de sebo y tajos. Los mineros entraban y salían. Otros se quedaban bebiendo y conversando. El humo comenzaba a atosigar al novato.

Llegó un hombre al parecer muy viejo, al que todos saludaban, «¡don Sheque!», «¡don Sheque!», acompañado de dos futres. Sentóse en una mesa próxima a la de Calixto y pidieron de beber.

— Ese es don Sheque — dijo Alberto — y los otros, periodistas que están desde ayer aquí po lo de la huelga... Don Sheque es uno de los dos viejos que hay en todo Navilca y bien visto, es un mendigo: vive de lo que le regalan y le invitan...

El viejo paladeó el whisky:

— Tchc, güeno es el güisqui. Sí, señores, yo soy el mesmo Ezequiel Urgoitia, aunque po esta tierra de güecos y metales me digan más bien don Sheque... ¡Nombres que le pegan a uno como el chicle de los gringos! Ustedes acaban de llegar y no conocen esto aunque, a la verdá, nadie conoce porque viejos quedamos dos. Yo, que tovía ando, y el Barreno, que le pusieron así de duro que era, pero que hoy está postrao con reumatismo. Si a alguno lo vomita el socavón, y raro es el que no lo traga pa siempre, ya tiene barba llorona sobre el pecho. Kaj... kaj... ya ven ustedes: una feya tos. Uno vive tragando mugres y después no se alcanza a botarlas...

El viejo tenía los ojos turbios y una barba entre plomiza y herrumbrosa. Su piel marchita y ocre parecía untada de óxidos y el pelo escaso y enmarañado crecía en largos flecos sobre un cuello mugriento. El poncho negruzco y sucio escondía el canijo cuerpo mal vestido. Mostraba, en general, un aire inquieto y atormentado. Calixto comparaba a este viejo con los de la comunidad, de mirada limpia y cara tranquila y saludable, pese a sus arrugas, y comenzó a comprender la diferencia que existía entre las vidas y los oficios. No tuvo tiempo de reflexionar mucho por su cuenta. El viejo, requerido por los periodistas, comenzó a hablar, después de beberse otra copa.

— Tchc, güeno es el güisqui... Ha encarecido, pero antes se lo bebía lo mesmo que agua. La verdá que pasaban muchas cosas. Sí, amigos, como ustedes quieren, yo les voy a contar. Desde aquí, po ejemplo, no se veían esas chimeneas. Mera tierra parda nomá y el güeco hambriento de la mina. No había Minin... Sí, ya sé que es Mining, pero uno se acostumbra y se acabó... la lengua no estudia... Güeno, tampoco había esos hornos endemoniaos ni esa fundición grandota. Todo era querer oro, nadita de cobre. Ni este salón grande había, ventanas con vidrios menos. ¡Qué decir de billares! A la verdá, bolitas y choc... choc... choc... nomá: no me gusta. Démen a mí los daos, démen naranjas. Pero, ¿saben qué había, bien legal? Hombres, machazos. Aquí está mi pecho, con su corazón. Bajo este viejo poncho late tovía. Con un desierto po compañía, con un socavón po cuarto, así vivíamos. ¡Qué recordar de mi taita! El murió lejos de aquí, reventao por la pólvora. Yo estaba chico, pero me acuerdo. Y era po los tiem-

pos en que mi patrón Linche — ya sé que es Lynch, no se
avancen — estaba encaprichao con un roqueiío. ¡Gringo loco! Tenía oro pa dar y botar. Con los Vélez eran rivales. Quién
les dice que pa la fiesta de la Virgen del Rosario, que era una
fiesta grande, amigos, con corrida de toros y todo lo demás, pa esa
fiesta los Vélez soltaron una vez toros bravos con cascos y cuernos forraos en plata. ¡Qué se iba a quedar atrás mi patrón Linche!
Les metió toros con cascos y cuernos forraos de oro. Pero les
diré que la mina ayuda a. Eso era sacar metal: no se brociaba.
Mi taita, como les contaba, murió. Cuando yo fuí creciendo,
me jalaba el socavón. Y un día le dije a mi patrón Linche que
me dejara entrar y él me dijo: «Entra». Queriendo y no queriendo, entré porque así es el destino del minero. Ahí estuve
trabajando cuando pasó lo que les digo del roquerío. Mi patrón Linche, tiro y tiro con la mina. Había que hacer un desagüe rompiendo un peñón a fin de poder seguir la veta y qué
sé yo... Y métele barreta, y métele picota, y métele taladro,
y métele pólvora. Tiempo tras tiempo, no sabría deciles cuánto. ¡Querer tumbar un peñón con pólvora! Y un día, desgraciao
día, murió mi patrón Linche y por todo dejar, dejó en su casa,
a su señora y sus hijos, dos cucharitas de plata. Esa herencia
de un hombre como él. ¡Se había arruinao en el empeño! ¡Gringo
loco! Aunque es cierto que naide puede llamar loco a otro sin
pensarlo primero. Puede que sea más loco el que, sabiendo que
puede encontrar, no corre el riesgo de la busca. Ese será loco
manso o zonzo, que es peor. ¡Aura que me acuerdo!, el que
buscaba y siempre encontraba era el viejo Melitón. Cateador
fino, daba siempre en boya, pero trabajaba solo, sin nada de
compañía, y velay que era un mero diablo para sacar el oro y
botaba más plata que un hacendao. ¿Qué tenía en los ojos,
cómo es que veía tanto? Nadie lo sabe. Porque, como ustedes
conocen, hay buscadores de oro po los cerros, hay lavadores
de oro po los ríos y ellos encuentran como cualquier cristiano,
unas veces mucho de casualidá, otras veces poco de mala suerte y nada más. Pero ahí está el viejo Melitón que sacaba siempre mucho, mucho y naides sabía cómo, salvo él mesmo. Entonces la gente se puso a mormurar que Melitón tenía pacto
con el Shápiro — así le dicen al diablo po allá en Pataz — porque sólo el rabudo podía dar tanto oro. Llegao que estuvo el
chisme a oídos de Melitón, se rió y dijo: «¿Shápiros conmigo?
Al saber le dice Shápiro la gente. Y para que vean que no hay
nada de pacto, seré mayordomo de la fiesta de la Virgen del

Carmen mientras Dios me dé vida». Como dijo así lo hizo y todos los años se celebraba en el distrito de Polloc la fiesta de la
Virgen del Carmen con lo que es de uso en una fiesta que val-
ga. Melitón gastaba la plata a dos manos porque no tenía más
que dos, que de tener tres con las tres la habría gastao. Y velay que la gente ya no podía decir que tenía pacto con el Diablo
y él murió llevándose su saber. Después salieron otros boye-
ros finos—siempre hay uno que otro, cómo no—, pero naides
como Melitón pa mentao. Su fama de platudo rodó po un lao
y otro y cuando algien pedía po una cosa precio que no era
su precio,se le decía: «¿Crees que soy Melitón?» Pero yo estaba
contándoles de mi patrón Linche y cómo llegué pa acá .Murió
pobre, como les digo, y la mina ésa, que se llama «La Desea-
da», quedó sola y toditos los mineros nos vinimos a Navilca.
En esos tiempos estaban aquí los gringos Gofrey, apellido que
nunca supe cómo se escribía ni se decía... creo que era God-
friedt o algo así... (ven ustedes? Pa que no me corrijan de
balde...Pero no teníamos tranquilidá pa trabajar, pues en esas
punas de Gallayán había una banda de bandoleros muy mentaos y entre ellos un tal Fiero Vásquez, que después ha dado
mucho que hablar.

Calixto informó a sus amigos, por lo bajo, que conocía
al Fiero Vásquez y se sintió muy importante por sus relaciones con personaje tan famoso y tremendo.

—Los bandoleros asaltaban a los arrieros y traficantes
y ningún cristiano podía pasar seguro po la puna. Cuando llega la noticia, que después he pensao que tal vez juera de mentira, deque los bandidos iban a juntarsepa caer sobre la mera
Navilca ¡Juera plata de los Godfrey! ¡Juera güisqui y pisco!
¡Juera nuestras chinas! ¡Juera todo! Esos iban a saquear. Entonces los Godfrey llamaron a veinte hombres bien contaos
y había un tal Mora a quien ellos ledecían Moga y a ése le hicieron jefe. Yo estaba en medio de la comisión tomándole peso
a las carabinotas y las balas que nos dieron y velay que un
gringo dice po todo decir: «Váyanse pa las cuevas de Gallayán
y tráiganme a los bandoleros vivos o muertos». Natural es
que no lo dijo con esta laya de parla sino usando un habla de
gringo que más era pa la risa. Nos dieron tamién un caballo
y una botella de güisqui a cada uno y así jué que salimos en
una noche más prieta que mi poncho. Camina y camina, en fila,
po esas punas. No hablábamos pa no hacernos notar y tamién
porque naides habla cuando va a acontecer algo que suene

Velay que alborea el día, entre dos luces, cuando estamos cerca de las cuevas. Bebíamos el güisqui a trago largo. El tal Mora, que era hombre templao, iba adelante y por fin se abajó de su bestia sin hacer bulla, haciéndonos señas que nos abajáramos tamién. Así jué que lo hicimos y nos juntamos con él. Pa silencios, ése. Sólo un vientito quería silbar entre las pajas y un liclic pasó gritando y velay que a un caballo se le ocurre dar relincho y otro le contesta. Algunos se hicieron la señal de la cruz en el pecho, pero no sonó ni un balazo. El sol estaba entre que asomaba y no asomaba. ¿Y qué les parece si nos bebemos otro güisqui? ¡Tchc, es güeno el güisqui!...

En torno a don Sheque y los periodistas se habían reunido varios mineros, jóvenes, maduros, que escuchaban atentamente bebiendo por su lado. En las otras mesas, jugaban al póker o a los dados.

— Como les digo, sólo silencio. Y a la luz del sol que iba asomando no se veía nada. Ahí estaban las cuevas entre las peñas, como bocas grandotas, negriando. Naides parecía estar en ellas. Algunos dijeron que nos volviéramos, porque no había naides, pero el tal Mora nos desplegó en fila y nos dijo: «Vamos». Todos llevábamos la carabina lista pa disparar. Yo decía entre mí: «Pa hoy naciste, Sheque; pa hoy naciste», y seguro que los demás tamién se decían algo así, pero todos seguían no más porque el tal Mora iba como veinte pasos avanzao. ¡Era hombre templao, ya les digo! De repente se para y ajusta la carabina como pa disparar y velay que no lo hace y voltea y nos dice con señas que le sigamos, pero más callao tovía. Y llegando que estamos a la cueva más grande, tras el tal Mora, ¡qué vemos! Toditos los bandoleros en un profundo sueño, en medio de latas de alcohol. Sus rifles y carabinas estaban pegaos contra la cueva y los empuñamos y después el tal Mora soltó un tiro. ¡Despertarse esos pobres cristianos, con un brinco de venao! Cristianos digo, que así es la costumbre, aunque ellos sabe Dios si lo eran. Nunca, nunquita he visto ojos más espantaos. Algunos les metían el cañón po las costillas y los injuriaban y ellos no sabían decir ni «qué», ni «cómo», ni una palabra. Les amarramos los brazos a la espalda y contamos que eran catorce. El Fiero Vásquez y cuatro más se habían ido un día antes, según dijeron volviendo de su muda sorpresa. ¡Esa suerte! Los desgraciaos, a las preguntas, respondieron tamién que asaltaron a unos arrieros que llevaban alcohol y se lo bebieron todo. Lo que jué fatalidá pa ellos resultó fortuna pa nosotros. Así es la vida. De lo contrario, cuántos mineros habríamos muerto. ¡Vaya con los cristianos! ¡Pobre gente! De tanto andar remontaos, peor que fieras, tenían el pelo crecidazo, po los meros hombros, y hasta las orejas les tapaba. Montamos y pusimos a los bandidos en medio de la cabalgata, caminando de dos en fondo, y así llegamos pa acá. ¡Ese recibimiento! Naides quería creer lo que veía. Se imaginaron que volveríamos muertos casi todos, amarraos boca abajo sobre las monturas, y vernos llegar más bien llevando presos a catorce forajidos! Los Gofrey los metieron en el depósito de herramientas, que era el más grande, pues en ese tiempo no había comisario ni gobernador y menos policía ni cárcel. Y uno de los Gofrey dijo: «Hay que fusilalos» y el otro, el nombrao Estanislas, dijo: «Hay que colgalos». Los colgaron de las vigas del techo, amarraos de los pelos, esos pelos largos y crinudos que se prestaban pa eso, con una soga. «Mátennos más bien», decían ellos. El cuero de la cabeza no se ha hecho pa aguantar el peso de un cristiano y velay que el de ellos se despegó y se jué estirando. Los güecos pa los ojos se veían más arriba como güecos de una bolsa. Algunos murieron luego y a los más resistentes les dieron un balazo en el pecho. ¡Pero jué escarmiento! Ya no hubo otra pandilla como ésa y se pudo trabajar.

—Bueno, bebamos otro whisky—dijo un periodista.

El viejo rió:

—Ah, aura son ustedes los que quieren otro güisqui. Bebamos, pue... Tchc... ¡Es güeno el güisqui!

Calixto y su amigo, por su parte, bebieron pisco. El viejo dijo:

—Ese escape dió el Fiero Vásquez, que después cobró fama po otros laos, pero a Gallayán nunca volvió...

—Pero ya fué apresado—apuntó un periodista—, la víspera de nuestra partida, llegó un telegrama informando de su captura...

Calixto pensó en la comunidad. Acaso el Fiero cayó defendiéndola, quizá se habrían complicado las cosas. Tuvo mucha pena y pidió más pisco.

—Entonces jué el trabajo a firme. A pata pelada caminábamos, con la capacha al hombro y tovía medio jorobaos po la angostura y engeridos de frío con el agua que goteaba. Esos eran tiempos fieros po esos socavones, po esas galerías. En uno de esos socavones, mis amigos, viví el momento más juerte de toda mi vida. Nunca pasé otro rato igual y eso que la

existencia del minero es peliada. El pique se había ido pa adentro y con el fin de seguilo, yo y mi ayudante bajamos descol-
gándonos po una soga. Mi ayudante se llamaba Eliodoro,
mucho me acuerdo, y era un muchacho recién llegao. Golpe
y golpe: la peña era dura. Había que poner una buena carga
de dinamita que ya estaba en uso y así que, llegao el momento,
la pusimos bien puesta. ¡A salir! Yo subía con la linterna en los
dientes, que no tuve tiempo de amarrármela en la cabeza, y
con las manos empuñándome de la soga, como es natural. Y
velay que Eliodoro, novato como era, se empuña tamién de la
soga y comienza a subir, pue se impresionó viendo correr la
mecha. Había tiempo de que subiéramos uno po uno, pero él
se precipitó nomá. Entonces, mis amigos, ¡chac! se revienta la
soga y vamos a dar al fondo. Quién sabe po qué, yo dije: «Se
rompió la soga». Aura, pensándolo, ¿no es pa reírse que yo dijera eso? Visto estaba que se había roto. Eliodoro dijo: «Sagrao Corazón de Jesús». Y los dos miramos el güeco y la mecha
ya se había consumido, metiéndose pa adentro y no había cómo jalala. Iba a reventar la dinamita haciéndonos volar en pedazos junto con esa porción de peña. Quise gritar pa que vi-
nieran, pero ahí nomá pensé que hasta que llegaran y echaran
otra soga, tiempo había de sobra pa que seamos añicos. ¡Qué
luego se piensa! ¡Lo que se imagina uno! Mi linterna había caído pa un lao y, al vela, se me ocurrió que con la reventazón se
iba a apagar y todo quedaría a oscuras, y eso me dió más miedo tovía. ¿Po qué? Es lo que pregunto aura. Muerte es muerte
con luz o en la oscuridá, pero así jué. Eliodoro se había arro-
dillao y clamaba «Sagrao Corazón de Jesús». Lo que cuento
pasaría en muy poco tiempo; pero a nosotros nos parecía tanto!
Salía humito por la boca del güeco. Y velay que me miro el
pie desnudo y se me ocurre lo que nunca pensé. Puse el talón
en la boca del güeco y lo ajusté, ajusté duro. No salía ni un hilo
de humo. ¿Se ahogaría el tiro? Pasaba el tiempo y ¡qué tiempo
largo! y no reventaba. Sucede tamién que los tiros no revientan aunque naides los pise. Parece que ya pasó su tiempo y
de repente revientan y matan al que se acercó, engañao po la
demora. Yo pensaba en eso y Eliodoro quién sabe en qué. Así
pasó el tiempo — tiempo largo, largo — y el tiro no reventó.
Quité el talón, salió un borbotón de humo y después nada. Con
mi linterna miré bien el güeco: era verdá que no salía nada de
humo. ¡Ah, la vida, amigos, la vida! Recién notamos que teníamos la cara desencajada y brillosa de sudor. ¡La vida, ami-

gos! Puede ser mala, pero en esos ratos se da uno cuenta de que
la quiere. Al otro día, taladramos y pusimos nueva carga. Pa
más seguridá, cortamos mecha bien larga y salimos. Con esas
dos cargas, ¡la reventazón!, ¡el estruendo! Todo el cerro se re-
mecía. Y nosotros quedamos tranquilos como quien se libra de
un enemigo solapao. Pero ese momento, el rato de la espera...
No sé si jueron uno o diez minutos. Yo sólo sé que morí y re-
sucité en uno o mil siglos. Se ve entonces que la eternidá no está
en el tiempo sino en lo que siente el corazón...

El viejo bebía su whisky sin hacer comentarios esta vez y
los periodistas lo imitaron. Calixto se sentía un poco mareado
y pensando en la comunidad le daban ganas de llorar.

— Bueno, don Sheque — dijo un periodista—, pero todo
lo que nos ha dicho no nos sirve para una información de actualidad. Háblenos de las huelgas mineras...

— Ah, mis amigos, güelgas he visto muchas. Una vez me
dió el naipe po irme a los minerales del centro, po Cerro de
Pasco y toda esa zona, y vi la güelga más extraña. Una de las
minas era en ese tiempo y no sé si hasta hoy con la avalancha
de gringada, de propiedá de la millonaria Salirosas. Esta señora vivía en Lima y era muy religiosa. Quién les dice que un
día manda una imagen de la Virgen para que la entronicen
dentro de la mina. Del tren jué bajada la gran imagen, muy
bonita a la verdá, y llevada al campamento. Como es sabido,
los mineros no admiten que entren mujeres a las minas porque
dan desgracia y esa vez se opusieron a que entrara la Virgen.
La señora Salirosas dió orden de que se cumpliera su voluntá
diciendo que la Virgen no era una mujer cualquiera, pero los
mineros dijeron que de todas maneras era mujer y no quisieron, declarándose en güelga. Los ingenieros, pa transar,
cavaron un altar al lao de la bocamina y ahí la pusieron. ¿Qué
les parece esa güelguita? Esos mineros del centro son más
supersticiosos que los del Norte, que ya semos harto. Fíjense
que creen en Muqui, un enano panzón y enclenque, que está
po los socavones y galerías al acecho de los perros y mineros
dormidos. A ellos los mata, y la leyenda viene de los gases mortales que llegan hasta cierta altura y envenenan a los animales
de poco tamaño y a los hombres acostaos. Cuando yo me reí
de tal enano echándole sus cuatro malditadas, los mineros casi
me pegan y entonces yo dije que las peleas debían ser po cosas
mejores que un ridículo enano y me volví pa el norte. Pero me
estoy saliendo de su pregunta. He visto como veinte güelgas

y rara jué la vez que los obreros no salimos con la cabeza rota.
Estas minas de Navilca han sido de peruanos, después de los
Gofrey, que eran unos gringos medio acriollaos — eslavos,
decían, y yo no sé bien qué es eso—, luego jueron de un solo
peruano, ¡ah, maldito!, pa caer en manos de una sociedá
cabeceada entre italianos y peruanos y por último ser de Minin. Estos gringos yanquis han metido técnica y sistema y se
trabaja mejor el mineral, pero el obrero vive medio apachu-
rrao. En tiempos antiguos, el carácter del minero era distinto,
más libre. Aura está arrebañao y al fin y al cabo no se gana
más porque todo ha encarecido. ¡Güelgas!, ¡güelgas! Está
bien, yo no diré que no. Pero los gringos están allá en sus bonitas casas — mírenlas, desde aquí se las ve tan iluminadas,
cómodas y alegres — y no sabrán nunca lo que es el dolor del
pobre. Yo tamién supe güelguizar, hasta juí dirigente. Resis-
tamos, pue. Veinte, treinta días de güelga. Ellos tienen la plata
y los trabajadores tienen hambre. La güelga se acababa, y esto,
en el mejor de los casos. En otros, la tropa disparaba po cualquier cosa y ahí quedaba la tendalada de tiesos...

Las últimas palabras del viejo se perdieron en un barullo:
«Alemparte», «ahí viene Alemparte», «sale en el turno de las
doce». Entraron varios hombres vistiendo casacas de cuero.
Alberto le dijo a Calixto:

— El que va adelante es Alemparte, Secretario General
del Sindicato de Navilca...

Era un hombre grueso y joven todavía, que se quitó el
sombrero mostrando una cabeza de pelo corto. Sentóse a una
mesa junto con sus acompañantes. El «Prince» bullía. Muchos se acercaron a saludarlo, otros le dirigían la palabra desde
lejos: «Salú, Alemparte». Se detuvieron los juegos y las conversaciones.

— ¿Qué hay? — le preguntó alguien.

Alemparte, comenzando a morder un pan con carne, respondió:

— Hasta las diez era el plazo pa que contestaran el pliego.
Stanley, en vez de responder, ha pedido más policía. Acaban
de llegar otros cincuenta gendarmes. He pasao po el local del
Sindicato y no hay respuesta. Son más de las doce. Eso es
todo. Se cumplirá el acuerdo: mañana, nadie entra al trabajo
desde el turno de las seis...

— ¡Viva la huelga!

— Vivaaaaa...

— ¡Viva Alemparte!

— Vivaaaaa...

Todo el mundo se puso a conversar de la huelga y el pliego de reivindicaciones.

— ¿Qué se pide? — preguntó Calixto.

— Muchas cosas — respondió Alberto —, pero las principales son que den máscaras protectoras a los que trabajan en los hornos, pues ahora se vuelven tísicos; que den botas impermeables a los que trabajan en zonas inundadas; aumento del salario mínimo a un sol cincuenta, pues un sol no alcanza para nada. Estos salones abren crédito y uno vive más endeudado cada día. Que construyan dormitorios amplios con menos camas, pues ahora vivimos, como has visto, uno sobre otro; que se refuercen los andamios pa disminuir accidentes y sobre todo, ¿sabes?, lo de la maldita residencia legal. En vez de fijala aquí cerca, en la capital de la provincia, la compañía la ha fijao en la capital del departamento. Eso es una leguleyada de las más sucias y no creas que es cosa de los gringos. La han aconsejado los abogaos peruanos que defienden a la compañía y son los peores enemigos de su pueblo. Los gringos, claro, aceptan, ¿qué más quieren? Resulta que la compañía, en cualquier conflicto que tenga con un pobre obrero, se ríe largo. El obrero, pa poder demandala, debido a la maldita residencia legal, tiene que ir hasta la capital del departamento y hacer un mundo de gastos, ¿con qué? Ahí está la cosa. Por eso pedimos que fije su residencia legal en la capital de provincia...

Calixto, a quien el ambiente había caldeado tanto como el pisco, dijo que él a pesar de no haber trabajado aún en las minas, adhería con todo gusto a la huelga, pues tenía una triste experiencia de la ley y ahora veía que en Navilca debían pasar cosas muy malas si los mineros estaban enredados en la ley. Alberto le estrechó la mano felicitándolo y le dijo que debían irse a dormir. Pagaron su consumo, que había subido bastante con el pisco, y se fueron dejando mucho entusiasmo en el «Prince». El más tranquilo parecía Alemparte, quien estaba conversando con los periodistas. Calixto se lo hizo notar a su amigo y él le respondió·

— Es muy sereno y de fibra. Quisiera ser como él algún día. Tiene treinta y cinco años y comenzó a los dieciocho en el socavón, como simple barretero, sin saber ni siquiera leer. Estudiaba por las noches y jué subiendo. Ahora es capataz y en muchas cosas conversa mano a mano con los ingenieros, es decir que entiende. Todo eso no es lo mejor, hay otros que también suben. Pero él no se ha olvidao de cuando jué peón y no trata mal a sus compañeros. Al contrario, los defiende. Todos lo queremos y ahí lo tienes de Secretario General del Sindicato...

Soplaba un viento helado por las callejas de Navilca. Alberto comenzó a toser.

—¡Los malditos hornos! Si no conceden las máscaras me voy a fregar... pobre Cavas...

Habían llegado al «buque», o sea la sección 3. Pequeños focos pegados al techo daban una luz rojiza. Treparon con cierta dificultad a sus camastros y se durmieron.

Al otro día, Navilca contempló a toda su población a flor de tierra. Era un espectáculo inusitado. Los hombres de los socavones y galerías, tanto como los de la fundición y el cablecarril, estaban allí, musculosos y un tanto encorvados, con la flacura que trabaja el fuego, con la negrura que pega el carbón, con la lividez que da la sombra. Para muchos — los que iniciaban sus labores a las seis o salían de ellas a esa hora para dormir — la mañana constituía casi una bella sorpresa de sol y aire diáfano. Todo habría estado excelente para los obreros si los gendarmes no hubieran clausurado los restoranes, el club deportivo, el local del sindicato, los burdeles y cuanto edificio podía ser utilizado como lugar de reunión. También montaban guardia sobre el puente impidiendo el tránsito de un lado a otro de la población. Los obreros caminaban en grupos haciendo resonar las callejas con sus gruesos zapatones, y los gendarmes les interceptaban el paso: «Disuélvanse, está prohibido formar grupos. Váyanse a sus casas y sus campamentos». Era evidente que deseaban anularlos por la desunión. No podían reunirse a deliberar y, por otra parte, la Mining estimulaba a los rompehuelgas. Contratistas rodeados de policías recorrían el poblado gritando al pie de los techos de calamina, para eludir las pedradas: «Dos soles diarios, mínimo, al que quiera trabajar y cancelación de todos sus créditos». Las calaminas resonaban violentamente al golpe de las piedras y el aire deflagraba de gritos: «¡So adulones!», «¡Viva la huelga!, «¡No somos traidores!» Alemparte parecía multiplicarse, yendo de arriba abajo, seguido del comité directivo. Arengaba a los obreros, increpaba a los gendarmes y contratistas. La compañía no lograba hacer trabajar a nadie. «¡Viva Alemparte!», «¡Viva!», Alberto y Calixto salieron a mediodía y se echaron a caminar

sin rumbo fijo. Tropezaron con un contratista que gritaba.
Alberto dijo:

—No vas a trabajar, ¿no es cierto?, ni hoy ni mañana, ni
en veinte días... hasta que termine la guelga...

—No voy a trabajar —respondió Calixto.

—Entonces, eres un buen compañero...

Más allá Alemparte, en medio de un grupo de obreros,
decía clavando los ojos conminatorios en todos y cada uno de
sus oyentes:

—No importa que nos cierren los restauranes: los obreros que tienen casa cocinarán para los que no tienen y también hay conservas y ya hemos mandado una comisión por
víveres. Hay que resistir, compañeros...

—¡Viva Alemparte!

—¡Vivaaaaa!

El Secretario General tomó calle abajo, seguido de un grupo entusiasta al que se plegaron Calixto y su amigo. Calixto
sentíase muy importante por ser ya «un buen compañero» y
marchar con Alemparte. Un mecánico yanqui llamado Jack,
se acercó al Secretario General y le estrechó la mano:

—Oh, Alemparte, mucho bueno, mi también obrero, mi
con ustedes...

Producía una rara impresión ver al hombre blanco y al
hombre moreno, mano a mano, mirándose jubilosamente.
Todos sabían que ese gringo Jack no tenía las ideas consideradas propias de los gringos, sino otras, pero nadie pensó que se
uniría a los huelguistas. Los otros yanquis estaban en sus casas, allá en el bonito barrio de chalets, y ahora Jack, bueno...

—¡Viva el gringo Jack!

El ayudante de Jack en el taller de mecánica, un muchacho criollo que chapurreaba el inglés tanto como Jack el castellano, dijo:

—¿Qué se han creído que el Jack? Ya me convenció: somos socialistas...

Pero no hubo tiempo de hablar sobre eso. Desde la población del otro lado, comenzaron a dar gritos llamando a Alemparte. Este marchó hacia allá, seguido de cuantos lo acompañaban. Dos obreros, en el filo del barranco, se treparon a
una piedra. Uno de ellos, haciendo bocina con las manos, gritó:

—Alemparte: están rompiendo la huelga... vengan a
ver qué se hace...

El puente azuleaba de los gendarmes que tenían la consigba de impedir el paso. Los mineros avanzaron resueltamente y el sargento que mandaba el pelotón se adelantó diez pasos, desenvainando el sable:

—¡Atrás!

—Voy a pasar—arguyó Alemparte con voz enérgica—, soy un ciudadano libre y, además, como Secretario General del Sindicato debo pasar...

—¡Atrás!

—Yo paso —terminó Alemparte, avanzando resueltamente y sin mirar si los demás le seguían o no. Contagiados de su resolución, trás él iban. Los gendarmes habían encarado los fusiles. «¡Fuego!» Cayó Alemparte de bruces y cuatro más se desplomarón igualmente, lanzando injurias y quejidos. El gringo Jack quedó rodeado de muertos. Con súbito impulso se lanzó hacía adelante y un gendarme lo derribó de un culatazo en la frente. Una nueva descarga dió en tierra con algunos más y los que continuaban en pie retrocedieron. Calixto había rodado, cogiéndose el pecho. Al canzóa percibir los gritos, el olor de la pólvora, la tibieza de la sangre que empapaba su piel. ¡Cuánta sangre! Pero ya el cerebro se le nublaba como en el sueño.

Al otro día los obreros del asiento minero de Navilca enterraron a sus muertos.

Ocho féretros blancos, de rústica factura, balanceábanse sobre los duros hombros de los cargadores. Tras ellos marchaban los mineros ceñudos y callados, envueltos en una fría bruma y un pesado rumor de zapatos claveteados. Jack y su ayudante encabezaban el desfile.

—¡Nuestra bandera y cantemos!— gritó Jack, sin saber cómo espresarse. Desplegaron un gran trapo rojo y comenzaron a cantar.

Nadie, sino Jack y su ayudante, sabía lo que significaba esa bandera. Nadie, sino Jack y su ayudante, sabía entonar ese canto. Era un canto bronco y poderoso que azotaba el desfile como un viento cargado de mundos.

El entierro cruzó por las calles del poblado, siguió por un angosto camino que bordeaba una falda y entró al panteón. Desolado panteón de prietas cruces desfallecientes y tumbas perdidas entre el pajonal. En una sola y maternal zanjafueron metiendo los blancos ataúdes. Una voz ronca saludaba por úlima vez a los caídos diciendo sus nombres a medida que iban quedando en su lugar. «Braulio Alemparte»... «Ernesto Campos»... «Moisés López»... Jack, con la cabeza vendada debido al culatazo, y su ayudante, encendido de fervor, casi gritaban la solemne canción. El trapo rojo, en la punta de una caña, flameaba sobre las cabezas desgreñadas y un fondo gris de puna.

La voz ronca no pudo rendir homenaje al último de los sepultados porque nadie le conocía. Un joven obrero se destacó de entre el conglomerado para decir que ese muerto era un muchacho llegado la tarde anterior, a quien no preguntó su nombre. La canción y la tierra caían rítmicamente sobre los féretros...

XIV

EL BANDOLERO DOROTEO QUISPE

Una noche de junio, surgió en el negro cielo una llama palpitante como una estrella. Era que Valencio, cumpliendo la consigna, encendía en la cima del cerro Rumi la fogata que debía anunciar a los ojos de veinte bandidos en acecho el nacimiento del hijo de Casiana.

La llama titiló una, dos horas, pues Valencio había hecho acopio de leños y paja. Quien velaba a la distancia, en ese vasto mundo de riscos envueltos en sombra, y la distinguió por casualidad, pensó que se trataba acaso de un pastor que se defendía del frío o de un viajero extraviado que preparaba su yantar.

El Fiero Vásquez no pudo verla ya. Ninguno de sus hombres pudo verla ya. El estaba preso y ellos diezmados, dispersos, fugitivos. En su oportunidad, veremos más de cerca al Fiero Vásquez. Digamos solamente que, mientras la llama brilla, él duerme entre cuatro muros — bien pudo ser entre cuatro tablas o simplemente al raso para festín de buitres — como todo bandido que pierde la partida. Doroteo, entretanto, jugándola empecinadamente, trota hacia el norte. Lo siguen Eloy Condorumi, uno apodado el Zarco, el Abogao y Emilio Laguna. Ya no está con él Jerónimo Cahua, que rindió su vida en la contienda.

La cabalgata abre una brecha de ruidos en el denso silencio nocturno. Doroteo marcha con la cabeza hundida entre los hombros, lo mismo que sus seguidores. ¿Qué van a distinguir la alta y lejana luz? No les interesa tampoco. Ahora, en sus pechos, hay sitio solamente para el odio. La sombra no permite ver el hondo tajo que signa la frente de Doroteo como un recuerdo de su pelea con el Sapo, pero sí adivinar el fulgor de sus ojos rabiosos y angustiados. Escaparon a última hora, cuando todo parecía perdido. Jerónimo Cahua se le murió entre los brazos y hubo que dejar su cadáver, abandonado en media pampa, pues de otro modo la tropa los cazaba a todos. Doroteo recuerda al amigo, al buen comunero, al compañero fiel, y el pecho le quema como una llaga que hay que curar con sangre.

Después de dos días de caminata, remudando sus caballos con otros robados en las haciendas, trotaban por las inmediaciones del Rumi. Su primera intención fué la de ir al caserío. ¿Pero qué le iban a decir a la mujer de Jerónimo? ¿Qué, a Casiana? ¿Qué, a sus propias mujeres, Doroteo y Condorumi? Llegarían solamente a contar penas y tal vez, si eran vistos, a comprometer a la comunidad. Habían perdido todos los fardos de mercaderías que el Fiero pensaba vender a un comerciante de cierta provincia. Carecían de dinero. No convenía llegar, pues. Además, tan cerca como el caserío, estaba el distrito de Muncha y allí, uno de los grandes culpables.

Se escondieron en una hondonada y Doroteo ordenó al Zarco:

— Anda vos a Muncha. Te llegas po la tienda de Zenobio García y te pones a beber unas copas. Mientras, miras si él está ahí. Sales tarde pa tener la seguridá de que no se va a mover. Güeno, y ya sin maña, te compras dos botellas de cañazo, que harto necesitamos.

Le dieron el mejor caballo, el Zarco dejó el fusil y a media tarde estaba desmontando, con el aire más bonachón del mundo, ante la casa de Zenobio García. En el yermo pálido y atormentado de sed, maloliente a cañazo y polvo, las macetas de claveles de la señorita Rosa Estela seguían prodigando color y fragancia desde el corredor de su casa. Ella misma continuaba sentada tras las flores, mirando hacia la plaza con sus negros ojos hipnóticos, dispuesta siempre a sonreír con su boca de clavel y en la actitud de esperar a alguien. Era el soñado novio que no llegaba. Sus padres la habían educado en la idea de que su belleza le depararía un alto destino que estaba, desde luego, lejos de los jóvenes de Muncha. Ella, anticipándose a su victoria, desdeñaba a todos los munchinos, incluso a las mujeres, con cierta agresividad. Pobres borrachuelos, pobres aguadoras. Las cosas marchaban muy bien para los García cuando se presentó el asunto de Rumi. El mismo don Alvaro Amenábar y Roldán visitó a Zenobio, dos veces, para hablar de sus «trabajos», y un hijo de don Alvaro, don Fernando, visitó a Rosa Estela muchas veces, para hablar de más amables asuntos y cantar. La señorita tocaba la guitarra, el joven entonaba amorosas canciones. Parecía que Fernando, de un momento a otro, iba a declararse. «¿Por qué no?», pensaban los padres de Rosa Estela. Era hermosa y vaya la belleza por el dinero. Ella lo daba todo por hecho. Pero pasó el tiempo, se produjo el despojo y la realidad golpeó con saña. Don Alvaro no cumplió con ninguna de sus promesas y, por el contrario, desdeñó a Zenobio y luego ordenó el rodeo sorpresivo y extorsionador. Don Fernando no volvió más por Muncha. A esto hay que agregar el desencanto de los vecinos a quienes prometió Zenobio pastos gratis para su ganado y después tuvieron que pagar diez veces más. Apenas lo toleraban como gobernador y una comisión fué a la capital de la provincia a gestionar que fuera removido. De todos modos, lo aislaban y hasta lo odiaban. Rosa Estela tenía dificultades con su sirvienta. La había amenazado con no acarrear agua para los claveles. ¡Era el colmo! La señora García rezaba y ponía velas a Santa Rita de Casia, Zenobio se emborrachaba y Rosa Estela zapateaba repicando en el suelo con sus tacones altos. Pero lograba serenarse y, sentada tras sus claveles, se mecía blandamente. Esa tarde, al oír el trote, preparó la más dulce de sus sonrisas, pero hubo de convertirla en desdeñoso rictus cuando el jinete, doblando la esquina, llegó ante la casa y desmontó. ¡Qué individuo repugnante, pese a la belleza de sus ojos azules! Tenía los cabellos muy largos y empolvados y el vestido rotoso y sucio. El Zarco la miró admirativamente, cruzó el corredor haciendo sonar sus espuelas y entró a la tienda. Allí sentóse, ante el mostrador, en un viejo cajón de los que hacían de sillas y pidió media botella de cañazo y una copa. Se puso a beber concienzudamente, a tragos cortos, saboreando el licor y diciendo que estaba bueno. El empleado que expendía el cañazo y dos parroquianos, sentados al otro extremo del mostrador, no dejaron de sorprenderse de la extraña catadura del nuevo cliente.

— ¿De dónde es usted? — preguntó comedidamente el empleado.

— De Uyumi, pero faltaba de ahí desde hace años. Aura estoy trajinando po estos laos en busca de trabajo. Don Alvaro me ofreció algo...

— Hum...

—¿Estará don Zenobio? — preguntó a su vez el forastero, después de beber otro trago —. Me han dicho que destila mucho y yo algo entiendo de alambiques...

— Lo llamaré — dijo el empleado, desapareciendo por una puerta que daba al interior.

Al poco rato llegó Zenobio García, en mangas de camisa, sudoroso, rojizo, con acentuada prestancia de cántaro. Conversó detenidamente sobre destilación con el recién llegado, escuchó su propuesta y le dijo que no. Por el momento tenía operarios, pero ya sabía que andaba por esos lados y lo iba a llamar en caso necesario. El Zarco dió un nombre. La señora García, que era muy fisgona, se había asomado a la puerta de la trastienda. El bandido comprendió inmediatamente la razón de la belleza de la señorita del corredor. Esa mujer marchita, de hermosura en ruinas, hacía presumir una espléndida juventud. Lo extraño resultaba su casamiento con Zenobio. El no sabía que éste la enamoró en Celendín, donde hay mujeres muy hermosas, engañándola con que era hacendado y tenía mucho dinero. La señora miró al bebedor con una insistencia que sabía disimularse haciendo al empleado indicaciones sobre el arreglo de la tienda. «Allí, donde está el señor, podría poner más asientos». En fin. La señorita Rosa Estela, llamada por su madre, pasó hacia su pieza cimbrando el talle envuelto en un pañolón de fleco. Zenobio marchóse a sus labores y el Zarco, como ya era tarde y había terminado el cañazo, pidió dos botellas y se fué manifestando que pensaba ser cliente de la tienda. Cuando, a su tiempo, el dependiente y los operarios de la destilería se marcharon también, los García comenzaron a hablar del sospechoso bebedor.

— ¿No ves, Zenobio? — reprochaba a su marido la señora —. ese hombre parece un desalmado, un bandido...

— Oh, ya comienzas de nuevo. Hace meses que estás viendo bandidos en todos los bebedores... Ese hombre, por lo que conversé, veo que sabe de destilería y debe querer trabajar realmente...

— ¿Y si es de la banda del Fiero? Tiene trazas de bandido...

— Al Fiero lo corrieron hacia el sur. El otro día llegó tropa
de línea y a la fecha debe estar muerto el forajido ése...
— No sé, no sé... pero yo temo una desgracia...
— Déjate de molestar más, conmigo no se meten...
— ¡Ay, Zenobio! Se metieron con Umay...
— Eso ya pasó... y, después de todo, ahí tengo mi carabina, triste pero útil recuerdo de Amenábar. Ya verás que yo
solo tiendo a tres o cuatro y los demás vecinos algo harán también...
— ¡Ay, Zenobio, Zenobio!...
— No friegues más — gritó Zenobio, ya colérico y un poco
atemorizado, a la vez que apagaba el caldero de su alambique
de metal.

*
* *

Era la media noche cuando los bandidos se acercaron al
poblado. Doroteo sofrenó su caballo y dijo:
— Por si me pasa algo, sepamos lo que han de hacer. Vos,
Abogao, y vos, Emilio Laguna, se van al pueblo, a esa chichería que conocemos y entran en relación con el jefe. Condorumi
y el Zarco sigan pa el norte, a hacer algo de plata, y si el compañero muere no importa, el que viva debe ir nomá pa onde
se ha dicho. Si salvo, iré tamién con el Zarco y Condorumi y
ustedes mandan las órdenes del Fiero... Aura, entremos soltando tiros seguidos pa que crean que somos muchos, asalta-
mos la casa, matamos a Zenobio y robamos todo. A la tal Rosa
Estela déjenmela a mí primero...
Doroteo partió al galope y sus secuaces lo siguieron. Los
tiros atronaban la noche y los asustados vecinos de Muncha
creían que se trataba de una banda nutrida. Los bandidos
cayeron sobre la casa de Zenobio rompiendo a culatazos la puerta de la tienda. Por todo el pueblo se oyó el salto sonoro de las
tablas. El gobernador no atinó siquiera a coger la carabina sino
que, alcanzando a ponerse los pantalones, fugó hacia el corral.
Dos bandidos se precipitaron sobre la mancha blancuzca y fu-
gitiva, haciéndole disparos. Zenobio saltó la pared del corral,
otra más y comenzó a correr hacia el campo. Sus perseguidores
continuaban tras él y ya estaba por una falda polvosa, tropezando en ásperos y achaparrados arbustos. Las balas zumbaban por su lado y comenzaba a fatigarse. El corazón le retum-

baba dentro del pecho obeso y respiraba ahogándose, jadeando y ya no podía correr. La falda tomó declive, se llenó de rocas y pedruscos y los pies le dolían sobre ellos. Una bala rompió una roca azotándole con un puñado de fragmentos y él dió un salto y resbaló por una hoyada. Cayó en un hueco rodeado de grandes pedrones y allí se acurrucó, sangrando la cara y el cuerpo por las rasmilladuras que se hizo en la aspereza de las rocas. Padecía una gran angustia, y los hombres ya estaban allí, y lo buscaban, y hacían más tiros. Comprendió que no lo veían y tuvo alguna esperanza. Se ciñó a una oquedad conteniendo la respiración y ellos caminaron por la falda haciendo crujir y rodar guijarros y terminaron por volverse. La noche estaba muy negra y a lo lejos sonaban más tiros. El no se atrevía a salir y por otra parte se inquietaba por su familia y sus bienes. Allí, en la casa, la señorita había prendido la luz y se disponía a vestirse para fugar cuando la puerta de su pieza fué empujada ruidosamente y apareció en ella el hombre más horrible. Un grito de pánico se ahogó en la garganta de Rosa Estela. El bandolero Doroteo Quispe mostraba su cabeza hirsuta, su angosta frente signada por el gran tajo, y sus ojuelos llenos de odio y deseo, y la nariz ganchuda como en acecho, y la boca prominente contraída en forma que no dejaba ver una dentadura voraz flanqueada por agudos colmillos. Era una fiera a punto de clavar las zarpas. Doroteo avanzó puñal en mano y Rosa Estela, abatida por el miedo, cayó sobre el lecho. La luz de la lámpara daba dorados reflejos al hermoso cuerpo levemente moreno. En las otras piezas, sonaban tiros y ayes de la señora García y la sirvienta.

Cuando todo ruido cesó y Zenobio atrevióse a volver, encontró que las mujeres gemían, del arcón abierto habían desaparecido los cinco mil soles que guardaba y todo estaba en desorden y destrozado. Los barriles agujereados a tiros dejaban correr el cañazo por el suelo.

Los vecinos, que nada quisieron hacer por temor a los bandidos y aversión a García y sus familiares, acudieron con cara hipócritamente compungida llevando el solapado propósito de enterarse de todo. ¡Qué desgracia! Los alambiques tenían roto el serpentín, no quedaba licor en los toneles, el lecho de Rosa Estela estaba manchado de sangre. ¿Perdieron también su dinero? ¡Qué fatalidad!

La sirvienta marchóse. Un día después, por la mañana la señora García, arrodillada al pie de la efigie de Santa Rita de Casia, oraba con transido acento. Rosa Estela, provista de un cántaro, callada y pálida, esperaba su turno ante el chorro de agua, y Zenobio empezaba la compostura de los alambiques y barriles. Sus apesarados pensamientos no le permitían laborar con eficacia. Perdería la gobernación por huir, no le quedaba un centavo, sus elementos de trabajo estaban arruinados. Rosa Estela no podría hacer un buen matrimonio. Toda la vida había luchado en ese yermo, acumulando su fortuna centavo a centavo, sufriendo a una mujer que nunca le perdonó su mentira, esperanzado en la hija y la propia habilidad para las trampas. He allí que todo había resultado inútil y lo peor era que el corazón se le fué secando como la misma tierra agostada y ya no encontraba contento en cosa alguna. En un rincón se erguían, como únicas invictas, varias botellas de cañazo. Zenobio se bebió rumorosamente la mitad de una y, pasado un momento, continuó bebiendo la otra mitad. ¿De qué servía luchar en la perra vida? Tiró el serpentín que arreglaba, dió un puntapié a una barrica y siguió bebiendo...

*
* *

Días de días llevaban Doroteo Quispe y sus segundos por las punas a donde huyeron, acechando inútilmente. Pasaban indios, indefensas mujeres, gente de apariencia desvalida. Quispe, por mucho que necesitara dinero, respetaba sobre todo a los indios, en lo cual no seguía el ejemplo de su maestro el Fiero Vásquez, quien, como se recordará, asaltó al mismo Doroteo cierta vez. El dolor indio estaba todavía azotándole los flancos y podía comprender. De los cinco mil soles que produjo el asalto, enviaron cuatro mil al Fiero, que necesitaba defenderse y, si era posible, escapar. El resto se lo repartieron entre todos para ir pasando. A veces, acercábanse a algún viajero reclamándole su fiambre y lo pagaban. A veces, acudían a la choza de un pastor para solicitar una olla de papas hervidas y la pagaban también. Viajeros y pastores, pasaban del espanto a la sorpresa preguntándose: ¿qué gente es ésta? A simple vista colegíase que eran bandoleros y cuatreros y, sin embargo, tenían el gesto honrado de pagar. ¿Por qué? Nada tranquilizadoras eran sus figuras, pues uno parecía un oso de feo y pesado, otro era muy grande y tosco y el Zarco extremadamente sucio y rotoso. Iban bien montados y armados y sabía Dios que les pasaba cuando procedían así. ¡En la vida hay que ver de todo! El Zarco, en realidad, no habría dado lugar a tales cavilaciones e interiormente se reía de lo que consideraba el sentimentalismo de sus compañeros. Pero Doroteo estaba ya muy diestro en el cuchillo y Condorumi era un toro, de modo bue ocultaba sus discrepancias. Entretanto, pasaban los viajeros pobres, pasaban los cóndores, pasaba el viento, pasaba el tiempo y ellos continuaban aguardando una oportunidad que parecía que no iba a llegar nunca mientras tuvieran tantos escrúpulos. Cuando una tarde, el oso dió un gruñido:

— Miren...

A la distancia, por un ondulante sendero, apareció un jinete largo entre dos enormes alforjas.

— ¡Parece el Mágico! — dijo el Zarco.

— El es — afirmó Condorumi.

Montaron y salieron al galope, tragándose las distancias y los vientos. Era de veras el Mágico y ya estaban cerca de él y ya llegaban. Al percibirlos, detuvo su jamelgo.

— ¡Hola, Mágico! — dijo Doroteo, con acento amistoso, haciendo tiempo para que sus segundos se apostaran a ambos lados del mercachifle —, te hemos estao esperando y no llegabas...

— ¿Quién, pa qué? — preguntó el Mágico, tratando de orientarse, pues por las carabinas y la cicatriz en la frente comenzaba a sospechar.

— El Fiero Vásquez, pa darte a vender unas mercaderías. Aura, nosotros semos de la banda...

El Mágico descansó un tanto y veía que la posición suya ante los comuneros era distinta de la que sospechó. Acaso no habían dado importancia a su declaración. Tal vez el Fiero consiguió que la olvidaran, en vista de la utilidad de sus servicios. Porque el Mágico, ciertamente, se entendió con el Fiero para vender las mercaderías robadas a los arrieros. Cuando supo de la muerte de Iñiguez y algunos detalles como la desaparición súbita del caporal considerado espía, le hicieron comprender que corría peligro con los indios y acaso los bandidos sabían de la revelación de sus planes a Amenábar, consideró prudente alejarse hasta que se aclarara la situación. Se fué más al norte. Ahora, parecía que todo se arreglaba.

— Güeno, puedo ir — respondió el Mágico.

— Sí, luego vas a ir — agregó Doroteo.

El Mágico notó que la cara cazurra de Doroteo no estaba
en relación con la que ponían Condorumi, francamente hostil,
y el Zarco, decididamente sarcástica. El mismo Doroteo, considerando que ya era tiempo de terminar la ficción, se echó a
reír con malevolencia. El Mágico se hallaba rodeado por los
bandoleros y al verse preso empalideció de modo que su faz,
en lugar de lonja de sebo, parecía una piedra blanca. Sus vivos
ojos de pájaro iban de una cara a otra, tratando de sorprender
una expresión favorable, algo que le impidiera una actitud
desesperada que podría serle fatal. No vió sino odio y desprecio
y, resolviendo defenderse hasta el último, se llevó la mano al
revólver. Pero la de Condorumi caía ya como una tenaza y la
apresaba sin permitirle llegar a la funda. El Zarco, desde el otro
lado, conseguía extraerle el arma que llevaba colgada del cinto.
Por último Condorumi, con un violento jalón, lo hizo azotar
el suelo con su largo cuerpo mientras su caballo, asustado,
echaba a correr y se detenía poco más allá, orejeando. Púsose
de pie el Mágico y, con rápida determinación, resolvió impre-
sionar a sus asaltantes adoptando una actitud valerosa.

— No sean cobardes — les increpó —. Uno a uno, con
cualquiera... Ustedes son unos cobardes...

Tiró el poncho que llevaba terciado sobre el hombro, dis-
poniéndose a pelear, pero Quispe le metió el caballo dándole a
la vez dos riendazos por la espalda.

— ¿Cobardes, dices? Tú has sido el gran cobarde. Después de pasar como amigo, te volteaste y también juiste a sonsacar a la gente del Fiero pa ir con el cuento a tu gamonal.
Aura sabemos todo: te has fregao...

El Mágico miró al suelo y no había siquiera una piedra
en el sendero ni entre las pajas.

— ¿Lo mato? — preguntó el Zarco apuntando su revólver.

— No, éste no merece esa muerte... Vamos — dijo Quispe
metiendo al Mágico la carabina por las costillas. Luego ordenó
a Condorumi —: Jala vos su caballo...

Salieron del sendero caminando a campo traviesa. Quispe
arreaba al mercachifle como a un animal a fin de que se apurara. Y el Mágico no deseaba apurarse. Quizá asomaría alguien
a la distancia. En ocasiones, los viajeros se agrupaban para
cruzar los sitios peligrosos. Podrían defenderlo. Pero nadie
aparecía. El camino estaba solo. Toda la puna estaba sola. Ha-
cíanle gestos trágicos los picachos negros y alargaban un llanto
gemidor los pajonales. Sólo el cielo de junio estaba serenamente

azul... Se acercaron a una falda abundosa de rocas y guijarros y el Mágico pensó derribar de una pedrada en la frente a Doroteo, por lo menos, antes de morir. Pero Quispe orientó la marcha hacia otro lado y penetraron en una hoyada. Ahora ya no se veía el camino y toda esperanza se esfumaba. ¿Hacia dónde lo conducían? Al principio el Mágico creyó que lo iban a desbarrancar de algún cerro alto, pero ya asomaba una meseta y hacia ella entraron.

— ¿Tienes plata? — preguntó Doroteo.

— En la alforja algo hay, pero mi plata en cantidá está en un banco de Trujillo.

El Mágico tuvo una idea.

— No me maten — pidió —, y si quieren ténganme preso hasta que yo mande por esa plata del banco. Será mi rescate: veinte mil soles...no pierdan.

— Hum — gruñó Doroteo y, después de pensarlo, respondió —: A lo mejor nos armas una trampa y en vez de plata llega la policía... Con lo de la alforja y las mercaderías que llevas ahí, es suficiente...

La paja crecía dura y alta y la meseta brillaba al sol. De cuando en vez, algún pedrón rojinegro, como una verruga gigantesca, rompía la uniformidad de la llanura. A lo lejos, los cerros se enfilaban en procesión. De pronto, hacia un lado de la planicie, aparecieron unos pantanos y la tropa marchó hacia ellos. ¿Irían a sepultarlo allí? El Mágico pensó correr y morir abaleado antes que en el fango, pero, al echar una rápida ojeada a sus conductores, se dió cuenta de que el Zarco había desenrollado un lazo. Los ojos azules se clavaron en él, torvos como un pantano. Pero ya llegaban ante el mismo barrizal negro, millonario de hoyuelos en donde brillaba un agua espesa. Hacia el medio, el agua tomaba profundidad y hasta azuleaba un poco. Había blancos huesos en las orillas y una calavera de vaca unos pasos más adentro, restos de los animales que se introdujeron con la esperanza de beber el agua azulina. Las aves carniceras, devorando sus presas, llevaron sin duda los huesos hacia fuera y los desperdigaron por la pampa. El Mágico tuvo asco y miedo y una anticipada sensación de frío le subió por las piernas hasta el cuello. Los tres bandidos estaban a sus espaldas y él se detuvo en la orilla y se volvió. mirándolos con ojos suplicantes.

— Entre — le gritó Doroteo.

— Denme más bien un tiro — clamó el Mágico.

—Entra, te digo. Tú, Condorumi, bájate y macnetéale los brazos si no quiere meterse...

Condorumi echó pie a tierra haciendo relucir un largo machete y se acercó al Mágico manteniendo en alto la hoja afilada. El tembloroso mercachifle comenzó a entrar chapoteando en el fango. Su largo cuerpo vestido de dril amarillo se iba hundiendo, hundiendo, y sus alocados ojos miraban ora al barro, ora a los hombres, sin encontrar consuelo para su terror. Los hombres lo contemplaban con un gesto de feroz satisfacción y el fango era cada vez más blando y ávido. En un momento, cuando ya estuvo fuera del alcance del machete de Condorumi, quien se quedó en la orilla, el Mágico se detuvo. Pero a pesar de todo el barro cedía siempre y ya le llegaba a la cintura. En vano trató de hacerse a un lado o de salir, así el machete lo tasajeara. Las piernas estaban aprisionadas por el fango y no podía manejarlas. Se hundía, lenta y seguramente. Mientras más movimientos hacía, era peor. Doroteo pensó que el sombrero iba a quedar al aire como una señal y le ordenó:

—Sácate el sombrero y húndelo...

En su desesperación, el Mágico se sacó su blanco sombrero de paja y lo hizo desaparecer bajo el fango, creyendo acaso que al complacer a sus enemigos iba a despertar su piedad o solamente porque ya había perdido toda la voluntad y obedecía como un autómata. El barro burbujeante y hediondo subía con voracidad implacable por su pecho. Miró a los bandidos por última vez. Quiso hablar y no pudo porque los labios y las quijadas le temblaban.

— Adiós — bromeó con cruel acento el Zarco.

El Mágico chapaleaba con las palmas de las manos tratando puerilmente de sostenerse. Y he allí que, de repente, cuando el barro le daba por los hombros, cesó de subir. Algo duro tocaron sus pies, acaso una roca, tal vez una arcilla muy resistente. Los bandidos se miraron entre sí después de advertir que no proseguía el hundimiento. Un hombre menos alto que el Mágico habría tenido, en ese momento, el barro por las narices en el más espantoso de los suplicios, pero a él le sobresalía la cabeza entera, una cabeza blanca y desgreñada, tal si ya estuviera muerta, donde únicamente los ojos manifestaban todo el desesperado terror de una consciente agonía. Las quijadas estaban ya inmóviles, pues los nervios se habían paralizado.

— Echale lazo y sácalo — ordenó Doroteo al Zarco.

Con diestro tiro aprisionó el cuello y Condorumi arrastró al Mágico a la orilla dejando un surco acuoso en el barrizal. Le sacó la soga y el largo cuerpo permaneció inerte, tal una enlodada piltrafa de carne. Era un hombre que vivía, sin embargo. Alzó los ojos hacia los bandoleros y lloró.

—Tengan compasión —rogó luego.

—¿Compasión? ¿Tuviste vos compasión de algo en tu vida?

El Mágico examinó rápidamente su vida acusándose con toda ella: jamás había tenido compasión. Desde la vez en que torturó a la pequeña tórtola del ala rota hasta el tiempo en que intervenía en la búsqueda de los indios fugitivos y contribuyó a que un pueblo entero fuera lanzado a la miseria y sin duda a la muerte en el trabajo de las minas, nunca, nunca supo lo que era compasión. Entonces, la idea de perecer le fué más asequible, aunque, de todos modos, no podía resignarse a ella. Había flaqueado completamente ya, no le quedaba el más pequeño resto de valor y seguía llorando. Lloraba sombríamente.

—Vos, Condorumi, a ver tu juerza —dijo Doroteo—, tíralo bien adentro...

Condorumi lo levantó cogiéndolo del cogote y el cinturón, lo balanceó dos veces y, con violento y rápido esfuerzo, lo arrojó. El Mágico cayó diez varas más adentro, con golpe sordo, y en la blanda gleba que había allí se hundió rápidamente. El barro, sobre él, se convulsionaba burbujeando. Hasta pareció que salía un grito que se frustró formando un ronquido. Pero terminó pronto y la misma agitación del lodo se fué aquietando. Un momento después salían sólo unas burbujas que demoraban en reventar y, por último, todo el barrizal negro y acuoso volvió a quedar en calma.

Los bandoleros, sin decir nada, emprendieron la marcha. Una coriquinga buscaba su alimento volteando la bosta, silbaban las pajas y los lejanos picachos hurgaban el cielo azul. Sobre la meseta y los pantanos, caía el tiempo con una lentitud de miles de años.

XV

SANGRE DE CAUCHERIAS

Tres emociones hondas y poderosas confluían y se mezclaban en el alma de Augusto Maqui durante el viaje por la trocha. Una era la del momento en que se despidió de su caballo en la plaza de Chachapoyas. Con él abandonaba al último comunero. Bien mirado, Benito Castro tuvo más fortuna, puesto que no pasó por la pena de tener que despedirse de Lucero. Augusto palmeó el cuello del bayo, recibió con displicencia los treinta soles que por él le dieron y estuvo viendo cómo su nuevo propietario lo llevaba jalando calle abajo, hasta desaparecer doblando una esquina. Es una tristeza inexplicable la del campesino que se queda a pie, separándose de su caballo, en un mundo desconocido. El animal sufre también. Hay caballos que voltean hacia su dueño y relinchan dolorosamente. Hay hombres que lloran en la hora de la separación. No es un hombre el que se aleja, pero se halla tan ligado a su suerte, lo ha sentido vivir tanto con él, por él, que quisiera retenerlo diciendo la palabra *amigo*. Mas surgen las discrepancias incontrastables, esas vallas pugnaces que señalan límites a la actividad de todos los seres, y el camino se parte en dos y la vida es otra para cada cual. El caballo no podía ir a la selva. Augusto sí. No relinchó el bayo, sino que encogió nerviosamente su cuerpo duro y pequeño al galope fraternal de las palmadas y luego miró al mozo con sus dulces ojos negros. Cuando el

comprador uro de la soga, se resistió inquietamente, volteó
hacia Augusto como invitándolo a intervenir y por fin, ante el
chasquido del látigo, entregado a una dolorosa renuncia, partió
con paso tardo y medroso. El muchacho no lloró, sin duda porque estaba presente don Renato, el contratista, quien le fué
diciendo desde Cajamarca, donde le adelantó trescientos soles, que la selva necesita corazones de acero. Otra emoción
poderosa estaba constituída por la pérdida de los cerros y el
encuentro del vegetal. Poco a poco, se fueron quedando atrás
las cumbres, los riscos, las lomas, las faldas, las laderas. Las
mismas piedras quedáronse atrás. Crecían los vegetales en
cambio. La paja se hizo arbusto, el arbusto matorral, el matorral manigua y la manigua selva. Augusto volvió la cara al
advertir que caía paulatinamente a la sima profunda. Muy lejos, en el horizonte, se extendía una quebrada línea de montañas azules. Ese había sido su mundo. Ahora, tremaba el bosque frente a él, sobre él, como un nuevo mundo, y Augusto lo
ignoraba. La tercera emoción poderosa fué la de la carga. Cuando comenzó la floresta, los arrieros que había contratado don
Renato se volvieron con sus acémilas y una avanzada de caucheros llegó arreando diez indios selváticos que cargaron los
bultos: armas, conservas, ropas, hachuelas. Con fuerza y resignación animal y también con su padecimiento, que apenas
daba de cuando en cuando un ronquido, se echaron sobre las
espaldas los fardos y partieron. Se hundía en la selva el túnel
de una trocha, con piso de lodo, bóveda de ramas y paredes de
troncos y lianas. Delante marchaban los indios, detrás don Renato, los muchachos contratados entre los que se hallaba Augusto, y los caucheros. Era la tarde y sin embargo parecía ya
el anochecer. De cuando en cuando, el sol se filtraba dando un
violento chicotazo de luz que enceguecía las pupilas. El suelo
fangoso estaba dividido en hoyos según el largo del paso. En
ellos chapoteaban los caminantes monótona y lentamente:
ploch, ploch, ploch. Iban en fila y cada uno miraba las espaldas
del compañero, algunos tallos y, más allá, la sombra. Les parecía avanzar hacia la noche. Don Renato dijo en cierto momento,
sin duda sintiendo sobre sí toda la sugestión dramática del bosque amazónico: «Muchachos, estamos en la selva». Ciertamente. Y el alma de Augusto confundía en una sola emoción al bayo,
a los cerros idos, a la presencia obsesionante del árbol y a la
espalda doblada por la carga. Marguicha surgía en cierta zona
especial de su intimidad, triunfando de todas las contingencias.

El barro les llegaba por las rodillas, pero lentamente fué aflo-jándose y ahondándose. Uno de los indios cargueros gritó desde adelante: «Mucho hondo». Un cauchero avanzó ciñéndo-se a los troncos laterales. Augusto no veía bien. Oyó solamente que decían: «Avancen, si se puede». Siguieron, pues, hundién-dose en un fango aguachento hasta el vientre y luego hasta las axilas. Los cargueros, doblados bajo el peso de los fardos, se enlodaban la cara y los largos pelos colgantes. Atrás, quienes tenían carabinas, las levantaban sobre la cabeza con los dos brazos. A un lado y otro de la trocha, a la incierta luz que perforaba la bóveda de ramas, veíase un aguazal que circun-daba los troncos milenarios hasta perderse en una lejanía de sombra. Cuando el barro estuvo otra vez por las rodillas, don Renato dijo:

— Aquí, en este charco que acabamos de pasar, dicen que hay dos caimanes cebados. Yo, a la verdá, nunca los he visto...

— ¡Inventan mucho caimán cebao! — gruñó un cauchero.

— ¿Y qué es caiman cebao? — preguntó Augusto.

— El que ha comido cristiano y como le ha encontrao buen gusto a la carne humana, eso nomá quiere...

Estaban, pues, en la selva. Ploch, ploch, ploch, ploch... Se hacía cada vez más oscuro. Sobre la noche del bosque caía ya, sin duda, la noche de los cielos. El viento bramó en lo alto, estremeciendo las copas y sacudiendo los tallos. Descendió una lenta y blanda lluvia de hojas sobre las cabezas y los hom-bros.

Acamparon a la orilla de un riachuelo, llegando a la cual aún pudieron distinguir un ocaso rojo y violeta sobre el sinuoso perfil de la selva, que reemplazaba ya al aristado de los cerros. Se lavaron el lodo en el riachuelo lento. La noche entoldó un cielo bajo, muy negro, donde latían inmensas y cercanas es-trellas. Comieron rodeando una hoguera los caucheros — pen-sando que ya lo eran también Augusto Maqui y los otros muchachos contratados — y más allá, junto al riacho, forman-do un grupo silencioso y mohino, los indios cargueros. Algunos tenían túnica gris, otros llevaban sólo pantalón de civilizado. A la luz de la hoguera podían distinguirse las mataduras he-chas en los torsos bronceados por las sogas y las aristas de la carga. Olían mal las llagas supurantes y de todo el cuerpo salía un hedor de animales sudados.

Parecia que no iba a llover. Se acostaron sobre la arena los cargueros y los demás sobre sus mantas. La hoguera se apagó y las luciérnagas encendieron sus hilos de luz. En el bosque gritaban las fieras y los pájaros. Uno de los caucheros baqueanos aconsejó a Augusto que no cambiara de postura, pues entonces le haría doler la arena moldeada según su anterior posición. Era cuestión de asimilar nuevos conocimientos. Mas todos parecían muy pequeños frente a esa inmensidad de rumores y voces desconocidos y distante y misteriosa entraña. El riachuelo corría blanda y silenciosamente bajo la noche. Aviesos zancudos soplaban levemente su cornetín. Los gigantescos árboles llegaban al cielo para florecer estrellas.

*
* *

Como túnel y todo, la trocha siempre era un camino por tierra, una conexión con el mundo que se dejó. Sobre la canoa, en medio de una corriente poderosa, Augusto Maqui sintió que entraba de veras a una nueva existencia. Las canoas, largas y angostas, avanzaban en fila cargadas de fardos y hombres. Algunas tenían un pequeño cobertizo de hojas de palmera. Cuando el río se precipitaba en el vértigo de un rápido, parecía que iban a zozobrar. Pero allí estaban los indios bogas, inclinados sobre el agua y con un gran remo entre las manos, dando los golpes necesarios, de modo que la embarcación cruzaba entre pedrones y correntadas con la naturalidad de un pez que tuviera el capricho de nadar a flor de agua. Arboles y más árboles, en todos los matices del verde, llegaban hasta las orillas. No se veía sino agua hacia adelante y atrás. Arriba, un cielo de un azul lechoso comenzaba a nublarse. A veces, si había playa, surgía sobre la arena un caimán ganoso de sol que arrojábase al agua con violento chapoteo apenas advertía las embarcaciones. Garzas pardas y bandadas de verdes loros y extraños pájaros pasaban saludando a los viajeros. Los indios bogas eran incansables y, ayudadas por la corriente, sus canoas volaban dejando una estela rauda, en pos de un puerto que sin embargo parecía que nunca iba a llegar. El río corría precipitándose, ondulando, arremansándose, creciendo a favor de los afluentes, cercenando recodos terrosos, mordiendo y descuajando tallos, bañando playas anchas de blanca arena, rompiéndose mugidoramente en estrechos rocosos, tomando a veces una paz de lago, enfureciéndose otras con ondulaciones violentas y remolinos de ávido sorbo. El río, pese a su anchura, era abarcable de orilla a orilla, pero daba la impresión de que era inalcanzable hasta su término. Llegó un momento en que lo dejaron irse solo. Las canoas voltearon por un afluente y, después de dos horas de surcada, recalaron en el puesto Canuco.

*

* *

Se conoce recién el bosque cuando, agotada la trocha, el hombre entra a este mundo vegetal donde no hay más huellas que las que él mismo va dejando y que pronto serán borradas por las hojas que caen. Entonces siente sobre sí el abrazo tentacular de la selva, que debe resistir con lomo firme, pie seguro, brazo fuerte y ojo claro. De lo contrario morirá de un momento a otro, a manos de fieras o de los salvajes, o lentamente después de dar vueltas y más vueltas en esa confusión inextricable de tallos, de lianas, de plantas parásitas, de helechos, de raíces, de vegetales que caen y vegetales que crecen, que se levantan, que se abrazan, que se contorsionan, que se yerguen. Unos alzan los brazos clamando en pos de un sol que baña el follaje alto. Otros se han resignado a no verlo nunca y se hunden con furia en los troncos vigorosos para chuparles la savia. Los bejucos y lianas tejen grandes mallas y las palmeras ponen una nota de gracia en el vasto mundo congestionado. Son tantas las palmeras, tantas, que ningún sabio ha logrado conocerlas todas. Femeninas y donairosas, junto al gran árbol severo, a la juncia enredadora o al parásito atormentado y atormentador, ellas elevan sus penachos amables y llaman al hombre para ofrendar cocos, un cogollo carnoso y nutritivo, una fibra elástica apta para hamacas, una hoja con la que téjese el sombrero regional y, por fin, el supremo bien del rumbo si es que lo ha perdido. Para eso inclina su copa en dirección del sol y lo sigue, sabiamente — por mucho que sobre ella haya follaje espeso — desde que nace hasta que se oculta. El caminante extraviado, si sabe apreciar su gesto, tomará la buena dirección y saldrá del océano abismal. La palmera es la brújula apuntada hacia el polo de la selva: el sol.

Augusto Maqui, cauchero del puesto Canuco, entró al bosque con muchos otros, pero teniendo como compañero inmediato a un veterano llamado Carmona. El le decía:

— Le perderás el miedo a la selva el día que te metas cuatro leguas más allá de las trochas y las señales hechas en los árboles, y vuelvas...

Augusto, por el momento, se advertía incapaz de tal hazaña. Tropezaba en las raíces de los árboles y las lianas y ramas le golpeaban la cara. Apenas veía.

— Conoce el caucho — dijo Carmona.

Detuviéronse ante un martirizado ser de los bosques, lleno de cortaduras y lacras. Los tajos habían lacerado su hermoso tallo de blanda corteza y héchole sangrar hasta matarlo. El hombre también sangraba allí: el civilizado, el salvaje. Augusto Maqui, que ya había tenido ocasión de observar lo que pasaba en el puesto Canuco, vió en ese vegetal a un hermano de desgracia. Sin embargo, debía ser implacable. Poco después encontraron un árbol intacto aún, y veterano y novato clavaron en la tibia piel la hoja filuda de las hachuelas y le ciñeron los recipientes de latón que debían almacenar el denso jugo. No podían desperdiciar tiempo en espera de que se llenaran y siguieron adelante. Ya recogerían los depósitos a la vuelta.

La selva creció y creció ante los pasos de Augusto Maqui y su compañero. Y terminado el día, pudieron volver con la tarea hecha. No encontraron más árboles de caucho, pero el sacrificado, a muerte, dió la porción reclamada. Varias barracas de tallos de palmera se levantaban en un campo talado formando el puesto Canuco. En una vivía don Renato y el segundo jefe llamado Custodio Ordóñez. En otra, los caucheros más o menos libres que dominaban a los salvajes y a los peones. En las demás los indios de la selva y de la sierra, más bien dicho los pobres, porque también había allí blancos y mestizos. Las barracas levantaban sus pisos sobre gruesas pilastras de troncos a fin de eludir la humedad del llano amazónico. En una casa especial, estaban las mujeres, muchas mujeres indias, concubinas de don Renato, Ordóñez y los mandones. Del corazón de la selva traían a las jóvenes salvajes a agonizar en brazos de esos hombres duros y despóticos, lúbricos y violentos.

Ordóñez era un tipo alto y musculoso, de ojos claros y una cara chupada a la que alargaba más la barba en punta. Se tocaba la cabeza con un amplio sombrero de palma y vestía camisa amarilla y pantalón fuerte. Las botas recias tenían hebillas de plata. De su cinturón colgaba siempre un revólver y de su hombro, a veces, un fusil. Don Renato era el dueño y primer

Jefe del puesto Canuco, pero como Ordóñez tenía el carácter más violento, en ese mundo de violencias resultaba mandando en primer lugar.

No solamente los hombres que estaban en Canuco explotaban el caucho de esa región. También los indios que vivían en la selva adentro, debían llevar todos los sábados su cuota. Eran esclavos del servicio de los caucheros. Los habían reducido por medio del fusilamiento y del látigo. Y he allí que ellos dejaban de cazar, de sembrar, de tejer, para poder cumplir con la obligación. Desde la mañana a la tarde del sábado llegaban, viniendo de todos los lados del territorio de la tribu, los hombres, las mujeres, los niños, cargados de negras pelotas de caucho. Cobrizos, de melenas desgreñadas, algunos con túnica gris, otros desnudos. Los caucheros recibían las porciones y los indios que no la entregaban completa eran flagelados. A un árbol se los ataba para darles cincuenta, cien latigazos. Hasta los niños eran azotados bárbaramente y sus madres, para que dejaran de llorar, les soplaban y lamían las nalgas ardorosas y sangrantes. Todos los indios llevaban el trasero lacerado.

Ordóñez gritaba:

— Indios haraganes: como sigan mermando la entrega, no los voy a latiguear sino a matar...

Desde tiempos viejos, la batalla había sido dura. Hay una historia que vale la pena contar.

Corría el año 1866. Uno de los últimos días de junio, las ruedas de un vapor fluvial azotaban por primera vez las aguas del río Ucayali. El «Putumayo» partió de Iquitos en una de las primeras exploraciones organizadas por la marina de guerra. Las paletas chapoteaban inquietamente en el agua desconocida. A un lado y otro, la selva. Muchos afluentes, muchos tributarios. De cuando en cuando, las casas de los primeros colonizadores, brava gente que entró a disputar al indio salvaje y a la naturaleza su predominio y se abría paso y se hacía lugar, tercamente, a golpe de hacha y de fusil. En esos tiempos se negociaba en maderas, pieles y productos de la tierra. El caucho no había sido descubierto como planta industrial todavía. El «Putumayo» pasó cierto día frente al río Cachiyaco, que quiere decir agua de sal, y era efectivamente de aguas saladas que producían sal por medio de la simple evaporación. La arrastraba desde sus orígenes, pues nacía en medio de grandes montañas de sal de piedra.

En agosto, el empecinado barco, que ya había encontrado muchas palizadas, surcaba el río Pachitea. Los colonizadores iban escaseando. Los mismos expedicionarios tenían que cortar leña para alimentar el fuego de las calderas. La navegación era lenta y la selva, celosa de su salvaje virginidad, enviaba más y más palizadas. Los troncos negros y pesados, flotando a media agua, embestían al barco haciéndolo trepidar. Se aumentaba la presión de las calderas, las ruedas chapoteaban con violencia y el «Putumayo» seguía corriendo arriba, indeclinablemente. Una correntada impetuosa arrojó el vapor en medio de un taco de troncos que se había formado en un recodo del río. La presión fué aumentada inútilmente. El barco prisionero apenas si se balanceaba entre los troncos que le ceñían los costados. Marineros provistos de hachas tuvieron que bajar a cortar los maderos y deshacer paulatinamente la valla, librando los fragmentos a la corriente. Después de un día entero de trabajo, el «Putumayo» quedaba libre. No son hombres de hacerse atrás los que pelean con la selva. Siguieron, pues. Mas la selva no se rinde. Al siguiente día, un palo enorme embiste al vapor y lo quiebra y el agua entra inundando dos secciones de popa. Hay que varar el barco en el primer banco de arena para impedir que se hunda. El jefe de la expedición, mientras se realizan las reparaciones, va a la boca del Pachitea en busca de víveres. El día 14, aparecen en la orilla cuatro cashibos, los que hacen ademanes y señas amistosos a los expedicionarios. Están desnudos. Son altos, fuertes y empuñan lanzas. Las otras tribus temen a los cashibos y ninguna los ha vencido en la guerra. Pero los civilizados no pueden manifestar miedo. Se arría un bote y van en él los oficiales Távara y West y algunos marineros. Los cashibos los reciben cordialmente y los invitan a seguirlos. Távara y West avanzan tras ellos por la arenosa playa. De pronto, desde los árboles que se levantan al fondo, vuelan mil flechas raudas que derriban a los oficiales y los erizan de varillas. Los cuatro cashibos vuelven y les hunden las lanzas en el pecho. Los marineros habían sacado el bote y, sin tiempo de empujarlo, se tiran al río y ganan a nado el «Putumayo». Entretanto, los indios levantan los cadáveres y entran al bosque. El «Putumayo» vuelve a Iquitos. Los cashibos creen haber ganado la partida.

Son ahora tres barcos, el «Morona», el «Napo» y el «Putumayo» los que ingresan al sinuoso Ucayali viniendo de Iquitos. La vista del cerro Canchahuaya impresiona muy bien por la sencilla razón de que es de piedra. Muchos expedicionarios ven piedras después de años. Otros miran las de gran tamaño por primera vez en su vida. En los llanos amazónicos las piedras son casi desconocidas. Esas rocas del Canchahuaya no tienen nada especial, ningún particular encanto. Son simplemente piedras en un mundo de tierra, vegetales y agua. Así, se se convierten en piedras preciosas.

Los barcos entran al Pachitea. Los cashibos bravos habitan la margen derecha. El jefe de la expedición, prefecto Arana, despacha indios conibos para que busquen a algunos cashibos mansos que residen en la margen izquierda. Por fin, acampan todos en Setico-Isla, tres millas más abajo de Chonta-Isla, lugar del dramático episodio, a fin de que los salvajes no escuchen el ruido de los vapores y se prevengan.

Al día siguiente, la expedición parte en botes y canoas manejados por indios conversos, y es un atardecer cárdeno y cálido cuando llegan a Chonta-Isla. Los indios conocedores informan que las casas de los buscados deben quedar a dos leguas de allí y que el cabecilla es el feroz Yanacuna. Se encuentra conveniente ir de noche para sorprenderlos durmiendo y hacerlos prisioneros.

Y entran a la selva hombres de tropa, armados de rifles; cuarenta indígenas, de los que algunos son cashibos guías y los demás conibos, provistos de flechas, que quieren vengar viejas derrotas; el prefecto Arana y diez personas de su comitiva, que disponen de carabinas, y el R. P. Calvo, que levanta la cruz.

Guiados por los salvajes, cuyo ojo vence la sombra, avanzan toda la noche sin encontrar otra cosa que árboles y pasadizos obstaculizados por filudas estacas de chonta que los indios han clavado adrede en el suelo para desgarrar los pies de sus enemigos. A las cuatro de la mañana, los expedicionarios descubren el bote que los marineros dejaron en la playa, sorprendiéndose de que los salvajes hayan podido arrastrar una embarcación tan pesada y voluminosa hasta ese apartado lugar a través de la maraña de la selva. Y ya es de día, cuando al fin llegan a unas casas. Están completamente vacías. ¡Adelante! Cruzan un extenso platanal y, de nuevo en el bosque inculto, se dan con unas extrañas chozas, muy pequeñas y alargadas, cubiertas de hojas de palmera, que sólo muestran pequeñas troneras. Los cashibos las utilizan para cazar. Como imitan muy bien los gritos y cantos de los animales y pájaros, se ocu-

tan en ellas y lanzan al aire el reclamo de venado o el arrullo
de la paloma o el mugido del paují, que acuden en pos de su
ilusorio congénere, acercándose hasta que de la tronera parte
la buída flecha que les rinde la vida. Pero tampoco hay nadie
allí y por ningún lado aparecen rastros frescos de indios. Pero
de pronto se oye el golpe de su tamboril y orientándose por él
llegan a un claro del bosque, donde cuarenta o cincuenta indios,
acompañados de sus mujeres y sus niños, celebran una orgía.
Beben el masato y danzan en torno a una hoguera. Según sus
ritos guerreros, los cashibos queman los cadáveres de sus enemigos y luego disuelven las cenizas en masato y se las beben.
Los cuerpos de Távara y West corrieron sin duda igual suerte
y ésas son las postrimerías de la celebración. Hay una escara-
muza y los indios huyen dejando algunos muertos y tres mujeres y catorce muchachos prisioneros. Entre las mujeres se encuentra la propia mujer de Yanacuna, quien, insultando a sus
captores con gritos y ademanes, se arranca del cuello una sar-
ta de dientes calcinados que arroja a los pies del jefe de la expedición. Esta emprende el regreso y no ha caminado media
legua cuando una feroz gritería anuncia la presencia de los indios que disparan sus flechas y acosan por un lado y otro, acercándose con el ánimo de arrebatar los prisioneros. Caen muchos debido a su temeridad, pero esto, en vez de infundir miedo
a los otros, parece acrecentarles el valor y los deseos de venganza. Yanacuna corre hacia adelante, hacia atrás, dando gritos,
disparando sus flechas, alentando a sus huestes. Casi a boca
de jarro va a tirar sobre un soldado cuando rueda con la frente
perforada. Menos se desalientan los guerreros. La muerte del
jefe los enfurece y atacan con redoblado ímpetu, pero los fusiles y carabinas los mantienen a raya y los expedicionarios
avanzan regando la selva con sangre y cadáveres. A las cinco
de la tarde, Arana y su gente se hallan frente a Chonta-Isla.
Todo el día habían acudido cashibos y la playa bullía de hombres desnudos de gesto feroz y flecha pronta. Pero los tres vapores habían llegado también, pues tenían orden de aguardar a la expedición en ese sitio. Los indios, ignorantes de la
artillería, daban por segura su presa. Los expedicionarios no
podrían pasar. Los barcos pusiéronse en línea y, en el momento
culminante, cuando los indios esperaban ensartar con mil
flechas a cada uno de sus enemigos, dispararon los cañones a
un tiempo y los ecos y nuevas andanadas repercutieron como
truenos en la selva. En esa apretada masa, la metralla arrasó

y los cashibos supervivientes corrieron hacia el bosque, dando alaridos, entre cadáveres destrozados, heridos que se retorcían y sangre espesa que empapaba las arenas...

La expedición nombró a ese lugar *Puerto del castigo* y, para reafirmar su decisión de dominio, continuó aguas arriba por el Pachitea.

Así, con éste y otros parecidos episodios, comenzó la conquista de la selva. Continuó con el apogeo del caucho. No ha terminado todavía. En el tiempo del caucho, miles de hombres resueltos penetraron al bosque. Llevaban codicia y valor que fueron exaltados y deformados hasta la barbarie en un mundo donde la ley estaba escrita en el cañón del fusil. Muchas tribus bravas continuaron resistiendo y las masacraron sin piedad. Las mansas y sometidas, no lo fueron menos. Con el agravante de que tuvieron que soportar el peso de la carga. Mas éste era agobiador y a veces solían levantarse para sacudirlo...

Cada día llegaban menos indios llevando caucho al puesto Canuco. Don Renato optó por irse y traspasó el puesto, y desde luego a los hombres con sus respectivas deudas, a Custodio Ordóñez. En vano reclamó Augusto Maqui que lo dejaran partir. Debía cien soles y tenía que quedarse. El, más que un prisionero de los hombres, se sentía un prisionero de la selva. Era difícil fugar por el bosque sin perderse, y para ir por el río se necesitaba canoa y experiencia en rápidos. La vida en Canuco pasaba lenta y duramente. Tras las barracas quedaba el bosque, delante de ellas el río y otra vez el bosque en la ribera fronteriza. Arriba, un cielo denso de nubes o alumbrado por un sol ardiente. Cada quince días, cada mes, llegaba de Iquitos una lancha llevando provisiones y noticias y recogía el caucho. La lancha era el único contacto que los caucheros tenían con el mundo. Llevaba también licor y los mandones se embriagaban, especialmente Ordóñez. Entonces Ordóñez echaba tiros a diestra y siniestra y amaba y torturaba a una indiecita de quince años llamada Maibí. El río crecía en tiempo de las grandes tempestades y después se retiraba hacia el centro del cauce, dejando playas anchas donde ponían sus huevos las tortugas. Algún árbol centenario caía desgajado por el rayo y diez comenzaban a subir hacia el sol en su mismo lugar. La selva es inmortal a favor de una gleba honda, de un calor genésico, de una lluvia copiosa y un sol esplendente. Viéndola es fácil comprender que su vida no reside en la raíz ni en el fruto sino en las fuerzas esenciales.

* * *

Augusto entraba cada vez más lejos en el bosque, aunque siempre tras Carmona. Paulatinamente fué tomando confianza, pero la impresión misteriosa que le producía la selva no se amenguaba en ningún caso. Le parecía que más allá de los lugares a los cuales llegaba, aún más allá, estaba aguardando un inquietante secreto. Carmona le decía que era así siempre y que aun los caucheros más antiguos y los mismos nativos recelaban al encontrarse solos muy adentro. Y no por las fieras y los salvajes, sino debido a la sobrecogedora llamada de lo desconocido.

*

* *

Augusto, en la calma del bosque, observó muchos pájaros y le llamaron la atención por su rareza el huancaví, valeroso cazador de víboras; el martín pescador, que se alimenta de pescado y, posado sobre una rama inclinada sobre el agua, deja caer sus excrementos que contienen semillas, a modo de cebo, para zambullirse con presteza y sacar el pez en el pico apenas se acerca; el tucán, que agita las hojas en forma de cálices que contienen agua para que la viertan a su pico grueso y basto o, en momentos de lluvia, mira al cielo con el pico abierto, pues no puede beber de otro modo; las mariquiñas, de canto alegre y dulce, que vuelan en bandadas orillando los ríos. Estas eran las aves más visibles. Las otras vivían en el alto follaje soleado de la selva y, de tarde en tarde, pasaban ante los caucheros como un copo de fuego o de oro o de esmeralda o de nieve. Más se sabía de ellas por su alegre algarabía.

Y una noche en que cantó cerca de Canuco el ayaymama, un cauchero contó una de sus tantas leyendas. Porque en el fondo del bosque tropical, mientras la luna platea las copas de los inmensos árboles y las aguas de los ríos inmensos, el ayaymama canta larga y desoladamente. Parece decir: «Ay, ay, mama». Es un pájaro al que nadie ha visto y sólo es conocido por su canto. Y ello se debe al maleficio del Chullachaqui. Sucedió así.

Hace tiempo, mucho tiempo, vivía en las márgenes de un afluente del Napo — río que avanza selva adentro para de em-

bocar en el Amazonas — la tribu secoya del cacique Coranke.
El tenía, como todos los indígenas, una cabaña de tallos de palmera techada con hojas de la misma planta. Allí estaba con su
mujer, que llamaba Nara, y su hijita. Bueno: que estaba es
sólo un decir, pues Coranke, precisamente, casi nunca se encontraba en casa. Era un hombre fuerte y valiente que siempre
andaba por el riñón del bosque en los trajines de la caza y la
guerra. Donde ponía el ojo clavaba la flecha y esgrimía con
inigualada potencia el garrote de madera dura como la piedra.
Patos silvestres, tapires y venados caían con el cuerpo traspa-
sado y más de un jaguar que trató de saltarle sorpresivamente,
rodó por el suelo con el cráneo aplastado de un mazazo. Los
indios enemigos le huían.

La hijita, muy pequeña aún, crecía con el vigor de Coranke
Nara era tan bella y hacendosa como Coranke fuerte y
valiente. Sus ojos tenían la profundidad de los ríos, en su boca
brillaba el rojo encendido de los frutos maduros, su cabellera
lucía la negrura del ala del paujil y su piel la suavidad de la
madera del cedro. Y sabía tejer túnicas y mantas de hilo de
algodón, y trenzar hamacas con la fibra de la palmera *sham-
bira*, que es muy elástica, y modelar ollas y cántaros de arcilla,
y cultivar una chacra — próxima a su cabaña — donde prosperaban el maíz, la yuca y el plátano.

La hijita, muy pequeña aún, crecía con el vigor de Coranke
y la belleza de Nara, y era como una hermosa flor de la selva.

Pero he allí que el Chullachaqui se había de entrometer.
Es el genio malo de la selva, con figura de hombre, pero que se
diferencia en que tiene un pie humano y una pata de cabra o
de venado. No hay ser más perverso. Es el azote de los indígenas y también de los trabajadores blancos que van al bosque
a cortar caoba o cedro, o a cazar lagartos y anacondas para
aprovechar la piel, o a extraer el caucho del árbol del mismo
nombre. El Chullachaqui los ahoga en lagunas o ríos, los extra-
vía en la intrincada inmensidad de la floresta o los ataca por
medio de las fieras. Es malo cruzarse en su camino, pero resulta
peor que él se cruce en el de uno.

Cierto día, el Chullachaqui pasó por las inmediaciones
de la cabaña del cacique y distinguió a Nara. Verla y quedarse
enamorado de ella fué todo uno. Y como puede tomar la forma
del animal que se le antoja, se transformaba algunas veces en
pájaro y otras en insecto para estar cerca de ella y contemplarla
a su gusto sin que se alarmara.

Mas pronto se cansó y quiso llevarse consigo a Nara. Se internó entonces en a espesura, recuperó su forma y, para no presentarse desnudo, consiguió cubrirse matando a un pobre indio que estaba por allí de caza y robándole la túnica, que era larga y le ocultaba la pata de venado. Así disfrazado, se dirigió al río y cogió la canoa que un niño a quien sus padres ordenaron recoger algunas plantas medicinales, había dejado a la orilla. Tan malo como es, no le importó la vida del indio ni tampoco la del niño, que se iba a quedar en el bosque sin poder volver. Fué bogando hasta llegar a la casa del cacique, que estaba en una de las riberas.

— Nara, hermosa Nara, mujer del cacique Coranke — dijo mientras arribaba —, soy un viajero hambriento. Dame de comer...

La hermosa Nara le sirvió, en la mitad de una calabaza, yucas y choclos cocidos y también plátanos. Sentado a la puerta de la cabaña, comió lentamente el Chullachaqui, mirando a Nara, y después dijo:

— Hermosa Nara, no soy un viajero hambriento, como has podido creer, y he venido únicamente por ti. Adoro tu belleza y no puedo vivir lejos de ella. Ven conmigo...

Nara le respondió:

— No puedo dejar al cacique Coranke...

Y entonces el Chullachaqui se puso a rogar y a llorar, a llorar y a rogar para que Nara se fuera con él.

— No dejaré al cacique Coranke — dijo por último Nara.

El Chullachaqui fué hacia la canoa, muy triste, muy triste, subió a ella y se perdió en la lejanía bogando río abajo.

Nara se fijó en el rastro que el visitante había dejado al caminar por la arena de la ribera y al advertir una huella de hombre y otra de venado, exclamó: «¡Es el Chullachaqui!» Pero calló el hecho al cacique Coranke, cuando éste volvió de sus correrías, para evitar que se expusiera a las iras del Malo.

Y pasaron seis meses y al caer la tarde del último día de los seis meses, un potentado atracó su gran canoa frente a la cabaña. Vestía una rica túnica y se adornaba la cabeza con vistosas plumas y el cuello con grandes collares.

— Nara, hermosa Nara — dijo saliendo a tierra y mostrando mil regalos—, ya verás por esto que soy poderoso. Tengo la selva a mi merced. Ven conmigo y todo será tuyo.

Y estaban ante él las más bellas flores del bosque, y todos los más dulces frutos del bosque, y todos los más hermosos objetos — mantas, vasijas, hamacas, túnicas, collares de dientes y semillas — que fabrican todas las tribus del bosque. En una mano del Chullachaqui se posaba un guacamayo blanco y en la otra un paujil del color de la noche.

— Veo y sé que eres poderoso — respondió Nara después de echar un vistazo a la huella, que confirmó sus sospechas —, pero por nada del mundo dejaré al cacique Coranke...

Entonces el Chullachaqui dió un grito y salió la anaconda del río, y dió otro grito y salió el jaguar del bosque. Y la anaconda enroscó su enorme y elástico cuerpo a un lado y el jaguar enarcó su lomo felino al otro.

— ¿Ves ahora? — dijo el Chullachaqui —, mando en toda la selva y los animales de la selva. Te haré morir si no vienes conmigo.

— No me importa — respondió Nara.

— Haré morir al cacique Coranke — replicó el Chullachaqui.

— El preferirá morir — insistió Nara.

Entonces el Malo pensó un momento y dijo:

— Podría llevarte a la fuerza, pero no quiero que vivas triste conmigo, pues eso sería desagradable. Retornaré, como ahora, dentro de seis meses y si rehusas acompañarme te daré el más duro castigo...

Volvió la anaconda al río y el jaguar al bosque y el Chullachaqui fué hacia la canoa, llevando todos sus regalos, muy triste, muy triste subió a ella y se perdió otra vez en la lejanía bogando río abajo.

Cuando Coranke retornó de la cacería, Nara le refirió todo, pues era imprescindible que lo hiciera, y el cacique resolvió quedarse en su casa para el tiempo en que el Chullachaqui ofreció regresar, a fin de defender a Nara y su hija.

Así lo hizo. Coranke templó su arco con nueva cuerda, aguzó mucho las flechas y estuvo rondando por los contornos de la cabaña todos esos días. Y una tarde en que Nara se hallaba en la chacra de maíz, se le presentó de improviso el Chullachaqui.

— Ven conmigo — le dijo —, es la última vez que te lo pido. Si no vienes, convertiré a tu hija en un pájaro que se quejará eternamente en el bosque y será tan arisco que nadie podrá verlo, pues el día en que sea visto el maleficio acabará, tornando a ser humana... Ven, ven conmigo, te lo pido por última vez, si no...

Pero Nara, sobreponiéndose a la impresión que la amenaza le produjo, en vez de ir con él se puso a llamar:

— Coranke, Coranke...

El cacique llegó rápidamente con el arco en tensión y lista la buída flecha para atravesar el pecho del Chullachaqui, pero éste ya había huído desapareciendo en la espesura.

Corrieron los padres hacia el lugar donde dormía su hijita y encontraron la hamaca vacía. Y desde la rumorosa verdura de la selva les llegó por primera vez el doliente alarido: «Ay, ay, mama», que dió nombre al ave hechizada.

Nara y Coranke envejecieron pronto y murieron de pena oyendo la voz transida de la hijita, convertida en un arisco pájaro inalcanzable aun con la mirada.

El ayaymama ha seguido cantando, sobre todo en las noches de luna, y los hombres del bosque acechan siempre la espesura con la esperanza de liberar a ese desgraciado ser humano. Y es bien triste que nadie haya logrado verlo todavía...

*
* *

Llegó el tiempo de la vainilla y Augusto se dió cuenta, debido al intenso olor, de que tras las barracas, en el comienzo de la selva, había un gran matorral. Al comienzo se esparció un olor suave que perfumaba gratamente el viento, pero después fué creciendo e intensificándose hasta marear. Hacía doler la cabeza y daba náuseas. El matorral sarmentoso, de hojas grandes, estaba pletórico de cápsulas que se movían blandamente prodigando su aroma denso. ¡Y pensar que en la selva atosigaba al hombre lo que allá en el mundo lejano era buscado para perfumar pastas y bebidas que dieran gozo al hombre! El bosque sobrecarga hasta sus olores. Ordóñez gritó:

— Boten esa vaina...

Diez caucheros, machete en mano, talaron la vainilla. Y a favor de la corriente avanzaron verdes islas aromáticas perfumando el río de orilla a orilla.

*
* *

De noche, Augusto pensaba en Marguicha. El día estaba lleno de afanes y en medio del bosque había que tener todos los

sentidos alertas y orientados a lo inmediato; en tanto, acurrucado en la hamaca, oyendo la voz de los caucheros o solamente
la de los zancudos cuando aquéllos se callaban, podía entregarse
con libertad a sus recuerdos. Al principio la extrañó mucho y
deseaba impacientemente volver. Después, las ditas y la desesperanza le enredaban la voluntad como ceñidas lianas y ella
era ya, apenas, una incierta promesa. ¿Qué iba a hacer, preso
como estaba de la deuda, del bosque y del agua? Además no
quería retornar derrotado. Carmona dijo que podían cambiar
de patrón, dándose a la fuga. ¿Cuándo, cómo? Ahí estaba la
cosa. El hombre no puede vivir todo el tiempo en la espesura
y, saliendo de ella, hay siempre contratistas, capataces y jefes
de caucheros que se entienden perfectamente. Una tarde, llegó al puesto Canuco, en una pequeña canoa, un cauchero al
que llamaban el Chino. Sin deber a nadie, había trabajado
selva adentro y llevó sus negras bolas de caucho por el mismo
río. Desde la canoa — palada aquí, palada allá — las manejaba. Parecía el pastor de un raro rebaño acuático. Solamente
había perdido dos piezas en un carrizal. El Chino sacó su caucho y se puso a esperar la llegada de la lancha. Ordóñez echó
al jebe listo ávidas miradas, propuso ridículos precios y hasta
amenazó al Chino. El no durmió vigilando su tesoro fusil en
mano y al otro día llegó la lancha. Durante la noche, conversó
con Carmona y Augusto y les prometió ayudarlos en su fuga.
Cuando volviera, la próxima vez...

*
*   *

Un cauchero tenía una especie de guitarra hecha de ca-
parazón de armadillo y acompañándose con ella — sus notas
eran cortas y punzantes — solía cantar. Entonaba, adosado
a la noche, yaravíes, valses y tonadas doliéndose de los padecimientos del trabajador de la selva. Cuando se bebía unos tragos, bailoteaba en su boca una marinera entusiasta:

> Ofrécele a esa niña
> una corona:
> la bandera peruana,
> señora del Amazonas...

Oído,
me voy al Yavarí...
 Quiebra
me voy al Caquetá...
guayayay
y sigo andando...

Se refería a incursiones llevadas a cabo en los ríos y las tierras de otros países. Los caucheros peruanos habían conquistado a sangre y fuego el Caquetá y estaban llenos de entusiasmo, aunque todo resultara en exclusivo beneficio del empresario Arriaza y su compañía Amazon River.

El Caquetá se hallaba lejos y Augusto ignoraba o comprendía mal esas cosas. Le placía la canción, por su optimismo, flor del alma tan rara en la selva como cierta victoria regia que surgía de lagos y lagunas. Decían que ésta era la expresión más hermosa del bosque y él no había logrado verla aún.

De todos modos, le agradaban los cantos, así fueran tristes. Augusto no podía cantar y menos explicarse cuál o cuáles eran las causas que se lo impedían...

* * *

Nara se parecía a Marguicha, pero más se parecía a Maibí. Augusto, cuidando de que no lo notara Ordóñez, solía mirarla cuando ella iba de la cabaña de las mujeres a la del patrón. Unas veces pasaba vestida con túnica y otras desnuda. Era hermoso su cuerpo moreno y fuerte, todavía lozano a despecho de los castigos y padecimientos... Los senos se erguían con naturalidad, el vientre manteníase terso y las caderas se movían con blando y voluptuoso ritmo. En la cara ancha, enmarcada por la cabellera endrina, negreaban dos ojos de ave azorada y la boca tenía un leve gesto de tristeza. Nara se parecía a Maibí. Todos los caucheros la deseaban y acaso la amaban en sus sueños. No eran hermosas sus concubinas y otros ni las tenían. Carmona y Augusto solían encontrar mujer por el bosque, entre las indias que buscaban, como ellos, el caucho. Pero no las había siempre y estaban laceradas por el látigo y de todos modos eran muy tristes. Carmona, a propósito, le contaba del tiempo en que estuvo con el gringo_ Mc Kenzie, misionero

entre los aguarunas. Bueno, Mc Kenzie y Carmona, que era su
asistente, corrieron verdadero peligro en las serranías de Cajamarca, donde casi los mata una poblada que armó un cura
diciendo que el gringo era el Anticristo. Felizmente disponían
de buenos caballos y no fué galope, sino vuelo, el que echaron.
Eso les hizo llegar más pronto a la misión. Los aguarunas trataban a Mc Kenzie con cordialidad, oían las misas protestan-
tes que oficiaba, le recibían los obsequios que solía hacerles y,
sobre todo, le ayudaban a consumir las provisiones. Eran muy
piadosos. Después, en el tiempo del caucho, defendieron su territorio del Bajo Marañón a punta de flecha y lanza. Una vez,
hasta masacraron a todos los habitantes de un puesto de caucheros porque el jefe de ellos no pudo devolverles una sansa,
o sea una cabeza reducida, de uno de sus curacas, que le cambiaron por un fusil y que el cauchero envió a Lima. Pero, vaya,
estaban hablando de las mujeres. Los aguarunas, cuando un
hombre de su tribu les birla la mujer, lo castigan con un me-
dido machetazo en la cabeza. Hay tenorios cuyos parietales
tienen más surcos que una chacra. Pero cuando se trata de
un extranjero, lo matan. Lo peor es que los indios conocen la
infidelidad por el olfato y entonces la mujer tiene que declarar.
Carmona se consiguió una amante a la cual poseía, a la orilla
del río, sobre un lecho de hojas de palmera que luego arro-
jaban al mismo río. Esos eran otros tiempos. Ahora, en Canuco, las hembras estaban laceradas y marchitas y Maibí, Maibí...

Maibí era amada bárbaramente por Ordóñez. La lancha
llega, como de costumbre, llevando licor y el jefe de caucheros
se embriaga más que nadie. Ruge en su cabaña barbotando injurias y luego llama a Maibí o va él mismo por ella. La posee
y después la insulta:

— No me quieres porque eres una puta. Te entregas a los
otros caucheros. Ahora, ahora te voy a componer...

La lleva al lindero del bosque y la ata, desnuda, a un árbol. Toda la noche la pican los zancudos, los mosquitos y los
mil insectos de la selva, de modo que amanece con la piel llena
de ronchas ardientes y sangre. Entonces, Ordóñez, que ha seguido bebiendo, le amarra una soga al cuello y la arroja al río.
Maibí lucha por no hundirse a la vez que coge la soga para impedir que le ajuste el cuello. El agua le lava la sangre y Ordóñez, después de haberse solazado viendo su terror, la saca por
fin y le dice:

—Vete, puta, y la próxima vez te voy a matar...

La muchacha va a su hamaca y las otras mujeres le ponen emplastos de yerbas que le curan la piel. No llora ni se queja. Parece que se ha rendido a la desgracia.

Esta era la escena que se repetía, con más o menos variantes, cada vez que Ordóñez se embriagaba. Parecía que el alcohol le hacía aflorar toda la fuerza genésica y destructora que contagia la selva. Pero, en una oportunidad, el bárbaro cambió de táctica y dijo a Maibí:

—Ahora te dejaré enflaquecer, para que no gustes a nadie... Te has fregao conmigo...

La encerró en un pequeño cuarto que había junto a la barraca de mujeres y a ellas las hizo vivir al raso. Nadie debía dar nada a Maibí, ni agua ni alimentos. Ordóñez seguía borracho y salía a rondar en torno al cuarto, echando tiros.

—Al que encuentre por acá, lo mato —gritaba.

Augusto tenía mucha pena por Maibí. A la segunda noche, en un momento en que Ordóñez entró a su cabaña para beber, le llevó a la muchacha un jarro de agua y unos plátanos. Maibí, al recibírselos, le dijo: «Bueno, muchacho bueno», con el acento profundo y trémulo que tenía a veces la selva. Al tercer día, Ordóñez dejó de beber y la libertó.

*
* *

Augusto fué dejado en el puesto a fin de que ahumara caucho. Junto al fuego formado por las humeantes hojas de la palmera shapaja, mojaba un palo en la cubeta de caucho y luego lo metía al humo para que el jebe que se iba pegando tomara densidad. Hubiera realizado muy bien su tarea de no estar al acecho de Maibí. Ella también lo miraba. Era hermosa Maibí. Era bueno y fuerte Augusto.

No siempre podían verse, y lo hacían disimulando la dirección de sus miradas. Otras veces, debían contemplar horribles cuadros. No abundaba el caucho y Ordóñez reclamaba siempre más. Un sábado, al atardecer, llegaron dos indios atemorizados llevando solamente una bola por todo. Los que acudieron durante el día tampoco habían entregado su porción completa y fueron flagelados. Pero a la vista de esa pequeñez, la codicia de Ordóñez se exasperó gritando:

—¿Por qué, indios haraganes, por qué?

Le temblaba la barba y los ojos claros relampaguearon
bajo el ala del sombrero de palma.

— No hay caucho... no hay caucho — repitieron los indios mirando desoladamente la selva. En realidad, el bosque
estaba lleno de árboles, pero de caucho comenzaba a quedarse
exhausto.

— ¿Cómo no va a haber? De pereza no traen...

Ordóñez desenvainó un largo y filudo machete, que más
parecía un sable y, abalanzándose sobre el que estaba más
próximo, le voló la cabeza de un solo tajo. El cuerpo se derrumbó pesadamente y el cuello mutilado parecía un surtidor de
sangre. La cabeza también sangraba y antes de inmovilizarse
con los ojos muy abiertos, le temblaron los labios en un tic
espantoso, tal si hubiera querido hablar. Los otros indios habían huído al bosque mientras tanto y Ordónez, agitando su
machete como si buscara contra quién descargarlo, ordenó:

— Boten el cuerpo al río y la cabeza clávenla en una
pica a la entrada del bosque, para ejemplo de haraganes...

Así lo hicieron y la cabeza estuvo en alto, mirando e hin-
chándose, hasta que olió demasiado mal y fué arrojada al río
a su vez.

Algo oscuro y trágico parecía arrastrarse por la selva como
una culebra. Augusto seguía ahumando el caucho, sentado al
pie de un árbol, y Carmona, de vuelta de sus tareas, se le acercó diciéndole:

— La cosa está fregada, oye. He encontrado muy poco
indio sangrando caucho, aunque, a la verdá, hay que ir muy lejos y dispersarse. A uno lo vi aguzando flechas y me dijo que
iba a matar paujil. ¡Qué paujil ni vainas!, pa eso no se labran
cincuenta flechas. Lo más malo es que la desgracia les ha hecho
entender la necesidad de unirse y están amigos de la tribu vecina, que conoce el *curare*.

Augusto ya había oído hablar de esa sustancia que para-
liza los nervios. Carmona siguió hablando:

— Ordóñez lo sabe, pues otros caucheros lo han puesto al
corriente de todo. Se ha encorajinado diciendo que quiere que
se levanten para matar él solo a todos los sublevados...

Pero otra desgracia, solapada y próxima, acechaba a Augusto desde la pelota de caucho. Ya había notado que el caucho
estallaba al contacto del fuego y saltaban leves gotas de jebe
que producíanle pequeñas lacras en las manos. Mas una vez,
acaso porque pusiera la bola muy abajo o se alargara una lla-

marada súbita o la misma goma estuviera mezclada con una
sustancia resinosa y propicia al estallido, explosionó arroján-
dole una gran cantidad de caucho hirviente sobre la cara. Sintió como si se le clavaran puñales en los ojos y cayó hacia un
lado, yerto. Cuando volvió en sí, ululando de dolor, le habían
echado agua a la cara y le retiraban de ella una suerte de an-
tifaz que llevaba adherida su piel. No podía ver y le pusieron
un emplasto de hierbas calmantes, amarrándoselo con un género. El dolor era tan fuerte que hasta le impedía escuchar. Sin
embargo, en su desesperación, aguzó el oído y percibió unas
voces que decían como viniendo de muy lejos:

— Ya ha pasao eso varias veces y sigue la desatención...
— Debían dar antiparras a los sahumadores...
— ¿Qué les importa? Aquí tienen su fábrica de ciegos...
¡Ciego! Augusto gimió:
— ¿Me voy a quedar ciego?

Se extendió un pesado silencio sobre su cabeza y, haciendo
un gran esfuerzo, pudo percibir el lejano rumor del bosque. Lo
llevaron a su hamaca y se puso a esperar angustiadamente a
Carmona, sin saber ya del tiempo según la luz, siendo por primera vez un ciego. Pero deseaba esperanzarse todavía y aguardaba a Carmona con una vaga confianza. Carmona le manifestó:

— Es triste. Habrá que esperar a que te cures de las heridas pa ver...
— ¿Po qué no me dijiste? — sollozó Augusto.
— Cierto — murmuró Carmona tristemente —, pero estamos tan preocupaos que no consideré si sabías o no de esta
mala acción del caucho...

Los días que vinieron fueron azarosos e inquietos. Una
vieja mujer — sabía que era vieja por el tono de su voz — lo
curaba, pero después nadie solía preocuparse de él. Comía
cuando Carmona regresaba de la selva. Comenzaban a faltar
caucheros. Acaso los indios los mataban en el bosque. Un día
jueves no llegó Carmona, y Augusto se sintió definitivamente
solo y perdido. Pensando en sí mismo, comprendió que el error
más grande que cometió en su vida fué el de abandonar su comunidad. Por lo demás, si se endeudó y perdió su libertad, por
lo menos nunca fué flagelado como los otros peones ni se enfermó jamás y hasta parecía que iba a fugar con Carmona y el
Chino. Pero nadie vive en la selva sin recibir su marca de
látigo, bala, zarpa, víbora, flecha, caucho. A él le había tocado

añora la del caucho y del modo más duro e irremediable. No fué una sorpresa cuando la mujer le quitó la venda y se quedó, netamente, de cara a la sombra.

El día sábado no arribó ningún salvaje llevando caucho y Ordóñez sentenció:

— Mañana iremos en expedición punitiva...

Pero esa misma noche el bosque comenzó a palpitar con un retumbo profundo, colérico y majestuoso. Todos los indios selváticos que había en el puesto, inclusive Maibí, fugaron. El maguaré, como en los tiempos viejos, llamaba a las tribus al combate. Es un gran timbal hecho de un tronco ahuecado a fuego que cuelga entre dos vigas y retumba al golpe de un duro mazo. Sin duda estaba muy lejos, a mucha distancia de allí, pero su sonido poderoso camina leguas de leguas y sonaba en los oídos como si estuviera muy próximo. Ordóñez dijo:

— Vamos a juntarnos con los del puesto Sachayacu, donde será la concentración.

Todos los caucheros, hasta el más humilde peón, arreglaban precipitadamente sus cosas y se iban al embarcadero. Augusto gritaba lleno de desesperación: «No me dejen, llévenme». Pero nadie le hacía caso. Y ya parecía que se embarcaban en las canoas. El ciego salió de la barraca y tropezando caminó hacia el río. Alguien dijo: «Pa qué llevar estorbos». Los remos chapotearon y su rumor fué apagándose a la distancia. Augusto gritó por última vez: «No me dejen». Pero su voz se disolvió bajo el sonoro golpe del maguaré. Volvió a su barraca, equivocándose, tanteando aquí y allá. Pudo dar con su hamaca porque era la única que continuaba tendida en la amplia cabaña. Tenía miedo y no podía dormir. El también era un explotado, pero los indios de la selva nada sabían de eso. Según contaban, solían matar a todos los cobrizos que no respondieran en su dialecto.

La palpitación del maguaré seguía conmoviendo la noche.

Pasaron muchas horas y una voz temblorosa y honda lo sacó de su angustiada soledad.

— ¡Augusto!

Era Maibí. Augusto profirió un alegre grito y le tendió las manos. Ella dijo que había vuelto porque sin duda las tribus perderían, como ocurrió cuando estaba muy niña, y no quería morir. Ya estaba cansada de ver muertos. También, también tuvo la impresión de que encontraría a Augusto. El mozo, por primera vez, pensó que su cara debía estar horrible,

pero se puso de pie y abrazo a Maibí. Los desgraciados se tomaron con un amor poderoso en el que se conjugaban la angustia, el gozo y el padecimiento.

*
* *

Al otro día, la selva escuchó que al retumbo majestuoso
del maguaré se unía la crepitación nerviosa de los fusiles. Primero un jaguar, luego dos venados y por último un tapir pasaron corriendo a través del campo talado. Huían del terreno
de lucha. Maibí informaba de todo lo que veía a Augusto y
éste hacía conjeturas sobre el combate. Acaso tuvieran ame-
tralladoras. El vió lo que era eso un día.

Entretanto, allá lejos, avanzando metódicamente, iban
trescientos caucheros que se habían reunido en Sachayacu.
Otros tantos se concentraron en un puesto más avanzado y
marchaban realizando una maniobra envolvente. Ahora verían
los indios lo que era encontrarse entre dos fuegos. Custodio
Ordóñez caminaba a la cabeza de la gente de Canuco, temerario
y certero, derribando a los indios desde las copas en las cuales
se ocultaban. A los que caían heridos los ultimaba de un culatazo en la cabeza. Las flechas parecían eludirlo hasta que una
vibró hundiéndosele en el hombro. Después de arrancársela
con un violento tirón y mirarla, gritó:

—Curare, curare... escarmienten a los salvajes...

Disparó y quiso seguir haciéndolo, pero ya no fué obedecido por la mano cuando trataba de correr el cerrojo del máuser.
Dió unos cuantos pasos tambaleándose y cayó. Sus últimas
palabras fueron:

—Avancen... maten...

Los caucheros avanzaron y se quedó solo. Más allá estaba
el cadáver de un indio que, con la cabeza recostada sobre un
tronco, parecía dormitar. Por más que Ordóñez se agitaba,
la mano izquierda se le inmovilizó también y las piernas terminaron por quedar fuera de control, como si no pertenecieran
a su cuerpo. El tóxico curare, hecho de yerbas, le estaba para-
lizando los nervios motores. Sabía eso Ordóñez y tenía terror
y cólera de morir así. Hubiera querido machacar una cabeza
de salvaje, morder un cuello. Pero hasta sus dedos estaban ya
rígidos y en vano trató de ceñírselos al tórax para probar a pe-
llizcos si se le adormecía también. Sí, sin duda, que ya le costaba

trabajo respirar y el cerebro se le nublaba y comenzaba a ver
sombras. Sus ojos vacilantes deformaron la selva, que comenzó
a contorsionarse fantásticamente, doblando y enroscando sus
tallos y tornándolos a estirar como si en vez de palos duros
fueran inmensas y elásticas serpientes. Pero ya crecía la sombra, y el postrado, por mucho que dilataba las pupilas, no conseguía ver nada sino sombra, sombra...

Ordóñez perdió el sentido. Con los pulmones paralizados,
se asfixió rápidamente, dando cortos ronquidos. Su cara estaba
amoratada, casi negra. Cayó al pie de la selva, derribado por
su esencia mortal.

*
* *

Tres días duró el estruendo. Al fin se calla el maguaré y las
descargas van espaciándose. Maibí y Augusto coligen que han
perdido los indios, pues de otro modo el retumbo continuaría
y los caucheros sobrevivientes bogarían corriente abajo, fu-
gando. Suenan nuevas e intermitentes descargas. Se trata
sin duda de los fusilamientos. Sin embargo, rodeando el puesto
Canuco, la selva se alza silenciosa y tranquila. Son señas en-
gañosas. Con silencio y tranquilidad de selva están envueltos,
desde los más viejos tiempos, los grandes dramas amazónicos.

Un día después llegaron a su puesto los caucheros de Canuco. Los principales jefes y mandones habían muerto y los
sobrevivientes traían más de treinta mujeres prisioneras. Desde luego que, según contaban, decapitaron o fusilaron a los
principales cabecillas indios y los otros tuvieron que aceptar
la obligación de entregar caucho aunque sudaran sangre para
obtenerlo. Con Ordóñez habían terminado las deudas y todos
estaban satisfechos aunque exhaustos por las fatigas del combate.

Como sobraban mujeres jóvenes, Maibí fué dejada con
Augusto. Y pasó el tiempo y el trabajo tornó a ser duro y
cruento en las caucherías. La ley del más fuerte es la ley de la
selva. En el puesto Canuco comenzaron a pelear por la pre-
eminencia y nuevos Ordóñez se anunciaban a la impotencia
rabiosa de sus rivales y al corazón transido de los indios.

Maibí y Augusto fuéronse a vivir en una cabaña levantada
a la orilla del bosque. Ella cultivaba una chacra de yuca y plá-

tanos. El ciego tejía hamacas y petates de palmera que vendía o canjeaba por objetos útiles a los hombres de la lancha.

En las noches calmas, mientras la inmensa luna del trópico pasa lentamente por los cielos, los bosques y los ríos, Maibí cuenta a su marido ingenuas historias o le entona dulces canciones. Oyéndola, Augusto recuerda al pájaro hechizado que canta en la noche. Maibí es también como un ave invisible que canta en la noche. En su noche.

XVI

MUERTE DE ROSENDO MAQUI

No sabemos con precisión cuánto tiempo ha pasado desde la última vez que vimos a Rosendo Maqui en la cárcel. Quizá un año, quizá dos. Para el caso, podría hacer seis meses solamente. En la prisión el tiempo es muy largo mientras avanza, si uno mira el día que vive y los que tiene que vivir bajo la presión de los muros. Cuando ya ha pasado, el tiempo es una cantidad imposible de medir, llena de dolor pero vacía de acontecimientos, y ellos son, en buenas cuentas, los hitos del pretérito. La uniformidad de los días tiende a reunirlos en un solo bloque y apenas hay vagas señales formadas por las lentas incidencias del proceso, la salida o la muerte de los prisioneros, también el ingreso de ellos hasta el momento en que son parte, con toda su historia, de la rutina del penal, el dolor especial de alguno, ciertas visitas, ciertas palabras. Pero la vida se advierte fundamentalmente estafada y bien comprende que todo eso no hace ningún caudal válido, y los días pasan y pasan y tornan a pasar formando el tiempo de veras perdido. ¿Cuánto? El calendario puede marcar fechas. El hombre siente como que ha dejado atrás un camino largo y nocturno que sólo le marcó la huella de un fatigado padecimiento.

Para los presos, especialmente para Rosendo, el ingreso del Fiero Vásquez fué una fecha memorable. Pero, poco a poco, se lo oyó, se lo conoció, se supo cuánto le había pasado y de todas maneras fué resbalando paulatinamente el camino largo y nocturno.

Rosendo tenía también otros recuerdos del tiempo de prisión. Correa Zavala se batió bravamente defendiéndolo. El peritaje sobre marcas hizo ver que la de Casimiro Rosas era muy nueva y no pudo ser puesta al toro mulato sino en fecha reciente, en cuyo caso la quemadura habría ofrecido otras características. Nadie pudo probar que Rosendo había incitado a Mardoqueo ni que fuera cómplice y encubridor del Fiero Vásquez. Entonces, para impedir que saliera, lo enjuiciaron por sedición, sometiéndolo al fuero militar. Correa Zavala se sintió muy abatido. Rosendo le dijo:

— No se apene y pa mí no es sorpresa. Ya le hablé qué pensaba de los enredadores con la ley. Hasta que estuve en la tierra, sobre el campo de labor, de todo hice confianza. Desde que llegué pa acá, güeno... espero que tenga más suerte con los otros indios...

Honorio fué sacado, muerto, sobre un crudo. Estaba hecho una cruz humana. Le habían tapado la cara con el sombrero, pero los pies y las manos, amarillos y descarnados, tenían un gesto clamante. Cuando Correa Zavala llegó con la orden de libertad, feliz de haberla obtenido, ya no lo encontró. Jacinto Prieto salió vivo, por lo menos.

Su hijo hizo grandes esfuerzos y hasta se entendió con el Zurdo para que desistiera de la demanda, pero el juez dijo que estaban en pie otras declaraciones en contra y que debía seguir de oficio la causa porque la ley no daba marcha atrás en la sanción de delitos probados. Un agente llegó a «sugerir» a Jacinto que sin duda obtendría su libertad entregando una carta que sería publicada en «La Patria» — diario que comenzaba a circular en la provincia obsequiado por Oscar Amenábar —, alabando el correcto comportamiento de las autoridades. Jacinto recordó todo lo que había gritado en contra del juez y el subprefecto denunciando sus injusticias y respondió que no escribía nada. Se golpeó el pecho con aire de reto y agregó que en él había nacido un hombre que jamás sería cómplice de las tropelías. Entonces, muy optimistamente, se puso a redactar una larga carta para el «mismísimo» presidente de la república.

— Ah, Rosendo, — le cuchicheaba eludiendo posibles delatores para que la carta no fuera interceptada —, he escrito contando todo mi caso y lo que he visto. Ningún abuso se me ha escapao. El presidente tiene que leela. ¿no es cierto? Tam-

bién le digo que aconsejé a mi hijo que hiciera su servicio, que
siempre he querido a mi patria y más sea aquí, en medio de tanta injusticia, la sigo queriendo aunque a veces me duele ver
cómo deja que se abuse con los pobres... ¿No te parece, viejo,
que el presidente oirá una voz sana, honrada, salida del pueblo?
Yo creo que vamos a tener cambios, vas a ver. Lo que pasa es
que nadie le dice nada al presidente y él vive creyendo, po lo
que le engañan los interesaos, que todo es güeno... Nosotros
debemos hacernos oír tamién. Ya verás, ya verás, Rosendo.
¿Tú qué dices? ¿Por qué te quedas callao? Tú te has botao a
muerto.

Tiempo después, un día domingo, el herrero recibió de manos de su hijo una elegante tarjeta que lucía, en el extremo superior, el escudo peruano grabado en colores sobre la inscrip-
ción: «Presidencia de la República». Un secretario decía a Jacinto que el «primer mandatario» había tomado nota de su
carta y que las apreciaciones contenidas en ella estaban ya en
conocimiento de las autoridades superiores respectivas. Los
términos empleados eran atentos y, en general, Prieto se sintió
muy halagado. Tarjeta en mano, dijo a Rosendo:

— ¿No ves? Aquí tienes los resultados de hablar claro y
de irse po lo alto. ¿Quiénes son las autoridades superiores? Los
ministros... El presidente les preguntará: ¿y qué hay del
asunto que les encomendé? Límpienme la administración pública de indeseables. Indeseables, claro, dirá po moderación,
pa no decir ladrones y sinvergüenzas... Ya verás los cambios,
Rosendo. Tienen que investigar, en todo caso, y yo enseñaré
a la gente para que cante las verdades...

Y el tiempo siguió pasando y nada de lo esperado por
Jacinto ocurrió. Uno de los pocos que salieron fué el estafador
Absalón Quiñez. Se marchó diciendo que la cárcel era para los
zonzos. Días después consiguió libertar al muchacho pastor de
cabras llamado Pedro, con quien había seguido intimando.
Prieto, en cambio, recibió notificación de que sería conducido
a la capital del departamento para comparecer ante el Tribu-
nal Correccional. Entonces explosionó, clamando furiosamente:

— Mentira... mentira... todo es mentira: no hay justicia,
no hay patria. ¿Onde están los hombres probos que la patria
necesita? Todos son unos logreros, unos serviles a las órdenes
de los poderosos. Un rico puede matar y nadie le hace nada.
Un pobre da un puñete juerte y lo acusan de homicidio fustrao...

¿Onde está la igualdá ante la ley? No creo en nada, mátenme si quieren...

Los gritos de Jacinto Prieto llenaban la cárcel y salían a la calle.

—Que me condenen. Algún día saldré. Haré cuchillos, haré puñales pa repartir entre el pueblo. Meteré dinamita. ¡Que reviente todo! Apresan al Fiero Vásquez que siquiera se expone. Ellos son más ladrones y criminales ya que roban desde sus puestos amparados po la juerza, po la ley. Ese subprefecto, ese juez... Explotadores del pueblo, y la patria los consiente y los apoya. ¿Qué es la patria?, ¿Pa qué sirve? Es lo que quiero que alguien me explique... Hay que ensartar a los ladrones y logreros: entonces habrá patria... Yo haré mi parte: yo mataré a unos cuantos bandidos solapaos...

Fueron los gendarmes a hacer que se callara, dándole feroces culatazos. Prieto se defendió en un rincón de la cuadra como un toro acosado por una jauría, pero al fin fué derrotado por el número y cayó exánime. Arrastrado lo llevaron al calabozo de la barra y lo torturaron. La barra es un sistema de largueros que impide al supliciado sentarse tanto como estar de pie.

Prieto salió de allí muy abatido y se estuvo varios días sin reunirse con nadie, aislándose en la cuadra y en el patio durante las horas de sol. Su paso ya no era tan firme y daba la impresión de que los zapatones le pesaban. El Fiero Vásquez lo llamó aparte y le dijo:

—Amigo: el asunto ya no se arreglará con una carta en el diario, porque eso le molesta a usté, pero puede pagar. Le doy mil soles y con eso se olvidarán de sus gritos y lo soltarán...

Jacinto admitió:

—Gracias, pero es triste renunciar a obtener justicia...

Se marchó a su casa, una semana más tarde, como un hombre devorado por la cárcel.

La situación de los otros presos no había cambiado. Algunos nuevos ingresaron y, durante algunos días, contaron sus historias. Tenían escuchadores principalmente porque, a través de ellas, entreveían el mundo exterior, el mundo de la libertad. Era ésta muy difícil y parca, pero se la amaba en la vida de igual modo que al rato de sol dentro de los muros. Mas los presos nuevos se iban saturando de cárcel y nada quedaba ya, al cabo de unos días, sino la monotonía.

Rosendo miraba su vida de prisionero encontrándola completamente estéril, negada a toda creación. Una vez llegó a visitarlo la vieja comunera Rosaria, con sus arrugas, con su espalda encorvada, con su fatiga creciente. Dióse el pesado trajín en su honor y el anciano alcalde estaba muy agradecido. El pequeño nieto podía ya expresarse y correteaba simulando arrear el ganado...

*

* *

Un día metieron al Fiero Vásquez a la propia celda de Rosendo. De la 4 pasaba a la 2. Las autoridades los consideraban ya compañeros de proceso y, sobre todo, reuniendo al comunero con el bandido, querían envolver a Rosendo y toda la comunidad en la misma atmósfera delictuosa y culpable. Quienes han sufrido la cárcel saben que los traslados de presos, muchas veces, son signo de lo que está ocurriendo en el papel sellado. El Fiero Vásquez fué acusado de cuanto asalto, robo y homicidio se había cometido en la región desde hacía años. Hasta por la sustracción del expediente lo procesaron. Nada lograban probarle, sin embargo. Sobre las mercaderías encontradas en su poder, declaró que se las había comprado a Julio Contreras, o sea al Mágico: el juez dispuso que éste compareciera pero no se lo pudo encontrar por ninguna parte. El Fiero declaraba calmadamente y como ordenando con su acento autoritario, que le creyeran. El juez, sabiéndolo en sus manos, no se daba el trabajo de acosarlo mucho. Por momentos, hasta tomaba una actitud que quería decir: «Yo no te reclamo sino Amenábar. ¿Para qué te metiste con los comuneros? Con todo, para mayor seguridad y justificando el proceso por sedición contra Rosendo, acusaron también al Fiero de ese delito. Había cooperado en el «movimiento» de Rumi, donde murió uno de sus secuaces. Entonces fué cuando lo condujeron, después de interrogarlo una vez más, a la celda del viejo alcalde. Eran cómplices.

El Fiero Vásquez, quemado por la intemperie, de negras vestiduras siempre, se habría confundido con la oscuridad de la celda de no brillar su ojo pardo y de no blanquear su ojo de pedernal y su gran dentadura sonriente. Su voz, poderosa y cálida, trabajaba la simpatía de Rosendo y el viejo concluyó por admitir que ese hombre había sido bueno en otro tiempo. A ratos, parecía que se despojaba de todas sus culpas y era de

nuevo el muchacho que hasta recogió boñiga para ganar el
pan de su madre. De todos modos, la dinámica y violenta personalidad del Fiero Vásquez llenaba la celda de cuatro varas
de ancho por cinco de largo, terminando por arrinconar al anciano sobre su lecho. Rosendo comprendió que era una victoria
natural de la fuerza y sentábase tranquilamente sobre la cama
mascando su coca. Se llevaban bien, pero no sería exacto decir
que intimaban.

— Viejo — exclamó el Fiero —, hubieras visto ese asal-
tito de Umay. Hasta donde estábamos se escuchaban los gritos de doña Leonor y sus hijas y la chinería. Pa decirte la verdá, los caporales jueron los que pararon. A don Alvaro ni lo vimos y eso que parece un propasao...

— Sí — respondía Rosendo —, ¿qué se sacó? Que murie-
ran dos caporales, es decir dos pobres como nosotros, pero
extraviaos...

— Vos eres muy humanitario, Rosendo; eso es lo que te
ha hecho daño. Debemos atacar sin compasión...

— Pa matar pobres, los ricos se defienden con pobres...
— Que se frieguen los pobres si son zonzos...
La conversación languidecía.

Lo que Rosendo comenzó a admirar en el Fiero era su capacidad para captarse voluntades. Sin necesidad de amena-
zar con sus secuaces, arma que empleaba en contadas ocasiones, su influencia crecía progresivamente en la cárcel. El alcaide, diciendo que el bandido iba a prestar declaración, lo conducía a su propio despacho para que conversara a solas con
sus visitantes. Los gendarmes le llevaban recados y le hacían
compras. Uno le confió que, entre ellos, había varios que recibían dinero de Oscar Amenábar para que lo vigilaran de modo especial. El Fiero Vásquez, más que con su dinero, conquis-
taba a todos con su coraje, su serenidad en la desgracia y una
corriente de simpatía que sin duda circulaba por su sangre.
Aclaramos de una vez que no tenía mucha plata. Siempre la
compartió generosamente con su banda, derrochando por su
lado la parte que le tocaba. De los cuatro mil soles que le envió
Doroteo, obsequió mil a Jacinto Prieto, otros mil dió a Correa
Zavala para que lo defendiera y el resto se le fué de las manos
entre los presos, algunos gendarmes y cierta gente de la calle
que le hacía servicios. Después recibió mil soles y la noticia de
la muerte del Mágico. Corrieron igual suerte los soles, pero
la noticia le duró más, saboreándola durante muchos días.

Bueno es advertir que una parte de este dinero fué dado a
Casiana, que iba de visita, cada cierto tiempo, llevando a su
hijo. De una nueva remesa más pequeña, defendió a todo trance doscientos soles que destinaba a una finalidad muy importante.

— Viejo, necesito esta plata pa algo güeno...

Un día fué el alcaide a sacarlo para que recibiera una visita nueva.

— ¿Mujer? — inquirió el Fiero.

— Mujer, pero no le pregunté su nombre...

El bandido dijo a Rosendo, muy emocionado:

— Se me ha puesto que es la Gumercinda.

Volvió a las dos horas.

— Jué la Gumercinda, Rosendo, mi mujer, mi propia
mujer, la que tuve en el Tuco. ¿Te acuerdas? Creo haberte dicho. Esa mujer que tamién estuvo en la cárcel. Al saber mi
prisión, desde Cajabamba se ha venido. ¿Qué voy a contarte
todo lo que me ha dicho? Menos mal que sanó de su enfer-
medá y, saliendo de la casa del juez, se enmaridó con un zapatero. Está muy acabada, mucho ha padecido. Lloraba la pobrecita y a mí poco me faltó pa llorar tamién. Y al abrazala,
sentía como que abrazaba al tiempo de felicidá que viví con
ella. Se quiso quedar, servirme, separarse del hombre que tiene
de marido. Yo no la dejé, yo le dije que se juera, que viviera
tranquila sabiendo que la quería siempre, pero sin volver conmigo, ya que sería más desgraciada. Le di los doscientos soles
y se jué. Me ha costao trabajo dejala irse, pue es cierto que la
quiero, así acabada como está, no importa...

Estuvo pensando en Gumercinda obstinadamente y en
un momento manifestó que iba a ordenar que la llamaran,
pero el domingo, junto con los comuneros, llegó Casiana llevando al niño. El Fiero jugó con su hijo, que comenzaba a caminar, y lo alabó diciendo que sería un hombre alto, fuerte y
valiente. Al siguiente día, lo que ordenó fué que le consiguieran
plata porque, «viejo Rosendo, estoy preparando algo muy
güeno».

Correa Zavala entró con la noticia de que Oscar Amenábar había lanzado su candidatura a la diputación por la provincia. Su padre, don Alvaro, continuaba en Lima y seguiría
allí, nadie sabía hasta cuándo. Bien visto, quien debía saber
era una amante francesa con la cual estaba enredado. Ostensiblemente, simulaba dedicarse a la salvación de la provincia.

pero las cartas a sus amigos y a su familia eran cada vez más escasas. Sus enemigos decían que lo único que había hecho era conseguir el envío de la tropa que batió y apresó al Fiero Vásquez y desarrollar todo género de intrigas en favor de sus intereses, terminando por lograr el apoyo oficial a la candidatura de su hijo. La señora Leonor, que estaba enterada por amigas de las veleidades de su marido, se disponía a viajar a Lima, acompañada de una de sus hijas. En realidad, don Alvaro debió volver hacía mucho tiempo, pues consiguió todo lo que le convenía con prontitud. Ahora, escribía de vez en cuando diciendo que vigilaba los estudios de José Gonzalo — interno en un colegio — y preparaba volantes para la campaña eleccionaria. Tan poderosas razones terminaron por convencer a doña Leonor y el viaje era un hecho.

Cuando Correa Zavala se fué, el Fiero dijo a su compañero de celda:

— ¿Qué te parece? ¡Lo que es la suerte! Ustedes, los comuneros, deben agradecer a esa francesa propasada que tovía no los hayan liquidao. Pero ya se cansará cualquiera de los dos y don Alvaro ha de regresar a ocuparse de sus asuntos y su ideal, que es hundir a los Córdova. Con el hijo diputado, peor... Pero Correa Zavala no sabe una cosa que yo sé: los Córdova están ya en movimiento y son cuatro y decididos. Van a lanzar la candidatura de Florencio Córdova. Ya verás, Rosendo...!

Esa misma noche crepitó un violento tiroteo en la plaza. La puerta de la tienda de don Segundo Pérez, capitulero de los Amenábar, quedó convertida en un harnero. A los pocos días anuncióse la candidatura de Florencio Córdova. En la noche, la puerta de calle de la casona de los Montes, grandes amigos de los Córdova, fué volada con dinamita. La campaña electoral había comenzado.

La señora Leonor partió en viaje a Lima, llevándose a todas sus hijas.

Gente armada se encerró en las casas de los Amenábar y los Córdova. De noche, ambos bandos destacaban patrullas con el propósito de proteger a sus amigos y, al encontrarse, causábanse bajas. Los gendarmes tenían órdenes de ayudar a los Amenábar, pero, debido a que no había alumbrado público, pues los faroles fueron rotos a tiros, una vez sufrieron bajas ocasionadas por sus mismos favorecidos.

La capital de la provincia ardía bajo el plomo, los vivas, los mueras y los pronósticos. El Fiero Vásquez, al escuchar los

tiros, se cogía de los barrotes de la ventanilla y gritaba con todas sus fuerzas: «¡Viva Florencio Córdova!» El estrépito de la
lucha lo excitaba y enardecía. Los presos comenzaron a sospechar que el Fiero Vásquez podía escaparse. Tanto como ellos,
recelaban los Amenábar y las autoridades. La guardia nocturna
de la cárcel fué doblada. Ocho gendarmes eran ahora los que
torturaban con sus gritos la vigilia de los prisioneros
    De día, el Fiero hablaba con calor de sus luchas.
    — Ah, viejo Rosendo. Me mandaron tropa, pero yo la
burlé dos meses. ¿No me hicieron aparecer robando el expediente? Fué una idea. Cinco hombres de vestido negro, en caballo negro, armados de fusil y seguidos de otros carabinudos,
trotaron po un lao y otro. El Fiero Vásquez está po Uyumi,
el Fiero Vásquez está po Huarca, está po Sumi, está po Callavi,
está po... más lejos: ló han visto yéndose al sur... Eran mis
gentes. Los aporreaos gendarmes y los cien hombres de tropa
no sabían qué hacer. Hasta que mataron a un Fiero ——¡pobre Obdulio! — y se vinieron a dar cuenta. Entonces la suerte
se puso de su lao y cayeron al sitio que menos se podía escoger
pa guarida. Ahí estaba yo. Menos mal que escaparon Doroteo
y otros seis. Aura se han reunido y... viejo, como sabes, estoy
preparando algo güeno... Con las elecciones se ha puesto mejor
jor la cosa. Lo que todo el mundo pregunta es por qué no me
mataron esos propasaos, como mataron a varios de mis compañeros. Yo, valgan verdades, estaba rezando la oración del
Justo Juez, que creo que es güena porque Doroteo salvó, y
mejor. Pero pienso que tamién jué que la muerte del pobre
Obdulio ayudó a la oración. La tropa cazó ese Fiero y dió la
noticia, que voló. Cuando llegaron los gendarmes, al reconocer
el cadáver, aclararon la cosa: no era ése el Fiero de verdá. El
dijunto era más güenmocito. Pero ya la nueva se había espar-
cido y la gente se rió. Después, pa que no creyera el pueblo que
era mentira que me habían cazao, me llevaron vivo...¡Pa todo
hay que tener suerte!...
    El Fiero recibió plata cierto domingo y el herrero le envió
por intermedio de Correa Zavala, un pequeño paquete que el
bandido se apresuró a guardar diciendo que eran unos aros
para que jugara su hijo. A la hora del sol, un cholo se le acercó
a pedirle un cigarrillo y se pusieron a conversar paseando.
Caminaron hacia allá — poncho negro, poncho habano — y
llegaron hasta el zaguán. En la celda, el Fiero escondió entre
sus cobijas un revólver

— Ya ves — le dijo a Rosendo—, el alcaide sigue de amigo, pero se ha puesto algo saltón y registra mucho a todas mis
visitas..

El Fiero mascaba con cuidado las presas de gallina y los
churrascos enviados por la dueña de una chichería, comadre
suya, que lo atendía con la comida. Durante un almuerzo se
extrajo de entre los dientes un pequeño rollo de papel. Brilló
su ojo pardo mientras leía a la incierta luz de la ventanilla, y
luego la boca floreció toda la albura de su sonrisa. Fea y hermosa era la faz, resuelto el ceño.

— Aura — le dijo a Rosendo—, aura es. Vámonos. En la
noche, aprovechando la oscuridá, Doroteo y seis más vendrán
a la casa vecina, la que da al muro viejo del patio del sol. Tendrán callaos a los habitantes, claro. En este paquete, el que nos
trajo el dotor, hay ganzúas hechas po Jacinto. Po la ventanilla
se alcanza al candao. Salgo y le ajusto el pescuezo al gendarme
que pasa po acá y lo mato. Luego corremos al zaguán y pasa-
mos al patio del sol. Aura, con la doblada de guardia, ponen un
gendarme abajo en ese patio. Le doy un tiro con el revólver si
no lo puedo sorprender. De la casa vecina, sueltan una soga po
la que me trepo. Los dos gendarmes del lao izquierdo del techo,
están compraos y disparán al aire. Contra los dos del otro
lao, tirarán Doroteo y su gente, a matalos. Claro que ellos pueden matarme primero mientras trepo, pero la noche es oscura
y los compañeros romperán el farol de ese patio apenas me
vean... Vámonos, Rosendo. Te dejaré salir primero...

— Soy muy viejo... no podré trepar...

— Ellos te jalarán...

— Falta ver si sirven las ganzúas...

— En el caso que sirvan...

— ¿Y si por casualidá no han asaltao la casa y vas y no
encuentras soga?

— La asaltarán de todos modos y si les falla, harán unos
tiros pa que yo sepa...

— Pueden ser tiros de los políticos y, si no vas, ellos se pa-
sarían la noche esperando de balde...

— Esto sería mucha mala suerte... Vámonos.

Ambos hablaban con vehemencia.

— Pero al oír el tiro que le das al gendarme, irán los de la
puerta... y otros saldrán a rodear la manzana...

— Pa eso está el fuego de Doroteo, pa contenelos en el
zaguán y habrá que ir luego antes que rodeen y en todo caso,

abrirse paso metiendo bala. Con la oscuridá de las calles, todo se facilita..

— Ya estoy muy viejo, te atraparán po mi causa, debido a mi debilidá y calma pa moverme. Esa trepada y los tiros sobre ti, que estarás abajo...

— No me importa, oye. Siempre me has parecido un güen viejo y en tu comunidá me han recibido. Esa ha sido la segunda parte onde encontré amistá. Con algo te corresponderé... si muero al pie del muro, no importa...

— Déjame pensalo — terminó Rosendo.

Los dos prisioneros, después de almorzar, se retiraron a sus lechos. Los rincones eran oscuros y apenas podían verse las siluetas. Rosendo se puso a mascar su coca. El Fiero prendió un cigarrillo y revisó las ganzúas y la carga del revólver. El viejo consideraba lo que podía sucederle en caso de que lograran escapar. El bandido sólo se preocupaba del éxito de la fuga misma. Más allá del muro, quedaba su mundo de riscos, cavernas y balazos. ¿Qué le importaba lo demás? Correa Zavala ignoraba completamente el plan, pese a que llevó, sin saberlo, las ganzúas. El Fiero, durante todo su proceso, jamás le habló de fugar. Lo único que le dijo fué que no se hacía ilusiones y deseaba permanecer en la provincia el mayor tiempo posible para arreglar ciertos asuntos familiares. Correa Zavala pidió una diligencia y otra a fin de demorar el traslado del Fiero a la capital del departamento. Entretanto, Vásquez preparaba su evasión.

— Fíjate, Rosendo — musitó en cierto momento el Fiero, interrumpiendo las cavilaciones del viejo —,todo está en llegar a la calle. La falta de luces ha facilitao todo. Po más que salgan los gendarmes a perseguirnos, a la güelta de una esquina ya no nos verán. Esos mismos gendarmes, no podrán perseguirnos po el campo debido a que están ocupaos en las elecciones. ¿Y si gana Florencio Córdova? Mejor. Yo ordené que el Abogao le hablara y él jué una noche y don Florencio le dijo que me podía necesitar si la cosa apuraba. Estas elecciones las ganará el que más pueda intimidar a los votantes...

— Lo estoy pensando — respondió el alcalde.

En el patio del sol, el Fiero conversaba tranquilamente, como todos los días, y Rosendo, sentado en el banco que le dejó de recuerdo Jacinto Prieto, callaba con obstinación. Uno de los presos trató de sonsacar al Fiero, por curiosidad propia o por cuenta ajena, preguntando:

— ¿Y qué le parecen, don Vásquez, las elecciones? ¿Quién ganará?...

El Fiero respondió:

— Las elecciones me parecen igual que siempre. Mis simpatías, claro, están con don Florencio Córdova, pero creo que ganará Oscar Amenábar. Es decir, debido al padre. El padre es un gallazo. Yo tendré pa pudrirme en prisión aunque no me puedan probar nada...

Rosendo Maqui tuvo que contenerse para no sonreír. Algunos presos opinaron que estaba corriendo más bala que en otras ocasiones. El cholo del barrio de Nuestra Señora manifestó que él, de hallarse libre, repetiría su acción de guerra contra el campo de Amenábar porque no podía ver a ese tagarote. Se armaron grandes discusiones sobre cuál de los candidatos era más malo. El recuento de tropelías fué largo y bastante confuso. Camino de las celdas y cuadras, llegaron a la conclusión de que Amenábar era el peor, pues los Córdova hacía como ocho años que no despojaban a nadie, en tanto que estaba fresco el recuerdo de lo ocurrido en Rumi y ahí, entre ellos, tenían al buen viejo Rosendo como un ejemplo...

En la celda, Rosendo habló:

— Te agradezco, amigo. Vos no crees del todo que ganará Amenábar y yo sí. ¿Qué sería de mí en este caso? Vos tienes la puna, las cuevas, los caminos, la salú y la juerza pa irte po un lao y otro. Yo soy un viejo inútil pa la lucha con el cuerpo. Al triunfar Amenábar, me perseguirán y agarrarán. Y si no, peor. Con el pretexto de buscarme, cometerán mil abusos con la comunidá. No arreglo nada fugándome. Si salgo de aquí, que no creo, saldré pa ver la tierra cultivada, pa alegrarme con su contacto... La fuga y el escondite son pa mí como la cárcel y peores... ¡Y tanto comunero que puede morir y padecer po mí sin que sea necesario!

El Fiero Vásquez entendió la voz del hombre de su pueblo y de su tierra, y contestó:

— Güeno...

No podían hablarse. Estaban definitivamente separados, como ausentes, tal si ya se hubiera producido la fuga. El Fiero se paseaba de pared a pared y Rosendo, acuclillado sobre su lecho, lo miraba. El uno pensaba en lo que debía hacer. El otro, en lo que no haría. A ratos se encontraban razón, pero a la vez sentíanse muy lejos uno de otro. Así pasaron las últimas horas del día y llegó la comida y el anochecer. Rosendo, mientras

sorbía su sopa pensando que desde esa noche se quedaría solo
de nuevo y después, sin la charla del Fiero, mascaría todas las
ausencias junto con la comida y la coca, pudo decir:

— Teno pena de que te vayas.

— Tengo pena de dejarte — respondió el Fiero.

A las ocho, cuando pasaba el relevo, el Fiero llamó a uno
de los gendarmes:

— Guardia, ¿quiere hacerme un bien?

El gendarme se acercó y puso, como al descuido, la mano
sobre la ventanilla.

— ¿Podía comprarme una cajetilla de cigarros?

— Lástima que no — respondió el gendarme—, ya ve que
voy al relevo.

Mientras tanto, el Fiero le metió entre los dedos un pequeño rollo y luego el gendarme siguió su camino diciendo que
había presos muy exigentes a los que se debía poner en su sitio.

— Aura, Rosendo, son cuatrocientos soles pa él y su compañero. Estos pobres ganan treinta soles mensuales...

La noche avanzó lentamente. Sonaron unos tiros lejanos.
Doroteo sabía que, en caso de fallar, debía hacerlos cerca. Rosendo escuchaba con tanta atención como el Fiero. En las cuadras sollozó durante mucho rato un yaraví. Después se hizo el
silencio. El gendarme del primer patio se paseaba de preferencia por el corredor que daba a las celdas. Sin duda era uno de
los pagados por Amenábar. Los guardianes de los patios resultaban siempre los mismos y esto hizo sospechar al Fiero, de
modo que no trató de sobornarlos. Un perro se puso a ladrar
insistentemente en la vecindad. Tal vez Doroteo y su gente
entraban ya a la casa. Con ayuda de la comadre chichera y
algunos soles, habían logrado convencer a una sirvienta para
que les abriera la puerta. La luz era escasa en los corredores y,
cuando el gendarme estaba lejos, el Fiero probaba las ganzúas.
Rosendo escuchaba con pena el leve e inútil traqueteo. La gruesa mano apenas lograba pasar entre los barrotes. El Fiero, que
ahora hablaba ya fácilmente con Rosendo, dijo que le quedaban
por probar sólo cuatro ganzúas. Pero el candado, en una de
ésas, cedió. Era la primera victoria. Ambos se escondieron tras
los muros cuando el gendarme pasó. A las once, debido a las
precauciones que imponía el oscurecimiento de la ciudad y por
si hubiera algún gendarme demasiado soñoliento, los vigilantes comenzaron a gritar sus números. Ocho gritos, uno tras otro,
vibraban estremeciendo la noche, con intervalos de diez o quin-

ce minutos entre serie y serie. Rosendo cayó en una dolorosa
angustia y el mismo Fiero Vásquez se sintió vigilado por los
sonidos alertas y monótonos que morían después de repercutir
sordamente en los muros. Ya era tiempo de ponerse en acecho
de la oportunidad. Abrió la funda del revólver ceñido al cinturón y aprisionó un corto puñal con los dientes. Pasó el gendarme. Comenzaron a gritar los números. Rosendo temblaba y el
Fiero contenía su respiración sofocada. El gendarme del primer
patio voceó su número, que era el tres. El Fiero sacó el candado,
lo puso en el suelo y luego corrió blandamente el cerrojo. Ya
volvía el gendarme. Trascurrirían diez o quince minutos antes
de que tuviera que gritar de nuevo. Era tiempo ahora. ¡Qué
pronto había llegado la oportunidad! ¿Y si notaba la falta del
candado y se prevenía? Pasó, y en el momento mismo en que
pasaba, el Fiero abrió rápidamente la puerta y le saltó al cuello.
No pudo hablar el gendarme, pero emitió una especie de gemido.
Rodaron al suelo y el Fiero le clavó el puñal en el corazón. Al
correr hacia el zaguán que daba al patio interior, sus botas
sonaron demasiado en el silencio de la noche. Algún guardia
gritó desde la puerta: «¡Se escapan!» Rosendo tendióse en su
lecho. Ya sonaba el tiro de revólver en el patio del sol y ya
pasaba hacia allá el estrépito de muchos gendarmes que corrían, a la vez que retumbaban tiros de carabinas y de rifles.
Los presos despertaron y daban gritos aumentando la confusión. Pero el tiroteo duró muy poco. Los guardias retornaron
gritando: «¡A la calle!» Sonaron unos cuantos tiros lejanos y
al poco rato los gendarmes, lanzando maldiciones y provistos
de una linterna, revisaron todas las cuadras y celdas. ¡Condenado Fiero Vásquez! Después examinaron el patio del sol. Había
dos gendarmes muertos allí y otro en el techo. Pero al pie del
muro se veía sangre. Sin duda, el Fiero Vásquez fué herido.
Los vecinos de la casa asaltada gritaron que un bandido acababa de morir y ya conducían su cadáver otros gendarmes. Era el
Zarco. Jurando matar al Fiero Vásquez, llegaron todos al patio
principal y unos cuantos entraron a la celda de Rosendo. Este
se encontraba junto a la puerta, en actitud de hombre sorpren-
dido.

— ¿Y por qué no gritaste tú, indio babieca?

— Me desperté recién con los tiros...

— ¡Te haces el zonzo!

La furia de los gendarmes encontró un cauce y cuatro cu-
latas inmisericordes cayeron, vez tras vez, sobre el cuerpo del

anciano. De las cuadras gritaban: «¡Abuso!, ¡cobardes!» Los gendarmes seguían golpeando. Rosendo quejóse ajustando las quijadas, en tanto que sobre todo su cuerpo, que dió en tierra, caían los golpes secos y pesados. Duro era el suelo bajo su pecho, más duros los golpes en sus espaldas. Un intenso dolor que le cruzó como un hierro frío desde la cabeza hasta los pies, le hizo dar un largo alarido. Creyó que moría. Era que rodaba al abismo silencioso del desvanecimiento.

No supo claramente cuando volvió en sí. Su conciencia era una flotante niebla. Oyó vagamente que decían: «échale más agua» y el agua, como un chicotazo helado, cayó sobre su cabeza y su pecho. Entonces pudo moverse y las voces dijeron: «ya volvió» y otras cosas y sonó la puerta y retumbaron pasos que se alejaban. El suelo estaba muy húmedo allí. Amanecía. ¿Cantaba un gorrión? Mucho tiempo llevaba sin escuchar el canto de los pájaros y encontró en la pequeña voz una cariñosa dulzura. Después se arrastró hasta el lecho y envolvió su cuerpo helado entre las cobijas. De la ventanilla cayó una leve franja de luz. Llegaba un nuevo día, otra jornada para los hombres, posibilidad de contento y trabajo, por lo menos de esfuerzo, de búsqueda, afuera, en el mundo. La laguna Yanañahui espejearía a un lado de la llanura, ojo hermoso, ojo mágico de la tierra, mirando los pastos, las rocas, los hombres, los animales, los cielos. El erguido Rumi engarzaría las ágiles nubes viajeras y su espíritu sabría lo bueno y lo malo, solamente que una vez los viejos oídos de Rosendo no le supieron escuchar. En las faldas del cerro los surcos son largos y anchos y huelen bien, porque huelen a tierra. La celda no huele a tierra. Huele a barro podrido, a sudor, a orines, a desgracia. El suelo está tumefacto y yerto. Ese olor lo atormenta como las hinchazones de su cuerpo. Tal vez el cuerpo de Rosendo es también como un suelo profanado. Le duele mucho, dándole un padecimiento que le oprime el pecho. ¡Si pudiera llorar! Pero no puede llorar, pues adentro se le ha secado, como a los troncos viejos, el corazón. Los troncos también tienen corazón y mientras él resiste hay posibilidad de que retoñen y vivan. ¡Corazón de hombre! ¡Corazón de tronco! El suyo late doliéndole. Tal vez se va a morir. ¿Y qué? Lo malo es que los comuneros tendrán pena y dirán llorando: «¡Pobre taita Rosendo!» ¡Habría deseado vivir hasta el tiempo del retorno de su querido hijo Benito. Pero ya que no se ha podido... Ahora está satisfecho de haber favorecido a Benito: si algún escrúpulo tuvo antes por

haberle facilitado la fuga, no le quedaba ninguno ahora.
Benito es fuerte. ¡Pobre vieja, que se murió también sin verlo
más! Debe ir en busca de Pascuala. ¿Qué le queda a él en la
vida? Dolor, dolor más grande porque con él está mezclada la
humillación. La tierra queda lejos, lejos. Ahora, en su poncho
morado vive un quinual. Esos surcos de la quinua, tan porosos,
tan anchos, tan prietos y la misma quinua, de potente brote,
ávida de espacio, macollada de tenacidad y fortaleza, crecida
al frío, la tempestad y el viento, en virtud de la tierra puneña,
dura y espaciosa para la esperanza del fuerte. El ya no es fuerte. Es un tronco yerto en tierra profanada. La ancha tierra
puneña, con su paja brava, domada por el hombre. Ahí está
el verde rebozo del cebadal; cerca, relinchan los potros; un recental ronda a la orgullosa madre; en la puerta de la casa, Juanacha conversa con su hijito; humean los bohíos, y por las faldas de El Alto pasta el rebaño de ovejas y por las del cielo,
las nubes. Desde la piedra donde se ha sentado, el caserío
es más hermoso. El maizal luce barba de hombre y el trigo
echa espigas de sol. La campana de la capilla canta. Pascuala
teje una bella frazada de colores... El buey Mosco ha ido por
sal y ya lengüetea el bloque de sal de piedra... El viejo Chauqui cuenta que todo era comunidad y que los comuneros de
Rumi decían ser descendientes de los cóndores. Esa es la flauta de Demetrio Sumallacta, como el canto de las torcaces.
Revolotean las torcaces sobre la quebrada lila de moras. De
la quebrada baja la acequia de agua que brilla al sol en cierta
curva. En el arpa de Anselmo canta una bandada de pájaros
amanecidos... «¡No me peguen!» «¡No me peguen!» ¿Por qué
lo golpean así? «¡No me peguen!»

A mediodía, un gendarme llamó a Rosendo para que recibiera su comida y no obtuvo respuesta. Rosendo estaba
muerto.

Se produjeron las consiguientes entradas y salidas de los
guardias, del alcaide, del juez, del subprefecto, del médico titular. Correa Zavala se hallaba ausente, en diligencias, por un
caserío. El médico miró el cadáver y sin descubrirlo siquiera
diagnosticó que el fallecimiento se debía a un ataque cardíaco.
El juez, con gran compostura, levantó el acta de defunción. Y
el subprefecto dijo a los gendarmes:

— Como ya se han cumplido los trámites de ley, esta
misma noche lo entierran. Si se entrega el cadáver a los indios,

van a estar armando bullas y no quiero desórdenes... Que no corra la noticia...

Apenas anocheció, ataron al cadáver los pies y las manos poniendo en medio de ellos un largo palo que los gendarmes cargaron sobre los hombros. El cuerpo magro balanceábase tristemente mientras el lúgubre cortejo avanzaba en pos del panteón. Los blancos cabellos se desflecaban hacia el suelo. La faz desencajada colgaba del cuello sorbiendo sombra con los grandes ojos abiertos.

XVII

LORENZO MEDINA Y OTROS AMIGOS

Los contados cobres trinan en sus bolsillos formulando una desagradable advertencia. Dos amigos marchan por un lado de la calle porque las veredas están llenas de gente. Esquivando hermosos autos, ya llegan a la plaza donde la muchedumbre deambula, come, bebe, se divierte.

— Al tiro al blanco argentino... Seis tiros por veinte...

— Aquí, aquí, los tamales calientes...

La plaza zumba como un gran moscardón. Entran metiendo el hombro como una quilla y, poco a poco, les van golpeando las retinas caras conocidas.

— ¡Hola, viejo Rafa!

El viejo Rafa ha puesto su tenducho de ponche y se desgañita diciendo que es el mejor del mundo. Más allá está Toribio, el ayudante de albañil, mirando bobamente un anuncio de rifa. Y agazapado sobre una mesa, bebiendo pisco a sorbos breves, Gaudencio, el que les quita el apetito en el restorán. Gaudencio es tuerto y de su jeta húmeda se desprende a veces una baba oleaginosa. Esas son las gentes que ellos reconocen, después de dar varias vueltas por el parque. Las que no conocen son las demás, que pasan, vuelven, se topetean, se aglomeran frente a las carpas y hablan y ríen o están simplemente calladas, serias, como si no les entretuviera nada. Los dos amigos toman asiento ante una mesilla de un improvisado bar. Por un lado se agita la multitud; por otro, una pequeña carpa

oval blanquéa como un globo dejando filtrar por la lona el
gemido de un acordeón. Y todo sucede bajo la gran carpa de
follaje que forman los centenarios ficus del Parque Neptuno
de Lima.

De pronto, dando tumbos y sonriendo ante las pullas,
pasa meneando las caderas Rosario, cantante del «Roxy» que
una noche le rompió la cabeza a Prositas, de un botellazo.
Prositas era un zambo muy ladino, banderillero a veces, que
más servía para tocar el cajón en las farras. Lo mató una bala
perdida durante un movimiento revolucionario. Rosario lleva a tirones un chicuelo que se topetea contra las piernas de
las gentes.

— ¿Rosario, de ónde sacaste el chico?

— Pue de aquí — retruca golpeándose el vientre abultado —, es mi hijo.

— ¡Anda, machorra!

Rosario suelta una carcajada y se pierde entre la muchedumbre. De los tendejones que se alinean más allá del bar formando una especie de calleja, sale un fuerte olor de viandas
criollas. Sobre las fuentes se acuclillan gallinas fritas y duer-
men, como ebrias, cabezas de cerdo entre un grito rojo de ajíes.
Los amigos comienzan a beber pisco y una mujer obesa les re-
pite las copas advirtiendo que es puro de Ica y parece que ellos
lo saben apreciar.

— ¡Claro, señora, claro!

— Sólo que debe tener su poco de mostaza po lo que quema...

Si observamos a los dos amigos, notaremos que uno de
ellos nos es completamente desconocido. Delgado y fino, tiene
gestos medidos y su cara pálida sonríe con circunspección.
El otro, grueso y rudo, ocupa todo su lugar con gesto satisfecho y aun obstaculiza a los bebedores vecinos. Nos hace recordar a Benito Castro. Si lo miramos bien, tenemos que convenir en que él es. Sólo que lleva sombrero de paño y un vestido azul de casimir barato y zapatos embetunados y camisa
de cuello aunque no lo ciñe corbata. En su cara hay acaso más
gravedad, pero sus ojos siguen siendo vivos y el bigotillo se
eriza sobre los labios con la misma prestancia chola. La meso-
nera del puro de Ica, desde que Benito le soltó la alegre apre-
ciación de la mostaza, lo mira con ojos amables y deseosos de
intimidad. Cuando ellos beben, se acerca:

— Vaya, les voy a invitar una po mi lao, pa que no hablen
de mi pisquito...

En estas y las otras, se fueron alegrando. El hombre flaco
y circunspecto se llamaba Santiago y era tipógrafo de la Imprenta Gil, donde había conseguido a Benito una pega. Este
descargaba los fardos de papel, barría los recortes y desper-
dicios, engrasaba las máquinas. Nunca se metía con los tipos
desde la vez en que hizo un empastelamiento. Cuando Benito
cayó en Lima, desempeñó todos los oficios — panadero, mozo
de bar, diarero, peón en la Escuela de Agricultura — hasta
que paró un tiempo en una lechería modelo. Las vacas le parecían más bien máquinas, con una cabeza para la boca y los
ojos y un cuerpo que se iba engrosando hasta que todo se volvía ubres. ¡Para qué dañaban así a los animales! ¡Ahora no podían ni correr! Trabajaba con él un muchacho a quien le dijo
que ya estaba harto de recoger el estiércol de esas pobres máquinas de dar leche y pensaba irse. El joven lo envió donde su
cuñado, que era Santiago, y así entró a la imprenta. Pero se
asfixiaba. No había espacio allí. Con todo, juntando, tuvo
hasta para ponerse futre.

— ¿Así que quieres irte? — dijo Santiago.

— Onde sea...

La mujer obesa les invitó otra copa. Santiago estimaba a
Benito, pese a que no congeniaban mucho. El tipógrafo se entretenía con lo que contaba su amigo, pero éste nunca prestó
atención cuando él quiso decirle algo. Santiago se interesaba
por el movimiento sindical y había leído mucho sobre eso, pero
Benito, apenas le avanzaba algo, respondía: «¡Ah, sí, se parece
a mi comunidá, pero mi comunidá es mejor!» Todo lo arreglaba con la comunidad. Santiago se reía. Más gracia le hacía,
debido a los gestos y exclamaciones, el relato de la doma de
una mula. Benito ya estaba con el pisco en la cabeza y el tipógrafo le removió el asunto:

— ¡Ah, mula maldita! Ya te dije que estaba fregao en esa
hacienda, durmiendo en un galpón. Cuando velay que pasa
un tal Onofre, que era amansador, montando una mula teja.
Pa qué, bien hecha la sabida. Con toda suerte pa mí y sin me-
diar motivo pa que lo haga, la mula corcovea y lo tumba. Se
sujetó bien, pero respingaba feo la condenada. Y yo le digo,
de usté tovía, que no teníamos amistá: «Don Onofre, déjeme
dale una sentadita». El me dijo que bueno, sin reírse, que no
es hombre de avanzar juicios. Monté y la mula, viendo que era

otró el jinete, lo hizo pa peor. Corcovo pa atrás, corcovo pa
adelante... Y yo: «mula», «mula», clavándole espuela y templando rienda, «mula»...

Benito comenzó a imitar los corcovos y a subir el tono de
los gritos. Los bebedores vecinos se pusieron a mirarlo. Realmente, era divertido ver a un hombre tan grande y tan sencillo, aunque su espontaneidad estuviera en buena parte acrecentada por las copas. Pasó a la onomatopeya.

—La mula hasta roncaba... rrrrmmm... rrrmmm...y
pacatán, pacatán, los corcovos. Metió la cabeza entre las patas y después, la muy bruta, se tiró de espaldas pa aplastarme.
Rápido me zafé pa un lao y ella jué la que se dió su golpazo
con la montura. Volví a montar y siguió corcoveando. Y yo:
«so, mula» y déle chicotazo po las orejas y ancas y métale espuela. Cansada y vencida, chorreando sudor, se paró temblando. Y le di sus dos chicotazos más y su rasgada con las espuelas
pa que viera que no le tenía miedo y, como no hizo nada, me
bajé... «Se agarra, el hombre —aprecíó Onofre—, ¿ónde
aprendió a montar?» Y yo que le digo: «Onde va a ser: en el
lomo de las bestias». Entonces me dijo: «Me gusta su laya de
ser hombre: vamos a que me ayude a amansar diez mulas en
la hacienda Tumil». «Debo algo aquí», le contesté. Y él: «Pago»
y nos juimos...

Benito, que estaba de pie, se marchó, con el gesto, por
esos caminos de Dios, pero luego optó por sentarse a la mesa
de nuevo. La mujer obesa les sirvió otra copa y los bebedores
sonreían complacidamente. También les había gustado su laya
de ser hombre.

Una voz sonó sobre ellos:

—Así que celebrando el 28 de julio...

Había allí un hombre bajo y delgado, pero de complexión
fuerte, cuyo chato sombrero de paja, inclinado hacia la coronilla, dejaba ver una frente abombada. Los ojos eran penetrantes. La boca desaparecía bajo un bigote que lindaba con
una perilla en punta, ambos entrecanos. Vestía un traje de color café y una corbata roja incitaba a verle la gran manzana
de Adán que jugaba en un cuello magro. Lo saludaron ambos,
Benito sin conocerlo, y el recién llegado tomó asiento.

—Es don Lorenzo Medina —dijo Santiago dirigiéndose
a Benito, y éste, que ya tenía el pisco bajo los pelos, hizo un
gesto. «¿Y cómo sé yo quién diablos es don Lorenzo Medina?»
El tipógrafo agregó:

—El gran dirigente sindical...

Benito no dijo que era mejor su comunidad, pero movió la mano: «ya sé en lo que terminan las historias ésas». Como que Medina y Santiago se pusieron a conversar por su lado. Llegó un chofer de plaza que terció en la charla. A sus objeciones, don Lorenzo respondía:

— No, no, yo no soy político. Sólo estoy diciendo una verdad. Cuando los pobres sepamos ser pobres, acabarán nuestras desgracias. Los pobres tenemos del deber de la unión. No la unión casual, sino la unión organizada, el sindicato...

Benito consideraba que la mujer obesa no era tan fea, inclusive tenía bonitos ojos. Santiago le habló para atraerlo a la conversación:

— Podría ser que don Lorenzo te consiga algo allá. ¿No es cierto, don Lorenzo?

— ¿Quiere trabajar en el Callao?

—Onde sea, le he dicho....

—Yo tengo un bote y, precisamente, mi compañero en el remo se ha embarcado para Piura...

— Nos vamos — terminó Benito.

Se fueron en primer lugar del Parque, dejando atrás las gentes, los gritos y una diana que ejecutaba una banda de cachimbos con gran decisión. Benito hubiera querido entrar a la carpa en cuya puerta había un hombre boceando bailes y pruebas. La función duraba quince minutos y costaba veinte centavos, pero los acompañantes no desearían sin duda. Continuaban hablando de enrevesados asuntos y diciendo nombres que nunca oyó. El gritón se desgañitaba: «Vengan a ver bailar a la gitana Yorka». Benito afirmó en alta voz: «Los gitanos roban caballos». Quería contar el caso de Frontino, pero sus amigos no le prestaron atención. Entonces pensó en la mujer obesa del bar. Se negó a cobrarle la parte que le correspondía. El chofer de plaza no estaba ya. ¿Y quién podía entender a esos dos habladores? «No crean que me he mareao, ¿ah?»

*
* *

A los dos meses, Benito llegó a ser un fletero hábil. Don Lorenzo habría estado muy contento de él si hubiera demostrado mayor interés por los problemas sindicales. Según había observado, los entendía, pero no le importaban. Mejor resul-

taba la comunidad. Tampoco gustaba de las lecturas que don
Lorenzo hacía en alta voz. Hasta que una mañana, el punto
crítico fué tocado. Afirmaba el semanario «La Autonomía»
por medio de la voz dura y monótona de Medina:

— En otra sección de este número insertamos un telegrama enviado por un indígena de Llaucán, que denuncia la situación gravísima en que se hallan los sobrevivientes de la horrenda masacre que consumó allí la fuerza pública. Uno de esos
infelices sobrevivientes ha sido asesinado por haberse negado
a desocupar el terreno que le estaba asignado. Hay que supo-
ner que los que no han pagado con su vida por carecer de medios para saldar los tributos que con el nombre de arriendos
abonaban, a causa de la falta de trabajo, han tenido que huir
y se hallan hoy en la más cruel orfandad, sin hogar y sin pan...

— ¿Y por qué los mataron? — preguntó Benito.
— Por reclamar del alza de arriendos.

Benito blasfemó y se puso a contar de injusticias vistas
en su propia provincia y en muchos otros sitios por los cuales
había pasado.

— Pero debes saber que uno de esos gamonales a que te
refieres, un Oscar Amenábar, salió de diputado. Para que ga-
nara la elección, según ha dicho la prensa opositora, consiguieron que sus haciendas fueran declaradas distritos y pusieran
en ellas mesas receptoras de sufragios. Dos mil analfabetos,
que según ley no tienen derecho a voto y que nunca hubieran
votado por él libremente, figuraron en las actas aumentando el
número de sus electores. En la capital de la provincia, sin embargo, ganó Florencio Córdova. Pero los Amenábar falsificaron
una firma del acta muy bien. Tan bien que cuando el presunto
firmante vino a Lima a reconocer su firma, porque hubo bulla,
le mostraron una firma que hizo ahí mismo y la otra, falsificada, después de esconderlas y ponerlas en un aparato especial.
El reclamador reconoció la firma falsificada como suya. Fué
apabullado...

Y ahí está la mar verdosa y mansa y Benito desatraca el
bote y rema. Lorenzo va de pie, viendo que echa el ancla el vapor «Urubamba». Los botes lo rodean. Gritan los fleteros. El
barco se bambolea blandamente mientras cae la escala. Los
pasajeros prefieren las lanchas automóviles. Las confianzudas
gaviotas pasan sobre las cabezas. Lorenzo y Benito logran servir a tres pasajeros de tercera. El bote se llama criollamente
«Porsiaca», o sea *por si acaso*...

En ese tiempo los barcos no atracaban a los muelles, o mejor dicho los muelles no avanzaban aún hasta los barcos. El Callao estaba lleno de botes, mucha gente de mar, tabernas vocingleras y humeantes, burdeles escandalosos, tatuajes en los brazos y la angulosa y gris fortaleza del Real Felipe, sobreviviente de la colonia, no era mirada desde arriba por ningún incipiente rascacielos. Y el mar, sobre todo, era todavía un artículo portuario...

Días después, la voz de Lorenzo Medina, leyendo «La Autonomía»:

—Señor Secretario de la Asociación Pro-Indígena, don Pedro S. Zulen. Los suscritos, naturales y vecinos del pueblo de Utao, comprensión del distrito del valle de la provincia de Huánuco, ante usted respetuosamente nos presentamos y decimos: que el teniente gobernador del pueblo, don Juan Márquez, por orden del subprefecto don Roque Pérez, nos obliga a que nos dirijamos a las selvas de El Rápido para que trabajemos en calidad de peones, en el fundo «El Progreso» de propiedad del señor Justo Morán. Hemos puesto resistencia a dicha orden por cuanto es perjudicial a nuestros intereses y no es posible que nos comprometamos a trabajar en un lugar selvático por la mísera suma de treinta centavos diarios, y por el anticipo que, por la fuerza, nos meten en el bolsillo; anticipo ignominioso de dos soles cincuenta centavos. En tal virtud: a usted rogamos se digne gestionar del Supremo Gobierno la adopción de medidas radicales para contener el abuso de las autoridades y defender los derechos de la raza indígena. No somos deudores de ninguno de los señores Morán ni menos a las autoridades políticas. Somos unos humildes trabajadores agrícolas que tenemos nuestros intereses, libres de compromisos y deudas. Deseamos que se hagan efectivas las garantías que la Constitución acuerda a todos los ciudadanos. Utao, 12 de octubre de 1915. Nicolás Rufino, y otras firmas...

—¿Eso, no? —gruñó Benito.

—Ahora verás que no todo es comunidad.

—Ya lo sé; todo no es comunidá. Pero yo, cuando vuelva a mi comunidá...

En el callejón vivían negros, indios, cholos y un italiano. En las noches de sábado se armaban farras en los cuartos del callejón. Guitarras y cajones acompasaban las marineras;

Estaba yo preparando
la azúcar blanca
de mi señor,
y vino una chiquilita
muy remolona:
le hablé de amor...

Yo le dije:— Mi negrita,
quiéreme un poco
por compasión.
Pero la negra bonita,
la picarona,
no contestó.

— El cajón — decía Lorenzo —, es en este caso una variante del tam-tam africano...

Al final del callejón había un patio y en el patio un caño de agua que caía a una taza de hierro. Ahí se lavaban Lorenzo y Benito, por las mañanas. Ahí lavaban la ropa las mujeres, tendiéndola a secar en cordeles que cruzaban el patio de un lado a otro. Una negra ampulosa solía cantar ciertos valses mientras enjabonaba. Tenía un marido borracho y se llamaba Pancha. De tarde, vendía buñuelos en la dársena...,

Y la voz de Lorenzo Medina:

— Huancayo, 18 de octubre — Secretario Pro-Indígena, Lima.—Pida garantías para los indígenas de Pariahuanca. Gobernador Carlos Serna (1) comete atropellos varios, robos. Nuestras quejas en provincias son desatendidas; se nos arrebata animales y dinero. Manuel Gamarra.

— Ah, po allá hay tamién un Zenobio García que es un fregao, aunque a la comunidá nunca le ha hecho nada...

El Callao y Lima tienen las casas achatadas porque nunca llueve, lo mismo que en toda la costa peruana, lo que a Benito le producía una extraña impresión. Realmente, casi todo le

---

(1) El periódico "La Autonomía" aparecía en Lima bajo la dirección de Pedro S. Zulen y con la colaboración de Dora Mayer y otros distinguidos indigenistas. El autor ha introducido en los fragmentos transcritos algunas modificaciones para facilitar su comprensión o ensamblarlos dentro de la novela. También ha reemplazado, en todos los casos, siguiendo su plan general, los nombres de los atacados y todo lo que sirviera para identificarlos, pues no es su propósito realizar extemporáneas censuras personales sino mostrar episodios corrientes y típicos.

parecía raro y había muchas cosas que ver y en qué pensar.
Más allá de las zonas pobladas y regadas en las cuales surgían
cúpulas de iglesias y árboles, el inmenso arenal se extendía,
pardo y ondulado, imitando la piel de un puma. Al fondo al-
zábanse unos cerros duros y herrumbrosos como el hierro oxi-
dado, bajo un cielo lechoso. Al otro lado, el mar de azul recluso,
el gran mar solo, avanzaba a lamer la tierra eriaza y luego volvía hacia el horizonte para traer algún barco.

Y la voz de Lorenzo Medina:

—El Delegado de la Pro-Indígena en Panao comunica
a la Secretaría General de esta Asociación que, a mérito de su
intervención, se ha conseguido la libertad del indígena Vicente
Ramos, que sufría un casi perpetuo secuestro en la hacienda
«La Pava». La familia de Ramos encarga hacer presente a la
Asociación, su más reconocida gratitud por el inmenso bien
que acaban de recibir, mediante el cual circula en su choza
humilde el aire de la libertad y de la alegría.

—Conozco muchos casos de esclavitud.

Benito Castro supo que Lorenzo, el «gran dirigente sindical», no dirigía nada y ni siquiera formaba parte de ningún
sindicato. Por intrigas de las autoridades portuarias lo habían
expulsado primero de la directiva y después del mismo gremio
de fleteros acusándolo de disociador.

—Es cierto — le dijo Lorenzo —, ¿quién te lo contó?

—Carbonelli.

Carbonelli era el italiano que vivía en uno de los cuartu-
chos del callejón. Tarareaba músicas que Benito jamás había
escuchado y se decía anarquista. Estaba sin trabajo y muy pobre y recogía conchas en la playa.

Y la voz de Lorenzo:

—En la obra del ferrocarril del Cuzco a Santa Ana se han
cometido atropellos con los indígenas allí empleados, debido a
la poca escrupulosidad de la empresa constructora y de las autoridades precisamente encargadas de hacer efectivas las garantías constitucionales. Un numeroso grupo de indígenas de
la parcialidad de Huancangalla, distrito de Chichaypucio de
la provincia de Anta, manifiesta que el Teniente Gobernador
de aquel lugar los sorprendió una noche cuando dormían en
sus eras de trigo y, con los envarados de su dependencia, los
hizo mancornar y conducir, atados codo con codo, a la cárcel del pueblo, de donde al día siguiente fueron llevados, en la
misma forma vejatoria, hasta el lugar de los trabajos, y du-

rante el tiempo de ellos no les dieron ni un centavo siquiera
para que atendieran a su subsistencia. Mientras tanto sus quehaceres, que son muchos en época de cosecha, quedaron totalmente abandonados, y expuestos a perderse y tal vez ya perdidos los productos de sus afanes de todo un año, lo único con
que contaban para el sostenimiento de su familia. En esta forma, con pequeñas variantes, son tratados todos los indígenas
que las autoridades, convertidas en agentes de los empresa-
rios, mandan al trabajo del ferrocarril a La Convención. Se
trata de una reproducción de las tropelías y especulaciones
realizadas en anterior ocasión, para llevar la línea férrea de
Juliaca al Cuzco, como también en la obra de canalización del
Huatanay. Es natural, pues, que los indígenas se manifiesten
reacios para concurrir hoy a la construcción del ferrocarril a
Santa Ana; la experiencia les ha dado duras lecciones. Nadie
niega que los ferrocarriles son elementos de progreso. ¿Pero en
nombre del progreso aceptaremos que se veje y se expolíe a
los ciudadanos de un país, por el solo hecho de ser indígenas?

    Y Benito:
    — Pobres, es duro tener que trabajar a malas. Ya conozco
«La Autonomía» po la forma de las letras grandes. Yo la voy
a comprar. Cuando vendía periódicos, me pedían «El Comercio»,
«La Crónica», «El Tiempo», y yo entregaba como si hubiera
sabido leer...
    — ¿Por qué no aprendes a leer?
    — Si tú me enseñas...
    — Te voy a enseñar...
    A...B...C...CH...D...
    Mientras tanto, la gente hablaba de que pasaban muchas
cosas en el mundo, lejos. Había guerra grande y los hombres
morían como hormigas.
    Y la voz:
    — No concluiré sin manifestarle que la situación de los
indígenas en las provincias sublevadas, especialmente en Azán-
garo, ha sido durante el último quinquenio clamorosa y deses-
perante. La usurpación de los terrenos de comunidades por el
gamonalismo, ahí, ha sido más desvergonzada que en ninguna
otra parte. Se han improvisado fincas o ensanchado muchas
de las existentes, mediante esa usurpación, contra la que ha
levantado la voz continuamente la prensa y últimamente ha
atraído la atención de los hombres de estudio y aún de las Cámaras. Se han saqueado, incendiado y talado las propiedades

de los indígenas y se ha asesinado a éstos sin distinción de mujeres ni de niños. Se les ha sometido a martirios por las autoridades, y la fuerza enviada para mantener el orden no ha servido sino para hacer obra de barbarie en pro de los gamonales, que se apoyan en el centralismo como éste estriba en aquéllos. Actualmente hay aquí un indígena de Potosí que presenta las huellas de los torturantes cepos y de haber sido colgado de los índices por una autoridad subprefectural. Y hay aquí personas de Huancané, que no son indígenas, que narran todas las exacciones escandalosísimas del subprefecto Sosa, aun con las personas acomodadas, lo que hace colegir que con el desamparado indio han debido colmar el extremo. Tales horrores se han perpetrado contra el indígena, que a la región de Saman, Achaya y Arapa se la ha denominado el nuevo Putumayo, digno de que la Sociedad Anti-Esclavista de Londres envíe otro Delegado para que al grito de horror que levante la humanidad, nuestros Gobiernos se dejen de remedios anodinos o contraproducentes y adopten una actitud digna de la civilización, que no puede admitir la explotación innominada que se consuma con el indígena.

—Pero vos no sabes, Lorenzo, de la sublevación de Atusparia.

—Sí, sí conozco...

—Pero no con sus detalles. Jué así...

Benito hizo un largo y animado relato de la jornada. En la pieza estaba también un muchacho que admiraba en Lorenzo al gran dirigente sindical. Medina, cuando Benito terminó, dijo:

—Y todo lo hacen por civilizar al pueblo.

El visitante contó un cuento.

Una muchacha se quedó huérfana y fué a caer en manos de una madrina que era muy mala. Al maltratarla daba el pretexto de que lo hacía para su bien y debido al cariño que le tenía. No bien la muchacha se descuidaba de algo, la madrina tomaba el látigo y se le iba encima. La madrina decía, sonándole: «Te pego porque te quiero, te pego porque te quiero»... Hasta que un día la ahijada, en medio de sus ayes de dolor, le rogó: «Basta de amor, madrinita, basta de amor»...

Y la voz:

—Ayer ha hecho un año que la fuerza pública al mando del coronel Revilla, entonces prefecto de Cajamarca, se constituyó en Llaucán y realizó allí la más horrorosa hecatombe que registra el martirologio nacional de la raza indígena en los últimos años. La bala y el sable del oficialismo criminal acribilló o ultimó, en 3 de diciembre de 1914, a los indígenas de Llaucán, no bastándole masacrar a los que halló reunidos en actitud indefensa y pacífica, esperando la llegada de la primera autoridad departamental, sino que todavía fué de hogar en hogar, no respetando edad ni sexo, ni condición, pues niños, ancianos y hasta mujeres en inminencia de dar a luz, o que acababan de ser madres, fueron victimados en sus propios lechos... ,

—Basta de amor, basta de amor...

También dijo igual la negra Pancha, arrojando al marido borracho a trancazos.

Lorenzo Medina desapareció durante dos días y cuando estuvo de vuelta casi nadie lo conoció. Se había afeitado el bigote y la perilla, sacrificio inmenso si se comprende que los cultivó durante veinte años después de aprendérselos a cierto dirigente cuyo retrato encontró en cierto libro... A Benito contóle que lo hizo para asistir a una importante reunión y a fin de no ser identificado si las cosas salían mal. Había tenido que darse yodo, pues la piel estaba menos atezada en el lugar donde florecieron sus queridos bigotes y perilla...

Y la voz:

—Señor Ministro de Justicia:—Los suscritos indígenas del fundo Llaucán por sí y nuestros hermanos que no saben firmar, ante US. respetuosamente decimos: La tantas veces mencionada matanza de nuestros miembros de familia por la fuerza pública el 3 de diciembre del año último, nos ha colocado en la imposibilidad de poder satisfacer los arrendamientos vencidos de los lotes que ocupamos en el referido fundo, y conforme a nuestros reclamos precedentes, reiteramos nuevamente ante la justificación de US. se nos exonere del referido pago siquiera para reparar en algo aquella horrenda masacre de que fuimos víctimas, ya que la justicia anda con los pies de plomo en tan monstruoso acontecimiento. Como anteriormente hemos gestionado ante US., esperamos nuestra libertad en no lejano día y mientras tanto rogamos rendidamente atienda nuestra solicitud.—Por tanto:—A US, suplicamos provea en justicia.—Hacienda Llaucán, noviembre 8 de 1915. (Firmado) Eulogio Guamán, Basilio Chiza, Manuel Palma, Catalino Atalaya, Dolores Llamoctanta, Eugenio Guamán, Eduardo Mejía, Sebastián Eugenio, José Carrillo, Tomás Cotrina, Vicente Es-

pinoza, Cruz Yacupaico, a ruego de Rómulo Quinto, que no sabe firmar.

Benito interrumpió al lector:

— ¿Qué cosa? ¿Rómulo Quinto?

— Así dice: «A ruego de Rómulo Quinto, que no sabe firmar»...

— Rómulo Quinto es un comunero de Rumi...

— Ya no lo será cuando está en Llaucán...

Una angustia profunda sobrecogió el alma de Benito.
Entonces contó a su amigo cómo es que salió de la comunidad
y por qué no podía volver aún.

Su padrastro se emborrachó durante la fiesta de San Isidro
y se puso a gritar: «Aquí, en esta comunidá, no debemos consentir ningún indio *mala casta*. Yo botaré al primer mala casta». Entonces fué a acogotar a Benito, quien, de un solo empellón, lo tiró al suelo. Su padrastro sacó su cuchilla y él la suya.
Benito se asombró de manejar tan bien la hoja filuda. De primera intención se la hundió en medio del pecho. Entonces, como no había cárcel y la iglesia, donde solían poner a los escasos
presos, estaba ocupada por los devotos, Benito fué encerrado
en uno de los cuartos de Rosendo Maqui. La comunidad debía
juzgarlo, pero, por otra parte, el Estado también reivindicaría
su sagrado derecho de administrar justicia sobre los «gobernados». A eso de las cuatro de la mañana, Rosendo lo llevó a
las afueras del caserío. El caballo blanco, al que después llamó
Lucero — «hasta aura tengo pena po mi animal» —, estaba
allí ensillado. Rosendo le dijo: — «Unicamente vos, yo y la pobre Pascuala, que está llorando, sabemos esto. Te suelto, hijo,
ya que el Estado no sé por qué tenga que castigar a los indios
cuando no les enseña sus deberes. Lo que me pone intranquilo
es la comunidá. Ella sí tiene derecho a juzgarte y quién sabe te
absolvería porque vos no has buscao... Pero si te demoras aquí,
vendrán del pueblo a llevarte preso. Ya lo sabe seguro Zenobio
García. De todos modos, quisiera cumplir con mi comunidá,
pero tamién me duele el corazón y te suelto... Vete, pues, hijo.
Un caballo se puede perder, y si algo merezco de ti, que sea un
ofrecimiento: no meterte en lo que no convenga... ¿Me ofre-
ces?» «Sí, taita»... «Vete, pues, y vuelve cuando haya pres-
crito el juicio». Le dió una alforja conteniendo sus ropas y el
fiambre que había preparado Pascuala, se abrazaron y Benito
partió. Volvía la cara de rato en rato y notaba que Rosendo
seguía allá, de pie, en medio del camino, sin duda viéndolo ale-

arse... Así salió de su comunidad a penar por el mundo. Desde que conoció a Onofre debido a la doma de la mula, fueron juntos por mucho tiempo. Amansaron en Tumil, arrearon ganado, de arrieros llegaron hasta Huánuco y de ahí pasaron a Junín. El tren de la sierra los dejó un día en la estación de Desamparados. ¡Lima! Benito la consideró siempre muy lejana y ya estaba pisando sus calles. Onofre sabía leer y consiguió un puesto en las salinas de Huacho. El entró en la panadería...

Nosotros, por nuestro lado, debemos recordar que aplazamos la explicación de la actitud del alcalde ante Benito en relación con su alejamiento de la comunidad. Ahora, después de haber visto sus vidas de muchos años, creemos que el asunto es aclarado por los mismos hechos en todas sus proyecciones y orígenes.

Benito dijo luego:

— En todo tiempo, he recordao a mi güen viejo Rosendo. Espero encontrarlo tovía. Es juerte y durará cien años. Lo que te cuento sucedió en 1910. Ahora volveré sabiendo leer. ¿Quieres repasarme la lección? No creas que desoigo todo lo que hablas, pero, a lo mejor, si te acepto mucho, me metes en cosa que no convenga... Yo quiero volver a mi comunidá.

— ¿Así que por eso te has estado haciendo el tonto?

— Y tamién, ¡tanta cosa! Uno no puede pensar en todo. Tanto asunto nuevo, el puerto, el callejón, Carbonelli, la negra Pancha, que te aclararé que me gusta, y tú con el sindicalismo y la lectura, y las crónicas con el dolor del pueblo y eso de Rómulo Quinto, que debe ser otro, y la guerra que hay po el mundo y lo demás... A veces me ha dao vueltas la cabeza y mi ignorancia me causó mucha pena...

— Hombre, Benito, ya se te aclararán los asuntos. En pocos meses no se puede estudiar todo. Ven: ¿estamos en *Pato* o en *La fruta verde?*

Lorenzo Medina abría el Libro Primero de Lectura.

— Estamos en *Rosita y Pepito*...

— ¡Ah, te adelantaste solo? Bien, bien...

Benito caminaba por las palabras como por altas montañas a las que es grato vencer.

Y la voz:

— La quincena pasada ha sido trágica en este asiento minero de Morococha. Se han sucedido los accidentes con resultados fatales en los distintos trabajos que se hacen aquí. No son, en una gran mayoría de los casos, culpa ni ignorancia del trabajador la que los produce ni las casualidades intervienen en ellos, sino que ocurren por la ninguna seguridad de que se rodea las labores de las minas. Ricardo González fué una de las víctimas de accidente del trabajo en la mina «San Francisco». El disparo de uno de los taladros le cortó la vida instantáneamente. Antonio Munguía, que trabajaba como contratista en la mina «Ombla», perdió la existencia aplastado por una piedra. Lorenzo Maya, en la mina «Gertrudis», sufrió quemaduras en las manos por una corriente eléctrica. Una sencilla india chacania, de Pucará, fué cogida por el tren y dejó la vida y su cuerpo mutilado sobre los rieles. En la mina «San José», que corre a cargo de los señores Tárrega e hijo, el operario Santos Alfaro cayóse a un pique y ahí quedó yerto. La viuda de este hombre que deja siete hijos en la orfandad, al cancelar la deuda de Alfaro, además de los gastos de entierro, recibió como indemnización diez soles.

— Y ésas son minas de peruanos.

— De peruanos son...

Lorenzo Medina no pudo disertar sobre la necesidad del sindicato esa noche. Una formidable explosión conmovió al puerto. De las paredes del cuarto de nuestros amigos cayeron algunos terrones. Lorenzo y Benito salieron a la calle. Se habían roto los vidrios de las tiendas. La gente corría hacia el mar diciendo: «Fué en la bahía». Ellos acudieron también. Los muelles de fleteros y de guerra hervían de gente. Un lanchón cargado de dinamita había estallado, nadie sabía por qué. Faltaba vigilancia. Acaso un pescador de los que emplean dinamita la estuvo hurtando y dió un mal golpe. Lo peor era que se habían hundido muchos botes. ¿Por qué atracaron al lanchón entre todos? Lorenzo y Benito buscaron mucho su bote. El «Porsiaca» no estaba por ningún lado. Tal vez se había desamarrado solamente. Prestaron una falúa y bogaron en la noche por la bahía. Potentes reflectores iluminaban el mar, que ondulaba con reflejos plateados. Los pasajeros de dos grandes barcos se agolpaban en las barandillas mirando con curiosidad. Otros fleteros buscaban también sus embarcaciones. No había sino pedazos de tablas. Benito se inclinó levantando una. En letras blancas sobre fondo verde se leía: «Porsiaca».

Entonces comenzaron muy malos tiempos. Nunca produjo mucho el pequeño «Porsiaca» debido a la competencia de las lanchas automóviles, pero por lo menos les dió para comer. En un restaurante japonés pagaban un sol al día. Ahora...

Lorenzo vendió algunos libros y algunas ropas. Benito su
vestido de casimir. Caminaban por calles apartadas buscando
los figones más baratos. Los japoneses, en cuchitriles llenos de
humo y olor a fritura, vendían un trozo de pescado y una
yuca por cinco centavos. Benito quiso contratarse de estibador,
pero, por andar en compañía de Lorenzo, también estaba fi-
chado como agitador peligroso. Fué a Lima en busca de Santiago. Ya no había lugar en la imprenta. De vuelta, bromeó:
— Si acaso hubiera salido po algún lao la mujer gorda del
parque. Pero las mujeres gordas nunca aparecen cuando se las
necesita...

Quien pasaba todos los días frente al cuarto era Pancha,
la buñuelera, de ida a la dársena o también de vuelta, con su
sartén y su brasero y sus andares rítmicos y su sonrisa de brillantes nácares...

Llegó el tiempo en que Lorenzo y Benito padecieron hambre. Entonces Carbonelli los llevó a la playa y se pusieron a
recoger conchas, como todos los que no tenían qué llevarse a
la boca. En un muro bajo, frente al mar de lento oleaje, prepararon su comida. Las conchas fueron abiertas y colocadas
a lo largo y ancho del muro, como en un azafate de cuatro o
cinco metros. Después, uno cogió los limones, otro la sal y otro
la pimienta. Carbonelli tenía estos ingredientes en una bolsa,
y avanzaron rociando las almejas sensibles y vibrátiles. El crepúsculo se encargó de guisar mejor el humilde potaje. Y los
tres hombres comenzaron, por un extremo, a servirse fraternal-
mente. A medida que avanzaban, las pequeñas conchas vacías
iban cayendo al mar. Un mar verdoso y mansurrón, sobre el
cual ondulaba un blanco vuelo de pájaros...

XVIII

LA CABEZA DEL FIERO VASQUEZ

El sol matinal doraba alegremente los campos y un rebaño
pastaba por los alrededores de Las Tunas, distrito situado a
legua y media de la capital de la provincia. Una oveja quedó
enredada en un matorral de zarzas y pencas y la pastorcilla,
que fué a libertarla, retrocedió horrorizada, gritando:

— ¡La cabeza de un muerto!, ¡la cabeza de un muerto!

Acudieron algunos campesinos de las casas cercanas. En
el centro del matorral, entre zarzas y onduladas pencas azules,
había ciertamente una cabeza humana. Un cholo sacó su machete y, cortando las zarzas, logró acercarse.

— ¡Parece la cabeza del Fiero Vásquez! — dijo.

— ¡Del Fiero Vásquez!

— ¡Naides la toque porque puede comprometerse!

— ¿Quién lo habrá matao?

— ¿Onde estará el cuerpo?

Y como en otra ocasión ya muy lejana, hubo alguien que
también dijo:

— Habrá que dar parte al juez...

El juez y el subprefecto de la provincia, acompañados de
algunos gendarmes, llegaron poco después, encontrando junto
al matorral una gran aglomeración de campesinos. Un guardia tomó la cabeza, que llenó el aire de un hedor penetrante, y
la depositó en el suelo a los pies de las autoridades. La examinaron con curiosidad y satisfacción. El juez dijo:

— Sí, es la cabeza del Fiero Vásquez.

Los campesinos la miraban asustados.

Torva, tumefacta, la piel se había amoratado y distendido dilatando las huellas de la viruela y del escopetazo. Los ojos se entrecerraban debido a la hinchazón de los párpados, pero todavía miraban por las rayas viscosas, con dura fijeza, la pupila parda y la pupila de pedernal. La nariz crecía hacia la disgregación, y la gran sonrisa de otrora estaba reducida a una mueca que no se sabía si era de dolor o de desprecio. Entre los labios abultados y violáceos se filtraba el reflejo de los dientes níveos, el cabello desgreñado caía sobre la frente y las sienes y en el cuello negreaba la sangre coagulada. Daba asco y pavor. Un bromista cruel exclamó:

— ¡Se levanta!

Los campesinos retrocedieron un paso, se miraron unos a otros y no pudieron sonreír. El subprefecto gruñó:

— Esta no es hora de chanzas. Busquemos el cadáver...

Talaron ese matorral y otros próximos y registraron arroyos, quebradas y cuanto sitio podía ocultar un cadáver, sin que estuviera en ninguno. De reposar a flor de tierra, ya se vería alguna bandada de gallinazos dándose un festín. En cierto sitio, al pie de una gran piedra, había una sepultura a medio hacer. Eso dijeron los que más deseaban alborotar. Otros manifestaron que podía tratarse de un hoyo nuevo de los usados para fabricar el carbón y que quien lo excavó no decía nada a fin de no comprometerse. ¿Pero fué asesinado en Las Tunas? Quién sabe lo asesinaron lejos y, para despistar, condujeron la cabeza hasta allí. O tal vez se trataba de una venganza, y quien lo mandó matar, reclamó que le llevaran la cabeza para verificar el hecho antes de pagar lo estipulado. Las conjeturas aumentaban mientras disminuían los sitios sospechosos por registrar. El juez, entretanto, tomaba declaración a la pastorcilla y los campesinos que primero llegaron al matorral. La muchacha, temiendo que la comprometieran, lloraba. El subprefecto volvió de la inútil búsqueda y dijo:

— Hay que llevar la cabeza para el reconocimiento médico-legal.

— Es de ley —asintió el juez.

La cabalgata partió. Un gendarme llevaba la cabeza del Fiero Vásquez, en alto, ensartada en la punta de su sable. Cerraba la marcha a fin de que la fetidez no molestara a los otros jinetes.

En la capital de la provincia el médico titular declaró sabiamente que la cabeza había sido separada del tronco mediante hábiles tajos. La pusieron en la puerta de la subprefectura y la gente del pueblo se anotició, acudiendo a verla. Entre los concurrentes estaba una chichera, quien lloró diciendo que ésa era ciertamente la cabeza de su compadre, el Fiero Vásquez. El desfile de curiosos duró hasta las seis de la tarde, hora en que la ya famosa cabeza fué conducida al panteón y enterrada.

La noticia llegó hasta Yanañahui y Casiana lloró abrazando a su hijito, que ya tenía tres años. Ella no quiso ni pudo hacer ninguna conjetura. Quería al hombre y no a la leyenda.

La noticia llegó al seno de la banda y todos blasfemaron amarga y rabiosamente. Doroteo lloraba mascullando: «Y aura me doy cuenta de que lo quería al maldito...» Tenían que saber quién lo mató y entonces... Pero no existían siquiera indicios. El Fiero se marchó solo diciendo que regresaría dentro de una semana, pero sin especificar adónde iba.

La noticia circuló por toda la comarca y hubo un derroche de comentarios, conjeturas y hasta de versiones. Desde luego que las suposiciones hechas por los campesinos de Las Tunas el día del hallazgo, fueron repetidas y ampliadas. Además, unos colegían que era don Alvaro Amenábar quien lo mandó matar. Pero don Alvaro no habría hecho arrojar al matorral la cabeza. De desear que el fallecimiento se hiciera público, don Alvaro o quienes fueran, la habrían dejado en algún camino. En el matorral estuvo a punto de pasar inadvertida. Era evidente que quien la tiró allí lo hizo por ocultarla.

Otros decían que los gendarmes mataron al Fiero. Hasta circuló la versión de que un arriero retrasado que andaba de noche, oyó que decía: «No me maten, así preso, gendarmes cobardes». Pero eso no era posible. Los gendarmes, en caso de apresar al Fiero, lo habrían voceado a todos los vientos justificando la muerte con razones de fuga o de pelea. El mismo subprefecto habría dicho que él dirigió o por lo menos fraguó certeramente la captura. Por último, se decía que fué una mujer quien lo mató, por celos. Pero tampoco tenía motivo para hacer esa división. En todo caso, quien oculta un cadáver lo oculta con cabeza y todo y quien desea lucir una cabeza la pone en una parte visible y no la avienta a un apartado y tupido matorral de zarzas... Pero quizá la pastora fué aconsejada para que fingiera encontrarla. No, que la pobre era una muchachita ingenua a la que después acosaron las autoridades y se-

guramente, amedrentada como se hallaba, habría revelado la
complicación en caso de existir.

Creció la leyenda y por los caminos, a eso de la media noche o al alba, comenzó a circular una sombra galopante.

El hallazgo marcó época y los campesinos de la comarca
solían decir por ejemplo: «Poco tiempo antes de que se hallara
la cabeza del Fiero Vásquez...»

XIX

EL NUEVO ENCUENTRO

Esa es la tierra donde su voluntad, todavía afilada y capaz cual la herramienta de acero nuevo, se convertirá en tala y surco y fruto. Su voluntad sigue siendo fuerte cuando se trata de la tierra.

Solma está situada entre dos quebradas que, desde donde el sol nace, bajan hacia el río Mangos por una de las mil estribaciones de la cordillera. La una es Quebradanegra, la otra Quebradonda. Esa es la tierra llamada Solma y Juan Medrano la está mirando, mirando — hecho ojos alertas y corazón amoroso — desde la loma a la que nombran Los Paredones. La cubre una nutrida vegetación, pero se la ve. A trechos es negra la tierra, a trechos es roja. Se extiende con blanda suavidad por lomas y faldas y, de pronto, se contorsiona y se desploma violentamente en las encañadas y las márgenes de los arroyos. Y sube, siempre sube, hacia el oriente, hasta perderse en el horizonte ondulado de las lomas de Tambo. Y baja también, baja siempre, hacia occidente, hasta desbarrancarse por la peñolería roja y aristada que se superpone tumultuosamente para descender al río Mangos.

Al frente, lejos, lejos, por donde se oculta el sol, están los cerros que forman otras haciendas y surgen de la ribera izquierda del río que corre al fondo y desde aquí no se distingue.

Pero Solma llega sólo hasta donde las peñas de este lado, bajando al Mangos, comienzan a danzar su cárdena y alocada

cashua. Hacia el sur flanqueando Solma por Quebradanegra,
las lomas de Tambo se prolongan en un cerro llamado Huinto,
el que cae también hacia el río alargando una cuchilla poblada de achupallas y magueyes. Y hacia el norte, más allá de
Quebradonda y sus abismales barrancos, ondulan hasta perderse en una azul lejanía las faldas cubiertas de arbustos que
son los potreros de Chamís.

Desde Los Paredones, no se ve más, a lo lejos.

Y han brotado de esta tierra árboles, arbustos y yerbas,
que a ratos dan lugar a una enmarañada confusión y forman
un montal lleno de voces susurrantes y penumbras trémulas.
La vegetación se inicia abajo, junto a los peñascales, invade
una pampa, sube por las faldas hasta esta loma donde ahora
se empina Juan Medrano, avanza hacia arriba trepando por
cauces de arroyos y hoyadas, pero los tallos vigorosos y las en-
tretejidas copas se van perdiendo luego, a medida que la tierra
asciende a zonas frías. Llega a Tambo vestida solamente de
arbustos grises.

Ahora está allí, viendo la tierra desde Los Paredones,
con sus ya viejos padecimientos y su ansiedad. Ha aprendido
el dolor en unas tomas de riego, en una hacienda de cacao y
otra de café, en una carretera y en el corazón de los hombres.
Ahora está en Solma, hacienda donde el peonaje cultiva la
tierra según su gusto y va al partir de los productos con el dueño, que se llama Ricardo. El lo ha dejado en este sitio. Después
de echarle un discurso hablándole del trabajo, de la importancia de esa región para la agricultura y de la forma en que debe
proceder, terminó:

— Esta es la tierra... Trabaja, pues.

Picó espuelas a su mula negra y cogió el sendero que toma
la cuesta para retornar a la casa-hacienda de Sorave. Medrano
lo vió alejarse hasta que se perdió tras los árboles. Y desde ese
momento se halla ahí, de pie, mirando y mirando. Ya ha exa-
minado esa tierra en pasados días, cuando la recorrió para ver
si le convenía. Un peón que arreaba un toro le enseñó los nombres. A él le gustó, más que todo, porque le recordaba a la tierra que lleva en su pecho. Se parece un poco a Rumi y otro poco al potrero de Norpa. Sin ser igual, vibra en ella el acento de
la comunidad.

Los árboles hacen sonar sus hojas y sus ramas. Vacas y yeguas destacan su color variopinto en medio de la espesura verdegrís del montal. A ratos levantan la cabeza y miran inquisi-

tivamente a todos lados. ¿Husmean la presencia del oso o del puma? Solamente la del hombre. Pumas y osos habrá por esas encañadas y riscos abruptos, en perenne y silencioso acechar, las zarpas prestas. Pero ahora ha llegado también el hombre. Vacas y caballos lo miran a distancia y, después de cerciorarse, siguen ramoneando las chamizas o el amarillo pasto de junio, aunque de mala gana y sin dejar de echar, de cuando en cuando, una ojeada al intruso.

Y la naturaleza toda, con sus cerros, sus lomas, sus encañadas, sus árboles y sus animales, llega al despierto amor de Juan Medrano como en los viejos días añorados. Es un nuevo y jubiloso encuentro.

Solma también ha sabido del esfuerzo del hombre. El fué quien levantó las rojas paredes que ahora están a medio caer — ahí, junto a Juan Medrano —, carcomidas y tasajeadas por las lluvias, el viento y los años. Esos hendidos muros de tierra sólidamente apisonada formaron el amplio caserón del ingenio, pero gualangos y arabiscos han crecido entre ellos y los ocultan a grandes retazos con su follaje y ayudan a su destrucción removiendo los cimientos con sus raíces. La gran piedra azul, plana y acanalada, sobre la cual crujió exprimiendo la caña el trapiche de madera movido por lentos bueyes, desaparece bajo las greñas de un herbazal. Los huecos de los hornos donde borbotearon, despidiendo un meloso olor, las pailas de rojo cobre llenas de jugo, se hallan atestados de malezas. Ningún rastro existe de la sala donde, en establecimientos de esta clase, se enfrían los moldes de la chancaca, y las habitaciones en que residieron los hombres son apenas montículos formados por el amontonamiento de los muros derruídos. Al frente, en esa falda, así como por esas laderas que bajan a la pampa y en ella misma, creció y amarilleó la caña de azúcar. Mas no queda ya ni la huella de los surcos. La vegetación salvaje y gozosa ha ganado de nuevo toda la tierra para sí. Donde olió a miel, a tierra arada y dulce caña, huele ahora a bosque. Trae y lleva el viento una áspera fragancia de tallos y ramas rezumantes, un rudo perfume de flores voluptuosas, un picante aroma de resinas. Tal vez en ese mismo sitio en que se levanta un alto gualango, adurmieron su fatiga los trabajadores. Allí, sin duda, después de la ruda jornada cotidiana, se tendieron haciendo albear sus camisas entre las sombras y amasaron sus esperanzas y sus sueños. Luego, súbitamente, la acequia que venía desde la quebrada de El Sauce, se sollamó arriba, muy lejos,

más allá de Tambo, en un lugar donde no era posible llevarla
por otro lado, y el agua no avanzó más. Quebradonda y Quebradanegra se angostan en verano y la caña murió de sed.
Luego surgió el bosque. Todo eso le fué contado por el peón
que buscaba al toro. Ahora, lo ve, nada resta ya de la antigua
tarea del hombre. Pero queda su voluntad y allí, al pie de los
árboles, la fecunda tierra presta al don. No habrá ingenio y todo será mejor porque sembrará maíz y trigo.

Declina la tarde. El sol, cayendo en medio de ágiles nubes
arremolinadas, se encuentra a poco trecho de los colmillos del
horizonte. Es necesario retornar. Bajo los árboles, al pie de las
copas teñidas de crepúsculo, treman cada vez más densas sombras, las lejanas lomas se sumergen en la noche y los pájaros
cruzan sobre su cabeza, flechando el cielo en un precipitado volar hacia sus nidos. Es necesario ir en pos de Simona, la buena
mujer, quien, con sus dos pequeños hijos, ha venido a compartir su labor y su destino. Toma el sendero por el que se fué
don Ricardo. Ondula, blancuzco y serpeante, sorteando los
árboles. Las ramas extienden sus garras y arañan su sombrero
de junco. Cuando hay alguna demasiado baja y agresiva, saca
el machete que cuelga de la cintura. No es un machete como el
que tenía Benito Castro, sueño de su adolescencia, hecho de hoja
delgada y fina, con mango dorado que remataba en una cabeza
de gavilán, pero su severa fortaleza infunde una práctica confianza. Mango de hueso, hoja larga y ancha de reflejos azules.
Su padre se lo dió con estas palabras:

— Llévalo siempre con vos; es la prolongación del brazo
del hombre, pero con filo.

Y su alargado brazo de acero cae hoy sobre las más obstaculizantes ramas. Es el primer choque con el montal y éste,
a trechos, comienza a quejarse desde la mutilación de unos
muñones que son blancos o rojos según el corazón del árbol.
No es mucho el destrozo, sin embargo, pues el sendero sube a
una loma donde sólo hay chamiza baja y pencas. Al otro lado,
encuentra a Simona junto a una gran piedra. Cocina en un
improvisado fogón, cuyas llamas comienzan a calcinar la roca
inmensa, mientras Poli y Elvira, sus hijos, se entretienen que-
brando leña. Hay un pequeño hacinamiento de dos sacos que
contienen víveres, ollas, herramientas, algunas alforjas. Una
linterna de latón que aprisiona entre su alambre un obeso tubo,
es un recuerdo de las tomas de riego. Choco, el perrillo lanudo
de color chocolate, observa melancólicamente a los pequeños.

Juan se tiende sobre los costales y, por decir algo, pregunta:
— ¿Les gusta esto?

Simona responde, después de echar una mirada a los campos:
— Güena la tierra, Juan.

— Aquí vamos, pues, a vivir — afirma él por gusto.

Y como son campesinos y saben la bondad de la tierra, lo repiten para sus pechos con la seguridad de quien habla del pan que le dará su madre.

Los árboles entregaron sus copas a la sombra y ella está ahí ya, circundándolos, danzando frente al fuego. Juan enciende la linterna con un leño, y luego la cuelga del brazo de un árbol por medio de un cordel. Despide una humeante llama rojiza y huele a querosén. A su luz se sirven las viandas — cecinas, mote — y charlan con intermitencias, de esto y aquello. La linterna oscila y la sombra del árbol que la sostiene corre, cae y se levanta sobre los pastizales, arbustos y follajes. Más allá, se encrespan también otras sombras. Y el mismo tallo parece animarse y contorsionar sus brazos resistiendo el sorbo tenaz de la noche.

Simona apaga el fogón y luego tienden las camas al pie de la gran piedra que los guardará del viento. Al desplegar sus frazadas y su poncho le viene a Juan el dulce recuerdo de la madre. Ella se los tejió combinando la multiplicidad armoniosa de sus colores, los cardó para darles suavidad y por fin les puso el brillante ribete de raso. Ya están algo raídos. Simona sabe también hilar y tejer, pero no ha tenido lana. Ahora la madre estará sentada junto a su padre, tal vez teniendo en brazos a otro hermano menor, mientras en su torno se sucederán, rodeando la amplia fogata, los otros hijos y los familiares. La llamarada los enlazará con su tibia luz íntima. Acaso del mismo modo que Juan en ellos, estarán pensando en él. Por primera vez en esa jornada lo angustia la ausencia del hogar y apaga la linterna para esconder su pena en el refugio de la sombra. Pero numerosos pájaros nocturnos han comenzado a cantar en el bosque de paucos, chirimoyos e higuerillas que crece cerca, en una hoyada, a favor de la humedad del ojo de agua, y su imaginación va hacia allí.

— Simona, ¿tiene harta agua el ojo?
— Chorrito, Juan... ¡Sote, Choco, vienes echar pulgas!...

Choco se aleja de mala gana y se hace lugar entre unas matas.

Arriba, han surgido algunas estrellas. La tibieza del día
va pasando y un viento aleteante y frío, que endurece la piel,
lleva el capitoso olor de las flores del chirimoyo. Se escucha el
coro de los tucos, el graznido de las lechuzas y el monótono y
largo canto de la pacapaca. A pesar de la oscuridad de la noche
sin luna, ¡qué cercanas están las estrellas! Surgen cada vez en
mayor número y el cielo adquiere una brillante y profunda
palpitación. A ratos, las errantes, lo signan con largas y rápidas
estelas. Y la majestad estrellada de los cielos cae extendién-
dose magníficamente sobre la negrura de la tierra, en medio de
la cual se puede ver el vago perfil de la vegetación.

Mas es necesario dormir. Arrebuja las mantas y, para eludir las saetas de luz y el ala batiente del viento, se cubre la cara
con su junco. Pero la impresión de la tierra triunfa en él. Lo
toma entero penetrándole por los poros hasta llenarle toda la
vida. Si aun su más lejano recuerdo es el del surco. El de un
día en que su abuelo materno Antón, lo llevó a la arada, el buen
abuelo que ahora, en la ruta penumbrosa de su memoria, se
le aparece con sus ojos alegres, su poncho claro y sus gruesas
ojotas, yendo y viniendo de las chacras, cultivándolas, hacién-
dolas buenas. Madrugaba como un zorzal y cuando iba a los
potreros para revisar el ganado, retornaba envuelto en la noche. Si estaba en la casa, reparaba las herramientas y los aperos y, en las frías tardes de invierno, lo abrigaba con su poncho teniéndolo sobre las rodillas al mismo tiempo que le invitaba en un matecito su cálida y humeante infusión de matico.
Y fué él quien un día, accediendo a su reclamo — no le iba a
pedir siempre que le hiciera cabeza a sus caballos de palo —
lo llevó prendido de su diestra a una chacra cuyo final le fué
imposible distinguir. Era un barbecho sobre el que pasaban y
repasaban rumiantes y vigorosas yuntas, tirando arados cuyas
manceras empuñaban rudos gañanes de grito ronco. Su niñez
estuvo alegre ese día en que salió por primera vez de la casa a
los amplios campos de siembra y golpeó sus oídos el grito de
los gañanes y vió cómo la tierra se abría, porosa y fragante, al
pie de las manceras en una suerte de oleajes fecundos. Era muy
bello el trajín de las yuntas, su serena y ruda fuerza y ver cómo
ante ellas, igual que encerrados entre paréntesis por las cornamentas, aparecían los sembríos, las casas, los árboles y cerros
de los alrededores y cómo los bueyes obedecían a las voces y al
aguijón de las puyas para voltear o tomar dirección. Pero sobre
todo le impresionó la tierra, la prieta tierra pródiga hinchada

ya de las lluvias primeras, que se aprestaba a dar como siempre y hacía llegar a la comunidad, vez tras vez, la gloria del aumentado grano generoso. Juan, prendido del pantalón azul de su abuelo, caminaba contando las melgas, con su ayuda, hasta llegar a cinco, para volver a contar solo y confundirse y no saber cuántas eran. Allí estaban los surcos innumerables y también la esperanza de ser grande y no tenerlos que contar sino solamente que hacer con la tranquila fe del sembrador.

Y esa noche, con su buen abuelo Antón ya ido, hecho quietud y silencio bajo la tierra, con la familia ausente, penando por la pérdida de la tierra, piensa en el pueblo que ha sido y es de la tierra, en el cotidiano y renovado afán de obtener, con alegría y sin cansancio, el multiplicado milagro de la mazorca y de la espiga.

Y ahora siente que ha de ir por sus huellas, huellas que tiene que recorrer a lo largo y ancho y hondo de la tierra, porque también su destino desde el nacimiento hasta la muerte — aún antes y después — es de la tierra.

* \
* *

Despiertan en medio de un vasto silencio, pues los pájaros de la noche se han callado sintiendo que la vida va a ser de nuevo luz y forma. A lo largo y alto de los inconmensurables espacios, luchan penumbras fugitivas y luces indecisas todavía. Por fin, las aves diurnas se han puesto a trinar formando una gran algarabía, bajo un cielo rosa y después áureo. Los árboles han desplegado hacia lo alto la amplitud de sus copas y el día todo es una inmensa ave que canta.

El sol, recamando de oro las altas y lejanas cumbres, se extiende hacia abajo dorando las faldas y ya refulge sobre las lomas de Tambo, ya avanza por la pendiente bañando la vegetación y llega a envolverlos en su alegre fulgor. Carece ahora de agresividad el sol; tibio y dulce, se diría que es posible tomarlo entre las manos: naranja madura del amanecer.

Simona ha madrugado a soplar el fogón, y sirve el desayuno. Entre sorbo y sorbo de sopa humeante, Juan piensa en la tarea por realizar. Un abejorro negro a pintas amarillas viene a posarse en su ojota. Pequeñas hormigas rojas circulan afanosamente por el suelo atropellado. De la tierra se levanta un feraz vaho cálido y aun el leve mosquito ha desplegado las

alas empeñándose en un terco y menudo vuelo. Al sol refulge
como una diminuta chispa de luz.

Simona parla y parla. Es todavía una china fuerte, de ro-
llizas nalgas, vientre abultado y prominentes senos. En su cara
de un trigueño claro brillan dulcemente los ojos ingenuos y,
bajo la enérgica nariz, los gruesos labios de risa fácil — el inferior le cuelga un tanto — se contraen en un mohín de duda.
La exigua trenza rueda de un lado a otro en su ancha espalda.
Cubre su cabeza un sombrero de junco de ala corta y ladeada
con coquetería y visten el cuerpo robusto una blusa de percal
floreado y amplia pollera de lana roja. Juan Medrano es también fuerte y en su cara la madurez y el dolor han marcado un
rictus severo. Viéndolos, a menos de saberlo, no se pensaría
que Poli y Elvira son sus hijos. Esta, que puede tener cuatro
años, es menudita y pequeña y la pollera vuelada se le ajusta
en una cintura de hormiga. En la carita trigueña, redonda y
sudorosa, bizquean los ojitos con un aire cómico. Poli tendrá
seis años y su cuerpo frágil cabe holgadamente dentro de la
camisa blanca y el calzón gris. La faz ovalada, de un amarillo
pálido, tiene una expresión triste. Miran apagadamente sus
ojos negros. Simona nos dirá que están así de endebles y atra-
sados por el paludismo, la miseria y otras desventuras. Por la
edad de los niños comprendemos que ya han pasado muchos
años desde que los padres salieron de la comunidad. Una vez,
se hallaban a punto de volver, pero se encontraron en un camino
con Adrián Santos, que se iba a la costa. Les refirió que Amenábar había iniciado un nuevo juicio.

Ahora Juan tomó uno de los senderos de la red que han
tejido los animales en el diario trajín por apagar la sed. Bifur-
cándose entre malezas y troncos, lo conduce hasta el ojo de agua.
Rezuma de la tierra el agua, en la prieta profundidad de una
hoyada, y un pequeño pozo y rastros de pezuñas, cascos y ojotas hacen relucir sus cristales. Esta es la exigua y cariñosa agua
clara con la que el hombre y el animal refrescan belfos y entrañas ardorosas y el árbol vive en lozanía de copas y henchi-
miento de frutos. Raíces se retuercen y por fin se clavan como
saetas en la tierra, surgen tallos impetuosos y fuertes, el follaje
se extiende negando el sol secador, las flores copulan derramando una intensa fragancia y maduran los frutos — las chirimoyas relucientes — en una pesada oscilación de gravidez. Cruje
de cuando en vez una rama, estallan cápsulas de higuerilla y se
diría que una vida rumorosa circula por el corazón de los tron-

cos, surgiendo de esta tierra negra y quieta en la cual se hunden
blandamente los pies. Hay en los árboles una profunda energía,
una próxima y distante música, que ahora advierte con sentidos despiertos ya a la voz íntima de la tierra, en la que van
ahondándose como renacidas y tenaces raíces.

Ahora todas sus experiencias tienen dentro de Juan una
más viva categoría y ve la naturaleza a plena luz, a entera y cercana verdad. El árbol y la tierra están de nuevo
dentro de él y no sólo próximos. Yendo hacia el ojo de agua,
un *uñico* le ha ofrecido sus hojas. Sus manos cogen una y los
dientes la mordisquean. Su acre sabor parece venirle del recogimiento de su redondo follaje apretado y de la dureza del
tallo retorcido, donde el hacha se abolla. Pero — hijo de la
tierra — sabe dar en el tiempo debido y es una mancha granate la ofrenda dulce de sus moras. Junto al ojo, crece un
pauco, gigante de las arboledas de clima medio. Su poderoso
tallo rojo se eleva manteniendo su grosor fácilmente para
abrirse en muchos brazos donde tiemblan las hojas largas y
rojizas. Entrega al campesino su madera apta para horcones
y vigas y, a veces, curvada ya con la intención de hacerse arado.
También hay chirimoyas e higuerillas y otros árboles que aman
la humedad de las encañadas. La *chirimoya* está llena de gracia. Ondula suavemente el tallo de cetrina piel pálida y sus ramas se hallan cubiertas de grandes y suaves hojas, de un verde
fresco. Las flores albas, carnosas, de penetrante olor, son
como un anticipo del fruto grande y redondo, de piel lustrosa
que cubre una pulpa blanca y dulce, entre la cual las pepitas
brillan como gemas negras. La *higuerilla* tiene brazos quebradizos
y es fácil troncharle aún el tallo cenizo. Pero así como de las
delgadas ramas de la chirimoya brota un fruto grande y lleno
de dones, de las frágiles de la higuerilla, surgen hojas enormes,
puntudas, abiertas como manos. Racimos de cápsulas espinosas contienen las lustrosas pepitas de bellos jaspes negros y grises. Abriéndola, blanquea una dura pasta aceitosa. Faltando
velas o el candil, se ensartan las pepitas peladas en delgados
palillos y entonces arden con luz rojiza alumbrando las noches
del pobre. Fuera de la hoyada, allá por los campos, está el
arabisco de tallo fuerte y hojas finísimas, entre las cuales re-
saltan grandes flores moradas y duras cápsulas. Al golpe del
hacha o la azuela, muestra una madera fina y áurea. También
alza su sombrilla chata el *gualango*, se contorsiona el rojo *lloque* nudoso, apunta sus espinas el *uña de gato* y se amontona

una muchedumbre de árboles que son el fondo sobre el cual se
destacan los otros, de igual modo que Rosendo se destacaba entre los hombres de la comunidad. Por el cerro Huinto crecen
achupallas y *cactos* triunfando de la sequedad de los roquedales, y los *magueyes* de penca azul, por un lado y otro, elevan
su vara vigilante oteando las lejanías.

Crecen los vegetales sobre la tierra y dentro de Juan Medrano. Quien no los vió nunca en el camino de sus pasos, quien
no enfrentó ante ellos y con ellos la realidad de su vida, puede
sentirlos lejanos a su ser y a su esencia. Pero Medrano, que se
los trae en el pasado desde la niñez, de nuevo los ha reconocido
y amado incorporándolos a su peripecia viviente... Todavía
ha de ver de regreso, frente a su provisional refugio, en un lugar
donde la lluvia almacenó blando y negro limo, a la contoya y
al chamico, arbustos que forman allí un matorral. La *contoya*
es una delgada vara de hojas claras, cuyas flores provocan el
estornudo. El pecíolo desgajado rezuma una leche blanca y
tres gotas de ellas purgan el vientre del hombre. El *chamico*
es un árbol enano. Sus tallos violáceos se abren en brazos que
sostienen anchas hojas y las acampanadas flores cuajan en
cápsulas que estallan esparciendo innumerables y menudas
pepitas negras. Comerlas provoca el envenenamiento o la locura, pero en pequeña cantidad tórnanse en eficaz filtro de
amor. He allí, pues, todos los vegetales reencontrados, desde
los que le servirán para hacer la vivienda hasta los que pueden
alimentarlo, curarlo o asegurarle el amor. Si ayer fué día de
tierra, hoy ha sido día de árbol. Juan Medrano y Simona toman nueva fuerza de la naturaleza, y los pequeños parecen alegres también. El hombre coge su barreta y lleva una delgada
acequia desde el ojo de agua hasta un barranco, pasando frente al lugar donde alzará la casa. A diez pasos de la proyectada
puerta, un cristalino chorrito cae de la azul canaleta de penca
a un pozo redondo en donde flota una calabaza amarilla. Se
va, pues, a vivir...

*
* *

Es bello levantar una casa. El constructor siente una íntima complacencia mientras planta un horcón, tiende una viga,
ata las varas, techa. Mira tranquilamente el cielo. El puede
brillar un sol fustigante o desatar un vendaval furioso, pero allí

ocupando un pequeño lugar de la tierra, frente a todas las violencias, resistirá la casa firme. Juan y Simona han hecho la suya de los más recios y livianos materiales. Los horcones y las cumbreras son de grueso pauco, las vigas de fuerte arabisco, que soportan otras de liviano maguey, en las cuales descansan fofas cañas. Los horcones se hunden dos varas en la tierra y las vigas y varas se hallan trabadas mediante muescas y para mayor seguridad atadas con recios y elásticos bejucos. El techo es de paja y la pared de maguey partido. Ahí está la casa que defenderá del viento, del sol, de la lluvia y del punzante y desvelador brillo de las estrellas. El hombre, en verdad, los resiste cuando es necesario, pero todo el tiempo no puede estar abandonado como un animal al embate de los elementos. Es la casa precisamente el necesario lindero, el justo límite. Por ello mismo defiende y retiene al hombre tanto como puede y como debe.

Juan Medrano, Simona y sus hijos descansan en la casa nueva y fresca, llena todavía de los olores del bosque. A lo lejos, cantan los pájaros nocturnos y Choco, que en días pasados no hizo más que husmear y dormir, corre en torno al bohío dando agudos ladridos.

*
* *

Juan Medrano luchó duramente con el montal, pero al fin lo redujo. Verdad que los árboles gruesos eran escasos, pero los pequeños se tupían a ratos y la chacra debía ser grande. El hombre estaba haciendo muchos proyectos en relación con una chacra grande. Al terminar la tala, apartó los troncos y las ramas que le servirían para el cerco y los demás los reunió en piras y los prendió. Altas llamaradas nocturnas iluminaron Solma y Medrano gozaba como quien es capaz de dar color propio a la vida. Justo es apuntar que esta vegetación no produce el mismo efecto que la encontrada por Augusto Maqui. La selva agobia y ofusca por su monstruosidad, en tanto que los matorrales arbolados de la sierra de clima medio, más bien acicatean.

Juan hizo el cerco y esperó noviembre, que ya llegaba. Y cuando llegó noviembre, cayeron abundantes lluvias. Aró y sembró. El patrón Ricardo le dió yuntas y semillas como antes le proporcionó herramientas y víveres. El caso es que salió

trigo en media chacra y en la otra media, maíz. La misma Simona había ido tras la yunta regando la simiente. Los cuatro
pobladores, los cinco diremos más bien contando a Choco, estaban muy contentos. Seguía cayendo la lluvia y la tierra crecía, más y más, en plantas vigorosas. Como la de la comunidad, ésa era también una magnífica tierra.

*
* *

Una tarde, al oscurecer, llegó a Solma una mujer que dijo
llamarse Rita, y pidió posada. ¿Por qué no habían de dársela?
Se quedó. Pero no se fué al otro día sino que se puso a ayudar
a Simona en los quehaceres. Refirió que estuvo viviendo en
casa de una comadre suya, con la cual se había peleado. Ahora
buscaba dónde vivir. No, no era ella una carga. Hilaba y tejía
y en vez de plata cobraba granos. Tenía los suyos encargados
y además algunas gallinas. Simona, después de cambiar una
mirada con su marido, la invitó a estar con ellos. Rita marchóse
y a los dos días regresó arreando un jumento cargado con los
granos y las gallinas. Ella fué la primera amiga que hicieron
en Solma. Obsequió a Elvira una pequeña olla de barro vi-
driado y a Poli un sombrero que perteneció a un hijito que se
le había muerto.

*
* *

El trigo creció mucho y Juan Medrano tuvo que segarlo.
Entonces recordó con más cariño al buen viejo Rosendo. Casi
no tuvo que limpiar, pues es sabido que la mala yerba es muy
escasa en las chacras nuevas. De tiempo en tiempo, alguna vaca dañina abría un portillo y el hombre reforzaba el cerco. Lo
demás, estaba encargado a la tierra y a la lluvia. Juan entretenía sus ocios labrando bateas y cucharas.

*
* *

Rita solía irse a una pampa situada más arriba de Tambo,
donde vivían muchos colonos, y regresaba llevando lana para
hilar o hilos para tejer. Cuando tenía mucho trabajo lo com-

partía con Simona. Un día llegó con la noticia de que había
por allí un velorio, agregando que, según su opinión, ellos debían ir. Simona regañó a Juan diciéndole que en vez de labrar
bateas y cucharas debía hacer la puerta de la casa, pues ahora
no podían abandonar a los pequeños en una casa sin puerta.
Juan gruñó que no les pasaría nada dejándolos con Choco.
En el velorio comieron mote y mazamorra, bebieron chicha y
cañazo — poco de todo en comparación con lo que se acostumbraba en la comunidad — y conocieron a mucha gente de esa
zona. De vuelta, preguntaron a Poli y Elvira si habían tenido
miedo y ellos dijeron que no. Desde las lomas de Tambo, se
advertía muy hermosa la gran chacra de trigo y maíz. Juan,
lleno de orgullo, manifestaba que ya verían...

*
* *

Las siembras seguían muy lozanas y Juan dijo a Simona
que, en caso de ser bueno el año, iría a traer a los padres de
ambos. Quién sabe qué suerte habían corrido, pero, de todos
modos, él los sabría encontrar. Ese era el proyecto que acariciaba desde mucho tiempo antes. Simona se puso feliz y todos, inclusive Rita, comenzaron a tirar planes.

*
* *

Mientras pasa el tiempo, Rita cuenta lo que sabe de la
vida de los vecinos — bastante apartados de Solma, en realidad — y a muchos de los cuales, en velorios y rezos, han ido
conociendo los Medrano. La casa ya tiene puerta y pueden dejar a los pequeñuelos confiadamente.

Javier Aguilar es reservado y sombrío. Mira sesgadamente,
paseando los ojos por el suelo, baja la frente. Parece que algo
escondiera en el fondo de su pecho. «Este indio no es santo»,
dice el patrón Ricardo. «Ahí está la cara.»

Pero, en verdad, nunca se le ha podido achacar concretamente nada. Vive en un lugar llamado Yango, en compañía
de sus hijos, Sixto y Bashi, y de una mujer que trajo de la
feria de Sauco. Su anterior mujer, la madre de sus hijos, murió.
Y esto dió lugar a un largo enredo. A poca distancia de Yango,
al doblar un cerro, reside el viejo Modesto, cuya fama de avaro

es sólo comparable a la de brujo que también lo circunda. No
trabaja en las tareas propias del hombre. Posee un rebaño de
ovejas que él mismo pastea, trajinando tras él con un trote
blando y menudo. Hila con ágiles dedos el gran copo de lana
que lleva sujeto a la rueca engarzada en la faja que rodea su
cintura. Sobre sus espaldas, en un enorme atado, están los hilos, ya urdidos, que extenderá en el campo desde la rama de un
árbol y se pondrá a tejer. Retorna al atardecer y, después de
encerrar su ganado en el redil, entra en su pequeña casa de
piedra. Está solo allí. Ni hombres ni mujeres lo han acompañado jamás. Cultiva un huerto de cerco pétreo situado al frente
del redil, donde prosperan coles, rocotos y cebollas. Lo guarda
una culebra ceniza, de dos varas de largo, de la clase de las
colambos y a la que él ha nombrado también Colambo. El viejo, antes de partir al pastoreo, todas las mañanas, va hacia
ella llevándole residuos de comida. «Colambo, colambo», la
llama con su voz cascada. Colambo se le acerca reptando sin
darse mucha prisa y él la toma, se la envuelve por los brazos y
el cuello, la acaricia. Por fin se marcha dejándole la comida.
Cuando quiere halagarla mucho le da leche o huevos frescos.
Nadie entrará al huerto. Colambo está allí para dar, a quien
no sea el viejo Modesto, rápidos y feroces coletazos. Los domingos, las ovejas se quedan en el redil y el viejo en casa. A
veces, sale a escarbar un poco en el huerto. Atiende también
a las gentes que van a comprarle lana y bayetas o a cambiár-
selas por menestras. Cuenta la plata codiciosamente. En el
tiempo debido, esquila ayudado por su hermana Vishe y otras
mujeres que llama para esa única ocasión. Teje las bayetas,
como se ha visto, él mismo. Cuentan que hay domingos en que,
con el pretexto de asolearlas, las saca y coloca sobre el cerco
del huerto y algunos arbustos que rodean su morada. Quedan
allí coloreando alegremente los ponchos negros, habanos y
plomos a listas verdes y amarillas, las granates frazadas con
grecas blancas y azules, el cordellate gris, la alba y cardada
bayeta para camisas, la azul oscuro para calzones, la roja para
polleras. El se pasea frente a sus bienes, mirándolos fijamente
y diciendo por todo decir con su voz nasal: «Güeno, güeno,
güeno...» Modesto es menudo, de cara descarnada e impasible,
cuya larga boca se comprime con desdén. No se sabría decir
cuándo está triste o alegre. Quizá, por las chispas fugaces que
le han visto brillar en los ojillos al tiempo que mira y dice
«güeno, güeno», se podría afirmar que en ese momento está

alegre. También cuando acaricia a Colambo. Por todas estas circunstancias, la fama de avaro y brujo le cayó fácilmente. Hombre que no conoce mujer, vive solo y se entiende con culebras, no puede ser buen cristiano. «Brujo nomá, pue.» Y es así como en casa de Javier Aguilar se dijo que él había «comido» a la Peta — éste era el nombre de la difunta —, pues ella no murió de buena muerte. Se le hinchó el vientre y un gato le arañaba las entrañas. Al expirar, le quedaron encogidos brazos y piernas. Y un día, en venganza, Sixto y Bashi fueron e incendiaron la casa del viejo. No se metieron con la culebra. Modesto llegó a la casa-hacienda y el patrón Ricardo trató de aclarar las cosas. Los muchachos eran muy jóvenes todavía y se sospechaba que el padre los hubiera mandado.

— No, patrón; no, taita — negaba Javier —. Yo no los mandé... Yo nadita sabía... Los muchachos jueron con su propio albedrío... — y miraba sombríamente a los pies de don Ricardo. Este insistía:

— ¿Pero cómo se entiende que los muchachos hagan eso porque sí? ¿Cómo se les va a ocurrir a ellos que este infeliz de Modesto mate a su madre? ¿Por qué?

Los muchachos se echaron a llorar:

— Es brujo... La ha «comido» onde ella, la ha «comido»...

Y Modesto, desde un lado, más menudo aún bajo el enorme a ado que llevaba sobre las espaldas, imploraba:

—No, taita, no soy brujo... Me aborrecen sin causa, sin ni una causa.

Don Ricardo, pese a sus sospechas, tuvo que dejar de lado a Javier Aguilar, el que solamente fué obligado a pagar los perjuicios a Modesto, pero castigó a los hijos. Tres meses estuvieron apilando café en el temple de Santa, situado en una hacienda lejana. En un enorme pilón hay que chancar el café, para descascararlo, con un grueso émbolo de madera.

Este no fué el único lío en que estuvo metido Javier Aguilar. Solían contarse otros. Nunca se le pudo probar nada. Hacía poco, ocurrió uno que lo pinta. Quien mate un puma recibe de la hacienda en calidad de premio, un potro o una potranca, según el sexo de la fiera. El Cayo Shirana encontró un burro muerto por el león en los potreros y llegó a la casa-hacienda demandando veneno. Lo colocó, según las aclaraciones posteriores, en el pecho del asno, que ya había sido devorado en parte. Pero. a fin de cuentas, Javier resultó siendo el cazador. Ca-

yo lo había encontrado cuando pistaba el puma. Los dos cholos
se presentaron a litigar ante don Ricardo. Javier exhibía la
piel atravesada por un balazo en la parte de la panza.

— Si el cuerpo quedó al lao de una quebrada. Ahí dejuro
se fué a beber con la sede que da el veneno y murió. He cazao
cuatro... Los pumas envenenaos mueren siempre al lao del
agua... El Javier le dió el tiro sobre muerto, tieso que estaba...
— afirmaba Cayo Shirana.

— Tuviera el fogonazo — argumentaba Javier. Y Cayo:

— ¿Quién no sabe eso? Seguro que le dites el tiro de lejos,
pa que no parezca...

— Claro que bien lejos... pero estaba vivo. Yo juí a buscar un güey y encontré el puma vivo. Ni vi yo el burro...

— Y en ese montal de la quebrada no te iba a sentir la
bulla... Seguro que al estar vivo, el puma se iba... Ni lo mi-
rabas, hom...

Era imposible aclarar nada. Quizá dando un pedazo de
la carne del puma a un perro para ver si estaba o no envenena-
da... pero una investigación sobre el terreno no dió resultado.
Los buitres y los gallinazos habían dado cuenta del puma,
tanto como del burro, dejando limpios los huesos. Entonces,
tuvo que ser Javier Aguilar quien recibiera el potro.

Todas las historias que contaba Rita eran por el estilo.
Las buenas gentes escaseaban en Sorave y, en general, todas,
las buenas y las malas, no lograban vivir en paz.

*
* *

Y pasaron los meses y floreció el maíz y amarilleó el trigo.
En el tiempo debido, los cinco se pusieron a cosechar el maíz.
Al atardecer, cuando Rita y los pequeños habían vuelto ya a la
casa, Juan y Simona se pusieron a retozar por la chacra.

— ¿A que te tumbo, china?

— A que no me tumbas...

Todo era de nuevo como en una época querida y distante:
la tierra, la cosecha, el amor. Les parecía que estaban en Rumi
y se sintieron muy felices...

*
* *

Para la trilla, los campesinos se dieron la mano unos a
otros, según la costumbre llamada *minga*. Juan, Simona y Rita
fueron a otras trillas y los favorecidos les correspondieron yendo a la suya.

La chicha preparada por las mujeres se puso roja y madura y Juan llamó a la faena o más bien a la fiesta...

Todos, hasta el sombrío Javier Aguilar, se alegraron dando vuelta, corriendo, gritando en el júbilo de la trilla, olvida-
dos de sus penas y de que la tierra no era de ellos y debían compartir la cosecha.

*

* *

Cuando el maíz estuvo desgranado y el trigo venteado,
llegó a Solma el patrón Ricardo para arreglar cuentas. Después de separar su mitad de la cosecha, reclamó casi otro tanto
por las facilidades prestadas. El resultado fué que los nuevos
colonos se quedaron con los granos necesarios para el sustento.
Rita les dijo:

—Yo les oía hablar y no decía nada pa no amargarles la
vida cuando ya estaba el trabajo hecho. Así es don Ricardo. Y
si le sobra grano al peón, tiene que vendérselo al precio que él
fija...

¿Qué iban a hacer, pues? Ya estaban cansados de trajinar
sin sosiego. Cuando volvieron las lluvias, Juan Medrano unció
la yunta, trazó los surcos y arrojó la simiente. Quería a la tierra y encontraba que, pese a todo, cultivarla era la mejor manera de ser hombre.

XX

SUMALLACTA Y UNOS FUTRES RAROS

La indiada llenaba el pueblo en fiesta. Demetrio Sumallacta, ya bastante borracho, se quedó paralizado al pasar frente a cierta casa de los arrabales. Entre un grupo de indios y cholos, sonaba una voz que no había oído desde hacía mucho tiempo, desde hacía muchos años y que, sin embargo, todavía le era familiar. Era la voz de Amadeo Illas. Terminaba de narrar un cuento y los circunstantes le pidieron otro con entusiasmo y tufo de alcohol.

Un globo de papel de colores, muy iluminado y ligero, que imitaba la forma de un pez, pasó nadando en el lago trémulo de la noche. Dos cholos ebrios, gritaron:

— Atajen ese globo...

— Echenle anzuelo...

Los cholos marchaban abrazados, proclamandose amigos hasta morir. Un bombo sonaba por algún lado y un acordeón por otro...

Había un pequeño farol en el corredor de la casa donde estaba Amadeo, pero apenas si permitía verlo, de igual modo que a cuantos lo rodeaban. Demetrio pudo apreciar, con todo, que ésa su cara lisa y fina de los tiempos comuneros, tenía ahora arrugas y un gesto de cansancio. Acuclillado en tierra, con la espalda un tanto inclinada bajo el poncho viejo y el sombrero aplastado, parecía de estatura muy pequeña. En la buena época, Amadeo solía contar sus cuentos manteniendo la espalda

naturalmente erguida y el sombrero echado hacia atrás. Ahora,
su voz comenzó a contar lenta y sencillamente, con una agra-
dable seguridad. Tres futres que pasaban se detuvieron a escuchar también. Los señores parecían algo bebidos y fumaban
cigarrillos. La voz dijo el conocido y muy gustado cuento de
El zorro y el conejo:

Una vieja tenía una huerta en la que diariamente hacía
perjuicios un conejo. La tal vieja, desde luego, no sabía quién
era el dañino. Y fué así como dijo: «Pondré una trampa».
Puso la trampa y el conejo cayó, pues llegó de noche y en la
oscuridad no pudo verla. Mientras amanecía, el conejo se la-
mentaba: «Ahora vendrá la vieja. Tiene muy mal genio y quién
sabe me matará». En eso pasó por allí un zorro y vió al conejo.
«¿Qué te pasa?», le preguntó riéndose. El conejo le respondió:
«La vieja busca marido para su hija y ha puesto trampa. Ya
ves, he caído. Lo malo es que no quiero casarme. ¿Por qué no
ocupas mi lugar? La hija es buenamoza». El zorro pensó un rato
y después dijo: «Tiene bastantes gallinas». Soltó al conejo y se
puso en la trampa. El conejo se fué y poco después salió la vieja de su casa y acudió a ver la trampa. «¡Ah, ¿conque tú eras?»,
dijo, y se volvió a la casa. El zorro pensaba: «Seguramente
vendrá con la hija». Al cabo de un largo rato, retornó la vieja,
pero sin la hija y con un fierro caliente en la mano. El zorro creyó que era para amenazarlo a fin de que aceptara casarse y se
puso a gritar: «¡Si me caso con su hija! ¡Si me caso con su hija!»
La vieja se le acercó enfurecida y comenzó a chamuscarlo al
mismo tiempo que le decía: «¿Conque eso quieres? Te comiste
mi gallina ceniza, destrozas la huerta y todavía deseas casarte
con mi hija... Toma, toma...». Y le quemaba el hocico, el
lomo, la cola, las patas, la panza. La hija apareció al oír el alboroto y se puso a reír viendo lo que pasaba. Cuando el fierro
se enfrió, la vieja soltó al zorro. «Ni más vuelvas» le advirtió. El zorro dijo: «Quien no va a volver más es el conejo». Y
se fué, todo rengo y maltrecho.

Días van, días vienen... En una hermosa noche de luna,
el zorro encontró al conejo a la orilla de un pozo. El conejo estaba tomando agua. «¡Ah!— le dijo el zorro—, ahora caíste.
Ya no volverás a engañarme. Te voy a comer»... El conejo
le respondió: «Está bien, pero primero ayúdame a sacar ese
queso que hay al fondo del pozo. Hace rato que estoy bebiendo
y no consigo terminar el agua». El zorro miró y, sin notar que
era el reflejo de la luna, dijo: «¡Qué buen queso!» Y se puso a

beber. El conejo fingía beber en tanto que el zorro tomaba el
agua con todo empeño. Tomó hasta que se le hinchó la panza,
que rozaba el suelo. El conejo le preguntó: «¿Puedes moverte?»
El zorro hizo la prueba y, sintiendo que le era imposible, respondió: «No». Entonces el conejo fugó. Al amanecer se fué la luna,
y el zorro se dió cuenta de que el queso no existía, lo que aumentó su cólera contra el conejo.

Días van, días vienen... El zorro encontró al conejo
mientras éste se hallaba mirando volar a un cóndor. «Ahora sí
que te como», le dijo. El conejo le contestó: «Bueno, pero
espera a que el cóndor me enseñe a volar. Me está dando lecciones»... El zorro se quedó viendo el gallardo vuelo del cóndor y exclamó: «¡Es hermoso! ¡Me gustaría volar!» El conejo gritó: «Compadre cóndor, compadre cóndor...» El cóndor bajó y
el conejo le explicó que el zorro quería volar. El conejo guiñó
un ojo. Entonces el cóndor dijo: «Traigan dos lapas». Llevaron
dos lapas, o sea dos grandes calabazas partidas y el cóndor y
el conejo las cosieron en los lomos del zorro. Después el cóndor
le ordenó: «Sube a mi espalda». El zorro lo hizo y el cóndor
levantó el vuelo. A medida que ascendían, el zorro iba amedren-
tándose y preguntaba: «¿Me aviento ya?» Y el cóndor le respondía: «Espera un momento. Para volar bien se necesita tomar altura». Así fueron subiendo hasta que estuvieron más alto
que el cerro más alto. Entonces el cóndor dijo: «Aviéntate».
El zorro se tiró, pero no consiguió volar sino que descendía verticalmente dando volteretas. El conejo que lo estaba viendo,
gritaba: «¡Mueve las lapas! ¡Mueve las lapas!» El zorro movía
las lapas, que se entrechocaban sonando: trac, tarac, trac, tarac,
trac; pero sin logiar sostenerlo. «¡Mueve las lapas!», seguía gritando el conejo. Hasta que el zorro cayó de narices en un árbol. Esto impidió que se matara aunque siempre quedó bastante rasmillado. Vió en el árbol un nido con pajaritos y dijo:
«Ahora me los comeré». Un zorzal llegó piando y le suplicó:
«¡No los mates! ¡Son mis hijos! Pídeme lo que quieras, pero no
los mates»... Entonces el zorro pidió que le sacara las lapas
y le enseñara a silbar. El zorzal le sacó las lapas y sobre el silbo
le dijo: «Tienes que ir donde el zapatero para que te cosa la
boca y te deje sólo un agujerito. Llévale algo en pago del trabajo. Después te enseñaré...» El zorro bajó del árbol y en un
pajonal encontró una perdiz con sus crías. Atrapó dos y siguió
hacia el pueblo. La pobre perdiz se quedó llorando. El zapatero,
que vivía a la entrada del pueblo, recibió el obsequio y realizó

el trabajo. Luego, según lo convenido, el zorzal dió las lecciones necesarias. Y desde entonces, el zorro, muy ufano, se pasaba la vida silbando. Olvidó que tenía que comerse al conejo
porque la venganza se olvida con la felicidad. Se alimentaba
con la miel de los panales. El conejo, por su parte, lo veía pasar y decía: «Se ha dedicado al silbo. Y con la boca cosida no
podrá comerme». Pero no hay bien que dure siempre. La perdiz odiaba al zorro y un día se vengó del robo de sus tiernas
crías. Iba el zorro por un camino silbando como de costumbre:
fliu, fliu, fliu... Soplaba encantado de la vida: *fliu, fliu, fliu*...
La perdiz, de pronto, salió volando por sus orejas, a la vez que
piaba del modo más estridente: *pi, pi, pi, pi, pi*... El zorro se
asustó abriendo tamaña boca: ¡guac!, y al romperse la costura
quedóse sin poder silbar. Entonces recordó que tenía que comerse al conejo.

Días van, días vienen... Encontró al conejo al pie de una
peña. Apenas éste distinguió a su enemigo, se puso a hacer
como que sujetaba la peña para que no lo aplastara. «Ahora
no te escapas» —dijo el zorro acercándose. «Y tú tampoco»
—respondió el conejo. «Esta peña se va a caer y nos aplastará
a ambos». Entonces el zorro, asustado, saltó hacia la peña y
con todas sus fuerzas la sujetó también. «Pesa mucho» —dijo
pujando. «Sí— afirmó el conejo, y dentro de un momento quizá se nos acaben las fuerzas y nos aplaste. Cerca hay unos troncos. Aguanta tú mientras voy a traer uno». «Bueno» —dijo el
zorro. El conejo se fué y no tenía cuándo volver. El zorro jadeaba resistiendo la peña y al fin resolvió apartarse de ella
dando un ágil y largo salto. Así lo hizo y la peña se quedó en
su sitio. Entonces el zorro comprendió que había sido engañado
una vez más y dijo: «La próxima vez no haré caso de nada».

Días van, días vienen... El zorro no conseguía atrapar
al conejo, que se mantenía siempre alerta y echaba a correr
apenas lo divisaba. Entonces resolvió ir a cogerlo en su propia
casa. Preguntando, preguntando, a un animal y otro, llegó
hasta la morada del conejo. Era una choza de achupallas. El
dueño se hallaba moliendo ají en un batán de piedra. «Ah —
dijo el zorro —,ese ají me servirá para comerte bien guisado».
El conejo le contestó: «Estoy moliendo porque dentro de un
momento llegarán unas bandas de pallas. Tendré que agasa-
jarlas. Vienen «diablos» y cantantes. Si tú me matas, se pondrán tristes y ya no querrán bailar ni cantar. Ayúdame más
bien a moler el ají». El zorro aceptó diciendo: «Voy a ayudarte

por ver las pallas, pero después te comeré». Y se puso a moler.'
El conejo, en un descuido del zorro, cogió un leño que ardía
en el fogón cercano y prendió fuego a la choza. Se sabe que las
achupallas son unas pencas que arden produciendo detonaciones y chasquidos. El zorro preguntó por los ruidos y el conejo respondióle: «Son las pallas. Suenan los látigos de los
«diablos» y los cohetes». El zorro siguió moliendo y el conejo
dijo: «Echaré sal al ají»... Simulando hacerlo, cogió un poco
de ají y lo arrojó a los ojos del zorro. Este quedó enceguecido
y el conejo huyó. El fuego se propagó a toda la choza y el zorro, que buscaba a tientas la puerta, se chamuscó entero mientras lograba salir. Estuvo muchos días con el cuerpo y los
ojos ardientes por las quemaduras y el ají. Pero una vez que se
repuso, dijo: «Lo encontraré y comeré ahí mismo». Se dedicó
a buscar al conejo día y noche. Después de mucho tiempo pudo
dar con él. El conejo estaba en un prado, tendido largo a largo,
tomando el sol. Cuando se dió cuenta de la presencia del zorro,
ya era tarde para escapar. Entonces continuó en esa posición
y el zorro supuso que dormía. «Ah, conejito — exclamó muy
satisfecho—, el que tiene enemigo no duerme. Ahora sí que te
voy a comer». En eso, el conejo soltó un cuezco. El zorro olió
y muy decepcionado, dijo: «¡Huele mal! ¡Cuántos días hará
que ha muerto!» Y se marchó. Desde entonces, el conejo vivió
una existencia placentera y tranquila. Hizo una nueva choza
y se paseaba confiadamente por el bosque y los campos.
Días van, días vienen... días van, días vienen... El zorro
lo distinguía por allí, comiendo su yerba. Entonces se decía:
«Es otro». Y seguía su camino...

Cuando Amadeo Illas terminó, cuantos lo rodeaban le invitaron un trago diciéndole que lo había hecho muy bien. Uno
de los futres manifestó:

— ¡Un buen cuento!, y es la primera vez que lo oigo con
tanta riqueza de material... Vamos adonde haya una mesa,
pues quiero anotarlo antes de que se me olvide...

Se fueron calle allá, tambaleándose un poco. Lejos, por el
centro del pueblo, los cohetes de fiesta subían hacia el cielo es-
trellado dejando una brillante cauda de luz antes de reventar
con una violenta detonación que coreaban los cerros.

Demetrio Sumallacta se enterneció viendo a su antiguo
amigo. Recordaba claramente la vez que estuvieron juntos
en el rodeo de Norpa y también cuando Amadeo dijo uno de
los últimos cuentos que le oyó, una noche en que la luna blan-

queaba la paja de la parva. Ahora, el pobre tenía a su lado una
pequeña botella de licor. Le gustaría, sin duda, y no podía
comprar más. Pero se iban a alegrar. El guardaba tres soles en
el bolsillo, producto de la venta de la leña, y más allá, en una
bodega, había harto cañazo. Dos botellas compraría, quedán-
dole un sol para decirle a Amadeo: «¿Quizá quieres plata?».
Sin acercarse ni saludar a su amigo, porque ya volvería, se
marchó tambaleándose. Recordaba a su mujer y a su suegro.
Sobre todo a su suegro. Le había dicho: «No te dejes agarrarpa
la vial y vuelve luego. Ojalá no te gastes la plata y tráeme una
botella de pisco». Bien mirado, la plata era de Demetrio, pero
el suegro era muy reclamador. Sin ser viejo, no hacía nada
porque estaba acabado y bebía. Cuando Demetrio llegaba sin
cañazo, le armaba pleito. «No se meta, no se meta», le advertía su hija, pero el suegro no hacía caso, pues pensaba que
alguna vez tenía que ganar y entonces peleaban y Demetrio
le pegaba. Ahora, ¡diablos! Claro que para la vial no se dejó
agarrar. ¡Cualquier día! El gobierno, a fin de que nadie dijera
que era abuso hacer trabajar a los indios de balde, salió con la
ley vial que equivalía a lo mismo. Gratis tenían que abrir las
carreteras. Demetrio conocía bien la región y evitaba los caminos donde se estacionaban los gendarmes. Pero sin duda iba a
beberse todo el cañazo con Amadeo y tendría que pegarle
otra vez al suegro si echaba garabatos. En eso llegó a la bodega, que estaba pasando un puente de piedra, y entró. Los futres parlaban allí, junto a una mesa, y uno de ellos terminaba
de escribir.

— Yo andaba persiguiendo este cuento —dijo—, porque es original, ya que el zorro aparece, contra lo acostumbrado, como víctima. Me atrevería a afirmar que tiene un carácter simbólico y que el zorro representa en él al mandón y el
conejo al indio. Así, literariamente por lo menos, el indio toma
su revancha. Estos cuentos, en general, parten de elementos
básicos españoles. Pero el indio los ha acriollado, infundiéndo-
les su espíritu. Es increíble lo que se han mezclado los mitos, leyendas y cuentos populares de uno y otro lado. Por ejemplo,
en la provincia vecina la historia de la desaparición de Callarí,
que cuentan los indios, incluye al basilisco y el basilisco es un
bicho español. Aun en la selva, se nota esa compenetración.
Yo conozco seis leyendas sobre el ayaymama y sin duda existen más. La más pura en el sentido autóctono es una recogida
por Fernando Romero, quien, por lo demás, asegura que el

ayaymama es una lechuza. Todas las otras tienen elementos criollos. A mí, en realidad, la que más me gusta es una de origen secoya que refleja el misterio de la selva...

Los compañeros del hablador no le prestaban mayor atención. Uno tamborileaba sobre la mesa y el otro canturreaba algo. Demetrio los miraba con curiosidad. El no sabía si el cuento quería representar eso, pero, realmente, le gustaba que el pobre conejo venciera alguna vez al astuto y prepotente zorro. ¡Vaya con los futres raros! Digamos nosotros que se trataba de un folklorista, un escritor y un pintor que estaban paseando por la sierra. Los tres eran oriundos de la región y, después de una larga estada en la costa, habían vuelto a «cazar paisajes» y demás.

Demetrio acercóse al mostrador pidiendo su cañazo y el pintor exclamó:

— Ah, éste es mi hombre, oye...

Demetrio, sin sospechar que se refería a él, miraba que el bodeguero llenara bien las botellas.

— Oye, tú...

El bodeguero le hizo una seña y Demetrio volteó.

— ¿Me llama?

— Sí, ven...

Era que Demetrio llevaba una antara colgada del cuello. Si bien tenía su flauta aún, la dejaba en casa, pues su fragilidad la exponía a romperse en los trajines. Se acompañaba con la antara en los viajes y ella, pendiente de un grueso hilo rojo, le caía sobre el pecho o la espalda como un escapulario de música.

El pintor se puso de pie y los dos amigos le imitaron.

— ¿Quieres ser mi modelo? Tú vas a ser mi modelo...

Le había puesto la mano en el hombro.

— ¿Qué es eso? — preguntó Demetrio.

— Que me poses para un cuadro. Ah, dos botellas, déjalas para cuando vuelvas, pero te las invito. ¿Dos soles?, tenga usted y vamos, vamos al hotel para que veas y conozcas... tienes que venir a posar... es decir, a sentarte para que yo te pinte...

— ¿No te da risa? — le preguntó el escritor.

No le daba ninguna a Demetrio. Al contrario, estaba atolondrado y sin saber qué pensar. Nunca se había visto entre hombres bien vestidos que lo trataran con cordialidad y consideración. Dijo «sí», «sí», aceptando todo.

— Bueno, tomemos una copa y vamos — sugirió el folklorista.

Tomaron los cuatro una copa doble, ahí no más sobre el mostrador, y salieron. El pintor cogió a Demetrio del brazo y le preguntó:

— ¿Cómo te llamas?

— Demetrio Sumallacta...

— ¡Es un nombre que me gusta! — dijo el escritor —. Zola confesaba que no podía ir adelante con un personaje mientras no le encontrara un nombre que le pareciera adecuado. No creo en ello en términos absolutos, pero me agradaría escribir el nombre de Demetrio Sumallacta...

— Con o sin ese nombre, debías escribir algo sobre nuestro pueblo — gruñó el pintor —, pero ustedes... El otro día me impresionó una frase de Montalvo: «¡Si escribiera un libro que tratara sobre el indio, haría llorar a América!» No es que yo quiera negar el valor de su obra en conjunto, pero habría sido mejor que escribiera ese libro en vez de los bizantinos *Capítulos que se le olvidaron a Cervantes*...

— Claro, habría sido mejor — replicó el escritor —, pero hay muchas trabas. Aquí en el Perú, por ejemplo, a todo el que no escribe cuentos o novelitas más o menos pintorescas, sino que plantea el drama del hombre en toda su fuerza y haciendo gravitar sobre él todos los conflictos que se le plantean se le llama antiperuano y disociador. ¡Oh, está desprestigiando y agitando el país! Como si todo el mundo no supiera que en este nuestro Perú hay cinco millones de indios que viven bajo la miseria y la explotación más espantosas. Lo que importa es que nosotros mismos nos convenzamos de que el problema existe y lo afrontemos en toda su realidad. De tanto querer engañar a los demás, estamos engañándonos a nosotros mismos... Además, el indio, a pesar de todo, conserva todavía sus facultades artísticas e intelectuales. Eso prueba su vitalidad. Yo haré mi parte, aunque me llamen lo que quieran, me persigan y me crean todas las dificultades de estilo. Ya verás...

— ¡Bravo! — gritó el pintor, con una buena carga de humorismo, sin soltar a Demetrio y escandalizando a las gentes que pasaban. Habían llegado a una calle mejor iluminada y todos miraban el extraño grupo. «Esos no acaban de loquear». «Son los bohemios», decían. Demetrio no salía de su asombro. Así que esos hombres no despreciaban al indio. Es lo que entendía por lo menos.

—Bueno —gritó el folklorista —, no comiences con tus gritos. De repente te da por chacotear y malogras todo. Yo, por mi parte, lo único que puedo hacer es reflejar una zona de la vida de los pueblos. Pero ustedes, pntores y escritores... ¿Antiperuanos? ¿Por qué? En Estados Unidos, por ejemplo, no pueden ser considerados antiamericanos Teodoro Dreiser, Sinclair Lewis, John Dos Passos, Upton Sinclair y tantos más, y eso que han escrito libros de recia crítica social. Al contrario, yo creo que sus libros han tonificado la vida yanqui con su severa y valerosa verdad...

—Y no sólo la vida yanqui— argumentó el pintor —, pues esos libros, sin dejar de mostrar un vigoroso sello propio, tienen categoría universal. Así entiendo yo el arte. Yo no soy o no quiero ser un peruanista, indigenista, cholista, criollista; que me den el títu o que gusten, no me importa, no quiero ser, digo, un artista de barrio. Sin renunciar a sus raíces, sin negar su tierra, creo que el arte debe tener un sentido universal...

—Pero, volviendo al indio — dijo el folklorista —, creo que la primera tarea es la de asimilarlo, de incorporarlo a la cultura...

—Según lo que se entienda por cultura —interrumpió el escritor—; para ser franco, situándome en un punto de vista humano, lo menos especulativo posible, digo que la cultura no puede estar desligada de un concepto operante de justicia. Debemos pensar en conseguir una cultura armoniosa, plena en todo sentido, donde la justicia sea acción y no sólo principio. A luchar por esta cultura se puede llamar al indio como a toda la humanidad. Creo yo que, hasta ahora, todas las llamadas culturas han fallado por su base. Sin duda, el hombre del porvenir dirá, refiriéndose a su antepasado de los siglos oscuros: «Hablaba de cultura, él mismo se creía culto y sin embargo vivía en medio de la injusticia...»

Habían llegado frente al hotel, que era una casa de dos pisos, y subieron por unas gradas brillantes al segundo. Una lámpara iluminó la espaciosa habitación. Había dos cuadros colgados en la pared. Uno representaba un indio orando y otro un maguey. Demetrio quedóse absorto y deslumbrado. Cuánto dolor había en la faz de ese hombre orante. Una cera le abrillantaba el sudor, pero los ojos fulgían por sí solos con una angustia que hacía estremecer. Tuvo una impresión muy rara, de pena y contento a la vez y se sintió también inquieto y dió unos pasos hasta quedar frente al otro lienzo. El maguey, en primer término, se alzaba airosamente hacia el espacio y parecía otear algo escondido en la inmensidad cruzada de sendas que se extendía al fondo. Las pencas azules imitaban junto a la tierra el alto cielo azul. Suspiró levemente Demetrio. El pintor lo miraba con curiosidad y emoción:

— ¿Te gusta?

— Sí...

— ¿Por qué?

Demetrio tardó en responder:

— Señor, ¿qué le voy a decir? Como que lo veo todo más claro y a pesar de eso no sé qué es... Aquí, en mi pecho lo siento. No es porque ese hombre rece sino porque es hombre... Y el maguey, güeno, frente a mi casa hay un maguey y aura comprendo que él tamién mira como éste... Me ha gustao, señor...

El pintor abrazó a Sumallacta:

— ¡Y después dicen que éstos son brutos! ¡Hay derecho?... Bueno: mira lo que tienes que hacer: sentarte aquí, para que yo te pinte. Así con tu antara sobre el pecho. Vienes la otra semana, porque estos días tengo que hacer... ¿Te parece bien dos soles diarios?

— Güeno, señor...

Demetrio quiso irse.

— No, vamos a bebernos unas copas más...

Llamaron a alguien para que trajera las copas. Demetrio fué invitado a sentarse en una silla, el folklorista ocupó otra y el escritor y el pintor sentáronse en el lecho de éste, que se hallaba en un rincón. Sobre un caballete había un lienzo con un paisaje bosquejado.

El folklorista dijo:

— ¿Quisieras tocar algo?

Demetrio cogió su instrumento y no sabía qué tocar. El pintor decía por lo bajo al escritor: «Es una cara fea, pero que tiene mucho carácter. Esos ojos están llenos de pasión y esa boca, tan dramática, no necesita hablar para decirnos la tragedia». Demetrio tocó un huainito y después le pidieron la letra.

> Soy pajita de la jalca,
> que todo el mundo me quema,
> pero tengo la esperanza
> de retoñar cuando llueva.

—Sí,—dijo el escritor—, esa paja es dura y sufrida como
él campesino, a quien la comparación le viene bien. Gris paja,
segada y quemada por todos y siempre en retoño... ¿Dónde
aprendiste este huaino? ¿Quién lo sacó?

— Lo aprendí en este mesmo pueblo, pero no sé quién lo
sacó. Entre nosotros, nunca se sabe quién sabe los cantos...

— Cantan como los pájaros — dijo el folklorista.

Un sirviente llevó las copas y bebieron. Demetrio Sumallacta, mirando los cuadros una vez más, aceptó regresar el
martes de la semana siguiente.

— Bueno, fíjate bien dónde es — le dijo el pintor.

Salió a la calle y aceleró el paso. En la plaza relumbraban aún los castillos de fuegos artificiales, pero no fué a verlos.
Tuvo la suerte de encontrar la bodega abierta y le entregaron
sus dos botellas de cañazo. Pero Amadeo Illas ya no estaba en
la casa donde lo dejó y los dueños no le supieron decir adónde
se había marchado ni dónde vivía. Bebió unos tragos largos
para pasar esta contrariedad y emprendió el camino de su casa.
En otra ocasión, se habría quedado en el pueblo, pero ahora
no encontraba ningún contento, fuera de sí mismo. ¡Qué fiesta
ni fiesta! Su alegría era ahora más profunda e íntima.

Llegó a su casa a la mañana siguiente y la mujer estuvo
muy satisfecha de recibir los tres soles y el suegro comenzó a
beber inmediatamente su botella de cañazo.

— ¿Saben? Me encontré con tres futres lo más raros. Hablaban bien del indio y después me llevaron a ver cuadros pa
que sepa el sitio dónde me van a pintar. Y un cuadro es
un hombre que reza y el otro un maguey... ¿Cómo lo diré?
A ellos les dije algo, pero me he olvidao y... Era ése un hombre tan hombre que lo sentía como yo mesmo... Y el maguey,
alzao pa arriba, mirando, como este mesmo maguey... ¿No
ven que mira este maguey?

— ¡Qué va a mirar! — dijo el suegro —, a ti se te ha subido
el cañazo. ¿Y qué decían?

— ¡Tanta cosa! Yo casi no les entendía, pero oía «el indio»,
«justicia», «el hombre» y sentía que se me alegraba el corazón...
Me parece güeno que unos futres consideren hombre al indio...

— Este es medio loco — estimó el suegro.

Demetrio no le hizo caso y se dedicó a beber la parte de
cañazo que le sobraba, mirando el maguey que se erguía frente
a su casa. Medio borracho, de espaldas sobre el suelo, decía:
«maguey, maguey» y no pasaba de allí.

— No ves, éste es loco: «maguey, maguey»... — rióse el suegro.

Demetrio, aunque sus labios pudieran únicamente articular el nombre de la planta, decía con las palabras silenciosas de la emoción:

— Sólo tú conoces nuestra confianza y su sabor áspero... ¿qué sabemos los indios peruanos de las rosas?... tú, maguey, desde las lomas nos saludas y nos dices que bueno con tu penacho nimbado de sol y de luna... te levantas como un brazo implorante y en tu gesto reconocemos nuestro afán que no alcanza el cielo... afán angustioso de estirarse, estirarse y querer llegar mientras la vida sigue al pie, muda, y las estrellas se cierran como ojos tristes en la noche... el viento no puede cantar en tu cuerpo enteco y no sabes del trino ni del nido... tienes el corazón sin miel y triste, con la misma tristeza de nosotros los hombres del Perú... y así estás con nosotros, frente a nuestros bohíos, y en las cercas que guardan las siembras de esperanza y martirio... como el indio no sientes el peso del sol ni de la lluvia y estás desnudo ante la vida, hecho un esbelto silencio... hijo callado de la tierra, atisbas que la vida pasa en el viento, como las nubes, y se pierde tras los picachos y sigue... sin embargo, eres dulce, maguey; tus pencas se parecen a nuestras hembras indias, lisas, así sencillas, con un aire de nada, pero alegrando el pecho sin decir ni palabra... maguey peruano, regado por los campos como un centinela para dar aviso... vigilando los caminos, los largos caminos que hasta ahora son iguales a nuestra vida... un día te levantarás más alto, maguey... estamos esperando y esperando y esperando hasta sin causa... mientras tú te yergues junto a la angustia prendida al infinito de los caminos..

Musitando «maguey, maguey». Demetrio rodó lentamente al sueño.

XXI

REGRESO DE BENITO CASTRO

Desde el momento en que se fué, estuvo regresando y al fin volvía. Ni siquiera entró al pueblo para cambiar unas palabras con las gentes que conocía allí. Ya habría tiempo. Ahora deseaba llegar cuanto antes a Rumi, abrazar a su familia, a su pueblo, a su comunidad: encontrarse con la vida de la tierra. El paisaje lo iba alegrando ya y hasta parecía recibirlo. Esos cerros pelados de la puna, unos escalones violentos, tales y cuales vueltas cerradas, y ahora, ahora la cima del Rumi. He allí el padre de roca, majestuoso y noble como el otro, el alcalde Rosendo. Sin duda encontraría a Rosendo cargando gallardamente su gran edad sentado en el corredor, el bordón de lloque en la mano. «Taita, taita». Trataría de incorporarse el viejo: «No te levantes, taita». Benito se arrodillaría para abrazarlo. Le sería grato sentir junto a su pecho torturado por la vida el del varón tranquilo y justo. La vieja Pascuala lloraría. «No llores, mamita, ¿ves?, ya he güelto: todos estos años te he recordado mucho». Ella diría sin duda, porque era lo que repetía siempre: «En mi vejez, lo único que quiero es que me cierres los ojos». Llegarían también Chabela, todos los Maqui y, poco a poco, los demás miembros de la comunidad. Faltarían algunos, claro, porque la vida no está comprada, pero también sonreirían ahí las nuevas caras. ¡Tantos años! No quería recordar a cierta Cruz Mercedes que seguramente estaría con marido. Más valía no pensar en ello. Pasado el

primer momento, el de ofuscada emoción, Juanacha o cualquiera de sus hermanas desearía prepararle algo especial. «No,
no quiero bocaditos; denme mi güen mate de papas con ají,
mi mote y mi charqui». Deseaba sus antiguas comidas y siempre fueron un regalo, en la ruta larga, las veces que pudo sa-
borearlas. Ellas tenían el gusto de la tierra. Bueno, le ten-
derían la cama y Augusto Maqui, que sin duda era ya un
jinete, se asombraría: «¡Qué güen caballo traes!» Ciertamente,
Voluntario era un potro fuerte y hermoso. El mismo Augusto
lo desensillaría, llevándolo en seguida al pasto. En fin, que Benito se tendería a dormir cubriéndose con las cobijas gruesas
y bien cardadas, llenas de listas y contento, y desde la mañana siguiente comenzaría a vivir, con el concurso de los hombres y la tierra, la existencia que añoró durante tantos años...
    Voluntario trotaba al encuentro de la noche. Ya crecía
la sombra por las quebradas y en los cerros lejanos las tintas
moradas y azules se oscurecían formando un bloque de sombra. La misma cima del Rumi se perdió en la negrura y caballo
y jinete ya no vieron por último sino la huella. Estaban en plena jalca. Comenzó a soplar un activo viento y los pajonales
silbaron larga y prolongadamente, como si fueran la llamada
de la inmensidad misma. Benito recordaba que la noche de su
partida, este mismo silbo parecía un gemido lloroso a su corazón
atormentado. Ahora, lo escuchaba con júbilo reconociéndolo
como la voz nocturna de la región nativa. El viento batía la
sombra agitando su poncho. Voluntario trotaba con mante-
nida decisión, aunque tropezando a veces, pues no conocía el
camino. El caballo, sin duda contagiado de la satisfacción del
jinete, avanzaba sin manifestar cansancio, pese a que inició la
marcha al amanecer. Pero, de pronto, Benito lo plantó de un
tirón. Era que comenzaba la bajada y no veía, allá en el for do
de la hoyada, las acostumbradas luces del caserío. ¿Pasaba que
era muy tarde ya? No hacía mucho desde que les anocheció
y caminaron ligero. Acaso... Benito soltó las riendas lleno de
angustia. El caballo descendía lenta y dificultosamente por el
escarpado sendero. El hombre recordaba a aquel Rómulo
Quinto del periódico y ¿después?... Era un poco largo. Consiguió trabajo de nuevo, lo mismo que Lorenzo. Carbonelli logró embarcarse en un vapor que llevaba guano de las islas al
Japón. No regresó más. Y vinieron tiempos bravos, de mucha
pelea, y los obreros pararon totalmente Lima y Callao en el
año 19. Lorenzo Medina fué perseguido y apresado y Benito

alcanzó a meterse en el «Huasco», de pavo, y cayó en Salaverry. En el puerto había un cerro de piedra y otros de costales de azúcar. Llegando a Trujillo fué enrolado para el servicio militar. Pudo defenderse alegando que ya había pasado de edad, pero estaba cansado de buscar trabajo y se quedó. Como soldado, supo lo que eran las patadas y los arrestos, pero cuando ascendió a cabo pudo repartirlos a su vez y ya de sargento se desquitó con los mismos que lo hicieron sufrir. Era una vieja ley la del castigo violento, aplicada sobre todo a los reclutas. Contábase que el mariscal Castilla, cuando oía que un soldado indio tarareaba sus tonadas, decía. «Indio que entona aires de su tierra, desertor seguro. Denle cuarenta látigos». Ese era uno de los tantos «motivos». Benito ascendió a sargento primero, y en el tiempo de su baja, se reenganchó con propina aumentada y facilidades. Y llegó el día en que su regimiento fué movilizado contra Eleodoro Benel. El guerrillero estaba en las serranías del departamento de Cajamarca, combatiendo desde el año 22. Al principio, controló varias provincias, pero después se quedó encerrado en la de Chota. Era bastante. De noche, a lo lejos, se encendían diez, veinte luces. Una partida de benelistas vivaqueaba. Los guardias civiles — que ya habían aparecido, muy orgullosos, para reemplazar a la gendarmería o la tropa, — enviaban grupos de sorpresa. Los sorprendidos eran ellos. Cuando menos lo pensaban, recibían una granizada de balas. Ningún bando se daba cuartel y hombre preso era hombre muerto. ¿Grandes operaciones? Benel se escurría para caer por la retaguardia, ayudado por los campesinos, que eran sus soldados ocasionales y siempre sus espías. Los regimientos volvían a la ciudad de Cajamarca, que era la base de operaciones, diezmados. Lo que no impedía que los clases y soldados vendieran al doctor Murga, agente de Benel, las balas de máuser que recogían de las cananas de los muertos o simulaban haber disparado, a veinte centavos cada una. Sin duda muchos de ellos, en posteriores encuentros, murieron con un balazo de a peseta en la cabeza. Pero los sobrevivientes seguían vendiendo munición con bastante desprecio de sus vidas y algo de cruel humor, y enviados que marchaban por rutas extraviadas mantenían una resistencia al parecer inusitada. Además, el astuto gobierno de Leguía no quiso dar importancia al movimiento, contentándose con presentar a Benel y a sus hombres como bandoleros. Mas, pese a la censura de prensa y al control de todas las noticias, la na-

ción comenzó a recelar. Entonces, fué necesario dar golpes firmes. Corría el año 25 cuando el regimiento de Benito Castro
fué movilizado. Peleó, pues. La tropa avanzaba sembrando el
terror. Un centenar de campesinos que trillaban su trigo, fué
liquidado a tiros, bayonetazos y culatazos. La compañía de
Benito cayó en una emboscada y las filas ralearon. Retrocedía
la columna en derrota y llegó frente a la choza de un indio.
Entraron varios soldados. «Oye, indio, tú eres benelista».«No,
taitas, yo en nada me meto». Uno de los soldados, al apoyarse
en una fofa caña de las que formaban un tabique de la vivienda,
la quebró. Veinte cápsulas rodaron por el suelo. Buscaron en
las otras encontrando que estaban rellenas con balas de máuser. «Ah, indio bandido! Vas a entregar el rifle, ¿si o no?» Los
fusiles le hurgaban las costillas. «¡No tengo nada!», gritó el
indio viéndose perdido. Lo sacaron al pequeño patio. La mujer
se arrodilló frente al pelotón, implorando con las manos juntas:
«¡No lo maten!», y sus dos hijitos, dos niños llorosos, se abrazaron a ella como para protegerse. La tropa disparó sobre los cuatro y la mujer miró a Benito, que estaba hacia un lado, con
ojos llenos de reproches. «¡Defiéndenos, Benito Castro!» —
gritó antes de morir. Benito se quedó observando al hombre y
a la mujer. Sus caras no le parecían del todo desconocidas. La
tropa, por su lado, lo contempló ccn aire de sospecha. ¿Acaso
era un benelista? El se hacía llamar Emilio. «Benito es mi
hermano y nos parecemos» — explicó el sargento. Entonces
tenía un hermano benelista. Desde ese día, se sintió observado.
«¡Defiéndenos, Benito Castro!» ¿Sublevarse? Cuando estuvo
en el Callao vió pasar hacia la isla penal de El Frontón a decenas de clases que se habían sublevado o intentaron sublevarse.
Ya llegaba el tiempo de su baja. Se licenció. Había ahorrado
trescientos soles y conseguido un rifle y quinientos tiros. En
cierto momento pensó plegarse a Benel, pero supo que era un
hacendado y se desanimó. ¿Qué perseguía Benel, realmente?
¿Se ocuparía del pueblo si tomaba el poder? Tanto como recordaba, oyó nombrar de presidentes a Leguía, a Billinghurts,
a Benavides, a Pardo y de nuevo a Leguía. No vió ningún cambio en la vida del pueblo. Por lo alto, se acusaban unos a otros
y hablaban mucho de la nación. ¿Pero qué era la nación sin
el pueblo? Entonces, después de comprar un buen caballo,
marchóse a su comunidad. Y he allí que ahora las luces estaban apagadas. Acaso Rómulo Quinto... Acaso esos fusilados...
¿Habría desaparecido la comunidad? «Defiéndenos. Benito

Castro». Lo conocía, pues. Quizá era una visitante de Rumi
en días de fiesta. Recordemos nosotros que, cuando comenzó
el éxodo de comuneros hacia el mundo, callamos muchos nombres. Ahora no creemos necesario aclarar si esa mujer o esos
fusilados pertenecían o no a la comunidad. Su grito nos parece,
más bien, el reclamo clamoreante del pueblo: «¡Defiéndenos,
Benito Castro!» El desea tener confianza y piensa que la mujer lo conoció en cualquier parte. Rómulo Quinto pudo ser otro
de igual nombre. Sin duda se había demorado mucho y ya no
era hora de fogones. Porque en Cajamarca preguntó a varios
campesinos si sabían algo de la comunidad y nadie le dió razón.
No es bueno anticipar malos acontecimientos. Adelante, pues.
Antes de llegar al arroyo Lombriz se alzaba un gran cacto de
robustos brazos. Lo recordaba con claridad. Tenía el tallo
gris de puro viejo y en sus verdes columnas se encendía la llama granate de las flores. Ahí estaba todavía entre las rocas,
resistiendo al tiempo. En la noche parecía tallado en carbón.
Benito se alegró como quien encuentra un viejo amigo.

He allí por fin el caserío, bajo la sombra, como un montón
de rocas. No había ninguna vaca en el corralón ni ladraba ningún perro. Benito se sobrecogió. Las primeras casas estaban
destartaladas. Galopó, sin mirar más, hasta la casa de Rosendo.
Pesaba un silencio duro como una piedra y desmontó jadeando.
He allí el corredor sin fogón y las habitaciones sin puerta, haciendo temblar en su oquedad una acechante sombra. Entró
escuchando el rumor de sus pasos. Nadie dormía allí, donde
acostumbraba hacerlo Rosendo. Un silencio de dramática
mudez encerraba todas las dudas y todas las angustias. Pasó a
la otra pieza. Un cerdo se alarmó en un rincón, dando un gruñido, y se encendieron las pequeñas luces amarillas de algunos
ojos que se abrían. Estaba convertida en chiquero la casa de
Rosendo. Benito habría deseado gritar, blasfemar, insultando
a los hombres y al destino y, sin embargo, permanecía mudo,
con la garganta apretada, el habla rota y las sienes doliéndole
como dos peñas asoleadas. Salió sin saber hacia dónde dirigirse.
El caballo, sintiendo acaso la soledad, dió un relincho largo que
estremeció la noche. Benito recorrió de un lado a otro la Calle
Real, a pie, jalando su caballo. Todas las casas estaban solas,
vacías, gritando su abandono con sus puertas abiertas como
fauces, con sus techos esqueléticos las que fueron de tejas, con
su paja desgreñada y retaceada las demás. Benito volvió a la
plaza y dió un grito largo y potente, el grito con que los cam-

pesinos reclaman atención y asistencia: «Upaaaaaaa»... Pasó
el tiempo y nadie contestó, salvo los cerros. Los ecos ulularon
como aullidos. El hombre sabía que el primero en responder
era el Peaña por su proximidad y sus peñas abundantes. Tornó
a gritar y sólo obtuvo el coro lúgubre de las montañas. Sin duda respondían las peñas muy lejanas porque su voz era como
nunca violenta y poderosa. Caminó hacia la capilla y el rumor
de los pasos y el tintinear de las espuelas se perdían en el
silencio como en un inmenso desierto solitario. Los eucaliptos
estaban todavía allí, altos, y llegó el viento haciéndolos sonar
ásperamente. La capilla tampoco tenía tejas y a través de las
vigas se podía ver una que otra estrella lejana. Sin saber qué
hacer ni adónde dirigirse, Benito sentóse en el corredor, recos-
tado en uno de los muros. Junto a él estaba su caballo, resoplando tibia y rítmicamente, y dando nerviosas manotadas.
El viento sacudía los eucaliptos, que rezongaban con bronca
voz, dejando caer hojas lentas que chocaban en el sombrero de
Benito blandamente. ¿Qué había sucedido? Acaso la peste,
pero era bien raro que no hubiera dejado a nadie. ¿Por qué se
habían marchado todos? ¿Algún gamonal los despojó? ¿Adónde pudieron irse? ¿Y Rosendo? ¿Y Pascuala? Todos los dolores que padeció Benito en su vida desembocaron en uno solo:
el de la pérdida de su comunidad. Estaba anonadado y por
último no supo qué pensar. Una sola sensación de abandono
lo aplastaba hasta dejarlo inmóvil. De pronto, se sintió húmeda la cara. Lloraba, quieto y callado como esas viejas piedras de las montañas que rezuman humedad. El tal
vez era la última piedra de una montaña derrumbada por la
tormenta. Estaba como adormecido, yerto, y ese llanto sin
duda lo redimía de la muerte. ¿Cuántas horas? No sintió el
paso del tiempo. El dolor lo había sumergido en una orfandad
sin espacios. Sólo cuando los pájaros rompieron a cantar se
dió cuenta de que aún vivía y de que una nueva mañana iba
a llegar. Se levantó secándose las lágrimas con el poncho. Luego revisó la carga de su fusil y se puso en el bolsillo algunas
cacerinas de las que llevaba en la alforja. Le había asaltado la
certidumbre súbita y neta de que todo eso era obra de hombres
y convenía prepararse. El pobre Rómulo, los pobres fusilados.
Ya no permitiría que la esperanza diera alas a las dudas.

La luz se derramó a raudales desde las cumbres del Rumi
y los pájaros cantaron de nuevo. Un huanchaco de pecho rojo
revoloteó alegremente sobre el viajero. Cuatro cerdos salieron,

uno tras otro, y a paso lento, gruñendo, cruzaron la plaza estacionándose frente a una casa próxima a la Calle Real. Benito montó y fué hacia ella. Tenía puerta y estaba todavía cerrada. Después de un rato salió una mujer que, viéndolo armado de fusil, dió un grito y desapareció golpeando la puerta.

—¡Salgan!—gritó Benito. Un hombre asomóse carabina en mano.

— ¿Qué hay? ¿Quién es usté?

— Benito Castro, ¿y usté?

— Ramón Briceño...

— ¿Qué es lo que ha pasao aquí?

— Qué preguntita... Ya lo ve, parece que no hay comuneros...

Los hombres se miraban con los ojos y los cañones.

— Diga lo que pasó y no friegue...

— Don Alvaro Amenábar les ganó un juicio y ellos están en Yanañahui...

Benito espoleó su caballo. Mientras trepaba por la estrecha senda, se volvía a mirar el caserío con cariñosa y desesperada insistencia. Los techos caídos o retaceados dejaban ver el interior de las casas, donde crecía la yerba y hasta algunos arbustos. Los muros estaban afilados y cuarteados por las lluvias y todo tenía un gesto agónico. La casa de Rosendo era una de las contadas que aún mostraban techo, sin duda porque se lo mantuvo para destinarla a chiquero. Los viejos eucaliptos vibraban tratando de ocultar el esqueleto de la capilla, y por los alrededores del caserío, donde hubo chacras, prosperaban ahora las malezas y una yerba amarilla. La plaza otrora alegre de niños, era revuelta por los marranos. Voluntario atrapó un bocado de pasto y el hombre tuvo pena de su caballo, al que, en su olvido de todo lo inmediato, no dejó comer algo durante la noche. Pero ya no podían detenerse ahora. Debían llegar de una vez. Un último vistazo hizo ver a Benito que la mujer de Briceño tironeaba de un techo arrancándole las varas para hacer leña...

Ahí estaba, por fin, la meseta de Yanañahui con sus viejas ruinas y su laguna de siempre y, hacia el lado del Rumi, comenzando la falda, su nuevo y gris caserío de piedra y las chacras pardas que habían sido cosechadas ya. Las vacas lecheras mugían en un corralón y por la pampa se esparcía el ganado.

A la entrada del caserío encontró un muchacho.

— ¿Cómo te llamas?

— Indalecio...

— ¿Cuál es la casa del alcalde?

— Allá, ésa que está al lao del pedrón azul...

Benito trotaba frente a la hilera de casas cuando fué detenido por un grito de júbilo y sorpresa:

— ¡Benito!

Era Juanacha. Corrió a abrazarlo llena de alborozo, gritando con los brazos en alto:

— ¡Hermanito, hermanito!

Al apearse quedó rodeado por otros comuneros que habían salido de las casas vecinas. Abrazó a Juanacha sintiendo toda la emoción que conmovía sus senos temblorosos. A los otros les dió la mano, les palmeó la espalda o les pellizcó la mejilla si eran niños. Se interrumpió para preguntar a su hermana:

— ¿Y taita Rosendo? ¿Y la mamita?

Juanacha hizo un gesto triste que Benito entendió perfectamente, sin saber qué decir. Su cara se ensombreció terminando de golpe con el júbilo que había en torno suyo. Llegaron otros comuneros, entre ellos Pancho y Nicasio Maqui y Benito los saludó con parquedad.

— ¿Quién es el alcalde? — preguntó por fin.

— Clemente Yacu, pero está enfermo: ahí es su casa...

Juanacha le suplicó:

— ¿Te vas a quedar aquí conmigo? ¿Te hago tu camita?

— Güeno, pero antes quiero hablar con Clemente...

El hijo mayor de Juanacha se hizo cargo del caballo y Benito, rompiendo el círculo que lo apretaba, caminó acompañado o más bien seguido de Pancho y Nicasio y algunos más. Lo miraban con cierta admiración. Estaba muy cambiado. Su cara denotaba madurez y seguridad y su cuerpo, una tranquila fortaleza. Cubría su cabeza un alón sombrero de fieltro y el poncho terciado — habano claro como el que usan los hacendados — dejaba ver una chaqueta oscura y un gris pantalón de montar de los usados en el ejército. Las botas de suela gruesa lucían plateadas espuelas. Con el fusil en la mano — había olvidado dejarlo en casa de Juanacha — parecía un hombre de rango que va de caza por las alturas. Además los modales. Esa manera de saludar estrechando la mano, palmeando la espalda, pellizcando la cara, en fin... Benito había vuelto otro. Le salieron al paso más conocidos y a todos los dejó en la puerta entrando solo a casa de Clemente Yacu. El alcalde estaba tendido en una barbacoa llena de mantas. Ya sabía de la llegada. Se estrecharon las manos.

— Aquí, Benito, con un maldito reumatismo que no me deja caminar.

— ¿Y qué pasó?..

— ¿Qué?

— Lo de la comunidá, no sé nada...

Dejó el fusil contra la pared, el sombrero sobre un banquito y sentóse a los pies de la tarima. El alcalde habló relatando la pérdida de la comunidad, y por las apreciaciones que Benito hacía se fué dando cuenta de que en su cabeza rapada tenía ideas precisas y claras. La mujer de Yacu sirvió un mate de papas con ají y poco después llegó Juanacha llevando otro de cecinas. Benito no solamente les encontró el sabor de la tierra sino el de una fraternal atención a la que ya se había desacostumbrado y que lo enterneció un poco. La conversación fué larga. Clemente Yacu informó al recién llegado con toda la solicitud que merecía un hijo del viejo alcalde Rosendo Maqui. Por nuestro lado, oyéndolo, podremos enterarnos de cuanto no conocemos todavía.

El juicio continuaba. Decíase que don Alvaro Amenábar quería trabajadores para sembrar coca en las márgenes del río Ocros. La hacienda donde estaba la mina le fué vendida por sus dueños, tan pronto como el hijo salió de diputado, y con ella tuvo abundantes peones para el laboreo. Después, basado en la pérdida del expediente, pidió pruebas del derecho de la comunidad, a lo que Correa Zavala respondió pidiendo pruebas del derecho de Umay. El papeleo duró varios años. El juez falló en contra de la comunidad, pero se había apelado ante la Corte Superior de Justicia. El postillón, a solicitud de Correa Zavala, fué acompañado por veinte gendarmes que debió proporcionar la subprefectura y otros tantos comuneros que acudieron voluntariamente. Entre ellos, disimulando sus carabinas bajo los ponchos, iban Doroteo Quispe, Eloy Condorumi y unos cuantos más de la banda del Fiero Vásquez, quienes, al morir su jefe, se avecindaron en la comunidad.

Evaristo Maqui, el herrero, había muerto intoxicado con ron de quemar. Trabajaba poco y mal, y un día incendió su misma casa con las chispas de la fragua. Para una de las fiestas, bebió tanto ron que se «pasó». Abram Maqui, Cruz Mercedes y muchos otros comuneros habían muerto con la gripe que apareció por las serranías el año 21. Al principio tuvo gran virulencia y causó muchas víctimas, sobre todo entre los colonos de las haciendas debilitadas por el paludismo. Los indios decían que la gripe era una mujer vestida de blanco que galopaba por la puna, de noche, en un caballo también blanco, repartiendo el mal. Hacía poco, solamente una semana, había muerto Goyo Auca, pero no de gripe. Estaban rodando piedras para hacer un cerco y él, por echárselas de forzudo, quiso empujar solo una muy grande. Entonces se le reventaron las entretelas de la barriga y únicamente duró dos días. Quien curaba ahora era la comunera Felipa. Nasha Suro apareció por el distrito de Uyumi y confirmaba la tradición de longevidad que distingue a las brujas. Ultimamente su prestigio se entonó con un accidente de aviación. Uno de los aeroplanos destacados para combatir a Benel, perdió el rumbo en la neblina y aterrizó en unas pampas cercanas a Uyumi. Los indios se asustaron mucho con esos togados que hasta volaban y entonces Nasha lanzó malos presagios. Al día siguiente, en el momento en que el aparato tomaba altura, salió corriendo una vaca negra contra la cual tropezó una de las ruedas. El avión perdió la estabilidad y cayó, rompiéndose la hélice y un ala. Uno de los pilotos resultó con la nariz rota y el otro con el hombro fracturado. La vaca, que sufrió un rudo golpe en el anca, siguió corriendo, sin embargo, muy asustada, hasta desaparecer tras unas lomas. Los pilotos tuvieron que irse a caballo, y el avión, inutilizado por la pérdida de la hélice, quedó a cargo del gobernador del distrito. Nasha Suro, a raíz del accidente, se mostró con el brazo amarrado y entonces los campesinos dijeron que ella fué la que se convirtió en vaca negra para derribar, con toda maña, al avión. Pero Nasha no estaba libre de enemigos, pues don Gervasio Mestas la censuraba desde el púlpito. El señor cura había puesto una tienda que tenía una sección de botica y manifestaba que era un gran pecado creer en la eficacia de brebajes preparados con malas artes. Nasha, recordando sin duda su fracaso con Amenábar, se guardó muy bien de anunciar el fin del cura. Mantenía ante él una actitud entre reservada y desdeñosa y, por el momento, usufructuaba el accidente de aviación.

Volviendo al asunto del juicio, había mucha esperanza. Los munchinos habían declarado en favor de la comunidad, entre ellos Zenobio García, quien, con toda educación, recordó a los comuneros que hacía tiempecito que no compraban cañazo en su tienda. Ya no era gobernador y su reemplazante

lo tuvo preso durante dos meses, pero lo soltó por orden de
Amenábar, quien había manifestado que tenía el juicio en el
bolsillo. Zenobio conservaba cierta importancia, pero Bismarck
Ruiz estaba en franca decadencia. Repudiado por los Córdova
al sospecharse su inteligencia con don Alvaro, creyó que éste
lo iba a tomar a su servicio, pero nada de eso ocurrió. Correa
Zavala, rechazado por toda la gente de dinero, vivía muy po-
bremente y se murmuraba que defendía a los indios por espíritu
de represalia. Era una víctima de la maledicencia pueblerina.
El mismo informaba a los comuneros de todo lo que pudiera
interesarles. Don Alvaro no había conseguido apoyo para senador, debido a que se le cruzó un relacionado del presidente,
pero Oscar Amenábar continuaba de diputado. Después de vo-
cear su adhesión inquebrantable a Pardo se hizo un fervoroso
partidario de Leguía. Pronunciaba discursos llamándolo su-
perhombre y genio. Había demostrado muchas aptitudes para
la política.

— En fin, Benito— dijo el alcalde terminando su relación;
de la cual, como se habrá entendido, anotamos solamente los
detalles que no conocíamos —, esto es lo que ha pasao... Lo
que más nos apenó fué la muerte de nuestro querido Rosendo...
Pero, ateniéndonos a lo que él predicó, hemos cultivao nuestra
tierra y aquí estamos...

Benito se marchó a su casa. El sol del mediodía brillaba
sobre la cima cónica y el hombre entendió las últimas palabras
como un mensaje. El espíritu de Rosendo animaba todavía ese
mundo y sin duda se erguía hasta la cumbre del Rumi. Por
querer a Rosendo quiso más a la tierra y a los hijos de la tierra, invictos a pesar de todo. Mientras se metía en la cama de
alegres listas, se extrañó de que su dolor por la muerte de Rosendo no fuera tan intenso. Luego comprendió profundamente
que nadie lo había perdido, que lo mejor de Rosendo quedaba
en la comunidad, y ello era el sentido de la vida ajustada al ritmo creador y fraternal de la tierra. Entonces, durmióse con
tranquilidad.

XXII

ALGUNOS DIAS

Benito despertó a la mañana siguiente con la impresión de haber vivido mucho en los dos días últimos. El también, a su modo y en el espacio de unas horas, sufrió el éxodo, revivió los años de lucha, compartió las incertidumbres y las penas y por último se afirmó en la fuerza creadora de la tierra. Ahora, sentados en el umbral del corredor, mientras el sol crecía por la pampa y la sombra replegábase hacia los cerros, esperaban a Benito los Maqui, mujeres y hombres y también Chabela, Eulalia, Marguicha, Porfirio Medrano, Doroteo Quispe y algunos más. Juanacha le sirvió el desayuno, feliz de hacerlo, y luego Benito salió sin poncho, con un rojo pañuelo de seda flotando en torno al cuello y el alón sombrero de fieltro un poco ladeado. Estaba muy gallardo y en la fila de casas hubo un movimiento de expectación. El saludó a todos con una cordialidad franca y luego tuvo algunas palabras especiales para cada cual.

—Porfirio Medrano... te estimaba mucho nuestro querido viejo Rosendo. En un rato de buen humor me dijo: «A este Porfirio no lo cambiaría por diez yuntas»...

Porfirio comentó sin amargura:

—Era un hombre Rosendo, pero me llegaron malos tiempos y hasta sospecharon. Mi hijo Juan se jué po el mundo a buscarse la vida y no ha güelto. Ya estoy viejo pa penas y sobre todo pa verme desconsiderao po la comunidá que tanto he querido...

Benito, colocándose junto a Chabela y ciñéndole el brazo por la espalda, respondió:

— Todos hemos sufrido bastante. Yo no vengo a dármelas de mandón, pero creo que algo se podrá hacer pa remediar penas...¿Y tú, Doroteo? Me dicen que tú te has portao valientemente...

— Algo se ha hecho con ayuda de los amigos...

Doroteo señaló a dos de los bandidos que se habían avecindado en la comunidad. Entretanto, Chabela se había puesto a llorar y se enjugaba las lágrimas con el rebozo.

— Así me han dicho — admitió Benito con satisfacción— y ¿éste es el famoso Valencio?

Valencio miraba con extrañeza a ese hombre trajeado como caporal y que sin embargo parecía bueno. Benito lo examinó de pies a cabeza complaciéndose de su aire ingenuo y a la vez fiero. En seguida habló Eulalia, sin duda con más abundancia de la necesaria, doliéndose de la muerte de Abram y del alejamiento, al parecer definitivo, de Augusto. Lo peor era que Marguicha se había quedado sin marido. «Todo, todo era una pena». Marguicha nada dijo y solamente miró a Benito con sus grandes ojos dolidos. El se lamentó:

— Yo lo he sentido mucho. Los quería, al uno como hermano, al otro como sobrino. Abram, que era mayor que yo, me enseñó a amansar. Ese recuerdo más tengo de él. A Augusto ya lo dejé con la traza de jinete. Yo traje Voluntario pa mejorar la raza de nuestros caballos, y también pa alegrar a los aficionados... Me ha dado mucha pena que no estén.

Benito fué requerido para que contara algo de su vida y él respondió:

— Ya habrá tiempo... sería largo... Por estos cerros, cordillera al sur, me juí hasta Junín. De ahí pasé a Lima, de Lima al Callao y de ahí a Trujillo, onde entré al ejército. Con mi tropa pasé a Cajamarca, pues soy sargento primero, y aquí me tienen... Claro que he sabido lo que son penas. Es largo de contar...

Charlaron entonces de cosas de la comunidad y fueron yéndose unos visitantes y llegando otros. Cuando quedaban pocos, los invitó a acompañarlo al corralón de vacas y fueron. Inocencio seguía de vaquero, que sin duda para eso había nacido. Estuvo muy contento de ver a Benito y le dijo que lo echó de menos en el tiempo del despojo. Más se alegró cuando el recién llegado cogió el lazo y le hizo una demostración de que lo manejeba como siempre. La satisfacción del buen Inocencio alcanzó sus límites más altos en el momento en que Benito le preguntó por el nombre de cada una de las vacas. Muy solícitamente informó que ésta se llamaba «Totora», porque le gustaba mucho comer tal planta; la otra «Consentida», ya que él le aguantaba todo; esa «Tuquita», pues, como los tucos que se pasan la noche cantando, ella se la pasaba bramando; la de más allá «Corazona», debido a su color de sangre. Benito Castro celebró los nombres y se fué por la pampa, acompañado por el hijo mayor de Juanacha, mozo de quince años, llamado, como su abuelo, Rosendo. En la pampa estaban los caballos y «Voluntario» comenzaba a hacer amistades. Más allá se encontraron con el rebaño de ovejas y los niños que lo conducían. Benito obsequió a uno de ellos un pito de metal que guardaba desde mucho tiempo y el pequeño sopló enrojeciendo de gusto y azoro. El le dijo que lo hacía mejor que el güicho. Con el joven Rosendo fué hasta las ruinas y luego cruzó toda la pampa, llegando hasta la laguna. El sol ya estaba muy alto. Benito sacó un gran reloj del bolsillo delantero del pantalón y dijo que era hora de ir a almorzar. Desde sus casas, los comuneros lo miraban y el muchacho se sentía muy importante caminando al lado de un hombre tan notable.

*   *

Mientras comía rodeando el fogón con Sebastián Poma, el joven Rosendo, los hermanos menores de éste y Juanacha —que le servía en los mates más grandes—, llegó la joven Cashe acompañada de su madre. Llevaba una carta. La madre refirió que la muchacha había ido al pueblo, periódicamente, durante varios años con el fin de preguntar en el correo. Esperaba carta de su marido Adrián Santos. Al fin recibió una. Sin atreverse a abrirla por sí misma, la llevó a la comunidad. El padre cortó el sobre con mucho cuidado haciendo uso de la punta de su machete y sacó una postal envuelta en un papel. El dijo que era evidente que esa figurita servía para elegrar la vista, pero el papel no era carta sino un pedazo de periódico empleado para envolver la tarjeta a fin de que no se malograra, pues las cartas estaban escritas a ma-

no. De la misma opinión fueron otros comuneros. No había
ido nadie al pueblo para encargarle que pusiera el importante
asunto en manos de Correa Zavala y el cura sólo pasaba por
Yanañahui en el tiempo de la fiesta, así que ahora rogaba a Benito que las ilustrara. La madre hizo su exposición con mucha compostura y, por último, entregó el sobre:

— Todo lo pusimos igualito que estaba...

El lector extrajo el contenido, vió los dos lados de la tarjeta y luego desdobló el papel.

— Esta es una carta escrita a máquina, porque hay unas
pequeñas máquinas para escribir...

Cashe sonrió con dulzura. Benito, con voz pausada y amable, leyó:

— Trujillo, agosto 27 de 1925. Querida Casimira Luma:
esta carta me la escribe don Julio, que es empleado en la canalización. Para que sepas qué es canalización te diré que son
unas zanjas donde se ponen tubos y por los tubos tiene que ir
el agua sucia del pueblo. Este pueblo es grande y yo nunca he
visto otro pueblo tan grande. Yo trabajo en la palana, abriendo zanjas con otros muchos, y gano un sol ochenta al día. El
trabajo es fuerte pero se gana algo. Don Julio quiere escribir
a su modo con su parla de señor y yo le digo que ponga como
le digo para que me puedas entender. Una señora que se llama Nicolasa nos da de comer un poco barato, frejol que se
come mucho aquí, arroz y un pedazo de carne. Yo he juntado
cuarenta soles por todo y tuviera más si mi amigo Pablo no me
dice: Vamos al cinema. Juimos y yo pagué treinta centavos
y él lo mismo por entrar a unas gradas de arriba. En un telón de
género blanco comenzaron a verse figuras y eso se llama película. Pasaban y pasaban, a veces se daban de trompadas y
otras corrían a caballo, metiendo bala. ¡Vaya jinetazos! Pero
ninguno montaba en pelo y medio desnudo como Valencio.
Me gustó algo la tal película, pero yo digo: ¿Y la Cashe?
Tengo que volver con platita antes que todo se pierda y no ten-
gamos ni qué comer. Así es que no voy a ver más películas
aunque Pablo dice que hay otras distintas. Aquí el trabajo se
acabará dentro de quince días y me iré a la caña de azúcar,
para ganar algo más y volver. El otro día me aficioné de un
espejito con marco que parecía de plata y lo compré por un sol
y dije: Lo guardaré para llevarle de regalo. Yo dejé mi
lazo de cuero con argolla buena y colgado en una estaca del
rincón. Es bueno que tu taita o el que quiera lo desenrolle y

lo engrase porque si se queda sin engrasar el lazo se va a endurar y a malograr. Quiero conservarlo porque ese lazo me lo dió el viejo Rosendo cuando me dejó ir por primera vez al rodeo de Norpa. Mi redoblante también lo dejé y yo digo: ¿Qué hace callado? Mejor dáselo al que sepa tocar y con su bullita me recuerdes. Y ya no sé decirte más nada, sólo que de día me preocupo del trabajo y no me acuerdo y, desde que salgo, sí me acuerdo. Entonces pienso cuando desensillaba mi caballo y las caronas olían fuerte del sudor y pasaban al redil las ovejas bala y bala, y la laguna Yanañahui tenía un olorcito de tarde. De noche me siento muy solo y te extraño, pero por todo me digo: Ya volveré, el hombre debe tener paciencia. Y entonces pienso trabajar duro. Ya sabes, pues, que me voy a la caña de azúcar. Comenzaré de machetero, pero dicen que se puede subir hasta carrero o ayudante en la fábrica y ganar dos soles al día... No llores, Cashita, tengo que volver. Saludos a todos y es tu marido que te quiere y te extraña, Adrián Santos.

Benito dijo:

— Desde que la escribió ya hace más de un año. Quién sabe se demoró en ponerla al correo o en el correo mismo la retardaron...

— Seguro que volverá — se esperanzó Cashe que, pese a las recomendaciones, había lagrimeado un poco.

— Sí — opinó Benito, que no quería entristecerla —, y apenas sepan algo de él, díganle que venga. Aquí no da ninguna dirección para contestarle. Nadie nos va a quitar nuestra comunidad y en todo caso hay que trabajar hasta el último...

Las dos mujeres agradecieron mucho y la madre se fué diciendo que era un consuelo que alguien supiera leer en la comunidad.

*
* *

Benito Castro manifestó al alcalde que deseaba ir al pueblo a conversar con el doctor Correa Zavala. Podía hacerlo libremente, pero le habló a Yacu para que no lo creyera un entrometido. Yacu aprobó. «Vaya, he estao con suerte», se dijo Benito cuando salía del despacho del abogado. Ya no había necesidad de bajar a la hoyada, pues el camino iba por las faldas de El Alto a caer en la meseta. Llegó cuando estaba oscureciendo. El alegre ga'ope de Voluntario atrajo la atención y los habitantes del caserío vieron que el blanco caballo se acercaba flotando como una nube.

— ¡Ganó la comunidá!, ¡ganó la comunidá! — gritaba el jinete al pasar frente a la hilera de casas.

Plantó en seco ante la de Clemente Yacu y entró a informarle de lo que había pasado. Voluntario acezaba despidiendo un vaho caliente. Los comuneros se agolpaban delante de la puerta y Clemente dijo:

— Sal, y diles lo que pasa...

Benito Castro salió y fué acogido con alegres demostraciones de aprecio. Después de sacarse el sombrero explicó en alta voz:

— Tengo que darles una güena noticia sobre nuestra comunidá. La Corte Superior de Justicia ha fallao reconociendo el derecho de la comunidá a disfrutar de las tierras que ocupa. El doctor Correa Zavala cree que es seguro que el gamonal apelará ante la Corte Suprema, pero ganaremos tamién... Eso es todo. Ya podemos cultivar la tierra tranquilos como la mayor bendición...

Todos celebraron la noticia con entusiastas comentarios y algunos hasta vivaron a Benito Castro. En la noche, la coca estuvo muy dulce y los fogones alargaron sostenidas llamas alumbrando la parla.

*

* *

Antes de que rompiera el alba, Benito Castro y Porfirio Medrano salieron de caza. El güicho cantó cuando ya estaban por media pampa, camino de las cumbres de El Alto. La melodía larga y fina, de dos inflexiones, se extendía por los espacios como la luz. Porfirio llevaba el viejo pívode y, en su calidad de conocedor de la región, iba delante. Benito, con el máuser al hombro, lo seguía a unos cuantos pasos. Comenzaron a trepar cuando clareaban las piedras.

— Güeno, Benito, no creas que te envité sólo pa que mates un venao. Tienes que oírme. No te hablaré de mí y las injusticias. Hay otras cosas más importantes. Hace muchos años, yo me di cuenta que la pampa se podía desaguar muy bien haciendo unos canales y tamién ahondando el cauce de desagüe de la laguna con unos cuantos tiros de dinamita. Así

se aprovecharía hasta una parte de tierra cubierta po el agua
de la laguna. ¡Pa qué! Chauqui y otros sacaron la vieja historia de la mujer que salió a oponerse y otros cuentos. Los
demás, po costumbre, dejaron que triunfara el engaño. No
discuto que lo hagan con güena voluntá los que creen, pero eso
no quita que sea zoncera. Vos, ¿qué dices?

— Eso, que es una tontería...

— Güeno, figúrate lo que sería ese pampón sembrao.
Pero aura llegan las lluvias y se convierte en un aguazal al
que sólo entran las vacas pa comer las totoras que se dan en
los sitios más hondos.

— Otra cosa que me parece zonza es la del Chacho. Ahí
se podía hacer las casas y no en esa falda donde sopla tanto
viento...

— Es lo que digo. Valencio se ríe de la mujer y del Chacho y ¡qué le ha pasao! Yo no puedo hacer nada, porque ya
dijeron que quería perder a la comunidá, pero vos... Pa ser
franco, yo y otros queremos hacerte regidor. Uno de estos
días se llamará a asamblea. Los demás aceptarán y has gustao
con tu modo de ser hombre y po conocer el mundo y las letras...
¿Aceptas?

— Güeno — respondió Benito.

Amaneció con un sol que doró las rocas de El Alto. El
rocío les humedecía las piernas y el ribete de los ponchos. Ambos callaron, poniéndose a observar. Avanzando despaciosamente, perdieron de vista el caserío y quedaron envueltos entre riscos y picachos. La luz penetraba por las encañadas con
segura fuerza. Porfirio se tendió y su acompañante hizo lo mismo. Lejos, por una loma, había aparecido la cabeza de un venado. El animal siguió avanzando y después de él asomó otro
y otro, y otro más. Hasta doce venados marchaban en grupo
sin contar a varios recentales que aparecían y desaparecían
entre las patas. Altos, pardos, ágiles, pertenecían a la variedad
llamada pullohuacra que se distingue por marchar en partidas
tras el venado más viejo, que hace de guía. Avanzaban oteando, pero el viento soplaba sobre otro lado y no podían olfatear-
los. Se detenían a ratos para mordisquear el pasto y, frente a
la luz amanecida, parecían estar triscando briznas de sol. Los
recentales daban cabezazos a las ubres. La marcha proseguía
y el delantero ostentaba un gesto inquieto, con el cuello enar-
cado y el hocico de narices abiertas a los lejanos vientos. Benito
encaró el fusil y Porfirio le hizo señas de que se esperara toda-

vía. Disparó a quinientos metros, derribando al guía. El estruendo se prolongó en los cerros y los venados corrían hacia adelante y atrás, como locos, y por último se agruparon en torno al muerto. Les ocurre así a los pullohuacras cuando pierden al conductor. Benito siguió disparando, entre el rebote de los ecos, y otros venados cayeron y la tropa se deshizo, pero los que fugaban, volvían una vez más como si estuvieran convencidos de que el guía iba a levantarse. Cuando, por fin, aterrados, se marcharon los pocos sobrevivientes, desapareciendo a todo escape entre los roquedales, había ocho en el suelo. Un recental daba vueltas en torno a la madre y echó a correr viendo que los hombres se acercaban. Pero la soledad le aterró y tuvo que regresar hacia la madre. Porfirio lo apresó con su faja. Cargando un venado cada uno y, remolcando al pequeño arisco, llegaron al caserío. Otros comuneros fueron por las demás piezas. Nadie, nunca, había cobrado tantas en una sola vez.

*
* *

Las mocitas miraban a Benito con ojos tiernos. El, con esa facilidad para tomar mujer que es propia, por lo demás, de los hombres del campo, se decidió por Marguicha. Había madurado en la soledad y su aire reflexivo daba sello especial a una belleza que no declinaba todavía. Ella encontró al hombre que la haría cumplirse. El se adhirió a la tierra en la mujer del lugar.

*
* *

Benito domó un potro y supo todo lo que tenía que saber de la comunidad. Incluso que el perro Candela, de tanto extrañar a Rosendo, se había marchado a buscarlo. Aullaba mucho desde el anochecer hasta el alba y por último también de día. Una mañana desapareció. Dos comuneros que regresaban del pueblo lo vieron trotando por la puna. No se volvió a saber de él. Sin duda, de trajinar sin pausa, se convirtió en un perro vagabundo...

XXIII

NUEVAS TAREAS COMUNALES

Desde que Benito Castro fué elegido regidor en reemplazo
del difunto Goyo Auca, la comunidad mantenía una inquieta
actitud de espera. ¿Qué hará? El hombre que había traído los
caminos del mundo enredados en las pupilas, sentía todo el
compromiso de esa responsabilidad y meditaba. Le habría
sido fácil marcar el paso, contemporizar, pagarse del pasado
e ir medrando. Pero tal posibilidad no lo dejaba satisfecho. Su
vida entera se habría sentido estafada y acabado tristemente,
viendo una noche en la que pudo encender la alta llama de la
creación. Tenía que surgir una concepción de la existencia que,
sin renegar de la profunda alianza del hombre con la tierra, lo
levantara sobre los límites que hasta ese momento había sufrido para conducirlo a más amplias formas de vida. Es lo que
atinaba a pensar, y estaba solo con sus dudas. No tenía al
amigo para decirle: «Lorenzo, me duele mi ignorancia». En los
últimos tiempos que vivió con él, Lorenzo estaba diciendo *ma-
terialismo histórico... tesis, antítesis, síntesis...* Benito no
llegaba a comprender. En lo que sí estaba de acuerdo era en
que el hombre debía ser libre, fuerte y alegre. Lo entendía claramente. ¿Qué hacer? Lorenzo lo habría alentado urgiéndolo a
luchar. El mismo veía que era necesario y cuando el buen viejo
Rosendo quiso una escuela fué sin duda porque intuyó el mundo
al cual no tenían acceso. Pero ahora era preciso comenzar desde otro lado. La escuela habría realizado su labor en diez o

veinte años. No se podía esperar tanto si la vida era miserable. En pocas palabras, Benito Castro deseaba abatir la superstición y realizar las tareas que esbozaron con Porfirio.

Ahora, en las faldas pedregosas, la tierra apenas daba para comer. Los comuneros se ayudaban con las pequeñas industrias y la vida discurría monótona y sin esperanzas.

En el consejo planteó el asunto. Clemente Yacu se opuso diciendo que los comuneros querían respetar la tradición y Artidoro Oteíza manifestó que era peligroso asustar al pueblo. De su lado estuvieron Ambrosio Luma, que a fuer de hombre práctico gozó con la perspectiva de sembrar en la pampa, y Antonio Huilca, a quien Benito Castro había impresionado con su audacia. Por último, Benito dijo que no deseaba comprometer a ninguno de ellos y que cargaba solo con la responsabilidad. Si censuraban a la directiva, se declararía el único culpable.

Una mañana clara el golpe de la comba sobre el taladro comenzó a sonar allá, lejos, en el cauce por donde se desaguaba la laguna. Benito Castro, Porfirio Medrano, Rosendo Poma y Valencio ahondaban los boquetes en el lecho rocoso. Apenas si tenía agua, pues el verano estaba en toda su plenitud y la puna amarilleaba de sed. Las herramientas pertenecieron a Evaristo y la dinamita la había proporcionado Doroteo Quispe, de una que tenía escondida en cierto lugar y que fué producto de un asalto.

Al atardecer, una explosión que estremeció todos los cerros de la comarca anunció al caserío que algo inusitado ocurría y que no habían sido baladíes los golpes que sonaron todo el día. Fragmentos de roca volaron por el espacio y cayeron en la misma laguna. Los patos, asustados por el estruendo y las piedras, revolotearon amedrentados y se estuvieron mucho rato por los aires, dando vueltas, antes de decidirse a volver a los totorales. Los comuneros corrieron hacia el cauce, encontrando que los cuatro audaces miraban complacidamente su obra. El sector rocoso había saltado y el agua se precipitaba en sonoro raudal. Unos callaron con admiración, otros con espanto. Algunos protestaron:

— ¿Pa qué han hecho eso?

— Traerá desgracia.

Benito Castro gritó:

— Yo lo he hecho, yo soy el responsable. En todo el día la mujer negra y peluda, con totoras en la cabeza, no se ha asomado. Que salga ahora y me hunda a mí. Yo soy el responsable...

El agua seguía descendiendo, pero no hubo en ella ninguna agitación, ningún oleaje que pudiera interpretarse como causado por un ser que podía surgir de su seno. Los temerosos estaban estupefactos ante el atrevimiento de Benito. Valencio, en cambio, reía lleno de felicidad. «¿Así que le seguían teniendo miedo a una mujer? Aprendan de Benito». El viento agitaba los ponchos como a las lejanas nubes del ocaso. En la encañada, por la que bajaba el agua a grandes saltos, crecía un ronco y cascado rezongo. Artemio Chauqui lanzó un alarido y, sacando su cuchilla, corrió hacia Benito Castro, gritando: «¡Mala casta!, ¡mala casta!» Benito lo aguardó con serenidad y, cogiéndole la muñeca, le hizo soltar el arma. En seguida le dió un golpe en medio plexo, un sabio golpe que también había aprendido en lejanas tierras y Artemio cayó. Ya llegaba la noche. El principal culpable y sus secuaces se marcharon al caserío seguidos de una poblada que discutía con calor. Sebastián Poma dijo a la hora de comida:

— De cierto, Benito, te has metido en una cosa muy seriota. Pero ya era tiempo de que alguno lo hiciera. Yo te acompañaré y me alegro de que mi Rosendo te diera una mano, aunque sin consultarme... Yo lo debía regañar...

Benito estaba callado y meditativo, pero sonrió cuando la alegre Juanacha le cuchicheó por lo bajo:

—Apúntalo con tu lápiz. Hoy es el día que más ha hablao mi Sebastián...

La sombra se endureció pesadamente. El rumor del agua fué disminuyendo y por último se confundió con el del viento. Ladraban los perros. En sus bohíos, los temerosos esperaban escuchar un llanto de mujer. Pero la noche avanzó sin que se oyera ningún gemido. Marguicha abrazaba a su hombre con emoción y esperanza. El le dijo:

— Golpe sobre golpe. Mañana me meteré con el Chacho, pue si he de caer po una cosa, que sea más bien po las dos...

*
* *

Desde lejos se veía la mancha negra que dejaron las aguas al escurrirse. Benito y sus partidarios, que habían aumentado durante la noche, dieron algunas vueltas por allí, aunque sin

llegar a la nueva orilla, pues había que esperar que el barro se
oreara. Con todo, se podía apreciar que había una enorme
extensión apta para el cultivo. Naturalmente que los totorales
que daban a las peñas se secarían en parte, pero eso no tenía
mayor importancia. Entonces Benito dijo a cuantos lo rodeaban:

— Acabemos de una vez. Vamos a liquidar al Chacho.
— ¡Vamos!
— ¡Viva Benito Castro!

Para amedrentar a los oponentes, Benito y Porfirio llevaron sus rifles. Artemio Chauqui fué donde Doroteo Quispe,
que también tenía rifle:

— Doroteo, no consientas. Lleva a tu gente. Esos van a
traer desgracia...

Doroteo frunció su prominente boca en un gesto de burla
y dijo:

— ¡Bah! Pa eso está el Chacho, pa que los friegue...

El grupo de Benito contaba ahora con la adhesión del anciano Pedro Mayta y todos sus familiares. El viejo alarife se
había lamentado siempre de que se desperdiciara esa excelente
piedra y el sitio mismo para levantar el nuevo caserío. Otros
se estacionaron cerca de las ruinas por curiosidad, pero también
parecían adictos. Para que éstos repartieran la noticia, Benito
se paró junto a uno de los muros y dijo:

— Sal, Chacho, no te tengo miedo. Hínchame, si es que
existes...

Dando un violento empellón tiró unas cuantas piedras al
suelo. En seguida entraron hasta el centro de las ruinas y comenzaron a demolerlas. Las nuevas casas tendrían habitaciones más amplias.

*
* *

Clemente Yacu, presionado por el grupo de comuneros
que encabezaba Artemio Chauqui, llamó a asamblea para juzgar los actos de Benito Castro. La afluencia fué grande, pues
solamente los viejos y los enfermos se quedaron sin asistir. Clemente fué llevado en brazos hasta su banqueta y junto a él
tomaron asiento, como de costumbre, los regidores. Benito
lucía su mismo traje foráneo, su sombrero de fieltro y sus botas. Sebastián le había aconsejado ponerse sombrero de junco

y poncho de colores vivos y él se negó diciendo que le gustaban mucho y siempre los había llevado, pero tal vez esa súbita mudanza sería interpretada como una renuncia. Combatiría hasta el fin.

Clemente Yacu expuso brevemente la situación y abrió el debate. Todos pensaban que éste no tendría muchas alternativas, caracterizándose por la violencia de las acusaciones, la novedad de la defensa — Benito se traía sus cosas — y la trascendencia de la votación final.

Artemio Chauqui habló en nombre de los descontentos, que parecían muchos a juzgar por el vocerío alentador que arreciaba de rato en rato. Era el mismo indio duro de siempre, reacio a toda innovación, oscuramente empecinado. Habló con la cabeza descubierta, por momentos solemne, por momentos arrebatado. El sol de la tarde brillaba en su pelambre hirsuta y en su piel sudorosa.

Dijo que la comunidad había rehecho su existencia después de duros trabajos y que la tranquilidad y la creciente prosperidad llegaron al fin como producto del esfuerzo de cada uno y de todos. Pero he ahí que arribó un hombre que nunca fué un buen comunero y la división volvió a comenzar. Ese hombre estuvo ausente dieciséis años y, según se veía, regresaba con malos propósitos. La tradición imponía respetar una laguna encantada y él le había vaciado parte de su caudal con la dinamita. El Chacho era maléfico y él había ido a despertar su cólera destruyendo su morada. ¿Qué perseguía con tales excesos? Unicamente el daño de la comunidad. Era una circunstancia muy sospechosa la de que hubiera llegado en los momentos en que la comunidad ganaba el juicio. Sus partidarios, esos locos y malos comuneros, entre los cuales casi todos eran foráneos, decían que buscaban el progreso. ¡Progreso! El indio no debía imitar al blanco en nada porque el blanco, con todo su progreso, no era feliz. Pedía, pues, en nombre de los comuneros descontentos del proceder de Benito Castro, que éste fuera expulsado de la comunidad. Sólo asi se evitarían grandes calamidades y conflictos...

— Cierto — gritaron varias voces.

Benito Castro se puso de pie produciendo un neto silencio. Quitóse el sombrero dando al sol una cabeza bien peinada, con raya al lado. Marguicha lo miraba con ojos angustiados y Chabela estaba llorando. A ambas les sonrió con optimismo. Des-

pués, mirando a toda la asamblea severamente, habló. Su voz
era tranquila y su gesto enérgico.

Dijo que él no había vuelto para destruir sino para construir. Rompió un cauce con dinamita: ya prosperarían las siembras en la llanura desecada. Tumbó algunas paredes viejas: ya
se levantarían en su lugar casas fuertes y hermosas. El encantamiento de la laguna no existía: ¿por qué no salió la mujer?
El Chacho no existía: ¿por qué no lo había muerto? El médico
del regimiento decía que la hinchazón proviene de sentarse,
después del acaloramiento producido por una caminata, en
las piedras heladas de la puna. Es un resfrío y no hay tal Chacho.
Si quería el progreso era porque estimaba que solamente con
el progreso el indio podía desarrollarse y librarse de la esclavitud. ¿Por qué se salvó don Alvaro Amenábar de las brujerías
de Nasha Suro? Solamente porque no le tuvo miedo. Eso era
el progreso. Ahora, él quería que se sembrara en los contornos
de la laguna y en esa extensa pampa, llena de la tierra arras-
trada por las lluvias. Las cosechas serían excelentes. Así podrían,
de nuevo, pensar en una escuela. Rosendo Maqui deseó escuela
porque comprendió que era preciso saber, que era necesario el
progreso. De funcionar escuela en Yanañahui, en diez o veinte
años nadie creería en lagunas encantadas y Chachos. Por no
ser supersticiosos, los hacendados trabajaban mejor, plantando la barreta donde creían conveniente. Pero no se podía esperar diez ni veinte años. Había que vivir mejor desde ahora.
El pueblo en ruinas estaba defendido del viento por las cresterías del Rumi que avanzaban hasta los cerros de El Alto. Ahí
se podía edificar uno nuevo y mejor.

Benito terminó, accionando con ambas manos:

— Yo quiero a mi comunidá y he vuelto porque la quiero.
Quiero a la tierra, quiero a mi pueblo y sus leyes de trabajo
y cooperación. Pero digo tamién que los pueblos son según sus
creencias. Tu bisagüelo, Artemio Chauqui, contaba que los
antiguos comuneros creían que eran descendientes de los cóndores. Es algo hermoso y que da orgullo. Pero aura ya nadie
cree en que desciende de cóndor, pero sí cree en una laguna encantada con su mujer peluda y prieta y en un ridículo enano que
tiene la cara como una papa vieja... ¿Hay derecho pa hu-
millarse así? No existen y sólo el miedo nos impide trabajar la
comunidá en la forma debida. El pueblito se levantará allá,
fuerte y cómodo. La pampa estará llena de hermosas siembras.
Aura, yo les pido votar según su corazón de comuneros. Po-

drán echarme, pero lo que he dicho no deja de ser verdá. Tarde
que temprano, la verdad se impone. Esta comunidá será fuerte
cuando sus miembros sean fuertes y no teman cosas que el
miedo ha inventao...

Benito Castro sentóse y miró, uno por uno, a todos sus
adversarios, agrupados en torno a Chauqui. Luego paseó una
mirada rápida por el lado en que estaban sus partidarios, junto a
Porfirio Medrano. Con tranquilidad contempló después al resto
de la asamblea, que era, en buenas cuentas, la que debía de-
cidir su destino. Nadie se atrevía a hablar; pero, con gran sorpresa de todos, quien pidió permiso para hacerlo fué el buen
Inocencio.

— Yo — dijo despaciosamente — estoy de acuerdo con
Benito. ¿Por qué creemos en cosas perjuiciosas? Yo creo en mi
ternerito de piedra que lo tengo enterrao pa que proteja la
vacada. Pero dos bichos mugrientos no nos van a hacer dar
paso atrás en lo que es güeno pa la comunidá...

La salida de Inocencio puso en el ambiente una nota de
buen humor y otra de espíritu práctico que facilitaron la decisión. Cuando Clemente Yacu llamó a votar, una gran mayoría favoreció a Benito Castro.

*
* *

De veras, después de dos años de tenaz labor, el pueblecito
se levantó allá, fuerte y cómodo, y la pampa estuvo llena de
hermosas siembras.

El primer año sólo sembraron y el segundo sembraron y
edificaron. Las papas extendían su verde oscuro hasta las orillas de la laguna; la quinua morada avanzaba hacia el poblado;
el claro cebadal llegaba al pie de los cerros de El Alto. Quedaba un gran trecho de pasto por el lado de la pampa que daba
al Rumi y además el ganado tenía todas las faldas. Cercas de
piedra para asegurar los potreros comenzaban a levantarse.

Las casas del pueblo estaban ordenadamente dispuestas
en torno a una pequeña plaza. Faltaba mucho por hacer, pero
las energías se habían entonado. El alarife Pedro Mayta, si

bien no se encaramaba sobre los muros, dirigía desde el pie de ellos la construcción de la escuela.

Un día, Clemente dijo a Benito:

— Ya no puedo con el reuma. Voy a renunciar.

Así lo hizo y Benito fué elegido alcalde.

Una nueva vida brotaba, como las siembras, de la tierra feraz.

XXIV

¿ADONDE? ¿ADONDE?

Los machetes y los rejones relumbraban al sol, treinta fusiles tronaron rabiosamente y Artemio Chauqui levantaba un hacha como quien enarbola una bandera de acero. Sonaron algunas voces: «¡No malgasten la munición!» Los comuneros llenaban la plaza en uno de los más esperanzados días. El sol brillaba alegremente, un viento calmo mecía los pajonales de El Alto y en la llanura ganada para el hombre los animales aprovechaban los rastrojos. Algunas vacas entraron al caserío y observaban con sus grandes ojos sorprendidos.

Los rostros estaban rasgados por tres inmensos días de dolor y unos a otros se miraban con ceño decidido y fiero. Los ponchos y las polleras encendían el júbilo agrario de sus colores, pero las caras morenas tenían el gesto dramático de los picachos a los cuales no rinde el rayo y en los cuales se destroza bramando el viento. No todos eran comuneros. Hacia un lado, a caballo, estaban seis caporales armados de fusiles a quienes había enviado Florencio Córdova. Hicieron entrega de veinte rifles y además prestarían su concurso personal. Los fusiles fueron repartidos por Benito Castro y, con los que Doroteo Quispe sacó del terrado de su vivienda, formaron la treintena que hizo escuchar su voz frenética. Artemio Chauqui se había transfigurado y agitaba su hacha diciendo: «¡El indio es un Cristo clavao en una cruz de abuso! ¡Ah, cruz maldita! ¡Ah, cruz que no se cansa de estirar los brazos!» Doroteo Quispe,

con el sombrero echado hacia atrás, parecía afirmar su decisión de lucha con el gran tajo que le partía la frente. Sus compañeros de correrías avecindados en la comunidad, tenían una
actitud firme, pero sencilla. Vaiencio decía con sus ojuelos duros: «¿A qué viene tanta bulla? Vamos a pelear, pues». El
pueblo comunero estaba de pie, unido, resuelto, hecho un haz
de colores y aceros, sobre el fondo gris de las casas de piedra.
El más joven de cuantos empuñaba fusil era Fidel Vásquez,
a quien los comuneros decían Fierito, por cariño. Era un muchacho moreno de piel tersa y ojos hermosos. Más bien triste,
sonreía y hablaba poco. Jamás había manifestado nada sobre el
padre y la misma Casiana ignoraba su parecer. Cerca de él
estaba su amigo, el joven Indalecio, quien cogía un lanzón formado por una vara en cuya punta brillaba un cuchillo fuertemente amarrado. Porfirio Medrano cargaba su viejo rifle
Pívode. Lo prefería. Llega un tiempo en que el hombre, a
fuerza de manejar un arma, se acostumbra a ella y no la cambiaría por ninguna otra.   Uno de los pequeños hijos de Paula
corrió hacia su padre, prendiéndosele del pantalón, se puso a
decirle: «¡Taita, pum, venao! ¡Taita, pum, venao!» Doroteo lo
miró y, advirtiendo que metía las manos en el gatillo del rifle,
le respondió: «Sí, venao», e hizo seña a Paula para que se lo
llevara. La atención de todos fué llamada por tres hombres de
Muncha que llegaron armados de carabinas. Como ni el alcalde ni los regidores estaban a la vista, se pusieron a conversar con Porfirio. Eran tres cholos de traje de dril y redondos
sombreros blancos. Llevaban el poncho doblado sobre el hombro, bajo la carabina que sujetaban por el cañón. Los rodeó un
círculo de curiosos. Algunos comuneros ensillaban caballos,
menos a Voluntario, quien no debía ser expuesto, pues se lo
necesitaba como reproductor. Unos cuantos caballos pertenecían a la comunidad. Los otros eran de Umay. Un rumor sordo
crecía a ratos y a ratos se apagaba hasta llegar a los límites del
silencio. La voz del pueblo es variada como la del viento. De
pronto, alguien anunció: «¡Ahí está Benito!» Benito Castro
salía de su casa seguido de los regidores. El nuevo era un hijo de
Pedro Mayta llamado Encarnación. El alcalde y sus acompañantes montaron a caballo. Todos cargaban fusil y Benito tenía cananas sobre los costados. También cabalgaron Doroteo
Quispe, Porfirio Medrano y diez más. Los potros se movían
con nerviosidad, excitados por la masa pululante. Benito de-

mandó atención con una seña de la mano y, templando las riendas para mantener quieto al caballo, dijo:

— Comuneros: según lo resuelto po la asamblea, ha llegao la hora de defendernos. Sabemos que en Umay se están concentrando los caporales y guardias civiles. Vendrán hoy en la noche o mañana a más tardar... Yo sólo tengo que pedirles un esfuerzo grande en este momento. La ley nos ha sido contraria y con un fallo se nos quiere aventar a la esclavitud, a la misma muerte. Alvaro Amenábar, el gamonal vecino, quiso llevarnos a su mina primeramente. Pero consiguió que los Mercados le vendieran su hacienda y de ahí sacó gente pa podrirla en el socavón. Aura, ambiciona unos miles de soles más y va a sembrar coca en los valles del río Ocros. Pa eso nos necesita. Pa hacernos trabajar de la mañana a la noche aunque nos maten las tercianas. El no quiere tierra. Quiere esclavos. ¿Qué ha hecho con las tierras que nos quitó? Ahí están baldías, llenas de yuyos y arbustos, sin saber lo que es la mano cariñosa del sembrador. Las casas se caen y la de nuestro querido viejo Rosendo es un chiquero. Tampoco quiere las tierras de Yanañahui. Sigue persiguiendo a los comuneros pa reventarlos. Cuando la ley da tierras, se olvida de lo que va a ser la suerte de los hombres que están en esas tierras. La ley no los protege como hombres. Los que mandan se justificarán diciendo: «Váyanse a otra parte, el mundo es ancho.» Cierto, es ancho. Pero yo, comuneros, conozco el mundo ancho donde nosotros, los pobres, solemos vivir. Y yo les digo con toda verdá que pa nosotros, los pobres, el mundo es ancho pero ajeno. Ustedes lo saben, comuneros. Lo han visto con sus ojos por donde han andao. Algunos sueñan y creen que lo que no han visto es mejor. Y se van lejos, a buscarse la vida. ¿Quién ha vuelto? El maestro Pedro Mayta, que pudo regresar pronto. Los demás no han vuelto y yo les digo que podemos llorarlos como muertos o como esclavos. Es penosa esta verdá, pero debo gritarla pa que todos endurezcan como al acero la voluntá que hay en su pecho. En ese mundo ancho, cambiamos de lugar, vamos de un lao pa otro buscando la vida. Pero el mundo es ajeno y nada nos dá, nada, ni siquiera un güen salario, y el hombre muere con la frente pegada a una tierra amarga de lágrimas. Defendamos nuestra tierra, nuestro sitio en el mundo, que así defenderemos nuestra libertá y nuestra vida. La suerte de los pobres es una y pediremos a todos los pobres que nos acompañen. Así ganaremos... Muchos. muchos. desde hace años, si-

gios, se rebelaron y perdieron. Que nadie se acobarde pensando
en la derrota porque es peor ser esclavo sin pelear. Quién sabe
los gobernantes comiencen a comprender que a la nación no
le conviene la injusticia. Pa permitir la muerte de la comunidá
indígena se justifican diciendo que hay que despertar en el indio el espíritu de propiedá y así empiezan quitándole la única
que tiene. Defendamos nuestra vida, comuneros. ¡Defendamos
nuestra tierra!

El pueblo rugió como un ventarrón y en el tumulto de
voces sólo podía escucharse claramente: «¡Tierra!», «¡Defendamos!» Los caporales se abrieron paso hasta llegar al lado de
Benito Castro y el que parecía su jefe, habló:

— Oiga, nosotros nos volvemos aura mesmo. Don Florencio nos mandó a pelear contra don Amenábar y no a hacer
sublevación. Dénos los veinte rifles que le entregamos...

Benito, sin responder, aferró el rifle que tenía el caporal,
quitándoselo de un jalón. Sobre los otros se abalanzaron los
comuneros — mujeres y hombres — que estaban a pie a su
lado. Sonó un tiro y una mujer dió un grito, pero los caporales
ya caían al suelo y eran desarmados y dominados después de
una breve trifulca. El pueblo entero se dió cuenta de que en
Benito tenía un jefe de visión rápida y lo vitoreaban. La mujer
había sido herida en un brazo y sus familiares la condujeron a
su casa, chorreando sangre. Benito entregó los fusiles y los caballos, inmediatamente, a los hombres que primero pusieron
mano sobre los caporales y después ordenó:

— A estos vendidos enciérrenlos pa que no vayan con el
cuento...

Los seis comuneros favorecidos levantaron su orgullo sobre los caballos haciendo brillar los fusiles. El sol descendía ya
y la cima del Rumi le apuntaba su lanza de piedra. Una coriquinga chilló a lo lejos. Benito dijo:

— Comuneros, sigan a sus jefes, en la forma que han sido
nombraos...

Hombres de a pie y de a caballo marcharon hacia las
cumbres rocosas de El Alto y hacia las cresterías del Rumi o
simplemente hacia el horizonte. Cada grupo tenía un objetivo.
Las mujeres daban una alforja de fiambre a los hombres, quienes partían sin decir nada. Ellas, de pie en las afueras del caserío, se quedaban viéndoles alejarse hasta que sus ponchos
flameaban como banderas desapareciendo detrás de las peñas
altas. Benito Castro se quedó en media plaza con Doroteo

Quispe y ocho hombres más, todos montados, a los cuales había escogido detenidamente. Los tres hombres de Muncha se acercaron a pedir órdenes y él los envió con Ambrosio Luma.

Quizá sea necesario decir que la Corte Suprema de Justicia, viendo el juicio en apelación, había fallado en contra de la comunidad. Entonces la asamblea acordó resistir. Bien es verdad que los dirigentes, encabezados por Benito Castro, propiciaron esta actitud. Faltaban caballos y los fueron a capturar en el potrero de Norpa. Cuando ya se hallaban de vuelta arreando una tropa, Ramón Briceño les salió al paso y cambiaron unos cuantos tiros. El huyó finalmente y después se supo de la concentración de Umay. Se esperaba el ataque de un momento a otro. Claro que los Córdova habían ofrecido a Benito Castro su apoyo con el ánimo de crear dificultades a Amenábar. Cuando Benito lo solicitó, cumplieron sin sospechar las proyecciones que deseaba dar a su movimiento. Seis caporales encerrados en la más fuerte de las casas de piedra eran los primeros en comentarlo.

Los fogones no brillan esa noche. Benito ha dado órdenes de que se cocine temprano y se evite toda luz. Desde lejos puede disparar sobre el caserío o por lo menos orientarse. El, sus hombres y los dos guardianes de los caporales, son los únicos válidos que quedan en el poblado. Se han sentado, con excepción de los vigilantes, a la puerta de la casa de Clemente Yacu, contigua a la de Benito. El enfermo escucha la conversación y a ratos interviene.

— Si pasan, yo sí que me fregaré. ¿Qué voy a correr con este reumatismo que no me deja andar? Pa qué darme molestias. Mejor esperaré aquí en mi cama y si quieren, que me maten...

—No, Clemente, qué se te ocurre. Tienen pa rato con nosotros y si llega a prender una buena revolución... Fíiate lo que pasó con Benel. Aguantó cinco años...

— Es que ése tenía plata...

— No creas, lo que supo es ir creciendo. Yo estaba allá y vi cómo lo ayudaba el pueblo. Ahora que me acuerdo, les voy a hacer una recomendación. Ya la hice a cuantos pude, pero es güeno repetir lo que conviene. En mi regimiento había un sargento Palomino, muy veterano, que estuvo en el sur baleando indios sublevados en Huancané. Contaba muchas barrisolas el maldito. Sabía trampas. Como los indios se escondían en los cerros, entre las peñas, era difícil sacarlos de allí.

Entonces, cuando los soldados estaban en medio avance, hacía como que se les dañaba la ametralladora o les faltaba la munición. Los sublevados creían que llegó su oportunidá y al grito de «acabau balas» y «dañau máquina», salían con los machetes en alto y tirando piedras con sus hondas. Los soldados simulaban huir hasta que los tenían en campo abierto. Entonces volvían la ametralladora o los fusiles y los entusiastas perseguidores caían como moscas. No hay que dejarse engañar con esos chistes...

Marguicha llega llevándoles coca y Benito acaricia al hijito de un año que ella tiene en brazos.

En la cumbre del Rumi, cerca del lugar donde Rosendo hizo ofrendas y preguntas al espíritu del cerro, hay un pequeño grupo que también conversa. La noche los envuelve apretadamente. En el cielo vibran escasas estrellas y la cúspide del Rumi se confunde con la sombra. Encabeza el grupo Cayo Sulla, indio que tiene muy buena vista. El dice:

— Po más que me esfuerzo, no veo nada. ¿Ustedes?

— Nadita, si está muy oscuro...

— Serían zonzos si traen linterna.

Miran en dirección de la puna por donde viene el camino de Umay. El viento sopla tercamente y les traspasa los ponchos.

— Hace friazo...

— Hace, dame un poco de coca...

Al pie del Rumi, por el lado de los roquedales entre los que se bifurca el camino que desciende al caserío, está Eloy Condorumi al mando de veinte indios. Los ha puesto en fila, a lo ancho de la peñolería, mirando hacia el sendero. Ninguno logra ver más allá de los perfiles próximos a las peñas. Pero todos aguzan el oído, y, para que no se les escape ningún rumor, ni siquiera hablan. Mascan silenciosamente su coca y Condorumi, quieto y reconcentrado, reclina su poderosa estatura sobre una gran piedra.

Por el camino que bordea las faldas de El Alto, en cierto sitio en que las peñas lo hacen pasar bordeando un abismo, están Artidoro Oteíza y diez más. Dominan el camino desde un conglomerado de piedras.

— Por ahí tienen que pasar de uno en fondo...

— Si son muchos, les rodamos galgas...

Arriba, entre las cumbres de El Alto, bloqueando un ancho cañón lleno de trillos, están Ambrosio Luma, Porfirio Medrano. Valencio y veinte más. De uno en uno, de dos en dos, se han repartido por el cañón y más allá, por los riscos. Cada munchino ha sido puesto en compañía de un comunero. Hace un frío de helar y mascan coca y beben cañazo. Como el licor escasea, un hombre va de puesto en puesto dando a beber de la misma botella.

— ¿Hay novedad? — le preguntan los hombres encogidos.
— Parece que no. Valencio está un poco adelante...
— Tienen güen oído...

Se acurrucan bajo el poncho y la sombra, abrazando el rusil. Los munchinos dicen que van a pelear contra Amenábar porque les ha rodeado las vacas llevándolas como propias a otra hacienda.

En la puerta de Clemente Yacu decae la conversación. Suenan de pronto unas ojotas y un bulto surge de la sombra, a diez pasos. Es un enviado de Cayo Sulla.

— Güenas noches. Cayo me manda decir que no se ve nada. Está muy oscuro.
— Bien; llévale esta botella de cañazo. Pero si nota algo, que hagan luz rápido y mande avisar...
— Güeno, le diré.

Benito entra al cuarto, enciende un fósforo y regresa diciendo:
— Son las tres de la mañana...

La noche está siempre muy negra y callada. Esos hombres, esas palabras, desaparecen en su inmensa amplitud de sombra, a la que agrandan unas cuantas estrellas casi perdidas.

Por una ruta extraviada de la puna, van hacia Umay diez comuneros caminando en fila. El rumor de las ojotas marca la huella. Les dirán a los indios colonos que se subleven, que ha llegado el tiempo de la revolución. Y por la ruta frecuentada de la puna, marcha una larga cabalgata. Al llegar al sitio donde se bifurcan los caminos, dice el teniente Cepeda al jefe de caporales Carpio, después de mirar su reloj de esfera luminosa:

— Son las tres de la mañana. Usted, váyase con su gente al caserío de la hoyada y suba por el sendero de la falda del Rumi. Nosotros entraremos por el cañón de El Alto, pues don Alvaro me ha garantizado al guía. A las seis de la mañana, a más tardar, hay que estar llegando a la meseta para caer a todo galope sobre el caserío.

— Sí, don Alvaro dijo que había que tomarlos por sorpresa...

—Eso es, no creo que nos esperen por donde vamos a ir.
Ellos creerán que atacaremos a mediodía o, en todo caso, es-
tarán guardando el camino que va por las faldas de El Alto...
Entonces, buena suerte...

—Buena suerte...

El rumor de la cabalgata se parte en dos, pero sobre la hilera de pasos está el alto y ancho y negro silencio en que la
voz del viento, tan pertinaz, acaba por no ser considerada. Es
lo que hace Valencio en su puesto avanzado de vigía. Sus
oídos escuchan solamente el rezongo del viento entre las rocas
y lo descartan en busca de otros signos. Algo escucha por fin.
Entonces corre hacia el lugar en donde está Porfirio Medrano
y le dice...

Porfirio: caballos parecen...

— ¿Vienen?

— Creo. Toma mi poncho...

— ¿Con este frío te lo sacas?

— Es que las listas claras pueden ver. Me voy pa aden-
lante...

Valencio deja el poncho y también el sombrero de junco.
Su torso renegrido es tan oscuro como el calzón de bayeta. Cogiendo su fusil, avanza y a pocos pasos desaparece en la noche.
Ninigún rumor producen sus pies desnudos. El viento acuchilla,
pero marcha entre él, sin sentirlo, el hombre hecho de piedra
y sombra. Sin embargo, ese hombre oye y ve y huele como un
puma.

Porfirio Medrano le lleva la noticia a Ambrosio Luma y él
ordena a su ayudante que avise a todos los hombres del cañón
y aun informa a Antonio Huilca. Todos preparan sus fusiles
y el tiempo de espera es más lento. Una hora después vuelve
Valencio. No sabe cuántos, pero vienen muchos. Por más que
se acercó, no pudo distinguir a la fila completa. Los guía un
indio y marchan hacia el cañón. Ambrosio manda aviso a Benito Castro y el alba está incierta cuando él llega con su gente.
Valencio ha hecho otra excursión. Ya están cerca y dentro de
poco doblarán aquel cerro negro para entrar a los trillos. Benito Castro dispone las operaciones y los treinta hombres se
pegan contra las peñas dejando la vía libre. Al fin aparecen los
guardias y, a la luz lechosa del amanecer, avanzan todo lo rápido que les permite el paso del indio guía que va a pie. Pero
el guía otea, como un animal inquieto, y de repente se detiene
y da un grito. Los guardias se tiran al suelo en el momento en

que los comuneros abren el fuego. Los caballos huyen espanta-
dos. Los atacados contestan y advierten que no han sido cogidos entre dos fuegos. Entonces resisten y la pelea se estabiliza.
De una peñolería a otra del cañón, los ecos rebotan uniéndose y
revolviéndose hasta mantener una crepitación continua. El
día llega con una rosada luz y la lucha se presenta reñida en una
forma que hace temer a Benito. Los guardias son muchos y su
fuego persiste. Benito no puede calcular las bajas, pues todos
están casi perdidos entre los pajonales. Dos coriquingas asus-
tadas por las detonaciones, vuelan sobre el abra dando alaridos... Cuando el tiroteo zumba y estalla a cañón caldeado, re-
bota una piedra entre los guardias y luego diez y veinte más.
Algunas caen sobre los cuerpos. En lo alto de un roquedal, el
sol recorta la silueta de muchos hombres que están disparando
sus hondas. Las piedras dejan en el aire un surco negro y un
ronco mugido. Y sin duda por un complejo ancestral, los guardias, que no han huído de los tiros, huyen de las piedras. A
una voz del teniente, se incorporan y, cubriéndose en los accidentes del terreno, agazapándose, dejándose caer a veces,
disparando con intermitencias, se van. Los honderos del roquedal bajan y los tiradores del cañón corren hacia el lugar donde
estuvieron los guardias. Hay seis muertos. Parece que uno,
imposibilitado de huir, se ha suicidado con su revólver. Pero
los comuneros también han sufrido pérdidas. Revisando su propio terreno, encuentran que, junto a una piedra, está Porfirio
Medrano, yerto, cogiendo con manos firmes su viejo Pívode, y
más allá, en una hoyada, el joven Fidel Vásquez contrae tristemente la boca que habló poco y sonrió menos. Benito Castro
ordena a los honderos que entierren a los guardias en una
sola sepultura, y a Doroteo Quispe que monte a caballo con
ocho hombres y persiga a los guardias. Benito y cuatro más lle-
varán a los muertos comuneros al caserío. Ambrosio y los restantes deben quedarse en sus puestos. El sol llega al cañón y
brilla sobre las armas, el torso desnudo de Valencio y la sangre.

*
* *

Por la falda del Rumi, con toda la rapidez que permite la
violencia de la pendiente y la estrechez del sendero, suben los
caporales. Desean llegar a las seis a la meseta y ya comienza

a clarear y un único gallo canta en la hoyada. Los caballos
resoplan acezando y ellos hunden las espuelas y se tragan la
cuesta. Uno escucha el estruendo de la fusilería y da la voz.
Lo oyen todos ya y vacilan entre regresarse o seguir. Pero otro
estruendo próximo y sordo los saca de dudas. Enormes piedras
resbalan cuesta abajo, estallando, describiendo parábolas, llenas de ciega furia. Los caballos se espantan y atropellan y caen
y ruedan. Algunos logran correr y apenas siguen las curvas del
camino. Pero ya están sobre ellos las piedras y con desesperado
miedo unos cuantos abandonan el sendero y vacilan entre los
roquedales. Las piedras rebotan en desorden, como una tormenta de rocas, y una derriba a un jinete y otra sólo al caballo
porque el jinete se ha arrojado antes, ocultándose en una oquedad. Y más y más piedras llegan y pasan. Mientras unas caen
en el caserío, otras comienzan el descenso y, estén dentro del
sendero o fuera de él, los vivos y los muertos continúan sufriendo el implacable embate. Las piedras bajan arrastrando a otras
con ellas, descuajando arbustos, levantando polvo, indetenibles
y mortales. Condorumi logra empujar una roca inmensa que
retumba, brama y hasta chilla según caiga en lugar de tierra,
de roca o de cascajo. En uno de sus enormes y pesados saltos
avienta a un caballo como a una brizna por un despeñadero,
y en otro echa un trágico viento sobre un caporal que corre a
guarecerse bajo una peña. El bólido rueda por lo que fué chacra
de trigo como si quisiera detenerse, pero luego toma impulso
en una pendiente y arremete contra una casa y la destroza deteniéndose en medio de ella bajo una nube de polvo. Son pocos los caporales que llegan a caballo a la tierra labrantía, siempre amenazados por las piedras, y pueden correr a campo traviesa alejándose de la zona convulsionada. Los demás han
muerto o se han dejado caer para defenderse al pie de las grandes rocas. Los caballos han perecido en mayor número, pues
los que no fueron cogidos, rodaron por escapar. Los caporales
sobrevivientes se escurren, poco a poco, corriendo de breñal en
breñal. A mediodía ya no queda ninguno en peligro. Un negro
vuelo de aves carniceras planea sobre la cuesta.

*
* *

Un pequeño cortejo acompaña a Porfirio Medrano y a Fidel Vásquez hasta el panteón. Artemio Chauqui cava devo-
tamente la tumba de Porfirio. Con voz llorosa dice:

—¡Y yo que le falté tantas veces! ¡Yo que pedí que lo botarán! ¡Yo...! Déjenme cavar a mí. Déjenme agradarlo con algo, más que sea a su cadáver.

*
* *

Ca iana mira en silencio cómo cae la tierra y va llenando la sepultura que guarda al hijo que fué su esperanza. Ahora ésta se hace tierra y vive solamente por la tierra. Benito Castro piensa en los muertos. En ésos y en todos los muertos que están cobijados bajo la tierra hablando con los duros dientes, con las negras cuencas, con las rotas manos, con los blancos huesos. No sabe la cuenta. Piensa que desde Atusparia y Uchcu Pedro, y antes y después, no se puede hacer cuenta. Mas la tierra guardó su voz sanguínea, el palpitar potente de su pecho bronceado, el gran torrente de voces, gritos, balazos cantos y agonías. Diga Atusparia o diga Porfirio, diga Uchcu o diga Fidel, Benito arrodilla su voz frente a un gran himno y se enciende las sienes con su recuerdo y se hunde en su gran noche iluminada. Porque ellos han muerto de la muerte de cuatro siglos y con el dolor, con el dolor total que hay en el tiempo. Y por el amor de la tierra, veraz cordón umbilical del hombre.

*
* *

El trabajo de los indios gseún la ley vial había hecho llegar hasta el pueblo una carretera. Un batallón acude en camiones y marcha sobre Rumi. Se ha sublevado también Umay, pero ataca primero al foco de mayor resistencia. La celeridad en la represión impedirá que el movimiento se propague.

Por todos los lados, menos por donde puedan rodar galgas, se generaliza un combate sañudo y fiero, nutrido de desesperación. La metralla barre los roquedales, los máuseres aguzan su silbo después de un seco estampido y toda la puna parece temblar con un gran estremecimiento. El sol del mediodía se aploma sobre los encrespados picachos.

En el caserío están solamente los enfermos, las mujeres y los niños. Hasta los ancianos han marchado a los desfiladeros para arrojar su piedra esperanzada. Las mujeres tratan de

consolar a los niños que lloran amargamente llamando a sus
padres: «Taita, taita».

En las últimas horas de la tarde comienzan a llegar heridos.
Algunos mueren calladamente. Otros dicen a sus familiares
que se vayan, que los dejen solos, y cuentan que los indios caen
abatidos, como los cóndores, sobre los picachos. Vetas, manchas, coágulos de sangre signan las calles del caserío. ¿Pero a-
dónde van a irse las familias? Todas las rutas se hallan ensan-
grentadas.

De pronto llega el mismo Benito Castro con la cara, las
ropas y las manos rojas. Se ha manchado atendiendo a sus
compañeros y con el borbollón que mana de su propia herida.
Cae frente a su casa llamando a su mujer con una voz ahogada.
La masacre de Llaucán ha surgido, neta, en sus recuerdos.
Marguicha acude con su hijo en los brazos.

— Váyanse, váyanse — alcanza a decir el hombre, rendido, ronco, frenético, demandando la vida de su mujer y su
hijo.

— ¿Adónde iremos? ¿Adónde?, — implora Marguicha
mirando con los ojos locos al marido, al hijo, al mundo, a su
soledad.

Ella no lo sabe y Benito ha muerto ya.

Más cerca, cada vez más cerca, el estampido de los máuseres continúa sonando.

F I N

Santiago de Chile, noviembre de 1940.

INDICE

Págs.

I.—Rosendo Maqui y la comunidad   7
II.—Zenobio García y otros notables... . ..   47
III.—Días van, días vienen   55
IV.—El Fiero Vásquez......................   99
V.—El maíz y el trigo   132
VI.—El ausente...........................   154
VII.—Juicio de linderos....................   171
VIII.—El despojo   207
IX.—Tormenta.............................   251
X.—Goces y penas de la coca.............   289
XI.—Rosendo Maqui en la cárcel..........   304
XII.—Valencio en Yanañahui..............   340
XIII.—Historias y lances de minería........   349
XIV.—El bandolero Doroteo Quispe   367
XV.—Sangre de caucherías.................   379
XVI.—Muerte de Rosendo Maqui...........   405
XVII.—Lorenzo Medina y otros amigos   422
XVIII.—La cabeza del Fiero Vásquez..   438
XIX.—El nuevo encuentro   442
XX.—Sumallacta y unos futres raros..   459
XXI.—Regreso de Benito Castro   471
XXII.—Algunos días........................   482
XXIII.—Nuevas tareas comunales   490
XXIV.—¿Adónde? ¿Adónde?.................   498